芥川龍之介新論　目次

はじめに　9

第Ⅰ章――弱者への眼

一　奇怪な再会　15
二　おぎん　28
三　報恩記　47
コラム　現代に挑発する芥川龍之介　66

第Ⅱ章――切支丹宗徒への眼

一　尾形了斎覚え書　71
二　奉教人の死　87
三　南京の基督　111
コラム　永遠の求道者　135

第Ⅲ章――不条理への眼

一　母　139
二　悠々荘　156
三　歯車　175
コラム　龍之介の直筆遺書発見　214

第Ⅳ章――怪異・異形への眼

一　妖婆　219
二　魔術　254
三　河童　274
コラム　海外における芥川文学の翻訳　314

第Ⅴ章——友人への眼

一　一高の三羽烏　319
二　山本喜誉司　352
三　松岡　譲　365
コラム　青年劇場「藪の中から龍之介」を観る　384

第Ⅵ章——社会への眼

一　「謀叛論」の余熱　389
二　将軍の実像　412
三　中国と朝鮮　424
コラム　蘆花「謀叛論」から百年　440

第Ⅶ章——時代への眼

一　芥川と明治　445
二　再見『支那游記』　466
三　テクストの補完　476
コラム　中国で高まる芥川人気　495

付——対談　現代への眼

一　現代に生きる芥川龍之介　499
二　世界にはばたく芥川文学　527
コラム　芥川全集とのめぐりあい　556

あとがき	初出一覧	事項索引	人名索引
559	565	607	616

はじめに

一九二七（昭和二）年七月二十四日の未明、芥川龍之介は自死し、日本の社会に大きな衝撃を与えた。自殺という異常な形での人生の締めくくりは、以後、長い間その文学評価につきまとい、厭世的な側面や芸術至上の精神のみが強調された。青白きインテリ、腺病質の孤独な作家、本から現実を測定するだけの生活などとも評されてきた。他方、彼の持っていた創作技術の開拓や鋭い歴史認識、さらには時代への絶えざる関心と飽くことのない批判精神などは、省みられることがなかった。が、生誕百二十年、没後八十五年を迎え、芥川の文学は内外で新たな注目を浴び、再評価・再発見の季節を迎えている。

日本では近年おびただしい量の芥川の自筆新資料が出現、また、周辺の友人・知己の日記の発掘があり、芥川像に客観的な光が当てられるようになった。未発表書簡の発見と公開も相次いだ。そうした中でテクストの読み直しも進む。研究の進展は、高等学校の各社国語教科書『国語総合』にはね返り、全教科書が「羅生門」を教材として採用するという時代を迎えた。多くの高校では『国語総合』を一年生で学ばせるので、日本の十五、六歳の少年少女のほとんどは、「羅生門」を教科書で学んでいることになる。「羅生門」世代が誕生していると言ってよい。

目を海外に転じると、英語圏では二〇〇六（平成一八）年、ジェイ・ルービン訳『「羅生門」ほか17編』という芥川アンソロジーが刊行されている。村上春樹の力作の「序文」付きで、イギリスの大手出版社ペンギン社が、ペンギン古典叢書《クラシックス・シリーズ》の一冊として出したものだ。現代アジア作家では、最初のシリーズ入りである。四部にわけた編集は工夫が凝らされ、執筆年代順ではなく、「小説の舞台となった時代による年代順」にテクストが収録される。すべて新訳である。中にはこれまで翻訳不可能とされた「尾形了斎覚え書」や「忠義」や「馬の脚」など九作品を含む。英語圏で読まれるこの芥川アンソロジーは逆輸入され、ジェイ・ルービン編／村上春樹序『芥川龍之介短篇集』（新潮社、二〇〇七・六）として、日本でも刊行された。

ロシアでは一九九八（平成一〇）年に、ポリヤリス出版社から主要作品を網羅した『芥川龍之介作品集』全四巻が出たが、新世紀になって日本の国際交流基金の援助を受けて、二〇〇二（平成一四）年に『芥川龍之介選集』がヒペリオン出版社から刊行されている。中国では一九九〇年代から芥川作品の翻訳が相次ぎ、二〇〇五（平成一七）年には、中国語訳の初の『芥川龍之介全集』全五巻が山東文芸出版社から刊行された。小説や随筆だけでなく、詩歌や書評・劇評・書簡、さらには遺書まで含む本格的全集である。芥川小説集の刊行も目立つ。紀行文『支那游記』（中国語訳は『中国游記』）などは、訳者の異なる三種類の訳本が書店の棚に並ぶ。韓国でも芥川全集のハングル化がはじまり、二〇一〇年までに、全八巻中二巻が刊行された。芥川作品の翻訳は、世界四十か国を上回り、翻訳数は六〇〇に及ぶ。彼の文学は、いまや日本という地理的空間、日本語という言語的空間を完全に超えて、全世界で読まれている。

まさに内外あげての芥川再発見の時代が、没後八十年余を経て、到来した感がある。一体何が人々をして、芥川の営為に目を向けさせるのか。それは冷戦後の先の見えない時代にあって、かつての激動の時代を誠実に生き、現実の観察者・批評者として、創作方法を模索しながら苦闘に満ちた道を歩んだ作家への共感が然らしめるのである。彼には、人間にまつわる愛や罪の問題はもとより、矛盾・不条理・不安・妖怪・悪魔といった問題から、弱者に示す暖かな目が存する。しかも、確かな歴史認識でこの世を批評する予言者の鋭いことばが脈打っているのである。

本書は世界文学という視点から、芥川テクストに新たに切り込んだものといえようか。書き手である芥川龍之介の眼が、いかにテクストや背後の社会や時代に及んでいるかを見極めようとしたものである。また、一人の作家の人間像が、対象に対してどのように対峙しているかが判るような構成をとった。読者にはどの章、どの節からも入れるよう配慮した。この世の苦難を創作に転位した芥川龍之介の営為を読み取っていただけるなら幸いである。

第Ⅰ章——弱者への眼

一　奇怪な再会

真の怪奇小説か

新しい視点

芥川龍之介が大阪毎日新聞社の中国特派員として中国各地をめぐる年、彼は「奇怪な再会」という中編の小説を発表していた。四百字詰原稿用紙にして約七十二枚、三十枚前後の短編の多い芥川にとっては、長い方に入ろう。それは一九二一（大正一〇）年の一月五日から、断続して二月二日まで『大阪毎日新聞　夕刊』に十七回に亘って連載された。まさに中国訪問前夜の仕事であった。[*1]

本作は、これまで芥川の妖怪好みからくる怪奇小説の部類に入れられ、論じられることが圧倒的に多かった。むろんそれは間違いではなく、この少し前から芥川は「妖婆」「黒衣聖母」「影」「妙な話」「アグニの神」（「妖婆」の童話版）などを書いていることもあり、その視点は有効性をもつ。が、「奇怪な再会」というテクストの世界は、怪奇・怪異のみで片付けることは出来ない。そこにはもっとふくらみを持った世界が展開するのである。それゆえ本書では、「第Ⅳ章　怪異・異形への眼」には、あえて入れなかった。本作を扱うには、そうした範疇ではうまくいかないのだ。別言すれば、本作には他のさまざまな要素があり、隠れた、あるいは隠されたものへの注視が求められると言えよう。そのように考えると、ここに浮上してくるのは、日清戦争と文学の問題、さらには時代の下で苦しむ弱者への眼である。それを新しい視点としたい。

テクスト「奇怪な再会」は、「お蓮が本所の横網に囲はれたのは、明治二十八年の初冬《はつふゆ》だつた」の一文にはじまる。最初の一文に主人公お蓮と「本所の横網」という場《トポス》、そして「明治二十八年の初冬」という重要な時が紹介される。明治二十八（一八九五）年は、日清戦争の終わった年である。この年四月十七日、日清講和条約が下関で調印されている。

主人公のお蓮は、中国人（清国人）である。テクストを最後まで読むとわかるが、彼女は本名孟惠蓮、中国山東省威海衛《いかいえい》（現、威海市《ウエイハイ》）の妓館で客を取っていた。が、今は「囲はれた」とあるから、妾として旦那にひとり密かに養われている弱者の身である。その場所は、戦勝国日本の首都東京、本所区横網町となっている。横網町とは、両国橋の東詰から隅田川に沿った北側の地区をいう。芥川の育った本所区小泉町に近い。[*2]

ついでにふれるなら、本作の舞台には、芥川の生い立ちの地がしきりに用いられる。列挙するなら右の横網町のみならず、御蔵橋《おくらばし》・両国停車場・御竹蔵《おたけぐら》（お竹倉）・厩橋《うまやばし》・薬研堀《やげんぼり》・松井町・弥勒寺橋《みろくじばし》などである。芥川は自らのよく知った土地を舞台に、まずは一編の怪奇小説と見なされるテクストを織り上げたと言えようか。

物語の大筋

「奇怪な再会」と題されたテクストは、表面的には確かに男女の奇怪な再会を描いている。

プロットを確かめておこう。前述のようにお蓮、本名孟惠蓮は、日清戦争中、中国山東省の威海衛の妓館で客を取る女だったが、戦後牧野という日本の陸軍一等主計の世話で内地に連れ込まれ、今は本所横網町の妾宅に住む。お蓮には威海衛時代に愛し合った金という男がいたが、突然消息を絶つ。そこで彼女は、田宮という男の助力で、危険を冒し、密入国のような形で牧野を頼り、日本に来たのである。

　お蓮は日本に来て牧野の世話になりながら、突然来なくなった金という男のことを思い出し、ある日「身上判断」をしてもらうと、占者から「この東京が森や林にでもなつたら、御遇ひになれぬ事もありますまい」と言われ、動揺する。そうした折に、妾宅に白い犬が迷い込んでくる。お蓮はかつて威海衛の「賑な家」にいた時、客の来ない夜は一緒に寝る白い犬を飼っていた。彼女はそれを思い出し、飼うことにする。二、三日後、牧野と寄席に行った帰り、お蓮は誰かに呼ばれたような気がする。が、牧野は空耳だといって否定する。その夜、彼女は夢を見た。東京が見渡す限り、人気のない森に変わっている。彼女は「金さんにも、遇ふ事が出来るのに違ひない」と思う。

　そのまた二、三日後、牧野は田宮と妾宅にやって来る。そして近々陸軍をやめ、商人になり、お蓮と広い家へ越すつもりと言う。犬が病みつくのはその翌日からで、やがて不審な死を遂げる。婆やは、病んだ犬とお蓮が話をしているようで、気味が悪かったと後に精神科医のKに証言する。犬に死なれて以来、お蓮は「発作的な憂鬱」に襲われる。また、幻覚や幻聴に悩まされるようになる。牧野の妻がやってくるのはその頃のことである。

　お蓮は牧野と松井町にある手広い二階家に越した。ある夜、酔った牧野と田宮との会話から、お蓮は金が牧野に殺されたのを確信する。彼女は牧野を殺そうとするが、昔の朋輩の声に思いとどまる。翌日、お蓮は朋輩の声で暗示された弥勒寺橋へ行く。心配した牧野が後をつけると、彼女は縁日の植木市を眺め、東京も森になったとつぶやき、金を待つ。そこへ白犬が飛び出し、お蓮は抱き上げる。犬を連れ帰ったお蓮は、その夜小犬のいた寝台に懐かしい金を見、恍惚とその側に座る。――怪奇小説とされる「奇怪な再会」の筋は、以上のようなものである。

「白い犬」の幻影

犬の描き方

「奇怪な再会」というテクストで、重要な役割を与えられているのは、「白い犬」である。全十七章から成り立つ本テクストに、初めて白犬が登場するのは、五の章である。犬は妾宅のごみ溜めに捨てられていたのである。前述のように、お蓮は威海衛の娼館にいた時、白い小犬を飼っていた。「客の来ない夜は一しよに寝る」ほど可愛がっていたが、日本に来るために置いてきた犬だ。

お蓮は、世話をしてくれる婆やの反対を押し切り、捨て犬を飼うことになる。テクストには、「その翌日から妾宅には、赤い頸環に飾られた犬が、畳の上にゐるやうになつた」とある。お蓮は犬を異常なまでにかわいがる。「食事の時にも膳の側《そば》には、必ず犬が控へてゐた。夜は又彼女の夜着の裾に、まろまろ寝てゐる犬を見るのが、文字通り毎夜の事だつた」と語り手は言う。犬は雄犬である。大の犬嫌い[*3]だった書き手である芥川による犬の描き方は、意外と的確だ。

牧野は犬を嫌った。牧野はお蓮が威海衛の娼館にいた時も、白い小犬を飼っていたことを思い出したりして不快感に襲われる。白犬はお蓮に、愛した金さんを思い出させるかのようである。六の章の最後には、次のような記述がある。

> 犬は彼等が床へはひると、古襖《ふすま》一重隔てた向うに、何度も悲しさうな声を立てた。のみならずしまひには其襖へ、がりがり前足の爪をかけた。牧野は深夜のランプの光に、妙な苦笑を浮べながら、たうとうお蓮へ声をかけた。

「おい、其処を開けてやれよ。」

が、彼女が襖を開けると、犬は存外ゆつくりと、二人の枕もとへはひつて来た。さうして白い影のやうに、其処へ腹を落着けたなり、ぢつと彼等を眺め出した。

お蓮は何だかその眼つきが、人のやうな気がしてならなかつた。

お蓮の幻覚

白犬はお蓮にとって、行方不明になった金さんの面影を呼び戻す存在になっていく。犬の病気が悪くなると、お蓮は犬を相手に「長々と独り語《ごと》」を言うようになる。十章では犬と語るお蓮の怪奇の模様が、婆やを通して語られる。婆やは「夜更けにでもその声が聞えて御覧なさい。何だか犬も人間のやうに、口を利いてゐさうな気がして、あんまり好《よ》い気はしないもんですよ。それでなくつても一度なぞは、或からつ風のひどかつた日に、御使ひに行つて帰つて来ると、——その御使ひも近所の占ひ者の所へ、犬の病気を見て貰ひに行つたんですが、——御使ひに行つて帰つて来ると、障子のがた〳〵云ふ御座敷に、御新造の話し声が聞えるんでせう。こりや旦那様でもいらしつたかと思つて、障子の隙間から覗いて見ると、やつぱり其処にはたつた一人、御新造がいらつしやるだけなんです」ということで、「あんなに気味の悪かつた事は、この年になつてもまだ二度とは、出つくはした覚えがない」と述懐する。お蓮は犬を膝へのせて、犬としゃべっていたのである。犬はやがて死ぬ。黒かった鼻の先が、死んだ時には以前中国で飼っていた犬同様赭かった、というエピソードもさりげなく書き込まれる。

犬の思い出は、なつかしい金さんと重なり合って行く。「白い犬」は最終の十七章では、金さんと合体する。弥勒寺橋の縁日で、またも白犬を拾い上げたお蓮は、帰宅して二階の寝室に放す。白犬が金さんに変容する箇所を引用する。

「私は昔の惠蓮ぢやない。今はお蓮と云ふ日本人だもの。金さんも会ひに来ない筈だ。けれども金さんさへ来てくれれば、――」

ふと頭《かしら》を擡《もた》げたお蓮は、もう一度驚きの声を洩らした。見ると小犬のゐた所には、横になつた支那人が一人、四角な枕へ肘をのせながら、悠々《いう》と鴉片《あへん》を燻《くゆ》らせてゐる！　迫つた額、長い睫毛《まつげ》、それから左の目尻の黒子《ほくろ》。――すべてが金に違ひなかつた。のみならず彼はお蓮を見ると、やはり煙管を啣《くは》へた侭、昔の通り涼しい眼に、ちらりと微笑を浮べたではないか？

日清戦争の影

娼婦と軍人

「奇怪な再会」を含めた一連の怪奇小説に対して、同時代作家の南部修太郎は「「捨子」「南京の基督」「妖婆」「影」「妙な話」「奇怪な再会」の如き作品に到つては、氏の怪奇に対する悪趣味に出発した、露骨すぎる拵へものである。芸術品を骨董的に愛翫する人なら知らず。それ等を頭の遊戯、筆のすさびと非難されても、恐らく作者は一言も無いだらうと私は思ふ」（「全体的な体現を　芥川龍之介氏」『新潮』一九二一・六）と手厳しく評した。が、「奇怪な再会」というテクストは、そう簡単に片付けることはできない。作者芥川には、こういう方法でしか、当時の現状を告発できなかったのである。それは何か。日本の中国侵略、――日清戦争である。

「奇怪な再会」というテクストには、意外と深く戦争が影を宿している。第一に、テクストの時間が日清戦争中と戦後一年になっていることにある。第二に主人公のお蓮は、日清戦争中は、威海衛の妓館で客をとっていた娼婦という設定になっている。敵国に踏みにじられ、占拠された土地で、生活のため身を売る哀れな女である。威海衛とは言うまでもなく日清戦争と深くかかわる地名だ。中国山東省の北東にある港である。清国海軍の主力北洋艦隊の基地であったが、日本軍の攻撃で「定遠《ていえん》」をはじめとする清国北洋艦隊は全滅、日本軍が占領したことで知られる。第三は牧野というお蓮の旦那は、当時の「帝国軍人の片破れ」で、陸軍一等主計という設定にある。主計とは旧陸海軍で会計を担当した武官を言う。作中で牧野は、「三日にあげず、昼間でも役所の帰り途に、陸軍一等主計の軍服を着た、逞しい姿を運んで来た。勿論《もちろん》日が暮れてから、厩橋向うの本宅を抜けて来る事も稀ではなかつた。牧野はもう女房ばかりか、男女《なんによ》二人の子持ちでもあつた」と説明されている。結婚し、子持ちの帝国軍人が対戦国だった清国の女性を日本に連れ帰り、妾にするという筋には語り手の批評の眼が光る。

戦争の波紋

日清戦争とは、一八九四（明治二七）年八月一日に宣戦布告された対中国（清国）の戦争をいう。戦争の大義名分は、朝鮮の独立と東洋の平和にあるとされた。戦争は平壌・黄海・大連・威海衛などで優勢の日本が勝利を収めて、前述のように、翌年の四月十七日、講和条約が成立、日本は多額の賠償金と台湾を得る。日清戦争は芥川の二歳から三歳にかけての出来事であった。それゆえ直接的な記憶はおぼろである。が、国運を賭けての戦争であっただけに、以後、学校でも教育されたに違いない。また、本作にも書き込まれるように、民間では幻燈などでも日清戦争の勝利は喧伝された。

「奇怪な再会」の七の章には、お蓮が牧野と近くの寄席へ出かけ、幻燈を観る場面がある。「高座に下した幕の上には、日清戦争の光景が、いろ〳〵映つたり消えたりした。大きな水柱を揚げながら、「定遠」の沈没する所もあつた。敵の赤児を抱いた樋口大尉が、突撃を指揮する所もあつた。大勢の客はその画の中に、たまたま日章旗が現れなぞすると、必盛な喝采を送つた。中には「帝国万歳」と、頓狂な声を出すものもあった。しかし実戦に臨んで来た牧野は、さう云ふ連中とは没交渉に、唯にやにやと笑つてゐた」とある。語り手の戦争に対する覚めた眼を感じさせるところでもある。

芥川は成人して日清戦争のことをさまざまな書籍や雑誌、そして、ここの場面に見られるような、当時流行の幻燈などからも知った。養父母や伯母フキなどからの伝聞もあったろう。そうした学びの成果が、先行する「首が落ちた話」（『新潮』一九一八・一）や、この「奇怪な再会」という日清戦争を背景とした小説を生んだのである。この視点をわたしは重視したい。それは若手の研究者辻吉祥が、「芥川龍之介の生涯は、三度の戦争、日清、日露、第一次世界大戦にしっかりと枠づけられている。これまでの芥川論が、暗黙裡に西洋の世紀転換期からモダニズムにいたる文学の解釈枠に依存していながら、欠落させていたのはこの視点である」[*4]と喝破した通りなのである。

検閲と文学

本作への新たな視点は、冷戦後、外国の研究者によってももたらされている。台湾の芥川研究家管美燕は、「日本が軍事的・帝国的拡張に夢中だった二十年代には、怪異な手法をとらないと戦争に対する批判的な見方を表すことができないのが現実だった」[*5]とし、芥川と日清戦争とのかかわりに注目する。管の言う「怪異な手法をとらないと戦争に対する批判的な見方を表すことができない」とは、言論の自由の問題なのである。

日本には早く出版条例（一八六九）にはじまる法令があり、それはやがて出版法（一八九三年制定）や新聞紙法（一九〇九年制定）となる。明治憲法（大日本帝国憲法）下においては、検閲が存在した。芥川の場合、そのもっとも激しい被害は、中国視察旅行後に成った中国を舞台とした「将軍」（『改造』一九二二・一）という小説の被った多くの伏せ字が相当する。わたしはこの問題を、「「将軍」論　反戦小説の視点の導入」[*6]でくわしく考察した。『支那游記』のようなルポルタージュならいざ知らず、フィクションである小説すらも安全ではなかったのである。ストレートな表現は危ない、ファンタジーや怪異に紛らすなら安心という考えが、当時の芥川にはあったのかも知れない。

怪異に託して、真実を語ると言えようか。そうは言っても、芥川に怪異趣味がなくてはそれもできまい。かくて「怪しげな小説」（小沢碧童宛、一九二一・一・六付）、「変な小説」（小穴隆一宛、一九二一・一・六付）、「怪談」（中西秀男宛、一九二一・一・一九）と自ら言うような一編のカムフラージュ小説が生まれたのである。なお、近代日本における検閲と文学とのかかわりについては、近年の紅野謙介『検閲と文学』[*7]がくわしい。

弱者への眼

お蓮へのまなざし

「奇怪な再会」の語り手は、常に弱者の立場に立って語っている。それは寂しい弱い者への同情の念である。特に物語の主人公、中国人（清国人）お蓮に寄せるまなざしにそれが顕著である。お蓮は、母国から引き離され、今は東京で二人の子持ちの牧野という日本人の男に囲われている。彼女は少し前まで日清戦争で砲弾の飛び交った清国威海衛という町で娼婦をしており、金という一人の男に思い詰めていた。容貌の美しい娼婦ながら、「心の中には、凶暴な野性」をかかえた女である。この点では「南京の基督」の清純な娼婦、宋金花とは、大違いである。作中に「彼女が住んでゐた町も、当時は物騒な最中だつた」とあるが、彼女自体も実は物騒な女人であったのだ。日清戦後、威海衛は日本軍に占拠され、風紀が乱れていたことが想像される。そうした町で娼婦をし、頼りとなる男が来なくなるという状況は、やり切れなく寂しく、戦後を一人で生きるには、厳しいものがあったろう。

彼女が戦後、権勢と財力を持った占領軍の陸軍士官牧野の世話になるのも、致し方ないなりゆきであった。

それは第二次世界大戦後の日本における弱者の女性が、占領軍の兵士に身を売らねばならなかったのを、先取りした構図でもある。語り手はお蓮の古写真を医者のKに見せられ、「寂しい支那服の女」との感想を洩らすが、彼女は戦争の犠牲者であった。日本に来てからも大砲や小銃の音に悩まされ、時に「戦争だ。戦争だ」と叫びながら、一生懸命に走ろうとする。

語り手はこういうお蓮に同情しながら、他方、牧野によって代表される強者と見なされる存在にも縦横に光を当てる。牧野はずる賢い、世渡り上手な男である。それゆえ美しい中国人孟恵蓮を、お蓮という日本名に変えさせ、「御用商人の店へ、番頭格に通つてゐる」田宮という男の協力を得て日本に連れて来て、妾にすることが出来た。それは田宮に「人間の密輸入」と言わせたように、合法的な入国ではなかった。

牧野が威海衛の娼館で孟恵蓮と愛し合う金という中国人を殺したことは、テクストに二度暗示されている。最初は田宮が牧野の妾宅を訪れ、オットセイの牡が牝を取り合って大喧嘩をする話にかこつけ、「その代りだね、その代り正々堂々とやる。君のやうに暗打ちなんぞは食はせない」と暗に金を殺したことを匂わせたところである。二度目は医者のKが最後に言うことば、「——え、金はどうした？　そんな事は尋くだけ野暮だよ。僕は犬が死んだのさへ、病気かどうかと疑つてゐるんだ」にある。ここでは金ばかりか、お蓮が可愛がっていた白犬を殺したのも、牧野がやったように語られており、その伏線は十の章の冒頭に、「「あの白犬が病みついたのは、——さうさう、田宮の旦那が御見えになつた、丁度その明くる日ですよ。」／お蓮に使はれてゐた婆さんは、私の友人のKと云ふ医者に、かう当時の容子を話した」にある。犬が毒殺されたことを暗に語っているかのようだ。

弱者たち

弱者はお蓮一人に留まらない。男女二人の子を持つ牧野の妻もまた弱者である。彼女を語り手は、「ひどく顔色の悪い、眼鏡をかけた女」と表現する。彼女は妾を囲うほどの財力のある牧野の妻であるにもかかわらず、「余り新しくない肩掛けをした侭、俯向き勝に佇んで」いる。牧野の妻は狂言回しを演ずる重要な役なのであるが、その立場は、基本的には弱者である。それゆえ、同じ弱者のお蓮から見ると気の毒な存在であり、牧野の妻が、「牧野同様、私も御宅へ御置き下さい」などという願いを語ったとお蓮が思いこむのも無理はない。婆さんの証言によって、牧野の妻の言動が修正された後にも、なお、牧野の妻の弱者像が揺るがないのは、語り手の同情があるからなのであろう。

戦争中は羽振りの利く陸軍一等主計として、田宮などとグルになって甘い汁を吸っていたと思われる牧野は、戦後は一転し、陸軍をやめて商人になってしまう。変わり身の早さも、彼の特色である。牧野は「或名高い御用商人」に高給で抱えられる。そしてお蓮を本所松井町の広い二階家に住まわせることになる。こうした中で次第に精神に異常を来すようになるお蓮の言動を、語り手は追う。「お蓮の憂鬱」は、翌年二月にピークを迎える。

テクストの新たな相貌

物語は孟惠蓮と呼ばれた一人の中国人〈清国人〉の娼婦が、日清戦争に勝利した日本陸軍の一等主計に身請けされ、密出国まがいの方法で、玄界灘のしけに耐え、日本に入国、東京下町の寂しい妾宅に置かれ、やがて精神に異常を来し、K脳病院の患者の一人となるまでを描く。語り手の眼が弱者へ注がれていることは、否定することは出来ない。が、人生が複雑で矛盾に富んでいることを知っている作者は、決して一方に偏しない。そこには善悪不二《ふに》の立場がつきまとう。それゆえ牧野という男を断罪することなく、彼もまた可哀そうな存在であったことを医師Kのことばとして書き留めるのである。

お蓮は弥勒寺橋に行った二、三日後からK脳病院の患者の一人となる。その病状を診たK医師のことばに、「考へれば牧野も可哀さうな男さ。惠蓮を妾にしたと云つても、帝国軍人の片破れたるものが、戦争後すぐに敵国人を内地へつれこまうと云ふんだから、人知れない苦労が多かつたらう」とのことばに、それがいみじくも示されている。弥勒寺橋へ行ったお蓮は、すでに発狂していた。牧野はその後を追い、拾った小犬を抱いて頬ずりするお蓮をなだめすかして松井町の妾宅に連れ戻している。語り手はお蓮が可哀そうなら、牧野もまた可哀そうだと言っているのである。それは普遍化するなら、帝国主義によって侵略される国の人民が不幸なら、戦勝国の先兵として制圧に赴かざるを得なかった牧野のような男もまた不幸であったことを語っているかのようである。

かくて「奇怪な再会」というテクストは、日清戦争を淵源とする弱者の悲劇を扱った作品という新たな相貌をわたしたちの前に示すこととなる。

注

1――芥川龍之介は一九二一（大正一〇）年三月末から七月半ばまで大阪毎日新聞社の海外特派員として中国各地――上海・杭州・蘇州・揚州・南京・蕪湖・廬山・洞庭湖・長沙・漢口・洛陽・北京・天津などをめぐり、朝鮮を経由して帰国した。帰国後、芥川は、「母」「馬の脚」「湖南の扇」などの小説や「上海游記」「江南游記」などの紀行文を書いた。

2――芥川龍之介は生母フクが彼を出産した八か月後、統合失調症に罹り、育児が出来なくなったため、本所小泉町一五番地のフクの実兄芥川道章宅に預けられ、そこで育った。正式に芥川家の養子になるのは、一九〇四（明治三七）年八月のことである。

3――芥川は犬が嫌いだった。そのことは府立三中時代の恩師広瀬雄や級友国富信一らの語るところでもある。「追憶」（『文藝春秋』一九二六・四～二七・二）には、小学校時代に杉浦誉四郎といういじめっ子に、犬をけしかけられ、ある畳屋の店へ飛び込んでしまったことが回想されている。彼の生涯の犬嫌いの原因は、小学校時代のこの体験にあるのかも知れない。

4――辻吉祥「妖怪・怪異」『国文学解釈と鑑賞』二〇〇七年九月一日

5――管美燕「芥川文学における日清戦争―「奇怪な再会」を中心に―」『第三回国際芥川龍之介学会論文集』二〇〇八年八月二七日、のち『芥川龍之介研究』第3号、二〇〇九年八月一日収録

6――関口安義「「将軍」論 反戦小説の視点の導入」『国文学解釈と鑑賞』二〇〇七年九月一日、本書第Ⅵ章に収録

7――紅野謙介『検閲と文学 1920年代の攻防』河出書房新社、二〇〇九年一〇月三〇日

二　おぎん

弱者の物語

弱者を通しての人間の発見

「おぎん」は、弱者に光を当てた物語である。キリストの教えを信じる養父母、――孫七とおすみに育てられたおぎんという「天主の教え」を信じる童女が、ある年の「なたら（降誕祭《くりすます》）の夜」に、養父母と共に役人に捕まって拷問を受ける。が、教えを棄てないため、三人は村はずれの刑場で火あぶりの刑に処せられることになる。ところが、おぎんは刑の執行寸前に棄教を申し出る。そして、養父母をも説得し、三人して「いんへるの」（地獄）へ行く決意をするという話である。松本常彦の言説に従うなら「弱者を通じて「人間」が発見されるという構造」[*1]の物語である。

発表は大阪毎日新聞社の特派員として中国各地をめぐった翌年の一九二二（大正一一）年九月、発表誌は『中央公論』であった。すなわち、前年の中国旅行を経て、人間や人生を見る目が一段と深まった頃の作品と言ってよいであろう。彼は大きく成長したのである。そうでなければ、こうした弱者への眼が輝く物語は書けなかったはずだ。まずはテクストそのものを、しっかり読むことからはじめたい。「おぎん」は、以下のような書き起こしの文章にはじまる。

元和《げんな》か、寛永か、兎に角遠い昔である。

天主のおん教を奉ずるものは、その頃でももう見つかり次第、火炙《ひあぶ》りや磔《はりつけ》に遇はされてゐた。しかし迫害が烈しいだけに、「万事にかなひ給ふおん主《あるじ》」も、その頃は一層この国の宗徒に、あらたかな御加護を加へられたらしい。長崎あたりの村村には、時時日の暮の光と一しよに、天使や聖徒の見舞ふ事があつた。現にあのさん・じよあん・ばちすたさへ、一度などは浦上の宗徒みげる弥兵衛の水車小屋に、姿を現したと伝へられてゐる。と同時に悪魔も亦《また》宗徒の精進を妨げる為、或は見慣れぬ黒人となり、或は舶来の草花となり、或は網代《あじろ》の乗物となり、屢《しばしば》同じ村村に出没した。夜昼さへ分たぬ土の牢に、みげる弥兵衛を苦しめた鼠も、実は悪魔の変化《へんげ》だつたさうである。弥兵衛は元和八年の秋、十一人の宗徒と火炙りになつた。――

テクストの背景

プロローグの部分である。まずは「元和か、寛永か、兎に角遠い昔である」として、物語の時代が示される。「元和・寛永」は、ともに江戸時代前期の年号であり、西暦一六一〇年代半ばから一六四〇年代半ばまでを言う。徳川幕府のキリスト教への弾圧が激しさを増しはじめた時代である。その様子は「天主のおん教を奉ずるものは、その頃でももう見つかり次第、火炙りや磔に遇はされてゐた」とあるから、弾圧の凄まじさを思わせる。が、すべてを治め給う神はこの国の宗徒に「あらたかな御加護を加へられたらしい」として、長崎あたりの村々に天使や聖徒の見舞いがあったことを告げる。洗礼者ヨハネすら浦上の宗徒弥兵衛の水車小屋に現れたという。他方、悪魔も跋扈し、宗徒の精進を妨げたことも記される。芥川得意の二項対立の描き方となっている。弥兵衛は元和八年に十一人の宗徒とともに火炙りになったことも記される。

小説「おぎん」の背景は、キリスト教が弾圧され、多くの切支丹が信仰の問題で悩み、つまずいた時代であることが、以上の引用でも知られる。プロローグを語り終えた語り手は、ここで再び「その元和か、寛永か、兎に角遠い昔である」ということばを繰り返す。昔話の常套手段である。そうした昔話的叙述の中で、おぎんという主人公が紹介される。

おぎんは浦上の山里村に住む童女とされる。おぎんの父母は大阪から長崎へ「流浪」してきた民の子で、父母は「何もし出さない内に」おぎんひとりを残して死んでしまう。父母は天主の教えを知らなかった。彼らの信じたのは、宗派は分からないが、仏教であるとして、例によって二項対立の手法で、切支丹に対しての仏教、釈迦の教えが説かれる。語り手は、釈迦の教えの「荒誕」であることを言う。そして、次に「彼等は息を引きとつた後も、釈迦の教を信じてゐる。寂しい墓原の松のかげに、末は「いんへるの」に墜《お》ちるのも知らず、はかない極楽を夢見てゐる」とある。これは後のおぎん棄教の伏線ともなるものだ。このことは後でまた取りあげることにしよう。

おぎんの信仰

おぎんは山里村の農夫で、憐れみの深い孫七夫婦に貰われる。孫七はおぎんに洗礼の水を注ぎ、まりあという受洗名を与える。おぎんに関して語り手は、その日常を次のように語る。テクストから引用する。

> おぎんは釈迦が生まれた時、天と地とを指さしながら「天上天下唯我独尊」と獅子吼した事などは信じてゐない。その代りに、「深く御柔軟《ごにうなん》、深く御愛憐、勝れて甘《うまし》くまします童女さんた・まりあ様」が、

自然と身ごもつた事を信じてゐる。「十字架に懸り死し給ひ、石の御棺に納められ給ひ、大地の底に」埋められたぜすすが、三日の後よみ返つた事を信じてゐる。御糺明《ごきうめい》の喇叭《らつぱ》さへ響き渡れば「おん主《あるじ》、大いなる御威光、大いなる御威勢を以て天下り給ひ、土埃《つちぼこり》になりたる人人の色身《しきしん》を、もとの霊魂《アニマ》に併《あは》せてよみ返し給ひ、善人は天上の快楽《けらく》を受け、又悪人は天狗と共に、地獄に堕ち」る事を信じてゐる。殊に「御言葉の御聖徳により、ぱんと酒の色形は変らずと雖《いへど》も、その正体はおん主の御血肉となり変る」尊いさがらめんとを信じてゐる。おぎんの心は両親のやうに、熱風に吹かれた沙漠ではない。素朴な野薔薇の花を交へた、実りの豊かな麦畠である。おぎんは両親を失つた後、じよあん孫七の養女になつた。孫七の妻、じよあんなおすみも、やはり心の優しい女である。おぎんはこの夫婦と一しよに、牛を追つたり麦を刈つたり、幸福にその日を送つてゐた。

おぎんは孤児であった。両親を失った後は、孫七・おすみ夫婦の養女となる。彼女は受洗して、イエスが十字架につけられて死に、「大地の底」に埋められたにもかかわらず、三日目に死者のうちから復活したことを信じている。さらには復活し、天に上り、全能の父なる神の右に座したイエスが、「御糺明《ごきうめい》の喇叭《らつぱ》さへ響き渡れば」、天下り給い、生きている者と死んだ者とを審くことを信じている。また、パンと葡萄酒による聖餐の儀式、サクラメントをも信じている。おぎんの心は「素朴な野薔薇の花を交へた、実りの豊かな麦畠」とされる。彼女は憐れみ深い孫七と心の優しいおすみに養われ、幸福に日々を送っていた。

次に、彼女の日々の祈りは簡単なものであったとし、以下のような文言が書き留められる。「憐みのおん母、おん身におん礼をなし奉る。流人《るにん》となれるえわの子供、おん身に叫びをなし奉る。あはれこの涙の谷に、柔軟《にうなん》のおん眼をめぐらさせ給へ。あんめい」とある。「えわ」は、旧約聖書「創世記」に出て来るアダムの妻エバ（イヴ）のこと。また、「あんめい」は、アーメンで、「確かに」とか「本当に」の意をあらわすことばである。この凝縮された祈りは美しい。井上洋子は「芥川龍之介「おぎん」の位置」[*2]で、その文体に言及し、「前半部の彼らはひたすら〈神聖な愚人〉（「じゆりあの・吉助」大8・9）として〈殉教〉へと向かっている。前半部の個人の心理に立ち入らないこうした説話的文体は、〈神聖な愚人〉の一人、おぎんを語るのにふさわしい」と言う。井上はおぎん棄教以後は、文体もまた「リアルな描写を交えた小説の文体へと変化」することを見逃さない。

棄教への道

序破急の構成

小説「おぎん」は、序破急の構成をとる。おぎんの祈りが「序」の終わりを告げると、テクストは「破」の段に入り、プロットは急展開する。その箇所も直接テクストに見ることにしたい。

> すると或年のなたら（降誕祭《くりすます》）の夜、悪魔は何人かの役人と一しよに、突然孫七の家へはひつて来た。孫七の家には大きい囲炉裡《いろり》に「お伽の焚《た》き物」の火が燃えさかつてゐる。それから煤《すす》びた壁の上にも、今夜だけは十字架が祭つてある。最後に後ろの牛小屋へ行けば、ぜすす様の産湯《うぶゆ》の為に、飼桶に水が湛《たた》へられてゐる。役人は互に頷き合ひながら、孫七夫婦に縄をかけた。おぎんも同時に括《くく》り上げられた。しかし彼等は三人とも、全然悪びれる気色《けしき》はなかつた。あにま（霊魂《アニマ》）の助かりの為ならば、如何なる責苦も覚悟である。おん主は必我等の為に、御加護を賜《たま》はるのに違ひない。第一なたらの夜に捕はれた

と云ふのは、天寵の厚い証拠ではないか？　彼等は皆云ひ合せたやうに、かう確信してゐたのである。役人は彼等を縛《いまし》めた後、代官の屋敷へ引き立てて行つた。が、彼等はその途中も、暗夜《やみよ》の風に吹かれながら、御降誕の祈禱を誦《じゅ》しつづけた。

「べれんの国にお生まれなされたおん若君様、今はいづこにましますか？　おん讃《ほ》め尊《あが》め給へ。」

悪魔は彼等の捕はれたのを見ると、手を拍つて喜び笑つた。しかし彼等のけなげなさまには、少からず腹を立てたらしい。悪魔は一人になつた後、忌忌《いまいま》しさうに唾をするが早いか、忽《たちま》ち大きい石臼になつた。さうしてごろごろ転がりながら闇の中に消え失せてしまつた。

「破」の段は、まず「或年のなたら（降誕祭《くりすます》）の夜」に、悪魔が何人かの役人と孫七の家にやって来たことからはじまる。降誕祭の夜ゆえ、火がたかれ、壁にはその夜だけは、十字架が祭ってある。牛小屋には「ぜすす様の産湯《うぶゆ》の為に、飼桶に水が湛《たた》へられてゐる」状況だった故、孫七夫婦と養女のおぎんは、役人に捕縛された。

場面は急展開を告げる。語り手は三人の心情を察し、「あにま（霊魂《アニマ》）の助かりの為ならば、如何なる責苦も覚悟である。おん主は必我等の為に、御加護を賜《たま》はるのに違ひない。第一なたらの夜に捕はれたと云ふのは、天寵の厚い証拠ではないか？」と語る。

一方、悪魔は「彼等のけなげさ」に腹を立て、闇の中に消え失せる。先の井上洋子の論では、悪魔が「大きい石臼になつた。さうしてごろごろ転がりながら闇の中に消え失せてしまつた」をとりあげ、ここは「切支丹がデウスをダイウスと読んだことをふまえた（ダイウス＝大きい石臼）しゃれ」であるとする。こういう日本語独特の表現、駄洒落を芥川は好んだ。その最もよき例は、この後に書かれる「馬の脚」（『新潮』一九二五・一〜二）に見出せる。そのことは別稿[*3]に記したので省略する。

この段では、次に三人へのきびしい弾圧の様子が記される。ここもテクストを引用する。

じよあん孫七、じよあんなおすみ、まりあおぎんの三人は、土の牢に投げこまれた上、天主のおん教を捨てるやうに、いろいろの責苦《せめく》に遇はされた。しかし水責や火責に遇つても、彼等の決心は動かなかつた。たとひ皮肉は爛《ただ》れるにしても、はらいそ（天国）の門へはひるのは、もう一息の辛抱である。いや、天主の大恩を思へば、この暗い土の牢さへ、その侭「はらいそ」の荘厳と変りはない。のみならず尊い天使や聖徒は、夢ともうつつともつかない中に、屢《しばしば》彼等を慰めに来た。殊にさういふ幸福は、一番おぎんに恵まれたらしい。おぎんはさん・じよあん・ばちすたが、大きい両手の手のひらに、蝗《いなご》を沢山掬《すく》ひ上げながら、食へと云ふ所を見た事がある。又大天使がぶりえるが、白い翼を畳んだ侭、美しい金色《こんじき》の杯《さかづき》に、水をくれる所を見た事もある。

語り手の批評のことば

三人への拷問とそれにめげない態度を語った語り手は、次に、迫害する側の視点に立つ。代官は天主の教えはむろんのこと、釈迦の教えにも疎かったから、なぜ彼らが強情を張るのか理解できない。それゆえ彼らは「気違ひ」ではないかと思うこともあったと言う。が、「気違ひ」でないことがわかると、「今度は大蛇とか一角獣とか、兎に角人倫には縁のない動物」のような気がしてくる。

代官はそういう動物を生かしておいては、法律に違《たが》うし、国の安危にもかかわるとして、一月ばかり土の牢屋に入れ置き、早々と三人とも焼き殺すことになる。ここで語り手の批評のことばが括弧つきで挿入される。以下のようだ。

（実を云へばこの代官も、世間一般の代官のやうに、一国の安危に関るかどうか、そんな事は殆ど考へなかつた。これは第一に法律があり、第二に人民の道徳があり、わざわざ考へて見ないでも、格別不自由はしなかつたからである。）

括弧付きで、示される語り手の批評は、手厳しい。代官には「一国の安危」に関わることなど理解できない。彼には「第一に法律」があり、「第二に人民の道徳」があり、それに反するものは、よくないとした固定観念があった。代官には「民意を問ふ」という考えなど毛頭ない。ただ一刻も早く、事件に終止符を打たせたかったのである。そうしたことへの皮肉なコメントとなっているのである。

じよあん孫七をはじめとする三人の宗徒は、村はずれの刑場へ引かれる途中も、恐れる気色を見せない。刑場は墓原（墓場）に隣り合った、石ころの多い空き地である。彼らはそこで「一一罪状を読み聞かされた後、」太い角柱に括り付けられ、中央に孫七、左におぎん、右におすみが押し立てられる。

刑場の回りには、大勢の見物が取り巻いている。その向こうの空には、墓原の松が五、六本、「天蓋のやうに枝を張ってゐる」のであった。松は日本的風景を象徴するものの代名詞として用いられ、この後のおぎんの棄教とかかわることとなる。火炙りによる処刑の準備は、ここに整ったと言えようか。棄教への道が用意されたのである。

あらゆる人間の心

おぎんの棄教

小説「おぎん」は、「人間の弱さをどう考えるかという根源的問題が、宗教とかかわって存在する」と、わたしはかつて書いたことがある。*4 その思いは、今もって変わらない。再説する前に、テクストのプロットをしっかり追っておきたい。序破急構成の「おぎん」の物語は、「急」の部に至り、大きなドラマとして展開する。土の牢に投げ込まれ、火責め・水責めなど、いろいろの責苦に遇っても、微動だにしなかった三人の信仰が、おぎんの棄教の叫びに続き、養母おすみも、さらには、堅い信仰に立っていた養父孫七までも、もろくも崩れ、「堕落」するのである。

「急」の部は、「一切の準備の終つた時、役人の一人は物物しげに、三人の前へ進みよると、天主のおん教を捨てるか捨てぬか、少時猶予《しばらくゆうよ》を与へるから、もう一度よく考へて見ろ、もしおん教を捨てると云へば、直《すぐ》にも縄目は赦《ゆる》してやると云つた」という、やや長い一文にはじまる。総じて短文から成り立つ本作の中で、百字をはるかに超える一文は珍しい。が、以下、再び「しかし彼等は答へない。皆遠い空を見守つた侭、口もとには微笑さへ湛《たた》へてゐる」という短文の文章に戻り、後は一瀉千里、物語は結末へと向かう。まずはおぎんの棄教の場面をテクストから引用する。

役人は勿論見物すら、この数分の間位ひつそりとなつたためしはない。無数の眼はぢつと瞬《また》きもせず、三人の顔に注がれてゐる。が、これは傷《いたま》しさの余り、誰も息を呑んだのではない。見物は大抵火のかかるのを、今か今かと待つてゐたのである。役人は又処刑の手間どるのに、すつかり退屈し切つてゐたから、話をする勇気も出なかつたのである。

するると突然一同の耳は、はつきりと意外な言葉を捉へた。

「わたしはおん教を捨てる事に致しました。」

声の主はおぎんである。見物は一度に騒ぎ立つた。が、一度どよめいた後、忽ち又静かになつてしまつた。それは孫七が悲しさうに、おぎんの方を振り向きながら、力のない声を出したからである。

「おぎん！　お前は悪魔にたぶらかされたのか？　もう一辛抱しさへすれば、おん主の御顔も拝めるのだぞ。」

その言葉が終らない内に、おすみも遙かにおぎんの方へ、一生懸命な声をかけた。

「おぎん！　おぎん！　お前には悪魔がついたのだよ。祈つておくれ。祈つておくれ。」

しかしおぎんは返事をしない。唯眼は大勢の見物の向うの、天蓋のやうに枝を張つた、墓原の松を眺めてゐる。その内にももう役人の一人は、おぎんの縄目を赦《ゆる》すやうに命じた。

じよあん孫七はそれを見るなり、あきらめたやうに眼をつぶつた。

「万事にかなひ給ふおん主《あるじ》、おん計らひに任せ奉る。」

事の意外性

本作のクライマックスの部分である。テクストは俄然緊張感を帯びる。信じていた「天主のおん教」を棄てるのは、自己の存在を否定することにつながるものがあるからだ。

「わたしはおん教を捨てる事に致しました」のおぎんの声、それはおぎんなりのさまざまな思いを秘めた叫びであったに違いない。「見物は一度に騒ぎ立つた」というのは、事の意外性に驚いたからに他ならない。なぜ、あの信仰心厚い童女がとの思いが、見物人にはあったのであろう。孫七はおぎんの棄教を諫める。が、彼には当初から事の成り行きに致し方ないものを感じていたかのようだ。それゆえ、役人がおぎんの縄目を赦すよう命じると「あきらめたやうに眼をつぶつた」とある。

おぎんはなぜ教えを棄てたのか。それが次の段落で示される。縄を解かれたおぎんは、孫七夫婦の前に跪き、「お父様、お母様、どうか堪忍して下さいまし」と言い、棄教の理由を語るのである。ここも直接テクストに聞こう。

「わたしはおん教を捨てました。その訣《わけ》はふと向うに見える、天蓋のやうな松の梢に、気のついたせゐでございます。あの墓原の松のかげに、眠つていらつしやる御両親は、天主のおん教も御存知なし、きつと今頃はいんへるのに、お墜ちになつていらつしやいませう。それを今わたし一人、はらいその門にはひつたのでは、どうしても申し訣がありません。わたしはやはり地獄の底へ、御両親の跡を追つて参りませう。どうかお父様やお母様は、ぜすす様やまりあ様の御側へお出でなすつて下さいまし。その代りおん教を捨てた上は、わたしも生きては居られません。…………」

すでに何人もの先人が、この箇所をとりあげて信仰よりも人情を優先させている点を、指摘している。たとえば、片岡良一はおぎんの棄教に関して、「個人主義とか新しい信仰（思想）とかいうものより、結局血のつながりや家族関係の方が強いものだということ」[*5]を語るものだとした。また、三好行雄は「おぎんを棄教にさそう刑場のかなたの〈墓原〉は〈日本〉の象徴であろうし、日本の美意識の独自性を説く「神神の微笑」との交響も否定できない」[*6]と言う。日本的人情や美意識がヨーロッパ伝来のキリスト信仰や思想と衝突することから生じるトラブルは、芥川と同時代作家が好んでとりあげる問題でもあった。そうしたことをも含めた考察は後に回し、テクストの結末を追いたい。

孫七の〈堕落〉

おぎんの告白を聞いた養母のおすみは、薪の上へ涙を落とす。語り手はここで、「これからはらいそへはひらうとするのに、用もない歎きに耽つてゐるのは、勿論宗徒のすべき事ではない」との感想を一言もらす。その上で、じよあん孫七の棄教に至る道をかいつまんで語るのである。孫七は「苦苦しさうに」妻を振り返りながら、疳高い声で「お前も悪魔に見入られたのか?」と叱りつけ、「おれは一人でも焼け死んで見せるぞ」と言う。するとおすみは、自分もお供をする、けれどもそれは天国へ行きたいからではなく、ただ、「あなたのお供を致す」のだと言う。ここで孫七は考え込んでしまう。重要なその箇所を、テクストは以下のように書き記す。

　孫七は長い間黙つてゐた。しかしその顔は蒼ざめたり、又血の色を漲らせたりした。と同時に汗の玉も、つぶつぶ顔にたまり出した。孫七は今心の眼に、彼のあにまを見てゐるのである。彼のあにまを奪ひ合ふ天使と悪魔とを見てゐるのである。もしその時足もとのおぎんが泣き伏した顔を挙げずにゐたら、――いや、もうおぎんは顔を挙げた。しかも涙に溢れた眼には、不思議な光を宿しながら、ぢつと彼を見守つてゐる。この眼の奥に閃《ひらめ》いてゐるのは、無邪気な童女の心ばかりではない。「流人《るにん》となれるえわの子供」、あらゆる人間の心である。

　「お父様！　いんへるのへ参りませう。お母様も、わたしも、あちらのお父様やお母様も、――みんな悪魔にさらはれませう。」

　孫七はたうとう堕落した。

おぎんが顔を挙げ、孫七を見つめる眼の奥に、語り手は「無邪気な童女の心」ばかりでなく、「「流人《るにん》となれるえわの子供」、あらゆる人間の心」を見る。「えわ」とは、先にも記したが、旧約聖書の「創世記」に出て来るアダムの妻、エバ（イヴ）のことだ。エバはエデンの園で蛇にそそのかされ、神が禁じた「善悪を知る木」の実を取って、夫アダムとともに食べた。いわゆる失楽園神話である。キリスト教で言う原罪の由来するところである。「創世記」では、そのことから神の叱責を受け、アダムとエバは、二人してエデンの園から追放されている。語り手はおぎんに、エバの子孫としての罪深い人間の存在、つまり「あらゆる人間の心」を見取っているのである。縄目を解かれたおぎんは、孫七を下からじっと見つめ、棄教を迫る。「みんな悪魔にさらはれませう」のおぎんのことばは、「あらゆる人間の心」を象徴している。

人間の弱さ

「孫七はたうとう堕落した」の十一文字が示すものは、人間の弱さ以外の何物でもない。孫七は堅い志操の持ち主として描かれていた。それが、エバの子孫でもあるおぎんのそそのかしに等しいことばによって落城する。ここに先の問題、――日本人の人情や美意識がキリスト教や西洋思想としばしば衝突する問題が浮上する。こうした問題を芥川と同時代人がどう考えていたかを見よう。

キリスト教信仰に限らず、日本人は西洋思想の持つ進取の精神や合理的考え方をよしとしながらも、なかなか受け入れようとしない。受け入れたかに見えても、最後に逆転するケースがしばしばだ。いい例が芥川の一高から『新思潮』時代の仲間、菊池寛の戯曲「父帰る」（第四次『新思潮』一九一七・一）である。ここに登場する長男賢一郎は、一見、西洋思想を理解した新しい時代を生きる青年に映る。彼は家族の面倒を見ずに、好きな女と出奔した父宗太郎が落ちぶれて帰って来た時、許せないように思う。賢一郎が父に投げつける、「あなたは二十年前に父としての権利を自分で棄てて居る」ということばの背景には、家庭人としての人間のあるべき姿がしっかりと捉えられている。それはキリストの教えとともに発展したヨーロッパ近代社会のモラルでもあった。

が、宗太郎が「のたれ死するには家は入らんからのう。……」とつぶやき、戸を開けて去った時、彼の持っていた近代社会のモラルはいったん脇に置かれ、弟新二郎とともに父を呼び戻しに行くという展開をとる。ここでは責任放棄は責められねばならないという考えよりも、親子の情や肉親を大事にする立場が先行していることになる。宗太郎は、妻と三人の子を置き去りにして女と出奔したという父の行為を糾弾するものの、悄然として家を出て行く父を見るに及び、父を赦し、その後を追うことになる。このドラマの新しさは、そうした葛藤をうまく取り上げた点にあろう。それは土壇場では、日本的観念が優先するという立場だ。つまり親子や肉親の情の前には、ヨーロッパ的合理精神も影の薄い存在となってしまうのである。

悪魔は勝利したのか

弱者への共感

語り手の背後にいる作者は、こうした立場を許容しているかのようだ。それは弱者への共感の眼に通じる。作者にはおぎんはむろんのこと、おすみ、そして孫七の棄教を暖かく見つめる立場がある。それゆえ語り手が物語を語り終えたのに続いて、作者は以下のような付言を書き込まざるを得なかったのである。

この話は我国に多かつた奉教人の受難の中でも、最も恥づべき躓《つまづ》きとして、後代に伝へられた物語である。何でも彼等が三人ながら、おん教を捨てるとなつた時には、天主の何たるかをわきまへない見物の老若男女さへも、悉《ことごとく》彼等を憎んだと云ふ。これは折角の火炙りも何も、見そこなつた遺恨だつたかも知れない。更に又伝ふる所によれば、悪魔はその時大歓喜のあまり、大きい書物に化けながら、夜《よ》中《ぢゆう》刑場に飛んでゐたと云ふ。これもさう無性《むしやう》に喜ぶ程、悪魔の成功だつたかどうか、作者は甚《はなは》だ懐疑的である。

右の箇所をわたしは作者の付言とした。すると語り手による物語は、「孫七はたうとう堕落した」で終わったと見ることになる。そうすることで、最後の「作者」の二文字が、読者には自然に受け取れるのだ。作者芥川龍之介は、語り手に託して人間の弱さについて考えをめぐらしてきたかのようである。それは前述のように、特派員として中国各地をめぐり、かの地の人々の生活に接して得た人間を見る眼の深まりとかかわる。

むろん、彼は早くから「手巾《ハンケチ》」（『中央公論』一九一六・一〇）などで、東と西の問題を考えていた。日本とヨーロッパ、言うならば東と西の倫理や文化の違いの問題は、彼の終生の課題であった。中国視察旅行を通し、その課題は彼の中でいっそう深まる事となる。帰国第一作と言える「母」（『中央公論』一九二一・九）では、「人力に及ばないもの」の前におののく日本人の姿を描いた。「おぎん」が発表された一九二二（大正一一）年の一月号の『中央公論』に載った「神神の微笑」も、東と西の問題を扱った、いかにも芥川らしい作品であった。そこでは神と神々の問題、――唯一神としてのキリスト教をあがめる民と、多神教として八百万《やおよろず》の神々をあがめる日本人の問題が突き詰められ、考えられていた。[*7]

文学と宗教

前節で述べたように、「作者」は語り手を通して、おぎんに「流人となれるえわの子供」を見出した。そのことを踏まえて、佐藤泰正はここに〈文学と宗教をめぐる芥川の先駆的意味〉を見出している。[*8] 佐藤の研究史を踏まえた見解は、説得力に満ち、「おぎん」を切支丹ものの中での

「第一等の作、尠《すくな》くとも彼の最も重い主題をになった、注目すべき作」とする。そして「ここにあるものは、アガペエとエゴイズムの対立ではなく、アガペエと肉なる愛フィレインの葛藤とこそ見るべきではあるまいか」とする。信仰や殉教にかかわる佐藤の論の一部を引用しよう。

この信仰とは、殉教とは何か。あの「墓原の松のかげ」に眠り、「いんへるの」に墜ちたと信ぜられる両親を捨ててゆくことは出来ぬというおぎんの告白は、この避けがたく重い問いを我々に突きつける。またさらに、孫七の固守せんとする殉教の栄光は、ただ「あなたのお供を致すのでございます」という、おすみの言葉によって見事に砕かれる。こうして最後に孫七を見上げるおぎんの眼が、もはや無邪気な「童女」の眼ならぬ、「『流人となれるえわ（イブ）の子供』、あらゆる人間の心」の閃きに、不思議な光を帯び、「いんへるのへ参りませう。……みんな悪魔にさらはれませう」と叫ぶ時、この問いは極まるかにみえる。

孫七の棄教は、人間の弱さが露呈したものであった。が、ここには佐藤の言うように「避けがたく重い問いを我々に突きつける」ものがある。影山恒男はそれを「日本的感性を以てキリスト教に対峙させ、人間的な実存の位相を立体的に捉えよう」[*9]としたものだとする。芥川の問いかけの意味は重い。

テクストには、さらに「この話は我国に多かつた奉教人の受難の中でも、最も恥づべき躓《つまづ》きとして、後代に伝へられた物語である」とある。その上で「悪魔はその時大歓喜のあまり、大きい書物に化けながら、夜《よ》中《ぢゆう》刑場に飛んでゐたと云ふ」というが、最後に「これもさう無性《むしやう》に喜ぶ程、悪魔の成功だつたかどうか、作者は甚《はなは》だ懐疑的である」の一文があることに注目しなくてはならぬ。

ここで今一度、悪魔は勝利したのかの問題に至る。「作者」はそのことに対し、「甚だ懐疑的である」という。何故なのか。孫七はじめ三人は、弱さゆえに「堕落」せざるを得なかった。人間の心の弱さ、それは「あらゆる人間の心」なのだと語り手は言っていた。それは深い人間洞察から出ることばなのである。芥川龍之介は早くから人間の心の弱さに注目し、作品を書いてきた。「鼻」の禅智内供、「芋粥」の五位の男、「毛利先生」の毛利先生、そしてこの「おぎん」のヒロインをはじめとする切支丹ものの主人公を通して、「人間の心の弱さ」に注目してきたのである。

弱さは強さが対極にあるものだ。芥川は一方で早くから強さにもあこがれを懐いていた。中学時代の文章「義仲論」の木曾義仲をはじめ、彼は強い人間の存在に目をとめ、それを作品化していた。ロマン・ロランの『ジャン・クリストフ』の主人公や画家のゴッホにひかれたのも、その強さゆえであった。そうした強い存在の人物が弱さを抱えるのも、芥川は見逃していない。「戯作三昧」の馬琴、「地獄変」の良秀がそうである。けれども、特派員としての中国での経験は、彼の人生を見る眼を深くした。物事がそう簡単なものでないことも解ってくる。強さ、弱さは相対的なものであることも彼は知る。

芥川がその生涯を通し好んで読んだ聖書が、ここに浮上する。パウロは「わたしは弱いときにこそ強い」（新共同訳「コリント信徒への手紙二」12・10）と言い、「キリストは、弱さのゆえに十字架につけられましたが、神の力によって生きておられるのです」（同上、13・4）とも言う。これらのパウロのことばを芥川はよく知っていた。キリスト教を「逆説の多い詩的宗教」（「西方の人」18）と捉えた芥川には、理性を超えて存在するものも解っていたに違いない。人間の弱さをどう考えるかという根源的問いかけは、芥川のばあい宗教と深く関わって存在した。

悪魔は勝利しなかった

テクスト「おぎん」で、悪魔は勝利しなかったと語り手は言っているかのようだ。つまり、弱さゆえの敗北とは作者の芥川は考えていない。棄教、即ち「堕落」したように見えるのは、表面的観察である、三人には以後、ある種の強さをもって、この世を生き抜くことが要請されていたのではないかとの声が、行間から聞こえるかのようだ。確かに、三人は悪魔の眼からするなら「堕落」した、――が、三人は、おぎんの父母の霊を慰め、他方で〈御主〉のことばにも忠実に、隠れ切支丹としての道を、強く生き抜いたとの物語が別に意図されたとしてもおかしくないのである。

注

1――松本常彦「弱者の変容・弱者の土壌」『國文學』二〇〇一年九月一〇日

2――井上洋子「芥川龍之介「おぎん」の位置―〈文明批評〉と〈存在論〉と―」九州大学国語国文学会『語文研究』一九九七年一二月二五日

3――関口安義「芥川龍之介「馬の脚」論」『社会文学』第25号、二〇〇七年四月一日、のち『世界文学としての芥川龍之介』新日本出版社、二〇〇七年六月一五日収録、一七七ページ

4――関口安義『この人を見よ　芥川龍之介と聖書』小沢書店、一九九五年七月三〇日、一五二ページ

5――片岡良一『芥川龍之介』福村書店、一九五二年七月二〇日、八九～九〇ページ

6――三好行雄「「南京の基督」に潜むもの」『国語と国文学』一九七一年一月一日、のち『芥川龍之介論』筑摩書房、一九七六年九月三〇日収録、二三三ページ

7――関口安義「〈神〉と〈神々〉芥川龍之介における神」『國文學』第41巻第5号、一九九六年四月一〇日、のち『芥川龍之介の復活』洋々社、一九九八年一一月二八日収録、二五九～二七一ページ

8――佐藤泰正「「奉教人の死」と「おぎん」―芥川切支丹物に関する一考察―」梅光女学院大学『国文学研究』第5号、一九六九年一一月二五日、のち『文学 その内なる神』桜楓社、一九七四年三月五日収録、一六二〜一七四ページ

9――影山恒男「切支丹物における日本的感性―「おぎん」をめぐって―」『長崎県立女子短期大学研究紀要』一九八七年一二月、のち『芥川龍之介と堀辰雄 信と認識のはざま』有精堂、一九九四年一一月一日収録、七四ページ

三　報恩記

恩返し

そらごと

「報恩」とは、いまさら言うまでもなく恩に報いること、恩返しといった意味である。日本では民話「鶴の恩がえし」などが、恩返し物語としてよく知られているが、世界各国に報恩物語は存在する。芥川龍之介の「報恩記」も、また恩返し物語の範疇に入る作品と言えよう。恩返しなるものは、日本では儒教や仏教の教えに由来するところが大きい。鎌倉時代に成立したとされる『宇治拾遺物語』にも「雀報恩の事」（巻三十六）という報恩説話がある。けれども、恩を返すという人間にとって望ましい行為が、徳目や慣習となる時、それは弱者いじめを含む虚《むな》しいもの、そらごとといった複雑な様相を帯びる。

芥川龍之介の盟友菊池寛に「恩を返す話」（『大学評論』一九一七・三）という小説がある。梗概をややくわしく述べるなら、神山甚兵衛という肥後熊本の武士が、島原の乱の折に戦場で同僚の佐原惣八郎に危急を救われる。が、甚兵衛は「惣八郎から恩を着る事」を欲しなかった。甚兵衛と惣八郎とは仲が悪いというわけでもない。ただ甚兵衛は惣八郎が「何となく嫌」なのである。二人とも剣術にすぐれ、ライバルとしてしのぎを削ってきただけに、甚兵衛には惣八郎を一生、命の恩人としなくてはならないのが辛く、不快なのである。

二十歳の甚兵衛は、「この不快を取り除く第一の手段」は、「早く恩返しをする事だ」と考えつく。以後、甚兵衛の戦場へ向かう動機は、それまでとは一変する。「功名《こうみやう》をする為でもなければ、主君の為でもなかった。一途《いちづ》に恩を返すことを念とした」というのである。彼は惣八郎の後をつけては機会をねらうのであったが、甚兵衛が助太刀を要するような機会は来ない。

島原の乱が治まり泰平の世が来ると、甚兵衛の惣八郎への報恩の機会は、ますます遠のく。肥後細川藩では忠利侯が他界して忠尚《ただなほ》侯が後を継いだ。甚兵衛は三十の年を迎えていた。恩返しの機会がないまま、甚兵衛は家伝の「菊一文字の短刀」を惣八郎に贈ることで恩を幾分でも返したという心持ちを得たいと思う。が、それは惣八郎から拒絶される。甚兵衛はそのことを快く思わなかった。惣八郎は故意に恩を返させまいとしている、そして一生恩人としての高い位置を占めて、自分を見下ろそうとするのだと考えるのであった。

十年後甚兵衛が四十になった時、惣八郎と相番で殿中に詰めていた夜、白書院の床の青磁の花瓶が何者かに壊される。細川家の重器の一つゆえお咎めも尋常でないと考えた甚兵衛は罪を一人で負って腹を切り、惣八郎の命を助けようと思う。彼が意気込んで青磁の花瓶の件を言上するのを聞いた藩主忠尚は、「大事ない」と何気なく言い、取り合わない。

寛文三年、甚兵衛四十六歳、天草の騒動で惣八郎から恩を受けて二十六年、この年の春先から甚兵衛は朝ごとに咳をし、しばらく止まらないようになる。労咳である。甚兵衛は死を覚悟した。前途の短いことを知ってからは、「報恩の一儀が、愈々心を悩ま」す。が、時は遂に到来する。この年三月二十六日、甚兵衛は家老の細川志摩から呼び寄せられ、惣八郎を上意討ちするよう命じられる。上意討ちの仕手になるのは、武士の名誉である。しかし、甚兵衛には別の意味での喜びがあった。それは二十六年間、明け暮れ望んでいた恩返しが実現するからである。

彼は惣八郎に上意の命が下ったので、逃げるよう勧めた文書を送り、日暮れ近く惣八郎の家を見に行く。佐原家は何らの混乱もなく、打水のあともしめやかであった。惣八郎は物静かな調子で待っていたと言い、介錯を依頼して、左の腹に切っ先を当てる。惣八郎の書置きには、「甚兵衛より友誼《よしみ》を以て自裁を勧められたるに依り、勝手ながら」とあったという。甚兵衛は「君命にも背かず、友誼をも忘れざる者」ということで、一藩の賞め者となり、殿から五十石の加増を得る。しかし、甚兵衛は、それも惣八郎から受けた新しい恩として死ぬまで苦悶の種となる。

人間の勝手な思い

菊池寛の「恩を返す話」は報恩という、もともとはうるわしい理想的観念が、実は人間の勝手な思いこみであることを暴いている。甚兵衛の最後の行為は、心から惣八郎を思ってのことではない。それは自身の見栄であったり、自己満足であったに過ぎない。語り手は、この物語の最後に次のような文章を置く。

其後、享保《きやうはう》の頃になつて、天草陣惣八覚書と云ふ写本が、細川家の人々に読まれた。其裡の一節に、「今日計らずも、甚兵衛の危急を助け申候、されど戦場の敵は私の敵に非ざれば、恩を施せしなど夢にも思ふべきに非ず、右後日の為に記し置候事。」とあつた。

わざわざこのような一節を置くことで、語り手を統御する作家菊池寛は、恩返しなるものが、虚なるものであることを再確認させているのである。甚兵衛の物語を綴ってきた作者は、ここで念を押すかのように、封建道徳、さらには普遍的人間倫理の愚を笑っている。

芥川龍之介は菊池寛のこの小説「恩を返す話」を評価した。菊池の最初の著書『恩を返す話』（春陽堂、一九一八・八）の「後序」で菊池は、芥川龍之介や久米正雄らの激励で新聞社勤めの傍ら、創作を続けたとし、特に「その間、芥川が「恩を返す話」や「ゼラール中尉」などの諸作を過分に賞めて呉れた事が、どれほど自分の自信を培つたか分らない」とも言っている。

芥川の菊池を認めた発言は、例えば「菊池のゼラール中尉をよんだ　ポオルブルジエの戦争物より遙にうまい　大に感心した　恩を返す話以来の傑作だと思ふ」（久米正雄宛、一九一八・一・一付）というような書簡の一節にも見られる。また、「菊池の芸術」（『秀才文壇』一九一八・八）というエッセイでは、「菊池の小説を読む場合に、何よりもまづ目につくものは、その特殊な気質である」と言い、さらに以下のように記している。

しかも菊池の小説ではさう云ふ世界の中に、時として一脈の美しさが、まるで忘れ物でもしたやうにはいつて来るから不思議である。洒落れて云へば、「月の光がさして来る」とでも云ふのであらう。その上その美しさなるものが、無垢で、正直で、如何にもラ・ヴエリテ・トウト・ニユ（注、赤裸々な真実）の作家が持ち合せてゐさうもないものだから、実際不思議と云ふ外はない。（「恩を返す話」や「勲章を貰ふ話」の中には、その最も好い例がある。）

自分の見る所では、こんな特色のある菊池の芸術は、この一二年の間に、着々として拡がりと深さとを増して来た。将来に於ても、更に長足な進歩する事は、過去に徴しても疑ひはなからうと思ふ。どんな作品を書くか、それは勿論予言する事は困難であらう。が、菊池の気質が菊池の哲学に根ざしを張つて来た時、云ひ換へればあのトラジツク・コメデイアンの世界が、或方則の下に統一のある動き方を始めた時、菊池は単にブウルジエを想はせる、「憂鬱な豚」ではなくなるのに違ひない。自分はその時の来るのを、一日も早くその時の来るのを、誰よりも待つてゐるものゝ一人である。

芥川が「報恩記」を発表するのは、菊池の「恩を返す話」のほぼ五年後の一九二二（大正一一）年四月号の『中央公論』においてである。彼はもはや文壇の中堅である。中国特派員の仕事[*1]も終え、人間や人生を見る目がより深まった時代の作品であった。菊池の「恩を返す話」は、右の梗概だけからも分かりやすい作品であることは、推察できよう。テーマ小説と称されるゆえんである。芥川は菊池の「恩を返す話」をも頭に入れながら、先行する自身の「藪の中」（『新潮』一九二二・一）のスタイルを踏襲し、一編の恩返し物語を書いたのである。

テクストの構造

甚内の話

「報恩記」は三人の人物の話から成り立っている。三人とは阿媽港甚内《あまかはじんない》と北条屋弥三右衛門《ほうでうややざゑもん》と「ぽうろ」弥三郎である。阿媽港甚内は「評判の高い盗人」、北条屋弥三右衛門は海外貿易に携わる資産家である。彼は二十年以前に、甚内の命を助けたことがある。そして「ぽうろ」弥三郎は、北条屋弥三右衛門の跡取り息子ながら、素行が悪いため勘当されている。テクストはこの三人の独白で進行する。独白の聞き手は、伴天連（司祭）であり、「まりあ」様である。それぞれの話に便宜的に①～③の数字をつけて説明しよう。

まずは①「阿媽港甚内の話」である。ある夜、「さん・ふらんしすこ」の御寺《みてら》に、盗人の甚内が忍び込み、伴天連に一人の男の魂のために、「みさ」の祈りを乞う。彼は「わたしは甚内と云ふものです。苗字は――

さあ、世間ではずつと前から、阿媽港甚内《あまかはじんない》と云つてゐるやうです」という自己紹介からはじめ、「「ぽうろ」と云ふ日本人の為に、冥福を祈つてやりたい」のだと言う。そして二年あまり前の話をはじめる。巧みな語りである。甚内自身の事件にかかわる述懐の冒頭を引用する。

もう二年あまり以前の話ですが、丁度或凩《こがらし》の真夜中です。わたしは雲水に姿を変へながら、京の町中《まちなか》をうろついてゐました。京の町中をうろついたのは、その夜に始まつたのではありません。もう彼是《かれこれ》五日ばかり、何時《いつ》も初更《しよかう》を過ぎさへすれば、必《かならず》人目に立たないやうに、そつと家家を窺つたのです。勿論何の為だつたのかは、註を入れるにも及びますまい。殊にその頃は摩利伽《まりか》(注、マラツカ、現在のマレーシア南西部の都市)へでも、一時渡つてゐるつもりでしたから、余計に金《かね》の入用もあつたのです。

こうあって、甚内が企てた押入りの話が語り出される。甚内は大きい角屋敷の北条屋弥三右衛門の本宅に目をとめる。彼は道端の天水桶の後に、雲水の持つ網代の笠や杖を隠し、高塀を乗り越え忍び込む。すると暗い廊下の先にある小座敷で話し声がする。主人の弥三右衛門夫婦がおり、内儀は涙を拭っている。二人の話からは経営が行き詰まった様子が伝わってくる。弥三右衛門は「明日にも店のものに、暇《ひま》をやる事に決心をした」と言う。弥三右衛門は「おん主《あるじ》、「えす・きりすと」様。何とぞ我我夫婦の心に、あなた様の御力を御恵み下さい。……」と祈っている。

テクスト①の回想の場は、「さん・ふらんしすこ」という教会(南蛮寺)であり、甚内の押し入った家の分限者と思われる人物は、キリストを信じる者という設定である。もはや言うまでもないことながら、この小説も芥川一連の切支丹ものの一つなのである。

ここで甚内は、二十年前の記憶を呼び戻す。彼は阿媽港《マカオ》に渡っていた時、ある日本の船頭に「危《あやう》い命を助けて貰」ったのである。それが今見る弥三右衛門、当年の船頭であったのだ。ここに恩返しというテーマが生まれる。

北条屋では貿易船の北条丸が沈んだり、投機の金が返ってこなかったり、息子が放蕩をしたりと不運が続いた。それゆえの倒産の危機を迎えていたのである。弥三右衛門夫婦の話を聴いた甚内は、「昔の恩を返す時が来た」と喜ぶ。甚内は弥三右衛門の前に頭巾をとって進み出て、「北条屋の危急を救ふ為に、三日と云ふ日限を一日も違へず、六千貫の金《かね》を調達する、恩返しの約束」を結ぶ。①「阿媽港甚内の話」は、ここでとぎれる。戸の外に足音が聞こえたからである。

弥三右衛門の話

次の②「北条屋弥三右衛門の話」は、これまた伴天連への告白という形をとる。①②の伴天連は、同じ「さん・ふらんしすこ」の御寺《みてら》に所属している同一人物と思われる。②が①を踏まえての展開であるからしても言えるのだ。「伴天連様、どうかわたしの懺悔を御聞き下さい」の一文で、二番目の話ははじまる。最初の甚内の話は、「恩人「ぽうろ」の魂の為に」ミサの祈りを願いに来たことになっていた。が、弥三右衛門の場合は、伴天連に懺悔《ざんげ》——罪を告白に来たのである。以下に懺悔の内実が語られていく。弥三右衛門は、第一に阿媽港甚内のことから語り出す。弥三右衛門の話を直接引用しよう。

ご承知でも御座いませうが、この頃世上に噂の高い、阿媽港甚内と云ふ盗人がございます。根来寺《ねごろでら》の塔に住んでゐたのも、殺生関白《せつしやうくわんぱく》の太刀を盗んだのも、又遠い海の外では、呂宋《るそん》の太守《たいしゆ》を襲つたのも、皆あの男だとか聞き及びました。それがたうとう搦《から》めとられた上、今度一条戻り橋のほとりに、曝《さら》し首《くび》になつたと云ふ事も、或は御耳にはひつて居りませう。わたしはあの阿媽港甚内に一方《ひとかた》ならぬ大恩を蒙りました。が、又大恩を蒙つただけに、唯今では何とも申しやうのない、悲しい目にも遇つたのでございます。どうかその仔細を御聞きの上、罪びと北条屋弥三右衛門にも、天帝の御愛憐《ごあいれん》を御祈り下さい。

弥三右衛門の告白には、甚内という盗賊に「大恩」があり、恩を蒙っただけに「悲しい目にも遇った」というのである。「大恩」の中身は、すでに①の「阿媽港甚内の話」に伏線が張られていた。すなわち「六千貫の金」の調達であった。弥三右衛門は甚内によって、破産という苦境から逃れることができたのである。が、弥三右衛門の懺悔は、盗賊から恩を受けた、――恩返しをされたゆえに蒙らねばならなかったと彼が信じる話へと向かう。その前に弥三右衛門は、伴天連に十分話しきれずに教会を去った甚内の話の内容を語らねばならなかった。テクストはつづら折りのような形で展開する。弥三右衛門が甚内の恩人だったことは先に①でふれられていた。それが②になると甚内が弥三右衛門の恩人になる。主客が逆転する。その次第は次のようである。

するど甚内の申しますには、あの男の力に及ぶ事なら、二十年以前の恩返しに、北条屋の危急を救つてやりたい、差当り入用《いりよう》の金子《きんす》の高は、どの位だと尋ねるのでございます。わたしは思はず苦笑致しました。盗人に金を調達して貰ふ、――それが可笑しいばかりではございません。如何に阿媽港甚内でも、さう云ふ金がある位ならば、何もわざわざわたしの宅へ、盗みにはひるにも当りますまい。しかしその金高を申しますと、甚内は小首を傾けながら、今夜の内にはむづかしいが、三日も待てば調達しようと無造作に引き受けたのでございます。が、何しろ入用なのは、六千貫と云ふ大金でございますから、きつと調達出来るかどうか、当てになるものではございません。いや、わたしの量見では、まづ賽《さい》の目をたのむよりも、覚束ないと覚悟をきめてゐました。

その日から三日目、約束通り甚内は六千貫の工面をつけて持ってくる。雪の夜であった。誰とも知らぬ男がそこにいて、甚内と庭で激しく争ったという③の伏線となる挿話も語られる。かくて北条屋一家は分散を免れ、恙《つつが》ない生活を送れるようになる。

甚内の曝《さら》し首

ここで弥三右衛門の話は、甚内の曝し首の話へと戻る。二年の間噂を聞かなかった甚内が召し捕られ、一条戻り橋に首を曝していると聞いた弥三右衛門は、「せめてもの恩返し」に回向をしてやりたいと現場に出かける。騒々しい人だかりの中に「蒼《あを》ざめた首」を見た弥三右衛門は立ちすくんでしまう。その首は甚内ではなく、まさしく勘当した伜、弥三郎であったためである。曝し首の弥三郎は微笑し、「お父さん、堪忍《かんにん》して下さい」と言っているかのようであった。以下、弥三右衛門が想像した息子弥三郎のいい訳は、雪の夜、一切の話を立ち聞きした弥三郎が、一家の恩人、甚内の身代わりとなったというのである。

「お父さん。北条屋を救つた甚内は、わたしたち一家の恩人です。わたしは甚内の身に危急があれば、たとへ命は抛《なげう》つても、恩に報ひたいと決心しました。又この恩を返す事は、勘当《かんだう》を受けた浮浪人のわたしでなければ出来ますまい。わたしはこの二年間、さう云ふ機会を待つてゐました。さうして、――その機会が来たのです。どうか不幸の罪は堪忍して下さい。わたしは極道《ごくだう》に生れましたが、一家の大恩だけは返しました。それがせめてもの心やりです。……」

これはあくまでも弥三右衛門が、曝し首の伜弥三郎の無言の微笑に感じたことばなのである。決して弥三郎の直話ではない。父弥三右衛門の勝手な解釈なのである。弥三右衛門は自分にいいように考えている。それゆえ「伜のけなげさを褒めてやりました」というおまけまでつけた解釈がなされるのである。そして弥三右衛門は、甚内への恩義と伜弥三郎への憐憫の情のせめぎ合いに苦しみ、このままでは「大恩人の甚内を憎むやうになるかも知れません」と嘆き、伴天連の前ですすり泣く。

テクストは次に③「「ぽうろ」弥三郎の話」に入る。①②の話が伴天連の前での回向の願いや罪の懺悔であったのに対し、③の話は、獄中でおん母「まりあ」に語りかけられる形で展開する。③は①②の話とは語る対象が異なる。また、①②の話には、内容に共通性や連続性があるが、③にはストーリーの連続性は別として、内容に共通性がなく、まったく解釈の異なった話が展開する。話は首を打たれる寸前の弥三郎の告白である。はじめに「わたしは北条屋弥三郎です。が、わたしの曝し首は、阿媽港甚内と呼ばれるでせう。わたしがあの阿媽港甚内、——これ程愉快な事があるでせうか?」との現実暴露のことばがある。その上で弥三郎は、なぜ自分が阿媽港甚内として曝し首となるかを順序を追って説明する。

弥三郎の回想

「忘れもしない二年前の冬、丁度或大雪の夜です」と①②のストーリーと照応する語りが来て、甚内に北条屋が蒙った恩を知った弥三郎の回想がはじまる。弥三郎は、その夜甚内の後を追い、彼に自分を使って欲しいと言い出す。弥三郎は甚内に、「北条一家の蒙つた恩は、わたしにも亦かかつてゐます。わたしはその恩を忘れないしるしに、あなたの手下になる決心をしました。どうかわたしを使つて下さい」と懇願する。が、「わたしはあなたの為ならば、どんな仕事でもして見せます」とまで言う弥三郎を、甚内は「莫迦め!」と雪の中へ蹴倒す。弥三郎は諦めず、気違いのように甚内の法衣《ころも》の裾へすがりつき、「あなたの為には水火にも入ります」と叫ぶと、「黙れ。甚内は貴様なぞの恩は受けぬ」と再度拒まれる。甚内は弥三郎を振り放し、今一度蹴倒し、「親孝行でもしろ！」と言って雪路を急いで去る。「わたしは二度目に蹴倒された時、急に悔しさがこみ上げて来ました」と弥三郎は言う。それは「どうか恨みを返してやりたい」ということばとも重なる。やがて結核に罹り、死を意識した弥三郎は、甚内になりすまして内裏に盗みに入り、わざと搦め取られる。弥三郎は甚内を名乗って曝し首となることで、甚内の盗賊としての名声を奪い、恩返し、否、恨みを返すことになる。

テクストは三人の主要人物それぞれの告白を自立して取り上げ、読者に示すことで、恩返しなるものの虚構性を際だたせているのである。

報恩の虚実

ゆがんだ恩返し

「報恩記」は報恩、恩返しといわれるものの虚実を語ったものと言えようか。先にも記したように、本来人間にとって望ましいとされる恩を返すという行いが、徳目や慣習として特化・定着する時、それはゆがんだ形をとる。本作は、封建制度の下での弱者たちのゆがんだ恩返しが中心となった小説と言えようか。

作品の時代は、殺生関白と呼ばれた豊臣秀次が、いまだ勢いを保ち、壮大な邸宅、聚楽第もいまだ華麗さを誇っていた十六世紀後半のことである。秀吉時代の前半は、信長時代に続き、キリスト教にもおおらかで、切支丹大名も存在したほどである。京都にはここに登場する「さん・ふらんしすこ」の御寺《みてら》のような教会、――南蛮寺もあったとされる。廈門《あもい》や呂宋《るそん》との貿易もあり、商業は活発化していた。そうした時代を背景に活躍した盗賊、豪商、その息子の織りなす話のテーマは、恩を返すとはなにかにあり、三話を一つに束ねて〈報恩記〉というタイトルを添える。巧みな構成だ。

本作が『中央公論』に載るや、すぐに十一谷義三郎《じゆういちやぎさぶろう》が『時事新報』[*2]で取り上げ論評した。十一谷は本作を鷗外の「高瀬舟」と比較し、「背景になる空想の世界の組み立て方、その特種な心理の捕へ方、及びその心理の運びの旨さ等によつてこの種の作品の価値は定めらるべきだ。そんな点から考へてこの『報恩記』は殆ど完璧に近いものと云つて宜い」とほめあげた。「報恩記」は発表以後こんにちに至るまで言及されることの少ない作品であり、十一谷義三郎の評は、希少価値をもつものだ。多くの評論家や研究者は、「報恩記」を傑作とは認めない。「藪の中」と似た構図であることもあって、その〈二番煎じ〉として評価は低い。だが、龍之介自身は本作に愛着があり、創作集『春服』（春陽堂、一九二三・五）に収録したばかりか、切支丹もの十四編を収めた作品集『報恩記』（而立社、一九二四・一〇）のタイトルに、他の作品名を用いず、〈報恩記〉を用いているほどである。

一時代前のすぐれた芥川研究家吉田精一は本作を取り上げ、「その手法は「藪の中」とほゞ同一である。奇妙なあり得べからざる物語であることはそれとしても、題材に不自然さのあるのが、手法のやゝ二番煎じの感と共に、一般にこの作の価値を「藪の中」よりも低位に置かしめる理由」とし、「主題には一種の逆説的な面白味があり、人生の真相が如何に各人各様な解釈から成立つてゐるかといふ作者の懐疑的な精神が、具体的に物語られてゐる」[*3]とした。また、続く世代の三好行雄は、本作を「藪の中」や「袈裟と盛遠」と比較し、「大盗の身代わりにたった弥三郎の意図が、報恩と復讐という両極端の心理で説明され、それなりの妥当性を読者に納得させるが、事態の推移そのものについてはなぞをのこさない。知的遊戯にいっそう徹底して、逆に、認識のあやうさに醒《さ》めた作者の冷眼を彷彿させる」[*4]と評した。

これらの評に一理あることは言を俟《ま》たない。が、わたしは前述のように、本作を批評するのに、ゆがんだ恩返しという視点を導入したいのである。封建制下における弱者の立場に、語り手の眼が寄り添っているとの見方だ。それは冒頭に取り上げた菊池寛の「恩を返す話」とも連結する。新技巧派・新理知派・新現実派とも呼ばれた人々に共通した作風が、そこに見られると言ってよいのかも知れない。

弱者の立場

阿媽港甚内の報恩は、二十年以前に北条屋弥三右衛門に命を助けられたことに生じた。阿媽港で船頭をしていた若き弥三右衛門に、甚内は危ういところを救われたのである。いま甚内は盗みに入った家の主人が、なんと恩人弥三右衛門であり、しかも危急存亡の場にいるのを知る。一家は事業に失敗し、没落寸前だ。甚内は弥三右衛門夫婦の嘆きを盗み聞きし、「昔の恩を返す時が来た」として喜ぶ。「わたしにも、御尋ね者の阿媽港甚内にも、立派に恩返しが出来る愉快さは、――いや、この愉快さを知るものは、わたしの外にはありますまい」と甚内は告白する。そして弥三右衛門に六千貫の金を調達する。

甚内の報恩は、たとえ盗賊であろうと人間的な感情に発している。恩は返さねばならないという考えである。むろんその背景には、儒教や仏教の報恩という徳目が生きていよう。報恩講を頂点とする恩に謝す慣習は、人々の間に生きていた。それは封建時代の庶民感情でもあった。盗賊にも報恩の念ありとは、個人の人的結合からなる封建制度の下では、より自然であったのだ。けれども弥三右衛門が盗賊阿媽港甚内に恩を受けるのは、やや不自然である。吉田精一が「題材に不自然さのある」[*5]のを衝くのも当然のことといえよう。テクストを検討すると、弥三右衛門は次のように懺悔している。

盗人に金を施して貰ふ、――それはあなたに伺はないでも、確かに善い事ではございますまい。しかし調達が出来るかどうか、半信半疑の境《さかひ》にゐた時は、善悪も考へずに居りましたし、又今となつて見れば、むげに受け取らぬとも申されません。しかもその金を受け取らないとなれば、わたしばかりか一家のものも、路頭に迷ふのでございます。

ここでは盗賊に恩を受けた、弱者の立場の次第が語られる。弥三右衛門は、甚内の言う「三日も待てば調達しよう」ということばを、「出来るかどうか、半信半疑の境にゐた時は、善悪も考へ」なかったし、また、用意された「その金を受け取らないとなれば、わたしばかりか一家のものも、路頭に迷ふ」という二つの理由をあげている。が、金を受け取ることで、弥三右衛門にとって、甚内は「大恩人」となる。かくて今度は弥三右衛門に「大恩人」への恩返しの義務が生じる。

虚の世界　さて、テクストは次の事件が起こるのに、二年余の時を置く。②「北条屋弥三右衛門の話」の後半が相当する。阿媽港甚内が捕まり、戻り橋に首を曝していると聞いた弥三右衛門は驚き、人知れず涙を落とす。彼はせめてもの恩返しに、陰ながら回向をしてやりたいと、伴もつれずに曝し首の現場、一条戻り橋へと出向く。そこで彼が直面したのは、曝し首は息子の弥三郎であるというきびしい現実であった。

弥三右衛門はそうした中で、甚内への恩返しを息子がしてくれたと考えるようになる。それはあくまで弥三右衛門の事件の解釈なのである。曝し首が微笑《ほほえ》んでいる、――「その干からびた唇には、確かに微笑《ほほゑみ》らしい明るみが、漂つてゐる」というのは、あくまで弥三右衛門の主観であって、客観的なものではない。その微笑が無言の内に語る内容も、また弥三右衛門の作り出す虚の世界なのである。

微笑んでいる弥三郎は、父弥三右衛門に二年前の雪の夜のことを語る。その夜勘当の詫びをするため家へ忍び込んだ弥三郎は、甚内の六千貫の調達を知る。彼は、「お父さん。北条屋を救つた甚内は、わたしたち一家の恩人です。わたしは甚内の身に危急があれば、たとへ命は抛《なげう》つても、恩に報ひたいと決心しました。又この恩を返す事は、勘当を受けた浮浪人のわたしでなければ出来ますまい。わたしはこの二年間、さう云ふ機会を待つてゐました。さうして、――その機会が来たのです。どうか不孝の罪は堪忍して下さい。わたしは極道に生れましたが、一家の大恩だけは返しました。それがせめてもの心やりです。……」と言ったとされる。

が、重ねて言うが、これは父弥三右衛門が、そのように息子が無言のうちにしゃべったと想像したのであって、虚の世界のものなのである。弥三右衛門は「大恩人」阿媽港甚内への恩返しを、息子を犠牲に行ったという虚構の物語を独り紡いでいるのである。では、②の「弥三右衛門の話」が虚の世界のものならば、実の世界はどうなのか。③の「「ぽうろ」弥三郎の話」に、その鍵がある。

封建制下の報恩

罪の内容

「報恩記」は、封建制度の下での報恩をテーマとしている。それは近代の報恩とは、色合いを別にする。個人が尊ばれる近代と異なり、契約に基づいた人的結合からなる封建制度下では家が重んじられる。「報恩記」では、特に②の「北条屋弥三右衛門の話」にそれが濃厚に現れていた。大高知児のまとめに従うなら、「弥三右衛門の発想の基底にあるのは「北条屋」という屋号を保持せんとする執念である。そのためには、かつて伜が使い込んだ金にまで執着し、盗人の施した金（すなわち元を正せば盗んだ金）であろうとそれを躊躇なく使用する。また、弥三郎の曝し首の〈微笑〉という「メッセージ」からも

（いうまでもなく、それは弥三右衛門の「願望」そのものを物語っている）、勘当の解消（跡取りの復活）・〈一家〉という意識への並々ならぬ拘《こだわ》りが示されている[*6]ということになる。

③の「「ぽうろ」弥三郎の話」は、首を打たれる前夜の弥三郎の、おん母「まりあ」への祈りである。かつて弥三郎はきりしたん宗門に帰依しており、「ぽうろ」という宗門名をもらっていた。すでに述べたように、彼は死を前に「まりや」に罪を懺悔するという形で己の所行を物語る。弥三郎は、なぜ自分が甚内の身代わりとなったかを説明するのである。弥三郎の話は、しばしば②での父弥三右衛門の話を無意味化する。第一に、大雪の夜父の本宅へ行ったのは、「博奕の元手が欲しさに」忍び込んだのであり、勘当の詫びのためではなかったこと。第二に、自分が甚内の身代わりになったのは、「恩を返したさ」というよりも、「寧ろ恨を返したさ」にあったこと。第三に、曝し首に感じるであろうものは、父が感じた「微笑《ほほゑみ》」などではなく、「どうだ、弥三郎の恩返しは？」という甚内に対する「声のない哄笑《こうせう》」であったとされるのである。

恨みを返す

弥三郎の報恩は、当初甚内の手下になるという目的とともにあった。稀代の盗賊阿媽港甚内の手下になることは、恩返しというより弥三郎なりの立身出世が企てられていたのである。

無論甚内は弥三郎の虫のいい願いを見破っていた。それゆえに二度も弥三郎を雪の上に蹴倒し、「莫迦め！」とか「親孝行でもしろ！」とか怒鳴る。弥三郎は、おん母「まりや」に向かって、「わたしはこの二年間、甚内の恩を返したさに、どの位苦しんだか知れません。恩を返したさに？――いや、恩と云ふよりも、寧ろ恨を返したさにです」と訴えている。自身の欲望や自尊心を踏みにじられたことは、恨みとなって潜在したのである。やがて弥三郎は、「吐血の病」にかかってしまう。「三年とは命は続かない」病である。そうした中で、「閃いた一策」が「甚内の身代りに首を打たれる」というものであったという。彼はこのプランを次のように説明する。

甚内の身代りに首を打たれる——何とすばらしい事ではありませんか？　さうすれば勿論わたしと一しよに、甚内の罪も亡んでしまふ。——甚内は広い日本国中、何処でも大威張に歩けるのです。その代り（再び笑ふ）——その代りわたしは一夜の内に、稀代《きたい》の大賊《だいぞく》になれるのです。（中略）云はば甚内を助けると同時に、甚内の名前を殺してしまふ、一家の恩を返すと同時に、わたしの恨みも返してしまふ、——この位愉快な返報はありません。

ここに恩返しなるものの位相が、読み取れるというものである。封建制度の下での恩返しは、〈家〉が常にまとわりつき、そこに偽善や打算や恨みが伴うということである。果たせない「報恩」が変形し、恨みとなって「報復」を企てるのだ。先に弥三右衛門の報恩が虚の世界のものであることを指摘した。では、弥三郎の報恩はどうなのか。

弥三郎は、一応真実の告白をしているかのようである。彼は弥三右衛門を縛っている〈家〉の呪縛からは解放されている。〈家〉を捨てていたからである。彼は報恩を名目に甚内に接近し、弟子入りを拒否された。それが恨みとなって甚内の〈名誉〉を奪い、報復を果たした。けれども弥三郎が「苦しさうに」言う最後のことばは、彼もまた封建倫理から自由でなかった弱者であったことを物語る。弥三郎は「お父さん！　吐血の病に罹つたわたしは、たとひ首を打たれずとも、三年とは命は続かないのです。どうか不孝は堪忍して下さい。わたしは極道に生まれましたが、兎に角一家の恩だけは返す事が出来たのですから。……」と言う。弥三郎も最後はこういうことばを吐かずにはいられなかったのである。

人生を見る眼の深まり

「報恩記」は、芥川龍之介が中国特派員としての任務を終えて一年後に発表したもので、彼の人生を見る目が一段と深まった頃の作品なのである。

中国から帰国して最初に書いた小説「母」（『中央公論』一九二一・九）で、早くもそうした作風の転換を示していたが、翌一九二二（大正一一）年の各誌新年号に芥川は、「俊寛」（『中央公論』）、「藪の中」（『新潮』）、「将軍」（『改造』）、「神神の微笑」（『新小説』）と四つの力作を発表、新たな創作の境地を開いていた。「報恩記」はその延長線上に位置づけられる。時代を十六世紀後半に定め、封建制度の下における〈報恩〉が、人間本来の倫理・道徳からいかに離れたものとして存在したかを描いているのである。彼は中国各地をめぐり、列国の中国侵略の実態、さらには中国人の抗日・反日感情も知る。人間と社会を見る眼、特に弱者への眼は、格段に深まった。

恩返し、報恩なるものは、簡単に道徳的とは言えない面があることを、芥川は成長した目で見ることになる。それは単に「各人各様な解釈」（吉田精一）では済まない問題との認識である。むろん先行する菊池寛の「恩を返す話」の影響もあろう。が、これまで見てきたように、「報恩記」は「恩を返す話」よりも数段複雑な構成をとっている。嵩田明子が指摘するように、「読者は三者三様の話を〈聞く〉ことを経て、一つの話を〈語ろう〉とする運動の中に身を置いたとき、意味を生産し続け、変貌していく物語の様相をみることになる」[*7]のである。それは芥川の作家として成長した姿を示すものであろう。彼はこの物語を絶対者への取り次ぎをなす伴天連やおん母「まりあ」への懺悔・告白という形で語る。そうした形でなければ、複雑な人間心理は描けなかったのであろう。

「報恩記」は、これまで先行する「藪の中」と対比されることで、とかく過小評価に陥りがちであった。そのためか解説的な記事はあっても、本格的論文は少ない。が、わたしは巧みな語りの文章による奥行きのあるテクストとして、ひとまず本作を評価してよいものと考えている。

注

1――芥川龍之介は一九二一（大正一〇）年三月下旬から七月半ばまで、大阪毎日新聞社の特派員として中国各地を旅行した。上海・杭州・蘇州・揚州・南京・蕪湖・廬山・武漢・洞庭湖・長沙・洛陽・北京・天津などをめぐり、朝鮮半島を縦断して帰国した。

2――十一谷義三郎「四月号から 芥川龍之介作『報恩記』（中央公論）」『時事新報』一九二二年四月一三日

3――吉田精一『芥川龍之介』三省堂、一九四二年一二月二〇日、二二三ページ

4――三好行雄「作品解説」『トロッコ・一塊の土』（改版）角川文庫、一九六九年七月三〇日、二五三ページ

5――注3に同じ、二二二ページ

6――大高知児「『報恩記』―「報恩」の構図の「欠落」部分について―」『国文学 解釈と鑑賞』第64巻11号、一九九九年一一月一日

7――嶌田明子「芥川龍之介「報恩記」」『芥川龍之介研究年誌1』二〇〇七年三月三〇日

コラム

現代に挑発する芥川龍之介

大正期を代表する作家芥川龍之介とは、一体どのような作家であったのか。自死という方法で自らの生を閉じた芥川龍之介。加えるに、ぼさぼさの髪、左手をあごに置き、相手をぐっとにらむかのような痩せた肖像写真の頻出度の高さ。これらの情報下、芥川は暗い作家を連想させてきた。陰鬱な表情をし、自死した人の印象は、必要以上にその作品解釈に影を宿すことになる。

が、冷戦後この作家のイメージは大きく変わった。常に前向きで、人生に誠実に対した作家というわけである。それには大量のこの作家にかかわる新資料の出現と新たな〈読み〉の理論に負っている。これまではとかく厭世的な側面や芸術至上の精神のみが強調され、その時代洞察の鋭さや、人生の諸問題に積極的に立ち向かう生き方が、不当にないがしろにされてきたのである。青白きインテリ、神経質な病弱作家、揚句は思想的立場が弱いとされ、生前はむろんのこと没後も長い間、前衛の立場に立つ批評家や研究者から批判の対象とされてきた。

しかし、彼は社会問題に強い関心があり、社会主義文献も一高時代の親友で、後年法哲学者として大成する恒藤恭から借り出しては読んでいた。そのことは恒藤恭関係の日記をはじめとする新資料の出現で明らかになったことである。芥川をよく理解した一高以来の友人菊池寛も、「社会科学の方面についての読書などもい、加減なプロ文学者などよりも、もつと深いところまで進んでゐたやうに思ふ」（「芥川の事ども」『文藝春秋』一九二七・九）とまで言っているほどである。芥川は社会の動きにも敏感な作家であったのだ。

大量の新資料の出現とテクストの〈読み〉の進展は、芥川のそうした新生面を拓くこととなる。彼は人間の生活をしっかりと見つめ、現実の困難に立ち向かった作家であった。けれども、社会主義制度の下にも〈娑婆苦〉が存在することを見抜いてもいた。二十一世紀を迎え、そうした芥川の先見的営為に新たな光が当てられはじめた。そしてポスト冷戦期、グローバル化時代を迎え、芥川の文学は、日本のみならず世界各国で注目されるという状況を迎えることとなった。

英語圏ではイギリスの大手出版社ペンギン社から芥川の新訳が出る、ロシアでは選集が、アジアの中心国中国では、本格的な『芥川龍之介全集』全五巻が翻訳される、韓国での相次ぐ芥川選集の刊行、それに全集のハングル化の開始などは、世界文学入りした芥川文学の現状を如実に語るものだ。

では、日本という地理的空間、日本語という言語空間を越えて、世界の人々の芥川への関心は、どこにあるのか。それは人間にまつわる矛盾・不条理・束縛・妖怪・悪魔など、そのかかえるテーマの魅力にあると言えよう。さらに宗教、特にキリスト教に生涯を通して深く接した彼の文学は、世界文学になり得る条件を十分に備えていたのである。しかも、現在日本語が世界各国で学ばれ、高等教育では日本語のテクストとして「羅生門」などが登場するとあって、いまや芥川の文学は全世界人に注目され、再評価・再発見されているのである。

今度オペラシアターこんにゃく座が、芥川の「藪の中」（初出『新潮』一九二二・一）をもとにした『そしてみんなうそをついた』をオペラ化し、上演する。「藪の中」は、芥川龍之介満三十歳の時の作品である。中国視察旅行から帰国し、彼の世間を見る眼が一段と冴えた頃のもので、力作・傑作の誉れが高く、比較文学的側面からも何かと話題にされてきた。〈真相は藪の中だ〉という言い方は、この小説を念頭に置いたものである。

藪の中で一人の侍が殺された。小説はその死をめぐって、関係者七人の陳述で展開する。まず検非違使《けびいし》に問われて、木樵《きこり》・旅法師・放免・媼《おうな》らの話があり、次に多襄丸という盗賊の自供、殺された侍の妻真砂の懺悔、そして殺された侍武弘の霊が巫女《みこ》の口を借りて語りかける。多襄丸は、女を犯し、男と決闘の末殺したと言う。真砂は犯された自分を見る夫の眼の冷たさに堪えきれず、心中する気で夫を刺したと言う。一方、武弘は自分は自刃したのだと言う。主な題材は『今昔物語集』であり、こういう構成の小説は欧米の小説にもあることからして、レニエ、ブラウニング、ハーン、ピアス、モリスなどとのかかわりも指摘されてきた。

　これまでの「藪の中」という小説の〈読み〉は、男が誰に殺されたのかという真相さがしが中心であった。要するに犯人さがしにテクスト解釈の力点が置かれたのである。けれども芥川が現代に挑発するのは、真相さがしではなかろう。物事は一つの見方のみで見極められるものではない。さまざまの立場・見解・主張が、人間をめぐる事件にはつきまとうものとの考えである。それは複雑で先の見えない二十一世紀を生きるわたしたちひとり一人に問いかける課題でもある。

　こんにゃく座の今回の公演の台本・作曲に当たった林　光は、「どれが真実か？　ではもはやなく真実っていったいなに？　と問いかける」テクストとして「藪の中」を捉えるという。革新的な「藪の中」解釈で、現代に挑戦する芥川の立場を理解したオペラが、ここに誕生したと言えよう。

第II章――切支丹宗徒への眼

一　尾形了斎覚え書

苦心の作

「尾形了斎覚え書」（『新潮』一九一七・一）は、初期芥川作品にあって光った存在の小説である。内容、そしてそれを盛る文章が傑出した作品なのである。ところが、これまではピント外れの同時代評の無批判な受け入れや、発表時の謙遜に満ちた作者の自作批判に引きずられ、凡作ないしは駄作という扱いであった。一時代前のすぐれた芥川研究家吉田精一ですら、「彼の好事癖が産んだ産物」とし、「肝腎の話のやまたる、死者蘇生の場景がきはめてはし折られて描かれてゐる為に、力の乏しいものになつてゐる」[*1]という評価きりできなかった。

同時代評

同時代評は、多くが手きびしい。一、二をあげるなら、発表直後の中村孤月「一月の文壇」[*2]では、『文章世界』発表の「運」と合わせ、「芥川氏が何の為めに斯《こ》ういふ創作を為《す》るかと考へると、其処には多少人間の生活に対する社会の多数の考へに新しい心を起させようとして居る所が見られぬでもないが、其考へが確《しつか》りして居ないから、妙なものばかり書いて居る。浅薄で稀薄で其上に今日の時代の新しさを欠いて居る」と散々である。

また、本作が芥川の第一創作集『羅生門』に収録された際に、「芥川君の作品」[*3]という文章で芥川を最大限に持ち上げた江口渙も、「「羅生門」十四篇の中で「忠義」と「尾形了斎覚え書」とが一番見劣りがする」と言い、「「了斎覚え書」は中心の摑み方が覚束ない上に全体がいぢけてゐる」と、これまた駄作扱いである。

中村孤月の居丈高ともいえる批評の欠陥性については、わたしはこれまで折りにふれて何度も指摘してきた。[*4]また、「芥川君の作品」で準処女作「羅生門」を高く評価しながら、「忠義」と「尾形了斎覚え書」が理解できなかった江口渙の批評眼も、やはり曇っていたと言わざるを得ない。わたしはこのことを、これまた折々指摘してきた。そういう欠陥を伴った同時代評に惑わされてはならない。芥川自身は菅忠雄宛書簡（一九一七・一・五付）で、同じ月に発表した「道祖問答」（『大阪朝日新聞』夕刊、一九一九・一・二九）、「運」（『文章世界』一九一七・一）と合わせ、「三つが三つ共気に食はないので少々悲観してゐます尤も悲観してゐると云つても自分に対しての問題で人の作品と比較して悪いと思つてゐる訣ではありませんですから人が悪口を云へば腹を立てます」と言っている。

「気に食はない」とは、謙譲のことばであり、「人の作品と比較して悪いと思つてゐる訣ではありません」というのが、芥川の真意であったろう。彼は本作を『羅生門』（阿蘭陀書房、一九一七・五）ばかりか、『鼻』（春陽堂、一九一八・七）『報恩記』（而立社、一九二四・一〇）などの単行本にも収録している。いくつもの単行本に収録するということは、それなりの自信あってのことなのだ。

悪戦苦闘の賜物

「尾形了斎覚え書」の執筆は、一九一六（大正五）年の十二月のはじめである。折しも、彼は同月一日付で、横須賀の海軍機関学校の嘱託教授（英語）に就職し、教師と物書きの二股稼業がはじまったばかりであった。十二月五日の火曜日に一高以来の友人松岡譲が、翌六日水曜日には久米正雄が、相次いで鎌倉の芥川の下宿先を訪れる。二人の友を招きながら、芥川は『新潮』一月号の原稿「尾形了斎覚え書」を苦しみながら書いていた。松岡譲の「芥川のことども」[*5]にその悪戦苦闘ぶりが、以下のように記されている。

その年の十二月始め頃、久米と二人で訪ねて二晩ばかり泊つた事がある。丁度、たしか「尾形了斎覚え書」といふ彼の初期キリシタン物、しかもそいつを全文候文で貫くといふ変つた趣向のものだつたが、それを今晩中に書き上げるのだといつてキユウ〳〵苦しんで居た。前の晩に出来上る筈なので私達を招いたのが残つてたわけなのだ。

私はその時、始めて彼の仕事ぶりを見た。わづか二枚かそこらの原稿を、書きなほしたり消したり、滅茶苦茶の苦心彫琢の末、やつと明け方近く書き上げた。一晩に何十枚と書き飛ばすなどといふ芸当は、彼には絶対に出来ないのだつた。

芥川は「苦心彫琢」し、「尾形了斎覚え書」を書いたのである。確かに鷗外に学んだと思われる候文の文体は、苦心の末のものであった。ジェイ・ルービンによれば、芥川は「江戸時代のキリシタン語彙――まちがいだらけのポルトガル語とラテン語、そしてキリスト教と仏教の混交語（たとえば「でうす如来」）――を駆使」[*6]しているのだが、その文体は無駄なく、張りつめている。そこに描かれた世界は、信仰や奇蹟へのあこがれであった。芥川は早くから奇蹟なるものに、並々ならぬ関心を示していた。それは理性でははかり知ることのできない世界であり、彼の追求してきた真理探索の行程とは、矛盾するものがあった。奇蹟への関心は、「神聖な愚人」へのあこがれとも重なる。

書簡体の語り

「尾形了斎覚え書」は、四百字詰原稿用紙にして約十枚ほどの書簡体で語られる小説である。作品は「今般、当村内にて、切支丹宗門《きりしたんしうもん》の宗徒共《しゆうとども》、邪法を行ひ、人目を惑《まど》はし候儀に付き、私見聞致し候次第を、逐一《ちく》公儀《こうぎ》へ申上ぐ可き旨、御沙汰相成り候段屹度《きつと》承知仕り候」の一文にはじまる。語り手は、文末の「伊予国宇和郡――村／医師　尾形了斎」という署名から尾形了斎という医者であることがわかる。本作の直接的材源は未だ見出されていない。平岡敏夫は新村出[*7]『南蛮記』[*8]収録の「吉利支丹版四種」の「四　懺悔録」とするが、なぜ伊予（現、愛媛県）なのかの確たる説明はない。

材源はなにか

わたしはここに芥川の一高時代の友人藤岡蔵六を想起する。藤岡は愛媛県北宇和郡岩淵村（現、津島町）の出身。一八九一（明治二四）年の生まれである。生家は代々医者であった。その祖先は奥州仙台の出である。藤岡蔵六の回想記『父と子』[*9]によると、宇和島の藩祖伊達秀宗が仙台の伊達家から分封された時、お供をして伊予に移り住み、医者になったという。祖父元甫《げんほ》は、漢方の二代目の医者であった。芥川の「学校友だち―わが交友録―」[*10]に、「藤岡の祖父に当る人は川ばたに蹲《うづく》まれる乞食を見、さぞ寒からうと思ひし余り、自分も襦袢《じゆばん》一枚になりて厳冬の縁側に座り込みし為、とうとう風を引いて死にたりと言へば、先祖代々猛烈なる理想主義者と心得べし」とある。ここでの「祖父に当る人」が、元甫である。父は春叢と言い、医者三代に当たる。東京と変わって間もない旧江戸の医学校（東京帝国大学医科大学の前身）に学び、郷里の岩淵村で開業医をしていた。

藤岡蔵六は、その長男としての出生であった。蔵六は愛媛県立宇和島中学校（現、愛媛県立宇和島東高等学校）を経、一九一〇（明治四三）年九月、一高に入学、芥川龍之介と知り合う。二年生になると中寮三番（のち北寮四番）で、井川恭や芥川龍之介と寝食を共にし、人生や哲学の問題を盛んに話し合った仲だ。一高時代の藤岡は芥川とは特別に親しく、芥川・藤岡、それに井川恭を加え、「一高の三羽烏」とも言われた（本書第Ⅴ章収録「一高の三羽烏」参照）。「尾形了斎覚え書」は、その藤岡蔵六からの話がもとになっているのではないかとわたしは想定する。

芥川は一高時代「椒図志異《しょうずしい》」と題したノートを作成していた。中味は先輩・知人・友人・家族、それに書物から収集した妖怪談を分類し、清書したものである。このノート作成に際し、芥川は知人・友人にミステリアスな話を教えてほしいと盛んに注文し、また、書簡にも書いていた（本書第Ⅳ章収録「魔術」参照）。怪談や怪異や神秘への関心は、芥川には早くから存在したのである。一高時代の藤岡蔵六宛芥川書簡の一節に、「Mysterious な話しを何でもい丶から書いてくれ給へ、文に短きなんて謙遜するのはよし給へ」（一九一二・八・二付）とある。このことからして、わたしは藤岡蔵六が芥川の「Mysterious な話」要請に応えて知らせたのが、尾形了斎の体験した話ではないかと考える。確証は未だないものの、文献よりも藤岡蔵六から直接聞いた「Mysterious な話」であったのではないか。その可能性は高い。

伊予にはキリシタン布教が一五六〇年代から始められており、「尾形了斎覚え書」のような事件も起こっていた。それを幼い頃父か母から聴いた蔵六が、芥川のたっての願いに応えて、書面で知らせたのかも知れない。藤岡蔵六の『父と子』には、芥川とは入学早々から親しくなり、新宿の家に遊びに行ったことなども記されている。そういう間柄だけに、手紙で「Mysterious な話」を要請されると、誠実な蔵六は、丁寧にキリシタン女性の奇蹟にまつわる話を手紙に書いて送ったのではなかろうか。

『父と子』は、東京帝国大学文科大学入学の時点で終わっており、「尾形了斎覚え書」時代には至っていない。それゆえ藤岡側に「あれは自分が芥川に知らせたもの」との言及もない。しかし、可能性は大である。出典研究が盛んになると共に、芥川は原典にかなり忠実に作品を成すことがわかってきたが、藤岡蔵六が書面で芥川に寄せた話が、「尾形了斎覚え書」であったであろうとの推測も、あながち無理とは言えまい。

医師了斎の語り

さて、物語は「伊予国宇和郡」の医師尾形了斎のもとに、申年三月七日、百姓与作の後家篠《しの》という者が来て、九歳になる娘の里が大病に罹ったので、見て欲しいと頼む。篠は夫与作に先立たれ、以後再縁もせず機織りなどでその日暮らしをし、里を育てていたのである。彼女は夫与作の病死のころから「如何《いか》なる心得違ひにてか」切支丹宗門に帰依し、隣村の伴天連ろどりげのところに出入りするようになる。父惣兵衛や姉弟一同がいろいろ諌めるものの、泥烏須如来《でうすにょらい》よりありがたいものはないと言って、朝夕、娘の里とともに十字架を礼拝し、夫の墓参さえ怠るようになっている。そして今は親類縁者とも義絶しており、村役人は、村からの追放を評議しているところである。

そうした者ゆえ、熱心に頼みに来たが、了斎は診察など出来ないと言い聞かせたところ、一度は泣く泣く帰宅したが、翌八日また来て、「一生の恩に着申す可く候へば、何卒《なにとぞ》御検脈下され度」と言い、どのように断っても聞き入れない。了斎が篠の不心得を諭し、「医は仁術なりと申し候へども、神仏の冥罰《めうばつ》も恐しく候へば、検脈の儀平に御断り」と申したところ、すごすご帰宅する。ところが翌九日の早朝、大雨の中を篠は傘もささずに濡れ鼠のようになってやって来、またまた検脈（診察）を頼むので了斎は、「二言は御座無く候。然れば、娘御の命か、泥烏須如来か、何れか一つ御棄てなさるる分別肝要と存じ候」と言うと、篠は狂気のようになって、「切支丹宗門の教にて、一度ころび候上は、私魂《たましひ》軀《むくろ》とも、生々世々亡《ほろ》び申す可く候。何卒、私心根を不憫《ふびん》と思召され、此儀のみは、御容赦下され度候」とかき口説《くど》き、むせび泣く。

語り手了斎は、「邪宗門の宗徒とは申しながら、親心に二無き体相《ていそう》見え、多少とも哀れには存じ候へども」

と自身の心を測りながらも、「私情を以て、公道を廃す可らざるの道理」を全面に出す。その上で「如何様《いかやう》申し候うても、ころび候上ならでは、検脈叶難《かなひがた》き旨、申し張り候」との立場を強調したと言い開く。ここに来て篠は、涙をはらはらと落し、ころぶと言う。了斎は、「ころび候実証無之候へば、右証明《あかし》を立つ可き旨」を示すよう申すと、篠は以下のような行動をとる。

　篠、無言の侭、懐中より、彼くるすを取り出し、玄関式台上へ差し置き候うて、静に三度まで踏み候。其節は、格別取乱したる気色も無之《これなく》、涙も既に乾きし如く思はれ候へども、足下のくるすを眺め候眼の中、何となく熱病人の様にて、私方下男など、皆々気味悪しく思ひし由に御座候。

了斎は、ここでくるすを三度踏む篠の足と心の痛みを、「涙も既に乾きし如く思はれ」と語りながら、彼女の「眼の中」は、熱病人のようであったと言い、さらに傍観者の下男などの視点を借りて、「皆々気味悪しく思ひし由に御座候」とも申し述べる。佐藤泰正はこの箇所をとりあげ、「その抑制された文体にいささか類型的な脆弱さを残しながらも、一種沈痛な気配を刻みつつ読者の肺腑に迫るものがある」[*11]と評したが、首肯できる見解だ。書簡体の語りが、よく生きた箇所である。

文体の創始

「尾形了斎覚え書」は、書簡体の物語であると同時に、一種の歴史小説である。芥川には先生と呼ぶ二人の先達、夏目漱石と森鷗外がいた。そして本作は、特にその文体に鷗外の影響が認められるのである。近代の歴史小説は、幸田露伴や村上浪六や村井弦斎らによって盛んに書かれたが、鷗外は近代小説の名にふさわしい歴史小説を開拓した。芥川は鷗外や露伴の文体を好んだ。鷗外の翻訳『諸国物語』（国民文庫刊行会、一九一五・一）は、彼の愛読書であった。いや、彼ばかりではない。のちに第四次

『新思潮』でともに創作を競い合う仲間全員が金科玉条のようにして読んだ本であった。また、芥川は、幸田露伴も高く買っていた。

芥川龍之介がいかに文体に凝った作家であったかは、前章でも松岡譲の回想記を引いて述べたところでもあるが、彼は文体のモデルに、鷗外や露伴を常に意識していたのである。「尾形了斎覚え書」を発表して間もない頃、芥川は江口渙宛書簡に、「この間又山椒大夫をよんでしみじみ鷗外先生の大手腕に敬服しました僕は二度よんで始めてうまさに徹する事が出来たのですあのうまさはとても群衆にはわからないでせうあいふ所まではいりこまなくつちや駄目ですねえ」（一九一七・三・八付）と書き付けている。芥川にとって鷗外への傾斜は、その小説の構想や叙述の確かさにあった。

早く稲垣達郎は、「切支丹ものの初作である『尾形了斎覚え書』は、鷗外の『興津弥五右衛門の遺書』なしには成立しなかった」[*12] ことを指摘したが、芥川はその初期小説に鷗外の表現技術を巧みに採り入れていたのだ。「興津弥五右衛門の遺書」が雑誌『中央公論』に載ったのは、一九一二（大正元）年十月である。興津弥五右衛門が主人の十三回忌に、恩顧に報いるために切腹する一部始終を遺書のかたちで述べたもので、芥川が文体上大きな影響を受けた作品であった。その書き出しは、以下のようである。

某儀明日年来《それがしぎみやうにちねんらい》の宿望相達候《しゆくまうあひたつしそろ》て、妙解院殿《めうげゐんでん》御墓前《ごぼぜん》に於《お》いて首尾《しゆび》好《よ》く切腹《せつぷく》いたし候事《そろこと》と相成候《あひなりそろ》。然《しか》れば子孫《しそん》の為《た》め事《こと》の顛末《てんまつ》書《か》き残《のこ》し置《お》き度《たく》、京都《きやうと》なる弟《おとうと》又二郎《またじらう》宅《たく》に於《お》いて筆《ふで》を取《と》り候《そろ》。

右は遺書ながら書簡と同じ役割をもつ。遺書はもともと他者に宛てた死後のもろもろのことどもを依頼する文書である。これが「今般、当村内にて、切支丹宗門《きりしたんしうもん》の宗徒共《しゆうとども》、邪法を行ひ、人目を惑《まど》はし候儀に付き、私見聞致し候次第を、逐《ちく》一公儀《こうぎ》へ申上ぐ可き旨、御沙汰相成り候段屹度《きっと》承知仕り候」という「尾形了斎覚え書」の文体と近似していることは、論を俟たない。「尾形了斎覚え書」は、書簡という形式を借りて、先輩鷗外や露伴を意識しての文体の創始であった。

ころびの痛み

はるれやの典拠

了斎の書簡による語りは続く。彼は篠がころんだことを見届けたので、即刻下男に薬籠を担がせ、大雨の中を篠の家に行く。病人里を了斎は、「南を枕にして打臥し居り候。尤も、身熱烈しく候へば、殆正気無之き体に相見えいたいけなる手にて、繰返し、繰返し、空に十字を描き候うては、頻《しきり》にはるれやと申す語を、現《うつゝ》の如く口走り、其都度嬉しげに、微笑み居り候」と語る。ここで芥川は篠の唱える神を讃美することばをはるれやと表記する。「はれるや（ハレルヤ）」ではない。この後の娘の里が復活したところでも、「はるれや、はるれや」と唱える切支丹宗徒のことが描かれる。「ハレルヤ(hallelujah)」は、ヘブライ語で「神をほめたたえよ」の意味である。アレルヤ、あれるうや、阿列爾亜《あれるや》と表記されることもある。すると「はるれや」の典拠は、おそらく当時の吉利支丹文書にあるのだろう。いまはこれ以上の実証はできないが、その予見は正しいと考えている。

なお、宮沢賢治の「銀河鉄道の夜」の「七、北十字とプリオシン海岸」にも、「ハルレヤ」が唱和される箇所がある。「「ハルレヤ、ハルレヤ。」前からもうしろからも声が起こりました」とあるのだ。ここも「ハレルヤ」ではなく、「ハルレヤ」である。賢治研究者の中には、これを賢治のすぐれた造語と考える人もいるが、それは賢治を神聖化する以外の何物でもない。当時の吉利支丹文書を、賢治が芥川同様見ていたと考えるべきだろう。

了斎が検脈すると、里は傷寒の病（腸チフス）で手遅れの様子なので、存命の覚束ないことを篠に言い聞かせたところ、篠は「私ころび候仔細は、娘の命助け度き一念よりに御座候」と言い、何とか娘の一命を取り留めて欲しいと懇願する。了斎は「人力にては如何とも致し難き」ことゆえ、心得違いをしないようくれぐれも申し諭《さと》し、立ち去ろうとしたところ、篠は悶絶してしまう。介抱により正気づいた篠は、「娘一命、泥烏須如来、二つながら失ひしに極まり候」とて、さめざめと泣き沈む。了斎の検脈後一時間、里は落命する。篠は悲嘆のあまり発狂してしまう。

前節に引用した篠のころびの場面に、今一度目を通して頂きたい。芥川は実に簡潔に篠のくるすを踏む場面を描いていた。「篠、無言の侭、懐中より、彼くるすを取り出し、玄関式台上へ差し置き候うて、静に三度まで踏み候」とあった。ころびを認めてもらわない限り、娘の検脈もかなわぬ。篠は娘、里の命と取り替えに、自らの救いを断念し、くるすを踏む。韓国の芥川研究家河泰厚《ハテフ》は、「この一節はまた後の遠藤周作の『沈黙』などに引き継がれ、〈ころび〉の苦悩を再び反芻する作者たちの「主体的問題」の源流ともなる」[*13]と言う。まさにその通りなのである。

『沈黙』のばあい

遠藤周作の『沈黙』[*14]のクライマックスは、三人の信者の百姓を逆さ吊りにし、踏絵を踏むなら手当もしてやろうとそそのかされた司祭ロドリゴが、ついにころぶに至る箇所である。当該箇所を引用しよう。

黎明《しののめ》のほのかな光。光はむき出しになった司祭の鶏のような首と鎖骨の浮いた肩にさした。司祭は両手で踏絵をもちあげ、顔に近づけた。人々の多くの足に踏まれたその顔に自分の顔を押しあてたかった。

踏絵のなかのあの人は多くの人間に踏まれたために摩滅し、凹《へこ》んだまま司祭を悲しげな目差しで見つめている。その眼からはまさにひとしずく涙がこぼれそうだった。

「ああ」と司祭は震えた。「痛い」

「ほんの形だけのことだ。形などどうでもいいことではないか」通辞は興奮し、せいていた。

司祭は足をあげた。足に鈍い重い痛みを感じた。それは形だけのことではなかった。自分は今、自分の生涯の中で最も美しいと思ってきたもの、最も聖らかと信じたもの、最も人間の理想と夢にみたされたものを踏む。この足の痛み。その時、踏むがいいと銅版のあの人は司祭にむかって言った。踏むがいい。お前の足の痛さをこの私が一番よく知っている。踏むがいい。私はお前たちに踏まれるため、この世に生まれ、お前たちの痛さを分つため十字架を背負ったのだ。

こうして司祭が踏絵に足をかけた時、朝が来た。鶏が遠くで鳴いた。


ころびには痛みが伴う。佐藤泰正を聞き手とする『人生の同伴者』[*15]には、この問題が追求されている。佐藤は文学と宗教は、二律背反ならぬ二律相関だと言う。それを受けて遠藤は、「神学的観点から文学を裁断されると非常に小説家は困る」と言い、佐藤の造語とも言える「二律相関」という整理の仕方に肯定的である。文学と宗教の問題を考えるとき、このことばはかなり有効な言説となろう。それは「尾形了斎覚え書」や『沈黙』を論じる時にも生きるのである。

では、ころびの痛みとは何か。芥川は「尾形了斎覚え書」で、その問題を的確に書き込んでいる。篠のころび（棄教）は、娘を助けたいがためであった。後年の「おぎん」[*16]でのおぎんの棄教は、教えより今は亡き実の両親と一緒に、地獄《いんへるの》へ行く必要からの棄教とされ、養父母の孫七・おすみも最終的に地獄行きに同意する。わたしはすでにおぎんの棄教の問題を考えたことがある。[*17] そこで述べたことでもあるが、養父孫七は信仰心の厚い人物なのである。それが棄教したのは、おぎんの勧めであった。

太い角柱にくくりつけられた孫七を、棄教して縄目を解かれたおぎんは、下からじっと見つめる。その「眼の奥に閃《ひらめ》いてゐるのは、無邪気な童女の心ばかりではない。「流人となれるえわの子供」、あらゆる人間の心である」と語り手は言う。宗教的信念と人間性重視との心中での葛藤、そこに痛みが生じなかったら、むしろおかしい。

ころびの問題

「お父様！　いんへるのへ参りませう。お母様も、わたしも、あちらのお父様やお母様も、——みんな悪魔にさらはれませう」というエバ＝おぎんの提案の前に、孫七も棄教する。孫七の〈堕落〉を悪魔は喜ぶが、「さう無性に喜ぶ程、悪魔の成功だつたかどうか、作者は甚だ懐疑的である」という印象的な一文で、本作は結ばれる。

そこには彼らのころび（棄教）は、悪魔のささやきなどではなく、普遍的人間性、市民的ヒューマニズムからくるものであることを、「作者」芥川龍之介は指摘しようとしているかのようだ。そのことは「尾形了斎覚え書」に関しても言えるのである。主人公のお篠は、くるすを三度も踏む。それは「娘の命助け度き一念」から出たものであった。悪魔に身を売った結果の棄教ではなかったのである。

もっとも、「尾形了斎覚え書」も「おぎん」も、共に人間の弱さが露呈した物語である。この小説に出てくる人物は、それぞれに弱さをもっている。芥川はそれを信仰者の立場から糾弾するのではなく、自分もまた同じ弱さを持っている人間だ、という共感をもって描いている。ここには信仰の名による裁きはない。芥川は主人公らのころびの痛みを注視し、語り手を通し、その問題を提示しようとしているのである。そこに芥川の切支丹ものの特質、その先駆性を見たいと思う。

奇蹟へのまなざし

里の蘇生

「尾形了斎覚え書」のストーリーに戻ろう。翌十日、了斎は往診のため家を出て篠宅の前へさしかかると、村人が大勢集まり、伴天連よ、切支丹よとののしり、騒いでいる。了斎が馬上から篠宅の様子を見ると、中に紅毛人一名、日本人三名、手に手にくるすや香炉様の物を差しかざし、しきりにはるれや、はるれやと唱えている。了斎を特に驚かしたのは、篠が髪を乱して里を抱き、里は両手でひしと篠のうなじを抱き、母の名とはるれやを、代わる代わる、あどけない声で、唱えていたことである。遠目のことゆえ確とはわきまえ難いが、里の血色は至極うるわしいように見え、折々母の頸より手を離し香炉のようなものから立ち上がる煙を捉えようとする真似などしている。

そこで了斎は馬より下りて村方の人々に、里の蘇生の次第を尋ねると、紅毛人の伴天連ろどりげが今朝隣村から伊留満とやって来て、篠の懺悔《こひさん》を聞き届け、宗門仏に祈って香を焚き、神水をふりそそいだ。すると篠の乱心が収まり、里もほどなく蘇生したという。了斎の書簡は、この事態に関し、次のように書く。

古来、一旦落命致し候上、蘇生仕り候類《たぐひ》、元より、少からずとは申し候へども、多くは、酒毒《しゆどく》に中《あた》り、乃至は瘴気《しやうき》に触れ候者のみに有之《これあり》、里の如く、傷寒の病にて死去致し候者の、環魂《くわんこん》仕り候例は、未嘗《いまだかつて》承り及ばざる所に御座候へば、切支丹宗門の邪法たる儀此一事にても分明致す可く、別して伴天連当村へ参り候節、春雷頻に震ひ候も、天の彼を悪《にく》ませ給ふ所かと推察仕り候。

了斎は一見医師の合理性、科学性の眼で、篠と里親子を見ている。彼には篠の乱心の治癒は信じられても、里の復活は信じられない。それ故死者の復活は、飲酒中毒や熱病の場合はあっても、「里の如く、傷寒の病にて死去致し候者の、環魂《くわんこん》仕り候例は、未嘗《いまだかつて》承り及ばざる所に御座候」ということになる。腸チフスで死んだ者の復活はありえないというのである。了斎は一旦死の宣告をした里の蘇生を信じたくないのだ。

信じたくない奇蹟

医師の合理性をもってしてもわからない里の復活を前にして、了斎はそれを「切支丹宗門の邪法」で片付けている。付け加えて「別して伴天連当村へ参り候節、春雷頻に震ひ候も、天の彼を悪《にく》ませ給ふ所かと推察仕り候」などという非科学的なことまで書き添えることとなる。了斎は里の復活を信じたくない。だからこそ、それを「邪法」の一語で片付けているのである。それでも了斎の驚きの目、奇蹟へのまなざしは、新鮮である。彼には前日の高熱にうなされながらも、「いたいけなる手にて、繰返し、繰返し、空に十字を描き候うては、頻《しきり》にはるれやと申す語を、現《うつゝ》の如く口走り、其都度嬉しげに、微笑み居り候」という情景が脳裏に刻まれており、それに重ねて、先にふれた復活の情景が彼を圧倒する。

別して、私眼を驚かし候は、里、両手にてひしと、篠頸《うなじ》を抱き居り、母の名とはるれやと、代る代る、あどけ無き声にて、唱へ居りし候事に御座候。尤も、遠眼の事とて、確とは弁《わきま》へ難く候へども、里血色至極麗《うるは》しき様に相見え、折々母の頸より手を離し候うて、香炉様の物より立ち昇り候煙を捉《とら》へんとする真似など致し居り候。

了斎は里の復活が信じられない。しかし、目前にその事実を見て動揺する。その奇蹟へのまなざしは、一見冷静な筆致を装う書簡にも反照している。「伴天連当村へ参り候節、春雷頻に震ひ候も、天の彼を悪《にく》ませ給ふ所かと推察仕り候」と書く了斎の筆の先には、奇蹟への並々ならぬ関心があるやに見えるのである。

書簡は復活した里が、母篠と伴天連ろどりげ同道、隣村へ引き移り、家は慈元寺住職日寛の計らいで焼きすてたとの次第を報じ、その覚え書を締め括っている。了斎は信じたくない奇蹟を認めていた。それ故に書簡を書いて事の次第を申し開きしているのだ。

人間の常識や知性では計り知れない愛の奇蹟を、芥川はここに表現した。ここには百姓与作の娘の病死からの復活が描かれる。里の母親篠は教育があったとは思われない無学な信者である。そうした学のない単純な女性の娘が腸チフスで死に、やがて生き返る。それは後続する芥川の切支丹物「きりしとほろ上人伝」や「じゆりあの・吉助」や「南京の基督」など〈神聖な愚人〉の物語とも結びつく内容を秘めている。

芥川は断章「ある鞭」で、「基督教的信仰或は基督教徒を嘲る為に屡短篇やアフォリズムを艸した　しかもそれ等の短篇はやはりいつも基督教の芸術的荘厳を道具にしてゐた　即ち僕は基督教を軽んずる為に反つて基督教を愛したのだつた」という複雑な心境を書き留めている。「尾形了斎覚え書」も、そうした彼の実存の意識が生んだ作品であった。

注

1——吉田精一『芥川龍之介』三省堂、一九四二年一二月二〇日、一三三ページ
2——中村孤月「一月の文壇」『読売新聞』一九一七年一月一三日
3——江口　渙「芥川君の作品」『東京日日新聞』一九一七年六月二八日、二九日、七月一日

4――関口安義『芥川龍之介とその時代』筑摩書房、一九九九年三月二〇日ほか
5――松岡譲「芥川のことども」第十四次『新思潮』一九四七年一二月一〇日、のち「二十代の芥川」と改題、『漱石の印税帳』朝日新聞社、一九五五年八月五日収録、一二一～一二二ページ
6――ジェイ・ルービン、君野隆久訳「芥川は世界文学となりうるか?」『新潮』二〇〇五年四月一日
7――平岡敏夫「『南蛮寺』幻想」『解釈と鑑賞』一九七四年八月一日、のち『芥川龍之介　抒情の美学』大修館書店、一九八二年一一月二五日収録、二五三～二五五ページ
8――新村出『南蛮記』東亜堂書店、一九一五年八月一六日、のち『新村出全集第5巻、南蛮紅毛篇』筑摩書房、一九七一年二月二〇日収録、二五三～二五五ページ
9――藤岡蔵六『父と子』私家版（藤岡眞佐夫編）一九七一年九月（日付なし）、一ページ
10――芥川龍之介「学校友だち―わが交友録―」『中央公論』一九二五年二月一日
11――佐藤泰正「尾形了斎覚え書」『別冊國文學　芥川龍之介必携』一九七九年二月一〇日
12――稲垣達郎「歴史小説家としての芥川龍之介」大正文学研究会編『芥川龍之介研究』河出書房、一九四二年七月五日、一六七ページ
13――河泰厚『芥川龍之介の基督教思想』翰林書房、一九九八年五月三〇日、一一四ページ
14――遠藤周作『沈黙』新潮社、一九六六年三月三〇日
15――遠藤周作・佐藤泰正『人生の同伴者』春秋社、一九九一年一一月三〇日、一四六～一四九ページ
16――芥川龍之介「おぎん」『中央公論』一九二二年九月一日、本書第Ⅰ章に拙論「おぎん」論を収録
17――関口安義『この人を見よ　芥川龍之介と聖書』小沢書店、一九九五年七月三〇日、一四八～一五二ページ

二　奉教人の死

各国語への翻訳と出典考

切支丹ものの代表作

「奉教人の死」（『三田文学』一九一八・九）は、「南京の基督」と並んで芥川龍之介の切支丹ものを代表する小説テクストである。一人のうら若い男装の女性の数奇な生涯、その殉教への道行きを独特の文体で綴ったものだ。同じ切支丹ものでも「南京の基督」が早く戦前から英・中・露・伊・仏語に翻訳され、世界的人気を博し、映画（『南京的基督』香港・日本合作、監督區丁平《トニー・オウ》、一九九五）にもなったのに対し、「奉教人の死」はその特異なプロットからして、第二次世界大戦前は外国語への翻訳は稀であった。が、戦後、黒沢明監督の映画『羅生門』（大映京都、一九五〇）がヴェネツィア国際映画祭でグランプリを獲得した以後、一九五〇年代後半から六〇年代にかけて「奉教人の死」は、英・仏・露語をはじめとする各国語に翻訳された。

　冷戦後日本文学研究は、従来の欧米中心から東アジアにシフトする。そうした中で「奉教人の死」は、中国語・韓国語にも翻訳されるようになる。中国では一九八〇（昭和五五）年に湖南人民出版社から出た『芥川龍之介小説十一篇』に「奉教人之死」として翻訳が載った。訳者は楼适夷《ロウクオイー》である。最近の楼适夷ら訳の『羅生門』（浙江文芸出版社、二〇〇六・八）収録「奉教人之死」の末尾には、「楼适夷一九七六年四月訳」とあるので、初訳は一九七六年ということになるのだろう。中国では日本の国際交流基金の援助を受け、二〇〇五（平成一七）年三月に山東文芸出版社から『芥川龍之介全集』全五巻が一挙刊行された。その第一巻に、「奉教人の死」は「基督徒之死」のタイトルでの新訳が収録されている。こちらの訳者は、艾蓮《アイリエン》である。

韓国では日本語での著書『芥川龍之介の基督教思想』（翰林書房、一九九八・五）をもつ河泰厚《ハテフ》が、二〇〇〇（平成一二）年六月に刊行した訳書『芥川龍之介作品選集西方の人』に「奉教人の死」を入れている。世界文学という視座のもとに小説「奉教人の死」を考えると、主要言語に翻訳がようやく広がったところで、世界的レベルでの研究は、今後に委ねられている。

典拠探し

日本での「奉教人の死」は、発表当初から何かと話題を呼んだ。その第一は出典探しであり、第二はプロットの問題であった。第一の出典探しとは、この作品が何を下書きにして成ったのかの問題である。作者の芥川自身は「日本の聖教徒の逸事を仕組んだものであるが、全然自分の想像の作品」（「風変りな作品二点に就て」『文章往来』一九二六・一）と言ってはいるものの、早くからその典拠が問われた。

小説「奉教人の死」は、冒頭のエピグラムと一と二の章から成る。二の章の冒頭に記された「予が所蔵に関る、長崎耶蘇会出版の一書、題して「れげんだ・おうれあ」と云ふ」に、まんまと一杯食わされたのが内田魯庵であることはよく知られている。[*1] 芥川の小島政二郎宛書簡（一九一八・九・二二付）にも、「奉教人の死の「二」はね内田魯庵氏が手紙をくれたのは久米から御聞きでせう所が今日東京にゐると東洋精芸株式会社とかの社長さんが二百円か三百円で譲ってくれって来たには驚きました随分気の早い人がゐるものですね出たらめだつてつたら呆れて帰りました」とある。当時は切支丹文献が好事家の間でブームとなっていたので、こういう笑い話めいたことも起こったのであろう。

それにしても「奉教人の死」は、何らかの典拠を想定させるテクストゆえ、以後も典拠探しが続く。第二次世界大戦後はテクストそのものの分析や〈読み〉よりも、典拠探しが先行した。例えば安田保雄は、「「奉教人の死」の比較文学的研究[*2]」や『評釈現代文学芥川龍之介[*3]』などで、典拠に切り込んでいる。まず、冒頭の二つのエピグラム中のGuia Pecadorは、新村出の『南蛮記』（東亜堂書房、一九一五・八）、Imitatione Christiはアーネスト・マソン・サトウの『日本耶蘇会刊行書志《ママ》』（警醒社書店、一九二六・一二）によっているとした。

さらに一の章は木村毅の『文芸東西南北』（新潮社、一九二六・四）所収「南蛮文学解説」に見られる白隠和尚の逸話に、フランスの詩人ラマルティーヌの長詩『ジョスラン』、アナトール・フランス、小泉八雲訳『シルヴェストル・ボナールの罪』、それに『南蛮記』を主な素材として構成したとの見解を示した。吉田精一は安田の説を紹介しながら、男装の女性に関しては、「森鷗外の訳したアンリ・ド・レニエの「復讐」（諸国物語）に、この点ヒントを得たのではないかと考えられる[*4]」とした。

「奉教人の死」というテクストは、このように何らかの典拠を想定させるのである。中国文学の倉石武四郎は、『京本通俗小説』（明末の『警世通言』などの焼き直し本）にある「菩薩蛮」の話に注目する。南宋の時代、陳可常という一人の書生が出家して杭州郊外の寺で教えに励んでいたが、たまたま高宗の弟、郡王の邸に仕えていた美しい少女新荷との仲を疑われる。裁判にかけられても「とんと存じないことでござる」と言い張るが、聞き入れられず迫害される。やがて新荷は子を産む。そして、実は御用人の銭原と関係してできた子なのに、陳可常に罪をなすりつけたことを白状する。疑いが晴れた時には陳可常は死んでいたというもので、これもまたストーリーは、「奉教人の死」にきわめて近い。倉石氏は芥川が『京本通俗小説』を読んでいたかは疑問であるが、江戸時代以来『英草子《はなぶさぞうし》』や『繁野話《しげしげやわ》』にも伝わっている話なので、彼が中国のこの話からちょっとしたヒントを得て創作に生かしたのであろうと推論した。[*5]

典拠の判明

「奉教人の死」が雑誌に発表されて四十二年、その典拠が判明した。柊源一「『奉教人の死』と『黄金伝説』」[*6]、上田哲「『奉教人の死』出典考」[*7]、同「芥川「奉教人の死」の出典考」[*8]などが出るに及び、典拠は斯定筌《スタインシエン》の『聖人伝』（集英社、一八九四初版、一九〇三年再版）所収の「聖マリナ」であることが確定した。文体は芥川が言うように、「文禄慶長の頃、天草や長崎で出た日本耶蘇会出版の諸書に倣《なら》つて創作したもの」（「風変りな作品二点に就て」『文章往来』一九二六・一）としてよいであろう。『聖人伝』は芥川旧蔵書中にも見出せることから、典拠問題はここにはっきりとした決着を見たことになる。いま言う典拠とは、二章仕立ての「奉教人の死」の一の章に関してのことである。

なお、「奉教人の死」の一の章と「聖マリナ」との比較研究は、三好行雄[*9]・笹淵友一[*10]・平岡敏夫[*11]らの言及があるので、これらの論に譲りたい。渡邉正彦は以上の出典考を踏まえたうえで、ルイズの *The Monk* の影響を補足したいと言う。[*12]総じて芥川は自己のテクストを完成するのに、補完の関係を重視する。材源も一つだけに終わらず、複数ある場合が殆どである。さまざまな素材をもとに、彼は自身のテクストを慎重に織り上げるのが常であった。

語りの批評性

語り手は外国人か

さて、小説テクスト「奉教人の死」に目を留めよう。タイトルは、神の教えを奉じるキリスト教徒の死という意味である。そして冒頭に置かれた二つのエピグラムは、キリスト教信仰の喜びを説いたものと言えようか。続く本文の一は、「去んぬる頃、日本長崎の「さんた・るちや」と申す「えけれしや」（寺院）に、「ろおれんぞ」と申すこの国の少年がござつた」の一文にはじまる。

　作者は語り手を外国人に設定したかのようである。それが「日本長崎」とか「この国の少年」という言い方に現れる。外国人の、しかも信仰厚い語り手が物語を進行させるのである。彼は伴天連の一人とも考えられる。形式的には三人称の介入する語り手、もしくは批評する語り手と言えよう。それゆえ彼は、物語の進行や出来事を語るばかりでなく、それに批評や意見を加える存在だ。本作は前述のように、冒頭のエピグラムに続いて一、二の章から成るが、一の章の語り手と二の章に登場する「予」とは、むろん別人である。

　ところで、初出『三田文学』掲載の本文の一は、「去んぬる頃、日本長崎の或「えけれしあ」（寺院）に、「ろおらん」と申すこの国の少年がござつた」となっていた。主人公の名前が「ろおらん」から「ろおれんぞ」に変わり、「えけれしや」に「さんた・るちや」という名が与えられるのは、『傀儡師《かいらいし》』（新潮社、一九一九・一）に収録された際のことである。なお、『傀儡師』収録「奉教人の死」全文には、このほかかなりの語句の修正が見られる。芥川没後の全集本になると、さらに「穢多《ゑとり》」が「ゑとり」と仮名書きされる（現全集は「穢多《ゑとり》」）のをはじめ、傘張の娘の産んだ赤子が、はじめ「男の子」、のちに「女の子」となっていた矛盾が直され、「女の子」に統一されている。が、一番新しい『芥川龍之介全集』第三巻（岩波書店、一九九六・一）収録「奉教人の死」では、『傀儡師』収録作を底本としているためか、この矛盾は訂されていない。ちなみに芥川の初刊本はどれも誤植が意外に多い。第一創作集『羅生門』も第七短篇集『黄雀風』も誤植だらけである。それゆえ研究に際しては、自分なりの本文批判《テクストクリテック》が必要となるのである。傘張の娘の産んだ子は、「女の子」に統一して読むのが妥当の線だろう。

文章の特色

さて、本文最初の一文で、時は「去んぬる頃」、所は「日本長崎」の「「さんた・るちや」という「えけれしや」（寺院）」、そして主人公は、少年の「ろおれんぞ」であることが示される。続く文章では、なぜ少年が「「さんた・るちや」という「えけれしや」（寺院）」にいたかが説明される。以下のようだ。

これは或年御降誕の祭の夜、その「えけれしや」の戸口に、餓ゑ《う》疲れてうち伏して居つたを参詣の奉教人衆が介抱し、それより伴天連《ばてれん》の憐みにて、寺中に養はれる事となつたげでござるが、何故かその身の素性《すじやう》を問へば、故郷《ふるさと》は「はらいそ」（天国）父の名は「でうす」（天主）などと、何時も事のなげな笑に紛らいて、とんとまことは明した事もござない。なれど親の代から「ぜんちよ」（異教徒）の輩《やから》であらなんだ事だけは、手くびにかけた青玉の「こんたつ」（念珠）を見ても、知れたと申す。されば伴天連はじめ、多くの「いるまん」衆（法兄弟）も、よも怪しいものではござるまいと、おぼされて、ねんごろに扶持《ふち》して置かれたが、その信心の堅固なは、幼いにも似ず「すぺりおれす」（長老衆）が舌を捲《ま》くばかりであつたれば、一同も「ろおれんぞ」は天童の生れがはりであらうずなど申し、いづくの生れ、たれの子とも知れぬものを、無下《むげ》にめでいつくしんで居つたげでござる。

右の箇所の特色は、長い文に短い文が挟まるところにある。引用した箇所は、四〇二字あるが、句点は三つきりない。ここに続く文章もほぼ同様である。つまり長文を基調に、短文を織り込んでいるのである。芥川はこの文体に関して「きりしとほろ上人伝」と並べて、「両方とも、文禄慶長の頃、天草や長崎で出た日本耶蘇《やそ》会出版の諸書の文体に倣《なら》つて創作したもの」「『奉教人の死』の方は、其宗徒の手になつた当時の口語訳平家物語にならつたもの」（「風変りな作品二点に就て」『文章往来』一九二六・一）と言うが、一文が長い割には音読に耐える文章となっているのは、「ござる」という丁寧語の連発が利いているためなのであろう。

語り手はここで早くも批評性を発揮する。彼は「ろおれんぞ」が「さんた・るちあ」という教会で育てられるようになった次第を語る中で、物語に介入し、「いづくの生れ、たれの子とも知れぬものを、無下《むげ》にめでいつくしんで居つた」との評言をもらす。語り手の物語への介入、——その批評性は全編にわたる。このことは後でまた取り上げる。

次に「ろおれんぞ」は「顔かたちが玉のやうに清らか」で、声も「女のやうに優しかつた」とされ、それに対応する人物として「しめおん」という、元はさる大名に仕え、槍一筋の家柄の「いるまん」が登場する。語り手は「この国の「いるまん」に「しめおん」と申したは、「ろおれんぞ」を弟のやうにもてなし」と語る。ここに至っても「この国」という言い方をするところに、語り手は外国人の伴天連ではないかとの推定が成り立つのである。「しめおん」が「ろおれんぞ」と親しくする様は、「とんと鳩になづむ荒鷲のやうであつたとも申さうか。或は「ればのん」山の檜《ひのき》に、葡萄かづらが纏《まと》ひついて、花咲いたやうであつたとも申さうず」とされる。

テクストの展開

物語の時間

ここで「さる程に三年《みとせ》あまりの年月は、流るゝやうにすぎた」とあり、物語の時間の経過が読み手に示される。しばらくストーリーを追おう。やがて「元服もすべき時節」を迎えた「ろおれんぞ」に、教会に通う町方の傘張の娘が恋するようになる。なにかと噂が立ち、伴天連も捨て置くこともできなくなり、「ろおれんぞ」に問い質すと、「そのやうな事は一向に存じやう筈もござらぬ」と涙声に繰り返すばかりである。心配した「しめおん」も「ろおれんぞ」を人気のない部屋で問い詰めると、娘とは「とんと口を利いた事もござらぬ」とわびしげな眼で、じっと見つめたかと思うと部屋を出る。その箇所と続くところのテクストを引用する。

さて一応伴天連の疑は晴れてぢやが、「さんた・るちや」へ参る人々の間では、容易に、とかうの沙汰が絶えさうもござない。されば兄弟同様にして居つた「しめおん」の気がかりは、又人一倍ぢや。始はかやうな淫《みだら》な事を、もののしう詮議《せんぎ》立てするが、おのれにも恥しうて、うちつけに尋ねようは元より、「ろおれんぞ」の顔さへまさかとは見られぬ程であつたが、或時「さんた・るちや」の後の庭で、「ろおれんぞ」へ宛てた娘の艶書を拾うたに由つて、人気《ひとげ》ない部屋にゐたを幸、「ろおれんぞ」の前にその文をつきつけて、嚇《おど》しつ賺《すか》しつ、さま〴〵に問ひたゞいた。なれど「ろおれんぞ」は唯、美しい顔を赤らめて、「娘は私に心を寄せましたげでござれど、私は文を貰うたばかり、とんと口を利《き》いた事もござらぬ」と申す。なれど世間のそしりもある事でござれば、「しめおん」は猶も押して問ひ詰《なじ》つたに、「ろおれんぞ」はわびしげな眼で、ぢつと相手を見つめたと思へば、「私はお主《ぬし》にさへ、嘘をつきさうな人間に見えるさうな」と咎《とが》めるやうに云ひ放つて、とんと燕《つばくら》か何ぞのやうに、その儘《まま》つと部屋を出て行つてしまうた。かう云はれて見れば、「しめおん」も己の疑深かつたのが恥かしうもなつたに由つて、悄々《すごすご》その場を去らうとしたに、いきなり駆け込んで来たは、少年の「ろおれんぞ」ぢや。それが飛びつくやうに「しめおん」の頸《うなじ》（現全集「頭《かしら》」、小型版全集「頸《うなじ》」）を抱くと、喘《あへ》ぐやうに「私が悪かつた。許して下されい」と、囁《さゝや》いて、こなたが一言も答へぬ間に、涙に濡れた顔を隠さう為か、相手をつきのけるやうに身を開いて、一散に又元来た方へ、走つて往んでしまうたと申す。さればその「私が悪かつた」と囁いたのも、娘と密通したのが悪かつたと云ふのやら、或は「しめおん」につれなうしたのが悪かつたと云ふのやら、一円合点《がてん》の致さうやうがなかつたとの事でござる。

右の引用箇所は、「ろおれんぞ」と「しめおん」の関係を考えるのに、きわめて重要な箇所である。が、それがわかるのは、再読以後の読書行為にともなう問題である。後述したい。

苦境のろおれんぞ

傘張の娘との間が疑われた「ろおれんぞ」は、さらに苦境に追いやられる。追い打ちを掛けるかのように、娘が身籠もり、腹の子の父親は「ろおれんぞ」であると告げたためである。娘の父の翁は、火のように憤って伴天連に委細を訴える。こうなっては「ろおれんぞ」も言い訳の致しようもない。伴天連はじめ「いるまん」衆は相談の末、「ろおれんぞ」に破門を申し渡す。罪人をこのまま教会に留めて置いては、主の栄光にもかかわるとして、日頃親しくしていた人々も、涙を呑んで「ろおれんぞ」を追放する。

兄弟のようにしていた「しめおん」は、教会を追われる「ろおれんぞ」の美しい顔を拳で打つ。「ろおれんぞ」は剛力に打たれて倒れるが、「やがて起きあがると、涙ぐんだ眼で、空を仰ぎながら、『御主も許させ給へ。「しめおん」は己が仕業《しわざ》もわきまへぬものでござる』と、わなゝく声で」祈る。以後「ろおれんぞ」は、「町はづれの非人小屋で起き伏しする、世にも哀れな乞食《こつじき》」と成り果てる。そして「心ない童部《わらべ》」に嘲られたり、「刀杖瓦石《たうぢやうぐわせき》の難」に遭うこともしばしばであった。さらに長崎の町に流行した「恐しい熱病」に罹り、七日七夜、苦しみ悶えたともいう。が、天主の「無量無辺のご愛憐」は、「施物《せもつ》の米銭のない折々には、山の木の実、海の魚貝など、その日の糧《かて》を恵ませ給ふのが常であつた」という。そこで「ろおれんぞ」

は、朝夕の祈りを忘れず、その信仰は「さんた・るちや」教会に在った時と変わらず、夜更けにはひそかに非人小屋を抜け出て、密かに教会に来ては、神に祈りを捧げるのであった。教会の人々は「ろおれんぞ」を疎んじていたので、そのことは知ることもない。語り手は、「これも「でうす」千万無量の御計らひの一つ故、よしない儀とは申しながら、「ろうれんぞ」が身にとつては、いみじくも亦哀れな事でござつた」と主人公に同情を示す。

火中から赤児を救う

そうしているうちに、傘張の翁の娘は、女の子を産む。その一年ほど後のある夜、長崎の町の半ばを焼き払う大火事が起こる。運悪く風下にあった傘張の翁の家は、見る見る炎に包まれる。親子眷属は、あわてふためいて避難するが、娘の産んだ女の子の姿が見えないというので、大騒ぎになる。一間に寝かしておいたのを忘れて、皆が逃げのびたのである。傘張の翁や娘や、それに「しめおん」が助け出そうとするが、猛火のためどうにもならない。町方の人々も「唯、あれよあれよと立ち騒いで、狂気のやうな娘をとり鎮めるより外に、せん方も亦あるまじい」状況である。

その時、突如、乞食姿の「ろおれんぞ」が現れ、「御主、助け給へ」と叫び、「火の柱、火の壁、火の梁《うつばり》」の中へ飛び入る。人々は「ろおれんぞ」の健気な振る舞いに驚きながらも、「さすがに親子の情あひは争はれぬものと見えた」と言い、だからこそ火の中へ入ったなどと言い合う。他方、傘張の翁の娘について、語り手は、「なれど当の娘ばかりは、狂ほしく大地に跪《ひざまづ》いて、両の手で顔をうづめながら、一心不乱に祈誓《きせい》を凝《こ》らいて、身動きをする気色さへもござない。その空には火の粉が雨のやうに降りかゝる。煙も地を掃《はら》つて、面を打つた。したが、娘は黙然と頭《かうべ》を垂れて、身も世も忘れた祈り三昧でござる」と語る。後の娘による告白の伏線である。語り手は全知の位置にいる。先を急ぐ。

やがて髪を振り乱した「ろおれんぞ」は、「もろ手に幼子をかい抱いて」姿を現し、必死の力をしぼって娘の足もとへ幼子を投げ出し、自らは燃え崩れる梁に打たれる。「しめおん」はさかまく火の嵐の中へ躍り込み、「ろおれんぞ」を救い出す。助け出された「ろおれんぞ」が、奉教人衆に担ぎ上げられてとりあえず風上の教会の門へ横たえられた時には、すでに息も絶え絶えであった。その時、それまで幼子を胸に抱きしめて、涙にくれていた傘張の娘は、伴天連の足下に跪くと、並み居る人々の目前で「この女子《をなご》は「ろおれんぞ」様の種ではおじやらぬ」と言い、真は隣の男と密通して身籠もった子なのに、「ろおれんぞ」に罪をなすりつけたことを告白する。

娘の思いつめた声の震えといい、泣き濡れた眼の輝きといい、告白には露ばかりの偽りさえ、あろうとは思われない。そこで人々ははじめて「ろおれんぞ」が娘の偽りに抗弁することなく堪え忍び、自己を犠牲にしてまで非人暮らしをしたのも、「罪人を憐む心」からであったことを知り、「「まるちり」(殉教)ぢや、「まるちり」ぢや」という声が波のように起こるのであった。

語り手の息づかい

伴天連は「ろおれんぞ」の徳行を人々の前で褒め称え、「別して少年の身とは云ひ——」と言い、言いよどむ。ここで驚くべきことに人々は、「ろおれんぞ」の焦げ破れた衣服の間から二つの乳房が露出しているのを見る。語り手の感動した語りを、テクストから引用しよう。

> あゝこれは又何とした事でござらうぞ。こゝまで申された伴天連は、俄《にはか》にはたと口を噤んで、あたかも「はらいそ」の光を望んだやうに、ぢつと足もとの「ろおれんぞ」の姿を見守られた。その恭《うや〳〵》しげな容子は、どうぢや。その両の手のふるへざまも、尋常《ただ》の事ではござるまい。おう、伴天連のからびた頬の上には、とめどなく涙が溢れ流れるぞよ。見られい。「しめおん」。見られい。傘張の翁。御主「ぜす・きりしと」の御血潮よりも赤い、火の光を一身に浴びて、声もなく「さんた・るちや」の門に横は

つた、いみじくも美しい少年の胸には、焦《こ》げ破れた衣のひまから、清らかな二つの乳房が、玉のやうに露れて居るではないか。今は焼けたゞれた面輪《おもわ》にも、自らなやさしさは、隠れようすべもあるまじい。おう、「ろおれんぞ」は女ぢや。「ろおれんぞ」は女ぢや。見られい。猛火を後にして、垣のやうに佇んでゐる奉教人衆。邪淫の戒《いましめ》を破つたに由つて「さんた・るちや」を逐はれた「ろおれんぞ」は、傘張の娘と同じ、眼《ま》なざしのあでやかなこの国の女ぢや。

テクストの最高潮《クライマックス》の場面である。語り手の息づかいが伝わってくるかのようだ。「見られい。「しめおん」。見られい。傘張の翁」という語り手の呼びかけは、まずは「しめおん」それに傘張の翁へ対してであったが、それは「猛火を後にして、垣のやうに佇んでゐる奉教人衆」に拡大し、さらには時制の論理を越えて読み手に迫る。読み手は「見られい。読者よ」との叫びを聞く思いなのである。

　ここの場面では、語り手は明らかに伴天連と一体化している。先に語り手は外国人の伴天連ではないかと指摘したが、右の引用の最後に、「「ろおれんぞ」は、傘張の娘と同じ、眼《ま》なざしのあでやかなこの国の女ぢや」（傍点筆者）との語り手のことばにもそれはうかがえる。こうして「ろおれんぞ」と呼ばれた、「この国のうら若い女は、まだ暗い夜のあなたに」天国の栄光を仰ぎ見ながら、「安らかなほゝ笑みを唇に止《とゞ》めたまゝ」、静かに息を引き取る。

語り手の介入

　志賀直哉の著名な芥川テクスト批判の一文「沓掛にて―芥川君の事―」[*13]には、本作にふれて「あれは三度読者に思ひがけない想ひをさせるやうな筋だつたと思ふ。筋としては面白く、筋としてはいいと思ふが、作中の他の人物同様、読者まで一緒に知らさずに置いて、仕舞ひで背負投げを食はすやり方は、読者の鑑賞がその方へ引張られる為め、其所まで持つて行く筋道の骨折りが無駄になり、損だと思ふ」とある。が、芥川には、彼なりの計算があったのである。それは「刹那の感動」というフレーズに集約される。一の章の最後で、語り手は次のように言う。

　その女の一生は、この外に何一つ、知られなんだげに聞き及んだ。なれどそれが、何事でござらうぞ。なべて人の世の尊さは、何ものにも換へ難い、刹那の感動に極《きはま》るものぢや。暗夜《やみよ》の海にも譬へようず煩悩心の空に一波をあげて、未出ぬ月の光を、水沫《みなわ》の中へ捕へてこそ、生きて甲斐ある命とも申さうず。されば「ろおれんぞ」が最後を知るものは「ろおれんぞ」の一生を知るものではござるまいか。

　ここにも自身の意見を述べる語り手がいる。「ろおれんぞ」の物語を語ってきた語り手は、ここではっきりと自身の意見・考えを述べるのである。それは「刹那の感動」という一語に集約される。これまでもしばしば本作の語り手は、自分の意見を披露していた。先にも引用したが、一の章のはじめでは、「ろおれんぞ」が「さんた・るちや」という教会で養われるように成った次第を語った後、「いづくの生れ、たれの子とも知れぬものを、無下にめでいつくしんで居つた」との意見を述べていた。そのほかにも「ろおれんぞ」が教会を追放され、非人小屋に起き伏しするようになった後も、信仰を忘れずにいたことを語ったところでも、「よしない儀とは申しながら、「ろおれんぞ」が身にとつては、いみじくも亦哀れな事でござつた」との感想をもらす。

　右に引用した一の章の最後は、まさに物語を語る語り手自身の意見なのである。ここには、テクストに介入する語り手がいる。さらに言うならば、語り手の背後にいる作者が顔を出している。「人の世の尊さは、何ものにも換へ難い、刹那の感動に極《きはま》る」とは、語り手のことばであると同時に作者の見解でもある。それは確かに「戯作三昧」における小説家馬琴の「恍惚たる悲壮の感激」や「地獄変」における画家良秀の「恍惚とした法悦の輝き」にも通じる。が、「ろおれんぞ」は馬琴や良秀のような芸術家ではない。ひとりのしがない非人に過ぎない。その非人、――賤しい身分の人間ですら、他人の罪を負って幼子を火中から助け出すというエネルギーは、一体どこから来るのか。語り手に託して、作者はこの問題を考えようとしているかのようである。内実は芸術と宗教の問題ともいえる。

エロースからアガペーへの物語

いかに読むか

テクストの二は、「予が所蔵に関る、長崎耶蘇会出版の一書、題して「れげんだ・おうれあ」」についての説明である。これは芥川がでっちあげた偽書であり、内田魯庵をはじめ何人かの収集家がかつがれたことは、先にも記した。作者はなぜ二の章を置いたのか。こうした構成にふれて、古くは岩上順一が、作者はこの感動的な物語の展開に「自己を傍観させ」、「かかる感動に対して、自己を一定の距離に引きはなしてゐる」[*14]と批判した。

三好行雄は本テクストの〈主題〉の問題をとりあげ、「「奉教人の死」にえがかれたのはキリスト教信仰への宗教的感動でもなければ、迫害に耐えた殉教者の讃美でもない。ここには宗教的感情の断片さえ発見できない」とまで言う[*15]。果たしてそうか。キリスト者作家の三浦綾子は本作を取り上げ、「珠玉の短篇」と言い、「これほど短い小説でありながら、これほど人の心を動かす小説も少ない」と断言する。そして芥川は「何ものをも求めず、只高らかに、「主よ、助け給え」とさけびたかった人物なのである」[*16]とする。両者の〈読み〉の食い違いは大きい。

このことに係わって三嶋譲は、「この作品のテーマを「芸術的感動」ととるか、「宗教的感動」ととるかという議論がある。前者は「戯作三昧」「地獄変」「奉教人の死」を一連の芸術家小説ととらえて、その帰結を「奉教人の死」に見ようとする考え方であり、三好行雄の論などがそれに属する。また後者は、主人公の〈殉教〉の行為を宗教的に解明しようとした論で、キリスト者である研究者たちによって展開されてきた」と言い、「そのいずれにも属さない〈読み〉が出てくるのではないか」とし、〈女への帰還の物語〉という〈読み〉を示した。[*17] 元より〈読み〉はテクストに執着する限り無限にあってよい。要はいかに読むかである。その上で「奉教人の死」のような論じられることの多い作品では、〈読み〉の再編の努力は、常に意識されなければならない。新たな〈読み〉の要求の必然性は明確である。

わたしの〈読み〉を示そう。わたしは本作をエロースとアガペーの物語としてとらえる。もっと具体的表現をするならエロースからアガペーへの物語と言ってよい。まずは、エロースとアガペーの語の意味から入りたい。

二つの愛、エロースとアガペー

スエーデンのルター派の神学者アンダース・ニーグレンは、その著『アガペーとエロース』[*18]で愛を分析し、エロースとアガペーに分ける。エロースはプラトンを頂点とするギリシャ思想によって代表される自然的人間の愛である。それは対象を自己の幸福のために愛する自己獲得的な動機にある。男女が思いを寄せ合うという恋愛・性愛をはじめ、親子愛・兄弟愛・同胞愛なども該当しよう。それに対しアガペーは、『新約聖書』に登場するイエス・キリストによって説かれ、実践された愛である。その本質は、対象を自己のためではなく、ひたすらその対象のために愛する自己放棄的なところにある。

芥川龍之介は聖書を通し、アガペーの愛の存在を知っていた。彼は一高時代親友の井川恭（のちの恒藤恭）からオックスフォード大学出版部刊行の英文『新約聖書』（*THE NEW TESTAMENT*）を貰っていた。この聖書のほかにも当時邦訳が完成した『旧新約聖書』（明治訳聖書）にも目を通していた。彼がキリストの生涯に深い関心を懐いていたことは、初期の戯曲「暁」一編を一読するだけでも歴然としている。[*19]二十三歳の春、彼は井川恭に人生上の大きな事件、――失恋事件を告げる便りを出している（一九一五・二・二八付）。それに対して井川が芥川に寄せた便りの写し（本人写）が、大阪市立大学恒藤記念室に保管されている。

井川恭の手紙

それは二〇〇八（平成二〇）年春、山梨県立文学館での企画展「芥川龍之介の手紙　敬愛する友恒藤恭へ」に出展され、同展『図録』[*20]の34～35ページに縮小写真版で収録された。「芥川への書簡」のタイトルが付いている。芥川は失恋を告げた右の井川恭宛便りで、「平俗な小説をよむやうな反感を持たずによんで貰へれば幸福だと思ふ」と書いた。井川は芥川からのこの便りを受け取り、直ちに次のような便りを出す（一九一五・三・九付、注、井川は書簡を写すに際して「大正三年三月九日」と、大正四年とすべきを誤記している）。

きみの手紙をよんでわからない点が一つあつた。

愛の分類を考へてみる。その中から純一の愛、本能の愛、あそびの愛といつたやうなものを考へてみる。

あとの二つの種るいについては、なにも付け加へる必要はないやうに思ふ。

自分のなかに相手を見、相手のうちに自分を見る。――自分と相手との完たい一致（少くとも自分のこころのなかでの）を経験させることの出来るやうな愛を、純一の愛とかんがへる。それのみがたましい《ママ》の愛である。それのみが「自分のいのちを永遠にするもの」との信仰をあたへてくれるときがあるやうに、僕には思はれる。しかし、それはたう《ママ》といミラクルのやうに、うつくしいかをりのやうに、思ひもかけないときに、われからひらけてせまつてくるのではあるまいか。いや、そんなときは到底無いものではあるまいか。この世のなかの一部のたましい《ママ》も、僕にとつてはみな砂にみちたふくろのやうなものではあるまいか、とそのあとからすぐうたがひのこころがわく。

ひとしづくの液をそそぐと、ひとりの女のからだがうつくしい大理石に化してしまふ。そんな力のつよい、たう《ママ》とい、ふしぎな液があるならば、純一な愛はたましい《ママ》のうへにその液のしづくのやうにしたたつてくるものではあるまいかとも思はれる。

本能の愛、あそびの愛、そのほかの愛が純化せられ、浄化せられて、純一の愛となるのであらうか。

往復書簡

これまで芥川の井川恭に寄せた失恋関係の便りは、独立したものとして扱われ、論じられてきた。が、こうして芥川宛井川書簡に接すると、往復書簡扱いが可能となる。右の便りで井川恭は、「純一の愛」ということばで無私の愛を語っているのに気づく。井川は島根県立第一中学校（現、島根県立松江北高等学校）三年生の時、義兄佐藤運平の死に接し、人生の無常を悟り、日常性の世界を超えた世界のあることを知る。彼は町の本屋で *THE NEW TESTAMENT* を購入し、以後日本聖公会松江基督教会の牧師オリバー・ナイト（県立一中の講師を兼ねる）の聖書研究会に出席するようになる。

井川恭と聖書研究会のこと、井川一家とキリスト教との関わりは、小著『恒藤恭とその時代[*21]』を参照してほしい。右の手紙で井川のいう「純一の愛」は、言うまでもなく『新約聖書』に見られるキリストの愛を指す。井川は「愛の分類を考へてみる」と言い、「純一の愛」「本能の愛」「あそびの愛」の三つを取り出した。「純一の愛」は「たましい《ママ》の愛」でもある。中学時代から熱心に『聖書』を読んでいた井川恭らしい考えである。この手紙を読んだ芥川は、井川の言う「純一な愛」、さらに言うならば〈エゴイズムのない愛〉が存在するのかを問い質す便りを井川に出す（一九一五・三・九付）。以下に引用する。

　イゴイズムをはなれた愛があるかどうか　イゴイズムのある愛には人と人との間の障壁をわたる事は出来ない　人の上に落ちてくる生存苦の寂寞を癒す事は出来ない　イゴイズムのない愛がないとすれば人の一生程苦しいものはない

　周囲は醜い　自己も醜い　そしてそれを目のあたりに見て生きるのは苦しい　しかも人はそのまゝに生きることを強ひられる　一切を神の仕業とすれば神の仕業は悪むべき嘲弄だ　僕はイゴイズムをはなれた愛の存在を疑ふ（僕自身にも）

アガペーの愛

「イゴイズムをはなれた愛」とは、後述するところだが、アガペーの愛である。彼は失恋事件を通し、人間の身勝手さ、エゴイズムを嫌というほど知らされることになる。以後、彼は人間のエゴイズムをせっせと追究した。「羅生門」にはじまり、「鼻」「芋粥」「忠義」「或日の大石内蔵之助」と続くテクストの世界が該当し、それは「奉教人の死」と同じ年に発表された「枯野抄」「袈裟と盛遠」「地獄変」「開化の殺人」、さらには児童文学の「蜘蛛の糸」にまで及んでいる。芥川は人間の悪としてのエゴイズムを追究すればするほど、やり切れない思いを懐き、救いへの願いを強くもつのであった。

井川恭は芥川に宛てた右の書簡の続きに、「純一な愛と、その死とを結びつけて経験してゆくとき、ほんとう《ママ》にいのちの永遠のかがやき、永遠のうつくしさを束の間でも経験することができるのではあるまいかと、僕はこのくらやみの世の中をかなしくながめてゐる」と書いている。「純一の愛」、エゴイズムのない愛は、青年井川恭の理想であった。

こうして見ると、芥川の「奉教人の死」における「イゴイズムをはなれた愛」の追究は、失恋事件以来強く意識した愛とは何かの延長線上に位置づけられるのである。失恋事件後三年半、芥川は事件を客観視しながら、ここに愛の問題を井川恭に応えるつもりで虚構化する。テクスト「奉教人の死」に即して言うなら、それは本論前章で引用した「しめおん」と「ろおれんぞ」とのかかわりを語った部分にはじまる。

「しめおん」に傘張の娘との関係を疑われた「ろおれんぞ」が、「私はお主にさへ、嘘をつきさうな人間に見えるさうな」と咎めるように言い放ち、つと部屋を出て行った後、いきなり戻ってきて「しめおん」を抱き、「私が悪かつた。許して下されい」と囁《ささや》き、立ち去る場面である。この場面では伏せられているが、「ろおれんぞ」は、実は少女（女）である。「しめおん」は「ろおれんぞ」を少年（男）と思いこんでいる。そして「弟のやうに」もてなし、教会の出入りにも「必仲よう手を組み合せて居つた」というのである。すでにふれたように、「しめおん」は、元は「さる大名」に仕えた武士である。槍一筋の家柄で、身の丈抜群、生得剛力で伴天連が異教徒から石瓦を投げかけられるのを防いだこともしばしばである。そういう彼が「ろおれんぞ」と親しむのは、「鳩になづむ荒鷲」のようであったという。

エロースの世界

が、テクストを再読し、「ろおれんぞ」が少女（女）であったことを念頭に、この箇所を読むとどうなのか。ここにはエロースの世界が、大きく広がっているのに気づく。「しめおん」は気づいていないが、「ろおれんぞ」は自身が女であることを自覚している。語り手は全知ゆえ、無論そのことを意識的に織り込んでいるのだ。「しめおん」を愛するがゆえの、ここでの「ろおれんぞ」の行動は、エロース以外の何物でもない。読み手にとっての最初の読みでは、ここは伏線となる場面である。

が、テクストは反転し、エロースはアガペーへと向かう。それは「イゴイズムをはなれた愛があるかどうか」「イゴイズムのない愛がないとすれば人の一生程苦しいものはない」「僕はイゴイズムをはなれた愛の存在を疑ふ」と親友井川恭に書き送った芥川が、虚構の世界で試みた一種の実験であった。

「ろおれんぞ」が当初「しめおん」に示した愛は、エロースの愛であった。ニーグレンの言う自然的人間の愛である。「ろおれんぞ」が教会に養われるようになった当初、「しめおん」と「睦じう」したのは、女が男に示した愛《エロース》であった。それがアガペーの愛へと進むのは、傘張の娘から冤罪を被ってからのことである。

娘が身籠もり、腹の子の父親は「さんた・るちや」の「ろおれんぞ」であると言ったため、「ろおれんぞ」は教会を追われる。その際「しめおん」は、「した丶かその美しい顔」を打つ。が、「ろおれんぞ」は「空を仰ぎながら、『御主も許させ給へ。「しめおん」は己が仕業《しわざ》もわきまへぬものでござる』とわなゝく声で祈った」とある。

アガペーの行為

佐藤泰正はこの場面をとりあげ、「この祈りが、十字架上のキリストの、――「父よ、彼らを赦し給へ、その為す所を知らざればなり」（「ルカによる福音書」二十三章三十四節）にならったものであることは明らかであろう。またしめおんへの赦しの願いが自分を放逐した同門の信徒のみならず、自分に罪をかぶせた憎むべき女へのそれであることは、言うまでもあるまい[*22]」と言い、一片の無償の愛、アガペーの行為を、主題として描きうるかというアポリアに直面して試みた創作とする。

本作において、「ろおれんぞ」のアガペーの愛の第一の実践は、「しめおん」に対して行われた。そして第二の実践は、猛火の中からの娘の生んだ「女の子」の救出にあった。そして第三の、最大のアガペーの愛の実践は、傘張の翁とその娘を許すという行為と言えようか。

「ろおれんぞ」は傘張の翁の誤解と娘の偽りを許した。それのみか、まったく関係のない娘の生んだ子を猛火の中から救い出し、自らは焼け落ちる梁にうたれて死ぬ。それはアガペーの愛に他ならない。先に引用したニーグレンは、エロースとアガペーという二つの愛を対比し、いくつかの項目を立てて説明する。中で印象的な三点を以下に抜き出そう（①はエロース、②はアガペー）。

I①エロースは、人間の功績であり、救いを得んとする人間の努力である。
②アガペーは、無代価の賜物であり、神の愛のみわざである救いである。

II①エロースは、自己中心の愛であり、最も高い、最も立派な、最も崇高な自己主張の形態である。
②アガペーは、「おのれの利を求めず」、惜しみなく自己を消費する、非利己的な愛である。

III①エロースは、その対象の性質と、その美と価値によって決定されるし、依存する。従ってそれは、自発的ではなく、「誘因のあるもの」で、対象の価値によって喚起される。
②アガペーは、主権を持ち、対象から独立していて、「悪しき者にも善き者にも」注がれる。従ってそれは、自発的で、「誘因のないもの」で、受けるに価しない人人に自らを贈与するのである。

宗教と文学

芥川は無私の愛――井川恭の言う「純一の愛」の存在を疑いながら、一方で『新約聖書』において示されたキリスト教的な愛（アガペー）を常に求めていた。「奉教人の死」には、そうした無私の愛・アガペーの愛が確かに謳われている。わたしは先に、「ろおれんぞ」の最後の行為に言い及び、「他人の罪を負って幼子を火中から助け出すというエネルギーは、一体どこから来るのか。語り手に託して、作者はこの問題を考えようとしている」と書いた。自分に罪をなすりつけた娘とその父親（翁）の行為を許し、火中に飛び込むエネルギーは、『新約聖書』体験以外あり得ない。

芥川の現実には、口では愛すると言い、どのようなことにも理解を示す養家の人々がいた。が、結婚という現実問題となると、格式を尊び、エゴイズムを丸出しにする家族がいるのみであった。芥川はここでエロースの愛の限界を感じたことは確かである。

そして彼の愛の考えは反転し、アガペーへと向かう。このような〈愛〉だってあることを彼は材源とした『聖人伝』を用いてテクスト化する。ニーグレンの言う「惜しみなく自己を消費する、非利己的な愛」である。彼の関心は、そのような〈愛〉が成立するかに集中する。彼は一気に「奉教人の死」の一の章を書き上げる。読み直し、やや気恥ずかしい思いを懐いた彼は、「予の所蔵に関る、……」にはじまる二の章を置かざるを得なかった。それは都会人芥川龍之介の一面を語っている。そこに含羞の作家が顔を出す。

「奉教人の死」という小説テクストの一の章には、確かに語り手を通し、アガペーの愛が語られている。それは一種の創作の試みであった。芥川は殉教者の物語を通し、アガペーの愛が成立するかを、さらには宗教と文学の問題を、真剣に考えようとしているのである。

注

1――内田魯庵「『れげんだ・おうれあ』」『文藝春秋』一九二七年九月一日
2――安田保雄「「奉教人の死」の比較文学的研究」『明治大正文学研究』第四号、一九五〇年一〇月三〇日
3――安田保雄『評釈現代文学芥川龍之介』西東社、一九五六年五月二〇日、一二八～一二九ページ
4――吉田精一編『近代文学鑑賞講座⑪芥川龍之介』一九五八年六月五日、一〇九ページ
5――倉石武四郎氏の直話。『京本通俗小説』の「菩薩蛮」に関する倉石氏の話は、わたしが早稲田大学第一文学部

三年次に履修した「中国文学」の講義ノートによる。倉石氏は当時早大に非常勤講師として出講されていた。講義は内容豊かなもので、わたしは毎回熱心に受講した。当時から芥川に関心を懐いていたわたしには、この講義の一駒は強く印象に残った。倉石氏がこの話を文章化したかどうかは不明である。

6――柊　源一「『奉教人の死』と『黄金伝説』」『国語国文』一九六〇年八月一日、のち冨田　仁編『比較文学研究芥川龍之介』朝日出版社、一九七八年一一月二〇日収録、三一八～三四〇ページ

7――上田　哲「『奉教人の死』出典考」『岩手短歌』一九六〇年一二月一日

8――上田　哲「芥川「奉教人の死」の出典考」『國文學』一九六〇年一一月二〇日

9――三好行雄「芸術と人生「奉教人の死」芥川龍之介」『解釈と鑑賞』一九六一年一一～一二、六二年一、二、四月、のち『作品論の試み』至文堂、一九六七年六月一五日を経て、『三好行雄著作集第五巻 作品論の試み』筑摩書房、一九九三年二月二十日収録、一三七～一八四ページ

10――笹淵友一「芥川龍之介の本朝聖人伝―「奉教人の死」と「じゆりあの吉助」」『ソフィア』17-3、一九六八年一二月（秋期号）、のち『明治大正文学の分析』明治書院、一九七〇年一一月二五日収録、八七四～八九〇ページ

11――平岡敏夫「「奉教人の死」―「この国のうら若い女」のイメージ」『湘南文学』一九七二年三月、のち『芥川龍之介　抒情の美学』大修館書店、一九八二年一一月二五日収録、二六〇～二七八ページ

12――渡邉正彦「芥川龍之介「奉教人の死」試論―付、その典拠の補足 The Monk など―」群馬県立女子大学『国文学研究1』一九八一年三月三一日、のち石割透編『芥川龍之介作品論集成第3巻西方の人』翰林書房、一九九九年八月二八日収録、三六～五八ページ

13――志賀直哉「沓掛にて―芥川君の事―」『中央公論』一九二七年九月一日

14――岩上順一『歴史文学論』中央公論社、一九四二年三月三〇日、のち文化評論社刊、一九四七年一二月一〇日、二五三ページ

15――注9に同じ、一六〇ページ

16――三浦綾子「彼は生きたかったのだ」『図書 芥川龍之介特集』一九九五年一〇月一日

17――三嶋　譲「「奉教人の死」を読む―〈女〉への帰還の物語―」『福岡大学日本語日本文学』一九九一年九月、のち石割透編『芥川龍之介作品論集成第3巻西方の人』翰林書房、一九九九年八月二八日収録、二六～三五ページ

18――Anders Theodor Samuel Nygren『アガペーとエロース』（英訳 *Agape and Eros*）I巻一九三〇、II巻一九三六、日本訳に岸　千年・大内弘助訳『アガペーとエロース』（新教出版社、一九五四年一月三一日）がある。

19――関口安義「芥川龍之介と『聖書』―初期〈基督もの〉をめぐって―」『信州白樺』第47・48合併号、一九八二年二月一日、のち『芥川龍之介　実像と虚像』洋々社、一九八八年一一月一五日収録、二〇三～二二二ページ

20――『芥川龍之介の手紙　敬愛する友恒藤恭へ』山梨県立文学館、二〇〇八年四月二六日

21――関口安義『恒藤恭とその時代』日本エディタースクール出版部、二〇〇二年五月三〇日

22――佐藤泰正「「奉教人の死」と「おぎん」―芥川切支丹物に関する一考察―」『国文学研究』一九六九年一一月、のち『文学　その内なる神』桜楓社、一九七四年三月五日収録、一六五ページ

三　南京の基督

いま、なぜ「南京の基督」か

中国での「南京の基督」

「南京の基督」は、作者没後八十年以上を経、依然輝きを失わないテクストだ。発表は一九二〇（大正九）年七月号の『中央公論』である。舞台が中国江蘇省南京に設定されていることもあって、中国での人気も高い。二〇〇五（平成一七）年三月、中国山東文芸出版社から刊行された『芥川龍之介全集』（全五巻）にも、当然のことながら本作は「南京的基督」[*1]として翻訳されている。ついでながら中国初のこの『芥川龍之介全集』は、A５判、各巻平均八百ページの大冊。小説や随筆だけでなく、詩歌や書評・劇評・書簡・遺書なども収録した本格的全集である。『漱石全集』の翻訳がない中国にあって、近代日本文学の作家としてはじめての本格的全集が刊行されたところに、現代中国での芥川享受の一端が見られると言ってよいであろう。

「南京の基督」は、中国では早くから翻訳されている。鄭心南の『小説月報』一九二七（昭和二）年九月号に載った翻訳を皮切りに、いくつもの芥川選集に収録されるようになる。黒古一夫監修・康東元《カンドウンウエン》著『日本近・現代文学の中国語訳総覧』[*2]などによると、一九二七年に上海開明書店から刊行された『芥川龍之介集』（魯迅・章克標など訳）、翌年一九二八年上海文化学社刊行の『芥川龍之介小説集』（湯逸鶴訳）、一九三五年商務印書館刊行の高汝鴻《カオルホン》選訳『日本短篇小説集』（上）にも翻訳されている。なにせ作品舞台が南京ときているから、中国での関心は高まるというものだ。第二次世界大戦後の新中国建国から改革開放前までは、文化大革命の影響もあって日本文学の翻訳は停滞した。そして長年「南京の基督」の新訳が出ることもなかった。

一九七九（昭和五四）年にはじまる改革開放、そしてポスト冷戦期にいたる状況の中で、芥川作品は徐々によみがえる。そして一九九〇年代の後半から二〇〇〇年にかけて出る『芥川龍之介作品集』（一九九八・北京中国世界語出版社、楼适夷《ロウクオイ》・呂元明《リイユアンミン》など訳）、『芥川龍之介短編小説集』（一九九八・長沙湖南文芸出版社、聶双武《ニエシユウエン》訳）、『芥川龍之介経典小説』（二〇〇〇・延吉延辺人民出版社、方洪床《ファンホンチユアン》訳）などに「南京の基督」は収録されるようになり、やがて全集に至るのである。「南京の基督」の最も新しい訳には、秦剛訳[*3]がある。

かつては理性の限界を説き、その彼方にあるものを目指した本作をはじめとする芥川の宗教もの（切支丹もの）が、社会主義国中国では省みられることがなかったことを思うと、隔世の感があり、ポスト冷戦期の芥川評価は確実に変化しているのである。それは冷戦後人々の関心が人間の内面の問題へと進んだこととともかかわる。中国で日本の現代作家村上春樹が圧倒的人気を得ていることも、そうした情勢の変化によるのである。

キリスト教国での「南京の基督」

隣りの国韓国では、近年芥川龍之介は、キリスト教との関わりで取り上げられることが多くなった。日本語で書かれた韓国の芥川研究者による書物も二冊を数える。韓国では一九七〇年代半ばからキリスト教各派の爆発的成長があり、都市部では人口の三分の一がクリスチャンだという。教会のこの繁栄は、北の脅威・貧困・民主政治を否定してきた軍事政権という国の苦難が与っていると説く韓国通もいる。芥川研究にもそういう状況が反映し、芥川をキリスト教との観点でとらえる研究が多い。右の二冊も曺紗玉《チョサオク》『芥川龍之介とキリスト教』[*4]、河泰厚《ハテフ》『芥川龍之介の基督教思想』[*5]と、キリスト教を前面に押し出している。前者には第五章に「「南京の基督」におけるキリストと奇跡」の項があり、後者には第四章に「南京の基督」が詳細に論じられている。ハングル訳には、この論者河泰厚訳がある。ヨーロッパでは、キリスト教とも関わることもあって、英語・フランス語・イタリア語・ポルトガル語・ロシア語・オランダ語など多言語に翻訳されている。

映画『南京的基督』

一方で、中国返還直前の香港と日本の合作映画『南京的基督』が一九九五（平成七）年に作成され、好評を博した。原作は言うまでもなく「南京の基督」である。わたしはこの映画の日本公開に先立ち試写会に招かれ、映画のパンフレットに「理性の彼方の愛を求めて―いま、なぜ芥川龍之介なのか―」の一文を寄せている。

そこでは芥川の生涯にわたる営為を「神の愛《アガペー》と人間愛《エロース》」の問題にからめて紹介した。また、映画は「愛と性、生と死、信仰、理性」といった人間存在にまつわる問題が託されているとし、「芥川龍之介が死をもって提起した問題は、それなりに見事にからめとられているとしてよいだろう。いかに理想とする社会や制度が実現したとしても、人間の生き方にまつわる諸問題は解決できずに残る、それゆえに人はなにかを求めねばならぬのだとした芥川の先見性は、いま改めて見直されている。それは中国返還を目前にした香港の、冷戦後のアジア諸国の、そしてヨーロッパやアメリカの問題でもある」と論じた。

この考えは、わたしの中でいまもって生きている。二〇〇六（平成一八）年春、北京日本学研究センターの女子学生が「南京の基督」を修士論文でとりあげるので指導してほしいとの話があったので、相談に乗り、意見を交換した。ポスト冷戦期、改革開放の中国に生きる若い学生をとらえるものが、「南京の基督」にはあるらしい。中国の研究者秦剛に「「南京の基督」は、今日の時代においても、いやむしろ今日の時代においてこそ、それを再読して解釈するという読者の意欲を誘う、国境を越えたテクストなのである」[*6]との評があることも紹介しておこう。

わたしはすでに「理性の彼方へ――「南京の基督」「神々の微笑」――」[*7]や『この人を見よ　芥川龍之介と聖書』[*8]で「南京の基督」を取り上げ、論じている。が、研究は日進月歩であり、常に進展するものなのである。本作は芥川の他の切支丹ものや、自ら「神聖な愚人」と呼んだ人々を登場させた諸作品との関連で考察する必要があるし、同時代を生きた宮沢賢治の「虔十公園林」などとの比較・対照のもとにとらえる視点も求められる。また、グローバル化時代の芥川研究は、海外の研究も無視できない。関連諸学に学ぶことも必要である。そうした立場から「南京の基督」を読み直してみたいのである。

「南京に降つた基督」の物語

芥川中期の佳作

「南京の基督」は「一夜南京に降《くだ》つた基督」の物語である。四百字詰原稿用紙にして三十枚ほどの作品。芥川中期の佳作であり、最新の芥川辞典では、「芥川龍之介の描く宗教や信仰の内実を問う上でも重要な作品」[*9]と位置づけられている。まずは作品をていねいに読み解くことからはじめよう。

「南京の基督」は、一～三の三つの章から成り立つ。一、二の章の時間は、「或秋の夜半」から翌朝までが当てられている。分量にして全体の九割を占める。残り一割に相当する三の章は、それから数か月後の「翌年の春の或夜」に時間が設定される。平岡敏夫の言う〈夕暮れの文学〉[*10]の一つとしてよいのである。〈夕暮れ〉伝統は、この小説にも生きている。しかも、一人の中国の少女をめぐる物語を描き、それにある種の批判を加えるのに、半年の時間を置くという巧みな計算がここにある。物語は語り手による以下のような説明にはじまる。

或秋の夜半であつた。南京奇望街《なんきんきぼうがい》の或家の一間《ひとま》には、色の蒼ざめた支那の少女が一人、古びた卓《テーブル》の上に頬杖をついて、盆に入れた西瓜《すゐくわ》の種を退屈さうに噛《か》み破つてゐた。

卓の上には置きランプが、うす暗い光を放つてゐた。その光は部屋の中を明《あか》くすると云ふよりも、寧ろ一層陰鬱な効果を与へるのに力があつた。壁紙の剝《は》げかかつた部屋の隅には、毛布のはみ出した籐《とう》の寝台《ねだい》が、埃臭《ほこりくさ》さうな帷《とばり》を垂《た》らしてゐた。それから卓《テーブル》の向うには、これも古びた椅子が一脚、まるで忘れられたやうに置き捨ててあつた。が、その外《ほか》は何処を見ても、装飾らしい家具の類なぞは何一つ見当らなかつた。

時は「或秋の夜半」、所は南京奇望街のある娼家、主人公は「色の蒼ざめた支那の少女」である。そして少女のいる場（トポス）が詳説される。そこは「壁紙の剥げかかつた部屋」であり、「装飾らしい家具の類なぞは何一つ見当らな」い部屋である。

想像力の飛翔

本作の初出の末尾には「(九・六・二十二)」とあり、さらに行を改めて「本篇を草するに当り、谷崎潤一郎氏作「秦淮の一《ママ》夜」に負ふ所尠《すくな》からず。附記して、感謝の意を表す。(著者)」とある。擱筆日付が一九二〇(大正九)年六月二十二日、それに谷崎潤一郎の紀行文「秦淮の夜」(『中外』一九一九・二、続編「南京奇望街」『新小説』一九一九・三、のち両者を併せて表題とする)が、小説「南京の基督」

の着想や描写の一端を支えていることが分かる附記である。特に娼家の室内描写においてそのことは目立ち、その一端は右に引用した箇所からもうかがえる。

芥川が大阪毎日新聞社の海外特派員として中国各地をめぐり、南京にも足を延ばすのは本作を書いた約一年後のことである。それゆえ彼は現実の南京を見ないで、「色の蒼ざめた支那の少女」の物語を書いたことになる。芥川は一年後の南京行（記録では一九二一年五月一二日南京着。二泊三日滞在）を先取りして、小説中に古都南京を取り入れていたのである。この小説をファンタジーとするわたしは、芥川が舞台とした現地を見ずに本作を書いたのは、書き手の想像力の飛翔という点において、プラスに作用したと考える。

小説は右の冒頭部分に続いて、少女はキリストを信じる者であり、名を宋金花ということが明かされる。彼女は貧しい家計を助けるために、「夜々《よな〳〵》その部屋に客を迎へる、当年十五歳の私窩子《しくわし》」——淫売婦である。「私窩子」とは、「私娼」の意で、国から認められている「公娼」に対することばである。この後に出て来る「姚家巷《ようかかう》の警察署の御役人」の取締の対象ともなる。

金花は客に身を売るという卑しい仕事をしているものの、「気立ての優しい少女」で、「嘘もつかなければ我侭も張らず、夜毎に愉快さうな微笑を浮べて」さまざまな客と接していた。そして年老いた父に、一杯でも多く好きな酒を飲ませてやることを楽しみにしていたのである。

主人公の性格と行状

主人公宋金花のこのような性格と行状を、語り手は二つの側面から説明する。一つは「生れつき」であり、いま一つは「歿《な》くなつた母親に教へられた、羅馬加特力教《ローマカトリツクけう》の信仰」を持ち続けているからだという。語り手はここで自説を補強するかのように、一つのエピソードを挿入する。その部分をテクストから引こう。

――さう云へば今年の春、上海《シャンハイ》の競馬を見物かたがた、南部支那の風光を探りに来た、若い日本の旅行家が、金花の部屋に物好きな一夜を明かした事があつた。その時彼は葉巻を啣《くは》へて、洋服の膝に軽々と小さな金花を抱いてゐたが、ふと壁の上の十字架を見ると、不審らしい顔をしながら、

「お前は耶蘇教徒《やそけうと》かい」と、覚束ない支那語で話しかけた。

「ええ、五つの時に洗礼を受けました。」

「さうしてこんな商売をしてゐるのかい。」

彼の声にはこの瞬間、皮肉な調子が交つたやうであつた。が、金花は彼の腕に、鴉髻《あけい》の頭を凭《もた》せながら、何時もの通り晴れ晴れと、糸切歯の見える笑を洩らした。

「この商売をしなければ、阿父様《おとうさん》も私も餓ゑ死をしてしまひますから。」

「お前の父親は老人なのかい。」

「ええ――もう腰も立たないのです。」

「しかしだね、――しかしこんな稼業《かげふ》をしてゐたのでは、天国に行かれないと思やしないか。」

「いゝえ。」

金花はちよいと十字架を眺めながら、考深さうな眼つきになつた。

「天国にいらつしやる基督様は、きつと私の心もちを汲みとつて下さると思ひますから。――それでなければ基督様は姚家巷《ようかかう》の警察署の御役人も同じ事ですもの。」

若い日本の旅行家は微笑した。さうして上衣の隠しを探ると、翡翠《ひすい》の耳環を一双《いつさう》出して、手づから彼女の耳へ下げてやつた。

「これはさつき日本へ土産に買つた耳環だが、今夜の記念にお前にやるよ。」

金花は始めて客をとつた夜から、実際から云ふ確信に自ら安んじてゐたのであつた。

このエピソードは、主人公宋金花の性格と行状を鮮明に浮き上がらせる一方で、「若い日本の旅行家」を用いて一、二の章と三の章をつなぐ役割を持たせているのである。金花像は「若い日本の旅行家」によって、不動のものとなる。それは後にまた話題にするが、ここでは熱心なカトリック信者である娼婦の信仰が問われていることを指摘しておこう。

淫売とキリスト教

常識的には淫売とキリスト教信仰は両立しない。が、『新約聖書』には不思議なほど娼婦が登場し、イエスによって癒されている。イエスは売春婦にも男性と平等な人権を認めていたのである。ここでの「こんな稼業をしてゐたのでは、天国に行かれないと思やしないか」と聞く日本の旅行家のことばは、男性の立場からの冷酷な質問である。それへの金花の答は、「天国にいらつしやる基督様は、きつと私の心もちを汲みとつて下さると思ひますから。――それでなければ基督様は姚家巷《ようかこう》の警察署の御役人も同じ事ですもの」という確信に満ちたものであった。金花の信仰は、彼岸の福音に期待するばかりか、此岸《しがん》の今を精いっぱい生きることにあるのだ。

金花は恐らく「姚家巷《ようかこう》の警察署の御役人」の取り調べを受けていたに違いない。「十五歳の私窩子」を国が認めるわけがないからである。が、この商売をしなければ自分も父親も生きていけない、死ぬほかないのである。そうした中でも生き続けること自体が、彼岸での福音に望みを託せるとの自負が金花にはある。彼女の信仰に支えられた、そのような積極的な生きる姿勢に「若い日本の旅行家」は感動し、日本へ土産に買った翡翠の耳環を「手づから彼女の耳へ下げて」やるという行為へと向かわせるのである。やがて金花の信仰は、この職業につきものの性病という病に襲われることとで、その内実がより明らかにされることとなる。

病と信仰

語り手は、この敬虔なカトリック信者の娼婦、宋金花を悪性の楊梅瘡（梅毒）という恐ろしい病に陥れ、その結果彼女がどういう態度をとったかを語る。仲間の陳山茶は、痛みを止めるのに好いといって鴉片酒を飲むことを教え、毛迎春は自身が服用した梅毒用の薬の残りを、わざわざ持ってきてくれた。けれども金花の病は、一向快方には向かわない。ある日陳山茶が来て、「あなたの病気は御客から移つたのだから、早く誰かに移し返しておしまひなさいよ。さうすればきつと二三日中に、よくなつてしまふのに違ひないわ」と迷信じみた療法をもっともらしく話し聞かせた。が、移された客は、目までつぶれると知って、金花は独り壁に懸けた十字架を仰ぎ見て、たとえ餓え死にをしても、今後客と一つ寝台で寝ることがないよう誘惑から護って欲しいと熱心に祈るのであった。金花の祈りを引用する。

天国にいらつしやる基督様。私は阿父《おとう》様を養ふ為に、賤しい商売を致して居ります。しかし私の商売は、私一人を汚す外には、誰《たれ》にも迷惑はかけて居りません。ですから私はこの侭死んでも、必天国に行かれると思つて居りました。けれども唯今の私は、御客にこの病を移さない限り、今までのやうな商売を致して参る事は出来ません。して見ればたとひ餓ゑ死にをしても、——さうすればこの病も、癒るさうでございますが、——御客と一つ寝台に寝ないやうに、心がけねばなるまいと存じます。さもなければ私は、私どもの仕合せの為に、怨みもない他人を不仕合せに致す事になりますから。しかし何と申しても、私は女でございます。いつ何時どんな誘惑に陥らないものでもございません。天国にいらつしやる基督様。どうか私を御守り下さいまし。私はあなた御一人の外に、たよるもののない女でございますから。

金花は以後、山茶や迎春にいくら商売を勧められても、客をとらない。なじみの客が遊びに来ても、決してその意に従おうとしなかった。酔った客が無理に彼女を自由にしようとすると、「私は恐しい病気を持つてゐるのです。側へいらつしやると、あなたにも移りますよ」と言い、実際病んでいる証拠を示すことさえした。そのために、彼女の部屋には客はおいおい寄りつかなくなり、彼女の家計も日毎に苦しくなる。主人公のこのような状況を打破するかのような事件が次に起こる。

怪しい外国人

ここに「見慣れない一人の外国人」が登場する。その外国人は、ある夜よろめくように外から入って来た。年頃は三十五、六の「眼の大きい、顋髯《あごひげ》のある、頬の日に焼けた男」である。彼は中国語はわからないというふりをし、よろよろと金花の方に歩み寄る。金花はその顔に「何時何処と云ふ記憶はないにしても、確に見覚えがあるやうな、一種の親しみ」を感じ出す。彼の吐く息は酒臭く、その顔は男らしい活力に溢れていた。彼は手真似と身ぶりで交渉をはじめる。

金花は客の男の顔をどこで見たのかと思い出そうとしているうちに、男は片手の指を二本延べて金額の交渉をはじめる。指二本は二ドルの意味があった。金花は当惑するが、男は彼女が金額が低いので体を任せないものかと思ってか次第に金額を増していく。金花はいつまでも首を振り続けていると、相手はついに「十弗の金を出しても、惜しくないと云ふ意気ごみを示す」までになる。事件のきっかけは、こうした交渉の過程の中で生じる。

が、私窩子には大金の十弗も、金花の決心は動かせなかつた。彼女はさつきから椅子を離れて、斜に卓の前へ佇んでゐたが、相手が両手の指を見せると、苛立《いらだ》たしさうに足踏みして、何度も続けさまに頭を振つた。その途端にどう云ふ拍子か、釘に懸つてゐた十字架がはづれて、かすかな金属の音を立てながら、足もとの敷石の上に落ちた。
彼女は慌《あわた》しい手を延べて、大切な十字架を拾ひ上げた。その時何気《なにげ》なく十字架に彫《ゑ》られた、受難の基督の顔を見ると、不思議にもそれが卓の向うの、外国人の顔と生き写しであつた。
「何でも何処かで見たやうだと思つたのは、この基督様の御顔だつたのだ。」

かくて金花は暗示にかかつたように、この怪しい外国人の側へ恥しそうに歩み寄る。こうして金花は「始めて知つた恋愛の歓喜」が、胸もとへ突き上げて来るのを知る、――以上が一の章である。

金花の信仰

薄幸の少女

さて、一の章だけを見ても言えるが、主人公宋金花は薄幸の少女である。未だ十五歳なのに早くも夜々《よな〳〵》客を迎える娼婦を仕事としている。しかも彼女は公娼ではなく、「私窩子」（私娼）であり、客は「姚《よう》家《か》巷《かう》の警察署の御役人」の眼をかすめてとらなければならない。同じ娼婦でもその地位は、公娼の連中より大分低い。彼女は「家計を助ける為に」、ここ南京秦淮のいかがわしい店で、いやしい仕事に就いているのである。

彼女はどこか聖書の登場人物、マグダラのマリアを連想させる。この後には金花を評し、「美しいマグダラのマリアのやうに」との語り手のことばもある。韓国の研究者曺紗玉《チョサオク》に、「南京のマグダラのマリア」[*11]の論があるのも故なしとしない。

彼女は「涼しい眼」「涼しい視線」を保持し、純粋なカトリックの信仰をもっている。「涼しい」とは、さわやかとか、澄んで清いという意である。人が苛酷な人生で、失いがちのものと言ってよいであろう。彼女は楊梅瘡（梅毒）という恐い病気に冒され、それが性交を通して広がると知ると、神に誓って客をとるのを拒否するのであった。

そのような金花の信仰、その信ずる神は、早く鷺只雄が指摘したように、「きわめて日本的な〈神〉」である。「それは行為あるいは悪を罪として糾弾し、厳しく裁き罰する存在、いわゆる〈父の宗教〉ではなくて、罪を許し、弱さを認め、愛をもって受け入れてくれる〈母の宗教〉のイメージがきわめて濃厚」[*12]なのである。もともと芥川の描くいわゆる切支丹ものの小説に出て来る神は、このような〈母の宗教〉的イメージに染められたケースが多い。韓国の芥川研究家河泰厚《ハテフ》も右の鷺只雄の論に導かれてのことながら「金花はキリストを〈父なるもの〉としての神ではなく、〈母なるもの〉としての神として受け入れている」[*13]と言う。

造り変える力

芥川は「煙草と悪魔」（『新思潮』一九一六・一一、初出タイトルは「煙草」）で、キリスト教が日本社会に根づくことの難しさを説き、「神神の微笑」（『新小説』一九二二・一）では、「この国の霊の一人」と自称する老人に、「我我の力と云ふのは、破壊する力ではありません。造り変へる力なのです」と言わせる。

「破壊する力」とは、いうまでもなく唯一神を信じるキリスト教を指している。それに対して「造り変へる力」とは、日本的な許容性をもつ神を指すのである。それはシンクレティズム（syncretism 諸教混交）に通うものがある。「南京の基督」の宋金花の信仰は、それに近い。金花の信仰は、〈母の宗教〉であると同時に、自身に都合のよいように「造り変へる力」をも持つ。芥川が金花に託した信仰は、五島慶一が指摘したように、「「孝」を重視した、基督教の儒教的解釈」「「羅馬加特力教《ローマカトリック》」の教義の厳密な解釈によるのではなく、個人的な「確信に自ら安んじ」る、というもの」[*14]なのである。

シンクレティズムという概念は、芥川の文学や宗教を考える上で、きわめて重要な手がかりを与えるものである。いや芥川ばかりではない。日本の作家では、長編小説『沈黙』（新潮社、一九六六・三）を書きおろした遠藤周作などにも及ぶものだ。その特徴は許容性や寛容さ、極端なばあいはどちらでもいいといった曖昧さにある。そのよき例は、キリスト教禁令下のキリシタン信者のケースである。隠れキリシタンたちの間では、キリストやマリア像がさまざまなもの、――たとえば仏像などと一体となって存在し、信仰の対象とされたのである。

いや、現代生活にも、それを見出すことが出来る。家の宗教が代々仏教であり、墓もお寺にありながら、新築の地鎮祭に神主を呼び、お祓いをしてもらい、工事の無事を祈願する。結婚式は教会で、葬儀はお寺でという家は多い。つい先日仏式で葬儀を行った家で、七五三の祝いには子どもを連れて神社にお参りするということすらある。さらにそれは一般家庭に終わらず、公共団体や大学までもが建物を建てる前に、市長や学長という代表者が、地鎮祭での神主のお祓いの前にぬかずく、という奇妙な現象が二十一世紀の今日ですら行われている。そうした信仰への批判は容易であるが、いまは芥川の関心が「母の宗教」としてのキリスト教にあったことだけを強調しておきたい。

金花の夢

こうした点を押さえて、「南京の基督」の二の章は読まねばならぬ。二の章では、まずその夜の金花の夢が語られる。語り手は「金花の夢は、埃じみた寝台の帷《とばり》から、屋根の上にある星月夜へ、煙のやうに高高と昇つて行つた」と言い、その夢の内実を語る。金花は天国の町にあるキリストの家にいる。卓の上には、さまざまな料理が並んでいる。燕の巣・鮫《さめ》の鰭《ひれ》・蒸した卵・燻した鯉・豚の丸焼き・海参《なまこ》の羹《あつもの》などである。料理が中華ものなら、それを盛る食器が「べた一面に青い蓮華や金の鳳凰を描き立てた」中国風皿小鉢ばかりである。天国での料理が中華料理であるように、それを盛る器も中国風陶器という仕立てである。

金花はさまざまな料理に箸をつける。彼女の椅子の後には、頭の上に円光を頂いた見慣れない一人の外国人がいる。金花は彼を見返りながら、あなたもここへいらっしゃいませんかと遠慮気味に声をかける。


「まあ、お前だけお食べ。それを食べるとお前の病気が、今夜の内によくなるから。」

円光を頂いた外国人は、やはり水煙管《みづぎせる》を啣《くは》へた侭、無限の愛を含んだ微笑を洩らした。

「ではあなたは召上らないのでございますか。」

「私《わたし》かい。私は支那料理は嫌ひだよ。お前はまだ私を知らないのかい。耶蘇基督《やそキリスト》はまだ一度も、支那料理を食べた事はないのだよ。」

南京の基督はかう云つたと思ふと、徐《おもむろ》に紫檀の椅子を離れて、呆気《あつけ》にとられた金花の頰へ、後《うしろ》から優しい接吻を与へた。


翌朝、夢からさめた金花は、隣に寝ているはずのキリストに似た男がいないのに気づく。一瞬彼女はあれも夢だったのかと思う。が、部屋の中がすべて昨夜のままであることを知り、昨夜あれほど自分を愛撫した彼が、一言も別れを惜しまずに、行ってしまったことが信じられない。しかも彼女は約束の十ドルの金さえ貰うのを忘れていたのである。

彼女はここで〈奇蹟〉の実現に気づく。「悪性を極めた楊梅瘡」が癒えていたのである。「ではあの人が基督様だつたのだ」と、金花は冷たい敷き石の上に跪いて「美しいマグダラのマリアのやうに、熱心な祈禱を捧げ」るのであった。ここには芥川が求めてやまなかった「信仰」がある。理性を越えたところに存在するである。主人公《ヒロイン》を最下層の「私窩子」に設定したのは、この場面を当初から意識していたからなのであろう。金花を遊郭という下層社会、しかも、私娼という最下層の身分に設定した意味はここにある。

が、小説は単なる奇蹟物語では終わらない。芥川の作品の多くがそうであるように、小説「南京の基督」にもオチの場面が用意されているのだ。三の章がそれに相当する。一、二章と三の章とをうまくつなぐのは、前述のように、「日本の若い旅行家」である。前章にテクストの引用で示したように、彼は「上海《シャンハイ》の競馬を見物かたがた、南部支那の風光を探りに来」て、金花の部屋に一夜を明かしていた。彼は一の章では、金花の人間像を明確にするエピソードの中に登場していた。

日本の若い旅行家

「日本の若い旅行家」の再登場は、「翌年の春の或夜」であった。以前に金花を彼が訪れたのは「或秋の夜半」をさかのぼった、その年の「春」のことだったから、一年ぶりの再会である。

この「日本の若い旅行家」は小説の語り手でもなければ、まして作者でもない。語り手が創り出した虚構の人物なのである。彼は再会した金花から、「一夜南京に降つた基督」が、彼女の楊梅瘡（梅毒）を癒したという信じがたい話を聞かされる。三の章で大事なのは、金花の話を聞きながら考え込んでいる彼の独白の内容である。旅行家の独白は、約四〇〇字、原稿用紙にして一枚分に相当する。その大略は、次のようである。

――おれは金花の言うキリスト（外国人）を知っている。日本人とアメリカ人との混血児で、英字新聞の通信員だと称している無頼の徒である。彼はキリスト教を信じている南京の私娼を一晩買って、女が眠っている間に逃げて来たという話を得意げに話していたが、その後悪性の梅毒で発狂してしまった。ことによるとこの女の病気が伝染したのかも知れない。自分はこの女に真実を告げ、「蒙《もう》を啓《ひら》いてやるべきであらうか。それとも黙つて永久に、昔の西洋の伝説のやうな夢を見させて置くべきだらうか……」

理性を超えた真実

明るい結末

「若い日本の旅行家」は、梅毒という病の特徴をよく知っていただけに、考え込んでしまう。彼が金花の「蒙を啓いてやる」には、①彼女がキリストと信じている男は、実は無頼漢の外国人であったこと。②病気は治ったのではなく、一時的潜伏に過ぎないこととの二点を知らさねばならない。その上に③無頼漢とはいえ、神によって造られた一人の人間に病を移し、発狂させたという事実を彼女に認めさせることでもあったのだ。

物語は旅行家の次のような「窮した質問」と、それに金花がどう答えたかで終わる。

「さうかい。それは不思議だな。だが、——だがお前は、その後一度も煩《わづら》はないかい。」

「ええ、一度も。」

金花は西瓜の種を噛《かじ》りながら、晴れ晴れと顔を輝かせて、少しもためらはずに返事をした。

明るい結末である。「若い日本の旅行家」を客観的立場に立つ審問官に見立て、事の道理を十分読者に納得させながら、語り手と作者は一体化して理性を超えたところに存在する人間の幸せに、じっと目を注いでいるかのようだ。芥川はここに一編のファンタジーを書き終えたのである。

ここでようやく作家芥川龍之介に登場して貰うことになる。芥川は本作を発表した後、作品にかかわって二通の書簡を作家仲間の南部修太郎に書き送っている（全集収録）。この二通の南部宛芥川書簡に関しては、三好行雄[*15]・鷺只雄[*16]・笠井秋生[*17]らに関連する考察がある。それらを含めて論述しよう。

南部修太郎の評

まず、芥川書簡二通の誕生とその内容を簡単に整理するならば、「南京の基督」が発表された直後、南部修太郎が「最近の創作を読む六」（『東京日日新聞』一九二〇・七・一一）で、本作を取り上げ、皮肉の籠もった意地の悪い批評をした。南部はそこで「芥川氏は時々この作のやうな小綺麗に小器用に纏め挙げたFictionを書いて、気持よささうに遊んでゐる」とか、「この種の作品から心にアッピイルする何物かを得ようなどとは私は思はない」とか、「何れにしても作者の冴えた筆達者さは気持が好い。巧いものだと云ひたくなる。が、この作はたゞそれだけの物に過ぎない」とか書いて、芥川の気持ちを踏みにじることになる。

南部修太郎は芥川とは同年で、田端の芥川家（我鬼窟）で開かれていた面会日の常連であった。彼は芥川に目をかけられ、文壇に地位を得た作家である。南部は「南京の基督」の感想を、手紙にも書いて芥川に送った。芥川は南部の時評が新聞に載った四日後の七月十五日に南部修太郎宛書簡で、「啓　君の手紙を見た君は手紙の中と新聞の月評とでは「南京の基督」に対する批評を別な調子で書いてゐるそれがどうも愉快な気がせぬ僕には月評を書いてゐる君が僕の作品を或程度褒めながらしかも褒めた事によつて世間の軽蔑を買はないやうに用意してゐるやうな気がする」と核心をついた言い方で南部を責める。芥川はさらに次のように言う。

——君はあの作品を評して僕が遊びが過ぎると云つてゐる遊びが過ぎるとはあの種の作品を書く事か

それとも特にあの作品に現れた僕の態度を指して云ふのかもし前者ならば僕は即座にトルストイ、フランス、バルザックその他近代の大家の作品を十まで挙げる事が出来るそれらが何故遊びであるか君の答を聞きたいと思ふもし後者ならば君に問ふあの日本の旅行家が金花に真理を告げ得ない心もちは何故遊びに堕してゐるか僕等作家が人生から Odious truth を掴んだ場合その暴露に躊躇する気もちはあの日本の旅行家が悩んでゐる心もちと同じではないか君自身さう云ふ心もちを感じる程残酷な人生に対した事はないのか君自身無数の金花たちを君の周囲に見た覚えはないのかさうして彼らの幻を破る事が反つて彼等を不幸にする苦痛を嘗めた事はないのか――それも君に問ひたいと思つてゐる又この二つの他に遊びの義を求めれば僕の仕事の仕方に遊びがあるかあの二十何枚中にたるんだり乱調子になつたりしてゐる所があるか、……

自作の擁護

芥川の筆は熱っぽく、率直な物言いで南部修太郎を責めている。それは誠実に精いっぱいの努力で書き上げた自作への擁護につながる。芥川には自信があった。それが「僕の仕事の仕方に遊びがあるかあの二十何枚中にたるんだり乱調子になつたりしてゐる所があるか、……」ということばとなっている。

南部修太郎は即日芥川に言い訳の手紙を出したものと思われる。芥川はそれにも誠実に返答している。芥川の南部宛の「南京の基督」をめぐる書簡の第二信は、第一信から数えて二日後の七月十七日付で出されている。そこには梅毒の医学的考察を記した箇所がある。

金花の梅毒が治る事は今日の科学では可能だ唯根治ではない外面的徴候は第一期から第二期へ第二期

から第三期へ進む間に消滅するつまり間歇的に平人同様となるのだいくら君が治るものかと威張つても治るのだから仕方がないもし君が今日の泌尿器医学の記載を覆す事が出来るのなら僕は君に降参するさもなければ君が降参すべきだ

右の二通の書簡は、「若い日本の旅行家」が「金花に真理を告げ得ない心もち」を〈遊び〉と書いた南部修太郎へ芥川が強く反論したという事実を示す。同時に金花と無頼の外国人が陥った〈楊梅瘡〉という病の特徴を、作者芥川がよく知っていたことを語るのである。

先にも記したが、本作はファンタジーの側面をもっている。いや、芥川はその方法に期待して、この一編の南京物語を書いたと言った方がよいであろう。三好行雄は「若い日本の旅行家」の独白に対し、「日本人のこの自問自答が、実はむなしい。奇蹟を信じたことの徒労に醒める日は、かならず来る。彼女が〈永久に〉夢を見つづけることは、所詮不可能なのである。金花はやがて、イエスに裏切られたOdious truthを、自己の肉体を明証として発見するはずであり、そのとき、病んでなおイエスの像を見る〈無邪気な希望の光〉は、確実に消えるだろう」[*18]と述べる。リアリズムの理論に立って、本作の続きを考えるなら確かにそのような〈読み〉も可能である。

が、テクスト「南京の基督」の物語から帰納されるものはそこに至る以前の一時期の金花の幸福な姿への熱いまなざしである。そこには蔦田明子が言うように、「テクストの構造が示しているのは、奇蹟も酷薄な〈事実〉も一つの可能性として一旦横並びに並んだ後、最終的に奇蹟物語の方が成立した」[*19]のである。

楊梅瘡という恐ろしい性病を患い、その潜伏期にあるに過ぎないのに、キリストによって癒されたと信じている金花、しかも彼女がキリストだと思っている男は、混血の無頼漢である。こうした事実を「若い日本の旅行家」は知っていて、結局金花の前に提示できなかったのは、金花の幸福な姿の印象が余りに強かったからに他ならない。

不変の金花像

第三の章はオチの場面でありながら、それを超える。「若い日本の旅行家」の「お前は、その後一度も煩《わづら》はないかい」との「窮した質問」に対して、「「ええ、一度も。」」／金花は西瓜の種を嚙《かじ》りながら、晴れ晴れと顔を輝かせて、少しもためらはずに返事をした」という結びは、そのことを示す。主人公金花が旅行家のゆさぶりに耐えているというよりも、作品の構造そのものが揺らいでいないと言ってよいのである。一、二の章における伏線があばかれても、キリストが無頼漢であったことが読み手に明かされた後も、依然主人公《ヒロイン》宋金花像は不変なのである。否、輝きを増したと言うべきか。

もっとも、次のような見解が、高橋博史にあることも記しておこう。「作品は、金花の〈晴れ晴れ〉とした顔では終わらない。金花についての物語が終わった後に〈本篇を草するに当り、谷崎潤一郎氏作「秦淮の一夜」に負ふ所尠からず。附記して感謝の意を表す〉という一文が添えられるのである。附記の内容は問題ではない。重要なのは、この一文が添えられることで金花のそして語り手の夢を語った〈メルヘン〉の完結性が、いささかであれゆらいでしまうということである[*20]」。本文と附記を同一レベルで扱うという、こうしたテクストの〈読み〉は、本作を芥川作品の流れの中で見ていないこと、また、芥川生前の手入れテクスト自体への配慮がないところに生じる。なお、『夜来の花』を底本とした現全集では、附記は省略され、「後記」でふれられる。

愚直な、それゆえに信じやすい魂のもつ強さ、その壮烈な生き方に語り手、そして彼を統御する作者は驚き、あこがれを感じているのである。それは宮沢賢治の「虔十公園林」（生前未発表）の主人公を見つめる語り手の眼にも通じる。「虔十公園林」の虔十は、「少し足りない」とされる男である。その愚直な人間が見事な公園を後世に残すというのは、人間の常識、理性を超えた世界である。そうした語り手の意識を無視し、常識や理性でテクストを裁いても意味はない。

神聖な愚人

むしろ芥川龍之介が、同じ様な愚直な信仰者を描いた作品を、同じ時期にしきりに書いていたことにこそ目をとめて考えるべきなのだ。いわゆる「神聖な愚人」の系譜の中に本作を置いて見るのである。さらに芥川とは四歳の年齢差しかなかった宮沢賢治のいま取りあげた「虔十公園林」などと比較して、「神聖な愚人」物語を近代日本の知識人の精神史を探る方向で見ることをわたしは考えている。[*21]共に高学歴を有し、多くのことに興味と関心を示し、近代日本を精いっぱい生きた二人の作家が、彼らの対極に存在する金花や虔十のような「少し足りない」人物に、驚きの眼を向けていることに注目したいのである。

横須賀の海軍機関学校の教師を辞め、創作一本で生活するようになる一九一九（大正八）年以降の芥川のテクストは、複雑な様相を帯びるようになる。文壇登場時の芥川の作品は、江口渙が「芥川君の作品」[*22]で、その作品の基調をなすものは、「澄切った理智《インテレクト》と洗練《リファイン》されたヒユモアーである」と評したように、理知とユーモアが存在した。

が、一九一九年以降の作品には、理性への疑いを秘めた小説が書かれるようになる。後年の『侏儒の言葉』[*23]には、「理性」という小見出しのついた文章が二つ見出せる。「若し理性に終始するとすれば、我我は我我の存在に満腔の呪詛を加へなければならぬ」「理性のわたしに教へたものは畢竟理性の無力だった」である。また、晩年の小説「河童」（『改造』一九二七・三）にも、哲学者のマッグの書いた「阿呆の言葉」からの引用だとして、「若し理性に終始するとすれば、我々は当然我々自身の存在を否定しなければならぬ。理性を神にしたヴォルテエルの幸福に一生を了《をは》つたのは即ち人間の河童よりも進化してゐないことを示すものである」との一節がある。

芥川はこの時期「きりしとほろ上人伝」（『新小説』一九一九・三、五）や「じゆりあの・吉助」（『新小説』一九一九・九）で、無知ゆえの幸福な生き方に強い共感を示していた。それぞれの作品の紹介や解釈は別稿に譲るが、「れぷろぼす」や「吉助」など、愚直ながら清廉な生き方を示す人物に、彼はあこがれの目を注いでいるのである。

それは早く伯母芥川フキの早期教育によって文字や数を覚え、小・中学校ばかりか、一高・東大をも秀才で通し、「懐疑主義を枕」（「或阿呆の一生」）とした自身の生き方の対極に存在するものであった。足立直子は主人公金花の〈祈り〉の誠実さに注目し、「「南京の基督」は芥川が自らの内面に降り立ちつつ、祈らざるを得ない人間存在への深い同情と、その〈祈り〉の誠実さに共感を寄せることによって紡ぎ出した作品世界[*24]」だと結論づける。

いま芥川は理性を超える真実があるのではないか、という考えを持って宋金花の物語を紡いでいる。繰り返すが、この物語はリアリズム小説ではない。ファンタジーに託しての語り手の祈りが吐露された作品なのだ。この視点を持つとき「南京の基督」の本領——無知ゆえの幸福な生き方に暖かな眼を注ぐ語り手、さらには彼を統御する芥川龍之介が見えてくるのである。

注

1——中国語訳『芥川龍之介全集』第①巻、羅嘉《ルオチア》訳「南京的基督」山東文芸出版社、二〇〇五年三月、七五五～七六六ページ

2——黒古一夫監修・康東元著『日本近・現代文学の中国語訳総覧』勉誠出版、二〇〇六年一月二〇日
3——秦剛訳「南京的基督」『中国游記』中華書局、二〇〇七年一月収録、一六七〜一八〇ページ
4——曺紗玉『芥川龍之介とキリスト教』翰林書房、一九九五年三月二〇日
5——河泰厚『芥川龍之介の基督教思想』翰林書房、一九九八年五月二〇日
6——秦剛「〈自己〉、そして〈他者〉表象としての「南京のキリスト」—同時代コンテクストの中で」国際芥川龍之介学会『芥川龍之介研究』創刊号、二〇〇七年九月一五日
7——関口安義「理性の彼方へ—「南京の基督」「神々の微笑」—」、海老井英次・宮坂覺編『作品論 芥川龍之介』双文社出版、一九九〇年一二月一二日
8——関口安義『この人を見よ 芥川龍之介と聖書』小沢書店、一九九五年七月三〇日
9——堀　竜一「「南京の基督」」、関口安義編『芥川龍之介新辞典』翰林書房、二〇〇三年一二月一八日、四五五〜四五六ページ
10——平岡敏夫『〈夕暮れ〉の文学史』おうふう、二〇〇四年一〇月二五日、『夕暮れの文学』おうふう、二〇〇八年五月二〇日など。
11——曺紗玉「南京のマグダラのマリア」国際芥川龍之介学会『芥川龍之介研究』創刊号、二〇〇七年九月一五日
12——鷺只雄「「南京の基督」新攷—芥川龍之介と志賀直哉—」『文学』一九八三年八月一〇日、のち『芥川龍之介と中島敦』翰林書房、二〇〇六年四月二〇日収録、一〇一〜一〇二ページ
13——注5に同じ、一六二ページ
14——五島慶一「「南京の基督」論—〈物語〉と語り手—」『日本近代文学』第62集、二〇〇〇年五月一五日
15——三好行雄「「南京の基督」に潜むもの」『国語と国文学』一九七一年一月一日、のち改稿し、『芥川龍之介論』

筑摩書房、一九七六年九月三〇日収録

16――注12に同じ

17――笠井秋生「「南京の基督」論―二通の芥川書簡をめぐって―」『キリスト教文藝』第2号、一九八四年一一月一〇日、のち『芥川龍之介作品研究』双文社出版、一九九三年五月二八日収録、一三四～一四九ページ

18――注15に同じ、二二五ページ

19――嶌田明子「「南京の基督」論―奇蹟物語を夢見ているのは誰か」『キリスト教文学研究』第18号、二〇〇一年五月一二日

20――高橋博史『芥川文学の達成と模索―「芋粥」から「六の宮の姫君」まで―』有精堂、一九九七年五月一〇日、一五二～一五三ページ

21――関口安義『賢治童話を読む』港の人、二〇〇八年一二月二四日

22――江口　渙「芥川君の作品」『東京日日新聞』一九一七年六月二八、二九、七月一日、のち『新芸術と新人』聚英閣、一九二〇年四月二〇日収録

23――芥川龍之介『侏儒の言葉』文藝春秋社出版部、一九二七年一二月六日

24――足立直子「芥川龍之介「南京の基督」論―宋金花の〈祈り〉における宗教性」『キリスト教文学研究』第20号、二〇〇三年五月九日

コラム

永遠の求道者

芥川龍之介は、永遠の求道者であった。今年（二〇〇七）は没後80年に当たる。仙台文学館では「没後80年記念特別展 人間・芥川龍之介」が催され、雑誌『国文学 解釈と鑑賞』九月号は、「芥川龍之介再発見―没後80年―」を特集、巻頭には、わたしと宮坂覺氏との対談「世界にはばたく芥川龍之介」も載る。芥川は没後80年再評価・再発見の時代を迎えているのである。高等学校国語教科書『国語総合』は、二十種すべてが芥川の「羅生門」を採用して久しい。海外では英語圏でジェイ・ルービンの新訳『「羅生門」ほか17編』（ペンギン社、二〇〇六・三）がよく読まれ、中国では初の『芥川龍之介全集』（山東文芸出版社、二〇〇五・三）が刊行され、別に訳者の異なる二つの『中国游記』（原題『支那游記』）が書店に並んでいる。韓国では新世紀に入って芥川作品の翻訳が相次ぎ、ハングル版『芥川龍之介全集』刊行の気運も生じている。

芥川はなぜ内外の人々の心を捉えるのか。それは端的に言うなら、彼が永遠の求道者だったことにある。近年の芥川研究は、これまでの腺病質の芸術至上主義者というレッテルをはがし、人生にきわめて誠実だった作家像を浮かびあがらせることになった。いわゆる芥川神話の打破である。その死に至るまでの求道の精神は、今日も多くの人々の心を揺さぶるものがある。死の枕元に、一冊の『聖書』が置かれていた意味も、また問い直されてよい。

芥川龍之介は生涯、キリスト教に強い関心を懐き、『聖書』を熱心に読んだ作家であった。東京駒場の日本近代文学館にある芥川龍之介文庫には、芥川が愛蔵していた『聖書』が二冊ある。一冊は若き日に愛読した英文聖書 *THE NEW TESTAMENT* であり、扉横見返しに「一高在学中／井川君より贈らる」とある。「井川君」とは、後年の法哲学者恒藤恭のことである。オックスフォード大学出版部刊行、本文《テクスト》は欽定訳聖書の改訳である。中には赤インクによるアンダーラインがかなり見出せる。いま一冊は、自死した際に枕頭に置かれていた『舊新約聖書HOLY BIBLE』（一九一六年四月増刷のもの）である。このほかに一九一五（大正四）年春、「詩篇」を読んだ際に用いた『聖書』、さらに一九二六（大正一五）年三月五日に室賀文武から贈られた『聖書』もあり、その生涯には最低四冊の『聖書』とめぐりあっていることになる。

芥川が『聖書』をはじめて本格的に読むのは、一九一五年春、失恋事件という人生の試練の中でのことである。「かばかりに苦しきものと今か知る「涙の谷」をふみまどふこと」「わが心やゝなごみたるのちにして詩篇をよむは涙ぐましも」とは、親しい友、藤岡蔵六宛便り（一九一五年三月九日付）の中に記した連作短歌に見出せるもの。「詩篇」と同時に彼は『新約聖書』の四福音書や「使徒行伝」にも目を留め、「暁」をはじめとする一連の〈基督もの〉を残している。以後、芥川はキリストにかかわる作品を生涯書き継ぐこととなる。「きりしとほろ上人伝」「奉教人の死」「南京の基督」「おぎん」など、そして死の年である一九二七（昭和二）年には、彼のイエス伝とされる「西方の人」「続西方の人」を残した。芥川は「わたしのクリストを描き加へるのもわたし自身にはやめることは出来ない」（「続西方の人」1）と書き、必死にキリストを追い求めた。

これまでの芥川論は、芥川のこの求道の精神を端《はな》から認めなかった。それを弱さとし、異端とし、その内包する誠実な営為から来るキリスト教観を見抜けなかった。キリスト者の中には、自己の信仰を絶対化、ないしは特権化して、芥川を裁くことで得々としている論を書いた人もいた。が、芥川は死の前夜まで『聖書』を読み、絶筆となった「続西方の人」の末尾に、「我々はエマヲの旅びとたちのやうに我々の心を燃え上がらせるクリストを求めずにはゐられないのであらう」という印象深い一文を書き留めている。言うまでもなく「ルカによる福音書」24章13節以降の記述を踏まえてのことである。

誰がこの求道の精神を否定できようか。エマオ途上の二人の旅人の心は、最晩年の芥川龍之介によって共有されているではないか。芥川没後80年、いま、芥川の苦渋な歩みと、なぜ彼が執拗にイエスの生涯を追い求めたのかが、改めて問い直されているのである。

第III章——不条理への眼

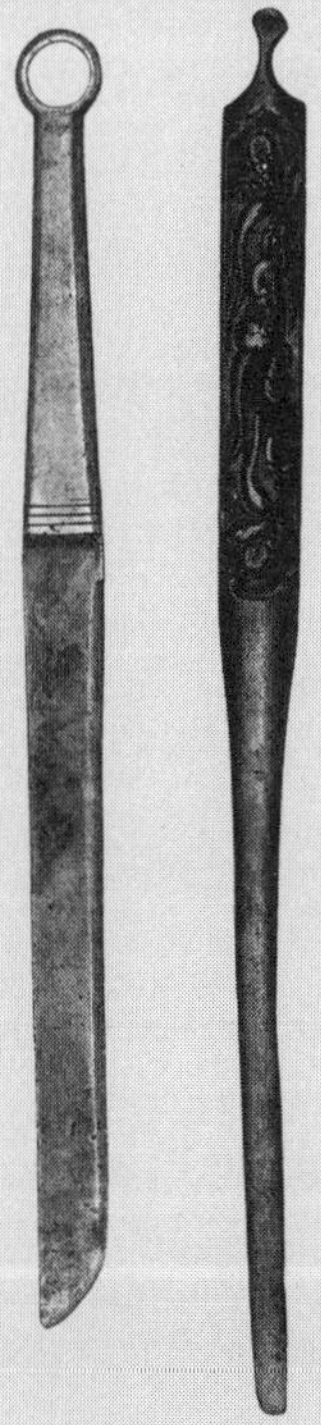

一　母

中国旅行後初の小説

上海特有の旅館

芥川龍之介は一九二一（大正一〇）年三月末から七月半ばまでの約四か月、大阪毎日新聞社の特派員として中国各地の視察の旅に出かけた。収穫の多い旅であった。「母」は帰国後最初に発表した小説である。発表誌は『中央公論』同年九月号。一〜三の三章立て、初出の枚数は四〇〇字詰原稿用紙約二十七枚、後『春服』に収めるに際し、三章の箇所に加筆があって多少増え、三十枚ほどになる。「母」は、次のように書き起こされる。

部屋の隅に据ゑた姿見には、西洋風に壁を塗つた、しかも日本風の畳がある、――上海《シヤンハイ》特有の旅館の二階が、一部分はつきり映つてゐる。まづつきあたりに空色の壁、それから真新しい何畳かの畳、最後にこちらへ後を見せた、西洋髪の女が一人、――それが皆冷やかな光の中に、切ない程はつきり映つてゐる。女は其処にさつきから、縫物か何かしてゐるらしい。

尤《もつと》も後は向いたと云ふ条、地味な銘仙の羽織の肩には、崩れかかつた前髪のはづれに、蒼白い横顔が少し見える。勿論肉の薄い耳に、ほんのり光が透いたのも見える。やや長めな揉み上げの毛が、かすかに耳の根をぼかしたのも見える。

この姿見のある部屋には、隣室の赤児《あかご》の啼き声の外に、何一つ沈黙を破るものはない。未《いまだ》に降り止まない雨の音さへ、此処では一層その沈黙に、単調な気もちを添へるだけである。

一の章の舞台は、中国「上海特有の旅館」である。なぜ「特有」なのか。第一次世界大戦が終わり、戦時特需によって日本の経済は大きく進展した。大戦のはじまった年と五年目の戦争の終結した年とでは、貿易額は四倍に飛躍する。が、戦争の終わりと共に、日本は貿易の対象を隣国中国に見出し、商社による進出が目覚ましくなる。上海はその拠点都市であった。

一九二〇年代のはじめの上海には、日本人向けのホテルや在来の旅館が軒を連ねるようになる。そうした日本人向けの宿が「上海特有の旅館」なのである。当時の上海の様子は、白井啓介の「中国―『支那游記』と一九二一年上海・北京との不等号」[*1]に詳しい。白井は「一九二一年の上海の街並みをその時点に立ち返って再構成するならば、眼に映る建築物は、まさに芥川自身が記す通り、三、四階建ての煉瓦造りばかりとなる。バンド沿いよりも寂れると言われた日本人街ばかりではない。上海の街全体が、その後の三〇年代を想起してイメージされる摩天楼の街並みに比べ、まだまだ低層建築ばかりで、発展途上の状態だった。芥川は現在とはもちろん、その後上海を訪れた横光利一などとも異なる街並みを眼にしていたことになる」と言う。「上海特有の旅館」も、また三、四階建ての煉瓦造りの一つであったのだろう。

テクストに戻ると、この小説の主人公野村敏子の夫は、商社の中国への出向社員といった趣がある。彼は家族同伴で、内陸の蕪湖《ウーフー》へ出向しようとしていた。蕪湖には大きな社宅がある。もとは雍家花園といった庭園付きの広い建物を買収、社宅にしたらしい。上海はそこに移動する間の中継地であった。

憂愁の上海

小説の語り手は、姿見に映る敏子の背後から旅館の部屋の様子を語りはじめる。そこは「上海特有の旅館」の二階である。突き当たりの壁は空色で、何畳かの畳は真新しい。新しい日本人の客を迎えるために、少し改善《リフォーム》した部屋であるかのようだ。「西洋髪の女」は、敏子である。語り手は敏子を「地味な銘仙の羽織の肩には、崩れかかつた前髪のはづれに、蒼白い横顔が少し見える」と叙述する。さらに「肉の薄い耳に、ほんのり光が透いたのも見える。やや長めな揉み上げの毛が、かすかに耳の根をぼかしたのも見える」と重ねる。少しやつれた日本美人を思わせる描き方だ。

姿見のある日本式の部屋は、静かである。ただ「隣室の赤児の啼き声の外に」という条件が付く。外は雨である。「降り止まない」とあるから、梅雨の前触れの雨かも知れない。上海には日本同様、梅雨の季節がある。ここには芥川得意の都会の憂愁の上海編ともいえるものがある。部屋の中には女の外に、「丹前を羽織つた男」が一人いる。日本人であることがこの一句に籠められている。彼はずっと離れた畳の上に、英字新聞を広げていた。英字新聞を読むとあるからエリートの出向社員を思わせる。敏子は「あなた」と呼びかける。二人は夫婦である。以下テクストに聞こう。

「何だい。」

男は幾分うるささうに、丸々と肥つた、口髭の短い、活動家らしい頭を擡《もた》げた。

「この部屋ね、——この部屋は変へちやいけなくつて？」

「部屋を変へる？　だつて此処へはやつと昨夜、引つ越して来たばかりぢやないか？」

男の顔はけげんさうだつた。

「引つ越して来たばかりでも。——前の部屋ならば明いてゐるでせう？」

男は彼是二週間ばかり、彼らが窮屈《きうくつ》な思ひをして来た、日当りの悪い三階の部屋が、一瞬間眼の前に見えるやうな気がした。


語り手は男の視線を、その部屋から窓の外に導く。「窓には何時水をやつたか、花の乏しい天竺葵《ジェラニアム》が、薄い埃《ほこり》をかぶつてゐる。おまけに窓の外を見ると、始終ごみごみした横町に、麦藁帽をかぶつた支那の車夫が、所在なささうにうろついてゐる。……………」春の上海の日本宿と、その外の様子が的確に語られる。語り手の背後にいる作者が、上海という大都会の日本宿を知っていたからこそ描くことができたと言えよう。

二人の母

伏線がらみの一章

小説「母」の一の章は、テクストの「序」に相当する。一種の導入楽章と言えそうである。三章から成るこの小説は、序破急構成をとる。一の章では、主人公の敏子という女性が、なぜ移ったばかりの部屋を嫌うのかが、ゆっくりと説明される。敏子は男から「前の部屋よりは、広くもあるし居心《ゐごころ》も好いし、不足を云ふ理由はないんだから、——それとも何か嫌な事があるのかい？」と反問されて「何つて事はないんですけれど。……」と言いながらも、駄々をこねるかのように、部屋の引っ越しを求め、男が取り合わないのを知ると、泣き出す。一の章は伏線がらみの章であり、読み手には明かされないことが多い。ただ、やがて内陸の蕪湖《ウーフー》へ行くことぐらいが具体的に語られる。二人の間にはなにか大きな共通の問題があるようなことは、それとなく語られる。以下のようだ。泣き出した女に「おい。敏子」と呼びかける男。ここで女の名が敏子であることが明かされる。


「おい。敏子。」

半ば体を起した男は、畳に片肘靠《もた》せた侭、当惑らしい眼つきを見せた。

「お前は己と約束したぢやないか？　もう愚痴はこぼすまい。もう涙は見せない事にしよう。もう、――」

男はちよいと瞼を挙げた。

「それとも何かあの事以外に、悲しい事でもあるのかい？　たとへば日本へ帰りたいとか、支那でも田舎へは行きたくないとか、――」

「いいえ。――いいえ。そんな事ぢやなくつてよ。」

敏子は涙を落し落し、意外な程烈しい打消し方をした。

敏子の美しさ

ここで二人の間の暗黙の了解である「あの事」は、まだ明かされていない。読者にはそれが何であるかは、一の章ではわからない。けれども宿の部屋替えを希望する敏子の願いだけは、強く伝わってくる。語り手はここで、苦境にあると思われる敏子の美しさを語る。

敏子は伏眼になつたなり、溢れて来る涙を抑へようとするのか、ぢつと薄い下唇を噛んだ。見れば蒼白い頬の底にも、眼に見えない炎のやうな、切迫した何物かが燃え立つてゐる。震へる肩、濡れた睫毛、——男はそれらを見守りながら、現在の気もちとは没交渉に、一瞬間妻の美しさを感じた。

芥川は女性の美しさを描くのにも特別の才を有したが、この場面の敏子の美しさの描写は格別である。普段の敏子にない美、打ちひしがれた女の美しさを実によく捉えている。悩める敏子の映像化は、この作品の一の特色となっている。

一の章の終わりは、男が女になぜ、そんなにこの部屋が嫌いなのか、はっきり言ってくれというのに対し、女の悲しげな表情を示した後、語り手の介入がある。批評する語り手の存在である。[*2] 読み手は「母」というテクストで、語り手によるさまざまな論評に、はっとさせられるが、この箇所は特別にその感が深い。「何故この部屋が、嫌になつたか？——それは独り男自身の疑問だつたばかりではない、同時に又敏子が無言の内に、男へ突きつけた反問である。男は敏子と眼を合せながら、二の句を次ぐのに躊躇した」の箇所がそうなのである。一の章の結びは、以下のようである。

しかし言葉が途切れたのは、ほんの数秒の間である。男の顔には見る見る内に、了解の色が漲つて来た。

「あれか？」

男は感動を蔽ふやうに、妙に素つ気のない声を出した。

「あれは己も気になつてゐたんだ。」

敏子は男にかう云はれると、ぽろぽろ膝の上へ涙を落した。
窓の外には何時の間にか、日の暮が雨を煙らせてゐる。その雨の音を撥ねのけるやうに、空色の壁の向うでは、今も亦赤児が泣き続けてゐる。…………

右の文中での「あれか？」の「あれ」は、注意深い読者ならば、続く文章を読まなくとも、赤児の泣き声であることは、すぐに了解されよう。すでに冒頭の箇所に赤児の声は、「この姿見のある部屋には、隣室の赤児《あかご》の啼き声の外に、何一つ沈黙を破るものはない」という一文の中に伏線として用意されていたのを確認したい。

赤児の泣き声

前述のようにテクストは序・破・急の三部構成となっている。二の章は「破」に当たり、展開部に相当する。書き出しは、「二階の出窓には鮮かに朝日の光が当つてゐる。その向うには三階建の、赤煉瓦にかすかな苔の生えた、逆光線の家が聳《そび》えてゐる」にはじまる。三階建の家、出窓、それは芥川龍之介が旅した、一九二一年当時の上海の賃貸住宅の光景である。語り手はここに、また「一人の女」を登場させる。女は赤児持ちで「小さな靴足袋」（靴下）を編んでいる。赤児のためのものであることは言うまでもない。女は「敏子よりも若いらしい」とある。時刻は午前十時と十一時との間、旅館では「一番静かな時刻」である。

上海のこの旅館が日本人向けのものであることは、すでに述べたように、西洋風の壁にもかかわらず、畳が敷かれていることなどに示されていた。ここでは「商売に来たのも、見物に来たのも、泊り客は大抵外出してしまふ」というところなどにも現れている。当時上海には、多くの日本人が駐在、もしくは旅行で訪れていた。女は女中と隣の家の話を切り出す。「御隣の野村さん、——野村さんでせう、あの奥さんは？」と女が切り出す。「ええ、野村敏子さん」と女中が答えることで、敏子の姓が野村であることが判明する。続けて女が、「敏子さん？　ぢや私と同じ名だわね」と返すことばから、女も敏子という名であることが判る。先走るが初出の三の章では、この女の名が「平尾敏子」とフルネームで記されていたが、初刊本『春服』（春陽堂、一九二三・五）収録に際し、削られている。

女は女中から、隣の野村敏子が急に三階の部屋に移ったことを知らされる。そして次のような会話が挿入される。


「あの方でせう？　此処へ御出でになると、その日に御子さんをなくなしたのは？」

「ええ。御気の毒でございますわね。すぐに病院へも御入れになつたんですけれど。」

「ぢや病院で御なくなりなすつたの？　道理で何にも知らなかつた。」

女は前髪を割つた額に、かすかな憂鬱の色を浮べた。が、すぐに又元の通り、快活な微笑を取り戻すと、悪戯《いたづら》さうな眼つきになつた。

「もうそれで御用ずみ。どうかあちらへいらしつて下さい。」

「まあ、随分でございますね。」

女中は思はず笑ひ出した。

不条理な心理

ここではじめて、読者に野村敏子の不幸な出来事が明かされる。しかし、一の章で的確な伏線が張られていたので、それは決して唐突な話ではない。伏線の主要なキーワードは赤児の泣く声であった。一の章で赤児の泣き声は以下のように書き込まれていた。

①この姿見のある部屋には、隣室の赤児《あかご》の啼き声の外に、何一つ沈黙を破るものはない。未《いま》だに降り止ま

ない雨の音さへ、此処では一層その沈黙に、単調な気もちを添へるだけである。

②窓の外には何時の間にか、日の暮が雨を煙らせてゐる。その雨の音を撥ねのけるやうに、空色の壁の向こうでは、今も亦赤児が泣き続けてゐる。

赤児の泣き声は、「雨の音」とセットされて耳に残る。聴覚に訴える表現だ。語り手はここで編み物をしていた赤児の母親と、赤児を失った野村敏子とを遭遇させる。女の膝から「毛糸の玉」が転げ落ち、廊下に及ぶ。それを拾うのが、赤児を失った敏子であった。「二人の母」の出会いは、自然でなくてはならぬ。まずは巧みな手法である。

あいさつの後、二人はそれぞれの赤児の話をする。「御宅ではとんだ事でございましたつてねえ」の二階の女のことばに、野村敏子はその死が肺炎であったこと、上海到着早々の事件であったことを言う。「二人の母」は、朝日の光の中で談笑する。目覚めた赤児を抱く女に敏子は、「まあ、御可愛い」と顔を寄せ、乳の臭いを感じ、「おお、おお、よく肥つていらつしやる」と言う。ここで語り手のコメントが挿入される。以下のようだ。

やや上気した女の顔には、絶え間ない微笑が満ち渡つた。女は敏子の心もちに、同情が出来ない訳ではない。しかしその乳房の下から、——張り切つた母の乳房の下から、旺然《わうぜん》と湧いて来る得意の情は、どうする事も出来なかつたのである。

二人の母のひとり、「上海特有の旅館の二階」で赤児を抱く女の複雑な、不条理な心理を語り手は取り上げるのである。これは三の章の野村敏子の心情と対を成すものである。後でまたふれることにする。

蕪湖《ウーフー》の敏子

蕪湖

三の章は、序破急の「急」に相当する。舞台は上海を離れ、安徽省蕪湖《ウーフー》の雍家花園の社宅となっている。蕪湖は揚子江（長江）右岸の河港都市である。鉄道の開通で水陸交通の要地となったため、当時、日本の商社が出張所を設けることの多かった都市である。一九二一（大正一〇）年の中国視察の旅では、芥川は五月十七日の夜、上海から鳳陽丸で長江をさかのぼり、五月十九日の夜、蕪湖に着いたことになっている。蕪湖には二泊三日滞在した。府立三中時代の同級生西村貞吉の招きであった。西村は商社マンのような仕事をしており蕪湖の社宅唐家花園に住んでいた。小説「母」の蕪湖の雍家花園は、この社宅をモデルにしたものと思われる。

三の章の冒頭の一文、「雍家花園の槐《えんじゅ》や柳は、午過ぎの微風に戦《そよ》ぎながら、庭の草や土の上へ、日の光と影とをふり撒いてゐる」は、実際の蕪湖の情景をもとに描かれたものである。槐は中国原産のマメ科の落葉高木である。十～十五メートル位の木を中国ではよく見かける。夏には黄白色の蝶の形に似た花をつける。街路樹に多い。柳は日本でも街路樹にも用いているところがあるが、中国は楊柳の好きな国民である。柳は春に熟した実から綿毛をもった種が飛ぶ。それが柳絮《りゅうじょ》とよばれる現象で、春の中国各地で見られる。道路の脇の吹きだまりは真っ白である。春から夏にかけて中国各地を訪れた芥川には、槐や柳の木、そして柳絮は、印象に残ったのであろう。

ここに男と女が登場する。男は上海の旅館にいた、例の「小肥り」の商社マンを思わせる人物である。彼は槐の木に吊り下げたハンモックに仰向けになって、鳥かごの文鳥を眺めている。女は言うまでもなく男の妻の敏子であった。彼女は「上海の旅館にゐた時より、やや血色」がよく、白粉もつけていない。語り手は敏子の美しさを常に意識しているかのようである。浴衣を着て、陽光の中に佇んだ「白粉をつけない敏子」が、それなりに美しいことが伝わってくる描き方だ。

平静を失した幸福の微笑

男がハンモックの上へ体を起こした時、敏子は「郵便よ、あなた」と「眼だけ笑ひながら」何本かの手紙を渡す。敏子は「今日は私にも来てゐるのよ」と浴衣の胸から「小さい手紙」を抜いて見せる。「桃色の封筒にはひつてゐる」女性から来た手紙である。手紙は上海の旅館で一緒だった同名の敏子からであった。手紙は彼女の生んだ男の子の死を知らせるものだった。野村敏子は夫にそのことを知らせ、手紙の一節を夫に読み聞かせる。「（風邪で）病院に入れ候時には、もはや手遅れと相成り、――ね、よく似てゐるでせう？　注射を致すやら、酸素吸入を致すやら、いろいろ手を尽し候へども、――それから何と読むのかしら？　泣き声だわ。泣き声も次第に細るばかり、その夜の十一時五分程前には、遂に息を引き取り候。その時の私の悲しさ、重々御察し下され度、…………」と。

ここで敏子は、鳥籠の文鳥を「お隣の赤さんのお追善」として放つことを夫に提言し、実行しようとする。が、鳥籠は高い枝に吊されていて、中々取れない。「取つて頂戴よ。よう」と敏子は夫にせがむ。「取れるものか？　踏み台でもすれば格別だが、――何も又放すにしても、今直には限らないぢやないか？」という夫に、「だつて今直に放したいんですもの、よう。取つて頂戴よう。取つて下さらなければいぢめるわよ。よくつて？　ハムモツクを解いてしまふわよ。――」と敏子は男を睨むようにした。ここに以下のような語り手の評言が来る。

が、眼にも唇にも、漲つてゐるものは微笑である。しかも殆ど平静を失した、烈しい幸福の微笑である。男はこの時妻の微笑に、何か酷薄なものさへ感じた。日の光に煙つた草木の奥に、何時も人間を見守つてゐる、気味の悪い力に似たものさへ。

第二の不条理

右の箇所は、芥川の懐疑主義が如何なるものかを問うに適したところでもある。この四つの文から成り立った文章をきっかけに、小説は「急」にふさわしい結びをもたらす。夫は、はしゃぐ妻の敏子を見て、「莫迦な事をするなよ。——」と言い、続けて「第一あの何とか云つた、お隣の奥さんにもすまないぢやないか？　あつちぢや子供が死んだと云ふのに、こつちぢや笑つたり騒いだり、…………」敏子は拗ねた子どものように、眼をふせ、桃色の手紙を破り出す。気まずい思いが二人の間に流れる。敏子は涙を流し、「息苦しい沈黙」の続いた後に口を切る。それが小説の結びとなる。以下のようだ。

「私は、——私は悪いんでせうか？　あの赤さんのなくなつたのが、——」

敏子は急に夫の顔へ、妙に熱のある眼を注いだ。

「なくなつたのが嬉しいんです。御気の毒だとは思ふんですけれども、——それでも私は嬉しいんです。嬉しくつては悪いんでせうか？　悪いんでせうか？　あなた。」

敏子の声には今までにない、荒荒しい力がこもつてゐる。男はワイシヤツの肩や胴衣《チヨツキ》に今は一ぱいにさし始めた、眩い日の光を鍍金《めつき》しながら、何ともその問に答へなかつた。何か人力に及ばないものが、厳然と前へでも塞《ふさ》がつたやうに。

蕪湖の初夏の昼過ぎの微風の中で、文鳥らしい小鳥を見ながら、「何時かうとうと眠りさうに」なっていた男、——敏子の夫は、ここで冷水をかけられた思いにとらわれる。急な変化の結びである。序破急構成の結びにふさわしい構成だ。ここには人生の不条理性の前におののく語り手、そして作者がいる。先の上海の女が子を失い悲しむ敏子の前で、「同情が出来ない訳ではない」ものの、「張り切つた母の乳房の下から、旺《わう》然《ぜん》と湧いて来る得意の情は、どうする事も出来なかつた」という記述が、第一の不条理なら、ここは第二の不条理と言えよう。

何か人力に及ばないもの

花袋の「母」評

同時代評の一つ、伊藤貴麿の「正宗、芥川、吉田、菊池、広津、五氏の作品」[*3]は、「（芥川氏は）支那から帰つて、「母」と「好色」とを発表したが、氏は今年は、慌しい生活をし、病気勝ちであつた為か、それ等の作品は余り香しい出来ばえではなかつた」と言い、「「母」にしても、氏が丹念に描写する程の場面《シーン》でもなし、真剣に取扱ふだけのテーマでもないと云ふやうな気がする」と素っ気ない。

果たしてそうか。わたしは本作にはそのように軽く扱えない重い内容があると考える。同じ同時代批評でも田山花袋のものは、核心を衝いている。田山花袋の「母」に関する評は全集未収録だが、近年渡邉正彦が「『全集未収録・書誌未記載新資料』花袋の談話及び随想三点とその考察」[*4]で、『山陽新報』大正十年十二月四日（日曜日）第七面掲載「私の眼に映つる現代作家の作品　無駄な努力が多い」を復刻、検討している。花袋本文の末尾には、（在文責記者）とあるから、渡邉も言うように談話筆記なのであろう。花袋はこの記事で、菊池寛の小説と比べ、以下のように芥川の小説「母」を批評した。

　そこへ行くと、私には芥川君のものゝ方が、よく解る。自然芥川君のものゝ方が、勝れてゐると思ふ。可成非難は多かつたやうであるが「母」といふ小説などは、勝れたものだと思つて読んだ。決してあの文壇的の非難は当つて居ない。耳からの感じ、さうしてその描写、眼からの感じ、さうしてその描写などは、実に現代小説檀に重きをなすものだらうと思ふ。

◇

　いかに非難があらうとも、私には芥川君の「母」は菊池君の「ある物」或は「俊寛」などよりはずつと、テイピカルなものだといふことが出来る。

◇

　けれども、私はあゝした境地へ入るといふことを、恐ろしいことだと思ふ。芥川君の持つてゐる自然主義は、徹底的なものだ。いひかへれば、徹底的自然主義である。さうしてあの耳からの、眼からの、非常に聡明な感じは、迚《と》ても他の追随を許さぬものがある。

◇

　私の感服せられるのも、この耳や眼の飛び離れた、一頭地を抜いたところの聡明さであると同時に、亦私の恐れるところもそこにある。何故と云つて、あゝ云ふ境地まで行くと、もう決して後返りが出来なくなる。元の道へ帰らうたつて、とても帰れるものぢあない。

芥川が文壇に登場した頃、花袋は『文章世界』の「一枚板の机上―十月の創作其他」[*5]で、「芋粥」（『新小説』一九一六・九）や「手巾」（『中央公論』一九一六・一〇）を酷評した。引用するなら、「かういふ作の面白味は私にはわからない。何処が面白いのかといふ気がする。この前の『芋粥』でも何に意味を感じて作者が書いてゐるのか少しもわからなかつた。対照から生ずる面白味、気のきいたといふ点から生じる面白味、さういふもの以外に、何があるであらうか」と言った工合である。

小説技法を評価

芥川はこうした花袋のきびしい、否、的はずれ評をも創作のエネルギーと化し、精進した。五年後、花袋の眼に映った芥川の「母」は、「菊池君の「ある物」或は「俊寛」などよりはずつと、テイピカルなもの」で、「あの耳からの、眼からの、非常に聡明な感じは、迚《と》ても他の追随を許さぬものがある」というものであった。すでに言及したように、芥川は赤児の泣き声や雨の音を通して場面を巧みに描写し、一方、「上海特有の旅館」の二階の一室を、部屋の隅に据えられた姿見にはじまり、真新しい畳の描写、さらには、敏子という女性のたおやかな美しさや哀しみに浸る姿、それに「妙に熱のある眼」をぬかりなく描いた。

花袋はこうした小説技法上の見事さをも含めて、「母」を高く評価しているのだ。花袋は明らかに芥川擁護の立場にいる。花袋が「あの文壇的の非難は当つて居ない」というのは、先に挙げた伊藤貴麿の評のほか、中村星湖の「新秋文壇雑感」[*6]での「最後の妻の告白がねらひ所だらうけれど殆ど問題になつてゐない」や、葛西善蔵の「九月の雑誌から（十六）」[*7]での「額縁に納まつた水彩画」といった悪評を意識してのことである。花袋の芥川観は、五年の間にかなり変貌を見せていたことになる。それは文壇全体を見通せる力量があったからであろう。花袋は期せずして、中国視察旅行後の芥川の変化を見抜いていた。それは「聡明さ」であり、人間のやり切れない側面や不条理性といったことを真剣に考え出した作家の精神的成熟である。自然主義作家田山花袋にするならば、それは「他の追随を許さぬ」ところの「徹底的自然主義」ということになる。

特派員としての中国視察の旅は、芥川に多くの収穫をもたらした。その詳細は小著『特派員　芥川龍之介中国でなにを視たのか』[*8]を参照していただけるなら幸いである。従来、芥川の中国旅行は、強行軍の日程から体をこわしたこともあって、マイナス評価されることが多かった。が、わたしの考えでは決してそうではなく、得ること多く、彼の人生観に大きな影響を与えるものがあったとする。その旅行記『支那游記』（改造社、一九二五・一一）は、公権力の検閲を意識し、書きたいこともストレートな表現はとれず、多くは諧謔を弄する形での文章化となっている。そうした発売禁止の措置を逃れるための芥川の苦心に眼が及ばず、『支那游記』は芥川の中国蔑視の塊だなどという安易な評価であってはならない。同時代の検閲制度を考慮し、当時の芥川テクストを検討すると、そこに新たな芥川像が浮かび出る。

やり切れない人生、不条理の現実と向き合い、そのまま受け入れるという思いは、中国視察旅行中の芥川龍之介に次第に芽生える。特派員として滞在した現実の中国は、矛盾だらけであった。芥川龍之介はそれらを冷静に眺め、検閲というきびしい言論統制下、逆説や非現実的手法、さらには日本語特有の駄洒落などをあえて弄して、その旅行記『支那游記』を記録したのであった。

進展した人生観

一方、小説「母」は前述のように、帰国第一作であり、そこに芥川の進展した人生観が図らずも現れたものとなった。「母」には「人力に及ばないもの」をそのまま受け入れ、生きていくほかない人間の苦しみ、悲しさ、――そうした不条理の世界が、語り手によって真剣に語られているのである。それは帰国後の芥川龍之介の人生観とも重なる。このような進展を見せはじめた芥川を、自然主義作家田山花袋は見逃さず、「実に現代小説檀に重きをなすもの」と高い評価を与えたのであった。小説家花袋は、「母」というテクストに謙虚に対することで、新しい芥川の世界を見出しているかのようだ。

人間存在につきまとう矛盾・誤解・無理解などを「人力に及ばないもの」として認め、過酷な不条理をあるがままに受け入れるという「母」の結末は、帰国後書かれる諸作品にも顕在化していく。翌年一九二二

（大正一一）年新年号に載る四作品、「俊寛」（『中央公論』）「藪の中」（『新潮』）「将軍」（『改造』）「神神の微笑」（『新小説』）も、この視点から見ると新たな相貌を帯びてくるのである。

注

1――白井啓介「中国―『支那游記』と一九二一年上海・北京との不等号」関口安義編『国文学解釈と鑑賞別冊芥川龍之介 その知的空間』二〇〇四年一月一日

2――ウェイン・C・ブース、米本光一・服部典之・渡辺克昭訳『フィクションの修辞学』書肆風の薔薇、一九九一年二月二五日、二六九～二七三ページ

3――伊藤貴麿「正宗、芥川、吉田、菊池、広津、五氏の作品」『早稲田文学』一九二一年一二月一日

4――渡邉正彦「『全集未収録・書誌未記載新資料』花袋の談話及び随想三点とその考察」『花袋研究学会々誌』第二七号、二〇〇九年三月三一日

5――田山花袋「一枚板の机上―十月の創作其他」『文章世界』一九一六年一一月一日

6――中村星湖「新秋文壇雑感」『太陽』一九二一年一〇月一日

7――葛西善蔵「九月の雑誌から（十六）」『時事新報』一九二一年九月二七日

8――関口安義『特派員芥川龍之介』毎日新聞社、一九九七年二月一〇日

二　悠々荘

鵠沼海岸

松の中の小みち

芥川龍之介の晩年の小説「悠々荘」は、一読しただけでは、内容がよく読み取れないテクストである。が、再読、三読するに及び、語り手の「僕」が、絶望的な状況を乗り越え、何とか新しい出発をしようとする覚悟のようなものが読めてくる。発表誌は一九二七（昭和二）年一月一日付の『サンデー毎日』（第六年第一号）である。テクストの末尾に「（十五・十・二十六、鵠沼）」とあり、これをそのまま信じれば自死の九か月ほど前、鵠沼で執筆されたことになる。テクストの冒頭は、次のようになっている。

十月の或る午後、僕等三人は話し合ひながら、松の中の小みちを歩いてゐた。小みちにはどこにも人かげはなかつた。たゞ時々松の梢に鵯《ひよどり》の声のするだけだつた。

「ゴオグの死骸を載せた玉突台だね、あの上では今でも玉を突いてゐるがね。」……

西洋から帰つて来たSさんはそんなことを話して聞かせたりした。

小説の舞台は、テクストの末尾に「鵠沼」とあるように、神奈川県の鵠沼（藤沢市）である。鵠沼は関東大震災後、住宅地として発展したところだ。時は「十月の或る午後」と記されることからして、秋の深まった午後である。時・所のほかに小説読解において重要な人物は、「僕等三人」とまずひっくるめて示される。続いて、それが「僕」「Sさん」までが右の引用の箇所で明かされる。この後「T君」というイニシャルで呼ばれる人物が登場する。その三人が「松の中の小みち」を歩いているところから小説ははじまる。鵠沼には小田急江ノ島線の鵠沼海岸という駅があり、住宅地化した現在も松が目立つ。松ヶ岡という地名もある。静かな秋の午後である。人影のない小道をひよどりの声を聞きながら散歩する三人。話題は年長で西洋帰りのSさんが、まずイニシアティブをとる。印象派の画家、ゴオグ（ゴッホ）の死にまつわる会話は、話題からして三人が絵を解す知識人であることを物語る。テクストの背景に目をとめよう。

病の昂進

芥川龍之介は一九二六（大正一五、昭和元）年一月十五日から同じ神奈川県の湯河原温泉に静養のために出かけ、二月十九日までの約一か月、定宿としていた中西屋旅館に滞在した。一九二一（大正一〇）年の中国視察旅行で病んだ胃腸と神経衰弱の治療が目的であったとされる。が、温泉に入っても病は癒えるどころか、逆に昂進した。

湯河原滞在一週間後の一月二十一日（消印二十二日）、画家小穴隆一に宛てて出した手紙に芥川は、「不眠は相変はらず、胃はまだ痛む。小康を得たのは痔だけ。実際くさくさしてしまふ」とのやり切れなさを記している。また、二月五日には病気の相談相手であった斎藤茂吉に宛てて、「書きたきものも病弱の為書けず、苦しきことは病弱の為一層苦しみ多し、ご憫笑下さるべく候」と書き送る。さらに二月八日の片山広子宛書簡では、「僕は神経衰弱の上に胃酸過多症とアトニイと両方起こつてゐるよし」と書き記し、「何を書く気も読む気もせず」と窮状を訴えている。これらの書簡からうかがえるのは、神経衰弱をはじめとする病が、芥川をいかに深刻な状況に追いやっていたかである。

東京田端の自宅に戻っても、彼の病は回復しない。四月五日に弟子の渡辺庫輔に出した手紙にも、「その後あひかわらず神経衰弱はひどし、胃腸は悪いし、痔にも悩まされて鬱々と日を送つてゐる始末」と書きつける。神経衰弱による不眠は苦しく、芥川は医者と相談のうえ、睡眠薬を用いるようになる。彼が当初用いた睡眠薬は、カルモチンとアダリンであった。両方とも白色無臭の錠剤である。通常一回〇・三〜〇・六グラムを服用する。

睡眠薬　芥川のばあい「不眠症の為に〇・七五のアダリンを常用」（「鵠沼日記」）というように、催眠剤は少々多めに用いたようだ。催眠作用は双方とも緩和であり、短時間で切れる。次にロッシュ会社製の淡黄色粉末のアロナアルを佐佐木茂索の勧めで服用するようになる。「アロナアルの効用は細く長きものと見え、翌日は一日僂々然として暮らしたり」（佐佐木茂索宛、一九二六・四・九付）との書簡が残っている。最晩年には、ヴェロナールとジャールの常用が目立つ。ヴェロナールは一回〇・三グラムほどで、アダリンはじめ他の睡眠薬と同様だが、ジャールは〇・〇五グラムが一回量とされる強力で毒性のある持続性睡眠薬である。

言うまでもなく眠り薬としての睡眠薬の常用は、副作用を伴う。催眠剤の慢性中毒には、全身倦怠や幻覚などの症状が出る。芥川のばあい、遺稿の「歯車」や「鵠沼雑記」、さらには友人・知己に宛てた書簡に見られるように、しばしば幻覚に襲われている。また、睡眠薬の過度の常用には、薬学の分野で言うところのトレランス（耐薬性）が生じ、利き目が薄らぐ。副作用は重々承知の上で、彼は薬を利用した。そうしなければ仕事ができない、否、生きていけなかったからである。

東京の田端の家には、養父道章と養母儔《とも》、それに芥川を乳飲み子時代から育てた伯母の芥川フキがいた。三人とも七十歳を越していた。それに姉西川ヒサが前夫葛巻義定との間にもうけた、当時十八歳の葛巻義敏がいた。

妻と三人の子のほかに三人の老人と思春期の子を預かっていた芥川には、安息の場がなかった。彼は再び静養のため家を出ることになる。彼が妻文と相談して決めた静養の地が、鵠沼海岸であった。

鵠沼は相模湾に面した新興の別荘地だった。ここには夫人の文の実家が移り住み、義弟の塚本八洲《やしま》が結核の療養中であった。龍之介は文や塚本家の人々から海岸のある鵠沼のよさを聞かされていたであろうし、駅近くの東屋《あずまや》旅館には以前に滞在したこともあった。しかも、距離的には湯河原などよりはるかに東京に近い。彼は養父母と伯母フキとも相談し、妻と生後九か月の三男也寸志を連れて鵠沼の東屋旅館に滞在（のち東屋旅館敷地内の「玄関とも三部屋の家」に移る）、静養する。

東屋旅館

東屋旅館は明治期後半から昭和の前期にかけて、多くの文人が滞在した。宇野浩二の『文学の三十年』[*1]や『芥川龍之介』[*2]には、この東屋旅館のことがよく登場する。それによると早く一九二一（大正一〇）年秋十月には、東屋で芥川と一緒に遊んだことが記されている。芥川の書簡集には、一九二六（大正一五）年の鵠沼滞在は、四月二十二日からであったことを証すものがある。「今日よりちよつと鵠沼へ養生に参り候」（南条勝代宛、一九二六・四・二二付）が相当する。が、「ちよつと」のつもりは、意外と長引き、鵠沼には年末まで滞在した。むろん時々は上京し、田端の家に顔を出している。

健康第一を目的に、鵠沼に長期滞在したことは、意味があった。田端の老人達に監視されがちの生活を離れ、妻と幼い也寸志との三人の生活は、当初彼には新鮮だった。遺稿の「或阿呆の一生」の「四十三　夜」

は、そうした彼の心境を書き留めたものと言えなくもない。「夜はもう一度迫り出した。荒れ模様の海は薄明りの中に絶えず水沫《しぶき》を打ち上げてゐた。彼はかう云ふ空の下に彼の妻と二度目の結婚をした」には、彼の真実の想いが託されていたと言えよう。

が、鵠沼も安住の静養地ではないことがすぐに分かってくる。「鵠沼に一月ゐる間の客の数は東京に三月ゐる間の客の数に匹敵す」（佐佐木茂索宛、一九二六・六・一付）というありさまで、療養どころではなかった。それゆえせっかく東京を離れた静養地にいても、健康は回復しなかった。不眠症は相変わらずで、睡眠薬の量は増すばかりである。下痢と痔も悪くなる一方であった。

鵠沼では当地の医師富士山《ふじたかし》に病気を見て貰っている。鵠沼から出した小穴隆一宛芥川書簡（一九二六・六・二〇付）の一節に、「僕はここへ来る匆々下痢し、二三日立てつづけに下痢し、とうとうここのお医者にかかつてしまつた。お医者の姓は富士、名は山、山は「たかし」と読むよし」とある。また彼は神経科の医者でもあった斎藤茂吉に健康上の悩みを訴え、相談に乗って貰っていた。芥川一家は七月になって茂吉の勧めで、東屋の敷地内の「玄関とも三間の「イの四号」の家を借り」て移ることになる。[*3]

芥川文の回想記『追想　芥川龍之介』[*4]によると、その家は「貸別荘を目的の簡素な家」で、「庭には、赤いさるすべりの花が美しく咲いて」いたという。

「点鬼簿」は東屋旅館で書きはじめ、この家で完成した。「三つのなぜ」「春の夜」なども、「イの四号」の家で書かれたもの。芥川一家は、この年十月半ばに「イの四号」の家から裏の二階屋に移った。[*5]「悠々荘」は、この家で脱稿したテクストである。なお、鵠沼の東屋旅館のことは、高三啓輔《たかみけいすけ》『鵠沼・東屋旅館物語』[*6]にくわしい。

「僕等三人」の対話

白い洋館

先に「悠々荘」の冒頭部分を引用した。それに続く部分は、タイトルにもなる「悠々荘」が取り上げられる。以下のようである。

そのうちに僕等は薄苔のついた御影石の門の前へ通りかかつた。石に嵌《は》めこんだ標札には「悠々荘《ゆうゆうそう》」と書いてあつた。が、門の奥にある家は、——茅葺《かやぶ》き屋根の西洋館はひつそりと硝子窓を鎖してゐた。僕は日頃この家に愛着を持たずにはゐられなかつた。それは一つには家自身のいかにも瀟洒《せうしや》としてゐるためだつた。しかし又その外にも荒廃を極めたあたりの景色に——伸び放題伸びた庭芝や水の干上つた古池に風情の多いためもない訳ではなかつた。

悠々荘とは、御影石の門を持った「茅葺《かやぶ》き屋根の西洋館」である。少し前に書かれたとされる「鵠沼雑記」（遺稿、文末に〈二五・七・二〇〉の日付がある）に、この家と思われる建物がゆがんだ西洋館として出て来る。引用するなら「僕は風向きに従つて一様に曲つた松の中に白い洋館のあるのを見つけた。すると洋館も歪んでゐた。僕は僕の目のせいだと思つた。しかし何度見直しても、やはり洋館は歪んでゐた。これは無気味でならなかつた」とある。

語り手の「僕」は、「日頃この家に愛着を持たずにはゐられなかつた」という。その理由は家自身が「いかにも瀟洒として」いるためであり、さらには荒廃を極めながらも、「庭芝や水の干上つた古池」に風情を残していたからである。標札の〈悠々荘〉の意味も、また語り手の「僕」を捉えている。悠々とはゆっくりと落ち着いた、余裕のあるさまをいう。辞書には「はるかに限りないさま」ともある。ここで「僕等三人」は、中に入ることになる。ここもテクストに語らせたい。


「一つ中へはひつて見るかな。」

僕は先に立つて門の中へはひつた。敷石を挟んだ松の下には姫路茸《ひめじだけ》などもかすかに赤らんでゐた。

「この別荘を持つてゐる人も震災以来来なくなつたんだね。……」

すると T君は考え深さうに玄関前の萩に目をやつた後、かう僕の言葉に反対した。

「いや、去年までは来てゐたんだね。去年ちやんと刈りこまなけりや、この萩はかうは咲くもんぢやない。」

「しかしこの芝の上を見給へ。こんなに壁土も落ちてゐるだらう。これは君、震災の時に落ちたまゝになつてゐるのに違ひないよ。」

僕は実際震災のために取り返しのつかない打撃を受けた年少の実業家を想像してゐた。それは又木蔦《きづた》のからみついたコツテエヂ風の西洋館と――殊に硝子窓の前に植ゑた棕櫚や芭蕉の幾株かと調和してゐるのに違ひなかつた。

二人の歌人

ここに T君が登場し、「僕等三人」が「僕」、Sさん、T君の三人であることが明かされる。「僕」は語り手である。S、Tとイニシャルで記された人物には、モデルがある。宮坂覺編の芥川龍之介の「年譜[*7]」には、一九二六（大正一五）年九月二十五日の項に、「25日（土）午後、土屋文明、斎藤茂吉が見舞いのため来訪する。三人で夕食を共にした後、午後11時頃まで文芸談などを展開した。この日、二人は東屋の一室に泊まる」とあり、二十六日の項には、「土屋文明、斎藤茂吉らと鵠沼海岸を散策する。午後1時50分の列車で二人は帰京した」とある。脱稿が十月二十六日なら、テクストのモデルのSは斎藤茂吉、Tは土屋文明としてほぼ間違いないであろう。Sには「Sさん」とさん付けで、Tには「T君」と同輩扱いなのは、斎藤茂吉は先輩の歌人、土屋文明は一高時代の同級生という関係ゆえのことなのであろう。

斎藤茂吉は芥川が終生慕った歌人である。芥川は早く茂吉の歌集『赤光』[*8]を愛読していた。のちに「僻見」中の「斎藤茂吉」の項（『女性改造』一九二四・三）では、「僕の詩歌に対する眼は誰のお世話になつたのでもない。斎藤茂吉にあけて貰つたのである」と書くことになる。一九一九（大正八）年五月、菊池寛と共にした長崎旅行で、当時県立長崎病院に勤務していた茂吉を訪ねて以来、芥川は茂吉を自己の文学の先達としてとらえるばかりか、その病の相談にも乗って貰うことが多かった。茂吉は芥川の十歳年上である。

他方、土屋文明は前述のように、芥川の一高の同級生で、東大時代の第三次『新思潮』では、同人として創作を競った仲である。『新思潮』時代は戯曲や小説を書いていたが、大学卒業後、長野県の中学校の校長をしながら作歌に精進し、芥川に「第三次『新思潮』の同人中、まつ先に一家の風格を成したものは菊池寛でも、久米正雄でも、山本有三でも、豊島与志雄でもない。「ふゆくさ」の作者土屋文明である」（「「ふゆくさ」読後」『アララギ』一九二五・一〇）と高く評価されている。

別荘の持ち主

先輩の歌人と大学同期の歌人、それに「僕」の三人は、「十月の或る午後」鵠沼海岸を散歩途中に「悠々荘」と「石に嵌めこんだ標札」を持つ「瀟洒」な家の前を通りかかる。日頃からこの家に愛着を持っていた「僕」は、Sさん、T君を先導し、門の中へ入る。「僕」は、別荘の持ち主は「震災以来来なくなつた」と想像し、口にする。「震災」とは言うまでもなく一九二三（大正一二）年九月一日のマグニチュード七・九〜八・二という関東大震災をさす。震源地は相模湾であったから、東京・横浜ばかりか湘南地方も大きな被害を被った。震災以前と以後とでは人々の生活も変更を余儀なくされていた。「僕」のことばには、そういう社会状況を踏まえたものがある。

それに対してT君は「考え深そうに」玄関前の萩に目をとめ、「いや、去年までは来てゐたんだね。去年ちやんと刈りこまなけりや、この萩はかうは咲くもんぢやない」といかにも歌人らしい観察眼の鋭さを示して反論する。萩は刈り込むと翌年の夏から秋にかけて紅紫色または白色の花を多く咲かせるとされる。が、「僕」は芝の上に土がこぼれているのを発見し、震災の時に落ちた壁土が、そのままになっているのではないかと言う。「僕」は悠々荘の所有者を、「震災のために取り返しのつかない打撃を受けた年少の実業家」と想像していた。それは「木蔦《きづた》のからみついたコツテエヂ風の西洋館と――殊に硝子窓の前に植ゑた棕櫚や芭蕉の幾株かと調和してゐるのに違ひなかつた」とされる。大きな希望を持ち、東京での事業は成功し、ここ鵠沼海岸に瀟洒な西洋館の別荘を持つまでになった年若い実業家が、震災で全てを失い、別荘生活どころではないという筋書きである。「僕」は不条理な人生を見ようとしている。

他方、T君は芝の上の土を問題にする。そして「これは壁土の落ちたのぢやない。園芸用の腐蝕土だよ。しかも上等な腐蝕土だよ」と言う。T君は下手に過去を追わず、現実を見据えようとするかのようだ。三人は硝子窓の中を覗くが、窓には窓かけがあり、厳重に内部を隠している。Sさんは南に向いた硝子窓の框《かまち》の上に薬壜が二本並んでいるのに注目する。Sさんが医者であるらしいことは、ここに来て判明する。「ははあ、沃度剤を使つてゐたな。――」とSさんは言い、「この別荘の主人は肺病患者だよ」と断言する。沃度剤とは、ヨードを用いた薬剤で殺菌剤として消毒薬に用いられた。当時、結核患者のいる家では常用されたものである。

三人は芒《すすき》の穂を出した中を、別荘の裏手に回る。そこには納屋が一棟あり、ストーヴと机と頭や腕のない石膏の女人像が一つある。T君は石膏の女人像を園芸用で頭へ蘭などを植えるもので、机やストーヴも園芸用で納屋は温室の代わりに使っていたのだろうと見破る。机の下には当時の婦人が用いたヴイクトリア月経帯の缶も転がっている。「僕」とT君は、当時の婦人が用いた月経時の用品から細君のか、家政婦（女中）のものかと話し合う。

鳴らないベル

「僕」とT君との会話を聞いていたSさんは、「ちよつと苦笑して」言う。「ぢやこれだけは確実だね。――この別荘の主人は肺病になつて、それから園芸を楽しんでゐて、……」「それから去年あたり死んだんだらう」と。

立ち向かう精神

テクストは四百字詰原稿用紙にして六枚ちょっとである。落ちぶれた別荘をめぐる話であり、宇野浩二のように「私は、これを読んだ時、すぐ、芥川が愛読してゐた、アラン・ポオの『アッシャア家の崩壊』（*The Fall of the House of Usher*）を、思ひ出した」[*9]という評者もいるが、そうした材源を超えて迫るのは、〈崩壊〉を乗り越え、立ち向かう精神である。その意味では、テクストの次の箇所は大事である。


僕等は又松の中を「悠々荘」の玄関へ引き返した。花芒《すゝき》はいつか風立つてゐた。

「僕等の住むには広過ぎるが、――しかし兎に角好い家だね。……」

T君は階段を上りながら、独言のやうにかういつた。

「このベルは今でも鳴るかしら。」
ベルは木蔦の葉の中に僅に鈕《ボタン》をあらはしてゐた。僕はそのベルの鈕へ――象牙の鈕へ指をやつた。ベルは生憎鳴らなかつた。が、万一鳴つたとしたら、――僕は何か無気味になり、二度と押す気にはならなかつた。

早く「悠々荘」を取りあげた竹内真は、「「悠々荘」といふ廃屋は彼の文学的な過去の家ではないか。この家を新しい時代の家たらしむるには、――悠々荘ではいけない。彼はその物静かな廃屋のベルを先づ鳴るか否かを試みた。が、ベルは鳴らなかつた」[*10]と論じた。ここでいう「彼」とは、語り手というより書き手である芥川龍之介のことである。竹内真には「「悠々荘」の意味」[*11]と題した小文もある。そこでは執筆当時の芥川の病や世俗での苦労、それに新しい思想の波を考慮し、「この「悠々荘」は在来の彼の創作の「家」であるならば、その「家」のベルは新しい時代意識の象徴であらう」とも言っている。このことは次節で再考したい。

象徴としての悠々荘

悠々荘のベルは、「僕」が鈕を押したにもかかわらず鳴らない。それは象牙で出来た立派なものである。語り手は鳴らないベルに苛立つことはない。それどころか、「万一鳴つたとしたら、――僕は何か無気味になり、二度と押す気にはならなかつた」という感想をもらす。本作を論じた文献は、意外に少ない。そうした中で芥川研究の先達駒尺喜美に、以下のような評言がある。

『悠々荘』は、芥川の自己スケッチともいうべきもので、痛々しいなかにも興味のある作品である。今は廃屋になっている、ある西洋館の話で、そこにかつて住んでいたであろう、そして今はたぶん死んだのであろう主人公のことなどを想像しながら、その悠々荘と標札のついている家のまわりを回ってみた、というだけのことである。が、この悠々荘こそ芥川の象徴なのである。荒れ果てて主人はすでに死んだと思われる家、しかし玄関にはいまなお「悠々荘」の名を掲げている、それはまさに芥川の姿であった。魂はすでに死の門をくぐっているが、外見だけは荒れ果ててはいても瀟洒で悠々とみえるであろう芥川の自己スケッチなのであった。私はこの短い作品のなかに、滅んでゆきつつある自己を片方では冷然とみながら、一方では哀惜している芥川の姿を感じる。ここには瀟洒だが荒れ果てた西洋館への愛着が語られているが、それは芥川の自己哀惜なのだと思う。[*12]

駒尺喜美は、一九六〇年代に登場したすぐれた芥川研究家であったことは確かである。が、これを読むと、駒尺氏にしても過去の敗北に塗り込められた芥川論の繋縛から解き放たれていない。換言するなら芥川の言う〈娑婆苦〉が理解できなかったのである。また、時代や社会に対する彼の先見性を見極め得ず、彼は病苦、特に神経衰弱の前に「死ぬよりほかなかったように思われる」とする。駒尺氏の著書には、「神経衰弱」という章があるが、「社会主義」とか、吉田精一『芥川龍之介』[*13]に登場する『階級文芸』の章はない。

芥川と社会主義

芥川は社会主義や共産主義にも強い関心を懐いていた。何事にも興味を持たずにはいられなかった彼は、中学時代に実家新原家が経営していた牛乳販売業耕牧舎に勤めていた久板卯之助という無政府主義者から「社会主義の信条を教へて貰つた」（「追憶」『文藝春秋』一九二六・四〜二七・二）こともあり、この分野の知識は早くからしっかりと持っていた。芥川龍之介の一高時代の親友恒藤恭（旧姓井川恭）は、若き日の芥川に大きな影響を与えた人物である。その恒藤恭によると一九一八（大正七）

年頃「社会思想について知りたいから手ごろの本を貸して欲しい」という依頼が芥川からあり、幾冊か貸したという。[*14] 芥川は関東大震災の翌年夏、避暑と仕事を兼ねて長野県の軽井沢に行き、一か月ほど滞在するが、その間に社会主義の文献をかなり読むことになる。

時代に敏感だった芥川は、社会主義の世界的擡頭に無関心ではいられなかったのである。現在山梨県立文学館に収まった旧岩森亀一コレクション芥川資料には芥川旧蔵書も含まれるが、中に軽井沢滞在中に読んだと思われるウィルヘルム・リープクネヒトの著作 *KARL MARX BIOGRAPHICAL MEMOIRS* など、社会主義やロシア革命に関する資料が見出せる。芥川の小説テクストやエッセイにも社会主義を肯定したものは、枚挙にいとまがないほどである。

芥川がトロツキーの『文学と革命』を読んでいたであろうことは、早く宇野浩二に証言[*15]がある。『文学と革命』は一九二五（大正一四）年七月、茂森唯士訳が改造社から刊行されているので、この訳文で読んだのかも知れない。宇野の証言を根拠に志田昇は、「芥川の晩年の文章のなかには明らかにトロツキーを読んだ形跡がうかがわれる」と言い、「文芸的な、余りに文芸的な」への『文学と革命』の影響を指摘し、具体例をあげて論証する。[*16]

芥川は時代の転換の中で、社会主義やプロレタリア文学を理解しようとして、真剣に努力を重ねていたのである。わたしは冷戦後の内外の芥川研究は、明らかにこうした芥川の側面を汲み上げようとしているとの認識を持っている。わたし自身も芥川を書斎に籠もりがちの腺病質の芸術至上主義者から人間の生きることにまつわる諸問題を積極的に取り上げた、言わば〈誠実な闘う作家〉と捉え直している。そうした考えは小著『芥川龍之介とその時代[*17]』や『芥川龍之介の歴史認識[*18]』ほかに書き込んだ。

悠々荘とはなにか

本筋に戻ろう。わたしたち読者は、ここで悠々荘とはいったい何なのかとの問に迫られる。「兎に角好い家」の西洋館で、園芸趣味に浸っていたと思われる主人公は、いまやいない。「去年あたり死んだんだらう」と想像されている。しかも、その家の象牙で造られた釦を押しても鳴らない。先に竹内真の「悠々荘」への評を引いた。が、わたしは悠々荘が「在来の彼の創作の「家」」というのはよいとしても、「その「家」のベルは新しい時代意識の象徴」という考えには一考を要するように思うのである。わたしは竹内の見解とはまったく逆で、ベルを「古い時代意識の象徴」ととりたい。ベルが鳴らなかったのは、古い時代意識・創作意識との決別ととりたいのである。

「悠々」ということばは、前述のように「はるかに限りないさま」であるが、年月のはるかに遠い様子という意味にもとれる。すると悠々荘は過去の自分の家（文業）であって、時代が変わり、新しい文学――プロレタリア文学などが勃興しつつある中では、それは愛着があるとは言え、こだわるものではなく、時に否定されないかぎり、新たな前進はないのではないか。そうした考えが伝わってくるかのようだ。悠々荘の象牙で造られた釦をもつベルは、「僕」が押したにもかかわらず、鳴らなかった。鳴らないのは、不条理である。が、語り手は「万一鳴つたとしたら、――僕は何か無気味になり、二度と押す気にはならなかつた」と言うのである。

過去の家

書き手の真意

ここに過去の栄光にしがみつくことなく、新たな前進を期する書き手の真意が見えてくる。先走って言うなら「新たな前進」の具体的成果は、「点鬼簿」「玄鶴山房」「河童」「歯車」

などに結実する。それらは確かに従来の芥川テクストとは、一線を画すものであった。

テクスト「悠々荘」は、次のように結ばれる。


「何といつたつけ、この家の名は？」

Sさんは玄関に佇んだまま、突然誰にともなしに尋ねかけた。

「悠々荘？」

「うん、悠々荘。」

僕等三人は暫くの間、何の言葉も交さずに茫然と玄関に佇んでゐた。伸び放題伸びた庭芝だの干上つた古池だのを眺めながら。


本作は、繰り返すが一読しただけでは、何を言っているのかよくわからない小説である。が、再読、三読するに従い、次第に霧が晴れるように見えてくるものがある。それは「日頃この家に愛着を持たずにはゐられなかつた」という「僕」という主人公が、二人の友と家（悠々荘）をめぐる話をしながら、次第にその家から気持ちが離れていく様子である。それは書き手である芥川龍之介の現実の転位としてよい。主人公には、もはや「悠々」の気分はない。ゆっくりと落ち着いてはいられないのだ。神経衰弱に冒されながらも、彼は新たな創作の試みに一歩踏み出ようとしていたのである。

それは過去の創作手法を乗り越え、新たな境地を切り開くことにつながる。過去への執着を断ち切り、芥川龍之介はここに至っても何とか前へ進もうとする。過去の家への通路は、ベルが鳴らないことでとぎれたとしたい。いま、彼は「伸び放題伸びた庭芝だの干上つた古池」といった過去の家を凝視しながら、新たな覚悟で前進しようとする。そうした彼に力を与える存在としてゲーテが浮上する。遺稿の「或阿呆の一生」四十五に、次のように彼は書きつけている。

Divanはもう一度彼の心に新しい力を与へようとした。それは彼の知らずにゐた「東洋的なゲエテ」だつた。彼はあらゆる善悪の彼岸に悠々と立つてゐるゲエテを見、絶望に近い羨ましさを感じた。詩人ゲエテは彼の目には詩人クリストよりも偉大だつた。この詩人の心の中にはアクロポリスやゴルゴタの外にアラビアの薔薇さへ花をひらいてゐた。若しこの詩人の足あとを辿る多少の力を持つてゐたらば、——彼はディヴァンを読み了り、恐しい感動の静まつた後、しみじみ生活的宦官に生まれた彼自身を軽蔑せずにはゐられなかつた。

文筆家としての再起

ゲーテのDivan（西東詩集）は、ゲーテ晩年のすぐれた詩集である。知人の若い妻、マリアンネ・フォン・ヴィレマーとの相聞の歌が中心で、それがゲーテを若返らせているのである。芥川がここで「東洋的なゲエテ」というのは、『西東詩集』が東方の衣装をまとい、恋や酒や愛を吐露しているところにある。また、芥川はゲーテに「絶望に近い羨ましさを感じた」と言い、「詩人ゲエテは彼の目には詩人クリストよりも偉大だつた」とまで言う。

星野慎一の巧みなまとめに従うなら、「『西東詩集』の中心をなしているマリアンネとの相聞の歌の天衣無縫な豊かさが、自らの場合と比べてみて、芥川の胸に深く突き刺さったのである。『西東詩集』の深奥の秘密をこれほどまでに鋭くえぐりだした表現は、他に例がない」[*20]ということになる。最晩年の芥川龍之介はゲーテに熱いまなざしを注いでいた。それは自己にない強靭な創作精神を貫いたいという切なる願望に支えられていたかのようだ。

悠々荘に象徴される過去の遺物に縛られることなく、ゲーテのようにあくまで未来を目指し、自由に生きたい。鳴らないベルを持った家は、いかに「瀟洒」で、魅力があろうとも、過去のものだ。そこに住んでいたであろう園芸好みの人は、もはや「死んだんだらう」と片付けられる。「伸び放題伸びた庭芝だの干上つた古池だの」は過去の遺産の残骸で、現実にはあまり意味はない。「何といつたつけ、この家の名は？」とテクストの最後の方では、悠々荘という別荘の名称自体が無意味なものとされている。過去との決別がうかがえる結末である。

鵠沼海岸で芥川龍之介は文筆家として再起する。最後の輝きを以後示すこととなる、と言い換えてもよい。大正という年号は天皇の死去と同時に終わり、激動の昭和の時代を迎えた。

一九二七（昭和二）年の新年号各誌に、芥川は「悠々荘」のほか、「彼」「彼第二」「貝殻」「文芸雑談」「萩原朔太郎君」「或人から聞いた話」（「或社会主義者」）「玄鶴山房」（「一」「二」）を発表、年初から活発な活動を展開する。二月号には「玄鶴山房」（全篇）「鬼ごつこ」「僕は」を、三月号には「蜃気楼」「河童」を、四月号には「春の夜」（「春の夜は」）「誘惑―或シナリオ―」「浅草公園―或シナリオ―」を、五月号に「たね子の憂鬱」「僕の友だち二三人」「本所両国」などを発表、健筆ぶりを世間の人々に示すこととなる。こうした中から「歯車」や「西方の人」「続西方の人」という力編も生まれる。「悠々荘」は芥川の最後の輝きを導くテクストであった。過去の栄光や誉れを去り、新たに生きるのは容易ではない。芥川は「悠々荘」を書くことで、過去と決別し、不条理な人生を改めて生きようとする。

鵠沼での芥川の充電生活は、翌一九二七（昭和二）年の創作上の活動を支えた。激動の時代の幕開けは近い。繰り返すが、「悠々荘」は最晩年の芥川龍之介を考えるのにきわめて大事なテクストなのである。

注

1――宇野浩二『文学の三十年』中央公論社、一九四七年五月二〇日、一五六～一六〇ページほか
2――宇野浩二『芥川龍之介』［普及版］』文藝春秋新社、一九五三年九月三〇日、五一五～五一六ページなど
3――葛巻義敏編『日本文学アルバム6芥川龍之介』筑摩書房、一九五四年一二月一〇日、四八～四九ページ
4――芥川文述・中野妙子記『追想芥川龍之介』筑摩書房、一九七五年二月一五日 二一三ページ
5――注2に同じ
6――高三啓輔『鵠沼・東屋旅館物語』博文館新社、一九九七年一一月二五日
7――宮坂覺「年譜」『芥川龍之介全集』第24巻、岩波書店、一九九八年三月二七日、二二〇ページ
8――斎藤茂吉『赤光』東雲堂書店、一九一三年一〇月一五日
9――注2に同じ、五一三ページ
10――竹内　真『芥川龍之介の研究』大同館書店、一九三四年二月八日、三七五ページ
11――竹内　真「「悠々荘」の意味」『評論』第3号、一九三四年七月一日、のち関口安義編『芥川龍之介研究資料集成』第8巻収録、二一九ページ
12――駒尺喜美『芥川龍之介―その精神構造を中心に―』私家版、一九六四年八月一九日、のち『芥川龍之介の世界』と改題、法政大学出版局、一九六七年四月五日刊行。一九七二年一一月一日、新装版刊行。引用は新装版による。一六七～一六八ページ
13――吉田精一『芥川龍之介』三省堂、一九四二年一二月二〇日、二三二ページ

14――恒藤恭『旧友芥川龍之介』朝日新聞社、一九四九年八月一〇日、一六九ページ
15――注2に同じ、四三五ページ
16――志田　昇「一九二〇年代ソ連の文学論争と日本文学」『思想』一九九六年四月五日
17――関口安義『芥川龍之介とその時代』筑摩書房、一九九九年三月二〇日
18――関口安義『芥川龍之介の歴史認識』新日本出版社、二〇〇四年一〇月二〇日
19――星野慎一「ゲエテ」菊地弘・久保田芳太郎・関口安義編『芥川龍之介事典』明治書院、一九八五年一二月一五日、一七三～一七四ページ

三　歯車

世界文学入りした「歯車」

冷戦後の芥川評価

「歯車」（遺稿）は、芥川龍之介最晩年の力作である。わたしはこれまで「歯車」というテクストに関して、成立事情も含めていくつもの論文や著書でふれてきた。「〈滅び〉への道――「歯車」――」[*1]や『芥川龍之介とその時代』[*2]での言及は、その代表である。が、研究は絶えず進展する。特に冷戦後の世界情勢の変化は、芥川という作家のテクストを新たな視点で捉え直そうとしている。世界四十か国を上回る国々での芥川作品の翻訳は、この作家を、そしてこの作家の残したテクストを再検討・再確認させることになる。「歯車」も例外ではない。

冷戦後の芥川を含めた日本文学研究は、欧米から東アジアへと急展開した。早く日本に学べ、日本を追い越せを国是とした韓国では、一九六五（昭和四〇）年の日韓国交正常化以降、大学や専門学校に日本語・日本文学関係の学科が急速に増える。そうした中で芥川のテクストは、日本語の教材としても用いられるようになる。むろんそれらは物語性の強い王朝物の「羅生門」であり、児童文学の「蜘蛛の糸」であったりする。

事は中国でも同様である。中国の日本語や日本文学研究は、韓国よりも遅れて一九七八（昭和五三）年の日中平和友好条約の締結以後のことである。第二次世界大戦後、文化大革命時代が過ぎ去るまでは、日本語を学ぶことなどできなかった。一九八〇年代になってようやく日本語学習熱が高まり、九〇年代にピークを迎える。そうした中で芥川テクストの新訳が試みられるようになる。

『日本近・現代文学の中国語訳総覧』[*3]の著者康東元《カンドウンウエン》は、「八〇年代末から九〇年代を経て現代にいたる中国社会の変化と日本文学の翻訳状況との関係は、中国社会の変化、つまり経済的な発展に伴う「豊かさ」の実現に深く関係していることが分かる。また、それは中国文学及び中国での文学受容が「世界文学化」してきたことでもある」と言う。

芥川文学は世界文学として評価されるものを持つ。人生にまつわる矛盾や不条理や宗教の問題は、芥川が好んで取り上げたものであるが、社会主義国中国でも、これらの諸問題は重大関心事でもあったのである。中でも「歯車」には、近代に生きる誰もが直面しなければならない深刻な問題が託されているだけに、再評価の余地が大きい。

洋の東西を越えて読まれる「歯車」

嶌田明子の労作「著作外国語訳目録」[*4]によると、中国での「歯車」の翻訳は、戦前の一九二八（昭和三）年に、早くも沈端先《シエントウアンシエン》が『東方雑誌』25-21、22に載せており、戦後は一九六七（昭和四二）年に葉笛が『文学季刊』5に載せたのが最初のようだ。康東元の右の書には、中国語に翻訳されたテクストの「作家順一覧」が添えられている。

それによると冷戦後「歯車」は、一九九一年に出る呉樹文《ウーシユウウエン》による、『小説集―「疑惑」他』（上海訳文出版社）に翻訳され、次いで一九九八年の呂元明他訳『芥川龍之介作品集』（北京中国世界語出版社）にも「歯車」は収録されている。

中国語訳『芥川龍之介全集②』（山東文芸出版社、二〇〇五・三）収録の「歯車」の訳者は、宗再新《ツオンツアイシン》である。総じて、芥川の他の作品に比べると「歯車」翻訳の頻度は低い。それは物語性に富んだ作品と異なり、近代の神話的構造を持つ小説によるからなのであろう。
が、そこにこそ本テクストの世界文学的要素がある。また、ドストエフスキーやストリンドベルク、ダンテの「神曲」、さらには聖書やギリシャ神話を踏まえたテクストの世界は、まさに世界文学の様相を呈するし、イデオロギーから解放された冷戦後の世界の人々の心に訴えるものがあったのである。

冷戦後、韓国でも「歯車」は注目されはじめ、訳者の異なるいくつもの翻訳や研究論文が出る。河泰厚《ハテフ》・金明珠・曺紗玉《チョサオク》ら日本語でも論文を書く研究者が、自国の研究誌にその研究成果を示すこととなる。河泰厚の「「歯車」小考」（『大邱専門大論文集』12、一九九一・二）、金明珠《キムミンチュー》の「芥川龍之介「歯車」試論」（『日語日文学8、一九九七・一二）、曺紗玉「死に至る狂気と絶望―芥川龍之介の「歯車」を中心に―」（『日本学報』第40輯、一九九八・五）などである。

英語圏でも、「歯車」は*Cogwheels*の題名で、複数の翻訳がある。最新の翻訳には、ペンギン・クラシックス・シリーズの一冊として出たジェイ・ルービンの『「羅生門」ほか17編』[*5]に収められたものがある。ルービンはこの訳書の解説「芥川龍之介と世界文学」で、「「地獄変」が芥川の初期の傑作ならば、後期の傑作はまちがいなく「歯車」だ。「或阿呆の一生」全編がなす断片化された物語とは違って、「歯車」では全生涯が苦悩に満ちた強烈な数日間に煮詰められている」（畔柳和代訳による）と断言する。

「歯車」は現在、日本はもちろん、洋の東西を越えて読まれている。それは冷戦後、より顕著となった現象である。以下に「歯車」の内容を見ていくこととする。

執筆時の背景

執筆速度

「歯車」は、四百字詰原稿用紙にして、約七十七枚ほどのテクストである。生前の一九二七（昭和二）年六月号の雑誌『大調和』に「一　レエン・コオト」だけが、章題なしに掲載された。没後、自筆原稿に基づき、全文一〜六が遺稿として同年十月号の『文藝春秋』に載った。自筆原稿および『文藝春秋』発表のものには、それぞれの章の脱稿日が記入されている。各章のタイトルと章の末尾に記された年月日、それにおよその枚数は、以下のようである（括弧内表記は、芥川の記載どおり）。

一	レエン・コオト（昭和二・三・二三）	十五枚
二	復　讐（昭和二・三・二七）『文藝春秋』には記入なし	十四枚
三	夜（昭和二・三・二八）	十二枚
四	まだ？（昭和二・三・二九）	九枚
五	赤　光（昭和二・三・三十）	十五枚
六	飛行機（昭和二・四・七）	十二枚

テクスト「歯車」（七七枚）の執筆速度は、右の記録をそのまま信じるとかなり速い。「一　レエン・コオト」に何日かけたかは想像の域を出ないものの、「六　飛行機」は「五　赤光」を書きあげたのち八日の間隔がある。問題は「二　復讐」から「五　赤光」までの五十枚を四日間で書き上げていることだ。一般には

遅筆で知られた作家であるだけに、このような数字を前にすると驚いてしまう。平均すると一日十二枚半である。それゆえ、当時田端の芥川家の世話になっており、晩年の芥川に深くかかわった甥の葛巻義敏のように、「作られた日付」[*6]を強調する論者もいるほどである。

けれども、一方で整備された現全集に収められた、遺稿を含めた一九二七（昭和二）年の芥川の総原稿枚数から推して一日十枚強という執筆枚数は、決して無理なものではなかったことも指摘できる。それよりも最後の年となった一九二七（昭和二）年前半に、芥川に降って湧いた強烈な創作エネルギーが、どこにあったかの解明が必要なのである。そこでまずは「歯車」執筆当時の背景が問われねばならない。

弱った身体に鞭打って

芥川龍之介が「歯車」を執筆した一九二七（昭和二）年は、あわただしい幕開けをした。

前年十二月、神奈川県の鵠沼海岸に妻文と三男也寸志と滞在、静養と執筆に携わっていた。が、健康は思うようにはならず、執筆もはかどらなかった。十二月二日付で佐佐木茂索宛に出したはがきの一節に、龍之介は「鴉片《アヘン》エキス、ホミカ、下剤、ヴェロナアル、——薬を食つて生きてゐるやうだ」と書き、翌三日付の同人宛はがきでは、「僕は暗タンたる小説を書いてゐる。中々出来ない。十二三枚書いてへたばつてしまつた」と記している。

ここに見られる「暗タンたる小説」とは、翌年（一九二七）一月号の『中央公論』に一、二の章のみが載り、二月号に一、二も再録して全章が掲載された「玄鶴山房」である。当初は一月号に一挙掲載のはずだったが、意外と手こずったことになる。

十二月四日付の斎藤茂吉宛書簡には、「オムピア毎日服用致し居り、更に便秘すれば下剤をも用ひ居り、なほ又その為に痔が起れば座薬を用ひ居ります。中々楽ではありません。しかし毎日書いて居ります」とあり、『中央公論』の編輯人の高野敬祿には、「昨夜は二時過ぎまでやつてゐたれど、薄バカの如くなりて書けず」（一九二六・一二・一六付）と書き送るほどであった。鵠沼で静養しながら芥川が書いていたのは、「玄鶴山房」ばかりではない。他に「蕀原朔太郎君」「鬼ごつこ」「僕は」「彼」「彼　第二」「或社会主義者」などがあるが、「玄鶴山房」は、内容からも分量（約四八枚）からも際だっている。彼は弱った身体に鞭打って、執筆を続けていたのである。

大正天皇が没し、昭和と改元された十二月二十五日、芥川は「打ち下ろすハンマアのリズムを聞け。あのリズムの存する限り、芸術は永遠に滅びないであらう」（『侏儒の言葉』遺稿、「民衆　又」）と記している。彼は新しい文学に期待しながら、不条理な人生にまつわる諸問題に苦しんでいた。二日後の暮れの二十七日、妻の文が正月の準備のため、也寸志を伴い、鵠沼から田端の家に帰る。

小さな家出

龍之介も正月は田端で迎えるはずであった。が、大晦日になっても彼は帰らなかった。これは〈小さな家出〉（小穴隆一）とされる事件である。芥川文述・中野妙子記『追想　芥川龍之介』[*7]には、このことに関する以下のような証言があるので引用しよう。

大晦日に帰るという主人が、正月になっても帰りません。心配していますと、正月の二日になって、家へ帰ってまいりました。

体の具合が悪くなって、三十一日に鎌倉の小町園へ行って静養していたそうです。

小町園の女主人は、ときどき私も相談に行ったりする賢い夫人でした。

「あの時の先生はお帰し出来るような顔色ではありませんでした」

と言っておりました。

それから主人は、もう鵠沼へは行けませんでした。

鎌倉小町園は東京築地の小町園の支店で、池のある広い庭が自慢の料亭であった。龍之介は海軍機関学校在職中から、知人の接待にここを利用していた。女主人の野々口豊（豊子とも記された）は賢い女性であった。『侏儒の言葉』（文藝春秋社出版部、一九二七・一二）の遺稿部分に出て来る「ある女」が豊だとされるのも、二人の親しい関係からしても肯けるところだ。文は予定の大晦日に帰らず、一九二七（昭和二）年の年明けの二日に、気まずい思いで帰った龍之介を責めることなく黙って迎えた。

文は三人の幼い子どもを抱え、さらに三人の老人（養父母と伯母フキ）の世話とで疲れており、夫龍之介の新年になってからの帰宅を責めようとの気はさらさらなかった。彼女はそれよりも夫の体が心配だった。一緒に生活していて気づくことは、食が細く、体が瘠せて来ていることであった。鵠沼にいた時は、散歩さえ一人ではできず、幻覚におびえることもしばしばだった。それ故、予定の大晦日に帰らなかったのを責めることなど出来なかったのである。

義兄の鉄道自殺

芥川龍之介はこのような状況の下で、新年を迎えた。生存最後の年である。ここに思いもかけない事件が起きる。すなわち、いまだトソ気分も抜けない一月四日の正午過ぎ、東京市芝区南佐久間町の龍之介の姉ヒサの嫁ぎ先西川豊の家が、失火により二階の書生部屋が焼けた。小火《ぼや》である。続いて火災保険がかけてあったことから放火の嫌疑を受けた西川が、六日の午後六時五十分、千葉県山武《さんぶ》郡の土気《とけ》トンネル付近で鉄道自殺を遂げる。以後龍之介は、この事件の処理というか、後始末に〈忙殺〉されることとなる。

これまで、そして今でも、いくつもの芥川年譜や芥川伝は、西川家の火事を全焼としているが、わたしは近年の著作の中では、西川の子で龍之介の長男比呂志と結婚した芥川瑠璃子の二冊の回想記[*8]の記述に従い、小火と訂正している。当事者の詳しい証言に、真実を見出したからである。研究者の芥川伝の記述には、今に至っても誤りが多い。

自殺した西川豊は、すでに偽証教唆によって弁護士失権中であった。しかも家には大金の火災保険（当時の『東京朝日新聞』によると「帝国火災保険会社」へ一万円の保険とある）が掛けられており、さらに焼け跡から大晦日に窓硝子を拭いた時に用いたアルコール瓶が発見されるという不運が重なり、放火の嫌疑がかけられ、警察の調べを受けた。大正天皇の大喪の恩典によって、弁護士資格が復権しようとしていた矢先のことだっただけに、西川はこれですべてがダメになったと考え、失意のうちに死に赴いたのである。一九二七（昭和二）年一月八日の『東京日日新聞』は、「放火の嫌疑を受けて／弁護士自殺す」との見出しで、芥川龍之介の義兄の死を大きく報道している。

芥川が西川豊の死を知るのは、一月六日の夜のことである。「歯車」の「一　レエン・コオト」に、そのことに関する記述があるので引用しよう。

そこへ突然鳴り出したのはベツドの側にある電話だつた。僕は驚いて立ち上がり、受話器を耳へやつて返事をした。

「どなた？」

「あたしです。あたし……」

相手は僕の姉の娘だつた。

「何だい？　どうかしたのかい？」

「ええ、あの大へんなことが起つたんです。ですから、……大へんなことが起つたもんですから、今叔母さんにも電話をかけたんです。」

「大へんなこと？」

「ええ、ですからすぐに来て下さい。すぐにですよ。」

電話はそれぎり切れてしまつた。僕はもとのやうに受話器をかけ、反射的にベルの鈕《ぼたん》を押した。しかし僕の手の震へてゐることは僕自身はつきり意識してゐた。給仕は容易にやつて来なかつた。僕は苛立たしさよりも苦しさを感じ、何度もベルの鈕を押した、やつと運命の僕に教へた「オオル・ライト」と云ふ言葉を了解しながら。

僕の姉の夫はその日の午後、東京から余り離れていない或田舎に轢死《れきし》してゐた。しかも季節に縁のないレエン・コオトをひつかけてゐた。


テクストの解釈は、作者の現実に還元することではないものの、右の記述は、作者の現実が〈転位〉されていることがはっきりしている「歯車」などは、それを知っていると理解は深まる。が、右の箇所の「僕の姉の娘」に注解を施す研究者が、「実姉ヒサの娘、瑠璃子（のち長男比呂志の妻）か」としているのをまま見かけるが、いただけない。「僕の姉の娘」は瑠璃子ではなく、ヒサが最初の夫葛巻義定との間にもうけた、一九一〇（明治四三）年十一月二十八日生まれの葛巻さと子である。さと子は西川家で養われていたのである。「僕」とのやりとりからしても、幼い瑠璃子ではなく、当時満十七歳の娘であったさと子としなくてはならない。ちなみにさと子の兄の葛巻義敏は、芥川家で養われていた。

姉ヒサの夫、西川豊の鉄道自殺事件は、「歯車」の「二　復讐」にも描かれる。そこには「姉の夫は自殺する前に放火の嫌疑を蒙つてゐた。それも亦実際仕かたはなかつた。彼は家の焼ける前に家の価格に二倍する火災保険に加入してゐた」とある。姉一家の不幸な事

やりきれない思いを創作に

件は、芥川龍之介をも巻き込む。先にわたしは「一九二七年前半に、芥川に降って湧いた強烈な創作エネルギーが、どこにあったかの解明が必要」との一文を書き込んでいる。わたしはこの時期の芥川の創作エネルギーは、一に西川豊の自殺事件とその後始末にあったと考える。やり切れない思いが創作に昇華されるのである。

若き日の芥川は、自己を語るのを嫌った。けれども彼は、常に人生におけるやり切れない思いを創作に〈転位〉していたのである。初期の代表作の「羅生門」は、失恋事件での養父母や伯母フキとの対立、反逆の思いが古典の世界を借りて表現されている。また、「地獄変」では、絵師良秀の精進に、当時の己の闘いが反映している。彼には〈家〉や〈文壇〉や〈時代〉や〈古き自分〉との絶えざる闘いがあった。それをテクストの主人公の歩みに〈転位〉させていたのである。が、「歯車」には虚構を十分に生かして現実を〈転位〉する再創造の世界はない。現実が十分虚構化されず、時に生《なま》のまま表現されるのだ。それを支えるエネルギーは、再説するが西川豊の自殺事件とその後始末にあった。

事件は、芥川を人生の傍観者にはさせず、彼をも巻き込んで展開する。当時の芥川家の戸主龍之介には、妻と三人の子ども（比呂志・多加志・也寸志）のほかに養父道章《どうしよう》・養母儔《とも》、伯母フキがおり、他に姉ヒサの子である葛巻義敏を預かっていた。前述のように、ヒサには前夫との間に二人の子がおり、再婚した西川と折り合いが悪かった義敏を龍之介が引き取ったのである。この時点で八人の扶養家族がいたことになる。それに加えて、今度は姉一家（ヒサ・瑠璃子・晃）と姉の家にいた前夫との間の子葛巻さと子の面倒も見なければ

ならない。扶養家族は何と十二人に及ぶ。これは大変な財政的負担である。さらに西川は高利の借金を抱えていて、その対策も講じなければならなかったのである。龍之介にするなら、まさに不条理なことであった。

俗事に忙殺される

当時の芥川書簡に、事件に対処する芥川の苦悩を読むことが出来る。なにせ姉ヒサは、一方的に龍之介に頼ってくる。否、頼らざるを得なかったのである。それも致し方ないことであった。親族で経済的に豊かと見なされていたのは、弟の龍之介一人だったからである。龍之介の奮闘を語る書簡を、日を追って書き抜いておこう。「歯車」執筆の背景を知ることが出来るからである。

「その後又厄介な事が起り、毎日忙殺されてゐる」（宇野浩二宛、一九二七・一・九付）、「唯今東奔西走中。何しろ家は焼けて主人はゐないと来てゐるから弱る」（藤沢清造宛、一九二七・一・一〇付）、「親族に不幸出来、どうにもならぬ。唯今東奔西走中だ」（佐藤春夫宛、一九二七・一・一二付）、「又荷が一つ殖えた訳だ。神経衰弱癒るの時なし。毎日いろいろな俗事に忙殺されてゐる」（南部修太郎宛、一九二七・一・一二付）、「大騒ぎがはじまつたので、唯今東奔西走中です。神経衰弱なほるの時なし」（伊藤貴麿宛、一九二七・一・一五付）、「親戚中に不幸起り、東奔西走致しをる次第」（斎藤茂吉宛、一九二七・一・一六付）などで、芥川は書簡上に事件の対策に走り回る自身の姿を浮き上がらせている。

それまで世俗には疎かった芥川ではあるが、「俗事に忙殺され」る中で、実生活上のいろいろな仕組みを勉強することとなる。とにかく姉ヒサの嫁ぎ先西川家の後始末は、「火災保険、生命保険、高利の金などの問題がからまるものだからやりきれない」（佐佐木茂索宛、一九二七・一・三〇付、消印三一）ものがあった。芥川は得意の数字をころがし、俗事と闘う。

彼は誠実に、戸主に先立たれた姉ヒサ一家のために、面倒な仕事に当たった。もともと頭のよい彼のこと、俗事へは素早い対応ができた。諸事の煩瑣な手続きも、飲み込みは早かった。親族会議は連日開かれ、対策がなされた。けれども、実家新原家にはかつての力はなかった。実父敏三の死後、家督は龍之介の腹違いの弟、新原得二が継いだが、得二には事業の経営能力などなかった。新宿の牧場は早く人手に渡っており、芝区新銭座町の家さえ売られていた。そういうこともあって、夫を失ったヒサ一家の経済的支援は、人気作家と見なされていた龍之介に回ってくるのであった。それを誰もが当然と見なしたのである。

創作を生むエネルギー

姉一家の不幸を全身に背負って、彼は奮闘する。が、後始末は長引く。「僕は姉の亭主の債務などの事を小説に書く間に相談してゐる。年三割の金と云ふものは中々莫迦に出来ないものだよ」(佐佐木茂索宛、一九二七・二・一二)、「その後姉の家の生計のことや原稿の為にごたくしてゐる」(小穴隆一宛、一九二七・二・一二付)の書簡が語るように、二月の半ばになっても事は解決していない。

芥川最晩年の創作活動は、こうした状況の中で行われている。彼は必死になって創作と格闘する。それは田端の芥川家はもちろん、姉一家の為でもあった。豊かだった養父の蓄えも、家の新築や維持管理や交際費用や趣味などで落ち込み、今は龍之介の収入が当てにされるようになっていた。彼はペンを握りしめて机に向かう。とにかく書く以外に苦境を逃れる道はなかったのである。

一九二七(昭和二)年二月十九日、それまで執筆に難渋していた「玄鶴山房」を書き上げると、彼は次の仕事に取りかかる。当時の執筆状況は、「唯今「海の秋」と云ふ小品を製造中、同時に又「河童」と云ふグアリヴアの旅行記式のものをも製造中、その間に年三割と云ふ借金(姉の家の)のことも考へなければならず、困憊この事に存じ居り候」(斎藤茂吉宛、一九二七・二・二付)との便りに見ることができる。

くり返すが、不幸な事件は、創作を生む厖大なエネルギーと化したのである。書くことは、芥川龍之介にとって今や救いともなっていた。不条理な生存の意味を問いつつ、彼はせっせと原稿用紙のマス目を埋めていく。同年二月七日付弟子筋の蒲原春夫宛便りには、「僕は多忙中ムヤミに書いてゐる。婦人公論十二枚、改造六十枚、文藝春秋三枚、演劇新潮五枚、我ながら窮すれば通ずと思つてゐる」とある。「婦人公論十二枚」というのは、当初「海の秋」の題を用いて書いていた「蜃気楼」である。瀧井孝作宛書簡（一九二七・二・二七付）で、「玄鶴山房」「河童」と比較し、「一番自信を持つてゐる」と言い、斎藤茂吉宛書簡（一九二七・三・二八付）でも、「婦人公論の「蜃気楼」だけは多少の自信有之候」とされている。「文藝春秋三枚」というのは、「軽井沢にて」という随筆、それに「演劇新潮五枚」は「芝居漫談」、「改造六十枚」が「河童」に相当する。

ソドムの夜

関東大震災

姉一家の不幸の後始末のほかに、当時の龍之介を悩ましたのは、健康の衰えであった。一九二一（大正一〇）年に大阪毎日新聞社の海外特派員として約四か月、中国各地を訪れた彼はさまざまな体験をし、社会や人生を見る目や歴史認識は格段に成長した。が、強行軍の旅程は彼に無理を強い、そう頑健でもなかった体には異常が生じるようになる。

北京で胃を悪くしたのは、その後長くたたった。脂っこい中華料理は、和食で育った龍之介には向かなかった。帰国後一か月余、健康の回復のはかばかしくないことを歎き、「小生の胃腸直らずその為痔まで病み出し床上に机を据ゑて書き居る次第この頃では痩軀一層瘠せて蟷螂の如くなつてゐます」（薄田淳介宛、一九二一・九・八付）とか、「この間の下痢以来痔と云ふものを知り　恰も阿修羅百臂の刀刃一時に便門を裂くが如き目にあひ居り」（下島勲宛、一九二一・九・一三付）とか、「私は現在四百四病一時に発し床上に呻吟してゐます」（森林太郎・与謝野晶子宛、一九二一・九・一四付）といった書簡が残されている。その後没年に至るまで、その健康は回復しなかった。

一九二三（大正一二）年九月一日の関東大震災は、芥川に大きな衝撃を与えた。田端の芥川家は東京の北の台地にあり、しかも新築後十年も経ないという好条件が幸いし、「被害は屋瓦の墜ちたると石燈籠の倒れたるとのみ」（「大震前後」『女性』一九二三・一〇）という状況であったものの、芥川は東京各地をめぐり、その惨状を目撃していた。大地震は火災を伴った。当時刊行された『大正大震災大火災』[*9]という本のタイトルが示すように、災害は震災と火災双方を含んでいた。この本の「大火災記」の「五　猛火の旋風死人の山」には、以下のような、神によって滅ぼされた古代都市ソドムの夜の状況に近い描写がある。引用しよう。

大火当夜の光景程、恐ろしきものは此の世にあるまい。最初、地震と同時にそこゝに発火した時には、眞逆《まさか》斯程《かほど》の大火にならうとは、何人《なんびと》も想像だもしてゐなかつた。と、日比谷の一角に揚《あ》がった火炎は先づ警視庁を舐《な》め、帝劇を焼き、一方数寄屋橋を越えて銀座を襲つたのであつた。此の時、既に火は市中至る所に燃え上り、濛々《まうまう》たる黒煙天日を罩《かす》めて昼なほ暗く、煙を透《す》く太陽の光は血よりも赤かつた。黄昏《たそがれ》と共に風勢加はり、紅蓮の舌は、きらめく星を焼かんとし、渦巻く旋風は、めら〳〵と燃え上る数十丈の炎を、引つかんで地上にたゝきつけ、それよりそれへと燃え拡がるのであつた。風下に飛ぶ火の子《ママ》の凄《すさま》じさ、その中を打ち群れて、泣き叫びつゝ逃げ走る避難者の潮《うしほ》の如き流れ、背の荷に、いつか火の子《ママ》が落ちて、燃え出したも知らずに、当てもなく走りつゞける哀れさ、恐らく、あの瞬間を見たならば、鴨長明《かものちやうめい》が再来したとて、筆を擱《を》くよりなかつたであらう。

旋風は火元の多かつたと相俟《あひま》つて、随所に死人の山を築いたのであつた。地震で倒れた家屋の下敷きとなつて、生きながら焼かれたのは、骨さへ解らずになつてしまつたが、街上《がいじやう》にゴロゴロ倒れて居る死体だけでも、夥《おびたゞ》しい数、殊に本所の被服廠《ひふくしやう》跡の三万三千をはじめ、両国、浅草橋、阪本等の小公園は、却《かへ》つて避難者の蒸《む》し殺し所となつた。更に、猛火に逐《お》はれて隅田川に落ちて死んだ者、永代《えいたい》其の他の橋と共に焼け落ちたもの、吉原の池、安田、岩崎両家の池などで、池水《ちすい》が湯となり、章魚《たこ》の如く煮られて死んだもの、それ等に至つては、果して幾千あつたか、想像する事も出来ぬ。災後七日を閲《け》みするも、隅田の流れに浮ぶ死人は失せなかつた。当時、昼の地震の恐ろしさはいつか忘れ、一に、火事をのみ恐れおのゝいたものゝ多かつたは、無理からぬ処であらう。

芥川龍之介は関東大震災に際し、十もの記録を各雑誌に発表している（小著『芥川龍之介とその時代』に一覧を掲げているので参照してほしい）。同時代作家で大震災・大火災の記録をこれほど多く書いた人はいない。彼は震災後の東京各地を歩き、震災記をものした。芥川はこの時点で、右の引用にも見られるソドムの夜を体験していたのである。

ソドムとゴモラ

ソドムはゴモラとともに『旧約聖書』の「創世記」に出て来るイスラエルの低地にあった都市の名である。悪徳の栄えた都市で、神によって滅ぼされたとされる。「創世記」19章24〜25節には、「主はソドムとゴモラの上に天から、主のもとから硫黄の火を降らせ、これらの町と低地一帯を町の全住民、地の草木もろとも滅ぼした」（新共同訳による）とある。ソドムとゴモラの滅亡に関する記事は、多少とも聖書に親しんだ者なら、誰しも記憶するところだ。それは悪の象徴の裁きとして扱われる。「エレミヤ書」23章14節の「彼らは悪を行う者の手を強め／だれひとり悪から離れられない。／彼らは皆、わたしにとってソドムのよう／彼らと共にいる者はゴモラのようだ」（新共同訳による）という聖書の記事も思い出される。一高時代から聖書に親しんでいた芥川は、聖書の神の罪悪に対する審判の激しさに接し、身につまされる思いであったろう。

第一次世界大戦は、日本に漁夫の利をもたらした。戦争は四年半に及んだが、その間、日本の経済は大きく成長した。貿易額は飛躍し、輸入超過国は一転、輸出超過国となった。海運業は飛躍的に進展し、船成金が出現した。各地の都市は活況を帯びた。特に首都東京の繁栄は、ことばには言い尽くせないものがあった。が、都会の繁栄の裏には、多くの罪悪もはびこっていた。芥川はそれを鋭く見抜く。それが彼のいくつかの小説にも取り込まれている。「歯車」という絶筆も、その一つであった。

ところで、『大正大震災大火災』の記事にも見られる、震災で猛火の犠牲となった「本所の被服廠跡」や両国・隅田川などは、本所小泉町で幼少年期を過ごした芥川龍之介と深いかかわりのある場であった。そこが壊滅的打撃を受けたのだから、大震災は芥川にソドムの滅亡にも等しいものを感じさせたのである。右に引用した記事の「池水が湯となり、章魚《たこ》の如く煮られて死んだもの」が「幾千」もあったという「吉原の池」を、芥川が見に行ったことは、川端康成の「芥川龍之介氏と吉原」[*10]に出て来る。その一節には、「吉原遊郭の池は見た者だけが信じる恐ろしい「地獄絵」であった。幾十幾百の男女を泥釜で煮殺したと思へばいい。赤い布が泥水にまみれ、岸に乱れ着いてゐるのは、遊女達の死骸が多いからであつた」とある。まさに「地獄絵」の描写だ。芥川の「大震雑記」（『中央公論』一九二三・一〇）には、「浅草仲店の収容所にあつた病人らしい死骸」について詳しく書いた文章もある。

死の自覚

大震災・大火災から五年目の一九二七（昭和二）年の新年を迎えた芥川龍之介は、死を自覚していた。身体の衰えは隠しようがないほどだった。その上に姉一家の事件の後始末が、舞い込んだのである。「歯車」はそうした彼を取り巻く地獄的現実を恐怖と不安にかられながら、「デフォルメや誇張ではなく、むしろ抑制[*11]」して描くことによって、より深刻な世界を現出させるのである。彼は〈死〉や〈滅び〉を意識して、「世紀末の悪鬼」に虐《さいな》まれながら「その日暮らしの生活をしてゐた」（「或阿呆の一生」）。「歯車」執筆前年の秋、神経衰弱はより昂進する兆候が見られた。それは当時の書簡が語る。

当時滞在中の鵠沼海岸から出した便りには、「僕の頭はどうも変だ。朝起きて十分や十五分は当り前でゐるが、それからちよつとした事（たとへば女中が気がきかなかつたりする事）を見ると忽ちのめりこむやうに憂鬱になつてしまふ」（佐佐木茂索宛、一九二六・一〇・二九付）とか、「胃腸は略〻旧に復し候へども神経は中々さうは参らず先夜も往来にて死にし母に出合ひ、（実は他人に候ひしも）びつくりしてつれの腕を捉へなど致し候。「無用のもの入るべからず」などと申す標札を見ると未だに行手を塞がれしやうな気のすること少からず、世にかかる苦しみ有之べきやなど思ひをり候」（斎藤茂吉宛、一九二六・一一・二八付）とかある。往来で死んだ母に出合って驚くという異常な体験は、茂吉に当てた便りの翌日付の佐佐木茂索宛便りにも見られる。

こういうプライバシーに属する自己の弱点をあえて人に語るほど、芥川の病状は悪化していたのである。茂吉は龍之介の薬の調合をしていた医者だからまだしも、後輩、否、弟子とも見なされていた佐佐木茂索にまで語るとは、尋常でない。さらに「この頃又半透明なる歯車あまた右の目の視野に廻転する事あり、或は尊台の病院の中に半生を了ることと相成るべき乎」（斎藤茂吉宛、一九二七・三・二八付）という便りもある。これは「歯車」の「一　レエン・コオト」の記述に、「のみならず僕の視野のうちに妙なものを見つけ出した。妙なものを？――と云ふのは絶えずまはつてゐる半透明の歯車だつた」とあるのに対応する。「歯車」では、この現象が以後何度も書き込まれ、主人公の不安と恐れの代名詞化されていく。「尊台の病院」とは、当時茂吉の経営していた旧赤坂区青山南町の青山脳病院を指す。

主人公の視野を遮る「半透明の歯車」については、早く眼科医の椿八郎が「「歯車」と眼科医」[*12]で、閃輝暗点という眼疾患であるとし、松本清張がそれを踏まえて、芥川の技巧に言及している。[*13] 芥川が歯車症状を閃輝暗点という眼科的病状と知っていた、いないは別として、このような病状をも含めた弱った肉体に加え、「あらゆる罪悪を犯してゐる」自身を意識せずにはいられぬ精神的負担もまた限界に達していたのである。

墜ちた地獄の記録

「歯車」というテクストの表題は、友人佐藤春夫の勧めであることは、佐藤自身の証言もあって広く知られている。佐藤は「芥川龍之介を憶ふ」[*14]の終わりの箇所で、「歯車」にふれて以下のように書いている。

――歯車と云へばあの作品はアルス児童文庫のことで自分が訪ねた時彼が机辺からその最初の一章を取り出して自分に見せたものだ。その時題は「夜」と書いてあつた。その上に二三字消した跡があるので自分はそれを見てゐると彼は題が気に入らぬかと云つた。さうして消してあるのは東京の夜だと云つた。東京の夜は気取り過ぎるし「夜」ではあまり個性がなさ過ぎるので自分は「歯車」と云ふ題を薦めて見た。彼は即座にペンを取上げてさう直した。さう云ふ因縁もあるせゐか自分はこの作を彼の作中第一のものと思つてゐる。

佐藤の提案した題には、閃輝暗点という眼科的症状をはじめとする己を責める神経衰弱的、統合失調症的病状への苦痛に力点を置いた命名であった。が、〈滅び〉と〈死〉への道行きを描いたテクストの原題は、「ソドムの夜」だった。葛巻義敏に「この「歯車」の真原稿には、最初「東京の夜」、続いて「夜」、「ソドムの夜」等の題字が見られる[*15]」との証言があり、日本近代文学館蔵の自筆原稿が閲覧可能となって、「ソドムの夜」が原題として確定できるに至った。わたしの編集した『新潮日本文学アルバム芥川龍之介』[*16]は、巻頭に差し入れの形で、松屋製二〇〇字詰原稿用紙に書かれた「歯車」の原稿冒頭二枚を写真版で載せている。この資料からも十分判読できるが、芥川はまず「ソドムの夜」と原稿用紙の二行目に書いている。次に「ソドム」の部分を消して、原稿用紙一行目に「東京」と書き、題を「東京の夜」とし、さらに「東京」を消して「夜」一字とし、最後に今一度手を入れ、二行目の左空き部分から三行目にかけて「歯車」と書いているのが確認できる。

原題「ソドムの夜」は、芥川龍之介晩年の苦渋な歩みを象徴した題名であった。五年前の大震災・大火災で東京の〈ソドムの夜〉を体験していた芥川は、いま、自身が精神的にそこに陥っていることを自覚する。彼は己の生涯が絶対者の審判に耐えないことを察知する。それは「歯車」の主人公の心情と重なる。「歯車」の主人公「僕」は、自身の「墜《お》ちた地獄」を感じる。それゆえ「神よ、我を罰し給へ。怒り給ふこと勿れ。恐らくは我滅びん」という祈りがおのずと唇にのぼるのである。「歯車」は主人公の「墜ちた地獄」の記録であり、東京をソドムに擬して、そこからの脱出が不可能な罪人の告白が読み取れるテクストなのである。

構成と内容

主人公の心象風景

全六章から成り立つ「歯車」は、主人公「僕」の心象風景である。いわゆる「「話」らしい話のない小説」と言ってもよい。語り手は「僕」という人物である。テクストは「僕」という主人公が、東海道線のある停車場へ、その奥の避暑地から自動車を飛ばしている場面から語り出される。「僕は冬の西日の当つた向うの松山を眺めながら、」同乗の理髪店の主人と話をしている。時は冬、芥川作品に多い「日暮れからはじまる物語」[*17]（平岡敏夫）の一つでもある。「僕」は主人から「レエン・コオトを着た幽霊」の話を聞く。レエン・コオトは、以下しばしば主人公の意識を占有する。最初の章「一レエン・コオト」は、「レエン・コオト」がライトモチーフとなっている。「レエン・コオトを着た幽霊」「レエン・コオトを着た男」というようにレエン・コオトという表現が、六回も用いられている。

まずは東海道線の一駅での情景、——「待合室のベンチにはレエン・コオトを着た男が一人ぼんやり外を眺めてゐた」にはじまる。次に汽車から降り、省線電車に乗り換え、偶然会ったT君という友人と話をしていると、「レエン・コオトを着た男が一人僕等の向うへ来て腰をおろ」す。そして「僕」がT君と別れる時には、「いつかそこにゐなくなつてゐた」とある。「僕」は宿泊先のホテルへ歩いて行く時に、視野のうちに「妙なものを？——と云ふのは絶えずまはつてゐる半透明の歯車」を見る。「僕はかう云ふ経験を前にも何度か持ち合せてゐた。歯車は次第に数を殖やし、半ば僕の視野を塞いでしまふ」と続く。前述のように、これは閃輝暗点という眼科に属する症状である。歯車現象は頭痛ともかかわっていたことも書き込まれる。

「僕」はホテルでの結婚披露宴に参加し、とっておいた部屋に籠もる。その後再びロビイへ行き、隅の椅子に座わると、寒中だというのに「レエン・コオトは今度も亦僕の横にあつた長椅子の背中に如何にもだらりと脱ぎかけて」あるのだ。姉の夫の事件を知らせる姉の娘から電話がかかってくるのは、このすぐ後、また部屋に戻って原稿用紙に「或短篇」を続けようとした時のことである。季節はずれのレエン・コオトは、不吉な事件の前触れとして用いられている。レエン・コオトは一の章にとどまらず、全編を支配する。「一レエン・コオト」の最後は以下のようになっている。

僕の姉の夫はその日の午後、東京から余り離れてゐない或田舎に轢死《れきし》してゐた。しかも季節に縁のないレエン・コオトをひつかけてゐた。僕はいまもそのホテルの部屋に前の短篇を書きつづけてゐる。真夜中の廊下には誰も通らない。が、時々戸の外に翼の音の聞えることもある。どこかに鳥でも飼つてあるのかも知れない。

事実と象徴や暗示が混在した文章である。姉の夫が田舎に轢死したこと、「僕」がいまも宿泊先のホテルで短篇を書き続けているのは事実、レエン・コオト、翼の音などは象徴や暗示である。「歯車」は、きわめて計算された構成を持つ。再び言う。レエン・コオトは一の章にとどまらず、全編を支配すると。

罪や死の問題

レエン・コオトをライトモチーフとした「一」に続く「二　復讐」では、〈罪〉や〈死〉の問題が取り上げられる。それは主人公「僕」の直面する大きな課題とされている。この章でも無気味な「暗号」による不安と怖れで揺れる主人公の心理が扱われる。その一生のカリカチュアをトルストイの *Polikouchka* の主人公に読み取り、「彼の一生の悲喜劇は多少の修正を加へさへすれば、僕の一生のカリカテュアだつた」と語り手の「僕」は言う。「僕」は自身の「墜ちた地獄」を感じ、「神よ、我を罰し給へ」という祈りが自然に唇にのぼるのである。次に「僕」は姉の家へと急ぐ。途中愛読者に「A先生」と声をかけられ、不快に感じる。「先生、A先生、——それは僕にはこの頃では最も不快な言葉だつた。僕はあらゆる罪悪を犯してゐることを信じてゐた」——ここには神の前にひざまずく小さな人間がいる。罪を自覚し、許しを神に乞う人間が、……。

姉の家を見舞った「僕」は、死んだ義兄も「僕のやうに地獄に堕ちてゐたことを悟り」出す。姉の家を辞した「僕」は、次に青山の墓地に近い精神病院へ行く。「僕の一生も一段落のついたことを感じない訳には行かなかつた」とは、「僕」の率直な感想である。ホテルに戻ろうとすると、「レエン・コオトを着た男」が給仕かと見間違えた自動車掛りと喧嘩をしている。「僕」はホテルに入らず、近くの銀座の本屋へ行く。

　主人公の「復讐の神―或狂人の娘」とのかかわりや犯した罪は、「三　夜」で、語り手「僕」の苦い反省とともに語られる。この章は、「僕」が丸善の二階の書棚に本を眺めているところからはじまる。「或阿呆の一生」の「一　時代」とも重なる主人公の精神的風景を扱う。彼はストリントベルクの本を手にし、二、三ページずつ読むが、「僕の経験と大差ないこと」が書かれている。テクストには続けて「のみならず黄いろい表紙」（注、傍線筆者）をしていたとある。

黄色という注意信号

「歯車」を読み解くためのいくつかのキーワードの中に色彩語のあることは、すでに諸家によって言及されている。特に黄色は宮坂覺の言うように、「意識的に書き込まれている」[*18]のである。そういえば二の章では、往来でタクシーを待つが、たまに通るのは必ず「黄いろいタクシイ」である。「この黄いろいタクシイはなぜか僕に交通事故の面倒をかけるのを常としてゐた」のであり、主人公は「緑いろのタクシイ」を待つ。また本屋で手にした『希臘神話』という本は、「僕をつけ狙つてゐる復讐の神」のことを書いており、それが「黄いろい表紙」をしている。「三」の章では、「僕」をいっそう憂鬱にするような悪徳の話をする先輩の彫刻家の耳の下には、「黄いろい膏薬」が貼ってある。「五　赤光」の章には、「あなたの「地獄変」は……」という文面で「僕」を苛立たせる「知らない青年」の手紙が「黄いろい書簡箋」で書かれている。

　黄色という注意信号は、「六　飛行機」の章にも現れる。主人公を憂鬱にする烈しい響きをたてて舞い上がる飛行機は、「翼を黄いろに塗つた」単葉機なのである。黄色の対極には、緑色が意識されている。「緑いろの車」や「緑いろのドレス」、さらには郷愁の光景としての「松林」が取り上げられる。

　夕闇の迫る中で主人公は、「突然何ものかの僕に敵意を持つてゐるのを感じ、電車線路の向うにある或カッフェへ避難」する。「僕」はカッフェで、自作の「侏儒の言葉」の中の「人生は地獄よりも地獄的である」ということばや、「地獄変」の良秀という画師の運命などを思い出し、その記憶から逃れるためにカッフェを出、ホテルへ戻って、偶然会った先輩の彫刻家と部屋で話すことになる。先輩との話は憂鬱に満ちたもので、彼が帰った後は、「復讐の神」としての「狂人の娘」の幻影におびえる。

「四　まだ?」の章は、「僕はこのホテルの部屋にやつと前の短篇を書き上げ、或雑誌に送ることにした。尤も僕の原稿料は一週間の滞在費にも足りないものだつた。が、僕は僕の仕事を片づけたことに満足し、何か精神的強壮剤を求める為に銀座の或本屋へ出かけることにした」にはじまる。神の審判におびえ、ソドムからの脱出を願う主人公の「僕」は、仕事場としてのホテルに落ち着けず、東京の街々をさまよう。

「歯車」を論じた寺横武夫に、「歩く人——これが「東京の夜」の主人公を具体的に規定し得る基本条件[*19]」という指摘があるほど、主人公は絶えず何かに追われ、見つめられ、つきまとわれて東京の街々を歩き続けるのである。彼は本屋で『アナトオル・フランスの対話集』と『メリメエの書簡集』を買い、あるカッフェへ入って読む。「僕」は読書家で、西洋文学に通じている。いや、「影響を受け易い」のである。

赤の連鎖

彼はまた往来を歩きながら、「高等学校以来の旧友」に遭う。今は「応用化学の大学教授」である旧友は、結膜炎で「片目だけまつ赤に血を流して」いた。旧友とは「僕」の書いた「点鬼簿」の話などをしたのち別れ、ホテルに戻る。結膜炎の赤は、次章「五　赤光」の伏線ともなっている。もっとも、これまでも二の章の「火事」や三の章の「大火事」「炎」と赤の連鎖は続いていた。「火事」や「炎」は、〈滅び〉や〈地獄〉と連動する。それが「五　赤光」に及ぶのである。五の章はかなり力の入った章である。一気に書き上げたのであろう。前述の作者脱稿日付に従うなら、十五枚（四百字詰原稿用紙にして）を一日で書いたことになる。それは「僕は実際鼴鼠《もぐらもち》のやうに窓のカアテンをおろし、昼間も電燈をともしたまま、せつせと前の小説をつづけて行つた」という状況の中で成されたものであった。この後で詳しく述べるが、執筆の場のモデルは、帝国ホテルの一室である。

佐藤泰正に「第五章「赤光」こそは、この作の最も核心的な部分だということが出来る[*20]」との見解がすでにあるように、本章は大事な章である。赤のイメージが、他の章をしのぐほど強烈だ。ソドムの夜からの脱出が強く期待された章といえる。冒頭の「日の光は僕を苦しめ出した」の一文に、救いへの強い願いが込められている。

「或東かぜの強い夜、」と語り手の「僕」は言った後、「それは僕には善い徴《しるし》だつた」とする。これは「東かぜ」に対する西風を西洋の世紀末思想に見立ててのさや当てなのだろう。あまりに西洋文学を取り入れ盾とした日本の文壇を、自らの反省も込めて語っているかのようだ。主人公は地下室（ホテルの）を抜けて往来へ出、「或聖書会社の屋根裏にたつた一人小使ひをしながら、祈禱や読書に精進」する老人を訪ねる。この老人はこれまでの芥川研究が明らかにしてきたように、芥川の生家新原家の耕牧舎に勤務したことのある室賀文武という俳人がモデルである。

赤い光

室賀は内村鑑三に師事したキリスト教信者であった。「僕」はこの老人と屋根裏の壁にかかった十字架の下で、「なぜ僕の母は発狂したか？　なぜ僕の父は事業に失敗したか？　なぜ又僕は罰せられたか？――」などを話し合う。この話題はいずれも作者芥川龍之介の抱えた人生上の大きな問題であった。また、次のような対話を交わす。

「如何ですか、この頃は？」
「不相変《あひかはらず》神経ばかり苛々《いらいら》してね。」

「それは薬では駄目ですよ。信者になる気はありませんか？」

「若し僕でもなれるものなら……」

「何もむづかしいことはないのです。唯神を信じ、神の子の基督《キリスト》を信じ、基督の行つた奇蹟を信じさへすれば……」

「悪魔を信じることは出来ますがね。……」

「ではなぜ神を信じないのです？　若し影を信じるならば、光も信じずにはゐられないでせう？」

「しかし光のない暗《やみ》もあるでせう。」

「光のない暗とは？」

僕は黙るより外はなかつた。彼も亦僕のやうに暗の中を歩いてゐた。が、暗のある以上は光もあると信じてゐた。僕等の論理の異なるのは唯かう云ふ一点だけだつた。しかしそれは少くとも僕には越えられない溝に違ひなかつた。……


右の対話からすると「僕」も「老人」も、ともに「暗の中」を歩いている。が、両者の違いは「光」の存在を信じるか否かにあった。「老人」との間に「越えられない溝」を感じた主人公のわびしさを語り手はしっかりと書きとどめている。「僕」は老人との考え方の溝を埋めようと、老人の書棚にあったドストエフスキー全集から『罪と罰』を借りてホテルへ戻ることにする。「僕は努めて暗い往来を選び、盗人のやうに歩いて行つた」とある。以下、ソドムの夜のような場面が語られる。「盗人のやうに歩」く「僕」はあるバアに入ろうとする。ここに「赤い光」をめぐる場面が展開する。テクストから引用しよう。

——狭いバアの中には煙草の煙の立ちこめた中に芸術家らしい青年たちが何人も群《むら》がつて酒を飲んでゐた。のみならず彼等のまん中には耳隠しに結《ゆ》つた女が一人熱心にマンドリンを弾きつづけてゐた。僕は忽ち当惑を感じ、戸の中へはひらずに引き返した。するといつか僕の影の左右に揺れてゐるのを発見した。しかも僕を照らしてゐるのは無気味にも赤い光だつた。僕は往来に立ちどまつた。けれども僕の影は前のやうに絶えず左右に動いてゐた。僕は怯《お》づ々ふり返り、やつとこのバアの軒に吊つた色硝子《いろがらす》のランタアンを発見した。ランタアンは烈しい風の為に徐《おもむ》ろに空中に動いてゐた。………

「赤い光」はこれまた次に出て来る斎藤茂吉の歌集『赤光』の伏線となっているのは明らかである。同時にそれはヨーロッパ世紀末思想とかかわるものとみてよいのだろう。「僕」は傷んだ神経を「常人のやうに丈夫」にするために、どこかへ行かねばならなかった。「マドリッドへ、リオへ、サマルカンドへ、………」——主人公は旅を好んだ。疲れを癒してくれるであろうこれらの都市がクローズアップされる。

愛し合うために憎み合う

東京の暗い往来を歩く「僕」は、養父母の家を思い、子どもたちを思う。「しかし僕はそこへ帰ると、おのづから僕を束縛してしまふ或力を恐れずにはゐられなかつた」と語り手は語る。「僕」は「愛し合ふ為に憎み合」う家族のことや、そうしたしがない人間生活を考えながらホテルへ帰る。ここまでくれば、もはやテクストが芥川龍之介の〈現実の転位〉であることは自明のこととなる。やり切れない人間生活、「愛し合ふ為に憎み合」うとはなんたる悲劇か。関東大震災の惨劇は、いまや自身の生涯における内面の惨劇として眼前にあるかのようだ。

ホテルに戻った彼は、外出中に購入した『メリメェの書簡集』に目を通し、『アナトオル・フランスの対話集』を読みはじめる。メリメは暗の中を歩き、フランスは「やはり十字架を荷《にな》つてゐた」と「僕」は思う。

これらに対比するかのように志賀直哉の「暗夜行路」が、続いて斎藤茂吉の『赤光』が持ち出される。甥からの便りの中に「歌集『赤光』を送りますから……」ということばがあり、「僕」は打ちのめされる。

『赤光』（東雲堂書店、一九一三・一〇）は、若き芥川龍之介のあこがれ、尊敬の対象の書であった。「のど赤き玄鳥《つばくらめ》ふたつ屋梁《はり》にゐて足乳《たらち》ねの母は死にたまふなり」の一首をとりあげても、強靭な精神が横溢している。そこには東洋と西洋の精神を豊かに取り入れ、バランスを保たせた自然があった。芥川はそれに早くから気づき、あこがれの目を注いでいたのだ。「僻見」中の「斎藤茂吉」の項（『女性改造』一九二四・三）には、以下のようにある。

　近代の日本の文芸は横に西洋を模倣しながら、竪《たて》には日本の土に根ざした独自性の表現に志《こゝろざ》してゐる。苟《いやし》くも日本に生を亨《う》けた限り、斎藤茂吉も亦この例に洩《も》れない。いや、茂吉はこの両面を最高度に具へた歌人である。正岡子規の「竹の里歌」に発した「アララギ」の伝統を知つてゐるものは、「アララギ」同人の一人たる茂吉の日本人気質をも疑はないであらう。茂吉は「吾等の脈管の中には、祖先の血がリズムを打つて流れてゐる。祖先が想《おもひ》に堪へずして吐露した詞語が祖先の分身たる吾等に親しくないとは吾等にとつて虚偽である。おもふに汝にとつても虚偽であるに相違ない」と天下に呼号する日本人である。

斎藤茂吉は一八八二（明治一五）年五月十四日の生まれなので、芥川より十歳年上になる。芥川は茂吉に東西の問題を悠々と乗り越えた、類いまれな巨人、すぐれた歌人を発見していた。「歯車」の主人公は、そうした茂吉の強さ、赤い炎のような輝く姿に目をみはり、おそれの気持ちさえ懐いていたのである。『赤光』

には「人工の翼」ではない、東洋と西洋の精神を豊かに摂取しながらバランスをとった、たくましい〈自然の翼〉があった。ここにきて『赤光』は、「暗夜行路」と同様、「恐ろしい本に変りはじめた」のである。

書き手の悲痛な叫び

「僕は僕の部屋へ帰ると、すぐに或精神病院へ電話をかけるつもりだつたが、そこへはひることは僕には死ぬことに変らなかつた」と語り手は言う。ここに至って主人公と語り手はむろんのこと、書き手である芥川龍之介が一体化する。テクストとしての客観性を保ちながらも、そこに書き手のやり切れない現実が〈転位〉される時、テクストは緊張感を帯びる。その箇所を以下に引用しよう。

かう云ふ僕を救ふものは唯眠りのあるだけだつた。しかし、催眠剤はいつの間《ま》か一包みも残らずになくなつてゐた。僕は到底眠らずに苦しみつづけるのに堪へなかつた。が、絶望的な勇気を生じ、珈琲を持つて来て貰つた上、死にもの狂ひにペンを動かすことにした。二枚、五枚、七枚、十枚、――原稿は見る見る出来上つて行つた。僕はこの小説の世界を超自然の動物に満たしてゐた。のみならずその動物の一匹に僕自身の肖像画を描いてゐた。

テクストを通しての、書き手の悲痛な叫びが聞こえるかのようである。実際ここでの「僕」は、現実の書き手、芥川龍之介と重なるものがある。

睡眠薬なしでは眠れない日々、コーヒーで頭を活性化させての執筆、さらに衰えた身体に加え、義兄西川豊の自殺事件とその後始末、――これらが反転し、厖大な執筆エネルギーとなっていること。そして「超自然の動物に満たし」た小説（「河童」）が、「見る見る出来上つて行つた」こと。さらには、そこに出て来る一四の河童（トックが相当する）に、自身の肖像画を託したことなどである。詳しくは小論「「河童」を読む[*21]」を参照してほしい。

「歯車」最終章「六　飛行機」は、「一　レエン・コオト」とは逆に「東海道線の或停車場」から奥の避暑地へ自動車を飛ばす主人公がいる。小説「歯車」の構成は、実に的確で一と六の章は、見事な対照を示す。また「六」の章にも、「運転手はなぜかこの寒さに古いレエン・コオトをひつかけてゐた」とある。「歯車」は一見構想や筋がないようながら、こうした首尾照応や巧みな伏線があり、文体は細かに計算されている。色彩への特別な肩入れ、四の章に見られたモオル（mole、もぐら）という英語から、フランス語の「ラ・モオル——死」ということばを連想し、「死は姉の夫に迫つてゐたやうに僕にも迫つてゐるらしかつた」という大事な一文を導くなど、周到な配慮が見られる。

「六　飛行機」の章には、半面だけ黒い犬、ブラック・アンド・ホワイトのウイスキー、外国人のネクタイが黒と白、さらに訪ねた妻の実家で、飼われている白いレグホン種の鶏に対し、足もとにいる黒犬を見る。白と黒の対比、「ブラック・アンド・ホワイト」の謎を気にするのである。モデルとなった避暑地は神奈川県の鵠沼で、妻文の実家のある地でもあった。東京よりも閑静であるが、ここも「世の中」であり、さまざまな事件も起こっていた。「僕は僅かに一年ばかりの間にどのくらゐここにも罪悪や悲劇の行はれてゐるかを知り悉《つく》してゐた」と語り手は言う。「墜ちた地獄」の再確認である。次に「僕」と妻の弟による「僕」の性格をめぐる興味深い会話が差し挟まれる。

「妙に人間離れをしてゐるかと思へば、人間的欲望もずゐぶん烈しいし、………」
「善人かと思へば、悪人でもあるしさ。」

「いや、善悪と云ふよりも何かもつと反対なものが、………」
「ぢや大人の中に子供もあるのだらう。」
「さうでもない。僕にははつきりと言へないけれど、………電気の両極に似てゐるのかな。何しろ反対なものを一しよに持つてゐる。」

中庸の世界

わたしはかつての論[*22]で、「この二項対立がつり合いをとって存在する時はいいが、そのバランスのくずれる時に悲劇の生じることは百も承知で、作者はこの結末部分を綴っていく」と書いた。ここには、いわゆる「中庸の精神」が意識されているのだ。が、彼はその立場に安住し得ない。調和、バランスを失わせるもの、Daimon（悪）に惹かれているのである。

前述のように、首尾照応をはじめ、対応・連鎖・伏線の効果を最大限に利用して、物語は終局へと向かう。主人公の神経は高ぶる。「中庸の精神」は失われ、「不安」は高潮に達する。その箇所を引用する。

何ものかの僕を狙つてゐることは一足毎に僕を不安にし出した。そこへ半透明な歯車も一つづつ僕の視野を遮《さへぎ》り出した。僕は愈《いよいよ》最後の時の近づいたことを恐れながら、頸すぢをまつ直にして歩いて行つた。歯車は数の殖《ふ》ゑるのにつれ、だんだん急にまはりはじめた。同時に又右の松林はひつそりと枝をかはしたまま、丁度細かい切子硝子《きりこがらす》を透かして見るやうになりはじめた。僕は動悸の高まるのを感じ、何度も道ばたに立ち止まらうとした。けれども誰かに押されるやうに立ち止まることさへ容易ではなかつた。………

ここには神の審判が意識されている。松林は中庸の世界である。が、「僕」はそこに留まることは出来ない。この後書かれる「西方の人」「続西方の人」での「永遠に超えんとするもの」と「永遠に守らんとするもの」との二律背反に苦しむ者の姿が、先取りされている。

「最後の時の近づいたこと」を知り、「頸すじをまつ直にして歩いて」いく主人公は、もはや立ち止まろうとしても、「誰かに押されるやうに立ち止まることさへ容易ではなかつた」という。それは苦しい闘いだ。それだからこそ最後の「誰か僕の眠つてゐるうちにそつと絞め殺してくれるものはないか？」という一文が、何ものにも代え難い重みを持つ。が、彼は人生の最後にあっても、なお、闘っている。佐々木雅發は「無論〈僕〉は〈まだ?〉生きている。死んだも同然、〈地獄〉に墜ちたも同然ながら、しかし現に生きている以上、なお〈意味〉と根拠を求めて歩き尽くさなければならず、戦い続けることを止めたわけではない[*23]」と言う。芥川は最後まで闘い続ける。

帝国ホテル

平松ます子

一九二七（昭和二）年の年始から芥川龍之介が仕事場に用い、「歯車」を執筆したのは、東京の有楽町駅に近い帝国ホテルであった。「歯車」の「一　レエン・コオト」に、「僕は省線電車の或停車場からやはり鞄をぶら下げたまま、或ホテルへ歩いて行つた」とあり、以後常に登場するホテルである。わたしは小著『芥川龍之介とその時代[*24]』に、晩年の芥川の仕事場となった帝国ホテルとその斡旋をした平松ます子（戸籍上はます、麻素子・万寿子とも書いた）のことをかなり書き込んだ。平松家遺族の証言を出来るだけ入れての記述であった。詳しくはそれを参照していただきたい。ここではその後、ご遺族の斎藤理一郎氏からうかがったり、原稿用紙五束にまとめられた氏の未完の文章を贈られたりしているので、それら資料をもとに、「歯車」執筆中の芥川と帝国ホテルとのかかわりを再度考えることにしたい。

芥川文の『追想　芥川龍之介』[*25]に、「帝国ホテルは、ます子さんのお父さんの関係で一室を借り」ることができたとの証言がある。「ます子さん」とは、文の幼なじみで、当時龍之介の助手のような仕事を任されていた右の平松ます子のことである。ます子は一八九八（明治三一）年二月七日、東京市芝区下高輪町（現、港区高輪）五十三番地に生まれた。龍之介より六歳年下、文より二歳年上ということになる。父平松福三郎は明治法律学校を出た弁護士で、有楽町三丁目に法律事務所を兼ねた公証人役場を開いていた。場所柄もあって事務所はいつも繁盛していたという。

平松ます子は裕福な家に生まれ、育ったことになる。龍之介の妻となった文（旧姓塚本文）も若き日、同じ芝区下高輪町の東禅寺の脇にあった家に住んでおり、二人は家が近いこともあって、遊び仲間であった。『追想　芥川龍之介』には、「平松ます子さんは、その当時からの遊び友達でした。ます子さんの家は東禅寺のすぐ近くでした。／東禅寺は立派なお寺で、境内が大変広く、私達子供には良い遊び場でした。／わびすけ椿の咲いた墓地は、美しく掃除もゆきとどき、私はます子さんの弟妹とも、この墓地でよく遊びました」と出て来る。

ます子の父福三郎は子福者であった。園子・英彦・泰彦・ます子・利彦・豊彦・義彦・たよ子・定彦と確認できる名があげられる。早世した子も加えると、七男四女であったという。後年ます子の名誉回復に乗り出した斎藤理一郎は、たよ子の子である。ます子は二女であった。母こうは体が弱かったという。それに長女の園子が早く結婚し、家を出ていたこともあって、ます子は自然弟妹の面倒を見る立場に立たされた。東京女学館卒業後は家事に専念、病気のこともあって婚期を逃すことになる。

一九一九（大正八）年に父福三郎は、出口王仁三郎の大本教に入信する。大本教は鎮魂帰神という神がかりの法を採用、新聞雑誌を買収し、知識人を加入させるなどして、第一次世界大戦中に大発展を遂げていた。そうした流れの中で、平松福三郎は弁護士の職を投げ捨て、東京支部長という要職に就く。その後彼は子どもたちを東京に残し、妻こうと二人して大本教教団の本拠地、京都府の亀岡へ移り住む。残された一家の面倒を見たのが、ます子であった。彼女に結核の兆候が現れたのは、この忙しい最中であった。

芥川龍之介と平松ます子が親しい交流をするのは、龍之介の最晩年のことである。当時、ます子は関東大震災で高輪の家が焼けたため、長兄英彦の住む田端に身を寄せ、弟妹の面倒をみるかたわら、短歌や俳句を詠んだり、染色を習ったりしていた。そうした折りに幼なじみの文と再会、芥川家の子どもたちの面倒や、龍之介の創作の相談にのってほしいと文に頼まれ、芥川家に出入りするようになっていたのである。文は賢い妻であったが、夫の原稿を読み、意見を言うとか、誤字を指摘するというようなことは、不得手であった。文はその役割を文学好きのます子に期待し、夫の書斎に積極的に迎え入れることになる。ます子にとっては、人気作家の書斎に出入りできることは、刺激的で、日常生活からの解放感を得ることでもあった。ます子は家庭的なところがあったから、芥川家の老人や子どもからも慕われたに違いない。彼女は文の家事の手伝いまでした。ます子は芥川家全体とのかかわりで、龍之介に接近したのである。そして最後は、その仕事場の確保に携わることで、芥川最晩年の輝きを演出したことになる。

仕事場としての帝国ホテル

一九二七（昭和二）年一月から二月にかけての約二か月、芥川龍之介は帝国ホテルを仕事場とした。ます子の斡旋であった。先に引用したところだが、芥川は「歯車」の「四まだ？」の章に、「僕はこのホテルの部屋にやつと前の短篇を書き上げ、或雑誌に送ることにした。尤も僕の原稿料は一週間の滞在費にも足りないものだつた」と書いていた。これは誇張ではなく事実である。当時の帝国ホテルは、支配人犬丸徹三の積極的経営もあって、世界的に知られたホテルに成長していた。それゆえホテルの宿泊料は高かった。

当時の値段で最低一泊シングルで八円、ダブルで十四円という記録がある。他に食事代が朝食二円、昼食三円、夕食四円である。東京の一流旅館でも、食事込み五円の時代である。交通に便利で、来客や雑事に煩わされることもなく、落ち着いて執筆に打ち込めるといっても、龍之介には当然宿泊費の懸念があったはずだ。何せ義兄の残した負債は大きかった。「年三割と云ふ借金（姉の家の）のことも考へなければならず」（斎藤茂吉宛、一九二七・二・二付）という状況である。その対策を考える身で、一流ホテルに滞在して原稿を書くなどの余裕があるはずがない。

先にも記したが、ます子の父平松福三郎は公証人役場を、帝国ホテルに近い有楽町で開いていた。羽振りのよかった時代の福三郎は、帝国ホテルを商談などでも利用したに違いない。当然、犬丸徹三とも昵懇の間柄であった。平松ます子を通しての帝国ホテルと芥川との結びつきの縁が、ここにあったのである。わたしはます子の甥、斎藤理一郎から『新潮日本文学アルバム芥川龍之介』の記述の不備を指摘されたのが機縁で氏と懇意になり、晩年の芥川とます子にかかわるさまざまな情報を得ることになる。芥川と帝国ホテルに関しても、教えられることが多かった。帝国ホテルの客室係をしていた竹谷年子を一緒に訪ね、インタビューまで行った。彼女が『客室係から見た帝国ホテルの昭和史』[*26]という本を出された数年後のことである。

竹谷年子の直話には、外部の人間には分からないことが多く、参考になった。驚くべきことの証言の一つに、帝国ホテルでは、「クリスマス後の一、二か月は空き部屋が多いので、外国賓客などはタダで泊めていました」というのがあった。犬丸徹三の義侠心というよりも商業政策である。芥川の場合もこのケースであった。高名な作家、しかも親しい平松福三郎のお嬢さんの紹介ときては、断る理由はなかったのではなかろうか。むろん、食事は出ない素泊《すどま》りである。

なお、出入りは正面玄関ではなく、脇の地下室に通じる入口（従業員専用）からという芥川側の条件があった。他の客に目立つことなく、執筆に専念するためであった。これも斎藤理一郎の直話では、食事はすべて平松ます子が近くで買う弁当で済ませたという。食事代の倹約と、原稿を書くための時間の節約という二つのねらいがあったのである。なお、当時の芥川書簡は、消印がすべて田端発となっている。これは、帝国ホテル滞在を隠すため、わざわざます子が田端に運び、投函したものと思われる。

「歯車」の「五　赤光」の一節に、「或東かぜの強い夜、（それは僕には善い徴《しるし》だつた。）僕は地下室を抜けて往来へ出」とある。また、小穴隆一の回想記『二つの絵　芥川龍之介の回想』[*27]にも、ます子に案内されて「有楽町の駅で降りると、有楽町の家に帰らずに、僕を案内して、正面の入口からでなく、側面の小さい出入口をえらんでそこから僕をホテルに導いていれた。（僕はよく勝手を知つてゐる麻素子さんを一寸疑つたが、あとで芥川から彼女の父がホテルの支配人とは知合ひであると説明された。）」との記事がある。これらの記述からも、帝国ホテル滞在中の芥川は、人に知られぬよう振る舞うため、地下室に通じる入口を利用していたことがわかる。

最後の輝き

かくて芥川龍之介は、平松ます子の配慮によって与えられた仕事場、東京の有楽町駅に近い帝国ホテルの一室で、最後の輝きを示す作品を、次々と書き上げることとなる。芥川龍之介の自殺未遂事件と平松ます子のことは、前著『芥川龍之介とその時代』にくわしく書き込んだので、これ以上は繰り返さない。ただここで確認しておきたいことは、平松ます子はこれまで通説とされたような芥川自殺未遂事件の共犯者などではなく、斎藤理一郎や平松定彦[*28]ら遺族側が指摘するように、〈阻止役〉として存在したということである。芥川龍之介生誕百年前後からの遺族側のます子の名誉回復を願う強い働きは、晩年の芥川伝を修正するまでになる。

「歯車」は帝国ホテルを仕事場として成った芥川の小説であった。「歯車」ばかりではない。「河童」をはじめとする厖大な量のテクストがここで生産されたのである。平松ます子は帝国ホテルにいる芥川に張り付き、原稿を書かせ、その死への願望を阻止するため働いた。「芥川は帝国ホテルの客ではなかったのです。ます子によって幽閉された囚人でした」との斎藤理一郎のことば（直話）は、近親者の直観によってはじめて把握される考えであったのかもしれない。

心身の衰弱を自覚しながらも、姉一家の経済的苦境を救い、田端の家を守り抜くにも、芥川龍之介は売文の業を中止出来なかったのである。たとえ〈幽閉〉であるにしろ、創作に没頭できる場が与えられたことを素直に受け入れ、芥川は書くことに集中した。

やり切れないほどの重荷は、執筆エネルギーとなって彼を駆った。〈現実の転位〉としてのいくつものテクストが、かくして生まれた。不条理への眼くばりのある小説は、人々の共感を得た。「歯車」は、その中でも質量ともにすぐれたものであった。衰えたとはいえ、さまざまな技巧をこらした一級のテクストが、ここに誕生したのである。

遺稿「暗中問答」の最後に芥川は、「芥川龍之介！　芥川龍之介！、お前の根をしつかりとおろせ。お前は風に吹かれてゐる葦だ。空模様はいつ何時変るかも知れない。唯しつかり踏んばつてゐろ。それはお前自身の為だ。同時に又お前の子供たちの為だ。うぬ惚れるな。同時に卑屈にもなるな。これからお前はやり直すのだ」と書きつけている。宇野浩二はこの部分を引いて、「右の短い文章だけでも、芥川が人生と芸術に対して闘い抜いた、といふ私の説は間違つてゐないかと思ふ[*29]」と述べた。この見解は、二十一世紀のこんにちにも通じる。

また、村上春樹に「『歯車』という作品の中には、自らの人生をぎりぎりに危ういところまで削りに削って、もうこれ以上は削れないという地点まで達したことを見届けてから、それをあらためてフィクション化したという印象がある。すさまじい作業である。「自分の肉を切らせて、相手の骨を断つ」という表現があるが、まさにそれだ[*30]」との評がある。これまた、的確な評である。「歯車」には、芥川の人生の総決算が託されていたのである。

注

1——関口安義「「歯車」—〈滅び〉への道の記録—」『信州白樺』第47・48合併号、一九八二年二月一日、のち、『芥川龍之介　実像と虚像』洋々社、一九八八年一一月一五日収録、一五五～一七四ページ
2——関口安義『芥川龍之介とその時代』筑摩書房、一九九九年三月二〇日
3——黒古一夫監修・康東元著『日本近・現代文学の中国語訳総覧』勉誠出版、二〇〇六年一月二〇日、二五〇ページ
4——蔦田明子「著作外国語訳目録」関口安義編『芥川龍之介新辞典』翰林書房、二〇〇三年一二月一八日収録、七二〇～七九〇ページ
5——*Rasyōmon and Seventeen Other Stories* PENGUIN CLASSICS ペンギン社、二〇〇六年三月、『芥川龍之介短篇集』新潮社、二〇〇七年六月三〇日収録
6——葛巻義敏編『芥川龍之介未定稿集』岩波書店、一九六八年二月一三日、三ページ
7——芥川文述・中野妙子記『追想　芥川龍之介』筑摩書房、一九七五年二月一五日、二五ページ

8——芥川瑠璃子『双影　芥川龍之介と夫比呂志』新潮社、一九八四年二月二五日、二六ページ、同『影燈籠　芥川家の人々』人文書院、一九九一年五月一〇日、三一ページ

9——大日本雄弁会講談社編『大正大震災大火災』大日本雄弁会講談社、一九二三年一〇月一日、二五～二六ページ

10——川端康成「芥川龍之介氏と吉原」『サンデー毎日』一九二九年一月一三日

11——駒尺喜美『芥川龍之介の世界』法政大学出版局、一九七二年一一月一日、一六五ページ

12——椿八郎「「歯車」と眼科医」『文藝春秋』一九六三年三月一日、のち『鼠の王様』東峰書房、一九六九年六月五日収録、二〇一～二〇三ページ

13——松本清張「芥川龍之介の死」『昭和史発掘2』文藝春秋新社、一九六五年九月五日、一〇八～一〇九ページ

14——佐藤春夫「芥川龍之介を憶ふ」『改造』昭和三年七月一日、のち『わが龍之介像』有信堂、一九五九年九月一五日収録、八六ページ

15——注6に同じ、五二ページ

16——関口安義編『新潮日本文学アルバム芥川龍之介』新潮社、一九八三年一〇月二〇日

17——平岡敏夫『〈夕暮れ〉の文学史』おうふう、二〇〇四年一〇月二五日、同『夕暮れの文学』おうふう、二〇〇八年五月二〇日

18——宮坂覺「『歯車』—〈ソドムの夜〉の彷徨—」『國文學』一九八一年五月二〇日

19——寺横武夫『歯車』菊地弘・久保田芳太郎・関口安義編『芥川龍之介研究』明治書院、一九八一年三月五日、一九六ページ

20——佐藤泰正「「歯車」論—芥川文学の基底をなすもの」梅光女学院大学『国文学研究』一九七一年一一月、のち『文学　その内なる神』桜楓社、一九七四年三月五日収録、二〇一ページ

21――関口安義「「河童」を読む―龍之介の生存への問いかけ―」『都留文科大学研究紀要』第70集、二〇〇九年一〇月二〇日、本書第Ⅳ章に収録
22――注1に同じ、一七一ページ
23――佐々木雅發『芥川龍之介　文学空間』翰林書房、二〇〇三年九月二一日、四八八ページ
24――注2に同じ、五六五～五七九ページ
25――注7に同じ、一三六ページ
26――竹谷年子『客室係から見た帝国ホテルの昭和史』主婦と生活社、一九八七年一一月一五日
27――小穴隆一『二つの絵　芥川龍之介の回想』中央公論社、一九五六年一月三〇日、八九ページ
28――平松定彦は、平松ます子の末弟。その証言は『週刊朝日』一九八六年八月二九日号のスクープ「芥川龍之介が「自殺へのスプリング・ボオド」に選んだ幻の女性」に見出せる。
29――宇野浩二「一途の道」『明日香』一九三九年五月一日
30――村上春樹「芥川龍之介―ある知的エリートの滅び」ジェイ・ルービン編『芥川龍之介短篇集』新潮社、二〇〇七年六月三〇日収録、四四ページ

コラム

龍之介の直筆遺書発見
覚悟の自死　垣間見る

「羅生門」や「地獄変」「蜘蛛《くも》の糸」などで知られる、大正期を代表する作家芥川龍之介にかかわる大量の新資料が、芥川のご遺族から東京目黒区駒場の日本近代文学館の芥川龍之介文庫に寄贈（一部寄託）された。

芥川龍之介の関係資料は、日本近代文学館のほか山梨県立文学館や藤沢市文書館などに主要なものが収められ、研究者や芥川ファンに利用されているが、今回新たに加わった資料は二二三点もの数に及ぶ。芥川家からはこれまで龍之介夫人の芥川文、長男比呂志、それに甥の葛巻義敏らから数次にわたって貴重な遺品が提供され、日本近代文学館はそれらを中核に芥川龍之介文庫を形成している。今回（二〇〇八・五・八付）の寄贈品はこれまでプライバシーのこともあって提供が躊躇された遺書や龍之介あて書簡、それに愛着もあって手元に置かれた品々を含む。それだけに研究に役立つ貴重なものばかりである。長男比呂志とともに長年龍之介資料の保管に当たった芥川瑠璃子さんは昨年亡くなったが、今回の寄贈は瑠璃子さんのご遺志でもあり、瑠璃子さんのお子さんで龍之介の令孫芥川耿子《てるこ》さんを通して実現したものである。大量のしかも、貴重な資料が、ここに出現したのはまさに奇跡に近い。

今回寄贈された芥川あて書簡中、注目したいものに養父芥川道章からのものがある。一九二一（大正一〇）年春、芥川は大阪毎日新聞社の特派員として中国各地を訪れるが、上海に上陸早々乾性肋膜炎で入院という事態をよぶ。日本からの龍之介あて道章の便りは、留守宅の人々の切ない思いを伝える。これまでは『支那游記』や芥川書簡などから当時の状況をとらえるほかなかったのである。また、芥川が自死のスプリング・ボードの対象としたとされる平松ます子（戸籍上はます、麻素子・万寿子とも書かれた）の芥川文あての戦後書かれた十三通にも及ぶ長文の便りも含まれる。近年平松家遺族から、心中の約束という通説に対し、芥川との死の約束などありえなかったという強い抗議があったことも想起される。とにかくこれら新出書簡の検討は、芥川伝の書き直しをも迫ることとなろう。

芥川が死に際して遺書を残していたことは、自死当時から知られ、戦後の岩波書店刊小型版全集ではじめて活字化されたが、遺書中に「直ちに焼却せよ」「火中することを忘るべからず」との故人の言もあり、すべて焼却されたものと考えられてきた。が、今回文夫《ふみ》人あてや「わが子等に」と題したものなど、四通の直筆書簡も出現した。全集収録遺書と大差はないものの、全集には直筆遺書にない文面が見出せるので、今後テクストの検討という新たな課題も浮上した。遺書は推敲の跡が歴然としており、最後まで文章にこだわった芥川の一面を伝える。文あて遺書の一つの最後に書かれた「あらゆる人々の赦《ゆる》さんことを請ひ、あらゆる人々を赦さんとするわが心中を忘るる勿《なか》れ」は、活字で接しても深い感動を呼ぶが、直筆の原稿の訴えるものはより深刻で、感銘深い。芥川の覚悟の自死の姿を垣間見る思いだ。ここには死を前にして、この世の一切の栄誉を去り、神の前に謙虚にひざまずく一人の弱き人間がいる。

第Ⅳ章——怪異・異形への眼

一　妖婆

再評価の視点

失敗作ではない

「妖婆」は、神秘・幻想・妖怪に生涯強い関心を示した芥川龍之介の生んだテクストの一つで、発表されたのは一九一九（大正八）年九、十月号の『中央公論』である。いま一読者としてこのテクストに対すると、結末に多少の不満が残るものの、読み手の関心を惹きつけて放さないところがあって、芥川の文学テクストの中でも等閑視できないものがある。が、過去の評価は総じて低く、本作をきちんととりあげ、肯定的に論じたものは、芥川の他のテクストに比べると断然少ない。多くは失敗作として位置づけ、再検討の余地を残さない。

近年、芥川は世界的に再発見の傾向があり、四十か国以上にそのテクストの翻訳は及んでいるものの、「妖婆」の翻訳はこれまた少ない。イギリスの大手出版社ペンギン社のペンギン・クラシックス・シリーズに新訳の芥川短篇集[*1]が登場、英語圏の読者に大きな話題を提供したとはいえ、ここには入っておらず、「妖婆」英訳の存在は聞かない。ロシア語訳、フランス語訳が出、また中国語訳『芥川龍之介全集』[*2]第一巻には、由候為《ユーホーウエイ》訳の「妖婆」が入っているものの、世界的に見て本作の翻訳は、他の芥川テクストに比べると進んでいない。

「妖婆」には、導入部の語り手のことばに「ポオやホフマンの小説にでもありそうな、気味の悪い事件」とか、「ポオやホフマンの塁を摩す程」と二度もポオやホフマンの名が出て来る。が、この二人の文学テクストに見られるような凄みは、「妖婆」にはない。高校時代、勉強をよそにホフマンの「悪魔の美酒」やポオの「アッシャー家の崩壊」を読み、興奮して眠れなかった体験を持つわたしには、あのどきどきするような興奮を「妖婆」には期待できない。けれども、いま「妖婆」を読み返して改めて感じるのは、けっこうおもしろく読める力の籠もったテクストだということだ。が、当時の文壇評やその後の研究者評は、「妖婆」に十分な光を当てず、芥川テクストの特質や書き手の意欲を汲み上げ、論じようという視点を欠いてきたのである。

テクストとの対話

芥川再発見の気運の中で、「妖婆」は今一度見直されてよいのではないかとの考えがわたしに芽生えたのは、四年ほど前からのことである。畏友宮坂覺の「「妖婆」論―芥川龍之介の幻想文学への第一章―」[*3]が発表されたのは、もう二十年以上も前のことで、あった。従来の「失敗作」という批評から完全に解放されてはいないとはいえ、テクストの肯定的側面をしっかりと汲み上げようとした論であり、「妖婆」再評価の到来を思わせた。が、再評価の視点は一般化しないで終わった。その後十年、『〈こっくりさん〉と〈千里眼〉日本近代と心霊学』[*4]を書いた一柳廣孝が、「怪異と神経―芥川龍之介「妖婆」の位相」[*5]を書き、宮坂論を「「妖婆」再評価への道を開いた」として後押しをした。にもかかわらず、今以て「妖婆」の芥川全作品中に占める評価は極めて低い。

「老婆」論には散発的に宮坂論の前後に、井上諭一「芥川龍之介「妖婆」の方法―材源とその意味について―」[*6]

や小林和子「芥川龍之介「妖婆」について―同時代作家との関連を視座として―」[*7]などが書かれている。前者は「妖婆」の材源をイギリスの幻想怪奇小説家アルジャーノン・ブラックウッドの *Ancient Sorceries*[*8]に求め、両作品を綿密に比較検証したもので説得力に富む。後者は副題に「同時代作家との関連を視座として」とあるように、佐藤春夫をはじめとする同時代作家の「妖婆」批評の言説を軸に、創作ノートの紹介や晩年の「歯車」との関わりを説いている。事典(辞典)類の「妖婆」解説にも興味深いものがある。中でも若い世代の研究者乾英治郎執筆のもの[*9]は要を得ており、「「妖婆」とは前近代の異物が近代社会を侵犯する物語」とか、「芥川と成育地本所ひいては東京との関わりを考える上でも興味深い一編」と明快な「妖婆」論を提示している。

「妖婆」再評価・再発見の視点は、どこに置くべきなのか。まずは先入観にとらわれることなくテクストに対し、対話を試みるところからはじめなければならぬ。テクストには絶えず開かれた関係でいたい。わたしの〈読み〉の理論的支柱は、ヤウスやイーザーによって導かれた受容理論であることをあらかじめ断っておきたい。むろんテクストに対する基本的方法は、分析と実証にある。自身の〈読み〉の確立は、テクストとの対話が分析と実証の手順を経てどう変わるかにあるのだ。

神秘・幻想・妖怪

芥川得意の導入

「妖婆」は語り手がいて、新蔵という男の物語を語るという方法をとる。前後篇に分かれ、前篇(九月号掲載)が約六十二枚、後編(十月号掲載、「妖婆続編」)が三十二枚、計九十四枚である。小説ながら改行の少ないテクストゆえ、この枚数計算はかなり正しいはずである。最初のパラグラフは、以下のようだ。

あなたは私の申し上げる事を御信じにならないかも知れません。いや、きつと嘘だと御思ひなさるでせう。昔なら知らず、これから私の申し上げる事は、大正の昭代にあつた事なのです。しかも御同様住み慣れてゐる、この東京にあつた事なのです。外へ出れば電車や自働車が走つてゐる。内へはいればしつきりなく電話のベルが鳴つてゐる。新聞を見れば同盟罷工や婦人運動の報道が出てゐる。――さう云ふ今日、この大都会の一隅で、ポオやホフマンの小説にでもありさうな、気味の悪い事件が起つたと云ふ事は、いくら私が事実だと申した所で、御信じになれないのは、御尤もです。が、その東京の町々の燈火が、幾百万あるにしても、日没と共に蔽ひかゝる夜を悉《ことごとく》焼き払つて、昼に返す訳には行きますまい。丁度それと同じやうに、無線電信や飛行機が如何に自然を征服したと云つても、その自然の奥に潜んでゐる神秘な世界の地図までも、引く事が出来たと云ふ次第ではありません。それならどうして、この文明の日光に照らされた東京にも、平常は夢の中にのみ跳梁する精霊たちの秘密な力が、時と場合とでアウエルバツハの窖《あなぐら》のやうな不思議を現じないと云へませう。時と場合所ではありません。私に云はせれば、あなたの御注意次第で、驚くべき超自然的な現象は、まるで夜咲く花のやうに、始終我々の周囲にも出没去来してゐるのです。

冒頭第一段落に作者は語り手に託して、自身の立場を示している。それは幻想の世界、語り手のことばで言うなら「神秘な世界」の是認である。場所は「東京」、そこに「超自然的な現象」が「出没去来」すると語り手はいうのである。ウージェーヌ・シューの『パリの神秘』ならぬ「東京の神秘」である。それはゲーテ『ファウスト 悲劇』第一部の「アウエルバッハの窖」のような不思議さを現すという。『ファウスト』の「アウエルバッハの窖（地下室）」は、酒場である。陽気な連中の酒宴が行われているところに、ファウストとメフィストフェレスが登場し、客にそれぞれの好みの酒を振る舞うという奇跡を行う。森鷗外訳で『ファウスト』を読んだ芥川得意の導入である。続く第二、第三、第四のパラグラフにおいては、東京の主として夜の不思議な出来事が具体的に語られていく。

第二のパラグラフは、「たとへば冬の夜更けなどに」と語り出され、銀座通りに落ちている紙屑が渦を巻き、中に必ず赤いのが一つあり、風が起こると外の紙屑を率いるようにひらりと舞い上がるという不審な出来事が語られる。第三のパラグラフでは、夜更けの市電で出会う妙な出来事がとりあげられる。乗る人のいない停留所に止まる終電の話は、確かに東京の夜の不思議な出来事として際立つ。第四のパラグラフでは、砲兵工廠の煙突の煙が風向きに逆らって流れるとか、撞く人もないニコライ堂の鐘が真夜中に突然鳴り出すとか、同じ番号の電車が二台、前後して日の暮れの日本橋を通り過ぎたとか、人っこ一人いない国技館の中で、毎晩のように大勢の喝采が聞こえるとかの不可思議な現象がとりあげられる。先の井上諭一は、語り手のあげるこれら「平常は夢の中にのみ跳梁する精霊たちの秘密な力」について、アルジャーノン・ブラックウッドの影響を説くが、同時に語り手の背後にいる書き手の芥川龍之介自身の神秘や幻想、そして怪異好みがあると考えたい。

幼少時からの妖怪談好み

芥川龍之介は、幼時大川に近い本所小泉町で、養父母や伯母フキから昔話や恐い話を聞いて育った。中には「本所の七不思議」と言われる本所に伝わる怪奇な伝説譚もあった。七不思議はあげ方に若干の異同はあるものの、おいてき堀・狸の莫迦囃子《ばかばやし》・送り提灯・落葉なき椎・津軽家の太鼓・片葉の葦・消えずの行灯《あんどん》がスタンダードのものだ。「少年」には四歳の保吉が、養家近くの御竹倉を通り過ぎようとした時のこととして「本所七不思議の一つに当る狸の莫迦囃子と云ふものはこの藪の中から聞えるらしい」とあり、「追憶」や「本所両国」にもこの種の言及がある。芥川の怪異や妖怪趣味は、旧制高校時代にも及ぶ。

一高時代の芥川の学業外のノートに、「椒図志異《しょうずしい》」と題したものがある。これは第二次世界大戦後岩波書店版の小型判（新書判）『芥川龍之介全集』にはじめて収められ、また、葛巻義敏の解説付きでノートそのものの複刻版（ひまわり社、一九五五・六）も刊行されている。中身は先輩・知人・友人・家族、それに書物から収集した妖怪談を分類し、清書したものである。天狗にさらわれて空を行く人を見た話や、品川の妓楼に幽霊の出た話や、狐にだまされた話など多種あるが、多くは怪談・怪異ものである。それぞれの話の後に、「依田誠氏より」「少年世界より」「沙石集」「父より」「つねより」「母のかたれる」「柳田國男氏」など、出典が記されている。全体は六部構成、総計七十八編からなる。これらの妖怪談を芥川は実に精力的に集め、大学ノートのほぼ一冊分に、青インクのペンでびっしり書き込んでいるのだ。文字の訂正の少ない清書ノートと言ってよい。

幻想にかかわる小説

このように早い頃からの神秘・幻想・妖怪談好みは、成人するに及び、いっそう度を増す。彼はホフマンやポーの怪奇小説を好むようになり、心霊に関心を示し、千里眼問題[*10]にも無関心ではいられなかった。それは生母の発狂により母の実家芥川家に養子となって成長し、何かと窮屈な生活を強いられた彼の逃れの場でもあり、先の宮坂覺の論に従うなら、「彼にとって、精神の自由を獲得しうる一つの場は、幻想の世界であり、夢幻の世界であった」ということになる。

その作品系譜は、「狢」「二つの手紙」あたりにはじまり、本作や「魔術」「影」「奇怪な再会」などを経て、晩年の「馬の脚」「鵠沼雑記」「古千屋」「河童」「歯車」などに至る。幻想にかかわる小説は、作者得意の分野の一つであった。評論には「近頃の幽霊」（『新家庭』一九二一・一）といったものがある。そこでは「ブラツクウツド（Algernon Black-wood）御当人が既にセオソフイストだから、どの小説も悉く心霊学的に出来上つてゐる」などとある。

「あなたは私の申し上げる事を御信じにならないかも知れません」ではじまる「妖婆」は、まず物語への長い語り手の導入の話が続く。語り手は作中の主人公新蔵（出版社の若主人）から「先生」と呼ばれることからして物書きの大学教師、もしくは小説家とみなされる。導入の話の最後は、「一二年以前、この事件の当事者が、或夏の夜私と差向ひで、かうかう云ふ不思議に出遇つた事があると、詳しい話をしてくれた時には、私は今でも忘れられない程、一種の妖気とも云ふべき物が、陰々として私たちのまはりを立て罩《こ》めたやうな気がしたのですから」で終わる。そしてテクストは行替えし、本題の物語へと進むのである。本題に入るまでに四百字詰原稿用紙にして約七枚というのは、長すぎる感もなきにしもあらずだが、九十四枚中の七枚と考えるなら、さして長いとも言えまい。

物語前半の世界

巧みな語り口

テクスト「妖婆」は、章立てがなく、改行もきわめて少ない。しかし、内容から章に相当する箇所や場面の転回をつかむのは容易である。語り手は導入の話を終えると、徐《おもむろ》に本題に入っていく。前半と後半に分けて、その世界を見ることにしよう。前半（九月号掲載）では、まず当事者の新蔵という、ある出版社の若主人が紹介される。以下のようだ。

　この当事者と云ふ男は、平常私の所へ出入をする、日本橋辺の或出版書肆《しよし》の若主人で、普段は用談さへすませてしまふと、匆々帰つてしまふのですが、丁度その夜は日の暮からさつと一雨かかつたので、始は雨止みを待つ心算ででも、何時になく腰を落着けたのでせう。色の白い、眉の迫つた、痩せぎすな若主人は、盆提灯へ火のはいつた椽先のうす明りにかしこまつて、彼是初夜も過ぎる頃まで、四方山の世間話をして行きました。その世間話の中へ挟みながら、「是非一度これは先生に聞いて頂きたいと思つて居りましたが」と、殆ど心配さうな顔色で徐に口を切つたのが、申すまでもなく本文の妖婆の話だつたのです。私は今でもその若主人が、上布の肩から一なすり墨をぼかしたやうな夏羽織で、西瓜の皿を前にしながら、まるで他聞でも憚るやうに、小声でひそひそ話し出した容子が、はつきりと記憶に残つてゐます。さう云へばもう一つ、その頭の上の盆提灯が、豊かな胴へ秋草の模様をほんのりと明く浮かせた向うに、雨上りの空がむら雲をだだ黒く一面に乱してゐたのも、やはり妙に身にしみて、忘れる事が出来ません。

巧みな語り口である。読者の中には「地獄変」や「奉教人の死」、さらには児童文学の「蜘蛛の糸」の語りを想起する人もいるに違いない。このあたりから読者は話に引き込まれていく。〈妖婆〉の話というのは、ここにきて「日本橋辺の或出版書肆《しよし》の若主人」が、語り手の「私」に話したものであることが明かされる。「私は今でもその若主人が、上布の肩から一なすり墨をぼかしたやうな夏羽織で、西瓜の皿を前にしながら、まるで他聞でも憚るやうに、小声でひそひそ話し出した容子が、はつきりと記憶に残つてゐます」の一文は、その場の情景を見事に、的確に描き出す。総じて本テクストには、映像化可能な描写が多い。「夏羽織」「西瓜」などのことばからして、季節は夏で、夏の夜の怪談めいた話であることもわかる。

二重の語り

このような趣向をとりながら、次に若主人の名が新蔵、しかも、それは「外に差障りがあるといけませんから、仮にかう呼んで置きませう」と仮名であるとされ、彼の二十三歳の夏の話が展開するのである。時は現代、――「大正の昭代」ということが冒頭語られていたが、加えて「六月上旬の或日」とあるので、大正年代のある初夏の話である。後の文中に新蔵がお島婆さんに「年はの」と問われ、「男は二十三――酉年《とりどし》です」とあることからして、大正八年の六月上旬と限定することができるのかも知れない。以後、テクストは語り手が新蔵から聞いた話を読者に伝える、紹介するという二重の語りの構造をとる。語り手の体験した話ではなく、語り手が他者から聞いた話を、上手にまとめて読者に語っていると言い換えた方が分かりやすかろう。これもアルジャーノン・ブラックウッドの *Ancient Sorceries* 仕組みの方法ともとれる。

確認すると、時は主人公新蔵の二十三歳の初夏、六月上旬のことである。新蔵は「ちと心配な筋」があって、東両国で呉服屋を出している友人の泰さんを訪ねる。泰さんとは商業学校時代からの友人である。二人は両国の当時有名だった与兵衛鮨へ行き、一杯やる中で、新蔵が「心配の筋」を問わず語りに話す。すると泰さんは、真面目な顔をして、「ぢやお島婆さんに見て貰ひ給へ」と熱心に勧める。新蔵が仔細を問うと、この神下しの婆というのは、占いもすれば加持もする、それがまた「霊顕《ママ》がある」のだという。――魚政の女隠居が身投げをし、その死体がどうしても上がらなかったのが、お島婆さんに御札を貰って一の橋から川へ抛りこむと、その日の内に札を投げこんだ一の橋の橋杭の所に浮いて出たという。しかも、上がったばかりの水ぶくれの足の裏には、お島婆さんに貰った御札がぴったり斜めに張り付いていたという。そういうことを聞いた新蔵は、「そりや面白い。是非一つ見て貰はう」と、与兵衛鮨の店を出ていっしょに神下しの婆の所へ出かける。

語り手はここで「その新蔵の心配の筋と云ふのを御話しますと」と言い、本題に入っていく。新蔵の「心配の筋」というのは、彼と互いに思い合っていた仲の女中のお敏が、前年暮れに叔母の病気を見舞いに行ったきり、行方不明になっていることにある。驚いたのは、新蔵ばかりか彼女に目をかけていた新蔵の母親も同様で、請人をはじめ伝手《つて》から伝手へ手を回して探したがどうしても行方がわからない。新蔵はそのため元気を失い、ふさぎ込んでいたのである。こういう事情から新蔵は、「ほろ酔の腹の底には、何処か真剣な所」があり、お島婆さんの所に行くことになる。お島婆さんの家というのは、「一つ目の橋の袂を左へ切れて、人通りの少い竪川《たてかは》河岸を二つ目の方へ一町ばかり行くと左官屋と荒物屋との間に挟まつて、竹格子の窓のついた、煤だらけの格子戸造りが一軒ある――それがあの神下しの婆の家」と説明される。

「妖婆」の舞台

テクスト「妖婆」の舞台は、東京の下町、芥川の生い育った地である。彼の生誕の地は、東京市京橋区入船町八丁目一番地（現、東京都中央区明石町一〇―一一）であるが、生後ほぼ八か月から住んだのは、本所区小泉町十五番地（現、墨田区両国三―二二―一一）の養家であった。「妖婆」の舞台は、まさに彼の成育の地と重なる。そこは大川端の近くであり、回向院や旧国技館、吉良邸跡、そして御竹蔵（お竹倉）などがあった。幼い龍之介に最も強い印象を与えたのは、ゆったりと流れる大川（隅田川）である。「自分は、大川端に近い町に生まれた。家を出て椎の若葉に掩《おほ》はれた、黒塀の多い横網の小路をぬけると、直《すぐ》あの幅の広い川筋の見渡される、百本杭の河岸へ出るのである。幼い時から、中学を卒業するまで、自分は殆《ほとんど》毎日のやうに、あの川を見た」とは、龍之介のエッセイ「大川の水」（『心の花』一九一四・四）の冒頭の一節である。

「妖婆」の舞台は、彼の知り尽くした成育の地にとる。お島婆さんの住む家は、竪川河岸である。そこは養家芥川家のあった小泉町の南方に位置する。少年龍之介の遊びの半径五百メートル内の地だ。竪川は大川に注ぐ川で、下流は本所区の元町と千歳町の間を流れる。下流から一之橋、二之橋、三之橋が架かる。

芥川は自分のよく知った土地を舞台に、「妖婆」というテクストをつづったのである。それは同じ怪異ものに分類される「奇怪な再会」（『大阪毎日新聞夕刊』一九二一・一・五〜二・二）が、横網町をはじめ、御蔵橋《おくらばし》・両国停車場・厩橋《うまやばし》・薬研堀《やげんぼり》・松井町・弥勒寺橋《みろくじばし》などの名を出し、テクストを成したのに通じる。「妖婆」は、東京下町を舞台とした怪異談なのである。語り手は新蔵から聞いた話として語り続けるが、お島婆さんの家については、「見たばかりでも気が滅入りさうな、庇の低い平屋建で、この頃の天気に色の出た雨落ちの石の青苔からも、菌《きのこ》位は生へるかと思ふ位、妙にじめじめしてゐました。その上隣の荒物屋との境にある、一抱あまりの葉柳が、窓も蔽ふ程枝垂れてゐますから、瓦にさへ暗い影が落ちて、障子一重隔てた向うには、さも唯ならない秘密が潜んでゐさうな、陰森としたけはひがあつたと云ひます」と語る。ここもまた映像化可能な描き方だ。

お島婆さんとその住まい

新蔵はこのお島婆さんの家で、探していたお敏と出会うのである。お敏は「色の白い、鼻筋の透つた、生際の美しい細面で、殊に眼が水々しい」と描写される。新蔵はびっくりして、話もせずにいったんは婆さんの家を飛び出す。が、泰さんからお敏のことづけ、——新蔵の命にかかわるので、「二度とこの近所へ御立寄りなすつちやいけません」を聞き、断然、お敏に会うことを決意する。新蔵は泰さんに別れを告げると、回向院前のよく知られた食べ物屋の坊主軍鶏《シャモ》で、あたりが暗くなるのを待ち、酒の勢いを借りて神下しの婆の家へ行く。そして、やつれたお敏に取り次ぎを頼む。すると、「襖を隔てた次の間から、まるで蟇《ひき》が呟くやうに、「どなたやらん、そこな人」」というお島婆さんの声が聞こえる。お島婆さんの声は、初期作品「羅生門」で、死骸の頭から毛を抜く老婆の声を、「蟇のつぶやくやうな声」と形容したのに重なる。芥川好みの常套句である。新蔵は止めようとするお敏の手へ麦藁帽子を残したなり、お島婆さんの部屋へと急ぐ。その箇所を以下に引用しよう。お島婆さんの姿がよく形容されている。先には、お島婆さんの家が外から観察されたが、今度は内部から観察されるのである。

　さて次の間へ通つた新蔵は、遠慮なく座布団を膝へ敷いて、横柄にあたりを見廻すと、部屋は想像してゐた通り、天井も柱も煤の色をした、見すぼらしい八畳でしたが、正面に浅い六尺の床があつて、婆娑羅大神と書いた軸の前へ、御鏡が一つ、御酒徳利が一対、それから赤青黄の紙を刻んだ、小さな幣束が三四本、恭しげに飾つてある、――その左手の縁側の外は、すぐに堅川の流でせう。思ひなしか、立て切つた障子に響いて、かすかな水の音が聞えました。さて肝腎の相手はと見ると、床の前を右へ外して、菓子折、サイダア、砂糖袋、玉子の折などの到来物が、ずらりと並んでゐる簞笥の下に、大柄な、切髪の、鼻が低い、口の大きな、青ん膨れに膨れた婆が、黒地の単衣の襟を抜いて、睫毛の疎な目をつぶつて、水気の来たやうな指を組んで、魍魎《まうりやう》の如くのつさりと、畳一ぱいに座つてゐました。さつきこの婆のものを云ふ声が、蟇《ひき》の呟くやうだつたと云ひましたが、かうして坐つてゐるのを見ると、蟇も蟇、容易ならない蟇の怪が、人間の姿を装つて、毒気を吐かうとしてゐるとでも形容しさうな気色ですから、これにはさすがの新蔵も、頭の上の電燈さへ、光が薄れるかと思ふ程、凄しげな心もちがして来たさうです。

まずはお島婆さんの部屋の内部が、詳しく述べられる。そこは見すぼらしい八畳間で、床に「婆娑羅大神」と書いた軸がかかり、軸の前には、御鏡と御酒徳利一対が添えられている。それに赤青黄の紙を刻んだ、小さな幣束が三、四本飾ってある。幣束とは神に捧げるぬさである。左手の縁側の外が堅川の流れということもさりげなく書き込まれる。次にお島婆さんが、「大柄な、切髪の、鼻が低い、口の大きな、青ん膨れに膨れた婆」として描かれる。「魍魎の如くのつさりと、畳一ぱいに座つてゐました」とある。「魍魎」とは、山・川・木・石などに宿る精霊のことである。「水の神」に限定して用いられることもある。

新蔵はそういう婆さんに縁談の話を見立ててもらう。婆さんは新蔵の話を聞くと、「成らぬてや。成らぬてや。大凶も大凶よの」と大仰に嚇《おど》かし、「この縁を結んだらの、おぬしにもせよ、女にもせよ、必一人は身を果さうてや」と言う。新蔵がムキになって、女を守ると抗弁すると婆さんは、「人間の力には天然自然の限りがあるてや。悪あがきは思ひ止らつしやれ」と猫なで声で忠告する。そして失恋による堅川への身投げのあることを予言する。新蔵はもう五分とその場に居たたまれず、お島婆さんの家を飛び出す。

婆娑羅の神

翌日、朝刊を見ると、昨日堅川に失恋のため身投げをした青年がいたことを報じていた。しかも場所は、一の橋と二の橋との間にある石河岸である。新蔵は熱が出て、三日ばかり床に伏してしまう。四日目に床を離れた新蔵は、泰さんに知恵を借りたいと出かけようとするところに、その泰さんから電話がある。お敏が泰さんを訪ねて来て、新蔵と石河岸で会って話をしたいと言っているとの取次であった。お敏は風呂に行くと言って家を出るという。その日の夕方、新蔵は首尾よくお敏と会う。新蔵は一対の鳥羽揚羽に日本橋から約束の場所まで付きまとわれるなど、不可思議な現象にも出会う。再会したお敏が言うには、お島婆さんはお敏の遠縁の叔母とかで、その口寄せをしていた養女が死んだのでお敏が連れてこられ、後釜にさせられているのだという。

お敏の語るお島婆さんは、「毎晩二時の時計が鳴ると、裏の椽側から梯子伝ひに、堅川の中へ身を浸して、ずつぷり頭まで水に隠した侭、三十分あまりもはいつて」いるとのことである。それはお敏の父親が語っていたという、お島婆さんには横つ腹に魚の鱗が生えていたという話を思い出させる。お島婆さんは、婆娑羅の神をあがめる。婆娑羅は水の神である。そのために婆さんは毎晩水ごりをする。時には「紛々と降りしきる霙《みぞれ》の中を、まるで人面の獺《かはうそ》のやうに、ざぶりと水へはいる」のである。そういう婆さんながら、「加持でも占でも験《げん》がある」という。が、加持や占はよいことばかりか、「この婆に金を使つて、親とか夫とか兄弟とかを呪ひ殺したものも大勢いました」というのである。お島婆さんは千里眼同様の目を持つが、一人でも呪い殺した場所では、その能力は減じるので、石河岸はすでに身を投げた男もいるゆえ、会うにはよい場所だったというのだ。また、婆さんがお敏と新蔵の仲を裂こうとするのは、ある株屋がお敏の美しいのに目をつけて大金を餌に婆さんを釣り、妾にする約束を交わしたからだという。

夏の夜の怪談

お敏はお島婆さんの下で口寄せをしている。婆さんは、婆娑羅の大神をお敏の体に祈り下ろし、神がかりになったお敏の口から、一々指図を仰ぐ。が、お敏の身になると、夢の中であるとはいえ、それは空恐ろしいことである。が、逃げようとしても逃げられず、泣く泣くお島婆さんの言いなり次第になってきたという。しかも、新蔵が出現し、二人の関係が知れてみると、日頃非道な婆はお敏を責め、打ったりつねったりするばかりか、夜更けを待っては怪しげな法まで使って、「両腕を空ざまに吊し上げたり、首のまはりへ蛇をまきつかせたり、聞くさへ身の毛のよ立つやうな」恐ろしい目に会わせる、しかも、合間には、これでも思い切れなければ、「新蔵の命を縮めても、お敏は人手に渡さない」と嚇《おど》すのだという。お敏は新蔵に「あゝ、いつそ私は死んでしまひたい」とかすかに言う。すると、新蔵がまとわれた二羽の黒い蝶が消えた電柱の根元に、大きな人間の眼が一つ浮かび出る。それは「悪意の閃きを蔵してゐるやうに見えました」というのだ。

その日、お敏と別れた新蔵は、三十分ばかり後に泰さんを訪ね、対策を練る。泰さんは「疑念を挟む気色もなく、」アイスクリームを薦めながら新蔵の話を「片唾《ママ》を呑んで」聞く。夏の夜の怪談という趣旨を作者は忘れない。以後、泰さんの家で飲むビールのコップに見慣れない人間の顔が映るとか、誰かに執念深くつきまとわれるとか、電話の中に妙な――「鼻へかかつた、力のない、喘ぐやうな、まだるい声」が聞こえるとか、忌まわしい鳥羽揚羽が何十羽となく群れをなして飛び交うとか超常現象が書き込まれている。前半部の終わりは、「新蔵はもう体も心もすつかり疲れ果ててゐましたから、その不思議を不思議として、感じる事さへ出来なかつたと云ひます」とある。

物語後半の世界

雷雨の中の物語

テクスト「妖婆」後半（十月号掲載）は、「その晩も亦新蔵は悪夢ばかり見続けて、碌々眠る事さへ出来ませんでしたが、それでも夜が明けると、幾分か心に張りが出ましたので、砂を噛むより味のない朝飯をすませると、早速泰さんへ電話をかけました」の一文にはじまる。新蔵は電話ではらちが明かないので、これから直ぐに行くと言って家を出、電車に乗り、まん中の席に座る。

電車の中で新蔵は、不思議な現象に出会う。その箇所をテクストから抜き出すと、「（電車の）天井の両側に行儀よく並んでゐる吊皮が、電車の動揺するのにつれて、皆振子のやうに揺れてゐますが、新蔵の前の吊皮だけは、始終ぢつと一つ所に、動かないでゐるのです」とある。席を替えると前に坐っていた所の吊皮は動き出し、新蔵が新たに坐った席の上の吊皮は動きを止める。新蔵は電車を飛び降り、膝頭をすりむく。が、新蔵はめげずに通りかかった辻車に乗り東両国の泰さんの家へ急ぐ。

すでに指摘したように、「妖婆」というテクストは、「先生」と呼ばれる大学の教師、もしくは小説家が、新蔵から聞いた話を伝えるという二重の語りの構造となっている。筋はしっかりして矛盾は少ない。例としてその日落雷があるという天候のことを一つとっても、伏線を配しながら巧みに持っていく。テクストから関連部分を抜き書きする。

①空はどんよりと曇つて、東の方の雲の間に赤銅色の光が漂つてゐる、妙に蒸暑い天気でしたが、

②所が泰さんの家を出て、まだ半町と行かない内に、ばたばた後から駈けて来るものがありますから、二人とも、同時に振返つて見ると、別に怪しいものではなく、泰さんの店の小僧が一人、蛇の目を一本肩にかついで、大急ぎで主人の後を追ひかけて来たのです。

③さう云へば成程頭の上にはさつきよりも黒い夕立雲が、一面にむらむらと滲み渡つて、その所々を洩れる空の光も、まるで磨いた鋼鉄のやうな、気味の悪い冷たさを帯びてゐるのです。

④かう云ふお敏の言葉が終はらない内に、柳に塞がれた店先が一層うす暗くなつたと思ふと、忽ち蚊やり線香の赤提灯の胴をかすめて、きらりと一すじ雨の糸が冷たく斜に光りました。と同時に柳の葉も震へるかと思ふ程、どろどろと雷が鳴つたさうです。

⑤あの石河岸の前へ来るまでは、三人とも云ひ合はせたやうに眼を伏せて、見る間に土砂降りになつて来た雨も気がつかないらしく、無言で歩き続けました。

以下、物語は雷雨の中に進展する。三人はふだんは石切が仕事をする石河岸の莚《むしろ》屋根の下で、一本の蛇の目を頼みに話し合う。ここまでは婆さんの眼が及ばず安全だからである。鍵惣というお敏を妾にしようとしている相場師が、お島婆さんの所に来ているという。お敏が語るには、泰さんの発案で、二人の恋の妨げをするなという「偽の神託」をするはずだったのが、婆さんの秘法の落とし穴にはめられ、いつもの通りの眠りに沈んでしまったという。お敏の話を聞いて、新蔵は我を忘れて「もうかうなりや、僕が死ぬか、あの婆を殺すかより外はないんだ」と夢中で喚き立て、石切が忘れていったらしい鑿《のみ》を提げて婆さんの所へ行こ

うとする。泰さんが止めようとするが叶わない。お敏は「御一しよに死なせて下さいまし」とささやき新蔵に取りすがる。その時近くへ落雷があり、新蔵は恋人と友人とに抱かれたまま気を失う。

それから何日かの後、新蔵が長い悪夢に似た昏睡状態から抜け出ると、日本橋の自宅の二階で、「氷嚢を頭に当てながら、静に横になつて」いた。枕元にはお敏と泰さん、それに母親もいて、ほっとしたような顔を見合わせている。泰さんが、消息がのみこめないでいる新蔵に、「君たち二人の思が神に通じたんだよ。お島婆さんは鍵惣と話してゐる内に、神鳴りに打たれて死んでしまつた」と話す。「鍵惣は？」と聞く新蔵に泰さんは、「目をまはしただけだつた」と言い、お島婆さんの自滅は、予想外だったことを告げる。その上で泰さんは、「これぢや婆娑羅の神と云ふのも、善だか悪だかわからなくなつた」と言う。

書き急ぎ

泰さんのことばは、読者の考えにも重なる。むろん読者の考えは、テクストの粗い結末への不満である。お島婆さんの死は、やや唐突で、説得力を欠くからだ。さらに宮坂覺も言うように、「芥川一流のオチとしての落雷死は、作品としてのまとまりを悪くしたことは否めない」[*11]のである。最後はお敏が持って来て、新蔵の枕元に置かれた朝顔が、午後の三時にも咲いていることが話題にされ、泰さんの「この朝顔はね……」の説明で終わる。泰さんの言うには、朝顔はお敏がお島婆さんの家にいた時から丹精した鉢植えで、奇体に今日まで三日間も凋まなかったのだという。お敏はこの花が咲いている限り、愛する人は死なないと信じていたのである。そして泰さんは、「同じ不思議な現象にしても、これだけは如何にも優しいぢやないか」と晴れ晴れとした微笑を浮かべる。

テクストは、やや不自然なハッピーエンドで終わる。物語前半の世界が丁寧に書き込まれていたのに反し、後半は書き急ぎの感がしきりである。それはすでにふれたように、前半（九月号掲載）が約六十二枚、後半

（十月号掲載、「妖婆続編」）が三十二枚というテクストの枚数にも現れている。前半（前篇）は、「私」という語り手の長い独白からはじまり、実に慎重にオカルトの世界を紡いでいるが、後半（「妖婆続編」）は、物語そのものの終結を急ぎ、完結に向けて一瀉千里に走り出す。作者はなぜ「妖婆続編」を書き急いだのか。そのことの検討に入らねばならぬ。

知性と怪異

「路上」より傑作

「妖婆」前篇を書き上げた芥川龍之介は、南部修太郎に宛てた便りで「妖怪が谷崎程書けてないなどと云ふのは目青葡萄の如きものの云ふ事だその内に日曜にでもやつて来給へインテレクトが妖怪文学に必要なる所以を説明して聞かせるから。あれでも路上より傑作だと思ふが如何」（一九一九・九・一一付）と書いている。自信溢れることばである。書簡中にある「路上」は、「妖婆」に先だって『大阪毎日新聞』（一九一九・六・三〇～八・八）に連載された小説である。芥川はもう一通の南部修太郎宛書簡（一九一九・九・一三付）でも「妖婆」を話題にし、以下のように書く。

啓

妖婆の弁

一、我等が佐藤春夫の作品にヒユウマンインテレクトなきを不足とするは彼の書く小説の全部が然る故なり妖婆一篇にヒユウマンインテレクトなき事我作品の価値に何の減ずる所か是あらん

二、僕自身谷崎より遥に妖気ある事夙に菊池寛の証明する所なり妖気なしと云ふは君の僕に関する知識

不十分より来る
三、「指紋」に次ぐ事甚不服なり（但発表の先後を以て次ぐとするならよし）「指紋」と僕の小説との関係及びその次ぐ所以承らん事を期す
四、インテレクトと妖気との関係亦その節に譲る
五、僕豈特に自信あらんや鏡花に去る遠からざるは自ら愧づる所されど君の理窟に対しては不服ならざるを得ず故に弁ずる事然り幸に来つて論戦一場する事を吝む勿れ　以上

九月十三日　我鬼生

南部修太郎君

この年（一九一九）の春、芥川龍之介は二年と四か月勤務した横須賀の海軍機関学校英語教師を辞め、大阪毎日新聞社社員となった。出社の義務を負わず、年に何本かの小説を寄せ、雑誌はよいが、他の新聞には寄稿しないという条件であった。彼は「永久に不愉快な二重生活」（『新潮』一九一八・一一）を終え、新たな覚悟で創作に臨むようになる。「路上」は、大阪毎日新聞社入社第一作である。読者の多い新聞への寄稿は、プロ作家にとってありがたい舞台なのである。

妖怪文学への夢

芥川は張り切って「路上」の執筆に向かった。何度か書き直すなどして、執筆には苦労が伴ったが、意欲は空回りし、三十六回連載したが、うまくいかずに前篇だけで終わってしまう。最後の回の末尾に「以上を以て「路上」の前篇を終るものとす。後篇は他日を期する事とすべし」との附記があるものの、未完で終わった。「妖婆」は「路上」同様、現代に取材したテクストで、これまで見てきたように、芥川の意欲の十分感じられる小説なのである。それが右に見たような、二通の南部修

太郎宛書簡ともなった。彼は「鏡花に去る遠からざるは自ら愧づる所」などと言ってはいるものの、自信のあるところを示していた。芥川は知性と怪異の矛盾なき存在を願って、妖怪文学への夢をもっていたかのようである。それゆえ南部修太郎に「インテレクトが妖怪文学に必要なる所以を説明して聞かせる」などとも言っている。新作「妖婆」にある程度の自信があったかのようだ。

　が、翌月十月号の『新潮』に佐藤春夫の「創作月旦（3）「苦の世界」と「妖婆」」が出るに及んで、形勢は逆転する。佐藤のこの論は、わたしの編集した『芥川龍之介研究資料集成・第1巻[12]』に収録してあるので、簡単に読める。佐藤春夫はここで「妖婆」前篇を取り上げ、歯に衣着せぬ物言いでこき下ろす。その冒頭は以下のようだ。

　芥川龍之介君の「妖婆」は噂では力作であるといふ風に聞いてゐた。けれども私にはそれがあまり力作らしく思へない。或はもしこれが力作であるにしても、又、これが未完の作品であつても、私はこれを全く失敗の作であると私が考へることに躊躇しないものである。これはもとより人間的興味を期したものでもなければ、心理的の研究でもなく、或は哲学的の意味があるわけでもない、唯一つの詩を覘《うかが》つたものであつて、この作品の私にとつての価値はその詩が充分に私を酔はせるかどうか、芥川君の創造しようとして居る世界のなかへ私が没頭することが出来るかどうか、この作品の私にとつての価値は専らこの点にのみあるものと思つても間違ひはないと思ふ。さうして私はこの奇異な世界をとり扱つた作品を見ても、私にはその世界がどうも一向に感じられてはこないのである。随分の臆病もの丶、また好んでさまざまの不思議を肯定しようとする性質と、従つて思想上の傾向とを持つて居る私ではあるが、また、近ごろあまりに芥川君の作品から感銘を受ける機会がなくて、それ故にどうかすると私が好んで芥川君の作を無視しようとして居るかのやうな誤解を避けたいと思つて居る折からの私ではあるが、私にはどうしてもこの作品から、凄いとか、恐ろしいとか、厭はしいとか、乃至それに類似したやうな種のどんな感情をも、さうしてその感情が齎すであらうところの戦慄の快感といふ風なものを、私は少しも感ずることが出来ない。忌憚なく言ふと、この作品はもう最初から失敗してゐるやうに私には感じられる。

佐藤春夫の批判

佐藤春夫は一八九二（明治二五）年四月九日の生まれで、芥川とは同年である。互いに相手を認め合った仲である。早く一九一七（大正六）年四月五日付佐藤宛書簡で芥川は、「あなたは　僕と共通なものを持つてゐると書いたでせう　僕自身もさう思ひます　或はあなたの小説をよんだと云ふ事が、僕の小説を書き出したと云ふ事に影響してゐるかも知れません」などと書き送っていた。佐藤は芥川の第一創作集『羅生門』の出版記念会を江口渙と相談して推し進めたこともあり、早くから芥川の才能を認めていた。

けれども、ここに書き写したように、佐藤の「妖婆」評は、すさまじい。痛烈な全否定のような文章だ。しかも、それは物語の導入のところに集中し、本題の新蔵とお島婆さんと呼ばれる妖婆とのかかわりや、新蔵とお敏との愛などは素通りされる。本題の箇所は、新蔵がはじめてお島婆さんのところを訪ねた折の描写が、道楽的だとその文章を咎めているのみである。佐藤は「大胆にも芥川氏はこの種の作品に於て唯一の力であるところの空想上のリアリテイを先づ無視してかかつてゐるやうに私には思へる」と言い、「一人の変態心理の男」が出て来る物語とする。そして「この一見変態心理者としか思へない人が、その理知的な文章を書いてゐるところの作者自身であつて、この物語には別に一人の主人公があることにして話を進めて居るのである」と言う。

佐藤は芥川の用いた二重の語りの方法を、「間接談話」による方法と呼び、それに反発するのであった。その上で「すべての話は（小道具は別として）寧ろ大時代的なものであつて、私には新鮮な興味を一つも起させないのである。仮りに作者が新時代の――大正の東京の怪譚を我々に与へようと試みられたものとしたならば、作者は妖婆の住家を寧ろ活動写真小屋の隣りにし、乃至は妖婆の言葉を普通我々の聞きなれた現代語にする用意をも多分必要としたであらう。妖婆の言葉が、あんな言葉である方が凄味があると、作者が考へたものとすれば、私は全く同感しない」とまで言う。要は感性の問題かとも思うが、二重の語りの方法にしても、現代（大正）の東京に前近代の異物が侵犯する物語[*13]ととるならば、そうめくじら立てる必要もなかったのではないか。創作上の好敵手ゆえの苦言であったのか。いやいやそうではあるまい。文壇的にいくらか遅れをとっていた佐藤春夫の、芥川龍之介何するものぞの気概の籠もった一文だったのである。

自信がゆらぐ

先に南部修太郎宛書簡で、「僕豈特に自信あらんや鏡花に去る遠からざるは自ら愧づる所されど君の理窟に対しては不服ならざるを得ず故に弁ずる事然り幸に来つて論戦一場する事を吝む勿れ」（一九一九・九・一三付）と自信ある発言をしていた芥川も、一目置く佐藤春夫の「妖婆」評に接して自信は、揺らぐほかなかったかのようだ。南部修太郎に「君のはがきを再読したり正に「佐藤氏のは」とあり我鬼先生甚恐縮す但し他の諸点は僕の眼擦過的なりと思はず或は貴意の如く君の「文拙きに依る」なるべし」（一九一九・九・一六付）との文言を含む便りを出さざるを得なかったのであった。

芥川龍之介が「妖婆続篇」を書いている時に、佐藤春夫の「創作月旦（3）「苦の世界」と「妖婆」」が載った『新潮』十月号が出たことになる。一九一九（大正八）年九月二十日前後のことである。九月二十二日付の菅忠雄宛書簡では、「御手紙難有う　妖婆の続篇を書いてゐたので大へん御返事が遅れましたあれは通俗小説のやうな気がして嫌なんですが　あなたが面白く読んで下さればやはり満足です」と書き添えている。佐藤春夫の手厳しい批評を受け、自分では知性と怪異との共存を目指したのが、世間では単なる通俗小説に過ぎないものとして取り扱われる。それもやむを得ないと一方で思い、他方、「あなたが面白く読んで下さればやはり満足です」など、作家としての矜持が見え隠れする。十月号に「妖婆続篇」が出ると、十月十五日付南部修太郎宛書簡で、「妖婆愈出で、愈愚なり今度は自分ながら辟易したあやまるよ」と、最初に「妖婆」にクレームをつけた南部修太郎に全面降伏的便りを出している。南部修太郎や佐藤春夫らによって指摘された「妖婆」愚作論、失敗作の印象は、芥川の中で次第に醸成される。そして自死に際しての小穴隆一宛遺言（「二つの絵　芥川龍之介自殺の真相」『中央公論』一九三二・一二～一九三三・一、『芥川龍之介研究資料集成・第7巻』収録）で、「一、若し集を出すことあらば　原稿は小生所持のものによられたし。／二、又「妖婆」（「アグニの神」に改鋳したれば）「死後」（妻の為に）」の二篇は除かれたし」とあったことから、元版全集から除かれるということにまでなる。

　が、「妖婆」は作者芥川龍之介が全集収録を拒むほどの悪作、失敗作なのか。「妖婆」への「失敗作」というレッテルは、一昔前のすぐれた芥川研究者吉田精一の『芥川龍之介』[*14]から来るようだ。吉田は佐藤春夫の批評を紹介した後、「要するに「妖婆」は全くの失敗作で、怪異にレアリティを与へることが出来なかつた」と断じた。多くの芥川研究家は、これまで十分にテクストを読み込まず、吉田の論に引きずられた感がある。なお、芥川自身は全集入りを阻んだ理由として、「アグニの神」に「改鋳」したという理由をあげたが、児童文学としての「アグニの神」と小説「妖婆」とは、明らかに別作品《テクスト》である。ここに「妖婆」再評価・再発見の視点が求められるのだ。わたしはそれを〈創作の試み〉という視点から考えたい。

創作の試みとして

神秘の領域

吉田精一が「要するに「妖婆」は全くの失敗作」と断じた背景には、先に詳しく紹介した佐藤春夫の手厳しい「妖婆」評があったからなのである。佐藤は「西班牙《スペイン》犬の家」（『星座』創刊号、一九一七・一）や「指紋」（『中央公論』一九一八・七）で、幻想空間を主題とする小説（小品）を書いていた。芥川と同時代、もしくは先輩の作家には怪異・妖怪を題材として作品を書いた人はいくらもいる。また、人間の神秘的側面に光を当てようとした人も多い。幻想や妖怪や神秘は、同時代作家の強い関心を惹がずにはいられなかった対象である。谷崎潤一郎は「ハッサン・カンの妖術」（『中央公論』一九一七・一一）などを書き、妖怪に関心を示していた。芥川の児童文学「魔術」（『赤い鳥』一九二〇・一）は、この「ハッサン・カンの妖術」が下敷きにされている。（本章の「二　魔術」参照）

泉鏡花は芥川の敬愛した作家であるが、『草迷宮』（春陽堂、一九〇八・一）などは、芥川の愛読書であった。後年芥川は「鏡花全集について」（『東京日日新聞』一九二五・五・五～六）の一文で、鏡花の倫理観にふれ、「「深沙大王」の禿げ仏、「草迷宮」の悪左衛門等はいづれも神秘の薄明りの中にわれ〳〵の善悪を裁いてゐる」と書くことになる。

一高・東大時代の一年先輩で、第三次『新思潮』の同人だった豊島与志雄も、また神秘の領域に強い関心を示した作家であった。豊島与志雄は作家出発時から人間精神の諸領域を描き出そうとさまざまな創作上の試みを示していた。彼の文壇的処女作「湖水と彼等」（第三次『新思潮』創刊号、一九一四・二）は、聖書を読む寡婦と、かつては信仰を求めたが、今は自身を創造主に擬し、神秘主義に傾いている青年との会話をめぐって展開する。テクストは散文詩のような文章で展開する。一部を引用しよう。

晩秋の太陽の光りは弱々しく、森の上に野の上に煙つた。湖水の面がきら〳〵その光りを刻んでゐる。舟は夢のやうに浮んでゐた。青年は櫂をすて丶女と並んで坐つた。彼等は小さい板片を手にしてゐる。そして各々《おのおの》舷側から水の中にそれを浸して、時々は当度《ママ》もなく舟を動かしてゐるらしい。

彼女は無心に小石を一つ拾つて水中に投じてみた。その小さい音が青空の下に消えてゆく時、彼女の静かな悦びがゆら〳〵と揺いだ。凡てのもの丶母であるといふやうな広い心は、また只在ることの静かなる悦びは、渚に戯る丶小さい漣の音にも融けてゆく。生きることから解放されたやうな安易と、彼方の空から来る愁とのうちに彼女は神を想つた。

瞑想の世界

自然に人事を重ねて物語は展開する。描写にはザイツェフやソログーブなどロシア近代小説の影響が明らかに見られる。のちに芥川が「山間の湖の如く静」[*15]と評したような世界である。登場人物の会話は、まま重い沈黙を生み、各自は自然を背景に瞑想に耽るのである。豊島は続いて『新思潮』の一九一四（大正三）年三月号に、「蠱惑《こわく》」という小説を載せる。「冬夜、瞑目して座せるある青年の独白」という副題の添えられたこのテクストは、「私」という語り手が、夕食後散歩に出かける際によく立ち寄るカフェーで出会う一人の男との交渉を語るという結構をとる。男はいつも「私」の隣のテーブルに坐り、「私と同じやうなラクダのマントを着、中折帽で深く顔を隠して」いる。「私」はその男を前々から見知っている気がする。「通りでも見たやうだ。旅の記憶にも彼の顔がある。それから私はのび上つて記憶の地平線の彼方に彼を探した。幼い折、小児の折、私が生れない前、其処にも彼の顔がある」――そして次第に男が

「私」の分身であることが明かされていく。

病的とも言える神経が、空想を恣《ほしいまま》にして異常な世界を現出する。豊島与志雄の象徴主義ともいえる傾向は、鋭敏な感覚を通して神秘の世界をさぐるところから、神秘主義に重なる。「湖水と彼等」の自らを神の位置に引き上げている青年の登場は、まさに神秘への道行きであり、「蠱惑」でも主人公を「万有を愛する玉座」に就けようとしている。同じ頃、彼は別の同人誌『自画像』創刊号（一九一四・四）にメーテルリンクの評論「ラ　ヴィ　プロフォンド」の翻訳を載せている。四百字詰原稿用紙にして二十枚ばかりのもので、無限との交渉や神秘や沈黙についての想いが語られたものだ。メーテルリンクは、芥川にも影響を与えたベルギー系象徴詩人・神秘思想家である。

都会人の神経のふるえ

芥川龍之介は、豊島与志雄をその出発時から意識して見守っていた。「妖婆」を発表した前年の一九一八（大正七）年五月号の『新潮』に、「豊島与志雄氏の印象」という企画欄があり、菊池寛・谷崎潤一郎・久米正雄ら七名が寄稿した。そこに芥川は「人の好い公家悪」と題し、豊島与志雄を好意的に紹介する。まずは初めての出会いのことから書きはじめ、その人物に寄せる関心の高さを披瀝する。例えば「始終豊島の作品を注意して読んでゐた」とか「僕の興味は豊島の書く物に可成強く動かされてゐた」とかある。そして、「豊島は「何時でも秋の中にゐる」訳ではない。返つて実は秋が豊島の中にゐるのである」という、今日では余りに有名なことばを記すこととなる。豊島の『新興文芸叢書第十三篇　二つの途』（春陽堂、一九二〇・八）には、「按摩の笛」「群集」「嘘と真」「縊死人」「二つの途」を収めるが、巻頭の「按摩の笛」など、都会人の神経の震えに光を当てた、芥川好みの作としてよいだろう。

芥川龍之介の「妖婆」が発表された一九一九（大正八）年の豊島与志雄は、忙しい只中にいた。それまでに書いた小説を集めた創作集『蘇生』（新潮社、一九一九・四）や『微笑』（東京刊行社、一九一九・一〇）の刊行、翻訳『レ・ミゼラブル』二〜四巻の刊行、さらに月々の雑誌への執筆と休む間もなかった。わたしの作成した「豊島与志雄著作目録[16]」を見ていただくと一目瞭然のことながら、この年の豊島は、ほぼ毎月小説を一つ乃至二つは発表しているのである。これだけ書くと、文壇からは当然批判の声もあがる。芥川の時評「大正八年六月の文壇」（『大阪毎日新聞』一九一九・六・四〜一三）での評も、その一つであった。豊島が六月号の『雄弁』に書いた「非常線」という小説への批判である。芥川は鋭い筆鋒で、問題の核心を衝く。以下に該当部分を引用する。

> それから豊島与志雄氏の「非常線」（雄弁）を読んで見たら、火事場の景色が手際よく、如何にも溌剌と書いてあつた。と思ふと今度は年をとつた母親と主人公の青年との姿が、その火事場の煙の中からもの哀れに浮んで来た。自分はもうそれで結構だと思つたが、豊島氏はまだその上に主人公の口を藉《か》りて、盛に非常線を張つてゐた巡査諸君を攻撃し出した。この攻撃は更に飛火をして、火事とは直接関係のない主人公の夜業の中ででも、余焔を吐いてゐるのだから迷惑である。自分はこれを豊島氏の忙中落筆の弊に帰したいと思ふ。

忙中落筆の弊

「忙中落筆の弊」とは、実にうまく言い当てている。それはそのまま一九一九（大正八）年の芥川龍之介自身の仕事にもいえそうである。芥川もこの年『傀儡師』（新潮社、一九一九・一）というタイトルの小説集を出したほか、毎月の雑誌に一、二の小説や随筆を必ずと言ってよいほど載せていた。「妖婆」もその一つであった。横須賀の海軍機関学校をやめ、筆一本の生活に入った彼は、原稿は頼まれるまま何でも引き受けざるを得なかったからである。

海軍機関学校の職務は、それなりにきつかった。授業のための教材研究は、手が抜けなかったし、試験問題の作成、その採点にも時間はとられる、それに職員会議なるものもある。雑務は学校にはつきものだが、創作の片手間の学校勤務は、それゆえにきついものであった。内田百閒が芥川と同時期に海軍機関学校に勤務していた黒須康之介からの聞き書き[*17]をまとめた中に、おもしろいエピソードがあるので、一つだけ紹介しよう。

それは「芥川さんは学校の答案調査がいつものろくて、それから届書とか報告書とかは独りでは書けないので、大抵私が芥川さんに教へました」というものである。ちょっと意外に思われるが、事実だったのであろう。府立三中・一高をいずれも優秀な成績で卒業、東大英文科でも優等生をもって知られた芥川が「答案調査がいつものろく」て、報告書などが一人では書けないというのは、そのことを第一義に考えなかったからである。創作に追われていた芥川にとって、試験の答案処理などは、二義的な問題であり、一定のパターンを要求される報告書は、説明書きを読んでいるより聞いてしまった方が、はるかに楽だったからだ。

そういう芥川が雑務の多い教員生活を終え、創作専念に向かった年、一九一九（大正八）年は、文筆上の仕事がふえて当然であった。定職の学校勤務をやめ、執筆一本になったということを聞いた各雑誌社の編集者は、人気作家芥川龍之介に期待した。芥川自身もこれからは筆一本での生活との考えがあるので、依頼された仕事は断らずに何でも引き受けた。が、時間は限られているとくると、常に書いていなくてはならないという状況が訪れる。実際には学校教師という定職についていた時以上の忙しさが待っていたのである。

芥川には豊島与志雄の書かざるを得ない立場がよく分かっていた。豊島は大学卒業後、頼りにしていた生家の没落によって、妻子を自ら養わねばならなくなる。しかも、長男の病によって厖大な医療費を必要とするところに追い込まれ、それをペンでの仕事によって捻出していたのである。名訳とされる『レ・ミゼラブル』や『ジャン・クリストフ』の翻訳も、生活費稼ぎの中から生まれたものであった。

芥川は豊島与志雄の実生活上の闘いを、彼の小説「生と死との記録」（『帝国文学』一九一八・一）その他から知っていた。豊島の財政的援助にと海軍機関学校講師の口を斡旋したのも、ほかならぬ芥川であった。豊島与志雄は当初陸軍中央幼年学校に専任として勤務していたが、一九一八（大正七）年八月依願退職していた。豊島小説を書いていたことが教頭の眼に止まり、書かぬよう勧告されたことが原因とされる。定職を失った彼は、海軍機関学校とその後決まった慶應義塾大学文学部の講師、それに前述の翻訳の仕事、さらに月々の雑誌への寄稿で何とか生計を立てていたのである。

芥川の方法的模索

豊島与志雄の小説「非常線」を取り上げ、「忙中落筆の弊」と批判した芥川のことばは、そのまま自作の「妖婆」批判にも連結する。特に後篇でのお敏の述懐「お敏は雷鳴と雨声との中に、眼にも唇にも懸命の色を漲らせて、かう一部始終を語り終りました」の一文の内実は、読者にはすでに予想されるものだけに、「余焔を吐いてゐる」に等しい。この箇所は、「迷惑である」と読者に言われても致し方あるまい。

芥川の養家がこれまで言われてきたような「中流下層階級」などではなく、実際には貧しいどころか経済的にはかなり豊かだったという庄司達也の調査[*18]がある。そうではあるにせよ養家で生活するには、それなりの生活費も必要とされたであろう。それが養父母や伯母フキからの独立でもあったからだ。それゆえ、定職を放棄し、大阪毎日新聞社の社員になる際にも、慎重な契約を取り交わしていた。定職時代を下回らない月々の収入が第一であった。

「路上」（『大阪毎日新聞』一九一九・六・三〇〜八・八）は入社第一作で、安田俊助という文科の大学生をめぐる青年群像を描こうとしたものであった。が、勇んで取り組んだものの意欲は空回りし、前篇だけで終わってしまう。新聞連載三十六回の末尾に、「以上を以て「路上」の前篇を終るものとす。後篇は他日を期する事とすべし」との附記があるものの、後篇は書かれず、未完に終わった。現代小説、しかも、恩師夏目漱石の「三四郎」のような小説をとの願いを持ったであろうことは、「路上」というテクストを読む者誰しもが最初に直観することでもあった。芥川はプロ作家として、さまざまな方法的模索を試みる時期にさしかかっていたのである。

「妖婆」はそうした創作の試みの一つであったとも言える。「忙中落筆の弊」は後半に甚だしいとはいうものの、総じて場面は映像的に捉えられている。しかも、同時代の話題であった千里眼問題などを吸収し、発想や創作方法を井上諭一の指摘[*19]するアルジャーノン・ブラックウッドの *Ancient Sorceries* に求め、舞台を己の成育の地に移し替え、全くの別作品を創り上げているのだ。言うならば芥川得意の素材を借りて新たな創造を成すというやり方をとっているのである。では、新たな創造とはなにか。

「芸術その他」

「妖婆」を発表した年の十一月、芥川は雑誌『新潮』に「芸術その他」というエッセイを寄せている。「芸術家は何よりも作品の完成を期せねばならぬ」ではじまるこのエッセイは、彼の当時の芸術観をよく現したものなのである。これが斎藤茂吉の歌論集『童馬漫語』(春陽堂、一九一九・八)に刺激されて生まれたことを、わたしは早く『芥川龍之介　闘いの生涯』(毎日新聞社、一九九二・七)で指摘した。この時期の芥川の新たな創造をめざす試みは、斎藤茂吉というよき先輩がいて、はじめて推進されたと言ってもよいだろう。この年五月、芥川は菊池寛と長崎旅行に出かけ、当時長崎県立長崎病院に勤務していた斎藤茂吉に会っていた。

斎藤茂吉は、芥川が終生の課題とした東と西の問題をごく自然に乗り越え、制御できた類い希な文人であった。連作「おひろ」「死にたまふ母」を収めた『赤光』[*20]は、若き芥川龍之介のあこがれ、いや尊敬の対象であった。茂吉は一八八二（明治一五）年五月十四日の生まれなので、芥川より十歳年上になる。それゆえ長崎での初対面の時、茂吉は近く三十七歳の誕生日を迎えようとしており、芥川は二十七歳であった。二人の対面がどのようなものであったかは、想像の域を出ない。が、以後、二人の間に文通が続いたことは茂吉書簡が語る。この年十二月二十日付の芥川宛茂吉書簡の一節に、「大阪毎日にて拙著御褒めにあづかり、長崎にて大に面目をほどこし申候御同情深く感謝たてまつり候同僚も大家あつかひするに相成申候」とある。これは『大阪毎日新聞』（『東京日日新聞』）の一九一九（大正八）年十二月一日に載った芥川の「本年度の作家、書物、雑誌」での茂吉の歌論集『童馬漫語』への言及をさす。ここで芥川は、茂吉の作家態度の真剣さ、文章の気品の高さ、それに字句の後に彷彿している茂吉の面目を、高く評価した。『童馬漫語』は学校勤めをやめ、プロ作家となった芥川を強く刺激したのであった。

「妖婆」はその刺激のもとに書かれた小説テクストであった。また、「芸術その他」は、茂吉の『童馬漫語』を強く意識したエッセイである。そのことは「童馬漫語を拝見した時ぐづぐづしてはゐられなくなつて書いた感想七八枚　今月の新潮に出しました　御手許まで送りますから御笑覧下さいませんか」（斎藤茂吉宛、一九一九・一一・九付）ではじまる龍之介書簡が残っていることからも言える。芥川は茂吉の『童馬漫語』における闘い、前進する姿を見、〈停滞〉の恐ろしさを問題とする。それは〈退歩〉であり、そこには「常に一種の自動作用が始まる」とする。「自動作用」のはじまりは、芸術家としての死であり、「僕自身「龍」を書いた時は、明にこの種の死に瀕してゐた」と言う。

内容と形式の問題

内容と形式の問題に関しては、「作品の内容とは、必然に形式と一つになつた内容」との見解が示され、芸術は表現であり、「画を描かない画家、詩を作らない詩人、なども云ふ言葉は、譬喩として以外には何等の意味もない言葉」とされる。さらに「僕は芸術上のあらゆる反抗の精神に同情する。たとひそれが時として、僕自身に対するものであつても」と書き、自己否定さえもあえて辞さない態度を示す。ここにも『童馬漫語』の強い影響を認めることができよう。芸術とはなにか、芸術家はどうあるべきかに考察をめぐらしてきた芥川は、芸術活動は「意識的なもの」だとする。それは一つところに安住することなく、対象との絶えざる、きびしい闘いが必要との認識である。

前述のように芥川はこの年三月、海軍機関学校の英語教師を辞め、プロ作家に転向した。雑務から解放され、時間の十分取れる状況の下、彼は創作に励んだ。原稿の量は着実に増加した。けれども、仕事内容は必ずしも満足のいくものではなかった。中絶した「路上」も、意欲作と思われた「妖婆」もである。創作の試みとしての意味はあっても、テクストの完成度からするとまだまだの感が彼自身にあった。斎藤茂吉の『童馬漫語』は、そうした芥川に活を入れることになる。

「芸術その他」を読んだ斎藤茂吉は、「しみじみとみ文読みし後にはりつむる心おこりくるを君につげなむ」という歌を芥川に贈っている。芥川は佐佐木茂索宛書簡（一九一九・一一・二三付）に、この歌を引き写し、「僕の新潮の感想を読んでくれた歌だ　僕があの感想を書いたのは童馬漫語に刺戟せられる事多かつたのだからこの歌は殊に嬉しく読んだ　何にしても精進せぬと内の寂しさをどうする事も出来ぬ」と書きつけている。「内の寂しさ」を、芥川は「精進」によって乗り越えようとする。

創作の試みの一つ

「妖婆」は芥川龍之介にとっての創作の試みの一つであったことが、「芸術その他」などを読むと次第に分かってくる。中村真一郎の「芥川『妖婆』の原稿出現―そのエピグラフについて―」[*21]によると、石川近代文学館所蔵の「妖婆」の原稿第一ページには、夭折したドイツロマン派の詩人ノヴァーリスの四行の詩が、原文で引かれていたという。この詩は発表段階では抹消されたが、中村真一郎はこういう詩をエピグラフとして用いようとしたところに、芥川の意図が読めるという。それは「この作品は、ドイツ浪漫派の手法で行くのだ、という宣言」で、「当時の自然主義的日常性の写実主義の風土に対する、大胆極まる挑戦」であったというのだ。芥川の肩を持つ中村は、「妖婆」には、その発想に「東京の真中に妖婆を出現させようという奇抜なアイディア」があったとする。

けれども、これまで見てきたように、当時の文壇や芥川周囲の仲間には、この発想を受け入れる余地がなく、逆に芥川の自信を喪失させる言説を発表したり、直接言ったりした。そうした状況にあった当時の彼に、勇気と希望を与えたのが、茂吉の歌論集『童馬漫語』であった。

「妖婆」は作者の芥川龍之介自身によって、当初は全集にさえ収録されないという宿命を担ったものの、決して失敗作などではなかった。彼の全文業の中に位置づけるなら怪異もの系列の中でも、ひときわ光るテクストとして位置づけることができよう。生誕百二十年、没後八十五年を前に、テクスト「妖婆」再発見の季節が訪れているのである。

注

一　妖婆

1――ジェイ・ルービン訳 *Rashōmon and Seventeen Other Stories* PENGUIN CLASSICS 二〇〇六年三月

2――高慧勤・魏大海編『芥川龍之介全集』全五巻、山東文芸出版社、二〇〇五年三月

3――宮坂覺「「妖婆」論―芥川龍之介の幻想文学への第一章―」村松定孝編『幻想文学　伝統と近代』双文社出版、一九八九年五月一〇日、二二一～二三六ページ

4――一柳廣孝『〈こっくりさん〉と〈千里眼〉　日本近代と心霊学』講談社選書メチエ25、一九九四年八月一〇日

5――一柳廣孝「怪異と神経―芥川龍之介「妖婆」の位相」横浜国大『国語研究』第17・18合併号、二〇〇〇年三月一五日

6――井上諭一「芥川龍之介「妖婆」の方法―材源とその意味について―」北海道大学『国語国文研究』一九八五年九月二八日

7――小林和子「芥川龍之介「妖婆」について―同時代作家との関連を視座として―」『茨城女子短期大学紀要』第20集、一九九三年三月二〇日

8――アルジャーノン・ブラックウッド *Ancient Sorceries* 邦訳に紀田順一郎訳「いにしえの魔術」『ブラックウッド傑作集』東京創元社、一九七八年二月二四日収録がある。なお、日本近代文学館の芥川龍之介文庫には、ブラックウッドの *The empty house, and other ghost stories* ほか三冊が見出され、いずれも書き込みがある。*Ancient Sorceries* は、*John Silence ; physician extraordinary* に収められている。

9――乾英治郎「妖婆」関口安義編『芥川龍之介新辞典』翰林書房、二〇〇三年一二月一八日、六一八～六一九ページ

10――芥川は千里眼問題には、早くから関心を示していた。むろんそれは同時代人共通のものでもあった。一高卒業直後の一九一三年八月一二日付で、静養先の静岡県安倍郡不二見村から府立三中の後輩浅野三千三に宛てた便りの一節にも、「新聞によれば千里眼問題再燃の由本屋にたのみやりし福来博士の新著も待遠しく田舎の新聞が同問題の記事を少ししか出さぬが歯がゆく候」と記している。

11――注3に同じ

12――関口安義編『芥川龍之介研究資料集成・第1巻』日本図書センター、一九九三年九月二五日、二二四～二三〇ページ

13――注9に同じ
14――吉田精一『芥川龍之介』三省堂、一九四二年一二月二〇日、一八六ページ
15――芥川龍之介「大正八年度の文芸界」『毎日年鑑 大正九年版』一九一九年一二月五日
16――関口安義「豊島与志雄著作目録」『評伝豊島与志雄』未来社、一九八七年一一月二〇日収録、四〇八ページ
17――内田百閒「芥川教官の思ひ出」『芥川龍之介全集月報』第八号、一九三五年六月、のち、『芥川龍之介雑記帖』河出文庫、一九八六年六月四日収録、五四~六〇ページ
18――庄司達也「芥川龍之介と養父道章―所謂「自伝的作品」の読解のために（一）」『東京成徳大学人文学部研究紀要』第14号、二〇〇七年三月、「養父、道章・「中流・下層」という虚と実―「芥川龍之介と二人の父、二つの家」論のために」『國文學』臨時増刊、二〇〇八年二月二〇日
19――注6に同じ
20――斎藤茂吉『赤光』東雲堂書店、一九一三年一〇月一五日
21――中村真一郎「芥川『妖婆』の原稿出現―そのエピグラフについて―」『図書』一九八三年四月一日

二　魔術

超自然への関心

空想力の始原

芥川龍之介は超自然現象としての怪異や異形、そして霊力の存在に強い関心を示した作家であった。それは幼い時に養父や養母、それに育ての母である伯母フキから聞いた昔話、成育地本所にまつわる不思議な話や怖い話に始原を見出せるのかも知れない。後年の自伝的小説「少年」(『中央公論』一九二四・四〜五)には、「四歳の時」のこととして、以下のような記述がある。

――彼は鶴と云ふ女中と一しよに大溝《おほどぶ》の往来へ通りかかつた。黒ぐろと湛《たた》へた大溝の向うは後に両国の停車場になつた、名高い御竹倉《おたけぐら》の竹藪である。本所七不思議の一つに当る狸の莫迦囃子《ばかばやし》と云ふものはこの藪の中から聞えるらしい。少くとも安吉は誰に聞いたのか、狸の莫迦囃子の聞えるのは勿論《もちろん》、おいてき堀や片葉の葭《よし》も御竹倉にあるものと確信してゐた。

空想力に富んだ少年龍之介は、長じても怪異や異形や幽霊に対して、並々ならぬ関心を懐いていた。一高時代には幼い頃聞いた怪異譚や先輩・友人・知人、さらには雑誌や本から収集した妖怪・怪異話を分類し、「椒図志異」という記録簿を作成している。大学ノートに記された原簿の復刻版は、龍之介の甥の葛巻義敏によって、ひまわり社から一九五五（昭和三〇）年六月に刊行されている。全集にも収録されているので、その全貌は容易に確かめられる。

手許にある復刻版を見ながら簡単に紹介するなら、ノートの最初に「芥川文庫蔵／椒圖志異」と墨書され、本文は縦書き、ブルー・ブラックのインクを用いたペンで書いている。ノートは清書されたもので、几帳面な書き方である。内容は「怪異及妖怪」「魔魅及天狗」「狐狸妖」「河童及河伯」「幽霊及怨念」「呪詛及奇病」などに分類されている。最初の「怪異及妖怪」のところは、「上杉家の怪例」（二例）「毛利家の怪例」として三つの怪例話が載る。ノートに記された怪異話はさまざまで、犬の顔をした人の話、天狗にさらわれて空を行く人を見た話、品川の妓楼に幽霊の出た話など多岐にわたる。それぞれの話の後には、「母より」「父の語れる」「依田誠氏より」「つねより」「少年世界より」「仙童寅吉物語より」などと、出所が記されている。

怪異譚集成のこのノートを作るのに、彼は一高の級友にも協力を求め、怪異・妖怪の類の話なら何でも教えてくれと手紙に書きつけることになる。例をあげると、井川恭（恒藤恭）に宛てた便りの一節に、「MYSTERIOUSな話しがあつたら教へてくれ給へ　あの八百万《やほよろず》の神々の軍馬の蹄のひゞく社の名もその時序にかいてよこしてくれ給へ　ろせつちの詩集の序に彼は超自然な事のかいてある本は何でも耽読したとかいてある　大に我意をを得たと思ふ」（一九一二・七・一六付）と書く。また、藤岡蔵六に宛てた便りには、「Mysteriousな話しを何でもいゝから書いてくれ給へ、文に短きなんて謙遜するのはよし給へ／如例静平な生活をしてゐる時に図書館へ行つて怪異と云ふ標題の目録をさがしてくる」（一九一二・八・二付）とある。井川恭・藤岡蔵六とも、芥川の一高時代の親友である。

千里眼の時代

　芥川龍之介が中学校や高等学校生活を送った時代、明治中期から大正にかけての時代は、千里眼や透視が流行した時代であった。千里眼とは、千里の先を見る眼、つまり超能力をさすことばである。透視も同じ意味で用いられた。御船千鶴子や長尾郁子の千里眼事件が起こるのも、こうした時代的な心霊信仰があってのことなのである。こうしたことは、一柳廣孝の労作『〈こっくりさん〉と〈千里眼〉日本近代と心霊学』[*1]にくわしい。もともと怪異や妖怪好みの芥川は、時代の関心事でもあった千里眼や透視にも無関心ではいられなかった。

　芥川は生涯神秘なるものに深い関心を示していた。「侏儒の言葉」（『文藝春秋』一九二三・一〜二五・一一）の中では、神秘主義にふれ、「神秘主義は文明の為に衰退し去るものではない。寧ろ文明は神秘主義に長足の進歩を与へるものである」とか、「我々は理性に耳を借さない。いや、理性を超越した何物かのみに耳を借すのである」と書いている。これは後年の芥川の言であるが、千里眼や透視に興味を懐く精神的土壌が、彼には早くからあった。

　一高の友人、井川恭と藤岡蔵六に「Ｍｙｓｔｅｒｉｏｕｓな話し」を問うた翌年一九一三（大正二）年夏、芥川は静岡県安倍郡不二見村（現、静岡市）の新定院という禅宗の寺に滞在していた。八月六日から二十二日まで滞在、読書と海水浴の日々を過ごしたのである。住職は鵜飼禅超と言い、学生に理解のある人物であった。滞在中の八月十二日、龍之介は東京にいる府立三中の後輩浅野三千三に宛てて便りを出しているが、その中に「新聞によれば千里眼問題再燃の由本屋にたのみやりし福来博士の新著も待遠しく田舎の新聞が同問題の記事を少ししか出さぬが歯がゆく候」と書きつけている。福来博士とは福来友吉《ふくらいともきち》のことで、新著とは『透視と念写』[*2]を指す。

芥川は一九一六（大正五）年九月に東京帝国大学文科大学を卒業、同年十二月から横須賀の海軍機関学校に勤務するが、彼の前任者は大本教に入信し、棄教後独自の心霊研究に走った浅野和三郎であった。浅野に関しては松本健一『神の罠　浅野和三郎、近代知性の悲劇』[*3]がくわしい。この本は、近代日本の精神史を考える上からもきわめて興味深いものがある。

浅野が起こした心霊科学研究会のメンバーには、海軍機関学校の校長をした木佐木幸輔をはじめ、芥川の同僚であった宮沢虎雄や黒須康之介らの名を見出すことができる。右の本によると、芥川が一目を置いた一高・東大時代の一年先輩で第三次『新思潮』の同人だった豊島与志雄もまた、心霊科学研究会の創立メンバーの一人であった。

シャマニズム

豊島与志雄は一九一七（大正六）年十月二十一日、長男堯《たかし》を病で失っている。その日は、また長女邦の誕生の日でもあった。彼はその厳粛な事実を「生と死との記録」（『帝国文学』一九一八・一）に書き残している。愛児の死は、彼を心霊研究に近づけさせたかのようである。「生と死との記録」には、次のような叙述がある。

堯は死んだとは、私にはどうしても思へなかつた。顔の白布を取ると、眼を少し開いて微笑んでゐた。私は胸に抱きしめて、その額に唇をつけた。冷たかつた。底の知れない冷たさだつた。私はその冷たさを、自分の口に吸ひ取るやうに、ぢつと脣を押し当てた。私の全身に、冷たい戦慄《せんりつ》が伝はつた。そして私は、はつと或る恐れを感じた。或る聖なる恐れを。私はまた、堯の顔に白布を被せてやつた。自分の腕の胸の中の肉を摑《つか》み去られた感じがした。

そしてそれが極度に聖であつた。私は眼を瞑《つむ》つた。

長男堯の死後、豊島与志雄は人は死後どこに行くのか、霊とは何かに思いを馳せたに違いない。シャマニズムはいつも彼の身近にあった。それは芥川とて同様であった。

早くから怪異や異常現象に関心をもっていた芥川龍之介は、先輩豊島与志雄や同僚の宮沢虎雄や黒須康之介らとの交流の中で、心霊や催眠にも興味を育んでいたのである。知性や教養は両立して、その関心を深めるのに役だったかのようである。

芥川の後年のエッセイ「近頃の幽霊」（『新家庭』一九二一・一）では、英米文学の幽霊についてふれ、「一般に近頃の小説では、幽霊――或は妖怪の書き方が、余程科学的になつてゐる。決してゴシツク式の怪談のやうに、無暗に血だらけな幽霊が出たり骸骨が踊りを踊つたりしない。殊に輓近の心霊学の進歩は、小説の中の幽霊に驚くべき変化を与へたやうです」と書いている。さらに「キツプリング、ブラツクウツド、ビイアスと数へて来るとどうも皆其机の抽斗《ひきだし》には心霊学会の研究報告がはひつてゐさうな心もちがする。殊にブラツクウツドなどは（Algernon Black-wood）御当人が既にセオソフイストだから、どの小説も悉《ことごと》く心霊学的に出来上つてゐる」と書いている。

「セオソフイスト」とは、英語のtheosophyからくることばであり、神智学者などと訳される。神智学は心霊学とも通じるところがある。当時はヨーロッパやアメリカでも神智学は盛んであった。芥川の怪奇小説「妖婆」（『中央公論』一九一九・九、一〇）の材源の一つは、右のイギリスの怪奇小説作家アルジャーノン・ブラックウッドの *Ancient Sorceries* に求めていることは、井上諭一[*4]によって実証されているところだ。芥川が「魔術」を書いた背景には、このような時代的なものもあったのである。

谷崎小説を下敷きに

書出し　テクスト「魔術」は、以下のような書出しにはじまる。

或時雨《しぐれ》の降る晩のことです。私を乗せた人力車は、何度も大森界隈の険しい坂を上つたり下つたりして、やつと竹藪に囲まれた、小さな西洋館の前に梶棒《かぢぼう》を下しました。もう鼠色のペンキの剝げかゝつた、狭苦しい玄関には、車夫の出した提灯《ちやうちん》の明りで見ると、印度人《インドじん》マテイラム・ミスラと日本字で書いた、これだけは新しい、瀬戸物の標札がかゝつてゐます。

マテイラム・ミスラ君と言へば、もう皆さんの中にも、御存知の方が少くないかも知れません。ミスラ君は永年印度の独立を計つてゐるカルカツタ生れの愛国者で、同時に又ハツサン・カンといふ名高い婆羅門《ばらもん》の秘法を学んだ、年の若い魔術の大家なのです。私は丁度一月ばかり以前から、或友人の紹介でミスラ君と交際してゐましたが、政治経済の問題などはいろいろ議論したことがあつても、肝腎の魔術を使ふ時には、まだ一度も居合せたことがありません。そこで今夜は前以て、魔術を使つて見せてくれるやうに、手紙で頼んで置いてから、当時ミスラ君の住んでゐた、寂しい大森の町はづれまで、人力車を急がせて来たのです。

「魔術」の冒頭に出て来る印度人マテイラム・ミスラやハツサン・カンは、谷崎潤一郎の小説「ハツサン・カンの妖術」(『中央公論』一九一七・一一)に出て来る人物である。その人物を借りて、一編の童話は成り立っている。典拠は「ハッサン・カンの妖術」と断定してよいようだ。谷崎潤一郎は、芥川の先輩作家である。芥川は生涯谷崎を意識し、文壇生活を送ったと言えようか。同じ東京生まれ、高校・大学の先輩であったばかりでなく、谷崎らのやっていた『新思潮』という名の雑誌を継ぎ、自然主義を乗り越え、新たな文学の世界の開拓にかかわった点でも、谷崎と芥川には共通項が多い。芥川晩年には谷崎と〈小説の筋《プロット》〉論争をしていることも想起される。芥川は谷崎潤一郎を高く買い、その小説のほとんどを読んでいた。「ハッサン・カンの妖術」も例に洩れない。なお、谷崎作品を導入に用いた芥川作品には、他に「南京の基督」（『中央公論』一九二〇・七）がある。

引用の物語

谷崎潤一郎の「ハッサン・カンの妖術」は、「今から三四十年前に、ハッサン・カンと云ふ有名な魔法使ひが、印度のカルカッタに住んで居て、土地の人は無論のこと、あの辺を旅行する欧米人の驚異の的になつて居た事は、予《よ》もかねてから話に聞いて知つて居た。しかし、予が彼に就いて稍ゝ詳細な知識を得るに至つたのは、つい近頃で、ジョン・キャメル・オーマン氏の印度教に関する著書の中に、此の魔術者の記事を見出してからである」という書出しにはじまる。予と自称される人物は、上野の図書館でマテイラム・ミスラという印度人を知り、ハッサン・カンの話を聞く。ミスラ氏は印度独立の意志を父から受け継ぎ、ハッサン・カンの秘術を教えられたという。ミスラ氏によるとハッサン・カンは、魔法使いであるが、普通の奇術師などではなく、「現象の世界を乗り超えて宇宙の神霊と交通し得る、聖僧」である。そして「彼の教義にしろ、哲学にしろ、宇宙観にしろ、悉く皆魔法に依つて解決される」のであり、魔法は彼の「宗教の殆ど全部」であったという。そして予はミスラ氏の協力で、魔法体験をするというものである。谷崎もまた、魔法や神秘・神霊などに関心を示した作家だったのである。

芥川龍之介は、谷崎潤一郎の「ハッサン・カンの妖術」という小説に登場する、ハッサン・カンとマテイラム・ミスラという二人の人物を巧みに用いて、ここに「魔術」という童話を書き上げたのであった。一種の引用の物語である。物語は谷崎小説を忠実に踏まえて進行する。それはミスラ君が「永年印度の独立を計つてゐるカルカツタ生れの愛国者」とか、「ハッサン・カンといふ名高い婆羅門《ばらもん》の秘法を学んだ、年の若い魔術の大家」という説明にとどまらず、その住まいを、大森にしているところからも知れる。「ハッサン・カンの妖術」では、ミスラ氏の住所を「府下荏原郡大森山王一二三番地」にしている。

芥川の「魔術」は、ハッサン・カンの魔術をめぐっての話といったらよいだろうか。先に引用したところからも分かるように、テクストは「私」という主人公が、「年の若い魔術の大家」ミスラ君を訪ね、ハッサン・カンの魔術を見せてもらうことになる。ミスラ君は、「色のまっ黒な、眼の大きい、柔な口髭のある」温和な人物である。「私」はそれまでミスラ君と、「政治経済の問題などはいろいろ議論したことがあつても、肝腎の魔術を使ふ時には、まだ一度も居合せたこと」がなく、そこで前もって、魔術をみせてほしいと手紙で頼んでおいたのである。

新しい魔術観　谷崎潤一郎の「ハッサン・カンの妖術」を踏まえて、芥川の「魔術」が新しい解釈による魔術観を示しているのは、ミスラ君と「私」とのはじめの方の応答に、はっきりと現れている。以下の箇所である。

私たちは挨拶をすませてから、暫くは外の竹藪に降る雨の音を聞くともなく聞いてゐましたが、やがて又あの召使ひの御婆さんが、紅茶の道具を持つてはひつて来ると、ミスラ君は葉巻の箱の蓋を開けて、

「どうです。一本。」

と勧めてくれました。

「難有う。」

私は遠慮なく葉巻を一本取つて、燐寸《マッチ》の火をうつしながら、

「確《たしか》あなたの御使ひになる精霊は、ヂンとかいふ名前でしたね。するとこれから私が拝見する魔術と言ふのも、そのヂンの力を借りてなさるのですか。」

ミスラ君は自分も葉巻へ火をつけると、にやにや笑ひながら、匂の好い煙を吐いて、

「ヂンなどといふ精霊があると思つたのは、もう何百年も昔のことです。アラビア夜話の時代のこととでも言ひませうか。私がハツサン・カンから学んだ魔術は、あなたでも使はうと思へば使へますよ。高が進歩した催眠術に過ぎないのですから。――御覧なさい。この手を唯、かうしさへすれば好いのです。」

「ハツサン・カンの妖術」では、ヂンは夜叉の一種の魔神で、大梵天に奉侍する家来とされている。ハツサン・カンの信者のみ、その声を聞くことができるとされる。が、芥川の「魔術」では、ミスラ君をして「ヂンなどといふ精霊があると思つたのは、もう何百年も昔のことです。アラビア夜話の時代のこととでも言ひませうか。私がハツサン・カンから学んだ魔術は、あなたでも使はうと思へば使へますよ。高が進歩した催眠術に過ぎないのですから」と言わせているのだ。ミスラ君の魔術は、「進歩した催眠術」であるというのである。ヂンの存在を否定し、より新しく見せる説明が施されている。

前述のように、芥川龍之介は幼少の頃から怪異や妖怪に興味を懐いていた。また、催眠術は福来友吉の催眠術研究に一高以来並々ならぬ関心を示してきた。そもそも催眠術の研究には、科学そのものの価値を問うところがある。そこには近代科学が捨てて顧みなかったものの復権という側面もあったのである。芥川はそ

れを察知していた。彼は催眠術や心霊の問題を、現代を生きる精神の問題と考えていたのである。先の一柳廣孝は、芥川の「二つの手紙」（『黒潮』一九一七・九）や「影」（『改造』一九二〇・九）などを例に、「芥川や豊島、梶井らの示す心霊学に対する関心は、むしろヨーロッパ世紀末文化の退廃的な感受性がもたらしたものだと考えられる。大正期における都市の孤独、内攻する憂鬱などに象徴される精神の問題である」[*5]とする。

右に引用した箇所で、魔術を「進歩した催眠術」と登場人物ミスラ君を通して言わせていることに注意したい。つまり芥川はここで、典拠「ハッサン・カンの妖術」からの離陸を試みている。ヂンという精霊の存在を否定し、催眠術という説明可能と思われるものを持ち出しているのである。そこにヂンの「妖術」から、催眠術の「魔術」への乗り換えが見られるといえよう。

夢と現実

雨がキーワード

「魔術」は、時雨の降る晩の物語である。時雨は、秋の終わり頃から冬のはじめに降ったりやんだりする雨だ。雨は、「魔術」というテクスト全編を支配しているキーワードなのである。冒頭に「或時雨の降る晩のこと」とあり、大森の町はずれのミスラ君宅に着いたところでは、「私は雨に濡れながら、覚束《おぼつか》ない車夫の提灯の明りを便りにその標札の下にある呼鈴《よびりん》の鈕《ボタン》を押しました」とある。またミスラ君は「私」を迎えるのに、「今晩は、雨が降るのによく御出ででした」と雨を話題にする。それに対して「私」は、「いや、あなたの魔術さへ拝見出来れば、雨位何ともありません」と答えている。その他「外の竹藪に降る雨の音」とか、「これもやはりざあざあ雨の降る晩でした」とか、「窓の外に降る雨脚までが、急に又あの大森の竹藪にしぶくやうな、寂しいざんざ降りの音を立て始めました」とかある。夢と現実のあわいに、雨を置いているかのようだ。物語は、夢と現実の合間に展開するのである。

ミスラ君は、「私」に三つの魔術を示す。まずはテーブル掛けの花模様から「緑へ赤く織り出した模様の花」をつまみあげ、「私」に示す。匂いまでする花を見せられ、感嘆の声を洩らす「私」を確認すると、ミスラ君は無造作に花をテーブル掛けに戻す。続いて「今度は、このランプを御覧なさい」とミスラ君は言い、ランプを独楽《こま》のように回しはじめる。火事にでもなったら大変だと、ひやひやしている「私」を前にミスラ君は騒ぐ様子もなく、「こんなことはほんの子供瞞してすよ」と言い、「あなたが御望みなら、もう一つ何か御覧にいれませう」と言い、三つめの魔術を見せる。その箇所をテクストから引用する。


ミスラ君は後を振返つて、壁側の書棚を眺めましたが、やがてその方へ手をさし伸ばして、招くやうに指を動かすと、今度は書棚に並んでゐた書物が一冊づつ動き出して、自然にテエブルの上まで飛んで来ました。その又飛び方が両方へ表紙を開いて、夏の夕方に飛び交ふ蝙蝠《かうもり》のやうに、ひらひらと宙へ舞上るのです。私は葉巻を口へ啣《くは》へた侭、呆気《あつけ》にとられて見てゐましたが、書物はうす暗いランプの光の中に何冊も自由に飛び廻つて、一々行儀よくテエブルの上へピラミツド形に積み上りました。しかも残らずこちらへ移つてしまつたと思ふと、すぐに最初来たのから動き出して、もとの書棚へ順々に飛び還つて行くぢやありませんか。

が、中でも一番面白かつたのは、うすい仮綴ぢの書物が一冊、やはり翼のやうに表紙を開いて、ふはりと空へ上りましたが、暫くテエブルの上で輪を描いてから、急に頁をざはつかせると、逆落しに私の膝へさつと下りて来たことです。どうしたのかと思つて手にとつて見ると、これは私が一週間前にミスラ君へ借した覚えがある、仏蘭西《フランス》の新しい小説でした。

慾を捨てる

ミスラ君から「永々御本を難有う」と礼を言われて、私は「夢からさめたやうな心もち」であったという。それほどミスラ君の魔術に、心を奪われてしまったのである。「私」は決心してミスラ君に魔術を学ぶことになる。ミスラ君は自分の教える魔術は、「誰にでも造作なく使へます」と言う。が、「唯、慾のある人間には使へません。ハッサン・カンの魔術を習はうと思つたら、まづ慾を捨てることです。あなたにはそれが出来ますか」と「私」に問う。以下、大事な箇所なので、再びテクストを引用する。物語前半部の終わりの箇所に相当する。


「出来るつもりです。」

私はかう答へましたが、何となく不安な気もしたので、すぐに又後から言葉を添へました。

「魔術さへ教へて頂ければ。」

それでもミスラ君は疑はしさうな眼つきを見せましたが、さすがにこの上念を押すのは無躾《ぶしつけ》だとでも思つたのでせう。やがて大様に頷きながら、

「では教へて上げませう。が、いくら造作なく使へると言つても、習ふのには暇もかかりますから、今夜は私の所へお泊りなさい。」

「どうもいろいろ恐れ入ります。」

私は魔術を教へて貰ふ嬉しさに、何度もミスラ君へ御礼を言ひました。が、ミスラ君はそんなことに頓着する気色もなく、静に椅子から立上ると、

「御婆サン。御婆サン。今夜ハ御客様ガ御泊リニナルカラ、寝床ノ仕度ヲシテ置イテオクレ。」

私は胸を躍らしながら、葉巻の灰をはたくのも忘れて、まともに石油ランプの光を浴びた、親切さうなミスラ君の顔を思はずぢつと見上げました。

「慾を捨てる」ことができるかとは、人間にとってきびしい問いかけである。「慾と二人づれ」とか「慾に目が眩む」とか「慾の熊鷹股《また》を裂く」とか言われるように、人間にとって「慾」はやっかいな存在である。簡単に捨て去ることのできないものだ。それゆえ「慾を捨てる」の背後には、重い問いが存在する。それは人間とは何か、生きるとは何かということである。「私」は、その問いかけの前に立っている。

夢の入口と出口

右に引用した前半部最後の箇所でのミスラ君のことば、「御婆サン。御婆サン。今夜ハ御客様ガ御泊リニナルカラ、寝床ノ仕度ヲシテ置イテオクレ」は、後半部の終わりの方の、これまたミスラ君のことば、「御婆サン。御婆サン。御客様ハ御帰リニナルサウダカラ、寝床ノ仕度ハシナクテモ好イヨ」に照応する。かつてわたしは『芥川龍之介と児童文学』[*6]という一書を書き、「魔術」をとりあげた際に、漢字と片仮名表記の文章に挟まれたテクストの部分が、主人公「私」の夢の世界であるとした。そして、書き手があえて片仮名書きを用いているのは、夢の世界の入口と出口を鮮明にするためであったと書いている。その考えは、今も変わらない。物語中の二箇所のミスラ君の呼びかけのことばだけを、漢字と片仮名で書き、他の部分と区分けしているのには、それなりの理由があったのだ。

「魔術」は前半と後半に分かたれる。前半と後半は、縦にアステリスク（星印＊）を五つ並べ、截然と区別されている。が、さらに詳しく見ると、後半は夢の部分と現実に引き戻された部分との二つに分かれる。そこには一行のブランクの行が置かれる。そこでわたしは前著における「魔術」論では、最後の夢から覚めた箇所を独立させて三部構成とした。こうすると、分かりやすい。強いて言うなら本作は序・破・急構成で成り立っていると説明できるからである。

さて、後半は「私がミスラ君に魔術を教はつてから、一月ばかりたつた後のことです」にはじまる。後で分かることながらテクスト「魔術」の時間は、実際は雨の降る一夜の話である。が、物語では夢の世界の一ケ月が、別に存在することになる。現実世界の天候が雨の夜に設定されていたように、夢の世界でも天気は、すでに指摘しておいたように、「ざあざあ雨の降る晩」となっている。所は「銀座の或倶楽部の一室」である。主人公の「私」は「五六人の友人と、暖炉の前へ陣取り」、気軽な雑談に耽っている。陽気な一室、明るい電灯の光、モロッコ皮の椅子、寄木細工の光った床、それは「見るから精霊でも出て来さうな、ミスラ君の部屋などとは、まるで比べものにはならない」とされる。

魔術の披露

「私」は友人と猟や競馬の話をしていたが、一人の友人の「君は近頃魔術を使ふといふ評判だが、どうだい。今夜は一つ僕たちの前で使つて見せてくれないか」という提案で、ミスラ君から習った魔術を披露する羽目に陥る。友人に対し「私」は、「好いとも」と「椅子の背に頭を靠《もた》せた侭、さも魔術の名人らしく、横柄に」答えている。こうした態度は、「私」が人間性の試問に耐えられなかったことの伏線として描き込められていると言ってよかろう。横柄な、傲慢ともとれる態度は、ミスラ君の求める「慾をすてる」という提案の背後にあるモラルからは遠い。この世の慾に執着しない人間は、横柄ではあり得ず、謙虚で、礼儀正しいはずだ。

「私」は、まず、暖炉の中に燃え盛る石炭を無造作に掌の上へすくいあげる。友人たちは「荒胆《あらぎも》を挫《ひし》がれた」のか、側へ寄って火傷でもしては大変としり込みさえはじめる。「私」はそれを床に撒き散らし、無数の美しい金貨に換える。このところにも雨の描写が取り入れられている。「その途端です、窓の外に降る雨の音を圧して、もう一つ変つた雨の音が俄に床の上から起つたのは」といった具合である。友人たちは「皆夢でも見てゐるやうに、茫然と喝采するのさへも忘れてゐました」という状況である。「まづちよいとこんなものさ」には、ほのかな得意の気持ちがある。友人は給仕に命じて床の上の金貨を掃き集めさせる。魔術と慾心にかかわる友人たちと「私」との会話の部分を引用しよう。


「ざつと二十万円位はありさうだね。」

「いや、もつとありさうだ。華奢なテエブルだつた日には、つぶれてしまふ位あるぢやないか。」

「何しろ大した魔術を習つたものだ。石炭の火がすぐに金貨になるのだから。」

「これぢや一週間とたたない内に、岩崎や三井にも負けないやうな金満家になつてしまふだらう。」などと、口々に私の魔術をほめそやしました。が、私はやはり椅子によりか〻つた侭、悠然と葉巻の煙を吐いて、

「いや、僕の魔術といふやつは、一旦慾心を起したら、二度と使ふことが出来ないのだ。だからこの金貨にしても、君たちが見てしまつた上は、すぐに又元の暖炉の中へ抛りこんでしまはうと思つてゐる。」


「私」とミスラ君との約束は、ここまではとにかく守られていた。が、ここに友人たちの中で、「一番狡猾だという評判」のある男が登場するに及び、その奇妙な論理に「私」は惑わされはじめる。「私」は結局友人たちと骨牌《カルタ》をし、金銭欲という欲望にとらわれてしまうのである。語り手は慎重に主人公の「私」が、人間性の試問に耐えられなかった様子を語っていく。「私」は友人に唆され、テーブル上の金貨を元に、いやいや骨牌をしていたが、「どういふものか、その夜に限つて、ふだんは格別骨牌上手でもない」のに、「嘘のやうにどんどん勝つ」のである。「すると又妙なもので、始は気のりもしなかつたのが、だんだん面白くな

り始めて、もの丶十分とたたない内に、いつか私は一切を忘れて、熱心に骨牌を引きはじめました」という状況を迎える。

人間どう生きるべきか

事態の切迫

「魔術」を序・破・急構成で考えると、後半の部分は「破」と「急」から成り立つとしてよいだろう。「破」は事態が切迫していく次第を扱う。気乗りのしなかった骨牌の賭けに応じて勝ち進んだ「私」は、財産をすっかり賭けるという友人のことばを聞くに及んで、慾が生じる。テクストに即して言うと、「一番狡猾だといふ評判」のある例の「人の悪い友人」から「さあ、引き給へ。僕は僕の財産をすつかり賭ける」と言われる場面だ。その箇所を引用しよう。


私はこの刹那に慾が出ました。テエブルの上に積んである、山のやうな金貨ばかりか、折角私が勝つた金さへ、今度運悪く負けたが最後、皆相手の友人に取られてしまはなければなりません。のみならずこの勝負に勝ちさへすれば、私は向うの全財産を一度に手へ入れることができるのです。こんな時に使はなければどこに魔術などを教はつた、苦心の甲斐があるのでせう。さう思ふと私は矢も楯もたまらなくなつて、そつと魔術を使ひながら、決闘でもするやうな勢で、

「よろしい。まづ君から引き給へ。」

「九。」

「王様《キング》。」

私は勝ち誇つた声を挙げながら、まつ蒼になつた相手の眼の前へ、引き当てた札を出して見せました。すると不思議にもその骨牌の王様が、まるで魂がはひつたやうに、冠をかぶつた頭を擡《もた》げて、ひよいと札の外へ体を出すと、行儀よく剣を持つた侭、にやりと気味の悪い微笑を浮べて、「御婆サン。御婆サン。御客様ハ御帰リニナルサウダカラ、寝床ノ仕度ハシナクテモ好イヨ。」と、聞き覚えのある声で言ふのです。と思ふと、どういふ訳か、窓の外に降る雨脚までが、急に又あの大森の竹藪にしぶくやうな、寂しいざんざ降りの音を立て始めました。

夢から現実へ

人間の慾の始末に負えぬものであることを語った部分であり、同時に夢の世界から現実に引き戻される箇所でもある。直接的には前述のように漢字片仮名の文章が夢から現実への出口の役割を果たす。それを補強するのは、「大森の竹藪にしぶくやうな、寂しいざんざ降りの音」をたてて降る雨である。

テクストはこの後一行あけて、「ふと気がついてあたりを見廻すと、私はまだうす暗い石油ランプの光を浴びながら、まるであの骨牌の王様のやうな微笑を浮べてゐるミスラ君と、向ひ合つて坐つてゐたのです」とあり、物語は急速に終結へと向かう。続く「私が指の間に挟んだ葉巻の灰さへ、やはり落ちずにたまつてゐる所を見ても、私が一月ばかりたつたと思つたのは、ほんの二三分の間に見た、夢だつたのに違ひありません」の「邯鄲の夢」を思わせる一文は、ここにおいて、物語の二つの時間が見事に処理されたことを示す。そういえば芥川は小説における時間処理に抜群の能力を発揮した作家であった。漢字片仮名交じりの文章で挟まれた箇所の出来事は、「ほんの二三分の間に見た、夢」であったのだ。

ここにミスラ君の見せた魔術は、催眠術であったという見解が登場する。ミスラ君自身、魔術は「進歩した催眠術に過ぎない」と言っていたことも想起される。張宣樺「芥川龍之介「魔術」論—物語の構成をめぐって」[*7]は、ミスラ君が「私」の目の前で二三度三角形のようなものを描くという行動をとったこととあわせ、「ミスラ君の魔術は、実は催眠術によって見せられた幻想だったということになるのではないだろうか」とする。魔術＝催眠術説である。こうした見方は本テクストの理解を容易にする。くり返すが、「私」が陥ったのは、催眠術によって「ほんの二三分の間に見た、夢」であるとの解釈である。

武藤清吾「魔術」[*8]は、「「慾」を捨てると明言する「私」と「慾」を捨てられない「私」の出会う物語」、作者は谷崎潤一郎「ハッサン・カンの妖術」に発想を得、「「私」がもう一人の「私」と出会う物語として構想した」とする。これまた核心を衝いた評言である。

さて、結論に入らねばならぬ。序・破・急の構成になるテクストは、急の部分でハッサン・カンの魔術の秘法を習う資格のない人間であることを自覚した主人公がクローズアップされる。「私は恥しさうに頭を下げた侭、暫くは口もきけませんでした」という状況には、謙虚な人間に戻った「私」がいるとしてよいであろう。夢の中での、椅子に寄りかかったまま葉巻の煙を吐き、横柄に答える人間ではなく、恐縮し、恥じ入っている人間である。

謙虚さへの想い

ここに作者芥川龍之介の当時の状況が重ねられているとの読みもまた成り立つ。テクストは作家の現実に還元してすべてよしとはいかない。また、テクストを作家の現実と切り離し、まったく別個のものと考えるのも狭量というものである。「魔術」発表前年の芥川龍之介は、わずらわしい教師生活からも解放され、創作専業の作家生活に入っていた。『傀儡師』（新潮社、一九一九・一）という創作集が刊行されるのも、菊池寛と長崎旅行をしたのもこの年である。他方、私生活では彼の後半生を悩ます秀しげ子という歌人との出会いもあった。芥川龍之介は、すでに人気作家であった。世間は彼をとかくちやほやほめそやした。横柄な態度をとる人間に成り下がる理由の一つがここにある。幼少時から養家でのきびしい教育を受けて育ったとはいえ、人気作家のステイタスは彼を傲慢にした。その反省心は常に彼を駆っていた。テクスト「魔術」には、芥川の謙虚さへの想いが託されている。

　芥川は「魔術」を自信作としていたところがある。それゆえ『赤い鳥』発表後に、『影燈籠』（春陽堂、一九二〇・一）、『戯作三昧他六篇』（春陽堂、一九二一・九）、『沙羅の花』（改造社、一九二二・八）、『芥川龍之介集』（新潮社、一九二五・四）『三つの宝』（改造社、一九二八・六）に収録された。自信作であるからこそ著作集刊行に際し、入れたくなるというものである。『三つの宝』は芥川没後刊行ながら、小穴隆一の「跋」によると、「この本は、芥川さんと私がいまから三年前に計画したもの」というから、芥川の遺志が伝わっているとしたい。「魔術」を書き上げた芥川は、小島政二郎宛書簡で「「魔術」は「蜘蛛の糸」程詩的でないから渾然としないのは当然です　その代り「蜘蛛の糸」に無い小説味があるでせう」（一九一九・一一・二三付）と書き、自信のほどを示していた。

　「魔術」の主人公の「私」は、結局、人間性の試問に耐えられなかったのである。では、真実の人間らしい生き方とはなにか。

　芥川龍之介はこうした問題を好んでその小説のテーマとした。小説ばかりか、児童文学の分野でもその問題を考えようとしたのである。「魔術」の半年後に発表される「杜子春」（『赤い鳥』一九二〇・七）も、その一つとしてよい。すでに遠藤祐に「「魔術」の作者は、別の物語空間に、ミスラ君と同様不思議な術を使う「片目眇《すがめ》の老人」を、送り込んでいる。「杜子春」に姿を現わす「峨眉山《がびさん》に棲《す》んでゐる、鉄冠子《てつかんし》といふ仙人」がそれで、この老仙も、弟子になって「仙術を教へて下さい」と願う杜子春に、きわめて厳格な、むしろ苛烈と言っていいほどのテストを、課す[*9]」との指摘がある。「魔術」を「杜子春」との関わりで論じる視点は、芥川研究の今後の大きな課題としてよい。なぜ生きるのか、人間らしい生き方とはなにかに対する芥川龍之介の模索は続く。

注

1——一柳廣孝『〈こっくりさん〉と〈千里眼〉日本近代と心霊学』講談社、一九九四年八月一〇日
2——福来友吉『透視と念写』宝文館、一九一三年八月七日
3——松本健一『神の罠 浅野和三郎、近代知性の悲劇』新潮社、一九八九年一〇月一〇日
4——井上諭一「芥川龍之介「妖婆」の方法—材源とその意味について—」北海道大学『国語国文研究』一九八五年九月二八日
5——注1に同じ。一九七ページ
6——関口安義『芥川龍之介と児童文学』久山社、二〇〇〇年一月三一日、七二〜七三ページ
7——張宜樺「芥川龍之介「魔術」論—物語の構成をめぐって」『藝文研究』85、二〇〇三年一二月一日
8——武藤清吾「魔術」関口安義編『芥川龍之介新辞典』翰林書房、二〇〇三年一二月一八日、五六七ページ
9——遠藤 祐「「魔術」はなにを語るか」昭和女子大学『學苑』七九一号、二〇〇六年九月一日

三　河　童

世界文学としての「河童」

魅力あるテクスト

芥川龍之介の小説「河童」（初出『改造』（一九二七・三））は、わたしにとって常に魅力あるテクストとして存在した。芥川の全小説を読破したのは、はるか遠い高校時代であるが、「河童」は「地獄変」と並んでわたしを魅了してやまなかった。研究者として再びそのテクストに挑戦してからでも「河童」は何度も読み直している。「「河童」から「西方の人」へ—芥川晩年の思想について—」[*1]という論文を書いて雑誌に投稿したのは、もうかなり前のことである。

以後も「河童」には絶えず関心を持ち続けてきた。わたしにとって「河童」という小説は、永遠に魅力あるテクストなのである。一九八一（昭和五六）年、先輩の久保田芳太郎・菊地弘氏と共同で編集した研究書『芥川龍之介研究』[*2]では、すすんで「河童」を担当したほどである。近年の『芥川龍之介全作品事典』[*3]でも、「河童」の項目を担当した。また、わたしの芥川論の代表とされる岩波新書の『芥川龍之介』[*4]、それに『芥川龍之介とその時代』[*5]でも、かなりのページを割いて「河童」に言及している。

『芥川龍之介研究』収録の「河童」論の最後にわたしは、「河童」研究史を踏まえ、「『河童』は以後今日まで、言及されることはあっても、その文業中に積極的に位置づける論は少なかった」とし、「完成度の低い作として片付けられがち」な点を言い、以下のようなことばを書きつけている。「芥川逝いて五十年以上を経、『河童』にもらされた鬱懐の意味を今一度検証してよい時が来ているのだ。そこに告白されている諸問題は、いずれも昭和文学の重い課題であり、芥川以後の作家たちをとらえて放さないものであった。いまや『河童』を抜きに芥川文学は語れない時代に入ってきているのである」と。

本格的研究対象に

「河童」が本格的に研究対象として浮上するのは、その後十年、冷戦終了時まで待たねばならなかった。一九九〇年代の終わりに書かれた宮坂覺の「河童」研究史[*6]には、「九〇年代に入って、「河童」論は、俄に盛んになった」との記事が見られ、代表的な論が羅列されている。「河童」が「昭和文学の重い課題」を持つとするわたしの考えは、冷戦後書かれるいくつもの「河童」論に見られるようになった。久保志乃ぶの「芥川龍之介『河童』」[*7]、松本常彦の「「河童」論—翻訳されない狂気としての—」[*8]、石原千秋の「『河童』—〈個〉の抗い—」[*9]などが、その代表である。

「河童」は、注釈の対象としても浮上した。二〇〇七（平成一九）年にまとまる羽鳥徹哉・布川純子監修『現代のバイブル／芥川龍之介「河童」注解』[*10]は、この種の試みとしてははじめてのもので、芥川没後八十年という記念すべき年に刊行された。本書は一九九五（平成七）年四月以降十二年に及ぶ研究の成果である。それは『成蹊人文研究』に連載され、時満ちて一本と成ったものだ。

注解という作業は、終わりのないもので、絶えず書き込みが必要とされるが、現時点での最高の成果がここにある。わたしを含めたこれまでの〈読み〉の未熟さや誤りも、訂されることになる。「河童」は芥川の学識が自然ににじみでているところが多く、注解は、今後のテクストの〈読み〉にも大きな影響を及ぼす。

監修者の羽鳥徹哉は〈序〉で、「「河童」には、芥川の人間観や社会観が整理された形で出ている。芥川文学のダイジェストであり、まとめてあると言ってもいい」と書く。そこには「河童」を芥川の全文業中に、しかと位置づけ、論じるという姿勢が見られる。

世界的文学としてとらえる視点

外国に眼を転じると「河童」は、「羅生門」「地獄変」「蜘蛛の糸」などと並んで各国語に翻訳されている数が多い。英訳には塩尻清市（Seiichi Shiojiri）訳のもの、小島巌《たかし》・John McVittie共訳のもの、それに最も新しい訳にGeoffrey Bownas訳がある。ヨーロッパ各国語や中国語・韓国語訳も存在する。それに伴い、研究論文もいくつも書かれてきた。エトランジェの立場から見た小説「河童」には、日本の研究者が見落としている視点も加わることがしばしばである。上田真の「小説「河童」の内在的意味」[*11]は、先の宮坂覺の研究史でもふれているが、この時期の外国人の「河童」論として評価できるものだ。論者は日本名を用いているが、巻末の「原著者紹介」を見ると、国籍はカナダであり、スタンフォード大学教授とあるから、外国人の研究家扱いしてもよいだろう。

「河童」を含めての芥川研究は、かつては欧米の研究が他の世界諸国に比べ圧倒的に多く、そのレベルも抜きん出ていた。それが冷戦後の一九九〇年代になると、東アジアの中国・韓国・台湾などにシフトすることになる。それは何も芥川研究に留まらず、日本文学全般、ひいては日本学そのものについても言えることなのである。早く韓国・台湾、返還以前の香港がそうであり、さらに、文化大革命以後の中国での日本文学研究は、日本語学習の進展と伴って欧米の研究を陵駕するまでになる。

相川弘文は「河童」を芥川の代表作の一つとしながら、「しかしながら、評価は概して低い。その原因は、第一にわが国の近代文学に寓意小説の系譜がないこと、第二に偏狭な自然主義がこの国の文壇を長く支配しており、その申し子とも言うべき「私小説」が純文学の規範として考えられてきたことにある」とした上で、

「「河童」はいわば日本人の手によって書かれた世界文学であり、自然主義的文学観によって灰色に塗りつぶされた日本近代文学史にあって、ひときわ異彩を放つ傑作である」[*12]と断じた。「河童」を世界文学としてとらえる視点は、冷戦後の芥川研究において、きわめて真っ当な評価である。以下この観点・視点に立って、「河童」の世界を見ていくことにする。

時代と表現

第一の語り手の話

小説「河童」は、序と一～十七の章とから成り立つ。それぞれの語り手は異なる。序の語り手は、「或精神病院の患者、第二十三号」が「誰にでもしやべる話」を、「可《か》なり正確に」記録したという「僕」である。第一の語り手と呼んでおこうか。次に一～十七の語り手は、患者である第二十三号自身の「僕」で、第二の語り手である。テクストはいわゆる入れ子型構造をとっている。読者はここに二重の時空を自覚することになる。患者二十三号の物語の時空と、「僕」が二十三号から「誰にでもしやべる話」を聞いている時空とである。テクストは第一の語り手（記録者）の話にはじまる。

これは或精神病院の患者、――第二十三号が誰にでもしやべる話である。彼はもう三十を越してゐるであらう。が、一見した所は如何《いか》にも若々しい狂人である。彼の半生の経験は、――いや、そんなことはどうでも善い。彼は唯ぢつと両膝をかかへ、時々窓の外へ目をやりながら、（鉄格子をはめた窓の外には枯れ葉さへ見えない樫《かし》の木が一本、雪曇りの空に枝を張つてゐた。）院長のS博士《はかせ》や僕を相手に長々とこの話をしやべりつづけた。尤《もつと》も身ぶりはしなかつた訣《わけ》ではない。彼はたとへば「驚いた」と言ふ時には急に顔をのけ反《ぞ》らせたりした。……

主人公は狂人に設定される。「河童」というテクストの特色は、まずこの点にあることを確認しておきたい。主人公を狂人に設定しなければ、テクストは成り立たなかったのだ。

検閲という壁

精神に異常を来した母を持った芥川には、狂気に捕らわれた人々への同情があり、ゴーゴリ、ニーチェ、ゴッホら発狂した近代の天才をよく調べていた。当時、斎藤茂吉宛書簡（一九二七・二・二付）に、「「河童」と云ふグアリヴアの旅行記式のものをも製造中」と芥川は書いているが、この「グアリヴアの旅行記」の作者、ジョナサン・スウィフトも晩年発狂し、廃人同様の生活を送った。そうした発狂した天才たちに、芥川は同情と共感を懐いていたのは確かである。狂人でなければ見えない真実、語れない真実の存在を、芥川は考えていたかのようだ。

主人公を狂人にしなければならなかった背景には、また、〈時代と表現〉というきびしい現実も存在した。現実のやり切れないさまざまな問題を対象に語るというテクストは、下手をするとその掲載誌を発売禁止に追い込むことが予想されたのである。いわゆる検閲制度による表現の自由の侵害である。

しかし、物語が河童の世界、しかもそれが狂人の妄想ならば、検閲という厄介な壁も越えられるのではないかというしたたかな計算が、この作者にはあった。すでに「将軍」（『改造』一九二二・一）という小説で、芥川は公権力の介入により、多くの箇所が伏せ字になるという苦い苦い体験をしていた。その時は、二度も雑誌の編集者が当局に呼び出され、「小言」を言われたという。以後、彼は小説にしても、「上海游記」をはじめとする単行本『支那游記』（改造社、一九二五・一一）収録の諸作（紀行文・日記・雑信）にしても、細心の注意を払って書くようになる。

芥川龍之介独特の諧謔や皮肉、さらには狂気は、今後の研究では、〈時代と表現〉というカテゴリーの中で考えるべきものなのである。こういう芥川の配慮を推し量り得ない「将軍」論や『支那游記』論ほど空しいものはない。そこでは、まま論者が拳を振り上げ、芥川を断罪し、得々とした芥川否定論を展開するのである。それによって芥川テクストの本質を見えなくする。

当時の日本の検閲制度を無視した、否、それに無知な芥川論には、意味がない。研究の国際化の今日、特に海外の研究者のはまる陥穽である。そこでは文学がイデオロギーに軽々しく転化してしまうことを、わたしたちは知らねばならぬ。これは芥川論ばかりでなく、日本の近代文学を論じる際に、常に考えねばならないことなのである。〈時代と表現〉の問題は、それほど大きな課題なのだ。

小説「河童」には、検閲を意識せざるを得ない箇所がいくつもある。芥川は十分注意し、権力の介入を避けようとした。それでも難しいことを相手が言ってくるなら、これは河童の世界のことだと突っぱね、さらに突いてくるなら、これは狂人の妄想だとして突っぱねるつもりだったのであろう。主人公を狂人に設定したのには、そうした必然性もあったのである。

自虐と嫌悪《デグウ》

三十を越した、「年よりも若い第二十三号」と規定される「若々しい狂人」は、話を聞かせた誰にでも、——「出て行け！　この悪党めが！　貴様も莫迦《ばか》な、嫉妬深い、猥褻《わいせつ》な、図々《づうづう》しい、うぬ惚《ぼ》れきつた、残酷な、虫の善《い》い動物なんだらう。出て行け！　この悪党めが！」と怒鳴《どな》りつける。

この怒りには、何が託されているのか。狂っているのは時代や社会であって、自分ではないとの意識がある。「河童はあらゆるものに対する、——就中《なかんづく》僕自身に対するデグウ（注、嫌悪）から生まれました」（吉田泰司宛、一九二七・四・三付）と作者自身言うように、ここには徹底した自虐と嫌悪《デグウ》があるのも事実だ。しかもそれは視点を人間の国から河童の国という架空の世界に移して初めて可能となる表現であったと言えよう。

二年前に発表した「大導寺信輔の半生」（『中央公論』一九二五・一）は、自身の精神的遍歴を主人公信輔の名に託して、虚構を交えながら語ったものであった。それに対し「河童」では、自身を含む人間と人間社会を河童と河童の社会に置き換えることで戯画化し、やり切れない思いを語ろうとしている。河童の国への転落は、二年後の信輔のたどらなければならなかった道行きでもあった。

「大導寺信輔の半生」には自虐性が濃厚とはいえ、未だ主人公の矜恃は見られた。信輔は友だちの作れない人間であった。彼は街頭の行人を眺めず、「行人を眺める為に本の中の人生を知らうとした」というものの、社会的生活は平常に営める男だった。が、「河童」では、主人公は「或精神病院の患者」、つまり狂人に仕立てられている。

「大導寺信輔の半生」の主人公は、いま、さまざまな実生活上の事件に遭遇し、真の〈人間喜劇〉を発見しているのである。生存の孤独と憂鬱は彼を駆っていた。追い追い述べるが、本作の書き手の芥川龍之介には、苛酷な現実が覆い被さっていた。そうした彼には、普段の人間観察による表現方法は残されず、主人公を狂人に設定することで、やっとその世界を描き得るという悲惨な状況にあったのである。

霧の中

さて、テクストの検討に入ろう。「河童」は前述のように、序に続いて一～十七の章が続く。一は、次のような文章ではじまる。

上高地の温泉宿

三年前の夏のことです。僕は人並みにリユツク・サツクを背負ひ、あの上高地の温泉宿から穂高山へ登らうとしました。穂高山へ登るのにはご承知の通り梓川《あづさがは》を遡《さかのぼ》る外はありません。僕は前に穂高山は勿論、槍ヶ岳にも登つてゐましたから、朝霧の下りた梓川の谷を案内者もつれずに登つて行きました。朝霧の下りた梓川の谷を——しかしその霧はいつまでたつても晴れる景色は見えません。のみならず反《かへ》つて深くなるのです。僕は一時間ばかり歩いた後《のち》、一度は上高地の温泉宿へ引き返すことにしようかと思ひました。けれども上高地へ引き返すにしても、兎《と》に角《かく》霧の晴れるのを待つた上にしなければなりません。と云つて霧は一刻毎にずんずん深くなるばかりなのです。「ええ、一《いつ》そ登つてしまへ。」——僕はかう考へましたから、梓川の谷を離れないやうに熊笹の中を分けて行きました。

ここに第二の語り手「僕」が登場する。時は「三年前の夏」、所は「上高地の温泉宿」とされる。語り手の「僕」は、「人並みにリユック・サックを背負ひ」登山を楽しむ男である。「三年前の夏」とは、何時から三年なのか、その起点は示されていないが、主人公が「院長のS博士」や第一の語り手「僕」へ長々と「半生の経験」を語っている三年前ということか。テクストの発表された年月を起点とすると、日本の大正十年代、西暦一九二〇年代半ばということになろうか。まあ正確な日時には関係なく、季節が夏の登山の季節であったことは、記憶に留めたい。

　上高地の温泉宿はなぜ舞台に取り入れられたのか。芥川と上高地とのかかわりは、近年、伊藤一郎が「上高地——荒荒しき〈野生〉のトポス」[*13]と「芥川龍之介の槍ヶ岳登山と河童橋」[*14]で、芥川十七歳の夏の槍ヶ岳登頂や、上高地の旅について詳しく論じている。特に後者には「小説「河童」と河童橋」の項があり、参考になる。上高地に旅した当時の芥川は、府立三中の五年生、満十七歳の夏休みということになる。伊藤一郎は「このときの登山や上高地の旅は、龍之介の心の中にとても懐かしい豊かな思い出として留まっていた」と言う。そして後年の雑誌『新潮』（一九一八・八）のアンケート「気に入つた夏の旅行地」に、「信濃の上高地」を挙げていることや、後年、一九二一（大正一〇）年三月末の中国旅行出発時の玄界灘での船酔いの際、「愉快な事」を考え、酔いをまぎらすのに、上高地や槍ヶ岳を含む「日本アルプス」を思い出している（「上海游記」一海上）のを例に持ち出す。

確かに芥川にとって、府立三中の仲間と旅した上高地や槍ヶ岳は、青春の思い出の地であったろう。「槍ヶ岳紀行」や「槍ヶ岳に登つた記」、それに「槍ヶ嶽紀行」が書かれたのも、それなりの理由があったのである。親しい仲間との青春の旅は、後年になっても忘れることのできない思い出として留まった。彼らの槍ヶ岳登頂日は、一九〇九（明治四二）年八月十二日である。伊藤一郎は、右の「芥川龍之介の槍ヶ岳登山」で、槍ヶ岳に関わる芥川の三種の紀行文にふれ、「三種の紀行文はそれぞれ性格を異にしていていろいろ問題を孕《はら》んでもいる」としながらも、そこに当時の府立三中における登山熱の高まりや、登山とロマンチシズム、それに小島烏水の『日本山水論』[*15]の影響などを見ている。

河童との出会い

物語は霧の中の話として展開する。先に引用した一の冒頭の箇所にも、「朝霧の下りた梓川の谷」とか「霧はいつまでたつても晴れる景色は見えません。のみならず反《かへ》つて深くなるのです」とか「霧は一刻毎にずんずん深くなるばかり」とかあったが、霧は小説「河童」を読み解くキーワードの一つなのである。続いて「僕の目を遮《さへぎ》るものはやはり深い霧ばかりです」「霧に濡れ透つた登山服や毛布なども並み大抵の重さではありません」とあり、霧との格闘の様子が描かれる。その「意地の悪い霧」が晴れかかるのは、「僕」が梓川の谷を下り、岩に腰かけ食事をはじめた時である。河童との遭遇は、食事中になされる。その部分をテクストから引用しよう。

僕は水ぎはの岩に腰かけ、とりあへず食事にとりかかりました。コオンド・ビイフの罐《くわん》を切つたり枯れ枝を集めて火をつけたり、――そんなことをしてゐるうちに彼是《かれこれ》十分はたつたでせう。その間《あひだ》にどこまでも意地の悪い霧はいつかほのぼのと晴れかかりました。僕はパンを嚙じりながら、ちよつと腕時計を覗《のぞ》いて見ました。時刻はもう一時二十分過ぎです。が、それよりも驚いたのは何か気味の悪い顔が一つ、円い腕時計の硝子《ガラス》の上へちらりと影を落したことです。僕は驚いてふり返りました。すると、――僕が河童と云ふものを見たのは実にこの時が始めてだつたのです。僕の後ろにある岩の上には画《ゑ》にある通りの河童が一匹、片手は白樺の幹を抱へ、片手は目の上にかざしたなり、珍らしさうに僕を見おろしてゐました。

主人公の「僕」と河童との出会いが、ここに描かれる。河童は芥川好みの想像上の動物である。一般には水陸両生で顔は虎に似て、くちばしはとがって、毛髪は少ないとされる。また、頭に水をたたえた皿を持ち、水があるうちは強い力が出るという。河郎・河伯・河太郎とも呼ばれる。人や他の動物を水中に引き込み、血を吸うと考えられていた。龍之介は幼い頃に養母や伯母フキから河童の話を聞き、成人後には柳田國男の『三島民譚集』[*16]などを愛読したこともあって、河童への関心は深かった。一高時代には、怪異談を集め記した『椒図志異《しょうずしい》』という大学ノートを残しているが、そこには「河童及河伯」という項目もある。

河童と芥川

一九二二（大正一一）年五月号の雑誌『新小説』に、芥川は「河童」と題する文章を載せている。そこでは冒頭「近代の科学的精神は河童の存在さへ認めようとしない」と言い、河童とはそもそも何なのかに言及する。そして「古人は何時も河童と云へば、怪物と考へる傾向があつた」が、その正体は「動物の一種」だとし、「詳しい記述をすれば」と断ったうえで、次のようにまとめている。

「河童は水中に棲息する動物なり。但し動物学上の分類は、未だこれを詳《つまび》らかにせず。その特色三あり。（一）周囲の変化により、皮膚の色彩も変化する事、カメレオンと異る所なし。（二）人語を発する鸚鵡《あうむ》に似たれども、人語を解するは鸚鵡より巧みなり。（三）四肢を切断せらるるも、切断せられたる四肢を得れば、直ちに癒着せしむる力あり。産地は日本に限られたれども、大約六十年以前より、漸次滅亡し去りしものの如し。」

『新小説』発表の「河童」は未完である。「序」だけで終わったのである。芥川としては「序」で自身の河童イメージを語り、以下に河童を主人公とした物語を展開したかったのであろう。『新小説』の「河童」の終わりに、芥川は「以上は河童の話の一部分、否、その序の一部分なり、但し目下インフルエンザの為、如何にするも稿を次ぐ能はず。読者並びに編輯者の諒恕《りやうじよ》を乞はんとする所以なり。作者識。」と記している。

芥川はほぼ五年前から河童を登場させる物語を考えていたのである。他方、一九二〇（大正九）年頃から芥川は「水虎晩帰之図」という河童の絵を盛んに描いていた。当時芥川は画家の小穴隆一宛書簡に、「この頃河童の画をかいてゐたら河童が可愛くなりました　故に河童の歌三首作りました」（一九二〇・九・二三付）と記し、「短夜の清き川瀬に河童われは人を愛《かな》しとひた泣きにけり」ほか二首を、「君の画の御礼」の「景物」だとして贈っている。河童は芥川を魅了してやまない存在だったのである。それゆえ小説「河童」には、芥川の河童の知識がふんだんに披瀝される。

白日夢

さて、河童は「意地の悪い霧」が晴れかかったところに現れる。物語は霧の中にはじまり、霧が晴れかかった時、事件が起こるという設定である。霧は現実世界から白日夢《ファンタジー》の世界への橋渡しの役割を果たしている。主人公は「片手は白樺の幹を抱へ、片手は目の上にかざしたなり、珍らしさうに僕を見おろしてゐました」という河童を追う。河童の体の色が岩の上にいる時は灰色で、熊笹の中では緑色に変わるという叙述は、『新小説』掲載の「河童」に「周囲の変化により、皮膚の色彩も変化する事、カメレオンと異る所なし」とあったことの応用である。主人公の「僕」は、河童を遮二無二追って穴、――「深い闇の中」へ転げ落ちる。

「河童」はファンタジーの形態をとる。ファンタジーの世界への通路、――入口と出口は、直接的には、熊笹の中の穴である。範囲を広げると「僕」が「真っ逆さまに転げ落ち」る中で思い出す「上高地の温泉宿」の河童橋であったとも言えよう。河童橋を渡る時点がファンタジーの入口であり、霧の中での行程そのものからが、すでに白日夢の時空世界であったとも言えるのである。小説「河童」と河童橋に関しては、これも伊藤一郎の論[*17]に詳しい。

河童の国

特別保護住民

主人公の「僕」は、穂高山へ登ろうとして梓川を遡って行く途中で、一匹の河童を見つけ、追いかけているうちに、「深い闇の中」である穴に落ち込み、河童の国に紛れ込む。二の章以下では、その体験が語られる。

「僕」は穴に落ち込んだ時、全身を打撲し、気を失ってしまう。気がついた時は、仰向けに倒れたまま、大勢の河童に取り囲まれている。そして担架で「鼻眼鏡をかけた河童」の医者、チャックの家に連れて行かれる。担架に乗せられた「僕」が見た河童の町は、「少しも銀座通りと違ひありません」というのだ。自動車も走っている。医者のチヤックは日に二、三度診察してくれ、三日に一度ぐらいは「僕」が最初に見かけた河童、――バッグという漁師も訪ねてくる。「僕」は河童の国の法律の定めによって、「特別保護住民」としてチヤックの家の隣に住む。テクストから直接引こう。

僕は一週間ばかりたつた後《のち》、この国の法律の定める所により、「特別保護住民」としてチヤックの隣に住むことになりました。僕の家は小さい割に如何にも瀟洒と出来上つてゐました。勿論この国の文明は我々人間の国の文明――少くとも日本の文明などと余り大差はありません。往来に面した客間の隅には小さいピアノが一台あり、それから又壁には額縁へ入れたエツティングなども懸つてゐました。唯肝腎の家をはじめ、テエブルや椅子の寸法も河童の身長に合はせてありますから、子供の部屋に入れられたやうにそれだけは不便に思ひました。

河童の身長が人間より低く、テーブルや椅子も小さいため、「子供の部屋に入れられたやうに」思われたというのには、スウィフトの『ガリヴァー旅行記』を誰しもが思い出すだろう。「僕」が、意識を取り戻した時には、大勢の河童に取り囲まれていたというのも、ガリヴァーが小人国リリパットへ漂着した時の様子と少し似ている。芥川の意識の中に『ガリヴァー旅行記』があったことは、間違いのないところである。

先にも記したが、本作執筆中斎藤茂吉宛書簡の中で、「「河童」と云ふグアリヴアの旅行記式のものをも製造中」（一九二七・二・二付）と書いていたことも想起される。芥川にとって心中の鬱懐[*18]を消すには、人間社会をそのまま持ってくるのでなく、河童という空想上の動物の世界を持ち込む方が書きやすかったかのようだ。「僕」はこの家で、毎日日暮れ方に、チヤックやバッグから河童のことばを習う。彼らばかりか「ゲエルという硝子会社の社長」までが顔を出す。中で一番親しくしたのは、バッグである。語り手は追い追い河童群像を的確に語り分けていくが、ここではまず医者のチャック、漁師のバッグ、資本家ゲエルの三人を登場させている。親しくなったバッグが悪戯をする様子も語られる。

価値の転換

「河童」三は、「河童と云ふもの」の説明となっている。芥川の河童研究の披瀝された章と言えようか。「この先を話す前にちよつと河童と云ふものを説明して置かなければなりません」と語り手は言い、「どう云ふ動物かと云へば、頭に短い毛のあるのは勿論、手足に水搔きのついてゐることも「水虎攻略」などに出てゐるのと著しい違ひはありません」と続ける。『水虎攻略』という書物は、岩波書店の『芥川龍之介全集』第十四巻の注（担当　三嶋譲）によると、一八三七（天保八）年、佐賀の儒学者黙釣道人著。正編一巻、続編二巻の写本が残っているという。河童に関して『和漢三才図絵』など、いくつかの書物によって考証図示したものである。

語り手はさらに、河童の身長は「ざつと一メエトルを越えるか越えぬ位」とか、体重は二十ポンドから三十ポンドとか、頭の真ん中に楕円形の皿があるとか、皮膚の色がカメレオンのように変化するとか、皮膚の下に厚い脂肪を持っているためか着物というものを知らないとか語る。これらは『山島民譚集』を典拠としている。

次に語り手は、「僕に可笑しかつたのは腰のまはりさへ蔽はない」習慣が河童にあることを取りあげる。人間が裸であるのを恥じるのは、聖書によれば「蛇の誘惑」でアダムとエバが、エデンの園の「木の果実」を食べて以降のこととされる。「創世記」3・1~12の記述から中心部分を引くと、女が蛇に唆《そそのか》され、「実を取って食べ、一緒にいた男にも渡したので、彼も食べた。二人の目は開け、自分たちが裸であることを知り、二人はいちじくの葉をつづり合わせ、腰を覆うものとした」（新共同訳による）とある。芥川は聖書を若き日からよく読んでいたので、理想とする河童の国のことを語るのに、まず原罪にまつわるこの記述を持ち出しているのである。「腰のまはりさへ蔽はない」河童の国の習慣を親しくなったバッグに問うと、バッグはのけぞったまま笑い、「お前さんの隠してゐるのが可笑しい」との返事を得る。テクスト「河童」のライトモチーフともいえる価値の転換が、以下に具体例を通し語られていく。

河童の国の風俗と習慣

「河童」四は、河童の国の風俗や習慣について語る。ここで語り手の「僕」は、人間社会の不条理性を痛烈に揶揄することとなる。その第一は、人間の倫理に関してである「僕」が「一番不思議」に思ったのは、「河童は我々人間の真面目に思ふことを可笑しがる、同時に我々人間の可笑しがることを真面目に思ふ」ことだという。これを語り手は、「とんちんかんな習慣」という。が、人間は「正義とか人道とか云ふことを真面目に思ふ」、――しかし、河童は「そんなことを聞くと、腹をかかへて笑ひ出すのです。つまり彼等の滑稽と云ふ観念は我々の滑稽と云ふ観念と全然標準を異にしてゐるのでせう」というのである

ここでは人間社会の倫理・道徳なるものは、絶対的なものとして存在し得ないことを言っているかのようだ。河童の国の風俗・習慣を通しての人間社会批判である。芥川は早く「ひよつとこ」や「父」、あるいは「手巾」で、在来の道徳なるものに疑問の目を向け、それを否定し、新しい人間像の問題にふれていた。ここでは一歩進めて抽象的な「正義」とか「人道」とは一体何なのかを問い、具体的には産児制限という話に及ぶ。

話の展開はなめらかで、当時、精神的にも病んでいた作家が書いたものとは思われないほどである。聖書や一高時代の友人藤岡蔵六や恒藤恭が進んで紹介した新カント派の理想主義の哲学は、芥川の思想的バックボーンでもあった。むろん同時代の先進的思想とされたマルクスにも彼は関心を示していた。第一次世界大

戦中から日本に輸入されたヨーロッパ思想に彼がよく通じていたのは、論を俟《ま》たない。総じて芥川龍之介は懐疑主義者であった。それゆえに切に真実を求めた。そうした彼の立場が主人公の「僕」や河童群像を通し、語られていくのである。

産児制限

人間はなぜこの娑婆苦に満ちた世界に誕生しなければならないのか、人間存在が根本的に悪であるならば、人には誕生を拒否する権利だってあるのではないか、ここには語り手を統御する作家の目が存する。河童の国のお産は、子どもが生まれる前、父親が電話でもかけるように母親の生殖器に口をつけ、「お前はこの世界へ生れて来るかどうか、よく考へた上で返事をしろ」と大きな声で尋ねる。しかも「何度も繰り返してである。それに対して腹の中の子は諾否を告げる。例えば「僕」が出産場面を見物したバッグの子どもは、「僕は生れたくはありません。第一僕のお父さんの遺伝は精神病だけでも大へんです。その上僕は河童的存在を悪いと信じていますから」と答えている。「河童的存在」を「人間的存在」に置き換えると、その内実は深刻なものとなる。後述しよう。

産児制限は「河童」が書かれたころの社会的関心でもあったようだ。『現代のバイブル／芥川龍之介「河童」注解』の「産児制限」の注解（この項の担当は黒岩浩美）によると、「日本で人口問題と産児制限論が結合して実際問題となってきたのは、大正一一年三月一一日、改造社の招きでサンガー夫人が来日して以来である。（中略）サンガー夫人の主張は、大正一一年の『改造』四月号に「婦人の力と産児制限」と題して発表された。この中でサンガー夫人は〈女は彼女自身の身体に対する権利、従って何時子供を持つかを選ぶ権利をもたねばならぬ〉と主張している」とある。一九二二年のサンガー夫人の来日と、その産児制限《バースコントロール》の主張は、小説「河童」の産児制限の箇所に影響を与えていることは否定できない。

「河童」での「僕は生れたくはありません」と答えたバッグの子どもには、そこに居合わせた産婆が、妊婦の生殖器へ「太い硝子の管を突きこみ、何か液体を注射」する。すると妊婦はほっとしたような太い息をもらす。同時に「今まで大きかつた腹は水素瓦斯を抜いた風船のやうにへたへたと縮んでしまひました」とある。芥川研究の先達吉田精一はこの箇所に関して、「かういふ遺伝をまづ第一にとりあげざるを得なかつたのは、自分に伝はつてゐると信じる悪遺伝を、度を越えて心配した彼自身を的確に語るものであらう」[*19]とする。直ぐ後の「悪遺伝を撲滅する為に／不健全なる男女の河童と結婚せよ」という遺伝的義勇隊募集のポスターともかかわり、肯けるところだ。

けれども、チヤツクのことば、――「両親の都合ばかり考へてゐるのは可笑しいですからね。どうも余り手前勝手ですからね」ということばにも注目しなければならない。それは先に指摘した「僕は河童的存在を悪いと信じていますから」と呼応する。これらのことばからは、人間の生そのものの否定すら浮かぶ。愛することもなく結ばれ、機械的に子を産む、否、子が生まれることへの疑問が託されているようにも思われる。作家の自伝的事実に還元するだけの〈読み〉は、テクストの可能性をせばめる。ここの箇所も、より普遍的人間考察から生まれたものとしたい。

河童群像の諸相

さまざまな職業を持つ河童

「河童」にはさまざまな職業を持つ河童が登場する。名前の与えられた河童は十数匹もいる。語り手は四章からこれら河童群像を紹介し、生存の問題を取りあげる。

まず、主人公の「僕」が上高地の温泉宿近くではじめて見かけ、河童の国へ紛れ込む奇妙なかけはしの役目をするのは、漁師のバツグである。バツグはお茶目な面があり、「僕」が「特別保護住民」として与えられた家に住みはじめた頃、「僕」が気味悪がるのが面白くて大きい目をしてじっと見つめたり、飛びかかる気色を示したりする。悪気でするのではない。何事も率直であるから、相談するにはよい相手である。先の河童の国の出産場面を見せてくれたのも、彼の女房の出産の時であった。

医者のチャックは、「特別保護住民」となった「僕」を隣の家に住まわせ、面倒を見、健康診断をしてくれる。彼は「太い嘴《くちばし》の上に鼻眼鏡をかけ」ている。当初は「一日に二三度は必ず僕を診察に来ました」という。チャックは悪戯が好きなバッグを諌めるだけの威厳がある。チャックは河童の国のインテリであり、「僕」と正義や人道、さらには産児制限の話などをする。

「河童」五章は、四章で紹介されていた学生のラップの話にはじまる。「僕はこのラップと云ふ河童にバッグにも劣らぬ世話になりました」と語り手は言う。ラップは河童の国の生活に慣れない「僕」のよき相談相手であり、さまざまの情報をもたらしてくれる存在である。そのラップから紹介されたのが、トックという河童である。トックは「河童仲間の詩人」とされる。「詩人が髪を長くしてゐることは我々人間と変りません」と語り手は言う。「僕」は時々トックの家へ「退屈凌《しの》ぎ」に遊びに行く。トックにはかなり筆が弄されている。詩人トックの考えのよく分かる箇所をテクストから引用しよう。

トックはよく河童の生活だの河童の芸術だのの話をしました。トックの信ずる所によれば、当り前の河童の生活位、莫迦げてゐるものはありません。親子夫婦兄弟などと云ふのは悉《ことごと》く互に苦しめ合ふことを唯一の楽しみにして暮らしてゐるのです。殊に家族制度と云ふものは莫迦げてゐる以上にも莫迦げてゐるのです。トックは或時窓の外を指さし、「見給へ。あの莫迦げさ加減を！」と吐き出すやうに言ひました。窓の外の往来にはまだ年の若い河童が一匹、両親らしい河童を始め、七八匹の雌雄の河童を頸のまはりへぶら下げながら、息も絶え絶えに歩いてゐました。

これまでの「河童」論では、とかく右の引用に見られる河童の生活を、書き手の芥川の生活に結びつけることで終わる論が多かった。晩年の彼が養父母や伯母芥川フキ、それに妻と三人の子、さらには鉄道自殺を遂げた西川豊に嫁いだ姉西川ヒサと二人の子（瑠璃子と晃）、ヒサが前夫葛巻義定との間にもうけた葛巻義敏とさと子（左登子）など、合わせて十二人もの扶養家族に苦しんでいたことに直結させたのである。わたし自身もこれまでしばしばそのような立場から論じることがあった。

鋭い問いかけ

が、書き手の体験が本作「河童」に転位しているとはいえ、もう一歩進め、作家のこの時期の想像力が、人間とは何かという厳しい問いの前で飛翔していると考えたい。芥川のこの時期のテクストは、「玄鶴山房」にしても、そして遺稿となった「歯車」にしても、彼の〈現実の転位〉ではあるものの、それを越えて、人間とは何かの問をかかえこんだものとなっている。衰えてより鋭くなった存在証明がもらす本質的な問といえようか。

トックは超人（超河童）である。彼は芸術にも独特の考えを持っている。河童群像がそれぞれ作者の分身であるならば、トックはいちばん近い存在だ。トックは「芸術は何ものの支配をも受けない、芸術の為の芸術である」という考えを持っている。彼は「親子夫婦兄弟などと云ふのは悉《ことごと》く互に苦しめ合ふことを唯一の楽しみにして暮らしてゐる」と言い、家族制度などは、「莫迦げてゐる以上にも莫迦げてゐる」とうそぶく。

が、超人を自称するトックも、窓越しに「夫婦らしい雌雄の河童が二匹、三匹の子供の河童と一しよに晩餐のテエブルに向つてゐる」のを見て、「ああ云ふ家庭の容子を見ると、やはり羨しさを感じるんだよ」と言ってはばからない。これは家族制度に対する矛盾した考えを示すものだ。ここには若き日の芥川の傑作、

「地獄変」の主人公良秀の確信は、もはやない。
　トックの隣の家には、マッグという哲学者が住んでいる。哲学者マッグを用いて描き出されるのは、恋愛の問題である。マッグは容貌が醜い。語り手は「マッグ位、醜い河童も少ない」とまで言う。そのため彼は河童の国の恋愛からは自由である。六章で扱われる河童の国の恋愛とは以下のようだ。

　実際又河童の恋愛は我々人間の恋愛とは余程趣を異にしてゐます。雌の河童はこれぞと云ふ雄の河童を見つけるが早いか、雄の河童を捉へるのに如何なる手段も顧みません。一番正直な雌の河童は遮二無二雄の河童を追ひかけるのです。現に僕は気違ひのやうに雄の河童を追ひかけてゐる雌の河童を見かけました。いや、そればかりではありません。若い雌の河童は勿論、その河童の両親や兄弟まで一しよになつて追ひかけるのです。雄の河童こそ見じめです。何しろさんざん逃げまはつた揚句、運好くつかまらずにすんだとしても、二三箇月は床についてしまふのですから。（中略）
　尤も又時には雌の河童を一生懸命に追ひかける雄の河童もないではありません。しかしそれもほんたうの所は追ひかけずにはゐられないやうに雌の河童が仕向けるのです。僕はやはり気違ひのやうに雌の河童を追ひかけている雄の河童も見かけました。雌の河童は逃げて行くうちにも、時々わざと立ち止まつて見たり、四つん這ひになつたりして見せるのです。おまけに丁度好い時分になると、さもがつかりしたやうに楽々とつかまつてしまふのです。僕の見かけた雄の河童は雌の河童を抱いたなり、暫くそこに転がつてゐました。が、やつと起き上つたのを見ると、失望と云ふか、後悔と云ふか、兎に角何とも形容出来ない、気の毒な顔をしてゐました。しかしそれはまだ好いのです。これも僕の見かけた中に小さい雄の河童が一匹、雌の河童を追ひかけてゐました。雌の河童は例の通り、誘惑的遁走をしてゐるのです。するとそこへ向うの街から大きい雄の河童が一匹、鼻息を鳴らせて歩いて来ました。雌の河童は何かの拍子にふとこの河童を見ると、「大変です！　助けて下さい！　あの河童はわたしを殺さうとするのです！」と金切り声を出して叫びました。勿論大きい雄の河童は忽ち小さい河童をつかまへ、往来のまん中へねぢ伏せました。小さい河童は水搔きのある手に二三度空を摑《つか》んだなり、とうとう死んでしまひました。けれどももうその時には雌の河童はにやにやしながら、大きい河童の頸つ玉へしつかりしがみついてしまつてゐたのです。

これは『ガリヴァー旅行記』のヤフーの雌の行為と芥川の想像力が一体化した描き方なのである。再び言うが、これを書き手の体験のみに還元する方法は、テクストの〈読み〉を狭める。書き手自身の体験とは、言うまでもなく今日の芥川伝で広く知られる、一九一九（大正八）年六月に出会った秀しげ子とのかかわりである。が、引用やテクストの補完のかかわりや作家の想像力を無視してはならない。

ところで、河童の恋愛の箇所で深刻なのは、哲学者のマッグが顔が醜いために、雌河童に追いかけられないのを〈幸福〉と評した「僕」に、当のマッグが言うことばである。マッグは「僕」の手をとって、ため息まじりに言う。「しかしわたしもどうかすると、あの恐ろしい雌の河童に追ひかけられたい気も起るのですよ」と。この矛盾は、先の超人（超河童）トックが、家族制度を否定する一方で、親子で食卓を囲む平凡な家庭に憧れるという矛盾にも通う。ここにも人間とは何かという重い問いかけがある。

表現の自由の問題

「河童」第七章では、表現の自由の問題が扱われる。トックの属する超人倶楽部には、クラバツクという名高い天才作曲家がいる。語り手はクラバツクを紹介しながら、検閲問題という課題を持ち出す。河童の国には発売禁止や展覧禁止はない。代わりにあるのが「演奏禁止」である。トックのほかマッグとも一緒に行った三度目のクラバックの演奏会のことが、ここで語られる。クラバックが「全身に情熱をこめ、戦ふやうにピアノを弾きつづけ」ると、突然会場の一番後の席にいた身の丈抜群の巡査が「演奏禁止」と怒鳴り、会場は大混乱になる。「警官横暴！」「ひつこめ！」「負けるな！」の声、椅子は倒れ、プログラムは飛ぶ。サイダーの空ビンや石ころや囓《かじ》りかけのきゅうりまで降ってくる。

この章では芸術に理解のない日本社会と、天皇制絶対主義の下での官憲による横暴な検閲制度を皮肉っているのだ。マッグの言う「元来画だの文芸だのは誰の目にも何を表はしてゐるかは兎に角ちゃんとわかる筈ですから、この国では決して発売禁止や展覧禁止は行はれません。その代りにあるのが演奏禁止です」が暗示するものは、当時の日本の検閲問題である。「しかしあの巡査は耳があるのですか？」には、根源的な問いがある。「さあ、それは疑問ですね。多分今の旋律を聞いてゐるうちに細君と一しよに寝てゐる時の心臓の鼓動でも思ひ出したのでせう」というマッグのことばに託したものは、語り手の、そして彼を統御する作者の検閲制度への最大の揶揄、否、抗議なのである。

「河童」八の章では、河童の国の資本家ゲエルに光が当てられる。ゲエルはすでに二の章で、「ゲエルと云ふ硝子会社の社長」として紹介されて以来しばしば登場していた。このゲエルを借りて、語り手は資本主義批判をするのである。「僕」は社会主義者なのに、ゲエルには「不思議にも好意を持つて」いる。ゲエルは人懐こい河童で、「資本家中の資本家」とされる。「恐らくはこの国の河童の中でも、ゲエルほど大きい腹をした河童は一匹もゐなかつたのに違ひありません」とされる。「大きい腹」は、資本家の象徴とされているかのようだ。

円本ブームの反映

「僕」は、ゲエルの紹介状を持っていろいろの工場を見学する。その中で特に面白かったのは、書籍製造会社の工場である。そこでは一年間に七百万部の本を製造する。

それには手数はかからず、機械の漏斗《ろうと》形《かた》の口へ紙とインクと灰色の粉末を入れるだけで、五分とたたないうちに「菊版、四六版、菊半裁版などの無数の本」になって出て来るのである。語り手は、それを「工業上の奇蹟」と呼び、書籍製造会社にばかりか、絵画製造会社や音楽製造会社にも同じように起こっている現象という。

ここにはむろん当時の出版界での円本ブームの反映がある。さらにはパソコン時代の今日の出版現象を予言したかのような面すら読める。印刷革命により出版産業は画期的に進展する。一日に何千点もの書物が生産されることを見通しての批判であり、その先見性に驚かされる。

続いて解雇された職工の宿命が語られる。河童の国には職工屠殺法があり、産業の機械化によって首になった職工は肉にされ、食料に回されるのである。一緒に見学していた医者のチャックや裁判官のペップには、それは当然のことらしい。この国にストライキや暴動がないのは、数万の解雇者が「黙つて殺される」からである。

鼻眼鏡のチャックによれば「餓死したり自殺したりする手段を国家的に省略してやる」のだという。「けれどもその肉を食ふと云ふのは、……」との「僕」の質問に対して、チャックは言う。テクストから直接引用する。

「常談を言つてはいけません。あのマツグに聞かせたら、さぞ大笑ひに笑ふでせう。あなたの国でも第四階級の娘たちは売笑婦になつてゐるではありませんか？　職工の肉を食ふことなどに憤慨したりするのは感傷主義ですよ。」

ゲエルは無論チャックの意見と同様である。ゲエルは手近いテーブルの上のサンド・ウイッチを「僕」に勧め、「どうです? 一つとりませんか? これも職工の肉ですがね」と言う。「僕」が辟易し、ペップやチャックの笑い声を後に客間を飛び出すのも当然である。八の章の締めくくりは、「それは丁度家々の空に星明りも見えない荒れ模様の夜です。僕はその闇の中を僕の住居へ帰りながら、のべつ幕なしに嘔吐《へど》を吐きました。夜目にも白じらと流れる嘔吐を」となっている。

予言の書

これまた芥川一流の先見性に満ちた表現なのである。それゆえに二十一世紀の今日の経済危機における失業者の待遇とも通じるものがある。手近にあるサンド・ウイッチが解雇された「職工の肉」で出来ているというのは、百年に一度の経済危機を、多くの派遣社員の首切りによって切り抜けようとしている今日の状況と何と似ていることか。まさに「嘔吐」したいほどのやり方が、弱者である人々に押しつけられている。「河童」は予言の書でもあるのだ。

「河童」九の章は、八の章に続く河童の国の体制批判、現実の矛盾の告発である。河童群像の中では、ゲエルは最も生彩に描かれている。ゲエルは人懐こく、快活にいつもいろいろの話をする。「ゲエルの話は哲学者のマッグの話のやうに深みを持つてゐなかつたにせよ、僕には全然新しい世界を、——広い世界を覗かせました」とまで語り手は言う。

ある「霧の深い晩」と、ここにも霧が用いられる。霧は前述のように本作のキーワードの一つである。人間存在にとって何やら得体の知れないことを語る前に張られるのだ。ゲエルは政治の話をする。話は党の話から新聞社の話へと向かう。ゲエルによれば労働者の味方をする新聞さえも、実は資本家ゲエルに（さらにはゲエル夫人に）支配されていることなどが語られる。

また話は戦争にも及ぶ。「戦争? この国にも戦争はあったのですか?」という「僕」の質問に、ゲエルは「ありましたとも。将来もいつあるかわかりません。何しろ隣国のある限りは、……」と答えている。戦争が「将来もいつあるかわかりません。何しろ隣国のある限りは、……」の回答は、作者芥川龍之介の認識でもあったろう。罪ある人間存在が続く限り、争いは絶えない、戦争は避け得ないとの考えである。

こうした話が交わされた後、突然起こったゲエルの隣家の火事の話へと進む。給仕が火事のことをゲエルに告げると彼は驚いて立ち上がる。が、給仕の「しかしもう消し止めました」ということばを聞くと、「泣き笑ひに近い表情」をする。

人間社会の戯画

これに対して語り手は、「かう云ふ顔を見ると、いつかこの硝子会社の社長を憎んでゐたことに気づきました」という感想をもらす。さらに、ゲエルがにやりと笑い、「隣はわたしの家作ですからね。火災保険の金だけはとれるのですよ」と言うに及んで、「僕はこの時のゲエルの微笑を――軽蔑することも出来なければ、憎悪することも出来ないゲエルの微笑を未だにありありと覚えてゐます」という複雑な気持ちを吐露する。軽蔑も憎悪も持てないというところには、資本主義という制度の腐敗を見抜きながらも、その制度のあまりに強固・巧妙なからくりに啞然としている語り手の姿が浮かぶ。

当時、芥川龍之介は、放火の嫌疑を受けて自殺した義兄西川一家の後始末のためもあって、かなり実生活・実社会とかかわりをもっていた。火災保険制度はもとより、遺産相続や借金の返済に関わる法律も何かと研究していた。そうした体験の反映を認めることもできる。彼は決して世俗に疎い作家ではなかった。

小説「河童」に登場する河童は、これまでちょっと顔を出した裁判官のペップ、心霊協会会長ペック、元女優メデイアム・ホップ夫人、書肆ラック、音楽家のロック、詩人トックの元愛人で現ラック夫人など数多い。芥川はこれら片仮名表記される河童群像を、語り手を用いて実に巧みに物語の中に組み込み、突き放して客観的存在に仕立て上げているのである。彼らのひとり一人は、人間の戯画であった。

存在の悩み

自己の課題を託す

「河童」十〜十二は、河童という存在の悩みが語られる。まずは学生のラップの悩みである。ラップは家庭の悩みを「僕」に打ち明ける。年中酔っぱらっている父は、誰彼なしに殴る。お袋は同居している叔母と仲が悪い。妹はひがみ癖がある。弟はお袋の財布を盗む。こうした家族制度の中での悩みは、「どこでもあり勝ち」ながら、当事者にとっては辛いことである。ラップは詩人トックのように、わずらわしい家族を捨てられないだけに苦しいのである。

「僕」はラップを慰めるため、一緒に音楽家のクラバックの家へ行く。が、クラバックもふさいでいる。クラバックは自分が天才であることを信じている。が、絶えず他の音楽家、特にロックという音楽家を恐れている。クラバックは「ロックは僕の影響を受けない。が、僕はいつの間にかロックの影響を受けてしまふのだ」と言う。それは感受性の問題でなく、創作態度の問題だとされる。ここにも語り手を越えた作者の課題が託されている。常に自分と比較し、他者の仕事を気にしなければならないのは人間の性《さが》である。

ここには同時代作家の志賀直哉や佐藤春夫らが意識されているのは確実である。彼らはそれぞれの道を着実に歩み、創作を続けている。が、芥川はいま健康を害し、主人を失った姉一家の後始末という俗事にとらわれ、仕事に思うように取り組めない。その焦りと己の才へのかすかな疑問が転位しているのである。志賀直哉への芥川の熱いまなざしは、同じころ書かれた「文芸的な、余りに文芸的な」の「五　志賀直哉氏」にも見られるが、遺稿となった「歯車」でも「僕はこの（注、「暗夜行路」をさす）主人公に比べると、どのくらい僕の阿呆だつたかを感じ、いつか涙を流してゐた」と書き、志賀に較べての己の惨めさ・弱さを吐露している。

ラップは「この二三週間は眠られないのに弱つてゐる」と言い、往来のまん中に脚をひろげ、ひっきりない自動車や人通りを股眼鏡に覗く。「何をしてゐる?」の僕の問にラップは、「いえ、余り憂鬱ですから、逆まに世の中を眺めて見たのです。けれどもやはり同じことですね」と言う。憂鬱な人生から逃れるために河童の世界を設定し、「すべてを逆にせよ」（「手帳」）との意図のもと、逆さまに世の中を眺めて見たものの、同じことときり見出せなかったというのである。河童の世界に託して人間社会を描いてきた作者には、書くことは救いにならなかったのかの問が生じる。憂鬱から飛翔する翼はもはやなかったかのようである。

グッド・センス

次に哲学者のマッグの書いた「阿呆の言葉」からの抜粋が示される。「阿呆」というと、遺稿となった「或阿呆の一生」がすぐ想起される。また、『侏儒の言葉』のアフォリズムにも通じる。「最も賢い生活は一時代の習慣を軽蔑しながら、しかもその又習慣を少しも破らないやうに暮らすことである」とか、「自己を弁護することは他人を弁護することよりも困難である。疑ふものは弁護士を見よ」とかいった章句には、芥川晩年の思想が自ずと顔を出している。

これは、いわゆる「中庸の精神」へのあこがれとも無縁のものではない。「人生に微笑を送る為に第一には吊り合ひの取れた性格」（「闇中問答」）が必要だと考えていた芥川は、『侏儒の言葉』では理性と信仰とを対比させて、〈中庸〉、つまりグッド・センスを持てと言っている。それゆえマッグの「阿呆の言葉」の最後に書きつけられた一節、「若し理性に終始するとすれば、我々は当然我々自身の存在を否定しなければならぬ」は、意味深長である。ここには自死の問題が含まれているからだ。続いて河童の国の犯罪や死刑のことが話題となる。

「河童」十三は、詩人トックの自殺をめぐる話である。トックはピストル自殺をしたのである。この章は、やがて行われる作家自らの行為の戯画と言ってもよい。河童群像はいずれも作者の分身的存在なのだが、詩人トックはもっとも芥川に近い。トックは善悪を絶した超人（超河童）を自称していた河童である。トックの自殺は、社長のゲエルによれば「何しろトック君は我俀だつた」からであり、医者のチヤックによれば「元来胃病でしたから、それだけでも憂鬱になり易かつた」からとされる。さらに哲学者のマッグによると、「詩人としても疲れてゐた」からだという。どれもが死を前にした芥川の状況と重なる。「河童」が作者芥川の〈現実の転位〉であることは、トックの自殺の章一つとっても言えるのである。残していく家族への思いを馳せた次のような語りも同様である。

僕は未だに泣き声を絶たない雌の河童に同情しましたから、そつと肩を抱へるやうにし、部屋の隅の長椅子へつれて行きました。そこには二歳か三歳かの河童が一匹、何も知らずに笑つてゐるのです。僕は雌の河童の代りに子供の河童をあやしてやりました。するといつか僕の目にも涙のたまるのを感じました。僕が河童の国に住んでゐるうちに涙と云ふものをこぼしたのは前にも後にもこの時だけです。

こうした厳粛な死の問題を取りあげる一方で、遺稿となったトックの詩稿を握りしめ、「しめた！すばらしい葬送曲ができるぞ」と「細い目を赫《かが》やかせ」、飛び出して行く音楽家のクラバツくの姿をクローズアップしていることにも注意したい。クラバツクのこの行為に対しては、早く吉田精一に「死をも芸術化せんとする彼（注、芥川）の態度を語るもの」[20]という見方が示されていたが、いま少し掘り下げて考えたい。つまりトックの自死という事件に遭遇し、クラバツクは一見、悲しみ嘆いている。が、事実は悲しみの精神的感興から新たなテクストを創造するエネルギーを得た喜びに雀躍しているのである。こうした芸術家のどうにもならぬ本性を、ここでは取りあげているのではないか。

生きるとは

生きるということは、一体どういうことなのか。河童の国に託して人間社会の諸問題を取り上げ、さまざまな問題提起をしてきた語り手、そして彼を統御する芥川龍之介は、ここで人間存在の問題を考えようとする。トックのピストル自殺を扱った十三章の終わりの箇所のテクストを引用しよう。

「こら、こら、さう覗いてはいかん。」

裁判官のペップは巡査の代りに大勢の河童を押し出した後、トックの家の戸をしめてしまひました。部屋の中はそのせゐか急にひつそりなつたものです。僕等はかう云ふ静かさの中に――高山植物の花の香に交つたトックの血の匂の中に後始末のことなどを相談しました。しかしあの哲学者のマッグだけはトックの屍骸を眺めたまま、ぼんやり何か考へてゐます。僕はマッグの肩を叩き、「何を考へてゐるのです？」と尋ねました。

「河童の生活と云ふものをね。」

「河童の生活がどうなのです？」

「我々河童は何と云つても、河童の生活を完うする為には、……」

マッグは多少羞《はづか》しさうにかう小声でつけ加へました。

「兎に角我々河童以外の何ものかの力を信ずることですね。」

右の箇所の〈河童〉ということばを〈人間〉に置き換えると、その意味するものは深長である。「我々河出す。トックの自殺にかかわる問題は、そのための序曲であったと言えようか。

童以外の何ものかの力」とは、なにか。言うまでもなくそれは宗教である。芥川はここに宗教の問題を持ち

生存への問いかけ

「河童」十四〜十七は、なぜ人はこの娑婆苦に満ちた世界に生きねばならないかという生存への問いかけがなされる章である。十四章は前章のトックの自殺を受けて、「僕に宗教と云ふものを思ひ出させたのはかう云ふマツグの言葉です」にはじまる。「僕」はそれまで「真面目に宗教を考へたことは一度もなかつた」のである。が、トックの自殺は、それを考えずにはいられなかったという。

河童の国の宗教

「僕」は、「一体河童の宗教は何であるか」と考え出す。河童の国では、母親の腹の中にいる時から「河童的存在を悪いと信じてゐます」と子どもが話すだけあって、宗教はいろいろある。学生のラップによると、「基督教、仏教、モハメット教、拝火教」などが行われているが、一番勢力のあるものは近代教だという。近代教は生活教とも言い、「この国第一の大建築」の寺院を持つ。その規模の壮大さは、テクストから直接聞こう。

或生温い曇天の午後、ラップは得々と僕と一しよにこの大寺院へ出かけました。成程それはニコライ堂の十倍もある大建築です。のみならずあらゆる建築様式を一つに組み上げた大建築です。僕はこの大寺院の前に立ち、高い塔や円屋根を眺めた時、何か無気味にさへ感じました。実際それ等は天に向つて

伸びた無数の触手のやうに見えたものです。僕等は玄関の前に佇んだまま、（その又玄関に比べて見ても、どの位僕等は小さかつたでせう！）暫らくこの建築よりも寧ろ途方もない怪物に近い稀代の大寺院を見上げてゐました。

大寺院の内部も亦広大です。そのコリント風の円柱の立つた中には参詣人が何人も歩いてゐました。しかしそれ等は僕等のやうに非常に小さく見えたものです。

「僕」は近代教の長老の案内で大寺院の中をめぐる。長老の言うには、信徒の礼拝するのは「生命の樹」である。大寺院には聖者としてストリンドベリ・ニーチェ・トルストイ・国木田独歩・ワグネル・ゴーギャンなどの大理石の半身像が飾られている。どの人物も芥川龍之介が関心を示した人で、一般にはこの世の苦悩の多かった生き方で知られている。それはかつて片岡良一が指摘したように、「信ずるかわりに闘いつくして倒れた人々」[*21]であり、日本人で唯一人国木田独歩の名を挙げているのが目をひく。独歩は「窮死」という小説で、「どうにもならなくつて」自殺した文公という労働者を描くが、片岡はそれが晩年の芥川の心境につながるとする。

近代教、つまり生活教の使徒信条は、「旺盛に生きよ」ということにある。長老はその信条について、次のように説明する。

我々の神は一日のうちにこの世界を造りました。（『生命の樹』は樹と云ふものの、成し能はないことはないのです。）のみならず雌の河童を造りました。すると雌の河童は退屈の余り、雄の河童を求めました。我々の神はこの歎きを憐み、雌の河童の脳髄を取り、雄の河童を造りました。我々の神はこの二匹の河童に『食へよ、交合せよ、旺盛に生きよ』と云ふ祝福を与へました。……

人間と宗教への批判

ここには人間と宗教への痛烈な批判がある。すでに前稿[*22]で指摘したところであるが、第一は右の箇所が『旧約聖書』創世記の天地創造の物語[*23]に擬していながら、雌が先に雄が後に造られたと、男女の創造の過程を逆にしている点にある。この出来事は、直ぐ後の、――雌河童に投げ出される長老の姿と重ねてもよい。つまり長老などといういかめしい肩書きをもち、もっともらしいことをしゃべっても、結局は男は女の慰めものに過ぎないという女性に対する劣等感の現れがここにある。女性関係で重荷を負った芥川の〈現実の転位〉なのだ。

第二は近代教は生活教の別名にふさわしく、「旺盛に生きよ」を教えの中心にすることにある。現実の世の煩わしさ、――生活苦・病苦・家族関係・近隣関係、さらには仕事のやり切れなさを克服し、「旺盛に生きよ」とは、何なのか。複雑な人生の諸問題は、生活教の神「生命の樹」をただ礼拝することによって、「成し能はないことはない」こととなり、すべては解決するというのだ。こういう新興宗教じみた河童の国の勢いのある宗教に、「僕」はついて行けない。

が、ついて行けないのは、語り手の「僕」ばかりではない。一緒に大寺院に行ったラップもそうだし、大寺院を案内してくれた長老さえもが、「わたしも実は、――これはわたしの秘密ですから、どうか誰にも仰有らずに下さい。――わたしも実は我々の神を信ずる訣には行かないのです」と深い息を洩らし、涙ぐんで言うのである。そういえばこの長老は、近代教の話を「半ば気の毒さうに説明しました」と前に記述されていたが、それは伏線であったことになる。娑婆苦の人生を生き抜くための何か怪しげな近代教＝生活教に、「僕」はとうていついて行けない。かくて「高い塔や円屋根を無数の触手のやうに伸ばす」大伽藍も、「僕」

には「砂漠の空に見える蜃気楼」のように「無気味」なものにしか思えなくなる。

「河童」十五では、自殺したトックの幽霊の話が話題となる。当時の心霊学の流行と深くかかわった章である。ややペダンチックな側面がなきにしもあらずだが、心霊現象は、芥川の関心の一つであった。羽鳥徹哉に面白可笑しく叙述された本章に対して、「人生の堪えきれぬ程の〈創痍〉に苦しみながら、〈諧謔〉が、僅かに芥川の痛みを和らげていたのであろう」[*24]の評がある。

十六の章は、「僕はかう云ふ記事を読んだ後、だんだんこの国にゐることも憂鬱になつて来ましたから、どうか我々人間の国へ帰ることにしたいと思ひました」にはじまる。「かう云ふ記事」とは、前章の「詩人トツク君の幽霊に関する報告」という『心霊学協会雑誌』に載った記事を指す。心霊学も頼りにならぬことをさりげなく語った一文である。

本章で関心をひくのは「年をとつた河童」の存在である。この河童は、年をとったといっても、やっと十二、三歳の河童にしか見えない。「あなたは子供のやうですが……」の「僕」の問に、彼は「わたしはどう云ふ運命か、母親の腹を出た時には白髪頭をしてゐたのだよ。それからだんだん年が若くなり、今ではこんな子供になつたのだよ。けれども年を勘定すれば、生まれる前を六十としても、彼是百十五六にはなるかも知れない」という。

フィッツジェラルドの小説による補完

「河童」のこの箇所は、アメリカの作家フランシス・フィッツジェラルド（Francis Scott Fitzgerald）の小説 *The Curious Case of BENJAMIN BUTTON* からヒントを得ている。フィッツジェラルドは、第一次世界大戦後に登場し、ロスト・ジェネレーションの代弁者とされた作家である。代表作に『グレート・ギャツビー *The Great Gatsby*』（『華麗なるギャツビー』のタイトルで、いくつもの邦訳が出ている）がある。*The Curious Case of BENJAMIN BUTTON* の初出は、一九二二（大正一一）年五月二十七日刊行の雑誌『コリアーズ（Colliers Magazine）』である。その後すぐに自薦短篇集 *Teles of the Jazz Age*（一九二二）に収録された。ストーリーは若いロジャー・バトン夫婦の間に生まれた子どもが、何と七十歳になろうかという老人の姿をしていたことにはじまる。その子はベンジャミンと名付けられて育てられるが、年をとるに従って若返っていく。普通とは逆の生い立ちによって起こる人生の悲喜劇を、フィッツジェラルドは、冷静な筆致で描いている。ヨーロッパやアメリカの小説を創作の種にするために好んで読んでいた芥川の眼に *Teles of the Jazz Age* 収録の『ベンジャミン・バトン数奇な人生』（邦訳のタイトル）が飛び込み、「河童」の終わりの箇所で、河童の国から脱出する主人公を描く際の補完の材料に用いたのである（くわしくは本書第Ⅶ章収録の「三　テクストの補完」を参照してほしい）。

小説「河童」に登場する「年をとつた河童」は、街のはずれで「本を読んだり、笛を吹いたり、静かに暮らして」おり、その部屋は「気のせゐか、質素な椅子やテエブルの間に何か清らかな幸福が漂つてゐるやうに見える」のである。「僕」は、「あなたはどうもほかの河童よりも仕合せに暮らしてゐるやうですね？」と問う。それに対し、「年をとつた河童」は、「さあ、それはさうかも知れない。わたしは若い時は年よりだつたし、年をとつた時は若いものになつてゐる。従つて年よりのやうに慾にも渇かず、若いもののやうに色にも溺れない。兎に角わたしの生涯はたとひ仕合せではないにもしろ、安らかだつたのには違ひあるまい」と答える。彼は「体も丈夫」で、「一生食ふに困らぬ位の財産」を持っている。芥川にはそういう存在そのものがうらやましく思えたのであろう。

折れた梯子

韓国の女性研究者曺紗玉《チョサオク》（仁川大学校教授）は、その「河童」論[*25]で、ここに出て来る「年をとつた河童」に注目する。そして「吊り合ひの取れた」「中庸」の精神にあこがれた芥川の理想が、この河童に託されていたとする。芥川は『侏儒の言葉』で「中庸」の精神を強調する。また、遺稿となった「闇中問答」では、「人生に微笑を送る為に第一には吊り合ひの取れた性格、第二に金、第三に僕よりも逞しい神経を持つてゐなければならぬ」と書き、「中庸」、つまり吊り合い、バランス感覚の大切さをしきりに言うようになる。

そういうあこがれの存在でもある「年をとつた河童」に、「僕」は河童の国からの脱出の方法を問う。それに対して「年をとつた河童」は、「出て行かれる路は一つしかない」と言い、部屋の隅へ歩み寄り、天井から下がっている一本の綱を引く。「僕」の河童の国からの脱出である。テクストからその部分を引用する。

すると今まで気のつかなかつた天窓が一つ開きました。その又円い天窓の外には松や檜が枝を張つた向うに大空が青あをと晴れ渡つてゐます。いや、大きい鏃《やじり》に似た槍ヶ岳の峯も聳えてゐます。僕は飛行機を見た子供のやうに実際飛び上つて喜びました。

「さあ、あすこから出て行くが好い。」

年をとつた河童はかう言ひながら、さつきの綱を指さしました。今まで僕の綱と思つてゐたのは実は綱梯子に出来てゐたのです。

「ではあすこから出さして貰ひます。」

「唯わたしは前以て言ふがね。出て行つて後悔しないやうに。」

「大丈夫です。僕は後悔などしません。」

僕はかう返事をするが早いか、もう綱梯子を攀ぢ登つてゐました。年をとつた河童の頭の皿を遙か下に眺めながら。

右の曺紗玉の論では、この場面の「僕」の行動に、「西方の人」36の「天上から地上へ登る為に無残にも折れた梯子」を想起すると言う。[*26] 確かに人間界に帰った「僕」の「天上」は、「河童」の国となるのであり、以後の「僕」は、折れた梯子にならざるをえないのである。

芝居の背景

「僕」は人間界に戻ることができたものの、その社会には適応できなかった。医者はおかしな行動をとる「僕」に、「早発性痴呆」の判断を下す。いま言う統合失調症である。入院させられた「僕」は、二、三日毎に何人もの河童の訪問をうけるという幻覚に襲われる。漁師のバッグ、医者のチャック、学生のラップ、哲学者のマッグ、会社社長のゲエル、それに音楽家のクラバックまで来る。マッグは自殺した詩人トックの全集を持ってきてくれた。「僕」はトック全集に載っている次のような詩を大声に読む。

——椰子の花や竹の中に
仏陀はとうに眠つてゐる。

路ばたに枯れた無花果と一しよに
基督ももう死んだらしい。

しかし我々は休まなければならぬ
たとひ芝居の背景の前にも。

（その又背景の裏を見れば、継《つ》ぎはぎだらけのカンヴアスばかりだ。！）——

右の詩は何をうたっているのか。ここでは仏陀もキリストも、共に眠ったり、死んだりしていて、現実に生きて働く救いの存在ではないとされている。が、我々は疲れているのだから何かに頼り、休まなければならないのだ。誰でもよい。慰めてほしい、支えてほしい。我々は憩いの場がほしい。たとえ「芝居の背景」のようなものでもいいから休息したい。そういう一時的慰め・休息の場としての慰めは、「継ぎはぎだらけのカンヴアス」にしか過ぎないのだが、……こんな意味であろうか。

小説「河童」は、この詩の後に「けれども僕はこの詩人のやうに厭世的ではありません。河童たちの時々来てくれる限りは、」とある。ここには死に臨んで、やさしさを失わなかった人の眼を感じる。続いて裁判官のペップの発狂したことを告げ、テクストは閉じられる。以下のようだ。「あの河童は職を失つた後、ほんたうに発狂してしまひました。何でも今は河童の国の精神病院にゐると云ふことです。僕はS博士さへ承知してくれれば、見舞ひに行つてやりたいのですがね………」自殺したトックの詩に関する話題の次が、裁判官ペップの発狂であるというのは、本作の作者芥川龍之介の晩年の重大課題であった「自殺か、発狂か」とかかわる。

時代との格闘

総じて過小評価の「河童」の同時代評価の中にあって、テクストと真剣に向き合い、批評したものに、吉田泰司のものがある。[*27]吉田は小説「河童」に「雑踏の中の孤独な感傷」「不思議な仮面を被つた憂鬱の訴へ」を認め、「至るところに精巧な機智と冷たい狂想がある。それが作者の心の最も深い理性の奥から作用して来て、一種異様な皮肉《アイロニー》の情熱を醸し出してゐる。賢明な諷刺の底に何か悲哀につながる憂憤がある。それは正直に自分らしく、自分をとり囲んで激しく動揺してゐる現象の社会に、関心し、考慮し、苦しみ喘いでゐる作者の痛ましい信仰告白のやうにもとれる」とした。さらに「その生活感情と人間的神経の中には、生存の孤独と憂鬱の二つの手が触手のやうに絡みついてゐる。おそらく、それこそ彼のたましひの真実性と深い宿命なのであらう」と論じた。

芥川はこの批評を読み、「あらゆる「河童」批評の中であなたの批評だけ僕を動かしました」（一九二七・四・三付）と吉田泰司に書き送ることになる。自身の誠実な試みを評価してくれたことへの喜びの返礼であった。「作者の痛ましい信仰告白」というとらえ方は、「河童」に賭けた芥川の真意を見抜くものであった。それは世界的不安現象の中にあって闘い、傷ついた魂を理解してくれたことへの感謝のことばでもある。

羽鳥徹哉が言うように、本作は「大ざっぱに見れば、狂人〈第二十三号〉の悪罵によって始まり、トックの詩によって終わる、救いの可能性を見失った絶望の書」[*28]でもあるのだ。人生のやり切れなさ、絶望感を晩年の芥川は好んで取り上げた。それは続く「歯車」「或阿呆の一生」などにもつながる。絶望は掘り下げれば掘り下げるほど、救われたいという強い願いに転化する。絶望を抱えた救いへの問いかけは、やがて二つのイエス伝「西方の人」「続西方の人」へと向かう。それは芥川龍之介の生存への問いかけの、必然の道程であったとしてよいだろう。

注

1──関口安義「「河童」から「西方の人」へ─芥川晩年の思想について─」『日本文学』一九六五年五月一〇日、のち『日本文学研究資料叢書芥川龍之介』有精堂、一九七〇年一〇月二〇日収録

2──菊地　弘・久保田芳太郎・関口安義編『芥川龍之介研究』明治書院、一九八一年三月五日

3――関口安義・庄司達也編『芥川龍之介全作品事典』勉誠出版、二〇〇〇年六月一日
4――関口安義『芥川龍之介』岩波書店、一九九五年一〇月二〇日
5――関口安義『芥川龍之介とその時代』筑摩書房、一九九九年三月二〇日
6――宮坂　覺「解説」『芥川龍之介作品論集成　第六巻　河童・歯車　晩年の作品世界』翰林書房、一九九九年一二月一〇日、二七〇〜二七二ページ
7――久保志乃ぶ「芥川龍之介『河童』」『虹鱒』一九九一年八月、のち『芥川龍之介作品論集成　第六巻　河童・歯車　晩年の作品世界』翰林書房、一九九九年一二月一〇日収録
8――松本常彦「「河童」論―翻訳されない狂気としての―」『日本近代文学』第56集、一九九七年五月一五日、のち『芥川龍之介作品論集成　第六巻　河童・歯車　晩年の作品世界』翰林書房、一九九九年一二月一〇日収録
9――石原千秋「『河童』―〈個〉の抗い―」『国文学解釈と鑑賞』一九九九年一一月一日
10――羽鳥徹哉・布川純子監修、成蹊大学大学院近代文学研究会編『現代のバイブル／芥川龍之介「河童」注解』勉誠出版、二〇〇七年六月一三日
11――上田　真「小説「河童」の内在的意味」吉田精一・武田勝彦・鶴田欣也編『芥川文学―海外の評価―』早稲田大学出版部、一九七二年六月一五日
12――相川弘文「河童」関口安義編『芥川龍之介新辞典』翰林書房、二〇〇三年一二月一八日、一二五ページ
13――伊藤一郎「上高地―荒荒しき〈野生〉のトポス」『国文学解釈と鑑賞別冊　芥川龍之介　旅とふるさと』二〇〇一年一月一〇日
14――伊藤一郎「芥川龍之介の槍ヶ岳登山と河童橋」『芥川龍之介の槍ヶ岳登山と河童橋』上高地登山案内人組合、二〇〇八年一一月一二日、一四〜一五ページ

15――小島烏水『日本山水論』隆文社、一九〇五年七月一日
16――柳田國男『山島民譚集』甲寅叢書刊行所、発売　郷土研究社、一九一四年七月四日
17――注14に同じ
18――心中の鬱懐　当時芥川は、実姉ヒサの夫西川豊が放火の嫌疑を受けて鉄道自殺をした後始末や、秀しげ子という女性とのやり切れないかかわり、それに自身の健康の衰えからくる気力喪失で心がふさいでいた。
19――吉田精一『芥川龍之介』三省堂、一九四二年一二月二〇日、三一五ページ
20――注19に同じ、三一八ページ
21――片岡良一『芥川龍之介』福村書店、一九五五年一〇月一日、一二七ページ
22――注1に同じ
23――『旧約聖書』創世記1～2章
24――注10に同じ、三七〇ページ
25――曺紗玉『芥川龍之介の遺書』新教出版社、二〇〇一年一二月二五日、一七～二〇ページ
26――注25に同じ、二一ページ
27――吉田泰司「河童（改造）」『生活者』一九二七年四月一日
28――注10に同じ、四〇六ページ

コラム

海外における芥川文学の翻訳

ここには海外における芥川文学翻訳の最新事情を、「研究情報」としてお伝えする。

一九九〇年代までの芥川文学翻訳情報は、宮坂覺編『芥川龍之介作品論集成別巻　芥川文学の周辺』（翰林書房、二〇〇一・三）の「外国における芥川龍之介研究」が詳しい。アメリカ・イギリス・イタリア・ロシア・韓国・中国、それに他の諸外国における芥川研究の現状が、翻訳情報とともに示されている。嶌田明子の労作「芥川作品各国翻訳状況一覧」もある。嶌田はさらに関口安義編『芥川龍之介新辞典』（翰林書房、二〇〇三・一二）に「著作外国語訳目録」を載せ、二〇〇一（平成一三）年までの翻訳書目を紹介した。

新世紀に入っての芥川文学の翻訳事情でまず注目されるのは、英語圏の大手出版社ペンギン社がペンギン・クラシックス・シリーズの一冊として刊行した『「羅生門」ほか17編』（*Rashōmon and Seventeen Other Stories*）の登場である。訳者は村上春樹の翻訳者として知られるハーバード大学のジェイ・ルービン。久々の新訳だ。昨年（二〇〇六）三月にイギリス版が、九月にアメリカ版が出る。装幀・判型はそれぞれ異なる。巻頭には村上春樹のかなり長い序文が付く。

注目されるのは「尾形了斎覚え書」「おぎん」「忠義」「馬の脚」「点鬼簿」など、九作品のはじめての訳（First time in English）を含むことである。独特の文体をもつ「尾形了斎覚え書」、日本語の駄洒落と含意ある文章から成る「馬の脚」などは、これまで翻訳不可能とされてきたものだ。また、構成に工夫が凝らされ、十八作品が四部に分類され、執筆年代順の配列ではなく、「小説の舞台となった時代による年代順」という方法が採られている。

訳者は芥川が日本語の達人であったことを十分認めながらも、「無比の創作手段であった日本語から切り離されても、芥川の思考とイメージ、その登場人物たちは生命を失うことがない」と言い、この訳業に携わった。ペンギン古典叢書に入る最初の現代アジア作家が芥川龍之介であったということは、没後八十年、芥川文学の再評価・再発見の象徴的出来事である。

芥川文学翻訳の先進国ロシアでは、冷戦後の一九九八（平成一〇）年に、ポリヤリス出版社から『芥川龍之介作品集』全四巻が出ていたが、新世紀になって日本の国際交流基金の援助によって、『芥川龍之介選集』（ヒペリオン出版社、二〇〇二）が刊行されている。

ところで、芥川研究はかつては欧米が中心であった。それが冷戦後東アジアにシフトし、中国・韓国での芥川研究は、盛況をきわめている。中国では文化大革命後芥川が見直されるようになるが、改革開放、そして冷戦終了後、芥川の翻訳書は次々に刊行されるようになる。くわしくは、黒古一夫監修、康東元《カンドウンウエン》著『日本近・現代文学の中国語総覧』（勉誠出版、二〇〇六・一）に譲るが、魯迅訳をはじめとする戦前訳本の復刻から戦後世代の訳本まで、多くの芥川翻訳書が溢れんばかりである。最近では『羅生門』『芥川龍之介短編小説集』『芥川龍之介　中短篇小説集』などと銘打った訳本が輩出した。

このような背景があって中国初の『芥川龍之介全集』全五巻が二〇〇五（平成一七）年三月、山東文芸出版社から刊行された。A5判、各巻平均八〇〇ページ。小説や随筆だけでなく、詩歌や書評・劇評、それに書簡までも含む本格的全集である。これも日本の国際交流基金の翻訳援助を受けての刊行である。

中国では村上春樹の翻訳が圧倒的に多い。日本の物故作家では漱石もよく読まれているが、全集はまだない。日本の作家で全集が翻訳されたのは、芥川が最初である。作品集の刊行も盛んなことは右に述べた通りだが、特に最近の翻訳で目立つのは、訳者の異なる二冊の『支那游記』（中国語訳は『中国游記』）の出現だ。刊行順にあげると陳生保・張青平訳『中国游記』（北京十月文芸出版社、二〇〇六・三）、秦剛訳『中国游記』（中華書局、二〇〇七・一）である。

双方ともしっかりした研究者の手になる訳本である。後者には中国を舞台とした小説「南京の基督」と「湖南の扇」、それに中国印象記「新芸術家の眼に映じた支那の印象」を含む。

前者の翻訳者の一人陳生保は、訳書の巻頭に寄せた「芥川龍之介《中国游記》導読」で、「客観的に見て85

年前の半植民地におかれた中国の生の姿を記述している」「我々は芥川が一つ一つの場面を記録してくれたことを感謝すべきだと思う。それらの場面は、当時の中国と中国人が蒙る苦難をドキュメントとして象徴的に説明してくれる。これは我々中国人にとって忘れてはいけない歴史である」と書く。さらに、『中国游記』は貴重な「歴史的価値」ある文献として評価する。現代中国での芥川受容の一例である。

中国では全集後も芥川作品集の刊行は止まず、二〇〇六（平成一八）年八月には、浙江文芸出版社から諸家の訳で、十九の小説を収録した『羅生門』が刊行されている。中には唯一絶対の神と八百万《やおよろず》の神々を意識した「神神の微笑」のような作品も含まれる。

隣の国韓国の事情にふれよう。韓国はもともと芥川研究の盛んな国である。一九七〇年代のキリスト教各派の爆発的発展もあって、韓国は東アジアでは稀なキリスト教国となったが、そのようなお国柄を反映し、芥川の切支丹ものへの関心が高い。研究も芥川とキリスト教をめぐるものが圧倒的に多い。翻訳にも右の事情は反映している。「西方の人」「続西方の人」など複数の翻訳が存在する。芥川の童話を集めた童話集の翻訳もある。

新世紀に入って、韓国では芥川作品の翻訳は、うなぎのぼりにふえている。確認できた芥川作品の翻訳著作集は十冊に及ぶ。タイトルは他の国同様、『羅生門』や『蜘蛛の糸』が多いが、近年刊行された芥川著作集には、『孤独より勝る大きい力がどこにあろうか』というような長い題名を添えた芥川の翻訳本も刊行されている。ここには二〇〇五（平成一七）年刊行の芥川龍之介小説集『天の池』（ノジェミョン訳、ハヌルヨンモ社）と二〇〇六（平成一八）年刊行の『蜘蛛の糸』（チョヤンウク訳、現代文学社）の書影を掲げておく（書影省略）。なお、韓国では中国語訳に倣い、『芥川龍之介全集』のハングル版を刊行する気運が生じていることを記しておきたい（追記、二〇〇九年に第一巻が、二〇一〇年に第二巻が刊行された。全八巻の予定となっている）。以上が主要言語の芥川作品翻訳の現状である。

第V章——友人への眼

一　一高の三羽烏

一高時代の交友関係

全寮制

芥川龍之介と恒藤恭《つねとうきょう》、それに藤岡蔵六を加えた三人を「仲のいい三羽烏」と呼んだのは、哲学者で東大の教授を務めた出隆《いでたかし》である。[*1] ここではその三羽烏に光を当てるものである。

芥川らの入学した当時の一高は原則として全寮制をとっていた。当時の一高寄宿寮は南寮・北寮・中寮など合計八つあり、一年生の時は専攻を越えて部屋が割り当てられ、二年生になると文科の第一部乙類入学の者同士が同じ部屋に寝起きした。寮は友情を育てる場でもあった。が、どういうわけか芥川は最初の一年間、入寮していない。『第一高等学校一覧自明治四十二年至明治四十三年』（売捌所丸善株式会社、一九〇九・一二）の第四章「規則」の第十二款「寄宿及ビ通学」第三条には、「本校生徒ハ在学中寄宿寮ニ入ルヘキモノトス但シ特種ノ事情アル者ニ限リ審査ノ上通学ヲ許可スルコトアルヘシ」とあるが、芥川龍之介は理由は定かではないが、最初の一年間は入寮していない。芥川が二年生になって最初に入るのは、中寮三番であった。

一高の交友関係を示すのに、まず寮の部屋ごとに考えるのは、一つの手である。菊池寛は「半自叙伝」[*2] に

「われ〳〵は、南寮八番にゐた。／「南八《なんぱち》男児遂《つひに》屈せず」と云ふ詩の文句があるが、その通り大に活躍した。／芥川や井川[*3]などは、北寮三番（菊池の誤り）にゐたが、そこはおとなしい連中ばかりで、煮え切らない生活をしてゐた。芥川は、間もなく寮を出た。われ〳〵の生活は一高式の元気と、文芸的なボヘミアニズムとが一緒になつたのだから、奔放自在を極めてゐた」と書いている。南寮グループというのは、菊池のほか久米正雄・松岡譲・佐野文夫らを指す。いわゆる蛮カラグループである。中寮三番の連中は、のち寮の編成替えで多くは北寮四番に移る。

北寮グループは三羽烏の芥川・井川・藤岡、それに長崎太郎・石田幹之助らである。三羽烏は後で詳しくふれるが、長崎太郎は一高無試験検定トップ合格、後年京都市立美術大学（現、京都市立芸術大学）の初代学長を勤め、美術界の有能な人材を育てることとなる。石田幹之助は後年國學院大學教授、東洋史の権威となる人だ。あえて言えば、北寮は秀才グループである。

四人グループ

これまた菊池寛の「芥川の事ども」[*4]によれば、「一高時代は、一組づつの親友を作るものだが、芥川の相手は恒藤君であつた。この二人の秀才は、超然としてゐた。と、云つて我々は我々で久米、佐野、松岡などと一しよに野党として、暴れ廻つてゐた」という。二人グループでは、久米正雄と松岡譲のコンビも知られていた。この二人の関係は、後年久米正雄が「松岡と私とは、或る意味で親友的関係の外面から見ても、最も高いところまで行つたものであると云つて可い」[*5]と言い、松岡譲が「まるで相惚れのご夫婦のようだ」[*6]と下宿先の老婦人が言っていたと書くように、深い関係にあった。が、やがて漱石没後の山房で漱石の長女筆子をめぐる事件で、ふたりは決別することになる。この大正文壇をめぐるエピソードは、わたしの『評伝松岡譲』[*7]にかなり詳しく書き込んだので参照してほしい。

二人グループは「芥川と藤岡蔵六」「井川恭と藤岡蔵六」「井川恭と長崎太郎」という姿でも存在した。それが三人グループとして発展したのが、〈一高の三羽烏――芥川・井川・藤岡〉であったといえる。さらに四人グループとなると、この三人に長崎太郎が加わる。

最後の四人グループの目立った行動は、一高卒業記念旅行としての赤城・榛名方面への旅行である。この旅のことは幸い井川恭が郷里の新聞『松陽新報』に、「赤城の山つゝじ」一～五（一九一三・七・一六、一七、一九、二二、二三、『旧友芥川龍之介』[*8]収録）の題で、また、藤岡蔵六も『父と子』[*9]の「一一八　一高卒業記念旅行」に書き残しているので、その大略は知ることができる。

井川日記の出現

早熟の文学青年

さて、一高の三羽烏のうちの二羽、芥川龍之介と恒藤恭についてまず述べよう。芥川に関しては、近年かなり調査が進んでいるので、恒藤側に光を当てながら進めたい。恒藤恭は当時井川恭といった。のち結婚し恒藤姓になるのである。イカワと清音で読むか、あるいは濁ってイガワと読むかは難しい問題であるが、わたしは近年イカワという清音を採用している。なぜイカワをとるのかと聞かれるなら、それは本人が芥川宛の英文書簡の最後に *K.Ikawa* とローマ字でサインをしていることによる。わたしが恒藤恭の次男であられる恒藤武二氏（当時同志社大学名誉教授）に生前問うたときは、イガワと濁るとうかがった。しかし、文学の感性に恵まれた井川恭は、清音のイカワを好んだようである。そこでわたしはその意志を尊重し、近年はイカワキョウとルビをふることにしている。

井川恭は、とにかく早熟の文学青年であった。彼は島根県松江市で生まれ、育った。松江は宍道湖と中海とにはさまれ、大橋川によって南北に分断された水郷の町である。わたしは松江には何度も行っているが、夕日の美しい町だ。特に宍道湖の日没風景がすばらしい。松江に行くと、「宍道湖の夕映え見ごろ時間」という月ごとの日没時間を記《しる》した看板が、各所にあるのを見ることができる。井川はこの故郷松江を生涯愛していた。一九一五（大正四）年、芥川が失恋事件で失意の底にあった時、井川恭は芥川を松江に誘って、二十日間ばかりを一緒に過ごすことになる。千鳥城の裏手にあたるお花畑と呼ばれていた濠端の地に、井川は手ごろの家を見つけて借りたのである。彼が母と兄弟姉妹と住んでいた家は狭かったからだ。当時大学生だった井川恭に、よく一軒家を借りるだけの財力があったと感心するが、彼は一高時代から鈴かけ次郎の名で『中学世界』などに少年小説を載せており、その原稿料収入を当てたのである。実は彼はセミプロの作家であった。

井川恭、後年の法哲学者、大阪市立大学学長恒藤恭と芥川龍之介との関わりは、早くから知られていた。しかし、研究となると実に遅れをとり、近年やっと本格的に手がつけられるようになったばかりである。恒藤恭が若き日、鈴かけ次郎のペンネームで多くの少年小説を書いていたことなど、数年前にその全貌がようやくつかめたに過ぎない。

わたしは芥川龍之介研究者として、恒藤恭の存在は早くから気になっていた。芥川周辺人物研究では、『評伝 豊島与志雄』[*10]を皮切りに、『評伝 松岡譲』や『評伝 成瀬正一』[*11]などを書いてきたが、恒藤恭研究はいつも後回しにされ、『恒藤恭とその時代』[*12]という本を出すことができたのは、近年のことである。本当はもっと早く恒藤恭研究はすべきだったのだ。芥川の友人恒藤恭への眼は、実に深切である。

わたしは早くから、芥川をより掘り下げて考えるために、これまで調査の及ばなかった周辺人物の研究に乗り出していた。一高時代の仲間では、右の人々のほか、佐野文夫・長崎太郎・藤岡蔵六・石原登などである。松岡譲と成瀬正一は幸い評伝としてまとまった。また他のいまあげた人々の研究も進展した。が、恒藤恭研究は常に先送りされていたのである。その第一の理由は、資料不足であった。三十数年前の一九七二（昭和四七）年に山崎時彦氏（当時大阪市立大学教授）が『若き日の恒藤恭』[*13]という本をまとめられた。そこには若き日の恒藤恭の作品が集められ、山崎氏の解説が施されていた。が、恒藤恭の資料としてはこれだけであった。

研究にも時がある。資料や証言に恵まれると研究は進展する。一九九〇年代にわたしは成瀬正一のほか、佐野文夫や長崎太郎、それに藤岡蔵六の研究に乗り出している。佐野文夫は、のちの日本共産党委員長である。長崎太郎は第二次世界大戦後、前述のように、京都市立美術大学（現、京都市立芸術大学）初代学長として敏腕を振るった。芥川を押さえて、一高無試験検定トップ合格であったことも先にふれた。わたしは長崎太郎の評伝を書くために、京都府相楽郡《さがらぐん》加茂町（現、木津川市加茂町）在住のご遺族の長崎陽吉氏宅をしばしば訪れ、さまざまな資料を見せて頂く中で、恒藤恭と長崎太郎との生涯にわたる友人関係を確認した。この場合長崎太郎は恒藤恭に兄事するようなかかわりである。もっとも年齢は四つほど恒藤恭が上であった。一高を卒業すると恒藤（当時井川）恭は、進路を文科から法科に変えて京都帝国大学法科大学に進学するが、長崎太郎も一緒だった。一高時代に二人は寮を出て、本郷弥生町で下宿生活をし、その後は小石川区上富坂に新築された日独学館でも生活を共にしている。

二人は京都大学時代も寮で一緒であった。大学を出た後も強い友情で結ばれていた。一九二四（大正一三）年の夏、恒藤恭がヨーロッパ留学中、当時日本郵船ニューヨーク支店に勤務していた長崎太郎は、休暇をとって恒藤の許を訪れ、共にイタリア美術見学に出かけている。二人の深いかかわりは、この旅一つとっても言えることだ。それればかりか恒藤恭は後年旧制武蔵高校教授だった長崎太郎を、京大学生課に来るよう誘いの便りを出している。長崎は恩師佐々木惣一の頼みもあって京大に行き、最終的には学生課長を勤め、やがて高岡高専や旧制山口高校の校長となる。第二次世界大戦後は恒藤恭は大阪市立大学、長崎太郎は京都市立美術大学の学長として、共に公立大学の困難な時代を支えている。その交流は、生涯続いた。

井川日記の発掘

わたしは長崎太郎の評伝執筆のため、ご遺族の長崎陽吉氏とお会いしているうちに、陽吉氏は何と恒藤恭のご子息の恒藤敏彦氏（当時京大教授）と親しいことを伺った。そして、宇治市木幡御蔵山にお住まいの敏彦氏を紹介してもらうことになる。一九九五年のことである。以後わたしは恒藤敏彦氏、それに敏彦氏から当時お元気だった兄上の武二氏（同志社大学名誉教授）を紹介していただき、お二人から取材を重ね、多くの情報に接し、さまざまな資料との出会いに恵まれた。恒藤敏彦氏宅で敏彦氏がさりげなく、「これが父の中学時代の、そしてこれが一高時代の日記です」と見せていただいた日記の数々、中学時代は博文館の既製の日記帳であり、一高時代のは大学ノート八冊に記されていた。わたしは息を呑む思いだった。ずっと前からわたしは恒藤恭には日記が現存すると考えていた。なぜなら恒藤恭の回想記に、しばしば当時の日記が挿入されていたからだ。一高時代の日記には「向陵記」の名がついていた。その一九一一（明治四四）年二月一日の日記に「〇謀叛論……徳富健次郎氏」と題した記事を見出した時には胸がおどった。遂に出会ったの思いがあった。わたしはずうっと前から蘆花の演説「謀叛論」は、芥川世代の一高生に大きな影響を与えていたと信じてやまなかったからである。

芥川の親友井川恭の日記との出会いは、わたしの研究生活の中でも特に思い出深いものであった。井川日記には療養生活時代の神戸衛生院での生活を記したものもある。そこには後年の白樺の作家郡虎彦《こおりとらひこ》との邂逅の場面が記されている。島根県立第一中学校時代のものを含めたこれらの日記は、現在は大阪市立大学の恒藤記念室が収蔵している。ご遺族が寄託されたのである。大阪市立大学では、とりあえず一高時代の日記「向陵記」を活字に起こし、詳細な注を加え『向陵記――恒藤恭 一高時代の日記――』として刊行した。二〇〇三年三月のことだ。編集の中心となって仕事を進められたのは、大阪市立大学の日本史学担当で、当時恒藤記念室室長であられた広川禎秀《ただひで》氏であった。

旧制高校生と日記

日記の重要性

日記と言うと、かつての旧制高校生は、ほとんどがつけていた。芥川周辺人物にしても同様である。それが近年次々と出現し、研究を刺激するようになったのだ。関東大震災や第二次世界大戦などをくぐり抜けてのことゆえ奇蹟に近い。むろん三羽烏の一人藤岡蔵六のように、戦災で日記帳や感想録など、全部燃やしてしまった人もいる。けれども残るものは残り、それぞれの遺族宅に保管されていたのである。恒藤恭の「向陵記」をはじめとする日記のほか、同級生の成瀬正一・松岡譲・長崎太郎らの日記である。

日記にはプライバシーの問題も含まれるので、扱いには慎重を必要とする。時効を待って、はじめて公開できるものなのである。現在公開されているものは、恒藤恭の一高時代の日記「向陵記」のほか、第一部甲類入学の矢内原忠雄の日記、第二部甲類入学の森田浩一の日記がある。矢内原日記は『矢内原忠雄全集』第二十八巻（岩波書店、一九六五・六・一四）に一部が収録され、森田浩一のものは、東京都福生市の郷土資料室から『森田浩一とその時代～日記を通して見えてくるもの～』（二〇〇一・一・二五）として刊行されている。また、成瀬正一の日記は、現在高松市の菊池寛記念館にあり、『香川大学国文研究』で石岡久子が復刻作業を続けており、[*14] 完成が待たれるところだ。松岡譲と長崎太郎の日記は、ご遺族が保管中である。適切な時期にもっともふさわしいところに収まることを願っている。

研究上、「日記」の重要性はもう言うまでもない。芥川龍之介や恒藤恭を新たに考えるとき、当時の友人・仲間の日記は、有力な研究資料となる。森田浩一のようなまったく無名の人、――大学では植物生理学を学び、アメリカメリーランド州のジョンズ・ホプキンス大学に留学中の一九二〇（大正九）年二月八日、急性肺炎で亡くなっている。二十八歳の若さだった。が、こういう人の日記も手に取ると実におもしろい。寮生活やキリスト教とのかかわりや絵画や音楽への関心が率直につづられているからだ。蘆花の「謀叛論」の反響、演説二日後の全校集会にもふれている。しかも、森田は一年生の時、井川恭や矢内原忠雄らと南寮十番で同室であった。それゆえ井川恭は、井川君としてしばしば登場する。二人は絵の趣味で結ばれ、入学翌年の一九一一（明治四四）年十一月二日から五日まで、森田の故郷熊川村（現、福生市）に行き、多摩川のほとりで二人で絵筆を握っている。この年十一月二日の森田浩一の日記には、「今日列車で井川君と家へ行く。途中竹見屋で油絵材料を買つて行く」とある。

成瀬正一は、大学時代に芥川とかなり親しくなる。井川恭が京都の大学に進学し、寂しさを感じていたこともあり、芥川は成瀬正一と気分の上で一致するのを見出し、その交わりは深まる。成瀬日記には芥川との交流が細かく記されている。一高の二年の時、成瀬は中寮三番で芥川や井川などと同室になる。最初の頃の二人の印象を成瀬は日記（一九二五・五・二七）に書きとめていた。芥川については、「中々の秀才、府立三中の出身で無試験で入つた人。席順は井川君の次だ。シンミリ話したら中々面白さうだけど中々黙つてゐて話さない」とある。また井川恭については、「級の首席で温厚な人。親切である。井川君の様な人は時々菊池の様な奴に欺かれる。級の総代として最もよい人」とある。ユニークな友人評である。では、芥川の友人への眼は、どうなのか。

生涯の友人、井川恭

芥川龍之介と井川恭の二人は、一九一〇（明治四三）年九月、第一高等学校に入学する。芥川は無試験検定合格八人中順位四番の成績、井川は試験合格二十一名中七番の成績であった。これは『官報』[*15]で確認できる。『官報』は国の広報紙といってよい。国立国会図書館の法令議会資料室には明治時代からの『官報』が揃っているので簡単に見ることができる。井川恭に「二週間の勉強で一高の入学試験を通過した僕の経験」[*16]という、非常に面白い文章がある。紹介しよう。

四年遅れの進学

その日、といのは一九一〇（明治四三）年六月十五日の午前のこと、都新聞社の記者見習いをしていた井川恭は、取材に疲れて何気なく一軒のミルクホールに入る。席に着いた彼はミルクを飲みながら、ふと手に取った『官報』（当時はミルクホールなどにも置いてあった）に、第一高等学校入学志願者募集の公告が出ているのに気づき、目を釘付けにされる。井川の文章を直接紹介すると、「見ると今日、――六月十五日が出願の締切日なんだ。／今日だ、今日迄だなと口の中に呟く内《うち》に、心の中に一種異様な複雑にして測る可《べか》らざる心意作用が発《おこ》つて……好し、一つ受けて見やうといふ気に成つて仕舞つた」というのである。その日の午後に、井川は本郷の一高に来ていた。そして五円の受験料を払って出願用のカードを貰い、第一志望を文科の英語専修の第一部乙類と書いて事務所に提出する。出身中学の卒業証明書や成績証明書は上京に際して用意はしていた。

人には生涯を決定する日というものがある。井川恭の場合、それは一九一〇（明治四三）年六月十五日ということになろう。この年彼が一高文科を受験しなければ、芥川龍之介をはじめとする仲間との出会いもなく、生涯を一介の新聞記者として終えてしまったかも知れない。他方、芥川龍之介の文科の英語専修、――第一部乙類の選択はきわめて自然である。「文学をやる事は、誰も全然反対しませんでした。父母をはじめ伯母も可成文学好きだからです」と「文学好きの家庭から」[*17]にある通りなのだ。それに対して井川恭のコース選択は、後年の法哲学者恒藤恭を考えると不思議に思う人が多いだろう。が、恒藤恭の全貌が明らかになった現在、それはごく当然の選択だったのである。

鈴かけ次郎

彼は投稿少年であった中学時代から文学が好きだった。病気静養中は、『都新聞』懸賞小説募集に応募し、「海の花」[*18]が一等当選、三五〇円という当時にあっては大金を手にしている。一高時代は学費と生活費稼ぎのため、鈴かけ次郎のペンネームで『中学世界』や『教育学術界』や各種新聞に作品を投稿し、原稿料を得るという生活だ。一高生がこうした投稿をして金を稼ぐことは、当時にあってほめられたことではなかったようだ。そこで彼は鈴かけ次郎という時代小説作家めいたペンネームを用い、そのことを決して口外しなかった。親友となる芥川龍之介にすら語っていない。『中学世界』には「中学入学　桃色のローマンス」や「悪戯四人書生」や「夏のファンタジア」を『教育学術界』には「ニンフの歌」や「二先生」や「空白の一点」や「上京」を載せている。

わたしは若き日の恒藤恭の分身、鈴かけ次郎（時に井川天籟）を追いはじめて、かなりの年数を経、著作目録も作成しているものの、その作品はまだまだ出てくるのではないかと考えている。文学を断念し、京都帝国大学の法科に転じてからも、彼は学費と生活費稼ぎに鈴かけ次郎の名での少年小説を書いているのである。それは大学を終え、大学院に入る頃まで続く。一高生の優等生井川恭がひそかに少年小説を書いて、学費を稼いでいることを知っている者はいなかった。もっとも井川にしてみれば、少年小説はあくまで生活の手段であり、自慢するようなものではなかったのだ。文科生としては、むしろ恥ずかしいものだったかも知れない。『教育学術界』に載せたものも、翻訳は別として、他の少年小説は通俗性の濃い読み物である。それゆえ彼は少年小説を表沙汰にしなかった。芥川龍之介が一高二年になって寮に入ったころは、鈴かけ次郎が盛んに活躍していた頃であった。が、芥川は鈴かけ次郎が井川恭の分身などということは知らない。

井川恭が一高で最初に親しくなったのは、菊池寛である。菊池は一八八八（明治二一）年生まれなので井川とは同年であった。井川が恒藤恭の名で後年書いた「青年芥川の面影」[*19]には、「私が最初に親しくなったのは菊池寛であったが、彼も私も受験して入学した仲間であったばかりでなく、偶然のことではあるけれど、彼も私も明治二十一年の生まれで、共に芥川よりも四年ほど年長であった」とあり、さらに学科合格者の身体検査の際に菊池が「ちょうど私のすぐ前に立っていて、何かのはずみに二人が話し合ったことから、級友の中で最初に菊池と知り合いになったわけである」とある。

強靭な精神

芥川は二年生になって、はじめて寮に入る。彼が最初に入った寮は、前述のように中寮三番であった。そして三年生になると、入れ替えで北寮四番に入る。井川恭とは中寮三番の時から一緒であった。寮に入ることで芥川と井川は急に親しくなる。一高の寮は一室に十二名が入っていた。それまで養家で一人っ子として大切にされ、個室を与えられて生活してきた芥川には、なじめないものが多かったはずだ。井川はそうした芥川に、何かと助言し、相談に乗るのであった。井川恭は一高二年生のころから芥川の無二の親友になっていく。

芥川が井川恭に対して感じたものは、彼が強靭な精神の持ち主であるということである。また、規則正しい生活を送る人、そしてゆとりをもって事に処する人であった。芥川の人物記「気鋭の人新進の人　恒藤恭」（『改造』一九二二・一〇）には、そういう井川恭が的確に語られている。この文章で井川の生活が規則的であることを指摘した芥川は、以下のようにも言う。「恒藤は又秀才なりき。格別勉強するとも見えざれども、成績は常に首席なる上、仏蘭西語《フランスご》だの羅甸語《ラテンご》だの、いろいろのものを修業しゐたり。それから休日には植物園などへ、水彩画の写生に出かけしものなり。僕もその御伴を仰せつかり、彼の写生する傍《かたは》らに半日本を読みし事も少なからず」などとある。芥川の友人評も、これまた的確である。

キリスト教

英文聖書

ところで、井川恭は、一高時代に芥川に英文聖書を贈っている。*THE NEW TESTAMENT*（オックスフォード大学出版部刊）である。芥川は扉見返しに「一高在学中／井川君より贈らる」と署名している。これはいま東京目黒区の駒場公園内にある日本近代文学館芥川龍之介文庫にある。赤インクによるアンダーラインがかなり見出せる。芥川が一高時代に聖書を読んだ確かな証拠がここにある。

ついでに記すと、井川恭は中学時代に姉シゲの夫、義兄の佐藤運平の死に出会い、人生の無常を感じて、*THE NEW TESTAMENT* を購入する。そしてイギリスの宣教師オリバー・ナイトが自宅で開いていたバイブル・クラスに出席、熱心に聖書を読んだ時期があった。

中学時代の日記には、「夜、春木よりかへりてニューテスタメントをよむ」（一九〇四・一・二九）、「夜新約聖書《ニューテスタメント》をよむ」（一九〇四・二・二）などという記事がしばしば書き込まれている。井川恭、後年の恒藤恭は洗礼こそ受けなかったが、若き日の聖書受容は、なまなかのものではない。また井川一家は姉シゲをはじめ、二人の姉、母、そして彼の愛した妹サダも日本聖公会松江基督教会で洗礼を受けているのである。わたしはそのことを松江基督教会の「施洗信徒名簿」で確認している。井川が芥川に贈った英文の新約聖書に関しては、本書第Ⅵ章「「謀叛論」の余熱」でもふれているので参照してほしい。

井川恭とキリスト教との関わりは、中学卒業後の療養生活で入った神戸の病院、神戸衛生院がキリスト教関係の施設であったこともあって、ますます深まる。彼は神戸衛生院の礼拝堂での集会に出、牧師の説教を聴き、早天祈禱会にも出席している。「井川日記」の一九〇八（明治四一）年九月十五日には、「カラン〳〵鉦が鳴る。郡《こおり》君と一緒に礼拝堂に行く。階下の東がわにある。椅子にこしかける。つめたい。何とかいふ讃美歌がはじまる。郡君が朗々こえでうたふ」とある。ここに記された郡君とは、この二年後、『白樺』最年少同人として文壇にさっそうと登場する萱野二十一こと郡虎彦である。

恒藤恭の生涯を概観する時、キリスト教との関わりは無視出来ない。彼の姉シゲは大阪聖三一教会牧師の深田直太郎と再婚する。深田は一九〇三（明治三六）年以降四十二年間、大阪聖三一教会の牧師を勤め、日本聖公会の重鎮になった人である。恭は生涯姉の夫深田を信頼し、結婚の時にも相談相手に選んでいる。また、その教会を訪れ、礼拝に出席することもしばしばであった。

キリスト教と一高生

芥川の仲間では他に藤岡蔵六と長崎太郎もキリスト教と深く関わっている。藤岡蔵六のことは三羽烏の一人として、この後詳しく述べるので、長崎太郎の例をとりあげよう。長崎太郎は高知県安芸郡安芸町（現、安芸市）に生まれ、高知県立第三中学校（現、高知県立安芸高等学校）を経ての一高入学であった。彼は中学校一年生の時に、地元の教会、日本基督教会安芸教会の日曜学校に四つ年下の弟次郎（のち、キリスト教出版で知られる新教出版社社長）と出席し、キリスト教にふれる。一高入学の年のクリスマスに、日本基督教会市ヶ谷教会で、秋月致牧師から洗礼を受けている。満十八歳の時のことだ。

一高には基督教青年会があり、長崎太郎は同じ学年の矢内原忠雄や三谷隆信、藤森成吉、一級上の石田三治らと集会を持っていた。当時の一高基督教青年会には、多くの優秀な学生が集まっていた。例会は学内ばかりか、一高裏のテモテ教会（現存）や時には近くの小石川の植物園などでも行われた。長崎太郎は一高時代は熱心なクリスチャンとして、寮の同室者に己の信仰を語り、教会への出席を勧めていた。「向陵記」をはじめとする井川日記を読むと、彼らがいかにキリスト教と深くかかわったかが、よくわかる。『向陵記 恒藤恭――一高時代の日記――』には、井川が長崎太郎や藤岡蔵六などと、時に芥川を交え、東郷坂のドイツ人教会に出席した記事が見られる。

一九一〇（明治四三）年の一高入学生は、否、同時代の青年の多くは、キリスト教に強い関心を懐いていた。芥川をめぐる青年群像とて例外ではなかった。井川恭は前述のように島根県立第一中学校時代にイギリスの宣教師、オリバー・ナイトから聖書を学び、一高時代にも聖書は手放していない。後で詳説する藤岡蔵六は、海老名弾正の本郷教会（弓町本郷教会）に出席していた。佐野文夫はクリスチャンの父を持ち、小さい頃から日曜学校に出席し、聖書に親しんでいた。

成瀬正一も教会に通う時期があった。何かを求めてやまない青年は、皆一度は教会の門をくぐっているのである。長崎太郎はそうした級友にキリスト教に関する考えを述べ、教会への出席をしきりに勧めた。右の井川恭の一高時代の日記「向陵記」や長崎太郎の日記（「長崎日記」）などの出現によって、芥川龍之介の出席教会も分かりはじめた。複数の教会である。

芥川龍之介が一高時代に出席した教会は、長年特定できなかったが、同級生の日記から判明してきたのは、まずは東郷坂教会である。ここは井川恭や長崎太郎、それに藤岡蔵六が寄宿した日独学館の牧師シュレーデルのドイツ人教会である。皆そろって出かけた記事を、井川の「向陵記」に見出すことができる。また、当時雄弁家であった海老名弾正が牧師をし、矢内原忠雄や、藤岡蔵六も出席した本郷（弓町）教会、さらには長崎が受洗した市ヶ谷教会への出席が考えられるのである。

謀叛の精神

蘆花「謀叛論」

恒藤恭と芥川龍之介には、また同時代青年の共通課題としての謀叛の精神が高らかに脈打っていた。その淵源は、彼らが一高時代に接した蘆花の演説「謀叛論」にあるというのが、わたしの持論である。わたしはこの問題を、三十年以上、いや、四十年近く考えてきたと言ってもいい。恒藤恭の「向陵記」には、先にふれたように一九一一（明治四四）年二月一日、第一高等学校第一大教場で行われた蘆花の演説の模様が、非常に詳しく、大学ノート三枚半ものスペースをあてて主観抜きに記されている。この日の日記は、「謀叛論」一色である。若き井川恭は蘆花の風貌を「黒めがねをかけて、五六分にのびたかみの毛黒く、眼はぐり〳〵して、かほのつやよく、やゝまばらなほゝひげ、はなひげが無造作にのびてゐる。紋付に袴《はかま》で、白い羽おりの紐《ひも》がめだつ。前に合せた手のたくましいのが田園の生活を想《おも》はしめる」ととらえている。同日の矢内原忠雄の日記にも、同様の観察が書き込まれている。

蘆花はまず井伊《いい》直弼《なおすけ》と吉田松陰の二人の名を出して、「共に志士である」と言い、幸徳秋水ら十一名の謀叛人の処刑に言及していく。要するに幸徳秋水らの天皇暗殺容疑の判決への異議申し立てである。演説は最終の段に至り、人間の生きる問題に連動する。蘆花は言う。「謀叛を畏れてはならぬ。自ら謀叛人となるを恐れてはならぬ。新しいものは常に謀叛である」と。さらに「諸君、我々は生きねばならぬ。生きる為に常に謀叛しなければならぬ。自己に対して、また周囲に対して」（演説草稿）という印象深いことばが続く。井川日記＝「向陵記」には、より生々しい蘆花の弁論が記されている。「幸徳君は死んでハゐない。生きてゐるのである。武蔵野の片隅にひるねをむさぼる者をこゝに立たしめたではありませんか……負けるハ勝つのである、生くるは死するのである」とか、「圧制はだめである。自由をうばふのハ生命をうばふのである」などをたちどころにあげることが出来る。

一九一一（明治四四）年二月一日の井川恭の日記は、蘆花の謀叛論演説を当日の夜、しっかりと書き留めたものだった。その背後には、謀叛の精神への共感があった。以後、それは恒藤姓となった彼の思想に水脈となって伏流し、後の京大事件や第二次世界大戦後の憲法擁護や世界平和への運動の中で顕在化することとなる。蘆花の演説「謀叛論」は恒藤恭と芥川龍之介の同級生、――法科の矢内原忠雄、文科の菊池寛・久米正雄・松岡譲・成瀬正一らも記録に書き残した。芥川の府立三中の先輩、河合榮治郎も戦争中に回想した文章[20]を残している。「謀叛論」は、同時代青年共通の謀叛の精神と響き合うものがあったのである。

芥川の謀叛の精神

わたしは若き芥川龍之介もこの演説を聴いていた、あるいは当日会場にいなかったとしても、級友から、また当時の新聞記事から蘆花事件を知り、影響を受けたとの考えをもっている。直接蘆花の謦咳に接しなくとも、井川恭や久米正雄・松岡譲・成瀬正一・石田幹之助らからの情報、あるいは全学集会などから蘆花の問題提起を知り、以後の生活や作品にまで影響を与えたのではないかという推論である。具体的に言うなら、蘆花の提起した謀叛の精神は、初期の「羅生門」のみならず、芥川の他の多くの作品群に顕在化しているとの考えだ。これは実に重い課題と言えよう。

ただ、芥川には蘆花の演説を聴いたと直接記した文献は、発見されていない。そのこともあって一部の芥川研究家は、当の芥川に関連資料が見出せない限り、そうした推論は成り立たないといまもって言う。芥川は政治に無関心なノンポリ学生であったというのが、彼らの主張である。一時代前の評論家進藤純孝の『伝記芥川龍之介』[22]には、「時代の苦悩に痩我慢の無関心を示してゐる一高生芥川」という評言もあるが、こうしたかたくなな考えからは、新しい芥川像は期待できない。芥川に回想などでの資料が見出せないなら周辺を調べようとわたしは長い間、周辺の人々の研究に没頭した。ここにきて資料探索は稔りつつある。

矢内原忠雄が「吾人未だ嘗《かつ》て、斯《か》の如き雄弁を聞かず」[*23]と書き、松岡譲が「大いに感激し興奮してきいた」[*24]と言い、成瀬正一が一年半後の日記に、「幸徳は志士と云ふのもよい、また大逆と云ふのもよい。然し幸徳の心は幸徳ならでは解るまい。わたしは幸徳に同情する」（一九一二・七・二三）と書いたように、芥川にも蘆花の演説の波紋は及んでいたのではないか。新聞にも報道された学内あげての騒ぎに、芥川一人がぽつんと騒動の圏外にあったと考える方が無理なのである。

周辺を調べず、ただ全集の芥川作品《テクスト》だけを読んで事足れりとする研究者には、大事な課題が見えない。悪しき実証主義の陥穽に気づかないのである。それよりも同時代青年共通の謀叛の精神は、芥川龍之介をもとらえていたと考える方が、はるかに分かりやすい。では、なぜ芥川はそれを書き残さなかったのか。一九二七（昭和二）年七月二十四日に自死した芥川龍之介が、生前ついに蘆花の演説を直接筆に出来なかったのは、〈冬の時代〉ゆえのこととわたしは考えている。蘆花を一高に招いた河上丈太郎の「蘆花事件」[*25]にしても、松岡譲の「蘆花の演説」（前出）にしても、それが発表できたのは、ものが自由に言えるようになった第二次世界大戦後のことなのである。それ以外の「謀叛論」演説を肯定した反応は、すでに述べたように他者の眼に触れない日記きりなかった。

「将軍」への眼

わたしは蘆花の提起した謀叛の精神は、恒藤恭同様芥川にも及んでいたと考えたい。「羅生門」「偸盗」「将軍」「桃太郎」「馬の脚」「河童」、それに随筆「芸術その他」などにそれを見ることができる。

芥川龍之介の社会意識の敏感さは、中国から帰国した翌年一九二二（大正一一）年一月号の『改造』に発表した「将軍」一つをとっても言えることだ。この小説は、官憲による多くの伏せ字をかかえている。だが、本作は中国特派員として中国各地を旅した芥川の帰国後の第一の成果なのだ。芥川の将軍Nに対する眼はきびしい。普段は温厚で優しい将軍や部下の兵卒が、戦場において異常性に駆られて冷血な行為に走る、――その「殺戮を喜ぶ気色」を、余すところなく描き出しているのだ。わたしはこれまで何度もこの小説を論じ、初期プロレタリア文学として位置づけてもおかしくないことを言ってきた。「将軍」は芥川の時代との格闘の中から生まれた反戦小説なのである。小説「将軍」には、「陛下の御為に」の名目で死なければならない下級兵卒の悩みや、捕虜に対する将軍や部下の兵卒の非人道的態度があからさまに描かれる。この小説は伏せ字（官憲の干渉によって、ある箇所を文字で印刷できず、×××で表したもの）が多く、×××を推定して読むには、根気が求められる。が、何とか復元作業をしてみると、書き手の批判精神の旺盛さに驚かされる。一人の善良な将軍が、戦場ではなぜ、かくも非道な人間に墜ちるかが、しっかりと見つめられている（「将軍」に関しては、本書第Ⅵ章「二　将軍の実像」参照）。また、「桃太郎」（『サンデー毎日』一九二四・七・一）は、帝国主義日本の戯画といってよいものがある。ここには上海で会った章炳麟のことば、「予の最も嫌悪する日本人は鬼が島を征伐した桃太郎である」が影響を与えていることは、否定できない。

自警団批判

芥川の社会への鋭い目は、一九二三（大正一二）年の関東大震災の際の自警団批判にもうかがえる。芥川は震災後町会の各戸割り当ての自警団員を勤め、人々の異常な興奮に接することになる。「或自警団員の言葉」[*26]は、彼が自警団として勤務した体験記である。これは生前の芥川の作品集には収められなかったので、長い間等閑視されてきた文章なのだ。そのため関東大震災の折に、あの知性作家の芥川龍之介が朝鮮人大虐殺へと進む自警団に加わるわけがないとして、芥川と自警団とのかかわりは長年無視されてきた。一種の先入観が災いしたというべきか。そして芥川は、書斎にこもりがちの腺病質の青白きインテリ、本から現実を測定するばかりの人として論じられてきた。それは大きな間違いなのだ。どんな人でも時代と切り離されては生きられない。もっとも、芥川は進んで自警団に所属したのではない。彼の住んでいた田端の町会が、流言と警視庁の指示で、朝鮮人や社会主義者の襲撃からの自衛のためと称して、自警団を組んだ。そして、町会の要請で彼は参加したのであった。が、芥川が自警団員であったことは、「或自警団員の言葉」そのものが語っている。

こうして芥川は、自身自警団員を勤め、人々の異常な興奮にも接することになる。人々は刀や竹槍やトビ口や梶棒などを武器にして、朝鮮人を追い立てては迫害を加えた。挙動不審な者がいると教育勅語を言わせ、少しでもことばが不明確であったり、発音がおかしかったりすると「鮮人」だとして、打ちのめして警察に突き出したのである。それはエスカレートして、朝鮮人大虐殺事件へと進む。その数は数千人といわれる。これは歴史の中の事実なのである。

芥川は一自警団員として、時にこういう現場に立ち合うことになる。「或自警団員の言葉」に芥川は、「鳥はもう静かに寝入つてゐる。夢も我我より安らかであらう」と書き、「殊に今度の大地震はどの位我我の未来の上へ寂しい暗黒をなげかけたであらう」と言い、さらに「自然は唯冷然と我我の苦痛を眺めてゐる。我我は互に憐まなければならぬ。況や殺戮を喜ぶなどは、――尤も相手を絞め殺すことは議論に勝つよりも手軽である」という印象深い文章を書き残している。ここに芥川の社会への鋭い目、――自警団への痛烈な批判があるのを読まねばならない。これは検閲制度下、ぎりぎりの抵抗だったと言い換えてもよい。検閲制度を無視した論や、当時のきびしい時代状況への顧慮を欠いた論は空しい。

国家権力との対峙

芥川は大震災という未曾有の事件の中で、自警団に加わり、人々は互いに哀れまねばならぬのに、「殺戮を喜ぶ」とはなにごとか、と言うのである。「相手を絞め殺すことは議論に勝つよりも手軽である」と書く芥川は、朝鮮人への迫害現場を見ていたのであろう。自衛団員らの興奮の末の野蛮な行為は、芥川には見過ごし出来ないことであった。ここには「将軍」で、N将軍や配下の騎兵らを冷静に観察し、彼らに「殺戮を喜ぶ気色《きしょく》」が浮かぶのを認めたと同様の、きびしい眼がある。大震災に際しての芥川の精神は健全であった。その社会認識、歴史認識は同時代作家にあって群を抜く。多くの人々が政府や警察の言を信じ、右往左往している中で、芥川の眼はきわめて冷静、そして真実を見極めようとしている。こういう態度には一高時代の友、恒藤恭の影響が大きい。芥川は友人恒藤を通して、社会への眼をいっそう養ったと言えようか。芥川龍之介における恒藤恭の存在は、この分野でも実に重い。

その恒藤恭といえば、京都帝国大学大学院を修了後、同志社大学法学部の教授を経て、京都帝国大学の教授となり、河上肇事件、それに続く京大事件では、気骨ある態度を示すこととなる。京大事件では、辞表を提出することで、政府の圧力に抗議するのであった。先にふれた蘆花の「謀叛論」は、京大事件に際して書いた「死して生きる途」（『改造』一九三三・七）にも影響を及ぼしている。タイトルは直接的には西田幾多郎から示唆されたようだが、ノートに書き留めた蘆花の「謀叛論」中の「生くるは死するのである」も響いている。「死して生きる」とは、奥深いことばである。蘆花が、そして西田幾多郎が用いたのも、故あることなのである。

が、これまた伏せ字の多い文章である。伏せ字は、十一箇所にも及ぶ。芥川の「将軍」の伏せ字は×××で示され、何字が伏せられたかは分かるが、「死して生きる途」の伏せ字は、…………であり、何字が伏せられているのかさえ分からない。学問の独立や研究の自由が否認された時、大学は生命なき存在と化し、「生きることは反って死することを意味する」とばかり、彼は国家権力に立ち向かった。彼の骨のある主張は、時代を経ても色あせることがない。

なお、彼の数多くの国際法や法哲学の理論書は、無味乾燥のものではない。そこにはヒューマニズムの精後の憲法擁護の発言や平和運動へと連綿とつづく。

藤恭とを並べて論じると、それぞれに新たな相貌が浮かんで来る。恒藤恭の謀叛の精神は、第二次世界大戦神が脈打っている。それは芥川との交流による文学への精進があったからこそなのである。芥川龍之介と恒

悲運の哲学者

さて、次に一高の三羽烏の一羽、藤岡蔵六に光を当てよう。藤岡蔵六と言っても今日その名を知っている人はいない。人名辞典などをひもといても、出てこない人となっている。芥川龍之介の研究に携わっている人でも、藤岡蔵六がどんな人であったのかを知らない人もいる始末なのである。

芥川の藤岡論

芥川に「学校友だち―わが交友録―[*27]」という、きわめて興味あるエッセイがあり、そこに藤岡は登場する。芥川の藤岡論の一節を引用すると、「僕の友だちも多けれども、藤岡位損をした男はまづ外にあらざるべし。藤岡の常に損をするは藤岡の悪き訳にあらず。只藤岡の理想主義たる為なり」とある。哲学者の出隆から「一高の三羽烏」とさえ言われながら、なぜ藤岡蔵六は歴史の中に埋もれてしまったのか。芥川は言うに及ばず、恒藤恭も法哲学者として大成し、第二次世界大戦後は大阪市立大学学長として憲法擁護や平和への提言で知られ、二人ともそれぞれ評伝の対象となる存在感をすら示している。けれども一羽の迷える烏のように、藤岡蔵六の後半生は杳として知られず、存在そのものまで忘れられていたのである。

わたしは一九九二（平成四）年十月、『芥川龍之介の手紙』という本を大修館書店から刊行し、芥川の藤岡宛の書簡を載せ、そこに書き留められた短歌十二首に言及している。中に「かばかりに苦しきものと今か知

る「涙の谷」をふみまどふこと」の一首があり、わたしはこのうたに旧約聖書「詩篇」八十四篇の影響があることを書き付けた。芥川は当時好きだった女性吉田弥生へのプロポーズを、養父母と伯母フキの反対で断念し、気が落ち込んでいた。その悩みを彼は恒藤恭と中学時代の親友山本喜誉司、それに藤岡蔵六に手紙で知らせたのである。藤岡宛連作短歌には、「わが友はおほらかなりやかくばかり思ひ上がれる我をとがめず」とか、「いたましくわがたましひのなやめるを知りねわが友汝《な》は友なれば」という歌もある。「わが友」と呼びかけ、心中の悩みを打ち明けている相手は、言うまでもなく書簡の宛主の藤岡蔵六だ。友の苦しみを黙って受けとめ、理解するおおらかな、そしてやさしい人柄に芥川は感謝しているのである。

『父と子』

ところで、本書『芥川龍之介の手紙』が出てしばらくして、刊行先の大修館書店に藤岡和賀夫さんという読者の方からの便りと、藤岡蔵六著『父と子』（私家版、一九七一・九）の「文科一年乙組」をはじめとする幾つかの章のコピーが届いた。大修館から回ってきた便りと資料を見て、わたしは驚かされる。『父と子』のコピーされた章には、芥川との交流や寮生活が細かに書かれ、芥川評伝のよき資料が随所に見られたからだ。藤岡和賀夫氏は藤岡蔵六の三男だったこともわかった。わたしはすぐ丁重な手紙を書き、お礼を言い、『父と子』を見せて欲しいと言い添えた。この要望に和賀夫氏はすぐに応えて、まずその本を貸して下さり、兄に問い合わせるならまだ残部があるかも知れないと伝えてくれたのである。

『父と子』を立派な本にして刊行されたのは、藤岡蔵六の長男藤岡眞佐夫氏であった。読者の中にはこの「藤岡眞佐夫」という名を記憶されている方もおられるだろう。そう、藤岡眞佐夫氏は、大蔵省出身で、かつてアジア開発銀行の第四代総裁になられた方だ。著書に『アジア開銀総裁日記』[*28]その他がある。

わたしはすぐに藤岡眞佐夫氏と連絡を取ったところ、眞佐夫氏は本を送って下さったばかりか、父、藤岡蔵六について知っていることをお話ししたいと言う。まさに研究者冥利と言ったらよいだろうか。何度かの書信の往復の後、東京霞ヶ関の東京倶楽部で藤岡眞佐夫氏とはじめてお会いしたのは、一九九三（平成五）年十二月十六日のことであった。

この日以来、わたしは藤岡眞佐夫氏から父上の藤岡蔵六にかかわるさまざまな話を伺い、また資料の提供を受けることとなる。恒藤恭の場合もそうだが、誠実にご遺族と接すると、さまざまな貴重な資料に巡り合えるものなのである。ご遺族の協力なくしては、一等資料には恵まれない。眞佐夫氏から得た情報の中には、井川恭宛の藤岡蔵六書簡二通や、蔵六や父春叢関係の戸籍、それに蔵六自筆の履歴書などもあった。数少ない藤岡蔵六参考文献の一つである野田弥三郎の「薄幸の哲学者……藤岡蔵六さんを偲ぶ[*29]」のコピーもいただいた。『出隆自伝』に「藤岡事件とその周辺」の章があるのをうかがったのも眞佐夫氏を通してのことだ。こうしてわたしの中に藤岡蔵六という人物のポートレートが次第に形成されていくことになる。芥川のいう「損をした男」の生涯が、ここに見えてきたのだ。

損をした男

藤岡蔵六は、一八九一（明治二四）年二月十四日、愛媛県北宇和郡岩淵村（現、津島町）に生まれた。愛媛県立宇和島中学校（現、宇和島東高等学校）を経、一高に入学、芥川・井川・菊池寛・久米正雄・松岡譲・長崎太郎らと同級になる。その後、一九一六（大正五）年七月、東京帝国大学文科大学を卒業している。『官報』によると、哲学科哲学専修のトップの成績である。以後彼は大学院に席を置き、哲学研究室の副手を勤めながら、ひたすら新カント派の哲学研究に打ち込む。一九二一（大正一〇）年には、文部省の在外研究員として、ドイツのフライブルク大学に留学している。そうした新鋭の哲学者が、なぜ悲運の「損をした男」となってしまうのか。

藤岡蔵六は、一高最後の学期を井川恭と小石川の日独学館で送っている。同部屋である。一高時代はキリスト教への関心が強く、前述のように、海老名弾正が牧師をしていた本郷教会（本郷弓町教会）の説教を聴きに行ったりしている。一高を卒業した年の夏八月、彼が井川恭に送った手紙が、井川の「翡翠記」(『松陽新報』一九一五・八連載)という文章に、「Fの手紙」として」収められている。そこには井川の便りを「とゞろく胸を抑へながらそこにある一文字たりとも逃すまじと息もつかず読み耽つた。繰り返してまた読んで見た」と友への親愛と信頼の情を示した上で、自分は君を尊敬しながら、いつも余所余所しくなり、時に楯突く態度に出たのは自分の欠点であって真意ではなかったと書いている。蔵六は「(自分は)率直にありのまゝ表現するをなし得ない人間なのである」とも言っている。――ここに藤岡蔵六後年の悲劇の一端を読むことができるように思う。

藤岡蔵六はとにかくまじめな、世間知らずの、社交下手な人間であった。芥川龍之介や井川恭は、そういう蔵六青年をよく理解した。寄宿寮を共にする生活の中で、藤岡が裏表のない正直な人間であることがわかっていた。井川恭の「向陵記」の一九一三(大正二)年九月二十八日の記事には、「……藤岡君と二人、芥川君のうちへかへり、三人でさかんに話した。/よるになつてから三人神田へいつて、古本やをあるいた」とあり、三人の親しい関係が読み取れる。

大学院時代藤岡蔵六は、新理想主義とされた新カント派のヘルマン・コーエンの著作の訳述に向かった。彼は他者とのつきあいを極端に減らすことまでして、その訳述に没頭し、『コーエン純粋認識の論理学』[*30]を完成する。完成を待って彼はドイツのフライブルク大学に留学したのである。彼の最初の業績であるこの本は、六〇〇ページにも及ぶ。けれども、早い時期の大著の出版は、彼の場合喜ばしいものではなく、逆に不運な人生の種を蒔いてしまった感すらある。

新理想主義の哲学

新理想主義の哲学は、第一次世界大戦中の日本の思想界にも強い影響を及ぼしていた。西田幾多郎の著作は、その代表格であった。西田の『自覚に於ける直観と反省』[*31]は、

「序」に「此書は余の思索に於ける悪戦苦闘のドッキュメントである」とあるが、蔵六はすぐに読み、深い感動を覚えたらしく、友人芥川龍之介に読むように勧め、芥川はさっそくこの本を手にする。芥川は一九一七（大正六）年十月三十日、松岡譲宛の手紙で、「西田さんはボクもよみ出した　えらい人がえらい事をし出したもんだと思つて驚嘆しながらよんでゐる　実際こつちの不真面目な所へ棒喝を食つてゐるやうな気がするね」（一九一七・一〇・三〇付）と書いているが、新カント派の哲学は同時代青年の共通の関心事であった。なお、同じ年に西田の著した『現代に於ける理想主義の哲学』[*32]は、新理想主義哲学に指標を与えるものとなったとされる著述である。

恒藤恭もむろん新カント派の影響下にあり、マールブルク学派のシュタムラーやバーデン学派のラスクの翻訳をはじめていた。それらはやがて次々と著書として刊行される。恒藤恭がラスクの訳書『法律哲学』を大村書店から刊行するのは、一九二一（大正一〇）年二月のことである。処女出版であった。これが契機となって彼は次々と著書を刊行することになる。初期恒藤恭の代表的著作は、『批判的法律哲学の研究』[*33]である。内容は「ラスクの『法律学方法論』の解説」「シュタムラーの法理学の根本的見地」「シュタムラーの『法律概念論』の考察」「シュタムラーの『法律理念論』の考察」「フリースの法律哲学の考察」の五つの論を収めた論文集である。これは『法学論叢』や『同志社論叢』に発表したもので、雑誌発表段階で芥川龍之介や藤岡蔵六にも贈られていた。藤岡蔵六がマールブルク学派のヘルマン・コーエンの著作の翻訳を思い立ったのも、そうした時代的流れの中で考えることができる。

藤岡蔵六は理想主義哲学を日本に紹介するという意気込みで、『コーエン純粋認識の論理学』を出版した。それが彼の留学中に先輩和辻哲郎によって否定され、内定していた東北帝国大学法文学部への就職が、帰国後ダメになるという事件を生むこととなる。これが出隆《いでたかし》言うところの「藤岡事件」なのである。

和辻哲郎は一八八九（明治二二）年三月一日、兵庫県神崎郡砥堀《とぼり》村（現、姫路市）に生まれた。藤岡蔵六より二歳年長であった。一高を経て、東京帝国大学文科大学哲学科卒業。一高時代の同級生には、天野貞祐・九鬼周三・児島喜久雄らがいた。大学卒業後夏目漱石の門下となり、木曜会の主要メンバーの一人となる。

和辻哲郎の藤岡批判

和辻哲郎は「藤岡蔵六氏のコーエン訳述について」（『思想』一九二二・七）で、この訳書の巻頭わずか五ページをとりあげて、徹底的に否定したのである。それは第三者として、今読んでも不可解な書評との印象は拭いきれない。居丈高で、底意地の悪い書評としてよい。それは一種の「為にする批評」であって、ある「目的」をもって書かれた文章なのである。「目的」とは、研究者藤岡蔵六の抹殺にあった。言うならば、ジェラシーから成るトゲに満ちた批評である。が、こういう批評は、何も大正期の学界に限定されるものではない。平成の今日でもわたしたちは学会雑誌の書評欄にまま見出す。

芥川龍之介もそうした被害を被った一人である。漱石に激賞されて登場した芥川は、何らの障害もなく文壇入りしたかに見えるが、実情は決してそうではなかった。当時のサークル的文壇は、新入りの芥川を快くは思わなかった。初期の「芋粥」や「手巾」などは、自然主義系の作家、――田山花袋などからは散々悪口を言われた。また、「運」や「尾形了斎覚え書」に至っては、中村孤月という評論家から、「浅薄で稀薄で其上に今日の時代の新しさを欠いて居る」とか、「書きなぐりの甚だしいもの」とか、「文学的の価値は非常に乏しい」とまでこき下ろされる。それは誰もが手にした『読売新聞』一九一七（大正六）年一月十三日の時評欄の「一月の文壇」だからたまらない。でも、芥川はじっとこらえ、次の作品を見よとばかり、理不尽な批評で傷ついたやりきれない気持ちを胸に邁進した。

ここに「戯作三昧」や「地獄変」「枯野抄」などの名作が生まれることになる。芥川は「出る杭は打たれる」式のさまざまな悪評・酷評に堪え、忿懣やるかたない気持ちを書くエネルギーに転化させ、精進した。惜しいことに藤岡蔵六はそれが出来なかった。文壇と学界の違いはあるが、六〇〇ページに及ぶ大著のたった五ページについての批評なのだから、黙殺すればよかったのだ。むしろじっとこらえ、次の仕事のエネルギーにすればよかったのである。けれども彼は気張って反論を遠くドイツの地で書いて、日本の雑誌『思想』に載せた。ここに藤岡蔵六のくそ真面目さ、——否、愚かさと弱さがあったといえようか。芥川はそういう藤岡蔵六を、石部金吉のごときまじめな理想主義者、「正直一図の学者」と評した。

正直一途の学者

芥川や恒藤恭のように、和辻が藤岡蔵六と面識があり、その理想主義的傾向や真面目一筋の研究生活を知っていたなら、あのような高飛車な批判文は書けなかったはずだ。二人は面識がなかった。それゆえ和辻哲郎の目には、藤岡蔵六は東大哲学研究室の副手をつとめる辣腕の秀才というイメージのみが先行していた。才気溢れる若き和辻哲郎は、未だ帝国大学に職を得ていない。それなのに後輩の藤岡蔵六は在外研修でヨーロッパへ行く、帰国すると新設の東北帝国大学法文学部の口がある、——理不尽だとばかり、彼は「学的正義の刃《やいば》をふりあげ」(出隆)蔵六退治に乗り出したのである。けれども、恫喝的文章は内容がない。ことばが宙を飛んでいる。こけおどしの文句を並べた文章は、虚勢に過ぎず、ああこれは〈為にする批評〉だなと識者は理解したことであろう。とにかく処女出版が受けるには、あまりにむごいことばの羅列だった。藤岡蔵六には和辻の意図が読めなかったのである。藤岡のコーエンの訳業は、和辻の対象とした五ページ批評で葬られるには、あまりに惜しい業績であった。コーエンの日本への最初の紹介というのも、評価の柱に加えてよいものである。何であれ、最初の鍬入れには意味がある。他方、芥川の藤岡蔵六への眼は優しく、正鵠を得ている。

藤岡蔵六は桑木厳翼教授の推薦のまま、東北帝国大学法文学部の教官ポストの内定をみていたが、出隆いうところの「藤岡事件」によって棒に振ることになる。詳しくは出隆の「藤岡事件とその周辺」を参照してほしい。以後、藤岡蔵六は不運につきまとわれる。彼は新設の旧制甲南高校の教授となるが、体をこわし、研究者としての生涯を全うできなかった。けれども近年藤岡蔵六の存在は、芥川研究の最前線で光を当てられるようになった。彼は芥川に新カント派の哲学を吹き込んだからだ。藤岡の紹介した『コーエン純粋認識の論理学』は、今後の芥川研究において避けて通ることができなくなっている。

先を急ぐ。「一高の三羽烏」と呼ばれた能力ある仲のよい三人、そのうちの二人、芥川龍之介と恒藤恭は、今以て存在感を示している。が、藤岡蔵六の後半生の消息は、長年、杳《よう》として知られなかった。わたしは芥川龍之介に導かれて、藤岡蔵六探索の旅に出かけ、何とか『悲運の哲学者 評伝藤岡蔵六』[*34]という本をまとめたので、藤岡蔵六についてさらに知りたい方は、この本を読んでいただきたい。芥川龍之介に影響を与えた一人物として記憶に留めていただけるなら幸いである。

共通項　新カント派受容をめぐって

三羽烏と新カント派

一高の三羽烏を調べてきて、一つ言えることは、三羽烏が一高卒業後、新カント派受容で共通項を持ったということである。リードしたのは恒藤恭であった。彼は大学院時代に恒藤まさ（雅）と結婚、恒藤姓を名乗るようになっていた。彼は当初国際法に関心を示していた。が、大学院で学んでいた頃から次第に法哲学に興味を見出すようになる。もともと彼は京都大学時代に仁保亀松の「法理学」の講義を聴き、この分野に強く引かれるものを感じていた。恒藤恭には仁保の講義を入念に記録した講義ノートがある。わたしは「法理学　仁保教授」と題したノートのコピーを、大阪市立大学恒藤記念室で見たことがある。原本は関西大学年史室にある。「法理学」とは現在言うところの法哲学のことである。恭はその後も法哲学に関心をよせていたが、それが大学院時代に芽吹く。

カントを復興しようとしたマールブルク学派のシュタムラーやバーデン学派のラスクの著述は、恒藤恭の興味を引き、彼はその訳述に乗り出す。ドイツの学界を風靡した新理想主義の哲学は、第一次世界大戦中の日本にも影響を及ぼすようになっていたのである。恒藤恭のシュタムラーやラスクへの関心は、京大で親しくなった田村徳治や栗生武生らとて同様であった。社会主義に目覚めた知的青年が、新理想主義の哲学に魅せられるというのは、自然な成り行きであったのだろう。恒藤恭はまずラスクの『法律哲学』を大村書店から一九二一（大正一〇）年二月に刊行する。芥川龍之介が大阪毎日新聞社の特派員として中国視察に旅立つ寸前のことである。恒藤はむろんこの処女出版の本を芥川に贈っている。

他方、藤岡蔵六は一九一六（大正五）年七月に東京帝国大学文科大学哲学専修を一番で卒業したことは、先に記した。そのことは『官報』で確認できる。卒業論文は「カントの『純粋理性批判』に現はれたる時間論」である。これは『哲学雑誌』（三五五～三五七、一九一六・九～一二）に載った。卒業後蔵六は東大哲学科の副手として勤務しながら大学院で研究に励む。彼は一九二一（大正一〇）年三月まで哲学研究室の副手を勤めた。副手時代の蔵六は、井上哲次郎の主催する総合雑誌『東亜之光』の編集に携わっている。蔵六はやがて、新カント派の哲学者でマールブルク学派のヘルマン・コーエンに巡り合う。恒藤恭がラスクやシュタムラーやジンメルらの新カント派の人々の研究や翻訳に熱中していた頃、藤岡蔵六はヘルマン・コーエンの『純粋認識の論理学』の翻訳と研究に力を尽くしていた。コーエンはマールブルク大学の教授で、新カント派の雄であり、カントの観念論哲学を止揚しようとしていた哲学者である。

藤岡蔵六の「コーエンの思惟内容産出説と其批評」（『哲学雑誌』四〇〇、四〇四号、一九二〇・六、一〇）は、彼の新カント派受容の軌跡を示す。彼の初の著作は『コーエン純粋認識の論理学』であり、その刊行は恒藤恭の『批判的法律哲学の研究』に先立つこと一か月であった。芥川の友、恒藤恭と藤岡蔵六は、このころ競って新カント派の日本紹介に力を入れていたことになる。

芥川と新カント派

一高時代からの友人二人の新カント派の紹介は、芥川龍之介にも影響を与えていた。

もっとも芥川の新カント派受容には、この二人の影響のほか、江口渙との強い結びつきを指摘する藤井貴志[*35]のような若い研究者も登場してきた。また松本常彦[*36]はリッケルトの歴史哲学と芥川の「歴史小説」との関わりを考えようとする。松本は芥川が一高時代に聴いた大塚保治の講義が影響を与えたのではないかとする。

松本は言う。「文化科学の論理的根拠を基礎づける際に歴史認識の問題を中心に据えたリッケルトの影が芥川を覆った時期と、その芥川が戦略への自負を抱いて歴史小説ならざる〈歴史〉小説を書き始めた時期が重なるのは偶然だろうか。あるいは、当面の課題である「西郷隆盛」という小説の事件・歴史認識に接続してしまうような文脈は、「羅生門」や「鼻」などの小説と無縁であろうか」と。

好奇心の強い芥川のアンテナは超広角である。彼は必死に新しい思想の潮流に学ぼうとした。芥川は大学時代の大塚保治の講義ばかりか、友人恒藤恭や藤岡蔵六の論文や著作から刺激を受け、それを自らの小説の理論的支柱として取り込もうとした。新カント派的な文化主義は、芥川の描く現代小説の世界と見事に共鳴する。小説集『影燈籠』（春陽堂、一九二〇・一）、『夜来の花』（新潮社、一九二一・三）収録諸作の世界が相当するのである。

注

1――出隆『出隆自伝』（出隆著作集7）勁草書房、一九六三年一一月二〇日、二四三ページ
2――菊池寛「半自叙伝」『文藝春秋』一九二八年五月一日～一九二九年一二月一日
3――井川とは結婚前の恒藤恭の姓である。井川は一九一六年一一月二一日恒藤まさ（雅の字が当てられることが多かった）と結婚、恒藤姓となる。
4――菊池寛「芥川の事ども」『文藝春秋』一九二七年九月一日
5――久米正雄「私の友だち及び友情観」『文章倶楽部』一九一八年九月一日
6――松岡譲「久米正雄と私」『新潟日報』一九五二年三月四日
7――関口安義『評伝松岡譲』小沢書店、一九九一年一月二〇日、
8――恒藤恭『旧友芥川龍之介』朝日新聞社、一九四九年八月一〇日、二一三～二一五ページ
9――藤岡蔵六『父と子』私家版、一九七一年九月（日付なし）、一七五～一七七ページ
10――関口安義『評伝豊島与志雄』未来社、一九八七年一一月二〇日
11――関口安義『評伝成瀬正一』日本エディタースクール出版部、一九九四年八月一八日
12――関口安義『恒藤恭とその時代』日本エディタースクール出版部、二〇〇二年五月三〇日
13――山崎時彦『若き日の恒藤恭』世界思想社、一九七二年一月五日
14――石岡久子「成瀬正一日記」『香川大学国文研究』第21号以下連載中
15――『官報』第八一三七号、一九一〇年八月五日
16――井川天籟「二週間の勉強で一高の入学試験を通過した僕の経験」『中学世界』臨時増刊号、一九一〇年九月一

六日

17――芥川龍之介「文学好きの家庭から」『文章倶楽部』一九一八年一月一日

18――井川天籟「海の花」『都新聞』一九〇八年七月一六日～八月二四日

19――恒藤恭「青年芥川の面影」『近代文学鑑賞講座11　芥川龍之介』角川書店、一九五八年六月五日、二四一～二四二ページ

20――芥川龍之介「気鋭の人新進の人　恒藤恭」『改造』一九二二年一〇月一日、のち「恒藤恭氏」と改題、『百艸』収録

21――河合榮治郎「近頃の感想」『日本評論』一九三七年一月一日

22――進藤純孝『伝記芥川龍之介』六興出版、一九七八年一月二七日、一〇六ページ

23――矢内原忠雄「弁論部部史」第一高等学校寄宿寮『向陵誌』、一九一三年六月一六日、のち『矢内原忠雄全集』第二七巻、岩波書店、一九六五年五月一四日収録、一七七ページ

24――松岡譲「蘆花の演説」『政界往来』一九五四年一月一日

25――河上丈太郎「蘆花事件」『文藝春秋』一九五一年一〇月一日

26――芥川龍之介「或自警団員の言葉」『文藝春秋』一九二三年一一月一日

27――芥川龍之介「学校友だち―わが交友録―」『中央公論』一九二五年二月一日

28――藤岡眞佐夫『アジア開銀総裁日記』東洋経済新報社、一九八六年一二月一八日

29――野田弥三郎「薄幸の哲学者……藤岡蔵六さんを偲ぶ」旧制甲南高等学校弁論部『萌草会報』第二号、一九八二年六月一三日

30――藤岡蔵六『コーエン純粋認識の論理学』岩波書店、一九二一年九月一〇日

31——西田幾多郎『自覚に於ける直観と反省』岩波書店、一九一七年一〇月五日
32——関口安義『悲運の哲学者 評伝藤岡蔵六』イー・ディー・アイ、二〇〇四年七月三〇日
33——恒藤恭『批判的法律哲学の研究』内外出版、一九二一年一〇月一〇日
34——西田幾多郎『自覚に於ける直観と反省』岩波書店、一九一七年一〇月五日
35——西田幾多郎『現代に於ける理想主義の哲学』弘道館、一九一七年五月五日
36——藤井貴志『芥川龍之介〈不安〉の諸相と美学イデオロギー』笠間書院、二〇一〇年二月二八日
37——松本常彦「歴史ははたして物語か、歴史観の再検討——リッケルトの影・序」『國文學』一九九六年四月一〇日

二　山本喜誉司

友情に厚かった芥川

暗い芥川を超えて

これまでは芥川龍之介というと、神経質で冷たい人、エゴイストの印象が強かった。

この国の高等学校国語教科書『国語総合』を「羅生門」が席巻するようになって、芥川がよく研究されるようになった今日でも、この印象は強い。芥川文学の研究書や文学史の叙述にもこうした立場のものが今以て横行している。けれども、それは実際の芥川という人物ではなく、虚構化された芥川がまかり通っているに過ぎない。

特に映像を通しての芥川像の影響は、想像以上に大きかった。芥川にかかわるテレビ映像、印刷媒体の文学アルバム・全集口絵・雑誌の表紙写真などにおいて、しばしば用いられた芥川晩年の写真（葬儀に用いた写真）がある。左手をあごに置き、髪の毛はぼうぼう、大きく見開いた眼がぐっと相手をにらむ姿で、まさに鬼気迫るものがある。編集者が好んで用いた理由もわかる。インパクトの効果が計り知れないからだ。が、これが秀才で、友人が少なく、孤高を好んだ作家、さらには病弱で、神経質な作家というイメージ形成に寄与したことは、言うまでもない。自死という先入観からくる陰鬱な作家という作られた概念を上塗りするポートレートである。

暗い厭世家の作家という印象が、こうした映像や旧来の芥川論の下で育てられたと言うべきか。それゆえ日本の大学生に芥川の印象を問うと、今でも判を押したように、暗い・神経質・病弱、果ては若くして自死した作家なのに老衰といった回答が戻ってくる。が、実際の生身の芥川龍之介は、他の同世代人同様のよき友人関係を保ち、決して孤立して存在したのではない。彼は友情に厚い青年であり、それは彼の生涯の宝でもあった。作家として比較的短期間に、あれだけの活躍ができたのも、編集者に信頼されたからであり、彼らとの好ましい関係が維持できたからこそなのである。彼がいかに信頼にたる人物であったかは、全集の書簡集が証明するところだ。

芥川研究で落とせない人物

書簡といえば、芥川龍之介はその生涯に厖大な量の手紙を残した。最新の岩波書店版『芥川龍之介全集』収録書簡は補遺を含め一八一三通だが、新発見の書簡は、後を絶たない。散逸したもの、震災や戦災で焼失したもの、公表を嫌い、依然、秘匿されているものも予想されるので、実際に書かれた芥川書簡は、この数をさらに上回る。Eメールなどなく、電話すら一般化しなかった時代のこととはいえ、若死にした作家としては、大変な量である。これらの書簡は、誠実で友情に厚かった芥川龍之介を証明する。

ここで特に取りあげるのは、芥川の東京府立第三中学校（略称、府立三中）時代の親友、山本喜誉司《きよし》との交わりである。そこには前節に見た一高時代の親友、井川恭との交流に共通したものがあり、若き芥川龍之介を考えるのに、落とすことができない。山本喜誉司を知るには、いくつかの芥川事典（辞典）における記述が参考になる。が、それらは詳しいものではなく、略歴を記すのみで、晩年の活躍など知りようもない。他に斉藤広志他編『山本喜誉司評伝』[*1]という本もあるが、芥川とのかかわりは巻頭の「生いたちからブラジルまで 概説」で、数行ふれているに過ぎない。しかも、その中には山本は芥川と同じ年の生まれながら、「府立三中では一年あととなった」とするなど、重大な間違いがある。念を押すが、山本喜誉司を本格的に扱った論はまだない。本稿がその水先案内の役割を果たせるなら幸いである。

山本喜誉司と芥川の交流

府立三中での交わり

山本喜誉司は一八九二（明治二五）年九月十七日、東京牛込に生まれた。家系は旗本の家柄という。右の『山本喜誉司評伝』には、「父嘉勢治は北白川家勤番の身分で能久親王に従って台湾征伐（一八七四）に従事した」とある。喜誉司は母を早く失い、本所区相生町三丁目六番地の祖母の家で育てられた。一九〇五（明治三八）年三月、本所小学校を卒業、府立三中に進み、江東小学校から来た芥川龍之介と知り合いになる。芥川家は当時本所区小泉町十五番地にあり、相生町の山本の家とは近かったので、入学後二人は自然に親しくなった。二人とも実母がおらず、家柄も山本家が旗本、芥川家が奥坊主と旧幕府に仕えたこともあって共通点があり、付き合いは家同士のものでもあった。芥川も山本も学業成績はよく、一緒に勉強することも多かった。

府立三中在学中、芥川はしばしば旅先から山本に便りを出している。現『芥川龍之介全集』に見られる芥川の最初の山本宛便りは、一九〇八（明治四一）年十二月二十七日付のものである。中の一節に「笠置から塔の峰をめぐつて吉野をこえたなり高野に上つた　高野の御寺の精進料理はうまい　笹の雪よりうまさうだもう五六年たつたら君と一緒にこゝへ来てこの料理がくへるだらう／高野から金剛山へ上る。山は険しくないが途中で暮れてゆく山々の景色をながめたのは何となくうれしかった」とある。これは府立三中四年の冬、恩師広瀬雄《たけし》と級友依田誠と関西方面へ行った時、旅先から出した絵はがきによせたものだ。翌年三月二十八日付で千葉県の銚子から山本に出した絵はがきの一節には、「銚子の海は僕の恋人だ砂山に寝ころンで青い波の雪の様な泡をふきながらうねつてゐるのを見て限りなく嬉しかつた」とある。

二人の交わりは、学年が進行するにつれて深まる。成績は二人ともよく、共に第一高等学校を目指した。芥川は文科、山本は農科であった。二人は一九一〇（明治四三）年三月に府立三中を卒業するが、卒業前後から同年九月に芥川が一高に入学する頃までの二人の交わりは、高揚感に満ちている。芥川書簡はそのことを如実に物語る。

中学校を卒業し、同じ学校で顔を合わせることがなくなった分、二人はせっせと手紙のやりとりをするようになる。七月の入学試験を目指した二人は、勉強の進み具合を共に手紙で知らせあう。芥川は第一部乙類の英文科に、山本は第二部乙類の農科に専攻を決めたこと、また、芥川と並んで秀才の誉れの高かった西川英次郎《ひでじろう》を加えた三人で一高へ願書を出しに行ったことなども芥川書簡は語る。ところが、この年、山本喜誉司は一高入試に失敗、浪人を余儀なくされる。

同性愛的友情

芥川には山本への同情もあって、卒業休み中から九月の一高の新学期にかけて、いくつかの長文の便りを山本に寄せることになる。読書の感想、友人の消息から入学試験後の身体検査への不安、入学後は授業の印象から試験の様子が主である。そうした中で芥川は「さびしい」ということばを何度となく書きつけ、山本への深い友情を吐露する。

一高入学当初の芥川龍之介は、新しい環境に容易に馴染めなかった。都会人の彼には、どこか人見知りの面があった。また、特に最初の一年は寮に入らず、新宿の自宅から通ったこともあって、宇和島中学校卒業の藤岡蔵六などを除くと、親しい友人ができなかったのである。生涯の友となる井川恭との交わりは、二年生になってからのことだ。

人は若き日、恋愛に似た感情で同性の友を慕い求め、深い友情体験をもつことがある。芥川の山本喜誉司を求める眼にも、それがあった。この年（一九一〇）、九月十六日付芥川の山本喜誉司宛書簡は、まさにラブレターである。例えば「され共他人の中へ出たる心細さはまだ中々心を去らず候《さうらふ》　折にふれて何となくなさけなくなり頭をたれて独り君を思ひ候」とか、「あまりのしげく御訪ねするもあまりたび〳〵手紙をさし上げるのも何となく気が咎め候へば心ならずも差ひかへ居候へども　独語の拗音のこちたきに　思ひまどへる時などにはすぐにも君に逢ひたくなり候」とかあり、さらには以下のような文面を見出すことができるのだ。

しかも筆のすゝむにつれて心弦幾度かふるひて君を思ふの心いつか胸に溢れ候
正直な所を申せば僕は君の四囲にある人に対して嫉妬を感じ候、僕の君を思ふが如くに君を思へる人の僕等のうちに多かるべきを思ふ時此「多かるべし」と云ふ推察は「早晩君僕を去り給はむ」の不安を感ぜしめ此不安は更にかなしき嫉妬を齎し来り候
恐らくは　僕のおろかなるを哂ひ給ふ事と存候へども折にふれて胸を掠む此かなしき嫉妬はしかも僕をして淋しき物思に沈ましめ候　かゝる物思のさびしさは此頃になりてはじめてしみ〴〵味はひしものに候
されども其さびしさの中に熱きものは絶えまなく燃え居候　あゝ僕は君を恋ひ候　君の為には僕のすべてを抛つを辞せず候
人は僕の白線帽を羨み候へども君と共にせざる一高の制帽はまことに荊もて編めるに外ならず候　哂ひ

給はむ嘲り給はむ　或は背をむけて去り給はむ　されども僕は君を恋ひん　恋ひざるを得ずん
君の為には僕は僕の友のすべてに反くをも辞せずん　僕の先生に反くをも辞せずん　将僕の自由を抛つ
をも辞せずん　まことに僕は君によりて生きん君と共にするを得べくんば死も亦甘かるべしと存ん
何となく胸せまりん　思、乱れて何を書いてい、のやらわからなくなりん

激しい愛の眼

同性の友に対する手紙としては、異常である。この書簡に見られるのは、まさに男女間の恋愛感情に等しい。それは誰もが感じることである。早く森啓祐も、この手紙を根拠に「芥川と山本喜誉司との友情は、一種同性愛的なものであった[*2]」としている。

芥川は山本喜誉司の周囲の人々に対して、嫉妬を感じると言い、「あゝ僕は君を恋ひん　君の為には僕の友のすべてを抛つを辞せずん」とまで言い、重ねて「僕は君を恋ひん　恋ひざるを得ずん　君の為には僕は僕の友のすべてに反くをも辞せずん」と言い、最後に「まことに僕は君によりて生きん君と共にするを得べくんば死も亦甘かるべしと存ん」とまで書く。まさに同性愛の世界である。二人はこの年八月七日から十四日にかけて静岡方面に旅行し、いっそう親しみを増していたのである。

しかし、聡明な芥川は、ここまで書いたことは、さすがに気になっていたらしく、約一年半後の一九一二（明治四五）年四月十三日付山本宛便りで、「一昨年の九月にあげた手紙は破るか火にくべるかしてくれ給へ／どンな事を書いたか今になつて考へると殆取留めがない　さぞ馬鹿々々しい事が書いてあつたらうと思ふ／何となく気まりが悪いからどうかしちやつてくれ給へ　切に御願する」との便りを山本喜誉司宛に出している。「一昨年の九月」とは、一九一〇（明治四三）年九月のことで、全集で確認するとこの月の山本喜誉司宛便りは二通で、今一通は九月二十三日付のもので、観劇の切符のことと、その晩江知勝という牛肉店で三中

出身者の会合があるといったことが書かれた短く、簡単なものだ。それゆえ「破るか火にくべるかしてくれ給へ」と要請した手紙は、右に紹介した部分を含む九月十六日付のものを指す。それにしても友への激しい愛の眼は、芥川の青春を彩るものであった。

あぽろの君

アポロとサテュロス

芥川が盛んに手紙を山本に寄せたように、山本もまた芥川に多くの便りを書いている。芥川書簡の端々にそのことは読み取れる。「御手紙拝読仕𛀁」とか、「御手紙をよみて」とか「「さぞ〳〵御忙しき事と察し上𛀁」は恨めしく候」などとの文面が、芥川書簡に散見する。けれども芥川宛ての山本喜誉司の便りは、現在見ることはできない。芥川宛書簡が編集されれば別だが、無理な注文と言うべきだろう。山本の芥川宛書簡がなくとも、二人の交流は、十分推測できる。芥川の山本への想いは、片思いではなく、山本もまた芥川を慕っていたのである。二人の仲がいかに親しかったかは、山本宛多くの芥川書簡が語っている。芥川は「吉井勇氏が大好きになつた」（一九一一・二・一六付）とか、「この頃は枕の草紙が大好になつて耽読してゐます」とかいった読書の話から、府立三中の級友の話、旅の話と話題は尽きない。

当時、芥川龍之介は山本喜誉司を手紙の中で美化して、あぽろの君と呼んでいる。一九一一（明治四四）年二月十六日付山本宛芥川書簡の末尾で芥川は、「これから手紙の名をかくときに本名をかくのはよさう封筒だけは仕方がないけれど／君はAPOLLOでい丶僕はSATYRにする」と書き、最後に「APOLLO THE BEAUTIFUL の君へ」と記している。

アポロはギリシャ神話の神アポロンのラテン語形。ゼウスと女神レトの子である。若く力強い美青年の神である。知性に満ち、律法・秩序の保護者で、音楽・弓術・医療などをつかさどる。芥川は山本を書簡の中で「あぽろの君」と呼びたいと言い、同年二月二十五日付書簡では、「APOLLO, THE BEAUTIFUL. に捧ぐ、」と書く。

この手紙では、終わりに「皆の帰つた跡はさびしきものにい　君のかへつた後はさびしきものにい　恋しき人の去りたる後に“I love you, Do you pardon me?”とつぶやける　アムステルダムの少年詩人を思浮べい」との心境を吐露している。「アムステルダムの少年詩人」とは、フランスの象徴派の詩人アルチュール・ランボーを指す。ランボーは詩集『秋の歌』で知られるヴェルレーヌと知り合って共同生活をし、ヴェルレーヌに切ない想いを懐いた。「恋しき人」は直接的にはヴェルレーヌをさすが、芥川の中では山本喜誉司が意識されている。

芥川は右の一九一一（明治四四）年二月十六日付山本宛芥川書簡の末尾で、「僕はSATYRにする」とへりくだる。自分はギリシャ神話に見られる半人半獣のサテュロスでいいというのである。サテュロスは酒と女の好きな森の精である。山本喜誉司を理想的な男性アポロに、自身をサテュロスにするところには、同年生まれながら生まれた月は半年ほど早い芥川が、山本に兄事するようなところが見られる。芥川の友人山本喜誉司への眼は、あこがれの人、心ときめく人であり、「君の為には僕は僕の友のすべてに反くをも辞せず」「僕の先生に反くをも辞せず」、果ては「僕の自由を抛つをも辞せず」であり、山本と一緒なら「死も亦甘かるべし」と思うほどのものがあったのである。

やり切れない思いを告げる

芥川が吉田弥生との結婚を断念した時、そのやり切れない思いを告げた友人は、芥川を含めて「一高の三羽烏」と言われた仲間の井川恭・藤岡蔵六、それに府立三中以来の友、山本喜誉司であった。

山本への便りの一通（一九一五・四・二三付）の冒頭を引用する。

相不変さびしくくらしてゐます
すべての刺戟に対して反応性を失つたやうな――云はゞ精神的に胃弱になつたやうな心細さを感じてゐます　この心細い心もちがわかりますか（僕は誰にもわからないやうな又わからないのが当然なやうな気がしますが）私は今心から謙遜に愛を求めてゐます　さうしてすべてのアーテイフイシアルなものを離れた純粋な素朴なしかも最恒久なるべき力を含んだ芸術を求めてゐます　私は随分苦しい目にあつて来ました　又現にあひつゝあります　如何に血族の関族《（ママ）》が稀薄なものであるか　如何にイゴイズムを離れた愛が存在しないか　如何に相互の理解が不可能であるか　如何に「真」を見る事の苦しいか　さうして又如何に「真」を他人に見せしめんとする事が悲劇を齎すか――かう云ふ事は皆この短い時の間にまざ〳〵と私の心に刻まれてしまひました

この手紙は一ヶ月半ほど前に、井川恭に送った「イゴイズムをはなれた愛があるかどうか　イゴイズムのある愛には人と人との間の障壁をわたる事は出来ない　人の上に落ちてくる生存苦の寂寞を癒す事は出来ない　イゴイズムのない愛がないとすれば人の一生程苦しいものはない」（一九一五・三・九付）と響き合う。芥川龍之介の失恋の痛みは、山本喜誉司にも訴えられていた。友への厚き信頼あってのことである。この手紙は終わりの方に、次のようなことが書かれている。

もうやめます　それからうちでは私に誰かきめておかないとあぶないと思ふものですからしきりに候補者を物色してゐます　私の母は文ちやんの推賞家で私の従姉は上瀧の妹の推賞家で私のうちへよく来る女の人は私の一番嫌な馬鹿娘の推賞家です　私はあまりその相談には与りません

ここに出て来る「文ちやん」は、当時山本の相生町三丁目の家に寄宿していた塚本文で、のちに芥川の妻となる女性である。塚本文は日露戦争で父を失い、母寿々（鈴とも書いた）と弟八洲《やしま》と山本家を頼り、同居していたのである。喜誉司は寿々の末弟であるから、文は姪に当たった。二人が最初に知り合ったのは、相生町の山本の家で、龍之介が十六歳、文が八歳の年であった。芥川が文を意識するのは、吉田弥生との仲が破局に至った直後からのことである。

この年五月二日付山本宛芥川書簡の一節には、「淋しいので僕のゆめにみてゐる人の名を時時文ちやんにして見るだけ　その外に何にもありません　しかし文ちやんは嫌な方ぢやありません」とある。芥川が塚本文を愛したのは、尊敬し、愛する親友の姪ということとも関わるのであろう。芥川は当初、自分には資格がないなどと謙遜した言辞を手紙に書きつけていたが、山本との友情は、やがてその姪、塚本文との結婚へ向かわせたのであった。

山本喜誉司のその後

北京での再会

山本喜誉司は、芥川龍之介に一年遅れ、一九一七（大正六）年七月、東京帝国大学農科大学園芸科を卒業する。宮地勝彦「北支時代の山本氏」*3によると、「恩賜の時計を貰った組」とのことである。卒業と同時に三菱合資会社に入社、盛岡の小岩井農場に派遣され、やがて朝鮮全羅南道《チョルラナムド》木浦《モクホ》での綿作試験場に転勤となる。木浦は務安半島の突端にある都市で、日本の植民地時代は日本向けの米の積出港であった。そこにあった三菱の綿花試験場で働いた後、一九一九（大正八）年中国へ渡る。以後約七年間、北京に駐在し、熱河を中心とした中国各地の三菱直営農場で綿作の改良研究に従った。

一九二一（大正一〇）年、芥川龍之介が大阪毎日新聞社の海外特派員として中国各地を訪れた際には、山本と北京で久しぶりに会い、久闊を叙している。忙しい日程の中でも芥川は友人とのかかわりを大事にした。かつての友人への眼は、依然熱い。もっとも今や山本喜誉司は芥川とは姻戚関係にあるから、当然と言えば当然である。養父の芥川道章宛の便り（一九二一・六・一四付）の一節に、「北京着山本にあひました」とある。山本は五十江《いそえ》夫人との間に三人の幼い子がいた。芥川は支那服を着込んで、記念写真を撮っている。

中国時代の山本喜誉司については、これまた右の宮地勝彦「北支時代の山本氏」に詳しい。それによると山本は京漢線で行く奥地の正定《チュンテン》の綿花試験場（農場）で、米綿の試作をやっていたという。宮地の証言に聞くと、「農場は一カ処大体五〇ヘクタール位で、その中に繰綿工場やプレス工場を建て、そして採れた種は附近の農民に配布した。ところで技術面では或る程度成功したんですが、ご承知の通り、あの時代は支那の軍閥はなやかな馬賊の横行する時代です。蒋介石がまだ軍学校の校長さんだった時代でした。それで収穫したものは内戦ですから保険もかけられないし、青島と上海が市場でしたが、いつ出荷できるか判らない状態で、経済的にどうにもならなくなりました」とある。そこで山本は、中国駐在を終わりにし、一九二六（大正一五）年に帰国する。

ブラジル駐在

山本喜誉司は、帰国後間もなく三菱系の東山《とうざん》農事会社に出向し、ブラジルに駐在、サンパウロに近いカンピーナス市周辺の土地を買収、農園指導をはじめる。コーヒーとの出会いであった。芥川龍之介の自死の知らせを受けたのは、ブラジル赴任一年後のことである。

『山本喜誉司評伝』の「カンピーナス時代 概説」には、「山本には芥川をブラジルに呼んで、広々とした自然、清浄な大気、そして烈しい熱帯の太陽の下で、衰弱した芥川の肉体と精神を甦らせることが、初めからの夢であった」とある。

山本喜誉司はブラジルで水を得た魚のような活躍をはじめる。若き日芥川龍之介を魅了したように、彼には人間としてのそこはかとなき魅力があった。彼には持ち前のおおらかさに加え、研究熱心、相手を思う心などが備わっていた。それがコーヒー園の経営や販売、さらには米作・絹織工場・鉄工場・銀行など、東山農事株式会社の経営に力を発揮することになる。このような忙しさの中でも研究熱心な彼は、コーヒー栽培の害虫、ブロッカ虫の駆除のため、天敵ウガンダ蜂の輸入飼育をはじめた。山本は苦心の末、ウガンダ蜂によって、ブロッカ虫を駆除するのに成功する。研究成果は「ウガンダ蜂の研究」として、ブラジルの『官報』に載った。

それは第二次世界大戦後、増補して東京大学に学位請求論文として提出、一九五一（昭和二六）年二月に農学博士号を得る。コーヒーの大敵ブロッカ虫を薬剤ではなく、ウガンダ蜂という天敵で防ぐという発想は、日本人の山本ならではのものであった。その考えと方法は、エコロジー重視のこんにち、再評価されてよいものがある。

山本喜誉司は一九六三（昭和三八）年七月三十一日、肺ガンのためブラジルで死去し、カンピーナス市のサウダーデ墓地に葬られた。若き芥川龍之介から愛された山本喜誉司は、激動の時代を芥川没後三十六年生き抜いたのであった。戦後は日本とブラジルとの架け橋となり、文化交流にも大きな役割を果たした。

注

1――斉藤広志他編『山本喜誉司評伝』サンパウロ人文科学研究所、一九八一年三月二〇日。A5判一九五ページ。編集委員として、他に鈴木悌一・半田知雄・宮尾進・河合武夫・鈴木与蔵の名が巻末に付されている。

2――森　啓祐『芥川龍之介の父』桜楓社、一九七四年二月五日、八二ページ

3――宮地勝彦「北支時代の山本氏」斉藤広志編『山本喜誉司評伝』サンパウロ人文科学研究所、一九八一年三月二〇日、八～一一ページ

三　松岡譲

都市と田園

故郷と作品

松岡譲は一八九一（明治二四）年九月二十八日、新潟県古志郡石坂村（現、長岡市村松町）に生まれた。生家は浄土真宗大谷派（東本願寺派）の末寺、松岡山本覚寺《しょうこうざんほんがくじ》である。芥川龍之介は翌年三月一日、東京都京橋区入船町の生まれ。生家は牛乳販売業耕牧舎であった。

松岡譲は一九〇九（明治四二）年三月、県立長岡中学校を卒業するが、長岡中学校の事務員の手違いで、入学願書の提出が期日に間に合わず、試験を受けずに浪人となり、九月上京し、一年間勉強に打ち込み、翌年第一高等学校に入学する。以後、東京生活が長く続く。一時京都にも住んだが、その前半生は東京住まいが多かった。戦争末期の一九四四（昭和一九）年十一月、故郷の長岡に戻り、一九六九（昭和四四）年七月二十二日に亡くなるまでの二十五年を過ごす。人生の半ば以上を彼は長岡で送ったことになる。一方、芥川龍之介は人生の一時を鎌倉や横須賀で過ごすが、生涯のほとんどを東京で送っている。東京での住まいは、誕生の地京橋区入舟町のほかは、両国（本所小泉町）、新宿、そして田端である。

こういう二人のかかわりは、一高、東大時代を中心に、芥川が自死するまで続く。松岡は実に多くの作品に、故郷長岡を登場させている。長篇『法城を護る人々』をはじめ、初期の「揺れ地蔵」「同情」「赤頭巾」「万年筆」、それに反戦小説「砲兵中尉」など挙げれば際限がない。また、晩年のエッセイには故郷長岡に取材したものが多い。もし、『松岡譲全集』のようなものをまとめると、随筆で軽く二巻は編め、しかも、その多くは故郷ものとなる。芥川もまた、その故郷東京を多くの作品の舞台とした。それぞれの生い立ちは、その故郷と深く関わっていたのである。

松岡譲と芥川龍之介という二人の作家を比べると、都市と田園という対照で考えることができる。芥川龍之介の作品には都会を舞台としたものが、圧倒的に多い。初期の「大川の水」「父」「手巾」、中期の「開化の殺人」「毛利先生」「あの頃の自分の事」「路上」「妖婆」「奇怪な再会」、それに晩年の「玄鶴山房」「歯車」などもそうである。それに対して松岡譲の作品には、田園を舞台とした作品が圧倒的に多い。初期の作品は、ほとんどが田園に取材している。「河豚和尚」「砲兵中尉」「揺れ地蔵」「赤頭巾」、それに生前未発表に終わった「兄を殺した弟」もそうだ。松岡には『田園の英雄』[*1]（第一書房、一九二八・九）という〈田園〉ということばを被せた小説集すらある。二人の作家のこの対比は、東京下町の都会育ちの芥川と、地方都市長岡の周辺部旧石坂村生まれの松岡との生い立ちの差をはっきりと示す。

地方の田園に生まれ育った松岡譲は、長寿の生を全うした。その死は、脳溢血によるものであった。都会に生まれ育った芥川龍之介は、短命であった。彼は無理な生活もたたって体をこわし、胃をやられ、神経衰弱に苦しんだ。しかも、自死という不自然なもので生涯を閉じている。それは激動の昭和がはじまって一年も経ない一九二七（昭和二）年七月二十四日のことである。

回覧雑誌『兄弟』

芥川の初期作品に戯曲「暁」がある。これは長岡を中心とした地域の小学校教師がやっていた回覧雑誌『兄弟』の一九一六（大正五）年四月号に載ったものだ。回覧雑誌というのは、文学好きの仲間が集まり、各自の肉筆原稿、または代表者が清書した原稿をとじ合わせ、目次を添えて周囲の人々に回覧して読んでもらう雑誌を言う。回覧雑誌は、活字印刷はもちろん、謄写版印刷さえ経済的に無理だった文学青年の一つの発表手段だった。その雑誌『兄弟』に、なぜ当時東京帝国大学の学生だった芥川龍之介が自筆の原稿を寄せたのか。言うまでもなくこの地出身の松岡譲とのかかわりがあったからだ。戯曲「暁」は小戯曲一幕とあり、四〇〇字詰原稿用紙六枚ほどのもの。内容はイエス・キリストの磔刑を描いており、気の利いた技巧をこらした破綻のない作品となっている。今日、芥川のキリスト教やキリスト教受容の問題を考える上でも、きわめて大事なテクストなのである。

芥川が長岡の回覧雑誌『兄弟』に作品を寄せていたということは、あまり知られていない。第二次世界大戦直後、『月刊長岡文芸』創刊号で[*2]、「暁」ははじめて活字化され、その後、『新思潮』（第十四次の二）[*3]に転載された。『月刊長岡文芸』は、現在、長岡市立中央図書館に保管されている。松岡譲は「芥川の原稿と『兄弟』誌」という興味ある文章をこの雑誌に書いている。そこには『兄弟』という回覧雑誌を、「ある意味で『新思潮』の地方出店」だと言い、芥川ばかりでなく久米正雄や菊池寛も寄稿していたと言う。

要するに長岡出身の松岡譲の誘いで、芥川をはじめとする『新思潮』同人メンバーが手持ちの原稿を差し出したことになる。回覧雑誌というのは一号一部きりなく、消耗品扱いなので後世に残りにくい存在だ。芥川の「暁」は、戦後間もないころ、たまたま発見された一九一六（大正五）年四月号に綴じ込んであったと言う。『兄弟』という回覧雑誌がいつ創刊され、いつ終わったかはわかっていない。わたしは前々からこの回覧雑誌が、もし発見されたら知らせてほしいと、わたしも所属している長岡ペンクラブの会員の方々に依頼しているが、いまだ発見には至っていない。

人気作家と不遇な作家

対照的な評価

松岡譲と芥川龍之介は、作家志望として同時にスタートを切ったものの、その作家生活はまったく対照的である。芥川は生前はむろんのこと、没後八十五年を経ても依然人気のある作家だ。初期の「羅生門」「鼻」「芋粥」、中期の「地獄変」「奉教人の死」「南京の基督」、晩年の「玄鶴山房」「河童」「歯車」、それに児童文学の「蜘蛛の糸」「杜子春」などの代表作は、二十一世紀の今日も依然輝きを失っていない。新世紀を迎えてその文学は、日本という地域、日本語という言語空間を越え、世界にはばたくこととなる。

松岡譲は長命を保ったものの、文壇生活は常に不遇であった。生前・没後とも評価は一部に留まる。代表作は『法城を護る人々』上・中・下三部作[*4]と第二次世界大戦の最中に刊行された『敦煌物語』[*5]である。『敦煌物語』はいま講談社学術文庫や二〇〇三（平成一五）年四月に平凡社から新しい装いの本で復刊されているので、簡単に読むことができる。

松岡譲を知るには、『敦煌物語』から入るのが一番かも知れない。井上靖の『敦煌』[*6]という小説は、松岡の『敦煌物語』の刺激を受けて成ったものだ。井上靖は『敦煌物語』を評して、「この作品から伺われる松岡譲の敦煌・西域への関心とその情熱と、知識は相当なものであり、そこに視点を当てると、やはり読み出したらやめられない面白さがある」と「忘れられない本」と題した文章（『朝日新聞』一九七九・三・四）に書いている。

わたしはなぜ松岡譲が文壇的に不遇であったかを、早く『評伝松岡譲』[*7]に詳しく述べた。資料が輩出するようになった今日も、その基調は変わらない。芥川はこの不遇な作家、松岡譲に同情と、時にライバル意識をもって接した。

夏目漱石

松岡譲と芥川龍之介とを語るばあい、雑誌第四次『新思潮』と夏目漱石をはずすことはできない。なぜなら漱石は、のちにその長女筆子（戸籍上は筆）と結婚した松岡譲にとっては岳父であり、芥川にとっては、第四次『新思潮』の創刊号に載せた「鼻」を褒めて貰い、以後その創作の指導をしてくれた恩人、否、永遠の「先生」だったからである。

第四次『新思潮』は、一九一六（大正五）年二月に創刊号が出る。同人は一高時代からの仲間で松岡・芥川の他に久米正雄・成瀬正一、それに成瀬の強い推薦で菊池寛が加わった。その前の第三次の『新思潮』は十人もの同人だったが、今度は少数精鋭、五人の親しい仲間に限定しての創刊であった。創刊には漱石が起爆剤として存在した。

前年の一九一五（大正四）年十一月十八日の木曜日、芥川と久米正雄がまず早稲田南町の漱石山房を訪問する。——これは近年成瀬正一や松岡譲の「日記」が出て来て、確認できた日付だ。漱石は毎週木曜日を面会日にしていた。松岡は二週間後の十二月二日の木曜日に久米に誘われて、木曜会と呼ばれていた漱石山房での集まりに出席する。

当日の松岡日記には、「久米ニ誘ハレテ夏目先生ノ宅ヲ訪問シタ。漱石先生ノ話振リニハ　スツカリ感心シテ仕舞ツタ　席上　和辻氏　鈴木三重吉氏ナドガ居タ　赤木トイフ奴ハイヤナ奴ダ」とある。以後、彼らは漱石の魅力に囚われ、自分たちの雑誌をつくり、漱石先生に読んで貰い、指導をしてもらいたいとの考えから『新思潮』という雑誌の刊行を思い立ったのであった。

創刊号は漱石のもとにも送られ、それを読んだ漱石が芥川の「鼻」を絶賛したことは、よく知られている。松岡は創刊号に「罪の彼方へ」という戯曲を載せたが、小説ほど戯曲に関心を示さなかった漱石の目には留まらなかった。芥川には漱石を回想した文章がいくつかある。また、松岡には『漱石先生』[*8]『漱石の印税帖』[*9]など、漱石に関する評論やエッセーがたくさんあり、岳父への思いは深い。

二人の文壇登場

第四次『新思潮』創刊号に小説「鼻」を載せ、漱石に激賞された時、芥川はいまだ二十三歳の大学生であった。漱石が芥川の小説を褒めたというニュースは、漱石山房に出入りしていた人々に伝わり、芥川はこの年の九月号の『新小説』に「芋粥」を、十月号の『中央公論』に「手巾」を載せるという幸運に恵まれる。

『新小説』はよく知られた文芸雑誌であり、『中央公論』は当時文壇の登龍門とまでいわれた雑誌であった。芥川はさっそうと文壇に登場する。むろん彼も「出る杭は打たれる」式の苦難も味わっているが、新人作家としては、順調な船出であった。翌年の一九一七（大正六）年五月には、第一創作集『羅生門』を阿蘭陀書房から刊行する。

他方、松岡譲の方は芥川とともに創作を競い、肩を並べて月々の『新思潮』に作品を発表する。初期の松岡作品の佳作は「砲兵中尉」「青白端渓」などだ。特に「青白端渓」は力が籠もっており、芥川をして「あれは非常にいい、作そのものの出来もいいがそれよりも書いてゆく君の力量が直下に人に迫って来る所が恐しい　さうしてその力量なるものが僕に云はせれば絶え間なく努力する所から生れてくる根強い力量だ[*10]」と言わしめたものだった。

芥川は若き松岡譲の創作の長所を十分認めていたのである。友人に対する芥川の眼は、総じて公平である。しかし、地味な松岡の小説は、万人向きのものではなく、スタートで芥川に一歩遅れをとったという感じである。文壇に登場した芥川は、仲間の松岡をも引き立てたく思い、『文章世界』の編集者加能作次郎に紹介する。[*11]松岡は勇んで「兄を殺した弟」という小説を書いて送るが、それは「発禁の虞れ」ありということで棚上げになってしまう。当時の公権力の検閲は、松岡の力作を葬り去ることに力を貸したのである。

小説は、雪国を舞台とした尊属殺人事件をめぐる話である。ドストエフスキーの影響をも感じさせる。内容は人間の悪の問題を扱った深刻きわまるものとなっている。母と共謀し、不具の、ぐれた兄を殺すという展開はすさまじいものだ。

「兄を殺した弟」の原稿は松岡譲没後、ご遺族の家で発見された。それは長岡ペンクラブの機関誌『Penac』第二号（一九七七・七・二四）にはじめて紹介され、その後『松岡譲 三篇』[*12]に収録された。人生の深刻な悩みは、作家松岡譲の好んで取りあげた素材であった。

松岡は漱石から「越後の哲学者」というニックネームをもらうほど、思索にふけりがちの青年時代を送っていた。人間の罪とは悪とは何かを、松岡は真剣に問いつめていたのである。そこに宗教の問題が介在するとき、ドストエフスキー的主題が浮上する。

この小説「兄を殺した弟」が、当時日の目を見ていたならば、松岡譲の作家人生もまた別のものになったのではと考えたくもなる。とにかく「発禁の虞れ」ありということで、「兄を殺した弟」の代わりとして一気に書いたのが、短篇「法城を護る人々」で、これは『文章世界』の一九一七（大正六）年十一月号に載った。これが松岡の文壇出世作となる。自伝的要素の濃い作品であった。いわゆる「護法の家」の悲劇をとりあげたものと言えようか。

流行児《はやりっこ》芥川と沈黙松岡

青春の陥穽

文壇に登場した芥川は叩かれながらも[*13]精進し、文壇での地歩を確実なものとしていく。一九一八（大正七）年には、「地獄変」「奉教人の死」「枯野抄」、それに児童文学の「蜘蛛《くも》の糸」などを発表、文壇の「流行児《はやりっこ》」になっている。芥川は絶えず寄せられる辛辣な批評、的はずれ評に悩みながらも、それをバネに次作を見よとばかり、一意専心努力する。一九一九（大正八）年三月には、二年と四か月ばかり勤務した横須賀の海軍機関学校の教師をやめ、大阪毎日新聞社に入社して物書きに専念することになる。職業《プロ》作家芥川龍之介の誕生である。

芥川龍之介が華々しい活躍をはじめた頃、松岡はというと、いっさい物を書かず、沈黙を続けていた。一九一八年四月二十五日、松岡譲は漱石の長女筆子と結婚する。この結婚をめぐり、彼は一高時代からの友人久米正雄と確執を生じ、その交際を絶つことになる。松岡が遭遇した青春の大きな陥穽であったと言えよう。それは漱石没後、遺児の長女筆子をめぐって、当初久米正雄が筆子に熱を上げ、プロポーズまでするが、結局、筆子の意志が当初から松岡譲の方にあったことから生じた事件であった。久米は失恋という憂き目に遭うが、それを素材に「螢草」以下『破船』に至る一群の失恋小説を次々に書いて、人気作家の頂点に立つ。

けれども、松岡は事件が決着を見ると、「もう問題は久米の手を離れたんだ。さうして僕自身の倫理問題になつたんだ」[*14]と考え、創作の筆を折る。雪国出身の松岡には、強い精神的忍耐力があった。彼の苦悩は半生の既成宗教に対する抗争と父との対立という悲劇的生活と重なって、より深いものとなっていく。その人生上の悩みは際限のないものがあった。しかも、久米正雄によって書かれたおびただしい量の失恋小説に、松岡は醜悪にまでゆがめられて登場することになる。久米は松岡の沈黙をいいことに、その文壇的抹殺を企てたかのように、己の失恋小説に松岡を悪人として描き続けた。が、松岡は久米の踏み石になったかのように、沈黙を守り通す。それは戊辰の役で賊軍の名を着せられて、維新後しばらく肩身の狭い思いを余儀なくさせられた、故郷長岡藩の命運にどこか重なるところがあった。芥川はそういう松岡を、かなり客観的に眺めていた。

友人への眼

一九一九（大正八）年一月、『中央公論』に載った芥川の「あの頃の自分の事」に、若き松岡譲が『新思潮』に載せる原稿を苦心して書いている様子を描いた箇所がある。かなり共感を込めて松岡の精進ぶりを筆にしているのである。松岡の下宿（本郷区本郷五丁目二十一番地、荒井方）を訪れた芥川が、松岡が苦心して原稿を書きながら寝てしまった寝顔を活写したものだ。下宿のおばさん（荒井しげ）から、「昨夜徹夜なすつて、ついさつきまで起きていらしつたんすがね、今し方寝るからつて、床へおはいりになつたんでございますよ」と言われ、「ぢやまだ眼がさめてゐるかも知れない」と答え、二階に上がり、松岡の寝姿を観察するところである。テクストを引用しよう。

自分は松岡のゐる二階へ、足音を偸みながら、そつと上つた。上つてとつつきの襖をあけると、二三枚戸を立てた、うす暗い部屋のまん中に、松岡の床がとつてあつた。枕元には怪しげな一閑張りの机があつて、その上には原稿用紙が乱雑に重なり合つてゐた。と思ふと机の下には、古新聞を敷いた上に、夥しい南京豆の皮が、杉形《すぎなり》に高く盛り上つてゐた。自分はすぐに松岡が書くと云つてゐる、三幕物の戯曲の事を思ひ出した。「やつてゐるな」――ふだんならかう云つて、自分はその机の前へ坐りながら、出来ただけの原稿を読ませて貰ふ所だつた。が、生憎その声に応ずべき松岡は、髭ののびた顔を括り枕の上にのせて、死んだやうに寝入つてゐた。勿論自分は折角徹夜の疲を癒してゐる彼を、起さうなどと云ふ考はなかつた。しかし又この侭帰つてしまふのも、何となく残り惜しかつた。そこで自分は彼の枕元に坐りながら、机の上の原稿を、暫くあつちこつち読んで見た。その間も凩はこの二階を揺ぶつてしつきりなく通りすぎた。が、松岡は依然として、静な寝息ばかり洩してゐた。自分はやがて、かうしてゐても仕方がないと思つたから、物足りない腰をやつと上げて、静に枕元を離れようとした。その時ふと松岡の顔を見ると、彼は眠りながら睫毛の間へ、涙を一ぱいためてゐた。いや、さう云へば頬の上にも、涙の流れた痕が残つてゐた。自分はこの思ひもよらない松岡の顔に気がつくと、さつきの「やつてゐるな」と云ふ元気の好い心もちは、一時にどこかへ消えてしまつた。さうしてその代りに、自分も夜通し苦しんで、原稿でもせつせと書いたやうな、やり切れない心細さが、俄に胸へこみ上げて来た。「莫迦な奴だな。寝ながら泣く程苦しい仕事なんぞするなよ。体でも毀したら、どうするんだ。」――自分はその心細さの中で、かう松岡を叱りたかつた。が、叱りたいその裏では、やつぱり「よくそれ程苦しんだな」と、内証で褒めてやりたかつた。さう思つたら、自分まで、何時の間にか涙ぐんでゐた。

松岡の寝顔

鷺只雄の「「松岡の寝顔」の意味」[*15]は、この部分をとりあげ、「終章のこの部分は一編のクライマックスをなす要の部分であり、印象極めて鮮明で、作品で他の部分は悉く忘れてしまったとしても恐らくこの部分だけは脳裡に刻みつけられて想起されると思われる程強烈な喚起力に富む」と言う。的確な指摘である。さらに「昼間から薄暗い部屋に眠り続けて人知れず流す涙というイメージが喚起するものは、端的に言えば無念の涙であり、それは自然なアナロジイとして運命の悪意に耐え、孤独と闘い、しかもそれを他人には語ることのない存在のありようを語っている」とする。鷺只雄はそこに久米正雄の失恋小説によって傷ついた松岡への芥川の同情、暖かなまなざしを読み取っているのである。芥川の弱者としての友人への眼は、総じて温かく、事件に対しては公平な見方を示す。

ところで、事件後の松岡譲の沈黙は、どう評価したらよいのか。これは興味深い課題である。常識的にはマイナスであろう。これから文壇に打って出るという大事な時に、筆を折ってしまったのは、時を失したことになるからだ。力量を持ちながら、生前松岡譲が正当に評価されなかったのは、この時期の沈黙にも原因がある。文壇は彼を置き去りにしたまま、新しい時代へ突入した。物事には勢いというものがある。彼の仲間の芥川龍之介も菊池寛も恋の敵役久米正雄も皆、巧みに時を捉えて文壇に出た。が、彼は一人、大事な時期を沈黙してしまったのである。

けれども、彼はその間、結婚後納まった漱石山房の書斎にあって、日々万巻の書物を読みふけった。それが再起した時に役立つのである。また、彼は生涯貧しい生活を送ったが、通俗小説は書かなかった。純文学一筋の生活であった。芥川龍之介は激動の昭和を迎え、自死する。菊池寛と久米正雄は、通俗小説作家に転身し、経済的には恵まれたものの、時代の緊迫化する中で、日本文学報国会などで戦争に協力せざるを得ないところに追いやられ、晩節を汚した。が、松岡は同時代を生きながら戦争に協力することもなく、戦時中には、時局を無視したような、『敦煌物語』という力作を発表することになる。

力作「モナ・リザ」

ところで、松岡の文壇復活第一作は『新小説』に載せた「遺言状」という小説であった。一九二一（大正一〇）年六月のことだ。芥川龍之介はもはや文壇の中堅として、この年、大阪毎日新聞社の特派員として中国各地の旅に出かけていた。十一月、松岡は同じ『新小説』に「モナ・リザ」という小説を載せる。原稿用紙六十四枚、傑作といってよい作品がここに誕生する。

松岡譲の小説「モナ・リザ」は、レオナルド・ダ・ヴィンチが、故郷フロレンスの名族ジョコンダ夫人モナ・リザの肖像画を描く次第を、美文で綴ったものといったらよい。モナ・リザをモデルに、永遠に生きる女性を描くレオナルド・ダ・ヴィンチの姿を、松岡譲は漢語を多用した美文で書きあげる。ヴァザーリの『名匠伝』やテオフィール・ゴーティエやウォルター・ペーターの「モナ・リザ」解釈も影を宿す。あり余る時間を用いて、松岡は「モナ・リザ」に関する無数の批評を主として英文で読み、その上にユニークな「モナ・リザ」物語を展開したのである。肖像画を描くレオナルドと描かれるモナ・リザ二人の精神の交歓が、見事に表現されている。一部を引用しよう。

　レオナルドに取つてモナ・リザは、宇宙そのものと同じやうに、汲み尽せない美の泉であつた。さうして最も深い意味をもつものの常として、同時に心ゆくばかりの慰安でもあつたのである。かうしてレオナルドがモナ・リザに対してゐれば殆ど凡てを忘れるやうに、モナ・リザも亦画家と対ひ合つて居れば、凡ての憂を忘れた。不安を忘れた。さうして自分でも此頃は再び以前の晴れやかな生活を取り返したやうにも思ふのである。かつてヒラリオを失つた当時は、人の子を見るのが堪らなく恐ろしかつた。それが一転して噛みつきたい程の憎しみに変つた時は、人の子を見るのが此上なく穢らはしかつた。ところが今は、どんな子を見ても、抱き上げて、赤い頬に接吻してやりたい程なつかしい。固よりヒラリオを想ひ起させる種子ではある。が、その想ひ出そのものが、すでに懐しいのである。かうしてモナ・リザのどんより曇つてゐた心は、秋の気と共に澄み渡つた。しかしあの美しい謎の神秘は、其面影を変へようともしない。かへつて愈〻深さを増すばかりである。

レオナルドとモナ・リザの精神の交歓が高らかに謳われた箇所だ。愛児を失ったジョコンダ夫人モナ・リザの哀しみには、その頃生後八か月にして愛児（二女則子）を失った松岡の哀しみが重ねられている。再起した作家松岡譲の可能性を思わせるものが、そこにあった。じっくり腰を下ろして、松岡はここに創作活動を再開したことになる。

「モナ・リザ」や「遺言状」などを収録した松岡の第一創作集『九官鳥』が玄文社から刊行されるのは、一九二二（大正一一）年七月のこと。そして長篇『法城を護る人々』の上巻が第一書房から刊行されるのは、翌一九二三（大正一二）年六月十二日のことであり、これはベストセラーとなり、版を重ねた。

松岡譲と長谷川巳之吉

松岡譲の長篇『法城を護る人々』を刊行し、『東京朝日新聞』その他に大広告を打ち、ベストセラーに仕立てた長谷川巳之吉は、新潟県の出雲崎の出身である。一八九三（明治二六）年十二月二十八日の生まれなので、松岡譲の二歳年下ということになる。この気骨ある出版人のことは、わたしの『評伝松岡譲』でもふれているが、近年、長谷川郁夫が『美酒と革嚢　第一書房長谷川巳之吉』[*16]という本を出し、詳しくその人と事業について述べているので参照してほしい。松岡譲を語る場合、長谷川巳之吉は落とすことのできない重要な人物なのである。

長谷川巳之吉をわたしは生前の松岡譲に紹介された。面白い人物だから一度是非会うようにとのことだった。けれども、会うことのできたのは、松岡譲が亡くなってからであった。わたしは、当時鵠沼海岸に隠棲されていた長谷川巳之吉を訪れ、その魅力にとらわれてしまった。わたしは当時三十代半ばであったが、その頃七十代の半ばであった巳之吉氏は、わたしに実にさまざまなことを語ってくれた。大正・昭和の出版文化史にかかわること、さまざまな作家のことなどだ。巳之吉氏はわたしの訪問を喜び、往事を回顧し、質問にも快く応じてくれたのである。芥川龍之介を中心に、近代日本の知識人の精神史を究めたいと願っていたわたしは、巳之吉氏から実に多くのことを学んだ。

第一書房は一九二三（大正一二）年六月、松岡譲の『法城を護る人々』上巻を処女出版に旗揚げした出版社である。社主長谷川巳之吉は、理想肌のロマンチストであった。彼は学歴こそないものの、勘の鋭い読書人で、大正・昭和の出版界で名を成すこととなる。長谷川巳之吉は、『法城を護る人々』（上巻）の『東京朝日新聞』への大広告で、世間の人々に第一書房という出版社の名を知らせることに成功すると、次に佐藤春夫・上田敏・堀口大學・日夏耿之介らの詩集の出版に取り組む。堀口大學の『月下の一群』（一九二五・九）、日夏耿之介の『黒衣聖母』（一九二六・九）などは、この時期の長谷川巳之吉の誇りとする出版であった。

松岡譲は長篇の『法城を護る人々』全三巻を書いて、文壇に、否、物書きの世界に復帰する。文壇は久米正雄の失恋小説の影響が永く尾を引き、松岡譲を無視するのが常であった。この小説は、自身の生い育った寺院を背景に真宗教界の腐敗・堕落に鋭いメスをいれたものであり、一種の宗教改革ののろしであった。その後押しを長谷川巳之吉はしたのである。ついでに記しておくなら、長谷川巳之吉は社業の全盛期に出版一代論をとなえて、戦争中に第一書房を閉業する。そして戦後は藤沢市の鵠沼海岸に隠棲し、多くの人の第一書房再興の勧めにも乗らなかった。松岡譲が長谷川巳之吉という類い稀な出版人の後援を得たのは、不遇中の幸いであったと云わねばならぬ。

宗教への眼

松岡と仏教

松岡・芥川とも、宗教に深くかかわった作家である。松岡譲は仏教に、芥川龍之介にはキリスト教とのかかわりが強く見られる。ふたりの文学は、宗教をはずして論じることはできないと言っていいほどなのである。

松岡譲の代表作、長篇『法城を護る人々』全三巻は、一種の宗教小説でもあった。それは既成宗教としての浄土真宗の寺院制度への厳しい批判の書である。けれども忘れてはならないことは、松岡譲は一方で日本仏教に限りない愛着と思慕とを懐いていたということだ。『法城を護る人々』全三巻は、現在復刻版（法藏館、一九八一・一一〜八二・二）が刊行されているが、今日も一部に根強いファンをもつ小説なのである。復刻版に「〈解説〉真宗教団論―『法城を護る人々』の提起するもの―」を寄せた真継伸彦は、松岡譲が提起した問題は「今日の問題でもある」と言い、「宗門の虚妄の暴露」に勇を振っているところを評価する。真継は「『法城を護る人々』を読んで作家の誠実な苦闘に共感させられ、また各所にちりばめられている、時代を越えた鋭い洞察力に教えられた」と言うのである。

松岡は当時の寺院批判をした。堕落した寺院制度をきびしく攻撃した。しかし、彼は日本仏教に強い愛着を持っていたのである。彼には『釈尊の生涯』（大東出版社、一九三五・六）という伝記や、『宗教戦士』（大雄閣、一九三二・一一）という宗教随想とも言える本があることも想起される。松岡は仏教界の腐敗を攻撃したが、仏教には深い愛着を持っていたのである。

芥川とキリスト教

一方、芥川龍之介は、生涯、キリスト教に強い関心を持ち、『聖書』を熱心に読んでいた。芥川が『聖書』を本格的に読むのは、一九一五（大正四）年春、失恋事件という生涯最初の試練の中でのことであった。彼はいくつもの切支丹ものといわれる小説を書き、信仰やキリスト教の世界をテーマとした。

「奉教人の死」や「じゆりあの・吉助」では、〈殉教者の心理〉を追究している。彼は「基督教を軽んずる為に反つて基督教を愛したのだつた」と「ある鞭、その他」（未定稿）に書くが、キリスト教は、早くから彼とは深く結びついていた。生涯の最後には、人間イエスに熱いまなざしを注ぐことになる。死の年である一九二七（昭和二）年七月十日の日付のある「西方の人」、および遺稿となった「続西方の人」は、芥川の一種の信仰告白であったとわたしは考える。

彼は「西方の人」の冒頭で、「クリストは今日のわたしには行路の人のやうに見ることは出来ない」と言い、その「十字架に目を注ぎ出した」とその心境を語る。そして絶筆「続西方の人」では、「わたしは四福音書の中にまざまざとわたしに呼びかけてゐるクリストの姿を感じてゐる。わたしのクリストを描き加へるのもわたし自身にはやめることは出来ない」とまで言っている。彼の死の枕元には、一冊の『聖書』が置かれていた。

再評価・再発見の視点

芥川の再発見

松岡譲は没後四十年を、芥川龍之介は没後八十五年を閲した。新世紀を迎え、二人の作家はどのように再評価・再発見されるのか。芥川龍之介の文学は、冷戦後再発見されていると言ってよい。日本では二〇〇三（平成一五）年四月以降、高等学校国語教科書『国語総合』二十種すべてに「羅生門」が採用されている。高等学校が準義務教育化された現在、この現象は、芥川再発見に大きな影響を与えることになる。この国の十代半ばの青少年で、芥川を知らないという人はまずいない。教科書で芥川文学は普及しているのである。

海外では、二〇〇六（平成一八）年三月、イギリスに本拠を置く大手出版社ペンギン社からペンギン・クラシックス・シリーズの一冊として、ジェイ・ルービン訳の *Rashōmon and Seventeen Other Stories*（『「羅生門」ほか17編』）が刊行され、何かと話題を呼んでいる。また冷戦後東アジアの国々、――中国・韓国・台湾・ベトナムなどで芥川の翻訳が盛んに行われるようになり、中国では二〇〇五（平成一七）年三月、中国初の『芥川龍之介全集』全五巻が山東文芸出版社から刊行された。韓国でも芥川全集のハングル化が進行中である。芥川はいまや世界文学の仲間入りをしたといってよい。四十か国以上に翻訳が広まったことは、世界文学の地位を揺るぎないものとした。その再発見の視点は、虚構の真実性を意識した創作技法の的確性と、時代認識（歴史認識）における先見性、日本という地域、日本語という言語空間を超える問題意識などにあるとしたい。

松岡譲の再発見

松岡譲は、没後間もないころに、地元新潟県の出版社から全集刊行の気運が盛り上がったが、実現には至らなかった。わたしは先に紹介した『評伝松岡譲』をまとめ、その再発見・再評価を試みた。近年は『敦煌物語』の復刊[*17]もあり、中野信吉『作家・松岡譲への旅』[*18]という本も出た。松岡譲の短篇の佳作である「砲兵中尉」「青白端渓」「兄を殺した弟」を収録した『松岡譲 三篇』[*19]も刊行された。長岡市立中央図書館には、遺族から大量の関係資料が寄贈され、その目録もまとめられている。が、松岡譲の再発見は、依然今後に委ねられているようだ。その文学の全容が明らかになるためには、著作目録・年譜・参考文献の完備、周辺のことどもの整備が必要である。時が来るなら、すぐれたテクストを用いた全集の刊行も夢ではなくなる。

重厚さでは第四次『新思潮』作家中、松岡譲の右に出る者はいない。先にも一部を紹介したが、若き芥川龍之介が「青白端渓」を読んで、「今このはがきを書くのは君の青白端渓をよんだ感銘が消えないうちにと思つて書くのである　あれは非常にいい　作そのものの出来もいいがそれよりも書いてゆく君の力量が直下に人に迫つて来る所が恐しい　さうしてその力量なるものが僕に云はせれば絶え間なく努力する所から生れてくる根強い力量だ　それだからおそろしい」（一九一六・一〇・八付）と絶讃し、友人松岡譲に期待したのも、肯けるところだ。この作家の再評価・再発見を願うこと、しきりである。

追記　本稿は二〇〇六（平成一八）年十一月十八日、長岡市立中央図書館で行われた文芸講演会での原稿に手を入れ、長岡ペンクラブ機関誌『Penac』第32号（二〇〇七・九・二〇）に載せたものである。今回さらに大幅に加筆した。

注

1――松岡譲『田園の英雄』第一書房、一九二八年九月一五日

2――『月刊長岡文芸』創刊号、一九四七年七月一日

3――『新思潮』（第十四次の二）第二次世界大戦後はじめての『新思潮』の名を冠した雑誌で、中心メンバーは中井英夫・吉行淳之介・吉波康らで、この号（第一巻第三号）は、〈芥川龍之介特輯〉となっている。刊行年月日は、一九四七年一二月一〇日である。

4――松岡譲『法城を護る人々』第一書房、上巻、一九二三年六月一二日、中巻、一九二五年六月一五日、下巻、一九二六年五月二〇日

5――松岡譲『敦煌物語』日下部書店、一九四三年一月一五日

6――井上靖「敦煌」『群像』一九五九年一～五月

7――関口安義『評伝松岡譲』小沢書店、一九九一年一月二〇日

8――松岡譲『漱石先生』岩波書店、一九三四年一一月二〇日

9――松岡譲『漱石の印税帖』朝日新聞社、一九五五年八月五日
10――芥川龍之介の松岡譲宛はがきの一節、一九一六年一〇月八日付
11――芥川龍之介の松岡譲宛はがきの一節、一九一七年八月一五日付、そこには「飛札を以て啓上／今日文章世界の加能作次郎君来訪十月特別号の為君に四十枚ばかりの短篇を書いて貰ひたく僕よりたのみ呉れとの事に候へばこの段謹んで御通知申上候／〆切は来月十日の由」とある。
12――関口安義編『松岡　譲三篇』イー・ディー・アイ、二〇〇二年一月三〇日
13――文壇出発時の芥川への否定的評価は、斬馬生「十月の文壇」『帝国文学』第二二巻第一一号、一九一六年一一月一日、田山花袋「一枚板の机上―十月の創作其他」『文章世界』第一一巻第一一号、一九一六年一一月一日、広津和郎「十一月の文壇―創作及び其他―」『時事新報』一九一六年一一月八日、中村孤月「一月の文壇」『読売新聞』一九一七年一月一三日など数多い。
14――松岡譲「回想の久米・菊池」『漱石の印税帖』朝日新聞社、一九五五年八月五日、一八六ページ
15――鷺只雄「「あの頃の自分の事」論―「松岡の寝顔」の意味するもの」都留文科大学『国文学論考』第13号、一九七七年三月二〇日、のち「「松岡の寝顔」の意味「あの頃の自分の事」」と改題、『芥川龍之介と中島敦』翰林書房、二〇〇六年四月二〇日収録、四九～七九ページ
16――長谷川郁夫『美酒と革嚢　第一書房長谷川巳之吉』河出書房新社、二〇〇六年八月三〇日
17――復刊『敦煌物語』平凡社、二〇〇三年四月九日。「解説」は、大橋一章が担当
18――中野信吉『作家・松岡譲への旅』林道舎、二〇〇四年五月二〇日
19――注12に同じ

コラム

青年劇場「藪の中から龍之介」を観る

芥川龍之介が再発見されている。龍之介は二〇〇七（平成一九）年に没後八十年を迎えたが、ここ十年で内外の芥川観は大きく変わった。それが演劇界にまで及んでいるようだ。

この秋、東京で二つの劇団が芥川を劇化した。一つはこんにゃく座のオペラ「そしてみんなうそをついた」（台本・作曲林光、演出大石哲史）であり、いま一つは青年劇場の「藪の中から龍之介」（作・篠原久美子、上演台本・演出原田一樹）である。こんにゃく座の方は、「藪の中」のオペラ化で、単なる犯人探しを越えた作の理解に見応えがあり、青年劇場の芥川劇は、芥川龍之介という人物そのものを対象《テクスト》に、近年の研究成果を十分吸収し、新解釈を強く打ち出したものとなった。

「藪の中から龍之介」の脚本を担当した篠原久美子は、劇団劇作家というユニークな演劇集団を主催する若手の芥川ファンである。日本の劇作家の有望な新進の一人である。中学生のころに、早くも三十～四十作の芥川作品を読んでおり、今回は、近年のかなりの量に及ぶ芥川研究書の大半を読み、彼女なりの新たな芥川像を打ち出すこととなる。

具体的には「藪の中」をはじめ、「羅生門」「手巾」「偸盗」「地獄変」「蜘蛛の糸」「奉教人の死」「杜子春」「将軍」「桃太郎」「歯車」の十一作に登場する人物を選び、龍之介の生と死に結びつける。彼の苦悩を現代の諸問題と結びつけ、時代と深くかかわった良心的知識人の姿を描き出している。

演出の原田一樹は、劇団キンダースペースを主催する、これまた演劇界の有望視される中堅で、新しい芥川像を模索する。原田はすでに数本の芥川テクストによる舞台化を試みており、芥川に賭ける意欲は並々でない。篠原久美子の脚本を、舞台化する中でさらに洗練・深化させた功績は大きい。

篠原は今回作成されたパンフレットの中で、「芥川という山に一緒に登るパートナーとして、私にとって原田さんは非常に面白い方です」と言っているが、最終稿となった脚本には、原田の見解がかなり採用され、奥行きを増したようだ。

　幕開け、古風なラジオが龍之介の自死を告げる。舞台は東京田端の芥川家の書斎である。舞台装置は申し分ない。龍之介の死体を取り囲み、その創作した作品の主人公らがいる。それぞれが自己紹介をする中で、芥川龍之介という人物と、彼らとのかかわりが語られるというユニークな設定である。そこに脚本家篠原久美子の想像力がおおきくはばたく。ここに見られるのは、現代に挑発する芥川龍之介の姿である。蘆花の「謀叛論」、龍之介の中国特派員体験、関東大震災などが大きく取り上げられ、現代の格差、自殺、労働問題などと結びつけられる。

　途中休憩を含め、三時間に及ぶ二幕物ながら、退屈しないのは、スピーディな展開と折々挟まれる効果的なエピソードによるのであろう。八街騒動をとらえた「美しき村」の未完に終わった解釈などもおもしろく、研究にも刺激をあたえる演出となっている。今秋、必見の意欲に満ちた劇である。

第Ⅵ章——社会への眼

一　「謀叛論」の余熱

同時代青年の眼

芥川問題

一九八九年十一月のベルリンの壁の開放、翌年の東西ドイツ統一、さらには一九九一年のソ連邦の解体による冷戦の終了は、資本主義と共産主義というイデオロギーの対立の終結をも意味した。が、民族・人種・宗教の対立は表面化し、南北差・国民格差の問題は、より先鋭化している。そうしたポスト冷戦の状況下、芥川龍之介をはじめとする日本文学研究は、新たな様相を帯びるようになる。わたしはそれをアメリカ・ニュージーランド・フランス・ドイツ、そして中国・韓国の大学に行き、当地の大学人と交流し、身につまされる体験をした。専門とする日本近代文学、特に芥川研究においての国際体験は、これまでの日本の研究がいかに小さく、貧しいものであったかを知らせてくれるものでもあった。その一端は、先に刊行した『世界文学としての芥川龍之介』[*1]の「序章」に記したところだ。芥川問題は今や世界の人々共有のものとなりつつある。

冷戦後の世界情勢の変化は、東洋の一作家芥川龍之介のテクストに、世界文学としての位置を与えることになった。その象徴的出来事が、イギリスの大手出版社ペンギン社刊行のペンギン・クラシックス・シリーズへの芥川小説集の登場だ。訳者は村上春樹の英訳者として知られるジェイ・ルービンである。芥川没後八十年を前にして『「羅生門」ほか17編』（*Rashōmon and Seventeen Other Stories*）と題された芥川小説の新訳が刊行され[*2]、「古典（クラシックス）」として英語圏の読者に提供された意義は、いくら強調しても仕過ぎることのないほどの事件であった。

ジェイ・ルービンの英訳『「羅生門」ほか17編』は、一年後『芥川龍之介短篇集』[*3]として日本に逆輸入される。このことは芥川が外国で再発見されたことをいみじくも証明することともなった。つまり、芥川テクストには「どの国の人間でも共有できる体験を通じて読書の喜びを得る」（ルービン）ことのできる豊かな「資質」があり、それが世界文学入りさせているのである。二〇〇五年三月には中国で『芥川龍之介全集』全五巻が刊行され[*4]、二〇〇九年からは韓国でも芥川の全集の刊行[*5]がはじまっている。

恒藤恭と対比して

さて、このような芥川龍之介の文学は、同時代青年の眼とも深く重なる。不安・焦燥・革命・理想・罪意識といった同時代青年の抱えた問題は、芥川問題として取り出すことも可能なのである。ここでは主として一高時代芥川と最も親しかった恒藤恭を対比的に取り上げながら、彼らが在学中に聴いた徳冨蘆花の「謀叛論」が、その精神的源流として如何に大きかったかを考えたい。

恒藤恭は一八八八（明治二一）年十二月三日、島根県松江市に、芥川龍之介は一八九二（明治二五）年三月一日、東京に生まれた。二人の年齢差は三年三ヶ月ということになる。二人が生きた時代は、天皇制国家としての近代日本が、急速に形を成して行く時代であった。恒藤恭の生まれた翌年の一八八九（明治二二）年には、大日本帝国憲法が、続いて一八九〇（明治二三）年には教育勅語が発布される。天皇絶対視と国体精神が強調され、国民は天皇の臣民と位置づけられ、自由が大幅に制限された時代であった。

恒藤恭、旧姓井川恭と芥川龍之介が出会うのは、一九一〇（明治四三）年九月、旧制の第一高等学校第一部乙類に入学した時にはじまる。第一部乙類というのは、文科の英文科である。井川恭は島根県立第一中学校を卒業するが、消化不良の病で約三年間の静養生活を送った後、上京し、都新聞社の見習記者をしている時に一高入学を決意し、試験を受けて合格する。井川には「二週間の勉強で一高の入学試験を通過した僕の経験」（『中学世界』臨時創刊号、一九一〇・九）という文章がある。戯作調の文体で、合格までの体験を綴ったものである。一方、芥川龍之介は東京府立三中を卒業、その年無試験検定（推薦）で一高に入学する。一九一〇年という年に、二人が一高に入らなければ、〈時代に対峙した二つの知性〉は、巡り合うことはなかったであろう。

この年の一高第一部乙類入学者には、他に無試験検定入学で長崎太郎・佐野文夫・久米正雄らが、試験入学に菊池寛・石田幹之助・松岡譲・藤岡蔵六らが、補欠入学で成瀬正一らが、さらに前年の入学ながら岩元禎のドイツ語の試験に失敗した山本有三・土屋文明などがいた。皆、後年筆で名を成した人々である。井川恭はこれらの仲間のうちでは、芥川龍之介のほか、長崎太郎と藤岡蔵六らと親しい関係を結ぶのであった。彼らは真面目な学生生活を送り、社会の諸問題に対して強い関心を示すところがあった。

長崎太郎と藤岡蔵六

長崎太郎は高知県安芸郡安芸町（現、安芸市）の生まれ。高知県立第三中学校を卒業、一高には芥川などを押さえ、無試験検定トップで合格する。井川恭とは一高の自治寮の中寮三番や北寮四番で親しくなり、三年になると二人は寮を出て、本郷弥生町の下宿で生活を共にするようになる。また、一高最後の学期には、新装成った小石川上富坂の日独学館に共に引越している。二人とも大学は京都帝国大学法科大学であり、京都近衛町の京大寄宿舎でもいっしょに暮らす。長崎太郎は後年京都市立美術大学（現、京都市立芸術大学）の初代学長を勤めた人として、また、ウィリアム・ブレークのコレクターとしても知られる。

藤岡蔵六は愛媛県北宇和郡岩淵村の生まれ。愛媛県立宇和島中学校を経ての入学であった。藤岡は入学早々芥川と話を交わし、当時新宿にあった芥川の家に招かれている。『芥川龍之介全集』には、芥川の藤岡宛書簡が十四通収められているが、どれもが若き日の一高・東大時代のものである。それらを読むと、芥川がいかにこの人物を買っていたかがわかる。その社会への眼も鋭く、絶えず何かを求めるものがあった。彼は井川恭とも親しく、休日にはいっしょに東京中を歩き回っては話をし、一高最後の学期には日独学館の同室で過ごしている。

哲学者の出隆《いでたかし》は、「藤岡事件とその後」*6という文章で、一高時代の芥川・井川・藤岡の三人を「仲のいい三羽烏」と評しているほどである。この「藤岡事件とその周辺」は、不遇だった哲学者藤岡蔵六の学者生活の出発を語った貴重な文献だ。わたしは『悲運の哲学者　評伝藤岡蔵六』*7という本を出したが、藤岡の生涯は気の毒なほど恵まれなかった。そういう存在の人間を、芥川と井川恭は深く理解した。互いに理解し、共鳴する中で、彼らは自らを磨いたのである。

藤岡蔵六は東大哲学科をトップで卒業、東大副手を経て、ドイツ留学後、東北帝国大学に就職が内定していながら、不運にもはじかれ、新設の甲南高等学校（現、甲南大学）に就職する。そして健康を害し、その才を十分生かし得なかった。芥川からその理想主義を認められ、新カント派の哲学研究に若き情熱を傾けた藤岡蔵六の生涯は、「不遇」の一語に尽きる。

芥川は藤岡蔵六や長崎太郎とも親しく交わるが、互いに惹かれ、深く交際したのは、井川恭であった。一年生の二学期あたりから交際が始まり、芥川が寮に入り、井川と同室になると、二人の仲は急接近する。

井川恭と芥川龍之介の交流

一高時代の交友関係

一高生は二人でペアを組むことが多かったようだ。久米正雄と松岡譲、菊池寛と佐野文夫の仲がよく知られている。が、久米正雄と松岡譲の仲は、漱石令嬢筆子をめぐる騒動で破れ、菊池寛と佐野文夫の仲は、佐野の盗癖が原因となった菊池のマント事件で終わる。それらに対して井川恭と芥川龍之介の仲は、井川と長崎太郎との場合同様、終生のものとなる。後年恒藤姓となった井川恭は、「青年芥川の面影」[*8]で、二人の交際の様子を語っている。そこには「入学直後の第一学年のあいだは特に親しく接触するということもなかったけれど、次の学期となって、（どのようなきっかけからであったかは記憶していないが）私たちは急速に親しい間柄となった。午前の授業と午後の授業のあいだの昼休みの時間の時などに、よく私たちは運動場のふちにある木立の下をあるいたり、立ち止まったりして、話し続けた」とある。

一方、芥川龍之介の後年の人物記「気鋭の人新進の人　恒藤恭」[*9]には、「一高にゐた時分は、飯を食ふにも、散歩をするにも、のべつ幕なしに議論をしたり。しかも議論の問題となるものは純粋思惟とか、西田幾多郎とか、自由意志とか、ベルグソンとか、むづかしい事ばかりに限りしを記憶す」とある。このエッセイでは、一高時代の寮生活にふれ、「恒藤は朝六時頃起き、午《ひる》の休みには昼寝をし、夜は十一時の消燈前に、ちゃんと歯を磨いた後、床にはひるを常としたり。その生活の規則的なる事、エマヌエル・カントの再来か時計の振子かと思ふ程なりき」と書いている。一高時代の井川恭を、ユーモアを交え、よく捉えている。芥川の文章は決して誇張ではなく、井川の学寮生活を的確にとらえ、表現しているのである。井川の規則正しい寮生活には、長い闘病生活の教訓が生きていた。規則正しい生活、それによって得られる健康があってはじめて学問や創作ができるのだという考えは、井川恭、後年の法哲学者恒藤恭の長い学究生活の信条であった。彼の生涯を通しての厖大な量の著作と幅広い社会的活動の基盤はここにあった。

英文の新約聖書

一高時代の井川恭と芥川龍之介の交流で落とすことの出来ないのは、井川が芥川に英文の聖書 *THE NEW TESTAMENT* を贈っていることだ。オックスフォード大学出版部刊行の欽定訳の改訂版である。井川は中学時代義兄佐藤運平の死を経験し、日常性の世界を超えるもののあることを知り、英文の新約聖書を購入、熟読するようになる。そして松江の日本聖公会松江基督教会牧師で、島根県立一中の英語講師をしていたオリバー・ナイトが自宅で開いていた聖書研究会に出席、熱心に聖書研究に励んだ。ナイトの聖書研究会に出席したのは、英語を学ぶのが目的だったと後年彼は語るが、義兄の死という事件がなくば、ナイトのところにはいかなかったろう。また、姉シゲの夫佐藤運平の死は、家族をキリスト教に結びつけていた。ちなみにわたしが日本聖公会松江基督教会の『施洗信徒名簿』を調査したところ、井川家は母ミヨをはじめ姉のシゲやセイ、それに妹のサダなど、多くが洗礼を受けたクリスチャン一家であったことが判明した。中学時代の聖書受容は、恒藤恭の生涯の精神的バックボーンとなる。もっとも彼の仲間の先に名をあげた長崎太郎・藤岡蔵六、それに科は違ったが同学年の矢内原忠雄・三谷隆信・藤森成吉らも、同様にキリスト教には深い関心を示し、聖書をよく読んでいた。同時代青年の眼には、聖書は魅力あるものとして存在したのである。

井川恭は洗礼こそ受けなかったが、キリスト教には中学時代から並々ならぬ関心を懐いていたことになる。彼が一高で親友となった芥川龍之介に、中学時代に読んだと同じ英文聖書をプレゼントするのはきわめて自然であった。そこにはいま述べたような時代的な一つの流れ、——当時の青年にとって『聖書』が新鮮な教養書だったということもむろんある。井川恭の聖書受容は後年彼の活動にも反映する。時代の嵐の中で、一九三三（昭和八）年の京大事件では気骨ある態度を示し、第二次世界大戦後も平和憲法擁護、そして世界平和への提言で活躍した精神的バックボーンは、社会主義とキリスト教の受容によるヒューマニズムの精神が与っていたのである。なお、近年の『岩波キリスト教辞典』[*10]の項目には、芥川龍之介はむろんのこと、恒藤恭の項目も見出せる。

芥川が聖書やキリスト教に近づいたのは、一高時代の井川恭の影響が大きかった。芥川は井川恭から貰った英文の新約聖書 *THE NEW TESTAMENT* を大事にし、生涯大切に保存した。それは現在東京駒場にある日本近代文学館の芥川龍之介文庫で見ることができる。芥川は赤インクでアンダーラインを引きつつ熱心に読んだ形跡を残している。旧約聖書を含めての聖書の熟読は、この三年後のことだが、以後聖書は常に芥川の手許に置かれ、読まれることになる。

蘆花の「謀叛論」

大逆事件

さて、ここで扱うメーンテーマは、徳冨蘆花の「謀叛論」演説と同時代青年とのかかわりである。また、芥川と恒藤恭という〈時代と対峙した二つの知性〉が、「謀叛論」を介在としていかに羽ばたいたかにある。二〇一〇（平成二二）年は、大逆事件百年の記念すべき年であった。そして翌年の二〇一一年二月一日は、蘆花が「謀叛論」と題した演説を一高で行った日から数えて百年となる。わたしはそのことを念頭に置いて、「蘆花「謀叛論」から百年」と題した小文を『東京新聞（夕刊）』に寄せた（本章コラムに収録）。

大逆事件というのは、近代日本に起こった一大事件であった。かいつまんで言うなら、芥川龍之介や恒藤恭らが第一高等学校に入学する直前の一九一〇（明治四三）年五月に起こった社会主義者や無政府主義者に対する弾圧事件である。爆発物取締罰則違反という容疑で何人もの青年が信州松本で捕まり、それは拡大し、社会主義者の幸徳秋水や管野《かんの》スガの逮捕にまで至る。罪名も「某重大事件」「不軌の大陰謀」ということに変わり、非公開の形式だけの裁判を経て、翌年一月、死刑二十四名、翌日には十二名だけが「天皇陛下から特赦」で無期懲役になる。そして一週間後にはあわただしく死刑が行われたという事件だ。社会に強い関心を懐いていた蘆花にとって、これは見逃すことのできないことだった。もともと蘆花には、物事の真実を見極めるジャーナリスト魂が濃厚に存在した。蘆花は一九一〇（明治四三）年六月五日の『東京朝日新聞』その他で事件を知り、その推移を見守っていたが、事件は急転直下、翌年一月二十四、五日の両日に幸徳秋水ら十二名の絞首刑が執行された。

蘆花の演説

蘆花がそのやり切れない思いを「謀叛論」の題名で、一高の弁論部主催の講演会で語るのは、前述のように、一九一一（明治四四）年二月一日のことである。それは当時在校していた一高生に、大きな衝撃を与えた。蘆花は事件に際して時の政府の取ったやり方を、強く批判する。蘆花は「社会主義が何が恐い？　世界の何処にでもある。然るに狭量にして神経質な政府は」と言い、「社会主義者が日露戦争に非戦論を唱ふると俄に圧迫を強くし、足尾騒動から赤旗事件となって、官権と社会主義者は到頭犬猿の間となつて了つた」と叫ぶ。蘆花の政府攻撃の舌鋒は鋭く、「幸徳等にに対する政府の遣口は、最初から蛇の蛙を狙ふ様で、随分陰険冷酷を極めたものである」とまで言い、政府責任論まで進む。さらに演説は高調し、「諸君、謀叛を恐れてはならぬ。新しいものは常に謀叛である」とか、「諸君、我々は生きねばならぬ、生きるために常に謀叛しなければならぬ。自己に対して、また周囲に対して」とまで言う。最後は

「要するに人格の問題である。諸君、我々は人格を研《みが》くことを怠ってはならぬ」で結ばれる。

以上は演説草稿から当日蘆花が話したであろうことをまとめたのだが、草稿にとらわれていては、そう熱のある演説ができるわけがないという見解は、かつての「謀叛論」研究家たちの共通認識のようであった。が、近年当時の一高生だった人々の日記や回想記の出現で、蘆花は実際には草稿にかなり近いことを語ったことが実証できるようになった。むろん細部の点では異なるが、大筋は草稿にかなり近いのである。恐らく蘆花は、家で草稿をもとに愛子夫人を前にして、リハーサルを繰り返し、語りたいことを頭にたたき込んで臨んだのであろう。

愛子夫人の日記には、一月二十八日の項に「一高の演説草稿出来。先頭第一にきゝ得るものは自分一人。われは思はず手をたゝきぬ。心からうれしくなり、幸徳氏等もつて瞑すべしと思ふ。腹痛をしのびて稿を草し給ふ。内なる内なる霊の声」とある。こうしたリハーサルの成果ゆえ、当日は原稿も見ずに演説できたのだろう。しっかりした草稿なしには、すぐれた演説（講演）はあり得ない。蘆花は三日前に草稿を完成し、リハーサルを十分やり、当日を迎えたのである。繰り返すが、当日の演説と草稿とがかなり接近していたことは、演説を記録した一群の優秀な学生の日記や回想記、——例えば井川恭の日記や松岡譲の回想記が証明する。以下に細説しよう。

「謀叛論」の記録者たち

上級生の記録

この日蘆花の演説を聴き、記録に残した人はかなりいた。わたしの長年の調査で網にかかった記録者たちを、当時一高に在籍した上級生と、一九一〇（明治四三）年入学の新入生《フレッシュマン》とに分けてあげてみよう。

まず、世田谷の粕谷で美的百姓の生活をしていた蘆花を訪問し、演説を依頼した一高の弁論部委員河上丈太郎は、第二次世界大戦を経た四十年後、当時を回想して「蘆花事件」[*11]を書く。河上によれば、演説を快諾した蘆花に演題を問うと、「不平を吐露するには一高はよいところだからな」と言い、火鉢の灰に火箸で「謀叛論」の三文字を書いたという。演説が一高第一大教場で行われてから、四十年以上を過ぎての回想である。河上は物が自由に言えるようになってからこのほかにもインタビューその他で、弁論部員として自ら主催した蘆花を呼んでの演説会のことを回想している。

同じ弁論部委員だった河合榮治郎は、いまだ自由に物が言えない時代、——日中戦争前夜に「近頃の感想」[*12]という文章に、蘆花の演説を回想し、「それは驚くべき雄弁であつた。所謂雄弁家の弁ではないが、あれが本当の雄弁と云ふのであらう。私共は息つく間もない位にひきずりこまれて、唯感心してしまつた」と書いている。むろん時代を考慮してその内容には一切ふれていない。ただこの断片的感想からも、蘆花演説の大きな衝撃が伝わってくる。軍国主義の全盛期、右翼迎合的時代にあっては、これだけのことを云うのにも大きな勇気を要したはずだ。

言論の自由を得た戦後は、かつて一高で蘆花の演説を聴いた知識人たちは、好んで蘆花演説を回想するようになる。田中耕太郎や森戸辰男などが、断片的ながら回想的エッセイで「謀叛論」にふれている。一高生ではなく東京高商の学生だった浅原丈平は、もぐりで蘆花演説を聴き、戦後「「謀叛論」の回想」[*13]や「「謀叛論」聴講の思出一節」[*14]など貴重な証言を残す。

新入生《フレッシュマン》の記録

一方、当時の一年生、井川恭・芥川龍之介・矢内原忠雄らは、一九一〇（明治四三）年九月の入学なので、蘆花の演説は、入学五か月後に聴いたことになる。弁論部主催のこの催しは、新入生歓迎の学校行事に位置づけられていた。が、出席は強制などではなく、自由参加であった。そこで参加した者も、不参加の者もいたわけである。中野好夫の『蘆花徳冨健次郎 第三部』[*15]は、巻頭に「謀叛論」の章を置き、詳しく論じた労作ながら、現在の時点では修正を求めたいところがいくつもある。中野氏は蘆花の演説にふれた後、「この当時在校下級生には菊池寛、芥川龍之介、山本有三、久米正雄等々もいたはずだが、神崎（筆者注、神崎清）によると、この演説のことは、ほとんど誰も書きのこしていぬそうである」云々とあるが、これは大きな間違いとしてよい。数多くの一高フレッシュマン、――一年生は、この講演会に出席し、その記録を残していたのだから。

わたしが蘆花の「謀叛論」演説に注目したのは、実は芥川龍之介を中心とする同時代青年の研究を通してのことであった。松岡譲の「蘆花の演説」[*16]という文章を見出したのは、もうかなり前の一九六〇年代の後半のことだが、わたしはそこに当時の一高生が「謀叛論」演説から受けた衝撃の一典型を見たのである。松岡譲は「その時の蘆花の姿と声とはまだ昨日のやうに覚えて居る。余程感銘をうけたものと見える」と言い、弁論部長畔柳《くろやなぎ》都太郎《くにたろう》の紹介で壇上に姿を見せた蘆花の壮漢のような人物を見上げたことにはじまり、その熱っぽい語り口を伝えている。

そのほか、蘆花の演説を聴き、それを文章に残した当時の一高一年生《フレッシュマン》には、矢内原忠雄・菊池寛・久米正雄らがいた。その中で矢内原は、二年後『向陵誌』（一九一三・六）という学内誌の「弁論部部史」に、「ヤスヤナポリヤナより帰りて飛ばず鳴かず粕谷に田園生活をなせる徳冨健次郎先生は此日五つ紋の羽織を着し豊頬黒髪真摯の風貌を壇上にあらはし「謀叛論」と題して水も洩さぬ大演説をなし窓にすがり壇上弁士の後方まで踞坐せる満場の聴衆をして咳嗽一つ発せしめず、演説終りて数秒始めて迅雷の如き拍手第一大教場の薄暗を破りぬ。吾人未だ嘗て斯の如き雄弁を聞かず」と書いた。また、活字にはしなかったが、日記に蘆花演説にふれた記録を残した一年生には、成瀬正一・森田浩一、そして井川恭らがいたのを近年わたしは確認している。学問・研究は、まさに日進月歩なのである。芥川と同時代青年の日記の発掘は、蘆花「謀叛論」研究を大幅に進展させるものとなった。彼らが蘆花演説からいかに大きな影響を受けたかは、他者の眼にふれることのない日記という舞台に、はからずも示されることになる。特に井川恭の一九一一（明治四四）年二月一日の日記（「向陵記」）の記述は、重要な発見であった。そこには蘆花の「謀叛論」演説が、しかと書き留められていたのである。

井川恭の記録

井川恭の日記は、中学校時代から、療養生活時代のもの、そして一高時代の八冊に及ぶ「向陵記」までが、じつに丁寧にご遺族恒藤敏彦氏宅に保存してあった。わたしは芥川龍之介とその周辺人物の研究に携わってきたが、日記の発掘に近年しばしば立ち合うこととなる。成瀬正一・松岡譲・長崎太郎、そして井川恭の日記である。それがわたしの研究を大幅に進展させたのである。「向陵記」を含めた井川日記の出現は、蘆花の「謀叛論」や芥川をはじめとする一高時代の友人の動静や社会への眼を的確に伝える貴重な証言として、きわめて貴重な資料なのである。

わたしは恒藤敏彦氏のご好意で、一か月ほどこれら日記類の全てをお借りし、調査に当たった。一九九五（平成七）年の夏のことである。そして翌年、わたしの勧めもあって新築成った大阪市立大学学術情報総合センター内の恒藤記念室に、「井川日記」は寄託された。そのうちの「向陵記」の部分は、広川禎秀《ただひで》氏（当時恒藤記念室室長）と門下生の大阪市立大学大学院日本史学専攻生の方々の努力で、二〇〇三年三月に活字化された。それが『向陵記 ―恒藤恭 一高時代の日記―』[*17]である。「向陵記」をはじめとする「井川日記」は、叙述の客観性と観察力の的確さに特色をもつ。それが一個人の日記を超え、近代日本をとらえたすぐれたドキュメントたらしめているといってよい。

さて、これからが本論の中心課題となる。わたしは「向陵記」に相当する一高一年生時代の「井川日記」を読んでいて、一九一一年二月一日の記述に接し、目を見張った。井川恭は、当日行われた一高第一大教場での蘆花「謀叛論」演説と、二日後の全学集会での新渡戸稲造校長の蘆花演説にかかわる訓話を、感想抜きに誠実に、実にしっかりと書き留めていたのである。二月一日のところには、「謀叛論……徳冨健次郎氏」と見出しをつけ、大学ノート三枚半もの分量をとっての記述がある。これは演説草稿との比較や「謀叛論」が当時の一高生に与えた影響を考えるのに役立つばかりか、大逆事件そのものの重要文献となるものなのである。

大逆事件百年、歴史学者や社会学者からも注目を浴びてよい文献だ。そこには草稿と比べて、語りの内容には大差ないものの、ずっと踏み込んだことを蘆花が口にした部分もわかる。例えば「幸徳君ハ死んではゐない。生きてゐるのである。武蔵野の片隅にひるねをむさぼる者をこゝに立たしめたではありませんか」とか、「圧制はだめである。自由をうばふのハ生命をうばふのである……」などである。

「謀叛論」の波紋

芥川も演説を聴いたか

わたしは蘆花の「謀叛論」演説会場に、井川恭の親友となった芥川龍之介もいたのではないか、そして蘆花の叫びに強い共感を抱いたのではないかの考えを永年懐いていた。ただ、芥川に蘆花の演説を聴いたという文献が未だ見出せないため、わたしは芥川の周辺を調べ上げ、松岡譲・菊池寛・久米正雄・成瀬正一・西川英次郎・矢内原忠雄・三溝《さみぞ》又三・石田幹之助、そして井川恭ら、一九一〇（明治四三）年一高入学組が、みな蘆花演説を聴いているのを文献上確認するに至った。

その結果、松岡譲が「学内も当座は賛成不賛成二派に分かれて至るところで議論の花が咲いた」[*18]という状況の中で、芥川ひとりがぽつんと孤立していたと考える方が無理との確信を得たのである。

わたしは蘆花の「謀叛論」演説は、井川恭と芥川龍之介とをより強く結びつけたとの仮説を何時しか立てるようになった。井川の「向陵記」を見ると、芥川龍之介の名がはじめて登場するのは、一九一〇（明治四三）年の十一月二十九日、火曜日である。その前の十一月十日、木曜日の記事には、「昨日午后、幸徳秋水、管野《かんの》すが以下二十五名の社会主義者が、皇室に対する陰謀によつて審理中の件が、いよいよ大審院の特別公判にうつさるゝ事になつたとの号外が出たが、けさは新聞の三面ハその為に賑うて居る。室でも教場でも噂が盛んだつた」とある。寮でも教室でも大逆事件のことで「噂」することが、しきりであったことがわかる。同時代知的青年の大逆事件への反応は鋭い。

まだ、入寮していなかった芥川は、主として教室で大逆事件にかかわる井川をはじめとする級友の意見を聴いたことだろう。また、翌年二月一日の蘆花の演説を、たとえ直接聴かなくとも、全学集会や『萬朝報《よろずちょうほう》』の報道などから知り、それへの的確な考えを教室で述べる井川恭に、次第に惹かれていったのではないかとわたしは思う。けれども、芥川研究家の中には、聴いたという証拠文献がないのに、推測で言うのはおかしいと、依然悪しき実証主義の陥穽から抜け出せない人もいる。このことは第V章にも記したところだ。が、研究は推論（仮説）があってはじめて前進するのである。同時代青年共通課題としての謀叛の精神は、当時の一高生に脈打っていた。井川恭・松岡譲・成瀬正一らは、みなその精神に則った考えを日記や回想記に書き残した。謀叛の精神は、芥川龍之介とて例外ではなく保持した。それは共に接した蘆花の「謀叛論」演説を通し、確かなものとなって彼らの精神にとどまったというのが、わたしの見解である。なお、佐藤嗣男にこの時の盧花演説に、芥川とキリスト教との出会いを認める見解[*19]があることも記しておきたい。

「謀叛論」の余熱

井川恭は京都大学を終えると、引き続き大学院に籍を置いて国際法や法哲学研究に没頭する。その頃から彼は、新カント派の哲学思想に惹かれながら、他方それと対照的な立場をとるマルクス主義の哲学思想にも興味を示す。恒藤姓となって同志社大学に職を得た直後には、河上肇による『共産党宣言』の講義を受け、『資本論』にも目を通していた。そういう彼に芥川龍之介はしばしば社会主義にかかわる知識の教えを請うている。恒藤恭は「芥川龍之介のことなど[*20]」という回想記に、一九一八（大正七）年のころ、「社会思想について知りたいから、手ごろの本を貸して欲しい」との芥川の依頼で幾冊か貸したと書きつけている。芥川は恒藤恭によって社会主義への理解を深めることになる。「謀叛論」演説に的確な反応を示した恒藤恭は、芥川の社会主義理解にも強い影響を与えていたのだ。

一九二一（大正一〇）年、芥川龍之介は大阪毎日新聞社の特派員として中国各地を訪れ、民衆の日本への反感を察知する。また、章炳麟や李人傑や胡適ら目覚めた中国の知識人と意見を交わす中で、芥川の世界観は確実に変わって行った。賢い芥川は、一高時代の蘆花の「謀叛論」演説を吸収し、その謀叛の精神を以後、「羅生門」「偸盗」「忠義」「地獄変」などに示していたが、中国旅行を経て、謀叛の精神に立つ社会主義という概念を、現実のものとして考えるようになる。それは「謀叛論」の余熱、ほとぼりでもあった。

帰国後彼は、「将軍」（『改造』一九二二・一）という小説を書いている。それは特派員としての中国視察の成果の一つであった。戦場において異常性に駆られた将軍や部下の騎兵の冷血な行為、彼らの「殺戮を喜ぶ気《き》色《しよく》」を描き出したものだ。初期プロレタリア文学として位置づけてもおかしくないとわたしは考えている。「将軍」に関しては、別稿「「将軍」論―反戦小説の視点の導入―[*21]」を参照してほしい。また、その後に書かれる「桃太郎」（『サンデー毎日』一九二四・七・一）は、帝国主義日本の戯画となっている。これは上海で会った章炳麟のことば、「予の最も嫌悪する日本人は鬼が島を征伐した桃太郎である」が意識されている。芥川は勃興するプロレタリア文学に刺激されて、この作品を書いたが、これまた、初期プロレタリア小説とみなしてもおかしくないものである。

芥川の自警団批判と恒藤の自由大学運動

蘆花の謀叛論演説に導かれ、開花した芥川の社会主義思想は、関東大震災の際の自警団批判にもうかがえる。彼は震災後、町会の自警団に加わっていた。これまでは、あの知的作家の芥川がという先入観がわざわいし、そんなことはないと端から考えられるのが一般的であった。そして、芥川と関東大震災に関して論じられることが、余りに少なかった。が、事実は、芥川も棍棒や竹槍で武装した自警団員の一人だったのである。もっとも彼は町会の人々の手前もあって、病身の身を押して加わっていたのだ。彼には「或自警団員の言葉」（『文藝春秋』一九二三・一一）という文章すらある。これは生前刊行の芥川のどの本にも入らなかったため、見逃されてきた文献といってよい。この文章は、自警団体験記という感じなのだが、見るべきものはしっかりと見て発言している。ここで彼は大震災とそれに続く大火災の中で、人々は互いに憐れまねばならないのに、「殺戮を喜ぶ」とは何ごとか、と言うのである。彼は朝鮮人への迫害現場に遭遇し、自警団の野蛮な行為を見ていたのであろう。しかも「殺戮を喜ぶ」人々が、善良な市民であるのを見、心を痛めている。こんなことがあってよいわけではないとの思いの溢れた文章だ。

他方、法科に転じた恒藤恭は、卒業後同志社大学教授を経て、やがて母校京都帝国大学法学部の教授となる。同志社大学時代には、土田杏村の自由大学に協力している。自由大学とは第一次世界大戦後の、いわゆる大正デモクラシー運動の中から生まれた地域住民の自己教育運動である。杏村はそれを「労働しつゝ学ぶ」学校で、「終生的なもの」という。今日のことばでいうなら生涯学習ということになろうか。杏村はそれを長野県上田市で信濃自由大学として一九二一（大正一〇）年十一月に開校し、恒藤恭を講師として迎えたのである。土田杏村は恒藤恭の仕事を高く買っていた。二人とも理想主義に立つ新カント派の影響を受け、また、マルクス主義からも学ぼうとしていた。杏村が自身の理想の自由大学を構想した時、恒藤恭が第一に講師として浮かんだのは、ごく自然なことだったのである。第一回の自由大学で、恒藤は法哲学を主題に講義をした。この間彼は、前述のように新カント派のラスクやシュタムラーなどの新カント派の論文の翻訳や紹介、さらには研究を行っている。新理想主義の哲学である新カント派の人々の考えは、恒藤恭、そして同じ一高の同級生藤岡蔵六の紹介[*22]を通し、芥川龍之介にも影響を与えていることが近年の研究が明らかにし始めたところである。

信州はもともと教育の盛んな県であり、各地教育会の主催する上からの季節大学などが同じ頃からはじまっていた。杏村はそれに対し、下から盛り上がる自己教育を考えたのである。隣りの山梨県でも、自由大学運動に刺激され、一九二三（大正一二）年八月には、北巨摩郡教育会主催の第二回夏季大学が、秋田村（現、北杜市）の清光寺で開かれ、芥川龍之介が講師として招かれていることも想起される。二人ともこうした運動には協力的であった。自由大学運動と恒藤恭のかかわりをより詳しく知りたい方は、わたしの『恒藤恭とその時代[*23]』を参照してほしい。

恒藤・芥川と社会主義

芥川龍之介の死

さて、恒藤恭は一九二四（大正一三）年三月から一九二六（大正一五）年九月までヨーロッパ各国での在外研究を経験し、帰国する。ヨーロッパの大学を見、その制度にも触れた恒藤恭は、新たな研究課題をかかえていた。法理学（法哲学）の研究である。当初経済学部の所属だった恒藤恭が法学部に異動するのは、一九二八（昭和三）年からのことであり、以後、橋本文雄・加古祐二郎・淵定《ふちやすし》などの俊才を育てることになる。ヨーロッパでの研修を終えて帰国した翌年の一九二七（昭和二）年七月二十四日未明、芥川龍之介は自死する。その夜、悲報に接した恒藤恭は、二十六日の夜八時過ぎの列車で上京、翌日の葬儀に出席した。

芥川の死は、昭和初頭の文学史的事件にとどまらず、昭和動乱の思想的底流を象徴する事件であった。遺書の一つとも見做《みな》される「或旧友へ送る手記」は、〈僕〉という語り手の自殺の立場を語ったものである。中に次のような文面がある。

> 君は新聞の三面記事などに生活難とか、病苦とか、或《あるい》は又精神的苦痛とか、いろいろの自殺の動機を発見するであらう。しかし僕の経験によれば、それは動機の全部ではない。のみならず大抵《たいてい》は動機に至《いた》る道程を示してゐるだけである。自殺者は大抵レニエの描いたやうに何《なん》の為に自殺するかを知らないであらう。それは我々の行為するやうに複雑な動機を含んでゐる。が、少くとも僕の場合は唯《ただ》ぼんやりとした不安である。何か僕の将来に対する唯ぼんやりした不安である。

芥川龍之介の死を語る場合に、しばしば引用される「唯ぼんやりした不安」の一語は、右に引用した文章の中のことばを出所とする。二度繰り返されるこのことばの二度目には、「僕の将来に対する」という修飾のことばがつく。将来に対するぼんやりとした不安には、いくつかのことが指摘されてきた。詳しくは、わたしの『芥川龍之介とその時代』[*24]を参照してほしいが、彼が考えた不安の一つに、新時代のおとずれ、時代の新たなうねりがあったことをあげたい。彼は新時代に自身が適合できるかに悩んでいた。それは当時日本の知識人の多くが抱えた問題でもあった。

数年前、激動期の中国をめぐり、芥川は中国人の日本への反感を強く意識した。また、中国で章炳麟《しょうへいりん》や李《り》人傑《じんけつ》や胡適ら目覚めた人々と意見を交わす中で、芥川の世界観は確実に変化していた。中国への旅は、芥川に中国知識人の悩みを知らせ、彼の社会主義理解を進展させた。もともと芥川は社会主義を、早く中学時代に実家の搾乳業耕牧舎に勤めていた久板卯《ひさいたう》之助《のすけ》から学んでいたと後年自ら「追憶[*25]」で述べることになる。「追憶」では久板を回想し、「彼は僕の実家にゐる牛乳配達の一人だつた。僕はこのヒサイダさんに社会主義の信条を教へて貰つた」とある。また、一高時代以降は、恒藤恭から社会主義のさまざまなことを学ぶ。

社会主義への眼

芥川が大学を卒業して二年たった春、未だ京都大学の大学院に在籍して研究生活を送っていた恒藤恭を訪ねた時、芥川は恒藤に社会思想について知りたいと言い、恒藤が幾冊か貸したということは、先にふれたが、その中にはエルツバッハの *Anarchismus* の英訳本があったというから、大変なものだ。また、社会主義に関して、熱心に論じ合ったという。芥川は同時代知識人の中にあっても、社会への眼がよく開かれた一人としてよいのである。そのことは彼の周辺にいた仲間が指摘していることでもある。

例えば菊池寛は、「(芥川は)ショウを読破してショウに傾倒し、ショウがいかなる社会主義者よりもマルクスを理解してゐたことなどを感心してゐたから、社会科学の方面についての読書などもい丶加減なプロ文学者などよりも、もつと深いところまで進んでゐたやうに思ふ[*26]」と言う。また、萩原朔太郎は、「例へば彼は、我が国今日の文壇中で、おそらくは何人よりも熱心に、しかも最も早く社会主義を研究し、マルクス理論に通暁した人であつた。そして既成文壇の大家中で、所謂プロレタリア文学に理解と同情を有したところの、真の唯一の人であつた[*27]」と書く。すでに小著『芥川龍之介とその時代[*28]』で指摘したことであるが、宇野浩二はトロツキーを読んでいた芥川に言及している。[*29] こうした芥川を別の面で証明するのは、その旧蔵図書である。早くわたしは芥川の所蔵図書に社会主義の文献が多いのに気づいていた。それはわたしが三十年ほど前に『新潮日本文学アルバム芥川龍之介』[*30] を編集する際に、当時神田神保町の古書店主岩森亀一氏が所蔵していた芥川旧蔵書（現在山梨県立文学館蔵）を点検したことによる。そこにはウィルヘルム・リープクネヒトの *KARL MARX BIOGRAPHICAL MEMORIS* など、ロシア革命に関する洋書がかなり見出せた。

芥川は「社会主義は、理非曲直の問題ではない。単に一つの必然である。僕はこの必然を必然と感じないものには、恰《あたか》も火渡りの行者を見るが如き、驚嘆の情を禁じ得ない。あの過激思想取締法案とか云ふものの如きは、正にこの好例の一つである」（「澄江堂雑記」『新潮』一九二三・四）とまで断言していたことも想起される。先の「将軍」は、彼の時代との格闘の中から生まれた反戦小説であったのだ。

一方で彼は、また社会主義や共産主義の時代が来ても、そこにも〈娑婆苦〉が存在することを見抜いていた。芥川はいかに理想とされる社会体制が実現しても、生きることの悩み、矛盾や撞着は避け得ないという、人間の営みにまつわる〈原罪〉を意識した作家であった。冷戦後の世界の歩みは、芥川のこうした考えの誤りでなかったことを告げるかのようである。それは常に生きるとはいかなることかを追究した彼の宿命であった。それが「唯ぼんやりした不安」ということばに集約されるのであった。それは芥川一人の不安ではなかった。同時代知識人共有の不安であった。だからこそその死は、大きな反響をもたらしたのである。

恒藤恭の闘い

ところで、恒藤恭の時代の波に大きく抵抗する歩みは、芥川龍之介の死と共にはじまる。河上肇事件、それに続く京大事件への対処方法は、恒藤恭がいかに時代に敏感であったかを示す。それは一高時代蘆花の「謀叛論」演説を聴き、その夜、直ちにその演説内容を日記に克明に記《しる》すという行為の延長線上にあったものとしたい。彼もまた芥川的〈不安〉に取り囲まれていた。が、彼はあらゆる可能性を求め、また疑い、考え抜くという抜群の論理性を持っていた。その資質、——知性の闘いを貫き通すことにおいては、芥川の比ではなかった。彼が京大事件に際して書いた「死して生きる途」(『改造』一九三三・七)は、理想主義の新カント派の考えに、西田幾多郎から示唆されたものが、脈打っていた。同時に蘆花「謀叛論」の「死ぬるが生きるのである」(草稿)「生くるは死するのである」(「向陵記」)が、反映していることも明らかである。後年立命館大学総長となった天野和夫は、「死して生きる途」を取り上げ、「この文章の中に、わが国で最後のストイックな学者、最も学究らしい学者と言われる先生の厳しい生活信条が、余すところなく伝えられている[*31]」と評している。「死して生きる」とは、実に奥深いことばである。それははっきりとした右傾化時代の中での抵抗の方法であり、芥川の「ぼんやりした不安」を止揚するものであった。

反動の時代の波に抵抗した恒藤恭の闘いは、以後生涯のものとなる。戦後、大阪市立大学の初代学長として、理想の学園造りに励み、一方で大内兵衛らと平和問題談話会を結成し、全面講和・軍事基地反対を唱え、さらに憲法擁護、世界平和への提言など、時代に敏感に反応する社会意識・歴史認識は、生涯衰えることがなかった。その淵源は、一高時代に接した蘆花の「謀叛論」演説にあったとしたい。蘆花の「謀叛論」演説は、同時代の日本の知的青年に、生涯大きな影響を与えたということを、最後に今一度確認し、稿を閉じることとする。

注

1——関口安義『世界文学としての芥川龍之介』新日本出版社、二〇〇七年六月一五日、一〇〜二九ページ

2——*Rashōmon and Seventeen Other Stories* ペンギン社、イギリス版二〇〇六年三月、アメリカ版二〇〇六年九月

3——ジェイ・ルービン編、村上春樹序『芥川龍之介短篇集』新潮社、二〇〇七年六月三〇日

4——高慧勤・魏大海編『芥川龍之介全集』全五巻、山東文芸出版社、二〇〇五年三月、日付なし

5——曹紗玉編『芥川龍之介全集』第一巻、J&C出版社、二〇〇九年七月二四日、第二巻、J&C出版社、二〇一〇年十二月三〇日

6——出隆「藤岡事件とその周辺」『出隆著作集7』勁草書房、一九六三年一一月二〇日。本書第V章「一高の三羽鳥」参照

7——関口安義『悲運の哲学者　評伝藤岡蔵六』イー・ディー・アイ、二〇〇四年七月三〇日

8——恒藤恭「青年芥川の面影」『近代文学鑑賞講座11芥川龍之介』角川書店、一九五八年六月五日、二四三ページ

9——芥川龍之介「気鋭の人新進の人　恒藤恭」『改造』一九二二年一〇月一日、のち「恒藤恭氏」と改題『百艸』新潮社、一九二四年九月一七日収録

10——大貫隆他編『岩波キリスト教辞典』岩波書店、二〇〇二年六月一〇日

11——河上丈太郎「蘆花事件」『文藝春秋』一九五一年一〇月一日

12——河合榮治郎「近頃の感想」『日本評論』一九三七年一月一日

13——浅原丈平「「謀叛論」の回想」『武蔵野ペン』創刊号、一九五八年六月一日

14——浅原丈平「「謀叛論」聴講の思出一節」講談社版『現代日本文学全集17徳冨蘆花集』一九六六年一月一九日

15——中野好夫『蘆花徳冨健次郎　第三部』筑摩書房、一九七四年九月一八日、四〇ページ

16——松岡譲「蘆花の演説」『政界往来』一九五四年一月一日

17――大阪市立大学大学史資料室編『向陵記―恒藤恭一高時代の日記―』大阪市立大学、二〇〇三年三月三一日

18――注16に同じ

19――佐藤嗣男『芥川龍之介　その文学の、地下水を探る』おうふう、二〇〇一年三月二五日、一一四ページ

20――恒藤恭「芥川龍之介のことなど」『知恵』一九四七年五月～四八年八月、のち『旧友芥川龍之介』朝日新聞社、一九四九年八月一〇日収録、一六九ページ

21――関口安義「「将軍」―反戦小説の視点の導入―」『国文学　解釈と鑑賞』二〇〇七年九月一日、本書第VI章二に収録

22――藤岡蔵六『コーエン純粋認識の論理学』岩波書店、一九二一年九月一〇日

23――関口安義『恒藤恭とその時代』日本エディタースクール出版部、二〇〇二年五月三〇日

24――関口安義『芥川龍之介とその時代』筑摩書房一九九九年三月二〇日

25――芥川龍之介「追憶」『文藝春秋』一九二六年四月一日～二七年二月一日

26――菊池寛「芥川の事ども」『文藝春秋』一九二七年九月一日

27――萩原朔太郎「芥川龍之介の追憶」『文藝春秋』一九二八年一〇月一日

28――注23に同じ

29――宇野浩二『芥川龍之介〔普及版〕』文藝春秋新社、一九五三年一〇月五日、四三五ページ

30――関口安義編『新潮日本文学アルバム芥川龍之介』一九八三年一〇月二〇日、七七ページ

31――天野和夫「恒藤恭先生のご逝去を悼む」『法学セミナー』一九六八年一月一日

二　将軍の実像

中国旅行を通す視点

評価の変遷

「将軍」の作品評価は、確実に変わったとしてよい。かつては主人公N将軍イコール乃木希《のぎまれ》典《すけ》将軍として論じられた。そしてモデルとされたこの人物が十分に描かれているか、将軍批判が徹底しているか、さらには世間の乃木像を覆したか、との観点で論じられてきた。要するに当時の日本人になじみの深い、実在の乃木希典という人物によりかかっての批評が多くを占めていたのである。むろんここに乃木将軍という軍神化された人物の偶像破壊を見出すのも間違いではないだろう。が、この視点からの「将軍」評価は、総じて低くなり、論者自身が絶対化され、テクストを上から見下した論調となるケースが多かった。

わたしは小著『芥川龍之介　闘いの生涯』（毎日新聞社、一九九二・七）にはじまり、『特派員　芥川龍之介』（毎日新聞社、一九九七・二）、『芥川龍之介の歴史認識』（新日本出版社、二〇〇四・一〇）、それに最近の『よみがえる芥川龍之介』（NHK出版、二〇〇六・六）に至るまで、「将軍」というテクストにふれるたびに、芥川の中国特派員の旅を抜きには本作の確かな把握ができないとの論証を積み重ねてきた。つまり「将軍」は、芥川の中国旅行の視点を通してはじめて的確な理解が出来る、ということなのだ。最近中国では芥川への関心が高く、『支那游記』が『中国游記』の表題で、訳者の異なる二冊の単行本[*1]として刊行され、書店の棚を飾っている（本章コラム「海外における芥川文学の翻訳」参照）。それぞれの訳者共通の理解も、「将軍」は芥川の中国旅行の収穫の一つという点にある。

「将軍」は、芥川が大阪毎日新聞社特派員として中国視察旅行に赴いた翌年の一九二二（大正一一）年一月、雑誌『改造』に発表され、二か月後の三月十五日付で新潮社から刊行された『将軍』（代表的名作選集37）に早くも収められている。雑誌掲載直後に、九作品から成る創作集の巻頭に置かれ、書名にも用いていることからして、作者としては自信作だったのであろう。

けれども、テクスト「将軍」の時代批判の側面は、長い間評家に見抜けなかった。同時代評の一つ、伊福部隆輝の「芥川龍之介論[*2]」は、「将軍」をとりあげ、「私の知人の一人は「中学生の皮肉だ」と評したが、私もそれに同感である」とにべもない。芥川の先見性や前衛性に、ついていけないいらだちが、こういう批評を生んだ例である。

偶像破壊説の限界

芥川没後二年、宮本顕治は「「敗北」の文学—芥川龍之介氏の文学について[*3]」を発表した。これは雑誌『改造』の募集した懸賞文芸評論一等当選作で、芥川の営為をよく理解した論であった。ここでの「将軍」評は、「この将軍は、惨めにも手痛く嘲笑され諷刺されてゐる」とし、「軍神の封建的な人間性」を巧みに描き出している、と芥川の意図をかなりつかんでいる。けれども、「全体的な構図に根本的な欠陥」があり、それは「モチーフに小ブルジョア的な限界性を持つてゐるからだ」との結論を出すにとどまった。第二次世界大戦中に本格的評伝『芥川龍之介[*4]』をまとめた吉田精一の「将軍」評は、

「戦争に対する自由主義見地からの批評、偽善に対する嫌悪」を取り上げる。が、「一面的な見方」と断罪し、宮本同様その位置づけは低い。

戦後も冷戦構造が崩壊する一九九〇年代に至るまでの「将軍」の扱いは、実在の乃木将軍をめぐる偶像破壊小説として読まれ、論じられてきた。この視点からの「将軍」論の評価は、当然低くなる。例えば島田昭男「将軍」[*5]は、十分な調査に基づいた論ながら、「芥川の作品のなかでいえば、高い水準に属するものではないであろう。世間一般の乃木像を根底から覆すにたる否定的乃木像を提出するまでにはいたらなかった」との結論となる。

また、海老井英次の「将軍」解説[*6]は、「作品論への新しい視点」として「乃木希典の像、その殉死によって現実を超越してしまったイメージ、明治の国家主義がつくりだした虚像、そうしたものなしにこの作品を論ずることは不可能であろう」とする。そして「〈N将軍〉という作者の記名の通りに読めば、実に奇妙で滑稽なスケッチがあるばかりなのである」との低い評価である。

「将軍」という小説の再発見の視点は、冒頭に記したようにN将軍イコール乃木希典という図式を排し、新しく読み直すことにある。以下に中国視察旅行や芥川の社会性に目をとめ、「将軍」の世界に21世紀の光を当てることにする。

語り手の眼

時代と人への眼

「将軍」は四つの章から成り立つ。「一　白襷隊」「二　間諜」「三　陣中の芝居」「四　父と子と」である。それぞれは独立したエピソードであり、その統合によってN将軍という人物を浮かび上がらせるという仕組みである。執筆は芥川が中国視察から帰国した年、一九二一（大正一〇）年の秋である。当時芥川から佐佐木茂索に宛てた書簡の一節に、「これから又短篇「将軍」の製にとりかかる」（一九二一・一一・二五付）とある。芥川はこの年三月末から七月半ばまでの約四か月、大阪毎日新聞社の中国特派員として中国各地をめぐり、帰国後「上海游記」（『大阪毎日新聞』一九二一・八・一七—九・一二、『東京日日新聞』同八・二〇—九・一四）に先ず取りかかった。次に舞台を上海や蕪湖《ウーフー》にとった小説「母」（『中央公論』一九二一・九）を書く。中国ものとしての「将軍」は、「母」に次いで他の新年号小説（「俊寛」「藪の中」「神神の微笑」）と並行して書かれたのであった。

わたしは前著『芥川龍之介とその時代』[*7]で、「将軍」を論じ、「中国体験は本作の人事風物ばかりか、その執筆姿勢にまでかかわっている。時代の変化を敏感にキャッチするジャーナリストの姿勢である。文学史的に見るならば、『種蒔く人』創刊の翌年一月、有島武郎の「宣言一つ」が載った雑誌『改造』の同じ号に発表されていることになり、彼が新しい境地に立ったことを意味しよう」と書いている。この考えは今も依然生きている。芥川はこの一編の小説に、彼の時代と人への熱い関心を吐露しているのである。

冷酷なN将軍

小説の時間は、日露戦争時の日本兵の旅順総攻撃にはじまり、十四年後におよぶ。芥川はこの小説にNという普遍化された冷酷な将軍を造型し、戦闘に携わる下級兵卒の苦しみと、中国人に対する帝国軍人の親玉（N将軍）の残虐な行為を描く。「一　白襷隊」は、決死隊の死を前にした紙屋だった田口、大工だった堀尾、小学校の教師だった江木らの、さまざまな思いや恐れを描く。伏せ字の多い章である。伏せ字とは官憲の介入で該当箇所を×や○にし、明記できないことをいう。次のような語りの箇所がある。江木上等兵の心境にふれた箇所である。

死は×××××にしても、所詮は呪ふべき怪物だつた。戦争は、——彼は殆《ほとんど》戦争は、罪悪と云ふ気さへしなかつた。罪悪は戦争に比べると、個人の情熱に根ざしてゐるだけ、××××××出来る点があつた。しかし××××××××××××外ならなかつた。しかも彼は、——いや、彼ばかりでもない。各師団から選抜された、二千人余りの白襷隊は、その大なる××にも、厭でも死ななければならないのだつた。……

×××に入ることばは、現在筑摩書房版『芥川龍之介全集』第二巻に収録された「将軍」の脚注などの試みによってうかがうことができるものの、埋めるのは容易ではない。原稿が紛失しているので確定できないからである。しかし、それでも語り手の眼を感じることはできよう。

語り手は戦争を「罪悪」以上のものとし、「厭でも死ななければならない」白襷隊の兵士に同情しているのだ。テクストは江木上等兵の黒こげになった死と、堀尾一等卒の頭部銃創のため突撃の最中に発狂した様子を語り手に語らせる。

起承転結から成る「将軍」の「二　間諜」での語り手の眼は、N将軍の偏執狂的異常性をしかととらえる。以下のようだ。

「露探だな。」
将軍の眼には一瞬間、モノメニアの光が輝いた。
「斬れ！　斬れ！」
騎兵は言下《げんか》に刀をかざすと、一打《ひとうち》に若い支那人を斬つた。支那人の頭は躍るやうに、枯柳《かれやなぎ》の根もとに転《ころ》げ落ちた。血は見る見る黄ばんだ土に、大きい斑点を拡げ出した。

「よし。見事だ。」

将軍は愉快さうに頷《うなづ》きながら、それなり馬を歩ませて行つた。

騎兵は将軍を見送ると、血に染《そ》んだ刀を提《ひつさ》げた侭、もう一人の支那人の後に立つた。その態度は将軍以上に、殺戮《さつりく》を喜ぶ気色《けしき》があつた。


戦場で異常性に駆られたN将軍の冷血な行為を、語り手は「殺戮を喜ぶ気色」と表現する。しかもそれは部下の騎兵にまで伝染しているのだ。

モデル小説を越える

芥川の視線に沿って読む

「将軍」はモデル小説として、N将軍を乃木希典将軍に置き換えて読むだけでは、新たな〈読み〉は生まれない。松本常彦に「「将軍」の目的や主題が、乃木批判にあると考えるなら、読者論を視野に入れた文学史の位相の上では、「将軍」はすでにその使命を果たし寿命の尽きた作品にならざるを得ない」[*8]との的確な批評がある。「将軍」は芥川の中国旅行という視点を通して見るとき、はじめて見えてくるものがある。乃木に執着する〈読み〉では、作者の意図なるものを得々と論じ、「〈批判の方法〉が弱い」で終わるのである。繰り返すが、当時の芥川の視線に沿って、中国視察旅行の成果としてテクスト見る時、作品は変容する。

芥川の紀行文『支那游記』（改造社、一九二五・一一）に収録された「江南游記」（『大阪毎日新聞』一九二二・

一・一〜二一・一三）には、中国人民の反日運動の中での旅が、しっかりと書き留められている。蘇州の天平山白雲寺では、多くの排日の落書きに驚かされ、そのいくつかを手帳に書きつける。また「長江游記」（『女性』一九二四・九）には、長沙への旅で中国人の排日運動をつぶさに知って、複雑な思いを懐いたことが記される。芥川はこれまで考えられていた以上に社会意識は高く、しっかりした歴史認識を持っていた。それだけにその紀行文『支那游記』は、一九二一（大正一〇）年の中国の姿を的確に捉えていたのである。二十一世紀に入って、中国で芥川の中国旅行記の意味が高く評価されている事実と「将軍」再発見とは、正比例するものなのである。「将軍」は、モデル小説では終わらない。

芥川は北京滞在中に新文化運動の担い手として活躍中の胡適に何度か会っている。胡適は当時北京大学教授として文学革命のリーダーの地位にあった。芥川旧蔵書に見出せる胡適『嘗試集 坿去国集』（現在、山梨県立文学館蔵）は、口語による詩の試みであり、芥川の北京訪問前年の刊行である。二人が会うのは、胡適が新文化運動の担い手として活躍中の時期だ。近年中国で刊行された『胡適の日記』には、芥川との会見のようすが、しっかりと書き留められている。二人は演劇改良や詩や小説に関して意見を交わした。また、作家の表現の自由の問題を語り合っている。胡適は芥川に好印象を抱いたことを日記に書き付け、作家の自由の問題、――言論の自由の問題にも及んだことを書きつけている。

言論弾圧

日本では明治憲法下において検閲制度が存在した。芥川の場合、この制度による最も激しい被害は、小説「将軍」なのである。そのことは芥川自身もこぼしている。「江南游記」の「西湖（三）」では、新年の『改造』に「将軍」という小説を書いたと言い、「一部分伏せ字になつた上、二度ばかり雑誌の編輯者が、当局に小言を云はれた」とさりげなく書きつける。また、「澄江堂雑記」の「将軍」の項では、もっと率直に次のように言う。

官権は僕の「将軍」と云ふ小説に、何行も抹殺を施した。処が今日の新聞を見ると生活に窮した廃兵たちは、「隊長殿にだまされた閣下連の踏台」とか、「後顧するなと大うそつかれ」とか、種種のポスタアをぶら下げながら、東京街頭を歩いたさうである。廃兵そのものを抹殺する事は、官権の力にも覚束ないらしい。

又官権は今後と雖も、「〇〇の〇〇に〇〇の念を失はしむる」物は、発売禁止を行ふさうである。〇〇の念は恋愛と同様、虚偽の上に立つ事の出来るものではない。虚偽とは過去の真理であり、今は通用せぬ藩札の類《たぐひ》である。官権は虚偽を強《し》ひながら、〇〇の念を失ふなと云ふ。それは藩札をつきつけながら、金貨に換へろと云ふのと変りはない。

無邪気なるものは官権である。

「〇〇の〇〇に〇〇の念を失はしむる」は、「〈皇国の軍人に忠誠〉の念を失はしむる」とか「〈帝国の軍隊に忠誠〉の念を失はしむる」とかなっていたのであろう。

これは言論弾圧への痛烈な批判である。先見の明のあった芥川は、公権力が表現の自由を侵すことがあってはならないと考えていた。検閲とか発売禁止は、書き手の自由侵害だけでなく、読み手の知る権利をも奪うものである。芥川はそうした措置がまかり通っている日本の現状を、早く「世之助の話」(『新小説』一九一八・四)の『傀儡師』未収録体験などで察していた。北京で胡適と表現・出版の自由の問題を話し合ったのも旅の一収穫であった。

反戦小説

再発見の見方

では、「将軍」再発見の見方は、どこに置くのが有効なのか。わたしはその生涯に三つの戦争、――日清戦争と日露戦争と第一次世界大戦を体験した芥川龍之介の歴史認識が反応した反戦、反「殺戮」にあるとしたい。

「将軍」は、一、二の章の冷酷で無残なN将軍に対し、「三　陣中の芝居」では、俗ながら人情のあつい将軍が語られる。戦中の「余興の演芸会」での席である。舞台の俄《にわか》狂言での男女の絡《から》みを見た将軍は、「何だ、その醜態は？　幕を引け！　幕を！」と怒鳴ってやめさせる。次の人情がかった旧劇も濡れ場に来ると、「余興やめ！　幕を引かんか？　幕！　幕！」とやめさせる。その将軍が、三幕目の巡査殉職の劇には「感激の歎声」をもらし、「偉い奴ぢや。それでこそ日本男児ぢや」と涙を流す。以下の箇所だ。

偽目くらと格闘中、ピストルの弾丸に中《あた》つた巡査は、もう昏々と倒れてゐた。署長はすぐに活を入れた。その間に部下はいち早く、ピストル強盗の縄尻を捉へた。その後は署長と巡査との、旧劇めいた愁嘆場になつた。署長は昔の名奉行のやうに、何か云ひ遺す事はないかと云ふ。巡査は故郷に母がある、と云ふ。署長は又母の事は心配するな。何かその外にも末期の際に、心遺しはないかと云ふ。巡査は何も云ふ事はない、ピストル強盗を捉へたのは、この上もない満足だと云ふ。

――その時ひつそりした場内に、三度将軍の声が響いた。が、今度は叱声の代りに、深い感激の嘆声だつた。

「偉い奴ぢや。それでこそ日本男児ぢや。」
穂積中佐はもう一度、そつと将軍へ眼を注いだ。すると日に焼けた将軍の頬には、涙の痕が光つてゐた。「将軍は善人だ。」――中佐は軽い侮蔑の中に、明るい好意をも感じ出した。

それまで監視されながら芝居を観ているようだと、将軍の独善性に批判的だった穂積中佐も、将軍の頬の涙を見て、「将軍は善人だ」と思う。語り手は、こうした善人N将軍をことさらに強調することで、一、二の章の将軍との落差を示す。起承転結の構成にあって、転の章にふさわしい描き方だ。

急いで結の章に相当する「四　父と子と」を見よう。この章では、N将軍の下で働いたことのある中村少将（三の章に中村少佐として登場）とその息子との、N将軍評価のずれが取り上げられる。時は「大正七年十月の或夜」である。時代の転換の中で、父と子の価値観の違いがまず示される。父は「N閣下」の肖像画を応接室に架けておきたいと願う。が、子はレンブラントの自画像に架け替えてしまう。父はそれに気づき、息子と問答をする。子は死を前に写真を撮った将軍の気持ちがわからないという。父は将軍を「徹頭徹尾至誠の人」と信じている。時代の大きなうねりの中で、父と子の考えの違いが示され、時は考えの異なる父子を抱え込んで、過ぎ行くのである。語り手の立場はむろん子の側にある。作者もまた子の立場にいるのだが、父の立場にも理解を示している。父は息子に「閣下は又実に長者らしい、人懐こい性格も持つてゐられた」とその人格を語る。

巧みな構図

巧みな構想による反戦小説が、ここに出現した。結論を言おう。この小説は、一、二の章での残虐な将軍を考えさせるために、三、四の章がある。つまり三の章には善人で涙もろい将軍がおり、四の章には「長者らしい、人懐こい性格」で、「徹頭徹尾至誠の人」である将軍が父の口から語られる。つまり一、二の章の将軍が真実なら、三、四の章の将軍も真実なのである。そこに戦争が介在する。戦争は善人も至誠の人をも巻き込み、彼を冷酷な殺人犯、さらに言うならば「殺戮を喜ぶ」人間に化してしまうのである。それは部下の兵卒とて同様である。

これまでの「将軍」論は、こうした芥川の巧みな構図を見逃し、全体構成の難を言い、作品の完成度を欠くとした。そのため死を前にした白襷隊の兵卒の悲劇や、殺戮に狂奔する将軍や兵卒に眼が及ばなかった。それはひとえにN将軍イコール乃木希典と信じて、そこから一歩も出なかったことにもよろう。が、N将軍は、乃木希典というモデルに寄りながらも、乃木を離れて、帝国陸軍の高慢な普遍的ボス将軍に変容しているのだ。この点を見逃してはならない。芥川が乃木希典を連想させるN将軍を登場させたのは、読者の関心を惹きたいという創作方法上の問題に過ぎず、N将軍は次第に普遍化されて、侵略に狂奔する帝国主義〈NIPPON〉の一将軍となる。かくて巧みな小説作法による反戦小説がここに誕生する。〈陛下の御為に〉の名目で、黙々と死に向かわなければならない下級兵士の悩みや恐れ、さらには、中国人捕虜の非人道的扱いなどをあからさまに描いた点で、本作は高く評価できるのである。「将軍」は日露戦争・検閲・天皇制、そして歴史認識というキーワード抜きには、今や論じることはできない。

注

1――陳生保・張青平訳『中国游記』北京出版社出版集団／北京十月文芸出版社、二〇〇六年一月、日付なし。秦剛訳『中国游記』中華書局、二〇〇七年一月、日付なし。校正の段階で、陳豪訳『中国游記』新世界出版社、二〇一一年四月、日付なし、の存在を確認した。三冊目の訳本である。

2――伊福部隆輝「芥川龍之介論」『新潮』一九二三年九月一日、のち『現代芸術の破産』地平社書房、一九二四年一一月一三日収録、三〇四～三二七ページ
3――宮本顕治「「敗北」の文学―芥川龍之介氏の文学について―」『改造』一九二九年八月一日
4――吉田精一『芥川龍之介』三省堂、一九四二年一二月二〇日、二三一ページ
5――島田昭男「将軍」『批評と研究　芥川龍之介』芳賀書店、一九七二年一一月一五日、二六五ページ
6――海老井英次「「将軍」解説」、三好行雄編別冊國文學No.2『芥川龍之介必携』學燈社、一九七五年二月一〇日
7――関口安義『芥川龍之介とその時代』筑摩書房、一九九九年三月二〇日、四六一ページ
8――松本常彦「「将軍」論」関口安義編『アプローチ芥川龍之介』明治書院、一九九二年五月三〇日、一三三ページ

三　中国と朝鮮

芥川龍之介と中国

海外特派員

芥川龍之介は一九二一（大正一〇）年三月下旬から七月中旬までの約四か月、大阪毎日新聞社の海外特派員として中国各地をめぐる。往路は門司から船出して上海に上陸、復路は天津から奉天（瀋陽）を経て、朝鮮半島を縦断、釜山～下関経由で帰国している。

第一次世界大戦後、日本はヨーロッパやアジア諸国とのかかわりが一段と深まり、各新聞社では海外通信欄の充実に力を入れるようになる。そのため各新聞社では、著名作家を海外に出張させ、紀行文を書かせ、紙面を飾るようになった。芥川の中国視察の旅もこうした背景のもと、実現したものである。

第一次世界大戦後のヨーロッパには、日本からも多くの人々が出かけていた。特にフランスのパリにはフラン安、円高のメリットもあって、日本人が多くいた。ロシアや東欧からの亡命者や多くのアメリカ人も住み着いていた。こうした状況下、日本の新聞社は異国の通信を競って載せるようになる。そして筆の立つ人気作家を特派員として海外に送っていたのである。雑誌『新潮』一九二〇（大正九）年四月号の「不同調」

欄には、「大阪毎日は、須《すべから》く芥川氏を欧州に派遣するがいゝ。芥川氏ほど立派な通信員は一寸あるまい」との記事が載ったほどである。

芥川は旅を好んだ。それゆえ打診さえあれば、どこへでも出かける腰の軽さもあった。養父母と育ての母ともいえる伯母フキは年をとっていたものの、未だ元気であったことも彼が気軽に旅に出るのを支えていた。一九二一（大正一〇）年一月四日の『大阪毎日新聞』は、紙面の一面に「本年度の本社海外視察員及留学生」の公告を掲げている。

それによると大阪毎日新聞社（東京日日新聞を含む）では、毎年八名ほどの特派員を海外に出しており、「隆々たる社運」のもと、「本年度」は十名の社員を海外の各地に派遣するとある。が、そこには芥川龍之介の名はない。その後、二月十日ごろ、海外特派員として中国に出張しないかの打診が芥川にあった。旅好き、それに小著『特派員　芥川龍之介』[*1]でくわしくふれたように、秀しげ子というまとわりつく女性からの逃亡という、必要に迫られた理由もあって、芥川はすぐ承諾する。かくて芥川は特派員という肩書きをもって中国を訪れたのであった。

中国視察の収穫

芥川の中国視察旅行の最大の収穫は、のちに『支那游記』[*2]一巻にまとまる紀行文である。また、小説では初期プロレタリア文学にも通じる「将軍」「桃太郎」、それに「母」「馬の脚」「湖南の扇」など中国を舞台とした問題作を残したことが記憶される。これらは過去の芥川研究ではとかくないがしろにされ、顧みられなかった作品ながら、現在、日本・中国双方の研究者によって再発見されているテクストなのである。わたしは前々から『支那游記』は、芥川龍之介研究において、きわめて大事な一書だと考え続けてきた。

けれども日本においては、これまで『支那游記』は、芥川作品中では常に軽い扱いであり、右に挙げた小説同様、長く過小評価されるという状況にあった。

以前、わたしは毎日新聞社から『芥川龍之介 闘いの生涯』[*3]を刊行し、中に「時代」の章を置き、芥川の中国視察の旅のことを略述した。その折には、章炳麟・鄭孝胥・李人傑という三人の文人政治家と上海で会ったことなども記し、芥川の「桃太郎」（『サンデー毎日』一九二四・七・一）が章炳麟の影響のもとに書かれ、そこに反戦思想が託されていることを指摘した。もっとも「桃太郎」に関しては、それ以前に雑誌『民主文学』の一九八二（昭和五七）年十一月号に、「芥川龍之介の桃太郎観」として章炳麟との出会いから「桃太郎」を書くに至る芥川のことを書いている。以後、『支那游記』を取りあげる度に、章炳麟を芥川に反戦小説「桃太郎」、侵略者桃太郎を書かせた人物として言及してきた。

鄭孝胥に関しても『芥川龍之介 闘いの生涯』でふれてはいるが、その後中国で『鄭孝胥日記』全五巻が一九九三（平成五）年十月に中華書局から刊行され、中に芥川龍之介の記事もあるので、近年まとめた『世界文学としての芥川龍之介』[*4]で、二人のかかわりの記述を微調整している。また、李人傑には、早く青柳達雄や單援朝に優れた考察があり、それらに刺激されて考えを深めてきた。

わたしは芥川龍之介の周辺作家研究や芥川のテクストの研究に打ち込む一方で、中国関係の資料を集め、想を練って芥川没後七十年の記念の年に、先の『特派員 芥川龍之介』を刊行した。この本の出版元の毎日新聞社は、芥川が社員として所属した新聞社である。そこで担当者に当時の新聞記事をコピーしてもらい、巴金のきびしい芥川批判の一文「幾段不恭敬的話《チードワンプークンチダホア》」（「いくつかの失礼な話」『太白』第1巻第8期、一九三五・一・五、のち『點滴』一九三五・四収録）の存在も知った。

わたしは『特派員 芥川龍之介』を書くために、『支那游記』を何度も何度も読み、一九二一（大正一〇）年当時の中国の姿を、芥川が意外なほど正確にとらえているのを知ったのである。検閲を考慮しながらの苦心の表現の裏に、同時代の中国の民衆への同情の眼が随所に見出せるのも確認したのだ。以後、わたしは芥川の大阪毎日新聞社特派員としての中国視察の旅に、積極的な評価を持ち込むこととなる。それはまさしく一八〇度の評価の転回であった。

　この本は、これまで無視されるか、過小評価されがちだった芥川の『支那游記』を正面切って取りあげ、プラス評価を打ち出した最初の本として評価された。日本と中国のかかわりが、より深まっていく時代の流れも、後押ししてくれたのかも知れない。

中国人の『支那游記』への関心

『中国游記』　さて、わたしの『支那游記』の研究は、ここに来て急速に深まることになる。その成果は、二〇〇七（平成一九）年九月、中国浙江省にある寧波《ニンポー》大学で開かれた国際芥川龍之介学会[*5]のシンポジウム（「芥川龍之介『支那游記』を〈読む〉」、本書第Ⅶ章に収録）で報告したところだ。わたしはこの報告で、二〇〇五（平成一七）年三月に、山東文芸出版社から刊行された中国初の『芥川龍之介全集』全五巻を紹介し、『支那游記』が『中国游記』の題名で中国語に完全翻訳（陳生保訳）されたことにも言及した。また、全集の翻訳には、中国人研究者が指摘するようないくつかの問題点があるとはいえ、その出現がいかに大きな意味を持つかを述べた。

　さらに、中国語版芥川全集とからんで、世界の芥川研究の現状を語った。むろん『支那游記』評価にもかなりの時間を割《さ》いている。現在中国では、芥川の『支那游記』は見直され、翻訳が相次ぐという情況にあるのだ。全集中に入った『中国游記』のほか、陳生保・張青平訳の『中国游記』[*6]が第一に来る。これは全集本中の「中国游記」の改訂版でもある（注、陳生保と共訳者として名を出す張青平は、陳氏夫人である）。戦前に浙江省出身の夏丏尊《かめんそん》という人が、雑誌に抄訳をしたことがあるが、中国で『中国游記』が単行本として刊行されたのは初めてのことだ。

中国での『支那游記』評価

日本の新書を一回り大きくしたような判型のこの本は、奥付によると初版一〇〇〇部とある。きわめて読みやすい本で、日本人で漢文を学んだ人なら、簡体字（略体字）さえ覚えれば読める。わたしは陳生保の巻頭に掲げられた「芥川龍之介《中国游記》導読」を辿り読みし、びっくりした。中国での『支那游記』評価が、ここまで来ているのかと眼を見張ったのである。むろん、そこにはわたしの書いた『特派員 芥川龍之介』の影響が強いのだが、全五章からなるこの〈解説〉の「四『中国游記』に対する評価」は特に重要で、訳者の本領が発揮された章である。わたしは大事をとって、この章全文を立教大学講師、王紅艶に日本語に逐語訳して貰った。

研究は静的《スタテツク》なものではなく、動的《ダイナミツク》なものなのである。研究の国際化は、まさに動的な芥川龍之介研究を可能にすると言えようか。中国の研究家陳生保の『中国游記』評価は、わたしの『支那游記』観を新たにしてくれるものがあった。研究範囲を日本に限定した静的な芥川論には未来はない。陳生保の「芥川龍之介《中国游記》導読」の「『中国游記』に対する評価」には、次の三点があげられる。

①この本は比較的高い歴史的価値を持っている。

我々は芥川が私たちに一つ一つの場面を記録に残したことを感謝すべきだと思う。それらの場面は、当時の中国と中国人が蒙った苦難を、ドキュメントとして象徴的に説明してくれた。これは我々中国人にとって忘れてはいけない歴史である。

②芥川は中国を愛し、中国人民の境遇に同情した。特に、彼は日本帝国主義の中国侵略に反対していた。
③この本は知識に満ち、おもしろさがあり、読む価値がある。

陳氏はこの章の「解説」の最後に、「芥川の『中国游記』は、やはり一読に値する。もし芥川が現在生きているならば、かつて失望した中国のその後の変化や、彼の『中国游記』の中国における単行本の初出版を喜んでくれるだろう」と書き付けている。

日本ばかりか、中国でも『支那游記』が再発見されていることを、陳氏の「評価」は、はっきりと示す。第二次世界大戦後、そして文革後十年ぐらいまで、アンチ芥川一色だった中国にも、このような『支那游記』評価が出現しはじめたのである。

再発見される『支那游記』

『支那游記』は、繰り返すことながら、日本と中国双方の研究者によって再発見されているのだ。あえて言うなら、いまや『支那游記』を語らずして芥川龍之介の全貌は捉えられない時代にさしかかっているとしてよい。わたしは二〇〇六（平成一八）年の三月、北京大学で孫宗光教授から陳氏らの訳本、『中国游記』を頂いた。中国では大型書店にいけば、どこにでも見出せる本という。帰国したわたしは、当時東京大学に研修中の、優秀な芥川研家家の秦剛氏（北京日本学研究センター准教授）に会い、陳生保・張青平訳『中国游記』を見せたところ、秦剛氏は大変驚き、自分も、いま『中国游記』を翻訳しており、近く出版すると言うのであった。秦剛訳『中国游記』[*7]は、陳氏らの訳に一年遅れて刊行された。それには、中国を舞台とした小説「南京の基督」と「湖南の扇」、それに芥川の中国印象記「新芸術家の眼に映じた支那の印象」も収録している。いま、わたしたちは訳者の異なる二冊の『中国游記』を手にすることができるのである。[*8]これは驚くべき現象であり、英語圏でジェイ・ルービン訳『「羅生門」ほか17編』[*9]が出現したと同質の衝撃がある。

わたしは中国の研究者にも、中国人の手になるこの二冊の『中国游記』を是非手にとってもらいたいと願っている。かつての吉田精一『芥川龍之介』[*10]や、大正文学研究会編の『芥川龍之介研究』[*11]という古典的研究書のみで論じる中国の研究者による『支那游記』論が、いかにアナクロニズムのものであるかは、いまや自明と言えよう。

新たな評価軸を求めて

反日運動への眼

芥川の中国への眼は、きびしい。貧しさと不衛生、罪悪、無気力を告発する芥川のまなざし、——これは今日でも、時代背景をよそに、繁栄を謳歌する現在の立場で考える中国人からは、中国蔑視として糾弾の的とされるところだ。これを中国を愛するが故の苦言ととるか、蔑視ととるかで、中国での芥川評価は変容する。

他方、芥川の眼は反転して、中国人の排日・反日のねばり強い抵抗を見逃していない。すでに書いたこと[*12]でもあるが、「上海游記」には政治家との会見記の間を縫って、「南国の美人」（上・中・下）と題した章が挿入されている。ここでの芥川は、妓楼で『紅楼夢』のヒロイン林黛玉《りんたいぎよく》のような美人をただ眺めているばかりではない。雅叙園という料亭では、局票の隅に「毋忘国恥《こくちをわするるなかれ》」との赤刷りの排日の文字が印刷されているのを見逃さない。

また、彼は想像していた中国と現実の中国とのギャップに驚き、「誰でも支那へ行つて見るが好い。必《かならず》一月とゐる内には、妙に政治を論じたい気がして来る。あれは現代の支那の空気が、二十年来の政治問題を孕んでゐるからに相違ない」（「上海游記」十三）ということばさえ書きつけている。

そうした中で芥川は、中国の現実をしっかりと見つめることとなる。彼は蘇州の天平山白雲寺では、排日の落書きを書き写す。「不可忘了三七二十一条《さんしちにじふいちでうをぼうれうすべからず》」「犬与日奴不得題壁《いぬとにちどかべにだいすることをえず》」「殺尽倭奴方罷休《わどをころしつくしてまさにひきうせん》」（「江南游記」十六）という日本人として見たくもない落書きを採集し、そこに中国人の心を読もうとしているのである。長沙では日本人兵卒の女子師範学校乱入、強姦事件を、検閲を頭においてレトリックに工夫に工夫を凝らして書いている。芥川は明らかに検閲という事態をおそれ、それに引っかからないように入念に書いているのだ。どうしても書きたいことは、検閲を考慮しながら、ともかく書き残す努力をしている。検閲という制度を無視した『支那游記』論には、もはや意味はない。

検閲という制度

日本では第二次世界大戦が終了するまで、明治憲法（正式には大日本帝国憲法という。一八八九（明治二二）年二月一一日発布）の下、検閲制度が存在した。『支那游記』はその被害を受けた紀行文なのである。これを考慮しない、否、軽視した、あるいはまったく知らないで、『支那游記』を差別意識と野蛮な風刺のみと断罪する論ほど、空しいものはない。

芥川の場合、この制度による最も激しい被害は、帰国直後に書いて翌年（一九二二）年一月号の『改造』に載せた「将軍」であったことは、わたしはこれまで何度も書いてきた。芥川自身『支那游記』中の「江南游記」の「西湖（三）」で「将軍」の検閲にふれ、「一部分伏せ字になつた上、二度ばかり雑誌の編輯者が、当局に小言を云はれた」と書きつけている。

これは言論弾圧への批判をこめた言説なのである。先見の明ある芥川は、公権力は表現の自由を侵すことがあってはならないと考えていた。検閲とか発売禁止は、言論の自由を奪うものだ。それは書き手の自由侵害ばかりか、読み手の知る権利をも奪う。が、当時の日本では、その「あってはならない」ことが大手をふってまかり通っていたのである。

一九二〇年代の、きびしい言論状況下、芥川は『支那游記』において、検閲制度を頭に置かざるを得なかった。下手をすると発売禁止である。そのため表現には工夫を凝らさざるを得なかったのである。時に諧謔を弄し、ジョークを飛ばし、時に文章に誇張をみなぎらせ、時にあえて中国の人々に顰蹙を買うようなことまで取り上げているのは、検閲への配慮がさせているのである。そうした中できり真実は伝えられなかったのである。芥川のカムフラージュ言説は、一巻を貫いている。特に巻頭の「上海游記」と、次の「江南游記」は、『大阪毎日新聞』という大新聞に連載のため、雑誌発表以上に発禁を意識して、慎重にならざるを得なかったと言えよう。そういう検閲・発禁を恐れての自主規制という限界はあるものの、『支那游記』一巻の意味は、重いと言わねばならぬ。

芥川文学と朝鮮

「金将軍」

はじめに記したように、芥川龍之介は中国特派員としての任務を終えると、当時日本の植民地だった朝鮮を縦断して帰国することとなる。芥川は帰国に際し、北京から天津に出、その後中国東北部の奉天（瀋陽《シエンヤン》）を経て、新義州《シニジュ》―平壌《ピョンヤン》―開城《ケソン》―ソウル―大邱《テグ》を通って、釜山《プサン》から船で下関港に至る旅をとった。植民地下の朝鮮を見ておきたかったのであろう。けれども、列車での長旅は、北京で腹をこわして以降、体調不良だった芥川には容易ではなかった。そのためか、朝鮮を縦断しながら、彼はほとんど記録（紀行文・書簡など）を残していない。筆を執る気力もなかったということだろうか。が、残されたわずかの資料から朝鮮とのかかわりを考えたい。朝鮮での宿泊地は、確証はないものの、当時の鉄道事情からして平壌・ソウル・大邱・釜山などが考えられる。これまでの芥川伝では、朝鮮の旅はまったくと言ってよいほどふれられていない。それは資料不足ともかかわるのである。が、中国視察旅行の帰途、芥川が朝鮮を縦断して帰国したのは確かなのである。

ところで、芥川に「金将軍」（『新小説』一九二四・二）という小説がある。中国視察旅行後の作品だ。日本ではまともな作品論一つない情況ながら、韓国では小説の舞台が朝鮮ということもあって、近年注目が集まり、出典から作品の〈読み〉に至るまで、くわしく論究されるようになった。韓国の留学生の論文にも「金将軍」を論じているのをよく見かける。わたしは「二人の将軍　芥川龍之介の歴史認識[13]」で、「金将軍」の意味を述べたが、芥川は歴史は改竄されてはならないし、歴史は粉飾しても意味はないとこの作品で言っている。

韓国の高麗大学校の崔官《チェクワン》は、「芥川龍之介の「金将軍」と朝鮮との関わり[14]」を発表し、「金将軍」の出典を『壬辰録《じんしんろく》』と特定した。『壬辰録』というのは、文禄・慶長の役《えき》（朝鮮では「壬辰・丁酉《ていゆう》の倭乱《わらん》」という）を素材とした説話性の高い、作者不詳の読み物である。祖国朝鮮を救おうとした英雄を扱っている。当時はハングル本のほか、漢文本、ハングル・漢文混淆本などがあったが、発売禁止になっていた。なにせ独立運動に神経を尖らせていた日本の統治下のことである。朝鮮の英雄が日本の武将を殺し、祖国を救うという『壬辰録』が、危険視されたのもよくわかる。芥川はハングルは理解できなかったから、漢文本か日本語の抄訳、もしくは再話のようなもので『壬辰録』に接したと思われてきた。

「金将軍」の出典

「金将軍」の出典は、その後日本人の朝鮮語・朝鮮古典文学研究の西岡健治（福岡県立大学教授）によって、明らかにされた。「芥川龍之介作『金将軍』の出典について[15]」という論においてである。「金将軍」の出典は、博文館から一九一九（大正八）年九月に刊行された、三輪環の『伝説の朝鮮』であるという実証に則した論だ。

『伝説の朝鮮』という本は、国立国会図書館のほか、九州大学や富山大学の図書館にもある。わたしは早速原典を借り出し読んでみた。そのうえで西岡論にも目を通した。西岡は芥川の「金将軍」と『伝説の朝鮮』中の一話「金応瑞」とを比較し、プロットの酷似からエピソード・固有名詞・数字の使用の類似にまで検討を加えた上で、「金将軍」の出典が『伝説の朝鮮』にあることを明らかにしている。もっとも、これまで『壬辰録』説をとってきた崔官らの説が意味を失うことではない。『伝説の朝鮮』の「金応瑞」の話は、もとをただせば『壬辰録』によっていると思われるからだ。著者の三輪環は「はしがき」で、「蒐集せる朝鮮における口碑伝説を列記した」とのみ書き、その典拠を示していない。危険な本とされていた『壬辰録』の名は出せなかったのである。一九一九（大正八）年の三・一独立運動を契機に、朝鮮では出版・表現の自由は奪われ、それは日本人執筆の本にも及んでいたのである。

前述のように芥川は中国からの帰途、朝鮮を縦断し、帰国する。その際宿泊した都市の書店か夜店で『伝説の朝鮮』を見出し、購入したものと思われる。帰国後、日本の書店で購入したことも考えられるが、やはり旅土産として現地で購入した可能性が高い。東京の博文館の刊行ながら、朝鮮にかかわる本ゆえ、朝鮮の都市の書店や夜店では、簡単に見出せたのではないだろうか。いい朝鮮土産とばかり、芥川が購入したことは十分想像できる。

なお、東京駒場の日本近代文学館の『芥川龍之介文庫目録』には、この本は見出せない。『伝説の朝鮮』の著者三輪環の肩書きには、「朝鮮平壌高等普通学校教諭」とある。ひととおり書物全体に目を通すと、第一編山川、第二編人物、第三編動植物及雑、第四編童話の四部構成から成る。「金応瑞」の項は「第二編人物」の所に入っている。

西岡健治の論は説得力に富む。これまで日本では、「金将軍」の出典に関して、徳富猪一郎の『近世日本

国民史 豊臣氏時代朝鮮役上・中・下巻』(一九二一・一〇〜二二・五)という説が、まことしやかに説かれてきたが、西岡健治の研究は、その出典が『伝説の朝鮮』に見られる「金応瑞」であることを説得力豊かに展開しており、もはや揺らぐことはないだろう。

ついでに言えば、わたしは『伝説の朝鮮』中の他の話も読んで、芥川の童話「虎の話」の典拠が、またこの本によったものであることに気づくことになる。現全集の「後記」には、「一九二六(大正一五)年一月三一日の「大阪毎日新聞」に掲載。以後、生前の単行本にはおさめられなかった」とあるのみで、出典にはふれていない。ほのぼのとしたこの一編の童話の典拠も、実は『伝説の朝鮮』であったのだ。「虎の話」と『伝説の朝鮮』に関しては、別稿「「虎の話」の出典」[*16]を参照してほしい。

芥川は『伝説の朝鮮』の「金応瑞」の話を借りて、英雄の残虐性や歴史の粉飾、さらには自身の歴史認識を示す小説「金将軍」を書いたのである。その内容と分析は、すでに『芥川龍之介 永遠の求道者』収録の「二人の将軍 芥川龍之介の歴史認識」に書いたので省略する。が、八十年前に書かれ、日本では黙殺に近い扱いを受けている「金将軍」が、今日芥川龍之介の歴史認識を問うのに大事なテクストとして、再発見されたことに注目したいのである。

「環日本海」文学としての『支那游記』と「金将軍」

「環日本海」文学

最後に「環日本海」文学としての『支那游記』と「金将軍」の意味について述べよう。

成田龍一の言うように、「環日本海」とは、地域把握の方法として示唆的な名称である。それは「国民国家に限定された境界を想念し、互いを隔てるものとして海を把握してきた思考など、これまでの地域概念が一変する」[*17]からである。

芥川を論じる際に、『支那游記』という紀行文を無視した、あるいは軽視した論は、これまではともかく、今後は成り立たない。あれは日本海を隔てた、海の彼方の国のことを書いた旅行記といった軽い扱いは決して出来ない。芥川は中国のことを書きながら、日本について考えているのである。中華書局版『中国游記』の訳者秦剛は、「作者のまなざしを辿っていくと、中国を記述対象とする『支那游記』という自明な前提が忽ち反転してしまい、作者によって捉えられた「日本」像がテクストに鮮やかに立ち現れてくる」[*18]と言う。まさにその通りなのである。

さて、中国特派員を終え、帰国した後の芥川作品は、どれもがそれまでの作品とは一線を画すといってもよい。人間や社会に対する芥川の眼は、中国視察旅行を経て一段と深まる。特にそのことが顕著なのは、中国を舞台とした小説「母」（『中央公論』一九二一・九）、「将軍」（『改造』一九二二・一）、「馬の脚」（『新潮』一九二五・一〜二）、「湖南の扇」（『中央公論』一九二六・一）、それに上海で会った章炳麟のことばから直接のヒントを得て成った「桃太郎」（『サンデー毎日』一九二四・七・一）、さらには朝鮮を舞台とした右の「金将軍」（『新小説』一九二四・二）などである。

テクストの変容

これらは『支那游記』を背景に置いて、はじめて十全な鑑賞が成り立つ。テクストは、芥川の中国特派員経験という視点を通すことで変容する。ことばを換えるなら「環日本海文学」として、特派員体験をテクストと関連させて考えるのである。『支那游記』を異国の単なる旅行記などととらえず、中国を通して日本を批評した著作としてとらえ、他の小説との関連を考えたいものだ。先にちょっとふれた「将軍」を例にあげてみよう。

この小説は、これまで主人公N将軍イコール乃《の》木《ぎ》希典《まれすけ》将軍として論じられてきた。そして、N将軍批判が徹底しているかという観点からばかりで論じられてきたのである。むろん乃木将軍という軍神の偶像破壊を「将軍」に見出すのも間違いではなかろう。けれどもこの視点からの論文は、広がりを持ち得ない。作品評価も総じて低くなる。論者自身が絶対化され、一段上からテクストを見下げ、切り捨てることになる。それは芥川の視点が十分省みられないからだ。

「将軍」はモデル小説として、N将軍を乃木希典将軍に置き換えて読むだけでは、新たな〈読み〉は決して生まれない。モデル小説としての〈読み〉では、作者の意図なるものを得々と論じ、「〈批評の方法〉が弱い」で終わる。けれども芥川の中国特派員としての成果の一つとして見る時、テクストは変容する。中国を直視することで日本を批評する思考は、自己を含めた国家や人間を客観化できるからである。

歴史認識、反戦、反「殺戮」

わたしは「将軍」再発見の重要な観点を、芥川の新たに獲得した思考——中国特派員体験を通して得た歴史認識による反戦、反「殺戮」にあると考える。巧みな構想による反戦小説がここに生まれた。「将軍」は四章立てから成るが、一、二の章では残虐な将軍が描かれ、三の章には善人で涙もろい将軍がおり、四の章には「徹頭徹尾至誠の人」である将軍が父の口から語られる。一、二の章の将軍が事実なら、三、四の章の将軍も事実なのである。そこに戦争を介在させ、戦争は「善人」も「至誠の人」をも巻き込み、戦場では彼を冷酷な「殺戮を喜ぶ」人間にしてしまうことを描いているのだ。[*19]

これまでの「将軍」論の多くは、こうした芥川の巧みな構図を見逃し、テクストは完成度を欠くものとした。それはN将軍＝乃木将軍と信じて疑わなかったことによる。モデル小説を出ない作品の〈読み〉には限界がある。しかし、本作を中国視察旅行の成果として、ここに芥川の歴史認識を認める時、テクストのN将軍は次第にモデルの乃木将軍を離れ、普遍化されて、侵略に狂奔する帝国主義日本の一将軍、さらにはN将軍のNは、〈日本 Nippon〉のイニシアルとしてのNとも見えてくる。芥川の反戦意識は、この記号化に象徴される。

このほかここではふれないが、「馬の脚」「湖南の扇」をはじめとする小説も、そして朝鮮を舞台とし、歴史を歪曲してはならないとした先の「金将軍」も、中国特派員体験が深く根を宿している。日本海を介して存在する、まさに一衣帯水の地、中国・朝鮮と芥川とのかかわりの文学研究は、いま、ようやく緒についたというところなのである。

注

1――関口安義『特派員　芥川龍之介』毎日新聞社、一九九七年二月一〇日、七一ページ
2――芥川龍之介『支那游記』改造社、一九二五年一一月三日
3――関口安義『芥川龍之介　闘いの生涯』毎日新聞社、一九九二年七月一〇日、一四九～一五七ページ
4――関口安義『世界文学としての芥川龍之介』新日本出版社、二〇〇七年六月一五日、二〇九～二一五ページ
5――国際芥川龍之介学会は二〇〇六年九月九日、韓国ソウル市の延世大学校で創立総会が開かれ、会長に宮坂覺が就任した。
6――陳生保・張青平訳『中国游記』北京出版社出版集団／北京十月文芸出版社、二〇〇六年一月、日付なし
7――秦剛訳『中国游記』中華書局、二〇〇七年一月、日付なし
8――その後、陳豪訳『中国游記』新世界出版社、二〇一一年四月、日付なし、が刊行された。
9――ジェイ・ルービン訳『*Rasyōmon and Seventeen Other Stories*「羅生門」ほか17編』ペンギン社、二〇〇六年

三月（イギリス版）
10——吉田精一『芥川龍之介』三省堂、一九四二年一二月二〇日
11——大正文学研究会編『芥川龍之介研究』一九四二年七月五日
12——関口安義「『支那游記』論—新たな評価軸をめぐって」『文学研究』第95号、二〇〇七年四月一日、のち、『世界文学としての芥川龍之介』新日本出版社、二〇〇七年六月一五日収録、二一八ページ
13——関口安義「二人の将軍　芥川龍之介の歴史認識」文教大学『文学部紀要』17-2、二〇〇四年四月一日、のち『芥川龍之介　永遠の求道者』洋々社、二〇〇五年五月二〇日収録、一〇九〜一一八ページ
14——崔官「芥川龍之介の「金将軍」と朝鮮との関わり」『比較文学』第35巻、一九九三年三月三一日
15——西岡健治「芥川龍之介作「金将軍」の出典について」『福岡県立大学紀要』第5巻第2号、一九九七年三月三一日
16——関口安義「「虎の話」の出典」『芥川龍之介研究年誌』第4号、二〇一〇年九月三〇日
17——成田龍一「「環日本海文学」の可能性」『社会文学通信』第82号、二〇〇七年一〇月一日
18——秦剛「『支那游記』—日本へのまなざし」『国文学　解釈と鑑賞』二〇〇七年九月一日
19——関口安義「「将軍」論—反戦小説の視点の導入」『国文学　解釈と鑑賞』二〇〇七年九月一日、本書第Ⅵ章に収録

コラム

蘆花「謀叛論」から百年

二〇一一（平成二三）年二月一日は、徳冨蘆花の「謀叛論」と題した演説が、近代日本の若き知識人に向けて語られてから百年となる。近年、演説を聴いた当時の学徒の日記が次々と現れ、その影響・反響がいかに大きかったことかが解ってきた。蘆花演説は〈冬の時代〉をかいくぐり、第二次世界大戦後の平和運動にも連動する。

蘆花の「謀叛論」演説は、一九一一（明治四四）年二月一日、水曜日、東京本郷向丘の第一高等学校第一大教場（講堂）で行われた。それは弁論部主催の特別演説会であり、前年九月入学の新入生（矢内原忠雄・恒藤恭・芥川龍之介ら）を歓迎する催しであった。弁士の蘆花は、当時大きな社会問題となった幸徳秋水らの大逆事件をとりあげ、政府の処理のまずさを弾劾し、さらには厳しい社会を生きるための課題に迫った。

蘆花の演説を企画したのは、当時一高の弁論部委員であった河上丈太郎・河合榮治郎らである。一月二十二日の愛子夫人の日記には、「一高生二名、演説をこひに来る。丁度悶々、命乞ひの為にもと、謀叛論と題して約したまふ」とある。が、事は急転直下、天皇恩赦で無期懲役となった者を除く十二名の死刑は、二十四、五の両日に執行される。「謀叛論」には、そうした事件の推移を踏まえた蘆花の悲痛な思いが溢れている。

「謀叛論」の冒頭で蘆花は言う。五十年前の日本には、藩制度や人間と人間の間に階級や格式や分限があり、法度で縛り、習慣で固め、「新しいものは皆禁制、新しい事をするものは皆謀叛人であつた」と。蘆花の先見性がよくうかがえるところだ。これを二十一世紀の今日読むと、加熱する国際問題と重なってくる。かつては日本という国に藩制度があり、人間性の自然をゆがめた。いまやそれは世界という連邦に国という小さな単位があって、国制度が人間性を阻害するという考えとして成り立つ。次に一週間前に起こった「十二名を殺す」という事件に言及し、そのやり方のまずさを批判し、政府は十二名を殺すことで、多くの無政府主義者の種をまくことになったと断じる。蘆花の演説は最終の段でいっそう高揚し、人間の生きる問題へと論は昇華するのである。そして「謀叛を恐れてはならぬ。自ら謀叛人となるを恐れてはならぬ。新しいものは常に謀叛である」という宣言に至る。さらに「諸君、我々は生きねばならぬ。生きる為に常に謀叛しなければならぬ。自己に対して、また周囲に対して」という印象深いことばが続く。

　蘆花の演説は、当時一高に在籍した知的青年に大きな影響を与えた。弁論部の河上丈太郎は、四十年後当時を回想して、「蘆花事件」（『文藝春秋』一九五一・一〇）を書く。きびしい検閲制度のあった戦前は、「謀叛論」のくわしい記録など、発表出来なかったのである。が、一九一〇（明治四三）年入学の恒藤恭・森田浩一・成瀬正一ら新入生《フレッシュマン》の蘆花演説にふれた日記が、近年次々に発掘され、蘆花演説は新たな輝きを帯びることとなる。

　特に恒藤恭の一高時代の日記「向陵記」出現の意味は大きい。若き恒藤恭は、当日の蘆花の演説を入念に記録していたのである。彼の京大事件への対処や、戦後の平和運動の始原は、蘆花演説にあったとしたい。

　また、理科の森田浩一は二月三日に行われた全学集会について詳しく記す。森田は新渡戸校長訓話の後、十時からの授業に対し、誰かが「思想が混乱している中は授業などはやっても駄目ですから休みにしてください」と発言したことも記している。

　さらに成瀬正一は、一年半後の一九一二年八月二十日の「日記」に「謀叛論」を回想し、「幸徳は志士だ、勇者だ。私は彼を賞《ほ》めるに躊躇しない」と書く。他の新入生矢内原忠雄・菊池寛は、さわりない程度の記録を残し、戦後は久米正雄・松岡譲・西川英次郎らも蘆花演説の回想を残している。彼らの仲間で恒藤恭と親しかった芥川龍之介も当然「謀叛論」演説に接していたであろう。が、聴いたという直接的文献は、まだ見出せない。なお、恒藤恭の日記は二〇〇三年三月、大阪市立大学大学史資料室が『向陵記―恒藤恭 一高時代の日記―』として翻刻出版している。

第Ⅶ章——時代への眼

一　芥川と明治

明治という時代

可能性と反動

「芥川龍之介と明治」というテーマは、芥川研究における重要な課題の一つといってもよいであろう。芥川は一八九二（明治二五）年三月一日の生まれで、一九二七（昭和二）年七月二十四日に自死している。明治という時代は、近代最初の天皇睦仁《むつひと》の時代であり、一八六八（明治元）年九月から一九一二（明治四五）年七月までの約四十四年間が相当する。芥川の個人史で言うなら、生い立ちからの二十年、三十五歳と五か月ほどの生涯の半ば以上を、明治という時代に過ごしたことになる。

明治文学を代表する作家の一人である徳冨蘆花が、一九〇〇（明治三三）年三月二十三日から翌年三月二十一日まで『国民新聞』に連載し、五月に民友社から刊行した『思出の記』という小説がある。菊池慎太郎という主人公が、苦労を重ねながら新しい時代を生き抜く物語である。立身出世が肯定的に考えられた明治という時代を明るく生き抜き、友人の妹と結婚し、文学者になるというストーリーには、時代の可能性が脈打っている。菊池慎太郎の可能性は、明治という時代の可能性でもあった。日清・日露両戦争をからくも乗り越え、人々は苦しい生活を余儀なくされながらも、時代に理想を追い求めることができたのである。

しかし、一方で明治という時代は、反動の歴史を刻んでいる。そのいくつかの例をあげるならば、まず近年映画にもなった秩父事件があげられる。一八八四（明治一七）年、埼玉県の秩父地方の自由党員と不況に苦しむ農民らが蜂起し、負債の減免などを求めた。が、警察・軍と衝突の後、約十日間で鎮圧され、裁判の結果二九六名が重罪の名で処分された事件である。これは自由民権運動の一事件として位置づけられているが、明治政府の反動性を示す事件の一つであった。

次に内村鑑三の不敬事件があげられる。一八九一（明治二四）年一月九日、一高倫理講堂で行われた教育勅語奉読式の際、教師の内村鑑三が、天皇親筆の署名に最敬礼を尽くさなかったというのが、問題化したものだ。それはその頃次第に力を持つようになったキリスト教への攻撃という形に発展し、「教育と宗教の衝突」論争を呼んだ。

そして明治末の大逆事件は、まさに明治という時代のブラック・ホールといってよい事象であった。大逆事件とは、一九一〇（明治四三）年五月二十五日、警察が長野県で労働者宮下大吉を「爆裂弾製造」の疑いで逮捕したのをきっかけに、天皇暗殺容疑のもと、全国の無政府主義者ら直接行動派を一斉に検挙した事件をいう。六月一日には、無政府主義者幸徳秋水が仕事先の神奈川県湯河原温泉で検挙されるなど、検挙者総数は数百名に上ったという。

裁判は秘密裡に迅速に行われ、翌年一月十八日には、二十四名に死刑判決、翌日半数の十二名が無期懲役に減刑され、二十四、五日の両日に幸徳秋水ら十二名が絞首刑を執行される。この事件は、明治という時代の生んだ暗い事件であった。

二律背反の悲劇

はじめに述べたように、明治という時代は、一方に可能性を秘めた明るさがあり、他方に反動性がもたらす事件を生む土壌として存在した。司馬遼太郎の『坂の上の雲』[*1]は、そうした近代日本の矛盾をよく描き出している。第二次世界大戦に至る近代日本の悲劇も、明治という時代に形成されていくことも教えてくれる作品といえよう。

ところで、明治という時代の二律背反の悲劇は、大逆事件に典型的に示される。右に『思出の記』を書いた人として紹介した徳冨蘆花は、政治や社会への強い関心を抱いた作家であった。それだけに大逆事件には無関心ではいられなかったのである。それが一九一一（明治四四）年二月一日、第一高等学校での演説「謀叛論」に噴出する。芥川龍之介やその仲間が聴いたと思われるこの演説は、格調高く、後年河合榮治郎によって「それは驚くべき雄弁であつた。所謂雄弁家の弁ではないが、あれが本当の雄弁と云ふのであらう。私共は息つく間もない位にひきずり込まれて、唯感心してしまつた」[*2]と回想されるほどのものであった。

蘆花はこの演説で、「謀叛を恐れてはならぬ。謀叛人を恐れてはならぬ。自ら謀叛人となるを恐れてはならぬ。新しいものは常に謀叛である」「我々は生きねばならぬ。生きる為に常に謀叛しなければならぬ。自己に対して、また周囲に対して」と叫ぶように訴えた。

この叫びが次代の青年を動かすことになる。彼らはやがて激動の時代を迎える中で、日本政府のファシズム的政策に対し、「謀叛」の声をあげるのであった。そのことを実証するのが、実は近年のわたしの研究の柱の一つであったと言ってもよいだろう。それは別著『芥川龍之介の歴史認識』[*3]に、くわしく述べていることでもあるので参照してほしい。以上を枕に、より広い立場から芥川と明治の問題を考えることにしよう。

江戸趣味を引き継ぐもの

本所区小泉町

芥川龍之介は一八九二（明治二五）年三月一日の生まれ。維新後二十五年、まさに明治の時代の息吹を感じて生まれ、育ったことになる。彼が生後八か月から満十八歳まで過ごした地は、東京下町の本所区小泉町である。現在のＪＲ両国駅東口から南へわずか二分、国道十四号線（京葉道路）に出たところ右側の角地にあたる。両国駅周辺は、今日大きく変貌している。駅の北側には国技館があり、その東隣りには巨大な江戸東京博物館が、また多くの集合住宅としてのマンション、ハイツが立ち並ぶようになった。が、龍之介が育ったころの本所・両国界隈は、彼のことばで言うなら、「江戸二百年の文明に疲れた生活上の落伍者が多勢住んでゐた町」ということになる。近くには大名屋敷もあれば、大川端の横網町などは成功した商人の別荘が軒を連ねる状況であった。

芥川家の門を出て、道路を横断して西（両国橋方面）へ少し行くと、江戸の戯作者山東京伝や、義賊鼠小僧次郎吉の墓で知られる回向院《えこういん》がある。回向院は明暦の大火で江戸五百余町が焼けたとき、無縁仏を埋葬したのにはじまる寺で、明治から大正にかけての両国の国技館は、この境内にあった。寺ではさまざまな催し物が行われていたが、中には江戸時代から持ち越された行事もあった。下町の寺を中心とした江戸文化の伝統に、少年龍之介は自然に染まっていたといえようか。

回向院の南側の道路を東へ進むと、吉良邸跡がある。赤穂四十七士の討ち入りで知られた屋敷だ。芥川に「或日の大石内蔵之助」（『中央公論』一九一七・九）という小説があるが、幼い日から遊び親しんでいた場所と無関係ではないだろう。吉良邸が代表する大名屋敷や下屋敷は、明治二十年代の本所両国には、未だ残っていた。また、御竹蔵（お竹倉）と呼ばれた竹藪のある広い野原もあった。さらに近くには、大川（隅田川）がゆったりと流れていた。

大川は奥秩父の西部、甲武信岳《こぶしがだけ》に発し、秩父盆地を経て関東平野を流れる荒川の分流であり、江戸の人々の暮らしや遊びに溶け込んでいた。芥川の「大川の水」（『心の花』一九一四・四）は、この川について書いたエッセーである。「大川の水」の最後のところで、芥川は次のように書いている。

　もし自分に「東京」のにほひを問ふ人があるならば、自分は大川の水のにほひと答へるのに何の躊躇もしないであらう。独《ひとり》にほひのみではない。大川の水の色、大川の水のひゞきは、我愛する「東京」の色であり、声でなければならない。自分は大川あるが故に、「東京」を愛し、「東京」あるが故に、生活を愛するのである。

ここで言う「東京」は、むろん明治の「東京」である。その明治の「東京」は、大川の水のにおい・色・ひびきで代表される。未だ水は清く、夏、両国橋近くの大川端には、よしず張りの水泳場が出現した時代である。少年龍之介は、当時の狭い木造の両国橋を渡り、波の荒い百本杭や葦の茂った中洲を眺め、たびたび富士見の渡しを渡った。

生後八か月で生母フクが精神に異常を来したため、龍之介はここ本所区小泉町の母の実家に預けられ、のち、小学校時代に裁判を経て正式に芥川家の養子となる。そのことが龍之介の精神形成、――感性や趣味や性癖までに強い影響を与えることとなる。

養子先の芥川家は、代々幕府の御用部屋坊主をつとめた江戸時代から続く旧家であった。龍之介自身、「澄江堂雑詠」（『新潮』一九二五・六）の中の「臘梅」で、「今はただひと株の臘梅のみぞ十六世の孫には伝はりたりける」と記して、自身を芥川十六世と数えているほどだ。養父芥川道章《どうしよう》は、篆刻や一中節、囲碁、盆栽、俳句など趣味の多い人であった。道章の妻の儔《とも》は、幕末の大通細木香以の姪であったという。また、龍之介を乳飲み子の時代から成人になるまで面倒を見、教育に当たった伯母フキは、歌舞伎や読本を好む文学趣味の持ち主であった。この伯母芥川フキが龍之介に無理強いなどでない、自然なやり方で、文字や数の早期教育を行ったのである。

旧家に育つ

養家の本箱には、草双紙がいっぱい詰まっていた。幕末から明治にかけての人々の読み物は、江戸の草双紙類だった。「僕はもの心のついた頃からこれ等の草双紙を愛してゐた。殊に「西遊記」を翻案した「金比羅利生記」を愛してゐた」とは、「追憶」（『文藝春秋』一九二六・四〜二七・二）の中の一節である。早くから伯母フキの巧みな指導によって文字や数を習得していた龍之介は、確かに「もの心のついた頃から」書物に関心を示していたのであって、これは決して誇張した言い方ではない。芥川を秀才とか天才という前に、伯母芥川フキの教育にこそ、目を留めなくてはなるまい。

芥川家では、養父母も伯母もそろって江戸趣味を持ち、芝居を観、小説を読むというのが、日常の生活に溶け込んでいた。龍之介の「文学好きの家庭から」には、こうした家庭の様子が次のように描かれている。

芝居や小説は随分小さい時から見ました。先《せん》の団十郎、菊五郎、秀調《しうてう》なぞも覚えてゐます。私が始めて芝居を見たのは、団十郎が斎藤内蔵之助《くらのすけ》をやつた時ださうですが、これはよく覚えてゐません。何でもこの時は内蔵之助が馬を曳いて花道へかゝると、桟敷《さじき》の後で母におぶさつてゐた私が、嬉しがつて、大きな声で「ああうまえん」と云ったさうです。二つか三つ位の時でせう。

龍之介は〈いき〉の美意識をたっとぶ明治人の江戸趣味に自然に浸って育ったといえそうだ。明治は当然のことながら、前代の江戸を引き継いでいる。明治前期の下町の人々の趣味は、江戸趣味であり、龍之介のばあい、江戸二六〇年の文明に培われた芥川家に育ったことは、その感性や好みに決定的に作用した。ここに恰好の作品がある。自ら処女作と記した「老年」（『新思潮』一九一四・五）である。これは龍之介の大学生時代の小説ながら、江戸趣味に染め上げられた世界に、西洋的な見方や考えが示される佳品だ。内容は一人の粋人の老後を扱う。二十世紀末から人類に突きつけられた老人問題の先駆的作品としてよい。

老人問題の先駆的作品

龍之介は晩年に、「玄鶴山房」（『中央公論』一九二七・一〜二）というこれまた老人問題にとりくんだ力作を発表するが、彼は早くから老いを真剣に考えた作家であった。「老年」は舞台を一中節の順講（発表会）の場にとる。時代は明治の中頃との設定である。そこは江戸趣味の漂う世界であり、書き出しは、次のようになっている。

橋場の玉川軒と云ふ茶式料理屋で、一中節の順講があつた。

朝からどんより曇つてゐたが、午ごろにはとうとう雪になつて、あかりがつく時分にはもう、庭の松に張つてある雪よけの縄がたるむ程つもつてゐた。けれども、硝子戸と障子とで、二重にしめきつた部屋の中は、火鉢のほてりで、のぼせる位あたゝかい。人の悪い中洲の大将などは、鉄無地の羽織に、茶のきんとうしの御召揃ひか何かですましてゐる六金さんをつかまへて、「どうです、一枚脱いぢやあ、黒油が流れますぜ。」と、からかつたものである。六金さんの外にも、柳橋《やなぎばし》のが三人、代地の待合の女将が一人来てゐたが、皆四十を越した人たちばかり……

場所は大川のほとりの茶式料理屋、催しは「一中節の順講」である。会には小川の旦那や中洲の大将などの御新造や御隠居のほか、一中節の師匠や素人の旦那衆七、八人など離れの十五畳に十数名の中年男女が集まっている。集う人々の年齢は、「皆四十を越した人たちばかり」とあるから、人生五十年と言われた時代にあっては、初老の人々ばかりということになる。そこにあいさつのため顔を出すのが、この物語の主人公、隠居の房さんである。

房さんという老人

房さんは、もう還暦を過ぎた老人だが、若いときは華やかな存在であったのを、ここに集まっている人々はよく覚えている。とにかく「十五の年から茶屋酒の味をおぼへて」、二十五の厄年前年には、吉原の遊女と心中沙汰になったこともあるという。その後は親譲りの玄米問《くろごめどん》屋の身上《しんしょう》をすってしまい、後は器用貧乏と深酒のため定職に就けずに、歌沢の師匠をしたり、俳諧の点者をしたりして生活をしてきたが、だんだんおちぶれて三度の食事にも事欠くようになり、わずかな縁続きから、今ではこの橋場の玉川軒に引き取られて、楽隠居の身になっている。中洲の大将が子ども心にも忘れられなかったのは、その頃盛りだった房さんが、神田祭りの晩にゆかたで、のどを披露した時だったという。けれども、この頃はめっきり老い込んで、すきな歌沢節もめったに歌わず、一頃飼った鶯も飼わなくなる、変わり目毎に楽しみにしていた芝居にも行かなくなっている。そして今、会合で末座に座っている姿を見ると、人々にはどうしても房さんが「一生を放蕩と遊芸とに費した人」とは思われないのである。中洲の大将や小川の旦那が、房さんから昔の放蕩生活の話を聞き出そうとしても、「当節はから意気地《いくじ》がなくなりまして」と禿頭をなでながら、小さな体をいっそう小さくするばかり。それでも順講で「浅間の上《じょう》」が語り出されると、房さんは小さく肩をゆすって、「昔の夢を今に見返しているやう」な反応をかすかに示すのであった。

わびしい老後

やがて、房さんは折りを見図るかのように、「どうぞ、ごゆるり」とあいさつをして座をはずす。中洲の大将は、房さんの年をとったのに、よくよく驚いたとみえ、「あゝも変るものかね」「房さんもおしまひだ」と嘆く。房さんの噂はそれからそれへと続く。そのうちに小川の旦那と中洲の大将は、座を抜けて、内緒でいっぱいひっかけようと廊下づたいに母屋の方へ行く。するとどこかでひそひそと話す声に気づく。

小説の時間は、冬の暮れ方である。「暗い大川の流れをへだてゝ、対岸のともしびが黄いろく点々と数へられる」と作者はさりげなく書きつける。静かな雪の夕暮れである。そうした舞台装置のもとに、房さんらしい女をなだめる声が、次第に拡大されてくる。──「何をすねてるんだつてことよ。さう泣いてばかりゐちやあ、仕様ねえわさ。なに、お前さんは紀の国屋の奴さんとわけがある……冗談云つちやいけねえ。」──要するに痴話喧嘩の一コマで、しかも、次第に拡大される声は、まぎれもなく房さんなのだ。

「房的だぜ。」「年をとつたつて、隅へはおけませんや。」……二人は細目に開いている障子の内をそっとのぞく。テクストには「二人とも、空想には白粉のにほひがうかんでゐたのである」とある。若い女がそこにいると二人は考えたのである。が、部屋には電灯がぼんやりともり、女の姿はどこにも見出せない。置炬燵にあたっている房さんの頭髪の薄くなった後ろ姿が見えるばかりである。炬燵蒲団の上には端唄本のほか、首に鈴をさげた小さな白猫が丸くなっている。房さんは禿頭を柔らかな猫の毛に触れるばかりに近づけて、ひとりなまめいた語を誰に言うともなく繰り返している。……「其時にお前が来てよ。あゝまで語つた己が憎いと云つた。芸事と……」

昔の夢を見るかのように、房さんは猫を前に痴話言をつぶやいているのだ。中洲の大将と小川の旦那とは、黙って顔を見合わせた後、長い廊下を忍び足で離れの座敷に戻る。「雪はやむけしきもない……」で小説の幕は閉じる。

「老年」は、人間のわびしい老後を、若い龍之介が先取りして描いた小説と言えようか。冒頭の場面の華やかさに比べ、ラストシーンはなんともわびしい。明治という時代の表面的明るさと、その中に潜むわびしさを西洋的な目で的確にとらえた小説といってよい。そうしたテーマをめぐる考察と同時に注目されるのは、この作品の世界は、まさに江戸・明治趣味の世界であるということだ。人は明治・大正とはよく言うが、江戸・明治とは言わない。維新＝「御一新」意識がそこに働くからである。しかし、ここではあえて使わせていただく。「開化の良人」（『中外』一九一九・二）には、「あの江戸とも東京ともつかない、夜と昼とを一つにしたやうな時代」ということばが使われるが、それは「老年」の世界にも通じるのである。

一中節

一中節は、この小説のバックミュージックとなっている。舞台そのものも「一中節の順講」、つまり発表会の席に設定されている。龍之介の養家先の芥川家では、一家をあげて一中節を習っていた。龍之介は幼い頃からその音曲と歌詞に慣れ親しんでいたものと思われる。彼自身も習ったかというと、その形跡はない。恒藤恭の『旧友芥川龍之介』[*4]には、養父母に伯母フキの名を出し、「これらの老人の共通の趣味は一中節であつた。長唄とか、清元とか、歌沢とかにくらべて、一中節は地味な、渋いもので、つつましく静かなところに特色があるらしいが、とき折りその方面の師匠が来て、老人たちが稽古をしてもらふ場合には、しのびやかな三味線のひびきと唄の声とが、僕たちのゐる二階へつたはつて来るのであつた」と書いている。恒藤恭のこの回想に出てくる一中節の師匠というのは、宇治紫山である。「老年」に出てくる宇治紫暁という「腰の曲つた一中の師匠」は、紫山がモデルと考えてよいだろう。芥川における明治の一つは、江戸趣味を引き継ぐものとして存在したのである。

雛という小説

文明開化を背景に

ところで、芥川龍之介に明治の文明開化期を時代背景とした「雛」（『中央公論』一九二三・三）という小説がある。『中央公論』の編集長滝田樗陰の勧めで書いたとは、末尾で作者自らが語っているところだ。小説は「これは或老女の話である」という一文にはじまり、全文は回想形式をとっている。

作品の時間は、冒頭と末尾が現在で、その間にわたし（お鶴）という語り手の体験した事件が語られていく。作品の基本トーンは、古いものが滅び、新しいものが生まれるという、時代の転換期、——明治初期の文明開化の姿を示すところにある。時代背景と舞台が入念に書き込まれ、小道具の用い方も見事というほかない。特にランプや人力車や煉瓦通りなどが、明治という時代を示す象徴的役割を担わされているのに気づかされる。

登場人物は、父（十二代目の紀の国屋伊兵衛）・母・兄（英吉）・わたし（お鶴）の四人が中心で、他に骨董屋の丸佐の主人、車夫の徳蔵が背景的人物として点描される。そして主要登場人物四人が、それぞれこれまた明治という時代を生きる人物の象徴的役割を担わされているのである。

父は転換期の時代の中で、揺れ動く人間として設定されている。親代々諸大名のお金御用を勤めてきた家柄ながら、徳川幕府の崩壊後はうまく立ち回れなくて、手もとが苦しく、娘の雛人形まで売ろうとしている。父は何とか新しい時代の中で生き延びようと、ざんぎり頭になってみたり、新時代を象徴するランプを購入したりしている。まじめで物事に義理堅く、総じて考え方は古風である。雛を売る段に至って、口では「一度手附けをとつたとなりやあ、何処にあらうが人様のものだ。人様のものはいぢるもんぢやあない」として、お鶴の雛を見たいという訴えにも耳を貸さないが、内心では一番雛に執着しているのだ。皆が寝静まった夜更け、独り雛を眺める父の姿には、時代の転換に翻弄されて生きた男の一典型が刻まれている。

一方、母は売られようとしている雛の箱を見て、思わず涙を流すという、これまた雛人形に愛着を示す人物として描かれる。けれども、この母は主人のすることには、すべて従うという従順で古風な女性である。そのことは娘のお鶴に、「何も彼もお父さんがなさるのだから、おとなしくしなけりやあいけませんよ」と諭すことにも現れている。次に兄の英吉は、横文字を読む政治好きの青年で、実用性を尊ぶ典型的開化人として描かれる。性格は表面上はきつく、「一度も弱みを見せなかつた」とされる。新しいものの受け入れに積極的で、ランプの光の輝きを一番喜んだのも、この兄である。「何でも始は眩し過ぎるんですよ。ランプでも、西洋の学問でも、……」という兄英吉のことばに、その考えがよく示されている。

古きよき時代

さて、主人公のわたし＝お鶴の性格や内面の心の動きは、四人の中では一番よく描けている。主人公のわたしは、雛が売られることを、はじめはあまり悲しいとも思わなかった。けれども、手放す日が近づくと雛への執着が高まり、別れるのがつらくなる。特に母の雛への執着を知り、それをバカにする兄英吉を見、けんかをした後は、雛への思いは募る一方である。そして父に「後生一生のお願ひだから、……」と雛が家を離れる前に一目見たいと言い出す。お鶴の雛への思いは、兄英吉との対立の中でいっそう深まる。人物相互の関連は、開化人の兄と昔風な母との対立を軸に展開する。こうした小説の筋の中に、明治という時代が巧みに取り込まれているのである。

場面場面は生彩に描かれ、父が深夜土蔵の中で独り雛を眺めるというクライマックスに至るまでに、作者は入念に伏線を張り、それが唐突に見えないようにもっていく。父は娘のお鶴の目には、「口数をきかない」「性来一徹」な人間として映っている。彼は幕末から維新への激動期に生を受けたものの、うまく立ち回れず、先祖から受け継いだ資産を次第に失い、いままた娘の雛まで売ろうとしているのである。父は時代の波に乗れない男ながら新しい時代を生きる努力は重ねている。昔から出入りの骨董屋の丸佐や、かつては魚屋で、いまは人力車夫の徳蔵などから慕われ、信頼されているところからも、その人柄がしのばれる。父にとっての雛は、古きよき時代の象徴として映っているのだ。それは作者芥川龍之介の明治への思いとも重なるようにも思われる。

〈明治〉との別れ

小説の終わりに作者は、「「雛」の話を書きかけたのは何年か前のことである」と書き付けている。それが「明治（小品）」である。末尾に「紺珠十篇の中」とあるところからして、第四次『新思潮』時代の一九一六（大正五）年頃に書かれたものと思われる。ちなみに新全集には、関連資料として、他に「「雛」草稿」と「明治（小品）②」が収められている。

「明治（小品）」は、四百字詰原稿用紙十枚ほどの作品だ。内容は「雛」に重なるところもあるが、「明治（小品）」に出てくる「姉」が「雛」では「兄」に変わり、面疔を患う母の登場と共に対立の構図を強めた「雛」が、作品として上位であることは言うまでもない。「雛」には、先の「「雛」の話を書きかけたのは何年か前のことである」に続けて、次のような文章が置かれている。

それを今書き上げたのは滝田氏の勧めによるのみではない。同時に又四五日前、横浜の或英吉利人の客間に、古雛の首を玩具にしてゐる紅毛の童女に遇つたからである。今はこの話に出て来る雛も、鉛の兵隊やゴムの人形と一つ玩具箱に投げ込まれながら、同じ憂きめを見てゐるのかも知れない。

この文章が最後に置かれたのは、どうしてなのか。平岡敏夫は「（雛は）日本の伝統的な文化そのものであり、それが「鉛の兵隊やゴムの人形」という非情なまでの西洋玩具に象徴される西洋文化のなかで、破壊され、無残な姿（「古雛の首」として）をとどめている――これが〈明治〉というものだったのだと芥川は語っているようである」[*5]と言い、そこに芥川の〈明治〉との別れ、芥川の一九二三（大正一二）年における暗い〈明治〉認識を見ている。

開化期ものの中の明治

芥川の明治開化期を背景とした小説では、明治という時代はどのように捉えられているのか。彼の時代への眼は、いかなるものであったのか。以下に三つの開化期ものの作品の世界を見てみよう。

〈明治〉の猥雑さ

「開化の殺人」（『中央公論』一九一八・七）という小説がある。初出と単行本『傀儡師』（新潮社、一九一九・一）収録本文との間に異同があり、初出の遺書のかたちをとったものから、作者が借覧した遺書を公表、「ひき写し」したかたちのものに改まっている。序文は遺書を発表するに至った経緯を説明する。そして本文は「本多子爵閣下、並に夫人」と相手をはっきりと指定して描かれる。

遺書の書き手のドクトル北畠は、三年間も心に秘めてきた「呪ふべき秘密」を告白し、自身の「醜悪なる心中を暴露」すると言う。北畠は若き日、従姉妹の甘露寺明子に恋心を抱くが、打ち明けないままロンドンに留学する。北畠の留学中に明子は、ある銀行の頭取満村恭平の妻となる。帰朝後の明治十一年八月三日の両国の花火の際に、北畠は満村と席を共にすることになるが、彼の獣のような性癖を知り、その殺害を決意する。それは嫉妬ではなく、「不義を懲し不正を除かんとする道徳的憤激」と説明される。

かくて北畠は、満村に顔色の悪いことを理由に丸薬を飲まし、毒殺する。しかし、明子が子なき故に満村家を去り、かつて許嫁だった本多子爵と結婚するに及び、再び心中に殺意が芽生えてくるのを感じる。北畠はその始終を本多子爵と夫人に告げ、「かの丸薬」を飲んで自殺する。物語の背景には、両国橋畔の花火や新富座の日本劇、金満家の「黄金の威」など、明治の猥雑さも描かれている。

「開化の良人」（『中外』一九一九・二）では、こうした明治のというか、新しい時代の混沌さ、猥雑さは、より濃厚となっている。この小説は、本多子爵の語る友人の話という形をとる。理想を求めてフランスから帰国した大地主の息子三浦直記は、愛のない結婚はしたくないと公言しており、ようやく「藤井勝美と云ふ御用商人の娘」と結婚する。

しかし、当初快活さを示す便りを本多子爵に寄越していた三浦が、久しぶりに会ってみると、「憂鬱らしい」表情を湛えている。友人のドクトルと新富座へ出かけた子爵は、そこで勝美夫人と「楢山の女権論者」、それに派手な背広を着た若い男を見る。子爵はやがて、勝美夫人と夫人の従弟だという男との姦通を想像するに至る。

しばらくして子爵は、大川の夜間遊覧船―猪牙舟《ちよきぶね》の中で、三浦から勝美夫人と離婚したことを知らされる。大川の夕景色の中での三浦は、夫人とその従弟の愛は不純で、従弟は「楢山の女権論者」とも関係があり、一方、夫人には別の男からの艶書も届いているという。すべては不純であるとする彼は、「すつかり開化なるものがいやになつてしまつた」と言うのである。

神風連が命を賭して争ったのも子供の夢なら、「今日我々の目標にしてゐる開化も、百年の後になつて見たら、やはり同じ子供の夢だらうぢやないか。……」ということばで本多子爵の話は終わる。開化、つまり芥川龍之介における明治は、ここでは理想主義が挫折する時代として描かれているのだ。

一夜の輝き

小説「舞踏会」（『新潮』一九二〇・一）は、まとまりの好い佳作である。もっとも『新潮』に載ったテクストは完全なものとは言えず、『夜来の花』（新潮社、一九二一・三）に収録した際に、改稿される。それによって小説の完成度は一段と高まる。この小説は、鹿鳴館の舞踏会にはじめて臨む十七歳の明子とい少女のういういしい心情の描写にはじまる。主人公の明子は、典拠となったピエール・ロティ『秋の日本』の「江戸の舞踏会」に出てくるミョウゴニチ嬢をはじめとする少女たちより、はるかに美しく魅力的だ。彼女はフランスの海軍将校と近づきになる。

一時間後、二人は舞踏会の興奮から逃れて露台から花火を見ている。「明子には何故かその花火が、殆悲しい気を起させる程それ程美しく思はれた」というが、その時フランスの海軍将校は、やさしく明子の顔を見下しながら、「我々の生《ヴィ》のやうな花火」とつぶやく。こうした夢のような一夜の出来事も、後年の明子には、その思い出だけが僅かに甦るに過ぎない。「舞踏会」は、ファンタジーにも似た一夜の恋愛の物語であり、明治という時代が一夜の輝きに終わったのを象徴するかのような小説と言えよう。

記憶や思い出の中の明治を、芥川はその後もしばしば書くことになる。「大導寺信輔の半生」（『中央公論』一九二五・一）や「追憶」（『文藝春秋』一九二六・四〜一九二七二・一）や「本所両国」（『東京朝日新聞』一九二七・五・六〜二二）が相当する。

芥川龍之介における明治の終焉

〈明治〉という過去帳

明治という時代は、やがて芥川龍之介の作品中で対象化されていく。「将軍」(『改造』一九二二・一)では、主人公に実在した将軍、乃木希典を思わせる人物を登場させるが、これはモデル小説の視点では読まない方がいいとわたしは考えている。ここでの将軍は、Nと書かれ、記号化されているところからしても、明治の冷酷な日本軍閥の親分を意味していると受け取れる。わたしは前々から「将軍」は、芥川のすぐれた反戦小説だと考え、そのことを主張してきた。この小説では、N将軍は徹底的に俗物扱いされ、次代を担う若者からは、殉死の前に写真を撮った意味がわからないとけなされている。将軍Nのような、明治の象徴とされる人物には芥川の関心は薄く、「将軍」ではむしろ戦場で死んでいく下級兵士の描き方に特色が見出せる。

中国旅行から帰国した後の芥川の明治意識は、明らかに変化している。そこには開化へのあこがれを伴う明治はなく、反動や権威主義のはびこった時代という認識が強くなっている。「点鬼簿」(『改造』一九二六・一〇)は、題名自体が明治という時代の過去帳に通じる。ここに扱われているのは、実母新原フクと実姉新原ハツ(ソメ)と実父新原敏三の三人である。三人の明治という時代を生きた親族のことを、それぞれ一章を当てて記し、最後の四の章では、妻と二人で三人の眠る谷中の墓地を訪れ、「一体三人の中では誰が幸福だつたらうと考へたりした」というのである。明治という過去帳を示すことで、新たな時代を生き延びようとする語り手の思いが、伝わってくるかのようだ。

新たな生き方

さらに「玄鶴山房」(『中央公論』一九二七・一～二)では、死ぬに死なれず生き恥をさらす堀越玄鶴という人物を突き放して描く。芥川は自らこの小説を「陰鬱極マル力作」(室生犀星宛書簡、一九二六・一二・五付)と言った。それは寝たきりの一老人の物語であり、二十世紀末から二十一世紀にかけて、より深刻さを増した老人介護問題が扱われているのだ。

玄鶴の生きた時代は明治である。彼はゴム印の特許で金をしこたま儲けるが、仕事が順調に運んでいた当座でさえ、仲間の嫉妬や「利益を失ふまいとする彼自身の焦燥の念は絶えず彼を苦しめてゐた」という。それは芥川自身の体験した現実の転位でもあった。

漱石にほめられ文壇に登場した芥川は、常に先輩や仲間の嫉妬を浴びながら、絶えず次の作品にかける「焦燥の念」に苦しめられてきた。妻以外の幾人かの女性とのかかわりも、関係が深まればやっかいなものであることを、彼は嫌と言うほど知らされてきた。それは単に本作の主人公堀越玄鶴や作者芥川だけの問題ではなく、人間一般のものでもある。

玄鶴の回想する「如何にも浅ましい一生」は、近代に生きる人間誰しもが負っている一生でもあるのだ。わたしは明治という時代は、明るさ(可能性)と哀しさ(反動)が混在した時代だと冒頭に書いた。「玄鶴山房」は、最後の六の章に、Liebknecht の『追憶録』の英訳本を読む大学生を登場させ、新たな生き方を模索している。

これまでの多くの「玄鶴山房」論では、この『追憶録』をめぐって、さまざまな言及がされてきた。確かに『追憶録』を読む大学生に託された「新時代」意識を、どう解釈するか、芥川の社会主義意識をどう考えるかは、大きな研究課題であるといえよう。

先に「将軍」という小説をとりあげ、それがすぐれた反戦小説となっていることを指摘した。作者芥川龍之介の眼は、「将軍」では下級の兵卒たちに注がれている。芥川の意図した下積みの兵士の立場からのあからさまな戦争批判は、それゆえにこの小説に官憲による十六箇所もの伏せ字を生じさせるが、「明治」の権力の権化であるN将軍を批判しきったところに、芥川の明治を超える意志を感じることができるのである。

〈明治〉を超える意志

ちなみに乃木希典将軍を徹底的に批判し、その将軍としての無能性を書き連ねたのは、先にあげた司馬遼太郎の『坂の上の雲』である。が、それは言論の保証された第二次世界大戦後のことであり、芥川はその約半世紀前に、官憲の検閲によって、伏せ字を余儀なくされるという状況の中で、「将軍」という小説を書いたことも記憶に留めねばならない。ここに芥川の明治という時代からの離陸を認めたいのである。

繰り返すが、明治という時代は、明るい可能性と他方反動がまかり通った二律背反の時代として捉えることができる。芥川はそうした中にあって、次第に新しい生き方を模索するようになる。プロレタリア文学を理解しようと努力したことも、関東大震災に際して自警団の朝鮮人虐殺への抗議も、そして歴史を粉飾しても意味はないのだということを小説「金将軍」(『新小説』一九二四・二)に書いたことも、そうした模索であった。

「金将軍」という芥川の小説は、日本ではこれまでほとんど問題にされずにきたが、わたしは芥川の歴史認識を考える時に落とすことの出来ない重要な作品だと考える。芥川は一九二一(大正一〇)年に大阪毎日新聞社の特派員として中国に行き、朝鮮を縦断して釜山を経由して帰国した。その際に立ち寄った朝鮮のどこかの都市で典拠となった三輪環『伝説の朝鮮』[*6]を手に入れたのであろう。「金将軍」は日本の武将小西行長が朝鮮出兵の際に、朝鮮の将軍、金応瑞によって、その子を宿した桂月香というキーセンとともに殺されたという話である。

皇国史観批判

三輪環の『伝説の朝鮮』を下敷きに、奇怪な様相を帯びた行長殺害の様子を書き付けた芥川は、結末の箇所で、「これは朝鮮に伝へられる小西行長の最後である。行長は勿論征韓の役の陣中には命を落さなかつた。しかし歴史を粉飾するのは必しも朝鮮ばかりではない。日本も亦小児に教へる歴史は、――或は又小児と大差のない日本男児に教へる歴史はかう云ふ伝説に充ち満ちてゐる」と書き、歴史を粉飾しても意味のないことを言う。和田繁二郎は『芥川龍之介事典』[*7]の「金将軍」の項目解説で、金が月香を殺すところで、「英雄は古来センティメンタリズムを脚下に蹂躙する怪物である。」と英雄の非人間性を批判し、また「「(芥川は)如何なる国の歴史もその国民には必ず光栄ある歴史である」と言い、皇国史観への批判を試みている」と書く。和田繁二郎は「金将軍」に、「皇国史観への批判」を見出しているわけで、突き詰めれば、それは歴史認識ということになる。わたしはそうした見解にも刺激され、『芥川龍之介の歴史認識[*8]』の一書を著した。参照していただけるなら幸いである。

明治の中頃に生まれ、その短い生涯の大半を明治時代に送った芥川龍之介は、後半生で明治という時代からの脱却を志すこととなる。その緊張感が二十一世紀の今日、彼を甦らせ、「芥川再発見」の機運を生み出している。日本ばかりでなく、海外で芥川がいま甦るのは、時代に常に誠実に立ち向かったその姿勢にあるのだといえよう。

注

1――司馬遼太郎『坂の上の雲』初出『サンケイ新聞 夕刊』一九六八年四月二二日～一九七二年八月四日
2――河合榮治郎「近頃の感想」『日本評論』一九三七年一月一日
3――関口安義『芥川龍之介の歴史認識』新日本出版社、二〇〇四年一〇月二〇日
4――恒藤恭『旧友芥川龍之介』朝日新聞社、一九四九年八月一〇日、九九ページ
5――平岡敏夫「芥川龍之介における「明治」」『國文學』一九八五年五月二〇日、のち『もうひとりの芥川龍之介』おうふう二〇〇六年一〇月二五日収録、八八ページ
6――三輪環『伝説の朝鮮』博文館、一九一九年九月二〇日、なお、『福岡県立大学紀要』第5巻第2号（一九九七年三月三一日）に朝鮮古典文学が専門の西岡健治が「芥川龍之介作「金将軍」の出典について」という論を載せ、芥川の「金将軍」と『伝説の朝鮮』中の「金応瑞」との綿密な比較・考証を行っている。西岡は「金将軍」発表以前の四種の朝鮮伝説集にも眼を通し、金応瑞に関する記述があるのは、三輪環の『伝説の朝鮮』が唯一とする。
7――菊地弘・久保田芳太郎・関口安義編『芥川龍之介事典』明治書院、一九八五年一二月一五日
8――注3に同じ

二　再見『支那游記』

再発見されるテクスト

過小評価

『支那游記』（改造社、一九二五・一一）は、芥川龍之介研究において、きわめて大事なテクストである。けれども、その真価は理解されずに来たと言えよう。日本においては、これまで『支那游記』という紀行文は、芥川作品中では常に軽い扱いであり、長く脇に置かれた存在であった。不当なまでに過小評価されてきたのである。芥川研究のすぐれた先達吉田精一ですら、「つまらない読物ではないが、要するに小説家の見た支那であって、新聞が、もしくは新聞の読者が期待したかも知れぬやうな、支那の現在や将来を深く洞察し得たものではない」[*1]という認識きり示さなかったのである。吉田精一のこの評価は、その後長い間日本人の『支那游記』論を支配した。事は中国でも同様である。一九三〇年代の巴金の激しい芥川批判、『支那游記』否定にはじまり、第二次世界大戦を経て文化大革命時代までは、芥川文学そのものが否定されていた。そして当時の日本の文化状況や芥川の目線を無視しての研究がまかり通ったのである。具体的に言うなら検閲制度の問題である。このことを抜きにしての『支那游記』論ほど空しいものはない。

中国の研究者ばかりか日本の研究者でも、当時日本に検閲というきびしい言論統制があったのを忘れている。出版法や新聞紙法による取締は厳重で、当時の日本には、表現の自由などなかったのである。そういう状況に気づかず、あるいは軽視した論文が、芥川の表現を断罪したのである。

威勢よく論じても、当時の日本のきびしい検閲制度、表現の自由の問題が把握出来ていない。そのため一段上から決めつけた論じ方で、どれもが同じような結論となる。曰く、芥川は当時の中国民衆を蔑視している、見るべきものを見ていないなど散々である。そして芥川がユーモアと諧謔、あるいは皮肉な笑いで真実を伝えようとした努力を買おうとしない。要は時代へ眼が及ばなかったために、その紀行文の本領が真っ当に評価できなかったのである。

一国の一人の作家の文学が世界文学となるには、翻訳がいかに普及するかにある。黒古一夫監修・康東《カンドウン》元《ウエン》著『日本近・現代文学の中国語訳総覧』[*2]を見ると、中国で芥川文学が新しい訳者の手により翻訳出版されるのは、一九八〇年代以降のことである。むろん代表作とされる小説が中心であった。随筆や紀行文などをも含め芥川文学が盛んに翻訳されるようになるのは、新世紀を迎えてからである。

評価の転換

わたしが『支那游記』の重要性に気づいたのは、四半世紀前の一九八六（昭和六一）年に、中国河北省保定市に所在する河北大学に客員教授として招かれたのにはじまる。その折、芥川の旅した上海・杭州・蘇州・南京・北京・天津などを訪れ、テクストの現地調査が出来て以来のことなのである。以後、わたしは『支那游記』を考え続けることになる。一九九二（平成四）年七月に毎日新聞社から『芥川龍之介　闘いの生涯』という本を出したが、中に「時代」の章を置き、芥川の中国視察旅行のことにふれ、章炳麟・鄭孝胥・李人傑という三人の文人政治家と上海で会ったことなども記した。また、芥川の「桃太郎」（『サンデー毎日』一九二四・七・一）に章炳麟の強い影響があったことも書くことになる。この「桃太郎」については、早く一九八二（昭和五七）年十一月号の日本の雑誌『民主文学』に「芥川龍之介の桃太郎観」という小文を載せていたが、それを上海に旅した後、再び考えたものである。以後、『支那游記』を取りあげる度に、章炳麟を芥川に反戦小説「桃太郎」、侵略者桃太郎を書かせた人物として言及して来た。鄭孝胥に関しても『芥川龍之介 闘いの生涯』でふれてはいるが、その後中国で『鄭孝胥日記』全五巻が、一九九三（平成五）年十月に、中国の中華書局から刊行され、中に芥川龍之介に関わる記事もあって、それを参照し、『世界文学としての芥川龍之介』[*3]で、二人のかかわりの記述を微調整している。李人傑には、早く單援朝「上海の芥川龍之介―共産党代表者李人傑との接触―」[*4]という優れた論文があり、わたしはそれにも学び、考察を続けてきた。

その後、わたしは中国関係の資料を集め、〈芥川と中国〉を考え続け、芥川没後七十年の記念の年に、『特派員 芥川龍之介 中国でなにを視たのか』[*5]を刊行した。この本を書くために、わたしは『支那游記』を何度も何度も読んだ。それによって芥川が意外なほど一九二一（大正一〇）年当時の中国の姿を正確にとらえているのを知った。また、中国人作家巴金のきびしい芥川評価の一文「幾段不恭敬的話《チードワンプークンチダホア》」という一文[*6]も読んだ。その上で、芥川の大阪毎日新聞社特派員としての中国視察の旅に、一定の評価を与えることになる。

この本は、わたしの本の中ではよく読まれた本であり、新聞・雑誌の書評は、二十を軽く越えた。芥川の作品中で、これまで無視されるか、過小評価されがちだった『支那游記』を正面切って取りあげ、プラス評価を打ち出した最初の本として取り上げられたのである。日本と中国のかかわりが、深まっていく時代の流れもそこにあったのかも知れない。また、芥川の旅の眼で、その後の作品を見るという視点が評価されたのであろう。

中国人の『支那游記』への関心

訳書『中国游記』

さて、わたしの『支那游記』とのかかわりは、二〇〇六（平成一八）年三月二十五日、北京大学で開かれた文教大学・北京大学日語教学十五周年記念集会での基調講演「グローバル時代の芥川研究」で、新たな段階を迎える。わたしはこの講演で、前年三月に山東文芸出版社から刊行された中国初の『芥川龍之介全集』全五巻を紹介し、世界の芥川研究の現状を語った。むろん『支那游記』にもかなりの時間を割くことになる。講演後壇上から降りたわたしに北京大学の孫宗光教授が近づき、『支那游記』が『中国游記』の名で、二か月前の一月に単行本として刊行されていることを教えられた。しかも、翌日、その本を戴くという幸運に恵まれた。

わたしがいち早く中国での『支那游記』再発見の動きを知ることが出来たのは、孫宗光先生のお陰である。それが陳生保・張青平訳の『中国游記』である。日本の新書を一回り大きくしたような判型のこの本は、奥付によると初版一〇〇〇〇部とある。日本の出版事情からすると、大変な数に映る。手触りもよいこの訳書は、きわめて読みやすく、日本人で漢文を学んだ人なら、簡体字（略体字）さえ覚えれば読める。わたしは陳生保の巻頭に掲げた「芥川龍之介《中国游記》導読」を辿り読みし、びっくりした。中国での『支那游記』評価が、ここまで来ているのかと眼を見張ったのである。むろんわたしの書いた『特派員　芥川龍之介』の影響が強いが、全五章からなるこの〈解説〉の「四　『中国游記』に対する評価」は特に重要で、訳者の本領が発揮された章である。

そこには「我々は芥川が私たちに一つ一つの場面を記録に残したことを感謝すべきだと思う。それらの場面は、当時の中国と中国人が蒙る苦難を、ドキュメントとして象徴的に説明してくれた」とか、「芥川は中国を愛し、中国人民の境遇に同情した。特に、彼は日本帝国主義の中国侵略に反対していた」とはっきりと記しているのだ。

二冊の『中国游記』

これは日本ばかりか、中国でも『支那游記』が再発見されていることを示すものだ。あえて言うなら、いまや『支那游記』を語らずして芥川龍之介の全貌は捉えられない時代にさしかかっているのである。中国では陳生保・張青平訳『中国游記』に続き、秦剛訳『中国游記』が、この一年後の二〇〇七（平成一九）年一月、中国の大手出版社中華書局から刊行される。初版四〇〇〇部というから、これまた日本の学術書の出版に比べるとはるかに多い部数である。

いま、中国の大型書店に行くと、訳者の異なる二冊の『中国游記』を手にすることができるのである。秦剛訳には中国を舞台とした芥川小説「南京の基督」、「湖南の扇」、それに「新芸術家の眼に映じた支那の印象」を含む（追記　中国では、その後、陳豪訳『中国游記』新世界出版社、二〇一一・四が刊行されている）。

なぜ、中国で『支那游記』なのか。それは第一に、陳生保のまとめに見られる、当時の貧しい中国の現状をしっかりとらえている点と、中国民衆への同情にある。第二には、中国が改革開放政策のもと経済がとみに発展し、旅行をする余裕が生まれたこととともかかわる。現に秦剛訳の『中国游記』は、〈近代日本人中国游記〉シリーズの中の一冊なのである。このシリーズの中には、内藤湖南の『燕山楚水』、夏目漱石の『満韓漫遊』、徳富蘇峰の『中国漫游記』などがあり、日本人作家の中国旅行記全十冊をそろえているのだ。中華書局という大手出版社の刊行というのも注目される。これは中国のグローバル化時代の一現象とも言えるのであろう。

新たな評価軸とは

『支那游記』を通した芥川の中国への眼には、中国民衆への同情とともに、きびしい現状告発があった。貧しさと不衛生、罪悪、無気力を告発する芥川のまなざし、――歴史的な眼を持たない中国の研究者が、まま芥川を槍玉にあげる理由だ。芥川の中国批判を、中国を愛するが故の苦言ととるか、「中国蔑視」ととるかで、中国での芥川評価は変わる。

中国での芥川評価

単援朝の言うように、戦前の『支那游記』の訳者夏丏尊《かめんそん》、それに「羅生門」や「鼻」の訳者魯迅の目を通じて見ると「中国蔑視」は払拭され、「『支那游記』の見落とされてきた一面――その現実性と透徹性も見えてくる」[*7]ということになる。この視点のない『支那游記』論は、芥川を単なる差別主義者に貶めるだけなのである。

くり返すが、当時の日本の検閲制度を考慮せずに、『支那游記』を論じることがいかに空しいかを知らねばならぬ。言論統制、検閲をかいくぐるため芥川が労した表現上の工夫は、いじましいほどだ。そうしなければ、検閲にひっかかり、特派員としての役割を果たせなかったのである。こうした背景を考慮しないで『支那游記』を読むと、そこには差別と野蛮な諷刺きり見出せないことになる。一九二〇年代の内務省の検閲は、きびしかった。それゆえ『支那游記』を論じるには、まず、紅野謙介『検閲と文学　１９２０年代の攻防』[*8]などを読んでからはじめるという手続きが求められるといえよう。

反日運動の記録

芥川の眼は、反転して排日・反日のねばり強い抵抗を見逃していない。すでに他の論でふれたことでもあるが、「上海游記」には三人の文人政治家との会見記の間を縫って、

「南国の美人」（上・中・下）と題した三つの章を置く。

ここで彼は、雅叙園という料亭でのこととして、局票の隅に「毋忘国恥《こくちをわするるなかれ》」との赤刷りの排日の文字が印刷されていたと、さりげなく書きつける。また、小有天という酒楼で会った品のよい「御嬢様じみた美人」の花宝玉が、別の妓館の準備室で、菜ばかりの貧しい食事をしているのを見て、「この花宝玉は、――菜根を噛んでゐる花宝玉は、蕩児の玩弄に任すべき美人以上の何物かである。私はこの時支那の女に、初めて女らしい親しみを感じた」と書いている。ここでの花宝玉は、後の「湖南の扇」（『中央公論』一九二六・一）のヒロイン玉蘭の描き方にも通じる。芥川は中国女性の心意気を買っているのである。フェミニスト芥川の一面が期せずして現れたと言えようか。

芥川は上海で俗化した豫園の湖心亭や「乞食」の姿に「老大国の現実」を見、「中国人と犬は入るべからず」と書かれた「パブリック・ガアドン」を「命名の妙を極めてゐる」と皮肉る。検閲を意識した、こうした苦心の表現にこそ、目を留めたい。そして、その背後の苦渋な意識を読まねばならぬ。彼は書物の上で認識していた中国と現実の中国とのギャップに驚き、「誰でも支那へ行って見るが好い。必《かならず》一月とゐる内には、妙に政治を論じたい気がして来る。あれは現代の支那の空気が、二十年来の政治問題を孕んでゐるからに相違ない」（「上海游記」十三）ということばさえ書きつける。

一方で芥川は、反日の現実をしっかりと書き留めることとなる。彼は蘇州の天平山白雲寺では、排日の落書きを書き写している。「不可忘了三七二十一条《さんしちにじふいちでうをぼうれうすべからず》」「犬与日奴不得題壁《いぬとにちどかべにだいすることをえず》」「殺尽倭奴方罷休《わどをころしつくしてまさにひきうせん》」（「江南游記」十六）という落書きを採集し、そこに中国人の反日感情を読もうとしている。長沙では、日本人兵卒による女子師範学校乱入、強姦事件を、検閲を意識して工夫を凝らしながら記録している。

中国の研究者には、こうした点が理解できない面もあろう。それゆえ、中国の研究者には、当時の日本の検閲制度の実態を知って貰うほかないのである。芥川には、書きたいことも当時の状況のもとでは書けない、ふれることができなかったこともあった。そういう限界はあるものの『支那游記』一巻の意味は重い。

芥川文学における『支那游記』

帰国後の作品

最後に芥川の人と文学における『支那游記』の意味について述べたい。概説するなら芥川を論じる際に『支那游記』という紀行文を無視した、あるいは軽視した論は、今後は成り立たないということだ。

中国特派員を終え、帰国した後の芥川テクストは、どれもがそれまでの作品とは一線を画すといってもよいほどなのである。人間や社会に対する眼は、中国旅行を経て一段と深まる。特にそのことが顕著なのは、中国を舞台とした「将軍」（『改造』一九二二・一）、「馬の脚」（『新潮一九二五・一〜二）、「湖南の扇」（『中央公論』一九二六・一）、それに上海で会った章炳麟のことばから直接のヒントを得て成った「桃太郎」（『サンデー毎日』一九二四・七・一）、朝鮮を舞台とした「金将軍」（『新小説』一九二四・二）などである。

これらのテクストは、『支那游記』を背景に置いてはじめて十全な鑑賞が成り立つ。テクストは芥川の中国特派員経験という視点を通して変容する。「将軍」を例にあげてみよう。この小説は、これまで主人公N将軍イコール乃木希典《のぎまれすけ》将軍として論じられてきた。そして、乃木将軍をモデルとするN将軍が十分に描かれているか、N将軍批判が徹底しているかという観点からばかり論じられてきたのである。[*9]

「将軍」はモデル小説として、N将軍を乃木希典将軍に置き換えて読むだけでは、新たな〈読み〉は決して生まれない。作者が特派員として実際の中国の風土と人に接したという視点を通して見る時、はじめて見えてくるものがあるのだ。モデル小説としての〈読み〉では、作者の意図なるものを得々と論じ、「〈批評の方法〉が弱い」で終わる。けれども中国旅行の成果の一つとして見る時、テクストは変容する。

わたしは「将軍」再発見の視点を、芥川の歴史認識が反応した反戦、反「殺戮」にあると考える。その背景には『支那游記』で見聞した世界があると見るからだ。巧みな構想による反戦小説がここに生まれた。「将軍」は四章立てから成るが、一、二の章では残虐な将軍が描かれ、三の章には善人で涙もろい将軍がおり、四の章には「徹頭徹尾至誠の人」である将軍が父の口から語られる。一、二の章の将軍が真実なら、三、四の章の将軍も真実なのである。そこに戦争を介在させ、戦争は「善人」をも「至誠の人」をも巻き込み、彼を冷酷な殺人犯、いうならば「殺戮を喜ぶ」人間にしてしまうことを描いているのである。

「将軍」の再発見

これまでの「将軍」論は、こうした芥川の巧みな構図を見逃し、作品の完成度を欠くとした。それはN将軍＝乃木将軍と信じて疑わなかったことにもよるのである。しかし、N将軍は次第にモデルを離れ、普遍化されて、侵略に狂奔する帝国主義日本の一将軍となる。前章でもふれたところであるが、N将軍のNは、乃木希典将軍のNであり、帝国主義日本〈Nippon〉のイニシャルのNともなっている。この記号化に芥川の反戦意識がこめられていたことを再度確認したい。テクストの中のおびただしい、××××の連続、――官憲による伏せ字は執拗を極めるが、それは芥川の検閲制度との闘いの証でもあった

このほかここではふれないが、先にあげた「馬の脚」をはじめとする小説にも『支那游記』に書かれた中国特派員体験が深く根を宿している。いまや『支那游記』抜きに、晩年の芥川龍之介は論じることができないといっても過言ではないのである。

注

1――吉田精一『芥川龍之介』三省堂、一九四二年一二月二〇日、二一三ページ
2――黒古一夫監修・康東元著『日本近・現代文学の中国語訳総覧』勉誠出版、二〇〇六年一月二〇日
3――関口安義『世界文学としての芥川龍之介』新日本出版社、二〇〇七年六月一五日
4――單援朝「上海の芥川龍之介―共産党代表者李人傑との接触―」『日本の文学』第8集、有精堂、一九九〇年一二月二五日
5――関口安義『特派員　芥川龍之介　中国でなにを視たのか』毎日新聞社、一九九七年二月一〇日
6――巴金「幾段不恭敬的語」（「いくつかの失礼な話」）『太白』第1巻第8期、一九三五年一月五日、のち『點滴』一九三五年四月収録
7――單援朝「中国における芥川龍之介―同時代の視点から―」『崇城大学工学部研究報告』第26号1号、二〇〇一年三月
8――紅野謙介『検閲と文学　1920年代の攻防』河出書房新社、二〇〇九年一〇月三〇日
9――関口安義「「将軍」論―反戦小説の視点の導入―」『国文学解釈と鑑賞』二〇〇七年九月一日参照、本書第VI章に収録

三　テクストの補完

なぜ、芥川か

新しい芥川像

生誕百二十年、没後八十五年を控えた芥川龍之介は、近年世界的に再評価・再発見が進んでいる。長い間芥川は、厭世家の書斎人、腺病質の芸術至上主義者として考えられてきた。その映像イメージも葬儀の際に使用した写真（一九二四年七月に書斎で撮影したもの）、――左手であごを支え、髪の毛がぼさぼさで鼻筋通り、眼は異様に光り、相手をぐっとにらみつけるようなポーズのものが、好んで用いられた。いまも近年の研究動向に無関心の編集者が好んで用いるのが、この写真である。

芥川テクストの〈読み〉は、長年、「羅生門」に〈エゴイズム〉や〈老い〉や〈滅びの予感〉をことさらに強調する、「鼻」に〈懐疑〉や〈諦観〉があると主張するだけの論がまかり通った。言うまでもなくこれらの〈読み〉は、一九二七（昭和二）年七月二十四日に自死した作家の、生のドラマに引きずられているのである。

けれども、こうしたお定まりの芥川観は、いまや過去に追いやられ、新しい芥川像が生まれつつある。それは芥川の言う〈不安〉を、世界の同時代知識人共通のものとして理解し、そのテクストに人間にまつわる矛盾・不条理・不安・束縛・神秘・罪・神などを認め、それをいかに虚構化するかに賭けた作家を問う方向である。最近の若い研究家藤井貴志の『芥川龍之介〈不安〉の諸相と美学イデオロギー』[*1]は、その成果の一つである。芥川は右の課題を生涯問い続けた作家であった。

世界文学　東洋の一作家芥川龍之介のテクストは、いまや世界文学として公認されたかのようである。その翻訳は、世界四十ヶ国を上回り、翻訳数は六百に至る。新世紀に入って新訳の登場も目立つ。冷戦後、世界の芥川を含めた日本文学研究の趨勢は、アメリカ・ヨーロッパから東アジアの中国・韓国・台湾へと移行する。

この現象の背景には、冷戦構造の崩壊にはじまる芥川文学の見直しと、それを実証的に支える新資料の出現がある。また、とかく政治イデオロギー優先のテクストの〈読み〉や作家評価がつきまとった中国などでも、芥川は受け入れられるようになる。芥川文学はいまや世界文学としての資格を得たかの感がある。芥川のテクストは、先見性に富み、社会性・批評性を持ったものと言える。芥川は〈娑婆苦〉を生きる問題を自身の文学的主題とした。彼はどのような理想とされる政治形態が生まれようと、人間にまつわる諸問題――家や愛やエゴイズムや罪の問題、病の問題、老いの問題などは解決できないものとして残るという認識に立っていた。そして、日本のみならず、世界各国の多くの先行するテクストに学んだ。もともと彼は広く世界の文学から補完し、自己の文学を築き上げた作家である。そこで芥川はいかに時代を見つめ、東西古今の文学を取り入れ、それを自身の創作に生かしたのか。外国の文化や思考は、芥川にとってどのような意味があったのか、芥川テクストは、いかに補完の関係を援用したかを考えたい。

映画『羅生門』と芥川テクストの翻訳

映画『羅生門』の影響

世界文学としての芥川の始原は、どこに求められるのか。第二次世界大戦後の一九五〇年代に、欧米では芥川のテクスト「藪の中」を映画化した黒沢明監督の『羅生門』（一九五〇、大映京都）が、第十二回ヴェネツィア国際映画祭（一九五一）でグラン・プリを獲得した以後、六〇年代にかけて、その翻訳が盛んとなった。多くの芥川テクストが英語をはじめとするヨーロッパ各国語に翻訳された。そして、芥川のテクストの優秀性を認めた論文が書かれはじめた。芥川没後約三十年のことである。

黒沢映画『羅生門』は、孤独・不条理・不可解・不安・エゴイズムなど、人間の抱える深刻な問題に切り込んでいた。平安時代末期の乱世を背景に、一人の男の死をめぐり、妻や盗賊など七人が食い違った証言をするさまを、それぞれの視点から描いたものである。直接の素材は、「藪の中」（『新潮』一九二二・一）である。本テクストは、中国特派員の旅から帰国した年に執筆し、翌年の新年号に間に合わせた。映画は荒《すさ》んだ羅生門の大門を背景に、登場人物それぞれが事件を語るという手法を採り、語られる内容は、テクスト「藪の中」の登場人物の陳述に準じている。

映画『羅生門』には、その後活発化する芥川研究を先取りしたいくつかの解釈があり、国を越えて共感を得たのである。モノクロ時代の映画とはいえ、宮川一夫のカメラワークによる森の中の映像は抜群で、映画『羅生門』の名は、全世界の人々に記憶されることになる。余談めくが、日本では真実が解明されないと、「事件は藪の中入りだ」と言うが、アメリカや東アジアの中国や台湾では、「事件は羅生門だ」と言う。それほど黒沢映画『羅生門』の影響は、大きかったのである。世界的に見て第一次芥川ブームと言われるような現象は、映画『羅生門』とともにあったと言ってよいのであろう。

第二の芥川ブーム

それからほぼ半世紀、ジェイ・ルービンによる *Rashōmon and Seventeen Other Stories* がペンギン・クラシックス・シリーズに登場する。注目すべきは、二十一世紀の世界的作家村上春樹の序文付きということである。相前後して中国・韓国で芥川全集が刊行（もしくは刊行中）という現象は、第二の世界的芥川ブームの到来を思わせる。冷戦の終了が、大きな後押しをしたと思われるが、翻訳という装置の問題もあった。一作家の文学が世界文学となる条件の一つは、翻訳がどの程度あるかによると言われるが、芥川の場合、現在世界四十ヶ国以上に翻訳は広まり、著作集ばかりか全集まで刊行されている国もある。

かつては英語をはじめとするヨーロッパ諸言語、それに東アジアの諸言語を用いる人々には、日本語にはしょせん壁があるとして、翻訳不可能と考えられたテクストもあった。が、翻訳技術の向上やテクストの注釈作業を含めた芥川研究の進展、、さらにはジェイ・ルービンに言わせるならば、研究社の『研究社新英和大辞典　第五版』[*2]の刊行や、インターネット上の情報、『広辞苑』も入った電子辞書の出現が翻訳を助けることとなったという。確かに芥川が最初に英訳された一九五〇年代には、「こうしたツールはなかった」（ルービン）のである。

日本の国際交流基金図書館には、世界各国の芥川テクストの翻訳書が集められているが、英訳・ロシア語訳の他にも、ドイツ語・フランス語・イタリア語・スペイン語・ポルトガル語・オランダ語・デンマーク語・マジャール語、それに南アジアのヒンディー語、東アジアの中国語・韓国語・ベトナム語に至るまで数多い。多くは冷戦後の第二次芥川ブームのもと、日本語という言語空間を越え、新たに翻訳されたものだ。

現にペンギン・ブックス版 *Rashōmon and Seventeen Other Stories* は、すべて新訳であり、中に「尾形了斎覚え書」「おぎん」「忠義」「馬の脚」「点鬼簿」など、九作品のはじめての訳（First time in English）を含むし、中国語版全集では、芥川テクストの殆どを訳出、また、韓国語版（ハングル版）全集でも、全テクスト翻訳の試みに着手している。

世界にはばたく

繰り返すが、一作家の文学が世界文学入りするのは、第一に翻訳がどの程度あるかによる。新世紀の世界的芥川ブームを引っ張っているのは、今やペンギン・ブックスの芥川本であることは言うまでもない。英語という世界語で、主要テクストが新たに翻訳されたということは、芥川が世界文学入りするために、どうしても必要な条件であったといえる。ジェイ・ルービンに芥川の新しい訳を要望したのは、ペンギン社のサイモン・ウィンダーという若い編集者で、彼は村上春樹の序文を添えての芥川の新訳を期待したのであった。ルービンは芥川に村上春樹による序文を入れて、幅広い読者を惹きつけようというサイモン・ウィンダーのアイディアが気に入ったという。ルービンには、次のような考えがあったからである。

> シェイクスピアと同じく、芥川は自分が生きた文化および時代に深く根ざす作家である。それと同時に、シェイクスピアと同じく芥川が描き出す人間の恐れと希望も、異なる時代、異なる場所に生きる読者にとっても真実味を持った、新鮮なものとして響く。芥川は日本語の達人だが、その一方でその作品は、翻訳され、その日本語から引き離されるという暴挙にも耐えうるものだ。もっとも大切な創作上の手段が失われても、彼のアイデアやイメージや登場人物たちの魅力は変わらない。外国の読者は、芥川作品のエキゾチックな背景や場面にまず興味をそそられるが、やがてそれが日本文学であることを忘れ、

どの国の人間でも共有できる体験を通じて読書の喜びを得る。作品のこうした資質が芥川を「世界文学」の作家の一人にすることにはいささかの疑いもない。サイモン・ウィンダー氏の関心を刺激したのも、おそらくこの点だろう。（傍線は筆者による）

ここに引用したルービンの文章は、逆輸入版『芥川龍之介短篇集』巻頭に載った文章の畔柳和代訳である。傍線の箇所を君野隆久訳（「芥川は世界文学となりうるか？」『新潮』二〇〇五・四）で示すと、「かれはみずからの言語の達人であったが、その作品は書かれた言語から剝ぎとられるという暴挙を生き延びる。無比の創作手段であった日本語から引き離されても、芥川の思考とイメージ、その登場人物たちは生命を失うことがない」とある。あえて慎重を期して二人の翻訳のプロの登場を願った。要は日本語という言語空間を越えて、芥川文学は世界に羽ばたくことが出来るということなのである。それは芥川が漢文学や西洋文学から多くを取り入れ、模倣し、学び、「どの国の人間でも共有できる体験」を創作上で示したからに他ならない。彼は巧みに世界の文学から補完しつつ、自己の文学を確立したのである。

時代を見抜く眼

新世紀を迎えての世界的芥川ブームは、芥川の生国日本も例外ではない。多くの芥川に関わる論文が書かれ、書物が刊行された。冷戦後の二十年間に刊行された芥川研究の単行本をざっと数えても、一三〇冊を上回る。年間数冊のペースである。これに雑誌・紀要、さらに新聞に載った芥川関係資料を加えると、その盛況ぶりがうかがえるというものである。詳しくは乾英治郎編「芥川龍之介研究文献目録」（『解釈と鑑賞』二〇〇七・九、同二〇一〇・二）を参照してほしい。

そうした中で二〇〇三（平成一五）年のカリキュラム改訂で登場した高等学校国語教科書『国語総合』には、芥川小説「羅生門」が教材として全社の教科書を席巻するようになる。それは以後七年間変わっていない。『国語総合』は、主として一年生対象の科目で、選択必修扱いながらどの学校も学ばせているので、いまや「羅生門」は、国民教材化したといってよいだろう。ここに内容的になぜ、芥川文学かの問いかけがなされるようになる。

芥川への世界的な評価の高まりは、第一に冷戦後の人々の関心が、政治から人間の心の問題へと比重を移したことにある。第二にそのテクストに見られる先見性・時代性が見直されていることだ。従来の芥川像は、前述のように、自死した作家という面がことさらに強調され、そこから書斎に籠もりがちの腺病質の芸術至上主義者、本から現実を測定する人間として見られていた。帰結するのは暗い陰鬱な作家であり、暗いテクストの面が強調される始末であった。

が、現実の芥川は社会に関心があり、時代を見抜く眼をもち、巧みな表現技巧で言論統制をかいくぐり、現状告発をし、真実を伝達しようとしたジャーナリストでもあった。第三にこうした新しい〈読み〉を支えるおびただしい新資料の出現を上げねばならぬ。全集未収録作品・未完成原稿・書き損じの下書きもの、さらには芥川周辺の人々の日記の出現は、改めてこの作家の新しい側面を示す。彼は巧みな文章家であり、孤独・愛・エゴイズム・不安・不条理・悪魔、神の問題など、現代に生きる課題を終生考え続けたのである。それは世界文学の条件を、十分に備えたものであったと言えよう。

日本古典・東西文献の摂取

古典を現代の眼で

芥川龍之介は、日本の古典や漢文学・ヨーロッパ文学など、東西の文献を実に巧みに摂取し、補完した作家であったといえよう。その初期作品「羅生門」「鼻」「芋粥」は言うに及ばず、代表作とされる「地獄変」や「藪の中」の主要な材源は、日本古典にあった。特に『今昔物語集』には愛着が深く、小説の材源にするばかりか、「今昔物語鑑賞」（『日本文学講座』第六巻、新潮社、一九二七・四）というすぐれたエッセイまで残している。

「今昔物語鑑賞」で芥川は、冒頭「『今昔物語』三十一巻は天竺、震旦、本朝の三部に分かれてゐる。本朝の部の最も面白いことは、恐らくは誰も異存はあるまい。その又本朝の部にしても最も僕などに興味のあるのは「世俗」並びに「悪行」の部である」と言う。また「仏法の部にも多少の興味を感じてゐる」とも書き、「超自然的存在に恐怖や尊敬を感じてゐた」と言い、そこに見られる「美しい生《な》まま々しさ」、「野性の美しさ」を買う。終わりの方で彼は、「僕は『今昔物語』をひろげる度に当時の人々の泣き声や笑ひ声の立昇るのを感じた」と言い、以下のような感想をもらす。

僕等は時々僕等の夢を遠い昔に求めてゐる。が、王朝時代の京都さへ『今昔物語』の教へる所によれば、余り東京や大阪よりも娑婆苦の少ない都ではない。成程、牛車の往来する朱雀大路は華やかだつたであらう。しかしそこにも小路へ曲れば、道ばたの死骸に肉を争ふ野良犬の群れはあつたのである。おまけに夜になつたが最後、あらゆる超自然的存在は、――大きい地蔵菩薩だの女の童《めわらは》になつた狐だのは春の星の下にも歩いてゐたのである。修羅、餓鬼、地獄、畜生等の世界はいつも現世の外にあつたのではない。……

ここに芥川の『今昔物語集』に材源を求めた理由が図らずも示されている。彼はその生きた時代の「娑婆苦」を、古代社会の各層の生活に託して描いたのである。古典を見事に補完の関係で捉えていると言えよう。

芥川の同時代作家である豊島与志雄のことばを借りるなら、それは「現実の転位」であった。現実のやり切れない思い、矛盾・不条理・不安、――現代の「娑婆苦」を、『今昔物語集』や『宇治拾遺物語』をはじめとする古典の世界を借りて表現したのである。また芥川は王朝ものといわれるテクストにおいて、エキゾチックな面やグロテスクな面、さらには怪異なども好んで採用した。当時の芥川が懐いていた課題を自然主義的手法ではなく、現実を大ひねりにひねって書きとどめるには、日本の古典は絶好の素材であったのである。

素材を借りての自己表現

中国古典文学の場合も同様のことが言える。芥川の中国古典を材源としたテクストには、「酒虫」「黄梁夢」「首が落ちた話」「英雄の器」、それに児童文学に入れられる「杜子春」など数多い。芥川は素材を借りて自己の思いを表現するのである。幼いころから文学に親しみ、漢籍・中国古典に並々ならぬ関心を示した彼には、それはテクスト補完の材源としてふさわしかった。漱石や鷗外も中国古典には深く親しんだが、芥川は経書や正史ばかりか、『遊仙窟』や『水滸伝』や『金瓶梅』など通俗小説にも関心深く、そのテクストにこれらの書物を反映させている。『支那游記』は、多くの中国古典が引用された紀行文となっている。古典ばかりか中国現代小説にも芥川は関心を示し、己の文学の充実のため、補完の役割を担わせていたのである。

一方、芥川はヨーロッパ近代文学の構想や手法にも学ぶことになる。二つ、三つの材源が巧みに組み合わされ、あらたな創造の世界を奏でるというのは、芥川文学の特色である。その際には、以下に述べるヨーロッパやアメリカ文学が大きな比重を占める。

十九世紀の小説ばかりでなく、新しい二十世紀の小説にも彼はよく目を通していた。中には小説の筋を借用し、舞台や登場人物をひとひねりし、全く別の小説に仕立てあげ、読者に典拠を悟らせない方法もとられた。典拠が二つ、三つならまだしも、数個に及ぶこともある。映画『羅生門』の原作となった「藪の中」

（『新潮』一九二二・二）は、主たる典拠を『今昔物語集』に求めている。けれどもその構想と展開には、アンブロース・ビアスの「月明かりの道」、ブラウニングの『指輪と本』、オー・ヘンリーの「運命の道」、メリメの「カルメン」、作者不詳「ポンチュー伯の娘」をはじめ、その典拠は渡邉正彦[*3]によると、十九種もあるというから、そのテクスト完成にかける補完の意気込みたるや大したものである。筋や展開ばかりか、細部描写の点でも、自己の小説補完に海外のテクストが利用されることもあった。

二つの事例「妖婆」と「河童」

「妖婆」の時代

「妖婆」（『中央公論』一九一九・九～一〇）という小説がある。これまでどちらかというと「失敗作」で片付けられてきたテクストである。これは神秘・幻想・妖怪に生涯強い関心を示した芥川龍之介の生んだテクストの一つで、今読むと、読み手の関心を惹きつけて放さず、それなりにおもしろい。が、過去の評価は総じて低く、「妖婆」というテクストを肯定的にとらえて論じた研究は、他の芥川テクストに比べてるときわめて少ない。先に紹介したペンギン・クラシックス・シリーズの芥川訳本にも、「妖婆」は入っていない。

このテクストは導入部の語り手のことばに、「ポオやホフマンの小説にでもありさうな、気味の悪い事件」とか「ポオやホフマンの塁を摩す程」とか、二度もアメリカの小説家エドガー・アラン・ポオとドイツの小説家エルンスト・ホフマン（エー・テー・アー・ホフマン）の名を出している。その執筆にかけた意気たるや大変なものである。もともと芥川には神秘や幻想、さらには妖怪好みといった特色があり、その領域に関心を示していた作家である。ポオやホフマンの怪異小説は、彼の愛読するところであった。

「妖婆」に関して論じた数少ない文献の一つに、井上諭一「芥川龍之介「妖婆」の方法—材源とその意味について—」[*4]がある。これは芥川小説の材源研究で、「妖婆」の材源をイギリスの幻想怪奇小説家アルジャーノン・ブラックウッドの *Ancient Sorceries*（「いにしえの魔術」）に求め、原典との比較を示したものである。日本近代文学館の芥川旧蔵書に *Ancient Sorceries* 収録本は見出せることでもあり、芥川がこれを下敷きにしたことはまず間違いあるまい。が、このことを指摘されない限り、読者はこれがイギリスの小説家の手になるテクストの影響を受けているとは、先ずは分からない。芥川は小説の発想や雰囲気、さらには連鎖的な現象を自己の小説に補完のために援用するものの、舞台は東京下町の成育の地、本所に定め、堅川という大川に注ぐ川のほとりを主たる小説の舞台としている。時は「大正の昭代《しょうだい》」である。時と所を変え、事件を異にすることにより、ここに新しい小説が誕生する（本書第Ⅳ章収録「妖婆」参照）。

テクストの補完

いま少し詳しく述べるならば、「妖婆」の舞台は、芥川の生い育った地にとる。そこは大川端の近くで、回向院や旧国技館、吉良邸跡、そしてお竹倉などがある。「妖婆」の舞台は、彼が知り尽くした町々、成育の地の南側に属する。松坂町・相生町・元町・千歳町・松井町、そしてこれらの町々を縦断して流れる堅川にとるのだ。堅川は大川に注ぐ川である。大川に近い方から一之橋、二之橋、三之橋が架かり、二之橋のあたりを二つ目ともいう。芥川は *Ancient Sorceries* にヒントを得て、自己のテクストを補完し、ここに東京下町の怪談を綴ったのである。それは一種の創作の試みであった。

芥川龍之介は「妖婆」を発表した年、一九一九（大正八）年の春、二年と四か月勤めた、横須賀の海軍機関学校の英語教師をやめ、四月から創作一本で立つことになる。大阪毎日新聞社の社員という肩書きながら、内実はプロ作家への転向であった。絶えず書くには勉強が伴わなくてはならない。日本古典を題材とした「羅生門」「鼻」「芋粥」などの王朝もの、切支丹資料を用いた「煙草と悪魔」「尾形了斎覚え書」「さまよへる猶太人《ユダヤじん》」「奉教人の死」などの切支丹ものは、それなりに成功した。その他に試みとする分野があるとするなら現代の外国の小説を種にすることだとは、早くから彼の頭にあったことである。それは彼の仲間菊池寛の試みにも通じる。自己のテクストをいかに補完し、新たな創造をもたらすか、それはプロ作家に転向した彼の大きな課題であった。

「河童」のばあい

いま一つ例を挙げる。晩年の小説「河童」（『改造』一九二七・三）である（本書第Ⅳ章収録「河童」参照）。「芥川文学は比較文学の宝庫」とは、英文学者柴田多賀治の言[*5]であるが、外国文学が芥川小説の補完に用いられているのも、「河童」が断然多い。主たる材源は、スウィフトの『ガリヴァー旅行記』、サミュエル・バトラーの『エレフォン』、ウィリアム・モリスの『ユートピア便り』などであるが、アナトール・フランスの「ペンギン鳥の島」や「蜜蜂」なども指摘されている。日本文学ではむろん黙釣道人の『水虎攻略』や柳田國男の『山島民譚集』や小島烏水の『日本山水論』が考えられる。芥川は実に多くの内外の文献を補完することで、小説「河童」を成立させているのだ。近年羽鳥徹哉らの手で『現代のバイブル／芥川龍之介「河童」注解[*6]』が出、この辺のところを巧みに処理しているので参照してほしい。

芥川が内外の文献を用いていかにテクストを加工しようとしたかは、全文からよく伝わってくる。ここではこれまで指摘されなかった、フランシス・スコット・フィッツジェラルド（Francis Scott Fitzgerald, 1896-1940）の *The Curious Case of BENJAMIN BUTTON* をとりあげてみよう。この小説は近年映画化されたので、鑑賞された方も多いと思う。二〇〇八（平成二〇）年のアメリカ映画である。日本での上映では、「ベンジャミン・バトン　数奇な人生」とのタイトルが付けられていた。わたしが本作と「河童」との関わりに気づいたのは、この映画を観たからである。

「河童」十六の章に、「年をとつた河童」の話が出て来る。この河童は、年をとったといっても、やっと十二、三歳の河童にしか見えない。「あなたは子供のやうですが……」という主人公「僕」の質問に、彼は「わたしはどう云ふ運命か、母親の腹を出た時には白髪頭をしてゐたのだよ。それからだんだん年が若くなり、今ではこんな子供になつたのだよ。けれども年を勘定すれば、生まれる前を六十としても彼是百十五六にはなるかも知れない」と言う。ここは明らかにフィッツジェラルドの年をとるごとに若返っていく男の物語 *The Curious Case of* BENJAMIN BUTTON を自分の小説を補完するため、用いた箇所なのだ。

フィッツジェラルドへの着目

フランシス・スコット・フィッツジェラルドは、アメリカの作家である。一八九六年九月二十四日、ミネソタ州セントポール生まれ。すると一八九二（明治二五）年三月一日、東京生まれの芥川龍之介より四歳半若いことになる。プリンストン大学在学中、第一次世界大戦に従軍、戦後文壇に登場し、ロスト・ジェネレーションの代弁者とされた作家である。代表作に『グレート・ギャツビー』（『華麗なるギャツビー』のタイトルで、いくつもの邦訳が出ている。近年の村上春樹訳は『グレート・ギャツビー』を採用している）がある。「河童」に補完材として用いられた *The Curious Case of* BENJAMIN BUTTON――直訳すると『ベンジャミン・バトンの数奇な事例』となるが、二〇〇九（平成二一）年日本で上映後、永山篤一[*7]や都甲《とこう》幸治[*8]による翻訳が相次いで出た。題名は双方とも映画の日本語訳タイトルと同様の『ベンジャミン・バトン　数奇な人生』である。映画の人気にあやかってのことなのであろう。原作を読むと、芥川の小説「河童」に出て来る「年をとつた河童」の発想は、間違いなくこの短篇小説に負うていることがわかる。八十年以上も前に、この小説を見出し、自己の小説に補完材料として用いた芥川の先見性を見る思いがする。

スコット・フィッツジェラルドの小説 *The Curious Case of* BENJAMIN BUTTON は、若いロジャー・

バトン夫婦が授かった子どもが、七十歳になろうかという老人の姿をしていたことにはじまる。ベンジャミンと名付けられた子どもは、やがて年と共に若返っていく。それによって起こる人生の悲喜劇をフィッツジエラルドは冷静なタッチで描く。時々はさまれる自然描写は美しく、若返りの折々に事件が起こる。芥川はこの小説をむろん英語の原文で読んだ。原文の初出は、雑誌『コリアーズ（Colliers Magazine）』一九二二（大正一一）年五月二十七日号で、その後すぐに自薦短篇集 *Tales of the Jazz Age*（一九二二）に収録された。

一九二二 （大正一一） 年という年は、芥川が前年の中国視察の旅から戻り、新たな飛躍を目指した年である。すると芥川は自己の小説を補完するために、貪欲にアメリカの現代小説をあさり、出会った小説 *The Curious Case of BENJAMIN BUTTON* を用いて、河童の国から脱出する主人公の飛躍の方途を描いたことになる。筋ばかりでなく、その流れるような文章のリズムにも学んだかの感がある。芥川は会話は別として、英文を読むことにかけては、ネイティヴをしのぐ読書量を誇ったゆえ、フィッツジェラルドの小説を読むのもさして困難ではなかったはずだ。

人間とは、人生とは

芥川の小説「河童」に登場する「年をとつた河童」は、街のはずれで「本を読んだり、笛を吹いたり、静かに暮らして」おり、その部屋では「気のせいか、質素な椅子やテエブルの間に何か清らかな幸福が漂つてゐるやうに見える」のである。「僕」は、「あなたはどうもほかの河童よりも仕合せに暮らしてゐるやうですね？」と問う。それに対し、「年をとつた河童」は、「さあ、それはさうかも知れない。わたしは若い時は年よりだつたし、年をとつた時は若い者になつてゐる。従つて年よりのやうに欲にも渇かず、若いもののやうに色にも溺れない。兎に角わたしの生涯はたとひ仕合せでないにもしろ、安らかだつたのには違ひあるまい」と答える。フィッツジェラルドの *The Curious Case of BENJAMIN BUTTON* の筋・発想を借りながら、芥川独特の解釈を示したところである。

フィッツジェラルドの小説は、人間とは、人生とはなにかの問いかけのもと、人間が年をとるに従い、老《ふ》けていくのに対し、年を経るにつれて若くなっていく主人公を描き出す。彼は美しい妻を得、子をもうけるが、一人若くなる。そして、健康的で活力に満ちあふれるが、妻には魅力を感じなくなってしまう。妻は年相応に老け、蜂蜜色の髪の毛は茶色に、青いエナメルのような瞳は安物陶器のように色あせ、気力も失っている。彼は失望し、軍隊に入り、手柄をあげ、勲章を貰う。また、ハーヴァード大学に入り、フットボールの試合で大活躍をする。こうして一時は世間に認められる活動をしても、彼は若くなるごとに回りと摩擦を起こし、「歓迎される人」ではなくなり、「完全に孤独な人間」になる。

が、芥川の小説「河童」は、こういう小説の発想を借りて、年をとるごとに若くなった河童を登場させ、「一番仕合わせだつたのはやはり生まれて来た時に年よりだつたことだと思つてゐる」と言わせている。

不安の意味

世界的現象としての不安

芥川の「河童」もフィッツジェラルドの小説「ベンジャミン・バトン　数奇な人生」も、ともに人生の〈不安〉をテクストに託した典型的小説である。「或旧友へ送る手記」の冒頭に、芥川は以下のように記す。

誰もまだ自殺者自身の心理をありのままに書いたものはない。それは自殺者の自尊心や或は彼自身に対する心理的興味の不足によるものであらう。僕は君に送る最後の手紙の中に、はつきりこの心理を伝へたいと思つてゐる。尤も僕の自殺する動機は特に君に伝へずとも善い。レニエは彼の短篇の中に或自殺者を描いてゐる。この短篇の主人公は何の為に自殺するかを彼自身も知つてゐない。君は新聞の三面記事などに生活難とか、病苦とか、或は又精神的苦痛とか、いろいろの自殺の動機を発見するであらう。しかし僕の経験によれば、それは動機の全部ではない。のみならず大抵は動機に至る道程を示してゐるだけである。自殺者は大抵レニエの描いたやうに何の為に自殺するかを知らないであらう。それは我々の行為するやうに複雑な動機を含んでゐる。が、少なくとも僕の場合は唯ぼんやりした不安である。何か将来に対する唯ぼんやりした不安である。（傍線は筆者による）

右の最後の傍線を付したところでは、〈不安〉ということばをリピートしている。二度目には「何か将来に対する」という形容句が伴うが、これは何も芥川一人の問題に還元することはできない。それは一九二〇年代から三〇年代にかけての日本、否、世界的現象としての〈不安〉として捉えられるものでもあった。芥川は生涯賭けてそうした現代の〈不安〉を書き残した作家であった。

それを表現するのに、彼は日本の古典や洋の東西を超えて存在するテクストを渉猟した。『芥川龍之介文庫目録』[9]は、その一つの証拠ともなるが、ここに記録されたものは、彼の読書歴の一部に過ぎないであろう。また、志保田務・山田忠彦・赤瀬雅子編著『芥川龍之介の読書遍歴 壮烈な読書のクロノロジー』[10]という労作もある。本書の中核をなす「読書年表」は、芥川の小説・随筆・日記・手帳、それに書簡に記載された書物などを通して知ることの出来る厖大な芥川の読書歴、読書の記録である。これらを通して言えることは、芥川がそのテクストを形成するのに、いかに多くの情報を東西古今の文献から得、補完材料として用いていたかである。先に引用した〈不安〉の一語の背景にも同時代の日本と世界の〈不安〉が託されていたのである。

それは時代を覆う〈不安〉でもあった。

ところで、一高時代の芥川の友人であった恒藤恭や藤岡蔵六は、新カント派の日本に於ける早い時期の紹介者である。近年彼らの仕事に光が当てられるに従い、芥川もまた、この新理想主義の哲学の影響を被っていたことがわかってきた。新理想主義の哲学は、第一次世界大戦中の日本の学界にも影響を及ぼすようになっていたのである。西田幾多郎の著作はその代表格で、『現代に於ける理想主義の哲学』[*11]や、『自覚に於ける直観と反省』[*12]などが、当時の知的青年に大きな影響を与えた。

歴史学・哲学への眼

恒藤恭がバーデン学派のエミール・ラスクの『法律哲学』を大村書店から刊行するのは、一九二一（大正一〇）年二月のことだが、その二年以上前から京都大学の『法学論叢』に「ラスクノ『法律学方法論』ノ解説」[*13]を発表しており、マールブルク学派のルドルフ・シュタムラーに関しては、『法学論叢』はじめ就職先の同志社の雑誌『同志社論叢』に盛んに書き、これらは雑誌の段階で芥川に贈られていた。恒藤恭のシュタムラー研究は、やがて『批判的法律哲学の研究』[*14]にまとまる。藤岡蔵六も研究者としての出発は、新しい理想主義の哲学であった。ドイツで勃興した新カント派の哲学は、恒藤恭や藤岡蔵六の大学院時代に日本でも人気を得ていたのである。藤岡蔵六は新カント派の哲学者でマールブルク大学教授のヘルマン・コーエンの方法論にひかれるようになる。藤岡蔵六は理想主義者であった。その人の研究がコーエンに向かったのは、きわめて真っ当なのである。藤岡蔵六が『哲学雑誌』に載せた「コーエンの思惟内容産出説と其批評」[*15]は、彼の新カント派受容の有様を示すもので、芥川にも雑誌は贈られた。藤岡の初の著作は、『コーエン純粋認識の論理学』[*16]で、恒藤恭の『批判的法律哲学の研究』の刊行より一か月ほど早い。二人は相次いで新カント派の哲学を日本に紹介したことになる

芥川文学における補完の関係は、資料の直接的影響に止まらず、思想史・文化史などをも考慮しなくてはならぬ。芥川初期の歴史小説「羅生門」「鼻」「西郷隆盛」、それに「あの頃の自分の事」などに、新カント

派の一人バーデン学派のリッケルトの影が見られるとは松本常彦の論[*17]であり、ルドルフ・シュタムラーやエミール・ラスクの影響を指摘する藤井貴志の論[*18]もある。こうした新カント派の哲学と芥川龍之介を結びつけたのは、いま述べた一高時代の友人、恒藤恭と藤岡蔵六である。

芥川のテクストの補完の関係を考えるのに、これまでは比較文学という方法で、その典拠、材源研究が盛んに行われた。が、テクストの材源を訊ね、その照応のみで事足れりとするのでなく、テクストの背後に読み取れる補完の実態にも目を向けねばならない。そのためには、テクストの単なる比較に終わらず、対象とする作家周辺の人間関係を押さえ、相互感化を見極めるという手続きが必要となる。それは同時代の歴史学・哲学などと対象となるテクストが、いかに関わるかを考えることなのである。

注

1――藤井貴志『芥川龍之介〈不安〉の諸相と美学イデオロギー』笠間書院、二〇一〇年二月二八日

2――『研究社新英和大辞典 第五版』研究社、一九八〇年一一月初刷（日付なし）

3――渡邉正彦「『藪の中』における〈現実の分身化〉―西洋文学との比較による新しい読み―」『國文學』一九九六年四月一〇日

4――井上諭一「芥川龍之介「妖婆」の方法―材源とその意味について―」北海道大学『国語国文研究』一九八五年九月二八日

5――柴田多賀治『芥川龍之介と英文学』八潮出版社、一九九三年七月一五日、二七三ページ

6――羽鳥徹哉・布川純子監修、成蹊大学大学院近代文学研究会編『現代のバイブル／芥川龍之介「河童」注解』勉

誠出版、二〇〇七年六月一三日

7――フィッツジェラルド・永山篤一訳『ベンジャミン・バトン　数奇な人生』角川文庫、二〇〇九年一月二五日

8――フィッツジェラルド・都甲孝治訳『ベンジャミン・バトン　数奇な人生』イースト・プレス、二〇〇九年一月三〇日

9――日本近代文学館所蔵資料目録2『芥川龍之介文庫目録』一九七七年七月一日

10――志保田務・山田忠彦・赤瀬雅子編著『芥川龍之介の読書遍歴　壮烈な読書のクロノロジー』学芸図書株式会社、二〇〇三年一二月二〇日、「芥川龍之介読書年表」は、本書の二七～二五〇ページの二二四ページにおよぶ。

11――西田幾多郎『現代に於ける理想主義の哲学』弘道館、一九一七年五月五日

12――西田幾多郎『自覚に於ける直観と反省』岩波書店、一九一七年一〇月五日

13――恒藤恭「ラスクノ『法律学方法論』ノ解説」(一)『法学論叢』一九一九年七月一日、(二)『法学論叢』一九一九年九月一日

14――恒藤恭『批判的法律哲学の研究』内外出版、一九二一年一〇月一〇日

15――藤岡蔵六「コーエンの思惟内容産出説と其批評」『哲学雑誌』第四〇〇、四〇五号、一九二〇年六、一〇月

16――藤岡蔵六『コーエン純粋認識の論理学』岩波書店、一九二一年九月一〇日

17――松本常彦「歴史ははたして物語か、歴史観の再検討―リッケルトの影・序」『國文學』一九九六年四月、なお、松本には芥川と新カント派の具体的接点として「あの頃の自分の事」をとりあげた「同時代史の中の芥川―芥川龍之介と「歴史」の問題―」浅野洋他編『芥川龍之介を学ぶ人のために』世界思想社、二〇〇〇年三月二〇日、一五九～一七二ページもある。

18――注1に同じ

コラム

中国で高まる芥川人気

隣の国、中国では近年芥川への関心がことのほか高くなり、翻訳が相次いでいる。

中国では戦前も芥川への注目はあったものの、一九三五（昭和一〇）年に巴金《パキン》によって紀行文『支那游記』が激しく否定されて以来、戦後も文化大革命が終わるまでは全くといってよいほど、その文学は省みられることがなかった。文革後もしばらくはイデオロギーの立場からの否定的評価が主流を占めた。それが近年、芥川を積極的に評価しようとする気運が生じ、多くの翻訳が出版されている。

二〇〇五（平成一七）年三月には、中国語訳『芥川龍之介全集』（山東文芸出版社）がはじめて刊行された。高慧勤・魏大海の編集になるこの五巻本全集は、A5判、各巻平均八百ページの大冊。小説や随筆だけでなく、詩歌・書評・劇評、それに書簡までも収めた本格的なものである。これは近年の芥川研究の成果である。『漱石全集』の翻訳がまだない中国にあって、芥川作品への人々の関心は、まさに今日的な文学状況の反映ともとれる。

全集刊行後も中国語訳芥川作品集の出版は跡を絶たず、『芥川龍之介 中短篇小説集』などが映画「羅生門」のスチールを表紙に用いて次々に刊行されている。昨年（二〇〇六）八月には『羅生門』のタイトルで、芥川の十九の小説を収録した作品集が浙江文芸出版社から刊行されているが、中には「神神の微笑」のような、これまで翻訳されたことのなかった作品も入っている。

ところで、中国の芥川受容で現在一番熱い目が注がれているのは、『支那游記』（中国語訳は『中国游記』）なのである。ごく最近秦剛訳『中国游記』（中華書局、二〇〇七・一）が初版四千部で刊行されたが、一年前には陳生保・張青平訳による『中国游記』（北京十月文芸出版社、二〇〇六・一）が、初版一万部で出ている。今日、中国の書店に入ると、訳者の異なる二冊の『中国游記』を手にすることができる。

初版の発行部数の多いのは、訳書が研究者向けではなく、一般読者を対象としていることを物語る。この背景には、経済の好況に伴う出版ブーム、近年の旅行ブームもかかわるが、より本質的には、芥川の先見性が高く評価されているのである。

芥川は一九二一（大正一〇）年三月末から七月半ばまでの約四か月、大阪毎日新聞社の特派員として中国各地を訪れ、揺れ動く中国の現状を書き残した。そこには日本兵の不祥事や排日の落書き、さらには当時の無気力な中国人や、阿片問題や性風俗の乱れなども記録してあり、それがかつてはアンチ芥川の風潮を生んだ。が、右の『中国游記』の訳者たちは違う。

例えば陳生保は訳書の巻頭を飾る「芥川龍之介《中国游記》導読」で、こうした芥川の記録に対し、「客観的に見て八十五年前の半植民地におかれた中国の生の姿を記述している。（中略）我々は芥川が一つ一つの場面を記録に残したことを感謝すべきだと思う。それらの場面は、当時の中国と中国人にとって忘れてはいけない歴史である」と言う。一九二一年に中国を訪れた芥川の目に映った現状報告を、貴重な「歴史的価値」ある文献として評価するのだ。ここには訳者の的確な歴史認識がある。

芥川の生国日本での『支那游記』の評価は、これまでかなり低かった。揺れ動く中国の現状を深く洞察したものではないというのが一般の理解であった。けれども、『支那游記』は、中国の研究者によって確実に見直され、評価されている。そこには「異国の作家の文句に耳を傾ける寛容さ」（陳生保）があり、芥川の先見性を評価する確かな批評の眼がある。

付——対談　現代への眼

一　現代に生きる芥川龍之介

関口安義
安藤公美

■——はじめに

関口　芥川龍之介の文学は、二十一世紀を迎え、ますます多くの読者を獲得しています。しかも、それは芥川の母国日本のみならず世界各国で享受されるようになりました。日本では、二〇〇三（平成一五）年四月から高等学校の国語科の一年生に、これまでの『国語I』に代わり、『国語総合』という科目が登場し、各社教科書のすべてに芥川の「羅生門」が採られています。異常とも言える採用率ですけれども、ここにも今日の芥川受容の一面がうかがえます。そこで、きょうは芥川研究の新進、安藤公美《まさみ》さんをお迎えし、芥川研究の現状を話し合い、二十一世紀の〈現代に生きる芥川龍之介〉について共に考えたいと思います。

はじめに、読者のために、安藤公美さんを簡単にご紹介します。安藤さんはフェリス女学院大学大学院人文科学研究科で宮坂覺《さとる》先生のもと研究を重ね、今春、芥川研究で博士（文学）の学位を得られました。女性では日本人初の芥川博士です。現在はフェリス女学院大学や青山学院女子短期大学で非常勤講師をなさっています。論文は数多く、それらはフェリス女学院大学の紀要や『キリスト教文学研究』や『国文学　解釈と鑑賞』などに見ることができます。

安藤さんは一九九二（平成四）年の芥川生誕百年に、産經新聞社が行いました「もう一人の芥川龍之介展」の編集に参加されまして、研究のコツのようなものを摑んだ方です。まだ院生のころでしたね。この展覧会は、私と宮坂覺さんが監修をしたもので、これまでおろそかにされて来た芥川と絵画や工芸、音楽、演劇、映画、それにキリスト教などとの関連を、諸資料を通して浮き上がらせたものでした。いわば芥川の周縁的な魅力に光を当てたものと言えるでしょうか。安藤さんはこの時、芥川のさまざまな側面を掘り起こす基礎的な作業をして下さいました。その成果が十一年後、学位論文として結実したように私には思われます。

実は安藤さんの博士論文の審査にも、私は当たらせて貰いましたけれども、あくまで原資料を見るという現物主義の立場に立ち、それを研究対象として的確に論じ、分析する文体は明晰です。作品を取り上げても単なる印象批評や頑なな実証主義でもなく、さまざまなコードを批評に援用するという手法は鮮やかです。では、この辺で安藤さんから、これまでのご自身の芥川研究の歩みを簡潔にお話し願うことにしましょう。

安藤　過分のお言葉をどうもありがとうございました。一九九二年にご一緒させていただいた「もう一人の芥川龍之介展」では、大変よい経験をさせていただいたと思います。西洋絵画との関係の項を担当したのですが、芥川が多岐にわたる画家たちに言及しているという事実にまず驚きました。まだ岩波の全集に索引がなかった時代ですので、筑摩版の全集の索引を参考に、岩波の全集からひたすら美術にかかわる人名、画名を抜き出し、どのような言及が為されているのか抜き出したり、当時日本で見られた絵画を確定していったりといった基本的な作業を、かなり短期間に行った記憶があります。

あの展覧会は芥川を中心点としてさまざまなジャンルへの目配りをした企画でしたが、その後、そのような放射状の見方とは逆に、時代の中に芥川を放つという作業もしました。両方のベクトルを合わせますと、よりいっそう芥川と時代性が明らかになるように思ったからです。十年も経《た》ってしまったのかという気持ちがとても大きいのですが、周縁部への注意というのは、これは研究に必須の視点かと思います。

私が論文を書く傍らで、旧全集の索引づくりや雑誌特集での芥川全作品の紹介、辞典の項目執筆など、真正面から文学をとりあげるのではない作業から学んだことは、大変よかったと思っています。芥川が活動した一九一〇、二〇年代という時代そのものが、近代の中でも面白い問題を孕む時代ですので、今回の論文のテーマである文学の越境という、他ジャンル領域からのアプローチを認めていただけたということは、非常に大きな成果だと考えております。

■――冷戦後十年の芥川研究

関口　ここ十年の世界の変化には、驚くべきものがあります。一九八九（昭和六四）年の「ベルリンの壁の崩壊」に始まる状況の変化、それはソ連邦の解体、東欧諸国の民主化、冷戦構造の終結という結果を招きました。そうした中で人びとの関心が、これまでのイデオロギー優先の考えから解放されまして、人間の内面の問題へと向かい始めたということが挙げられると思います。

そうした中で、政治と文学、体制と反体制という二項対立図式による読みが無力化して、文学をより身近な自分たちの生きる問題として考えるようになったわけです。いかなる政治や体制が出現しようと、人間にまつわるさまざまな問題は矛盾として残るわけで、そこに文学の存在する余地があるわけですね。

漱石や芥川が日本という地理的空間を超えて世界各地の人びとによって読み直される、再発見されるのも、こうした世界情勢の変化と無縁ではないと思います。

研究方法の変化も甚だしいもので、これまで二十年くらい日本の近代文学研究を支配していたテクスト論から離陸し、総合評価論といいますか、さまざまのコード、情報を援用して作品を読み解くというふうに研究は進んでいます。いっときは、言説研究がすべてということで、ことばに着目し、それを分析・追尋することによってすべてが分かるというようなことが言われていましたが、それは従来の閉じた作品論と同じ結果を招来してしまいました。

それに対して近年起こってきたリーダー・レスポンス・セオリー（reader response theory 読者反応理論）では、読み手にさまざまな読みを拓くことを委ねます。そうした読み手の読みをより豊かに実現するためには、作品の背後の歴史（思想史、文化史、社会史）の問題を意識し、そこに作者を介在させることによって、対象《テクスト》をより豊かに見つめることができることもわかってきました。いっときロラン・バルトの言う「作家の死」が批判なしに受け入れられましたが、やはり文学の研究は、作家をも含めて進めなければならない。

テクストというのは、一旦、書き手を離れると自立します。しかし一方でテクストは、書き手の現実の転位であるという厳然たる事実もあるわけで、それらの相反するカテゴリーをどのように関連づけて行くかということが、現在の問題点になっているようです。そうした中で、芥川像も大分変わってきました。これまではとかく厭世家であり、書斎人であり、腺病質の芸術至上主義者として考えられてきた。つまり青白きインテリで、社会的関心の低い作家、そして学生時代はノンポリを決め込んだ人として理解されてきました。いろいろな写真集に載る芥川のポートレート一つを取っても、そこにはきまって髪の毛の乱れた、そして相手を睨みつけるような風貌の、痩せた、暗い印象を与えるものが好んで用いられたのです。それは編集者や、芥川研究家の中にも、そうしたイメージでもって芥川を捉えていたという証拠にもなるのですね。

新たな芥川像は、当たり前のことながら、テクストに執着した読みを大事にし、伝記研究の成果をも吸収して行かなければなりません。そうした中で、今まで見過ごされ、ほとんど論じられて来なかったテクスト群も再評価できるという考えが浮上してきます。研究史上の、こうした芥川評価を安藤さんとしては、どのようにお考えになりますか。

安藤　総合評価論というのは、なかなか巧みなネーミングで、本当にその通りだと考えています。さまざまな研究コードの中で、芥川という現象がどのように変容するのかを見ていく必要性は、非常に高いのではないでしょうか。

関口先生は以前から「芥川龍之介像の形成」ということに関しては、彼の思想や歴史認識など、その人間性を見るという大きな柱の中で、それこそ大文字の「芥川龍之介」というビジョンを見せて下さっていて、私たちは大変恩恵に与っていますが、一方で、芥川自体が一九二〇年代の出版事情、あるいは作家の売り出し方のような事情の中で生成されて来た作家であるということを強く感じています。例えば、「文芸欄」に書かれる作家の消息、円本時代の知名度、広告映画への出演、私小説的文脈の中での書く主体を主人公に仕立てた作品群、あるいはポートレートの中に写されて行く芥川像などを通して、読者側にどういった芥川像が形成されてきたのかということを、これからは考えてみたいと思います。

　先ほどのお話、――『国語総合』に変わった高校生の教科書すべてに「羅生門」が採られたとのことですが、作者紹介の写真が顎に手を当てた眼光鋭い写真ではなく、若々しい龍之介の像（写真）が採用され、半数を上まわったそうですね。作家だけでなく、作品だけでなく、読者側のイメージも含めてさまざまな総合的なコードからのアプローチをしていかなくてはいけないのだと思います。

■――年譜・伝記研究の進展

関口　その通りだと思いますね。ところで、芥川龍之介には「二人の父と四人の母」がいます。「二人の父」というのは、言うまでもなく実父新原敏三と養父芥川道章《どうしょう》です。「四人の母」というのは、生母の芥川フクと養母の芥川儔《とも》、それに育ての母である芥川フキ、それから実父の後妻に入った実母の妹の芥川フユです。これまでは養家の養父母とそれから伯母フキさんの研究は盛んに行われましたが、実父新原敏三の研究はあまりなされていませんでした。

　近年、一番研究の進んだのが第一の父である実父新原敏三関係のことです。平成十（一九九八）年十月三十一日には、敏三の出身地山口県玖珂郡美和町で同町教育委員会主催のフォーラム、「本是山中人」が開催され、平岡敏夫さんや松本常彦、海老井英次、庄司達也、高橋龍夫さんらが意見を述べられました。その報告集『フォーラム本是山中人　父の故郷で語ろう／芥川龍之介の人と文学』は、これまでの森啓祐さんや、沖本常吉さんの研究を乗り越えて、新しい敏三像を築いています。そういう中で年譜の研究も進み、新版『芥川龍之介全集』の最終巻（二十四巻）収録の宮坂覺さん作成の年譜など、日日ごとの芥川の行動が分かるような詳しいものが出現しています。

　伝記研究は研究者側ばかりでなく、たとえば作家の山崎光夫さんは、『藪の中の家　芥川自死の謎を解く』というような本を出され、自死の原因の再検討に迫っています。山崎さんは芥川の主治医下島勲《いさおし》の「下島日記」を発掘され、研究者顔負けのすぐれた調査をされています。これまで芥川の死因は、「ヴェロナールおよびジャールの致死量を仰いでの死」ということで、睡眠薬自殺説が支配的でした。これに対して山崎光夫さんは、「睡眠薬では死ねない、その死因は青酸カリであった」という説を打ち出されたのです。その説はかなり説得力があるし、それを今後より強固に実証して行くのが、研究者側の大きな課題ではないかと思っています。

伝記研究上のことでは、近年明らかになったことが、まだいくつもあります。芥川と久米正雄の最初の漱石山房訪問日の確定、そのほか細かいことは枚挙にいとまがないほどです。それから安藤さんは、後追い自殺の記事を産經新聞社主催の芥川生誕百年展覧会の折にはずいぶん拾い上げ、今度の博士論文の一部にもそれを利用されておられますね。

近年芥川という作家を、もう一度考え直し、的確に捉えるという気運が高まり、年譜、伝記研究が進展しました。そうした中で、「敗北」というレッテルを貼られた芥川龍之介から、いや、そうではない、芥川はこの世のさまざまな悩みや苦しみ、――芥川のことばで言いますと、「娑婆苦」ですが、それと闘った作家として、そしてその文学は、敗北の文学から闘いの文学へと評価というか、位置づけが移りつつあります。

安藤　後追い自殺のことですが、やはり社会に映るビジョンという視点を導入することもできるかと思います。つまり作家像というものが、どのようにして流通していくのかという流通の問題が非常に気になるところなのです。

例えば、芥川自殺の後に新聞に「有島の時には後追いが出ないだろうけれども、芥川は出るかもしれない」というコメントが載り、案の定、翌日から数名の文学青年と言われる人たちの自殺記事が、やはりジャーナリズムの中で取り上げられてくるという現象がありました。遠く京城でも後追い記事が出ています。後追いというのは、主体に関わる問題ですし、現代では文学者ではありませんが、尾崎豊やHideなど、音楽関係のアーティストのカリスマの死が、多くの若者たちの後追いを呼ぶという問題と絡まるところではないかという気がします。

　当時『新青年』に医学的な書き物を連載していた高田義一郎が『自殺学』という本を一九三〇（昭和五）年に出しているのですが、風俗も含めた現象として芥川の自殺を扱っていて、なかなか興味深い内容です。例えば、芥川自殺の翌年の一高の出し物に、華厳の滝を模したカーテンを飾り、その前に昇汞水《しょうこうすい》や猫イラズなどの薬品類を積み重ねて、「醜夫、鈍才、見逃す勿れ」といったコピーを飾ったものがあるなどと言っています。それから自殺の方法として、今までの入水から薬品に移行したその原因が、昭和二年の芥川氏の自殺であったとも言って、当時のキーワードでもあった「モダーン」を使って、その自殺が語られもしています。「敗北の文学」という形での芥川自殺の認識は、確かに一面強固に存在していたのでしょうが、その一方で、何故彼の死が否定されなくてはならないほど同時代の多くの人に、共感というか代行意識を与えてしまったのかということも、知っておく必要があるのではないでしょうか。

　山崎光夫さんの『藪の中の家　芥川自死の謎を解く』では、丁寧な資料の読みから最終的に、「芥川は青酸カリで自殺した」「その事実は芥川を思う人々の手により封印された」と結論付けてありますけれども、では何故睡眠薬自殺なら許容され、青酸カリは伏せられねばならないのか。ジャーナリズムによる流通の問題や、同時代の資料発掘の重要性を強く感じます。

関口　伝記研究のことや資料の発掘に関わって、いま少し話題にしましょう。近年、芥川の資料が次々と出現しています。一九八〇年代の半ばごろから日本近代文学館に、芥川家からさまざまな資料が寄託されました。それから一九八〇年代末には、山梨県立文学館に神田神保町の古書店三茶書房の岩森亀一さんの収集した芥川資料コレクションが入ったし、藤沢市文書館には、山梨県立文学館に入らなかった片割れ資料が入ることになります。

　芥川資料をもつこれらの文学館、文書館では、それぞれの館独自のさまざまな芥川に関わる資料の公開を進めています。その最大のものは、山梨県立文学館の

『芥川龍之介資料集』だと思いますが、日本近代文学館の芥川龍之介文庫のことや山梨の岩森コレクションについては、私自身これまでいろいろの所に書いたり、座談会で話したりしていますので、ここではあまり知られていない藤沢市文書館のことを少し話題にしましょう。

　ここからは『藤沢市文書館紀要』が出ており、その20号には回覧雑誌『日の出界』が紹介されており、芥川の甥葛巻義敏さんの妹左登子（さと子）さんの「兄のことに就いて／付芥川龍之介の終焉のこと」という非常に興味深い文章も見出せます。『日の出界』収録の芥川の文章は、もっと研究されなければなりません。21号には「葛巻文庫の芥川龍之介自筆資料」の目録が載っています。中でも「手帳」は注目されてよい存在で、今後研究者による細かな検討が待たれるところです。すでに水沢不二夫さんが全集未収録分についての検討をはじめられているようですので、その成果に期待したいものです。

　ところで、安藤さんは神奈川県にお住まいですが、鵠沼を語る会という活動にも参加されていらっしゃいますか。

安藤　以前、鵠沼に住んでいたこともあり、地元の図書館や企画展などで資料を拝見することが多々あります。鵠沼に関わった文学者や著名人たちの足跡を、証言というかたちで細かく辿る作業をされており、鵠沼で芥川を診察した富士山《ふじたかし》医師もその会に入っていらっしゃって、いくつか文章を残されています。昨年の九月には、「華ひらいた鵠沼文化展―東屋・劉生・龍之介」という展示会も行われています。芥川の習作期の原稿など、藤沢市文書館収蔵の「葛巻文庫」の一部の展示も行われました。

関口　富士山《ふじたかし》医師は山崎光夫さんの『藪の中の家 芥川自死の謎を解く』にも出てきますが、鵠沼時代の芥川の主治医とされている方ですね。今、藤沢市文書館を含めて鵠沼を語る会での報告がありましたが、近年は各地の記念館が資料の発掘をしてくれる場合もあります。例えば、高松にある菊池寛記念館、――ここでは、菊池寛を研究して行く中で、菊池寛の「閻魔堂《えんまどう》」という作品に芥川の書き込みがあったということを二〇〇一（平成一三）年八月に公表しました。当時の芥川の旺盛な創作意欲を証明するものですが、芥川は菊池の原稿の裏に、自身の漢詩の下書きを書き込んでいるのです。

それから郡山にある久米正雄記念館でも、久米正雄とのかかわりで芥川の研究が進んでいます。さらに昨年十一月、西宮で芥川龍之介・菊池寛・久米正雄の三人が連名で綴った書簡が発掘されたという報告もあります。これは当時大阪毎日新聞社の学芸部副部長だった薄田泣菫に宛てた一九一八（大正七）年九月二十八日付便りです。手紙には三人が連名で文章を書いている、これが非常に面白いということで、いっとき話題になりました。

その他に近年の新資料としては、芥川の徳田秋聲宛の詫び状の出現もあります。例の『近代日本文藝読本』に秋聲の作品を収録しながら、秋聲の了解を得なかったため、抗議されて、平謝りに謝ったという事件の証拠物件です。そういうような資料がつぎつぎと出て来ています。

安藤　非常に多くの資料が発掘されていますし、逆にまだ埋もれている資料も芥川には多いだろうと想像されます。各地域、それぞれの作家たちの記念館の充実も含めて、伝記的研究は今後も大いに期待したいところです。一昨年の『国文学 解釈と鑑賞』の特集「芥川龍之介 旅とふるさと」のような試みも、これから大変重要になると思います。

というのは、紀行文や作家の足跡、作品名というかたちでは、各地域に紹介があるのですけれども、では、その地域の紹介のトポスがどのように立ち上げられてきたのか、作家の名前がいかに使用されているのかという点にまでは至っていないのが現状でしたので、分断されてしまっているのが、非常に惜しいと思います。それを総合的にまとめ上げるというか、研究とガイドが越境していくことも求められていると思います。関口先生は、芥川周辺の人々の日記の発掘を精力的になさっていらっしゃいますが……。

関口　そうですね。近年、成瀬正一、井川恭、長崎太郎、松岡譲ら一高の芥川の同級生、それにクラスは別で、理科に所属していましたけれども、同じ学年の森田浩一の日記などがつぎつぎと出現しました。そうした日記をどのようにうまく用いていくかということは、芥川研究の中では極めて大事なことなのです。とにかく日記は作家研究の一級資料です。

「成瀬日記」は高松の菊池寛記念館に収蔵され、現在石岡久子さんの手で翻刻が進行中（『香川大学国文研究』21号、一九九六・九〜）であり、「井川日記」は大阪市立大学にご遺族から寄託されましたが、その中の一高時代に相当する日記『向陵記』は、この春、大阪市立大学大学史資料室から刊行されています。森田浩一の日記は、東京の福生《ふっさ》市郷土資料室が影印復刻を二〇〇一年春に出しています。長崎太郎や松岡譲の日記も、それなりに意味を持ちますが、その詳しい検討は、今後に委ねられているところです。

事実調査の面では、芥川が晩年深くかかわった女性に、平松ます子という人がいますが、これまでは芥川が死のスプリング・ボードに選んだ女性とのみ言われてきました。けれども、自殺の阻止役という視点を立てる必要を感じたのは、甥の斎藤理一郎氏をはじめとする遺族側の証言を得たからです。

それから養父母と伯母フキの反対でプロポーズを断念した吉田弥生のことも次第にわかってきました。弥生に関しては、これまでその晩年の消息はまったくわかりませんでした。弥生側のガードが堅かったからです。わたしは『芥川龍之介とその時代』（筑摩書房、一九九九・三）に、晩年の不遇な生活と没年月日を一応記しましたが、昨年（二〇〇二）七月に岩手県高等学校教育研究会国語部会の春季大会に招かれた折、盛岡の遠山病院理事長遠山美知さんに案内してもらって、弥生関係のゆかりの地を調査しました。

遠山美知さんは女医でもあり、ご自身の病院で弥生の最期を看取られた方なのです。弥生夫婦の住んで居た盛岡市の仁王小学校脇の借家跡、それに墓地のある北山の龍谷寺などが主な調査対象でした。墓地に行きましたら、吉田弥生の墓の法名碑には、「禅窓貞鑑大姉　昭和四十八年二月十一日　弥生　八十一歳」とあるのを確認しました。つまり芥川の思い人とされた女性は、芥川没後四十六年も生きたということがわかったのです。しかも、遠山美知さんによれば、晩年は国の生活扶助を受けてのカツカツの生活であったとのことです。ここにも芥川にかかわった一人の哀れな女性の一生が浮かんできます。

■——研究の前提としての資料

関口　ところで、研究の前提としての資料が大事なことは、言うまでもありません。けれども資料は十分検討しなければ研究には役立ちませんね。そのことに少しふれますと、最近のことですが、兵庫県の加古川市にお住まいの芥川ファンの方から、佐野花子著『芥川龍之介の思い出』（山田芳子と共著、短歌新聞社、一九七三・一二）に、芥川が雑誌『新潮』に「佐野さん」と題した随筆を発表し、夫の慶造を中傷したため、交際が絶えたと書いていているので、全集を見たが、その文章は入っていない、これはどういうことなのかという問い合わせがありました。

前にも雑誌『芥川龍之介』（洋々社刊）に、読者から同じような質問が寄せられ、私は編集部の依頼で、その第3号巻末で答えたことがあります。結論を言いますと、『新潮』にはどの巻のどの号にも、そんな文章は載っていません。佐野花子さんの文章は、この部分は完全にフィクションなのです。それなのに一部の研究者までが、それを本物と思い込んで事典などにも書き込んでおり、どうにもなりませんね。つまり資料は発掘されるだけではダメで、それを入念に検討し、検証する必要があるのです。

同じことは、芥川文述、中野妙子記『追想　芥川龍之介』（筑摩書房、一九七五・二）についても言えます。この芥川文夫人の追想録では、「昭和二年に龍之介は二度自殺未遂を起こしている、そして一度目は四月六日、もう一回は五月である」（30と49の章）と言っていますが、葛巻左登子さんによると「二度目の五月の未遂は間違い」で、自殺未遂事件は四月七日のみと言うのです（「芥川龍之介の「月光の女」について」『鵠沼』第27号、一九八五・七）。左登子さんは年をとっても記憶のよい人でした。けれども多くの読者や一部の研究者までが、『追想　芥川龍之介』の記事を丸飲み込みしてしまうのですね。

わたしは芥川の自殺未遂の日取りをいろいろ詮索してみましたが、一九二七（昭和二）年五月の芥川の動静はかなりはっきりしており、心中をしようとした日を推定し、割り込ませるのは困難でした。「晩春売文日記」や全集収録の書簡によって、この年の五月の芥川の足取りを考えますと、入り込む隙がないのです。おそらく『追想 芥川龍之介』の記事（49の章）は、四月七日の事件と混同したのでしょう。芥川文さんが間違えるわけはないので、聞き書きを整理し、文章化した中野妙子さんの混乱と思われます。こういうことはよくあって、評伝を書くわたし自身、常に心している ところでもあるのです。文献の引用には、慎重な手続きが必要であることを教える事例です。

安藤　そうですね。大変わくわくします。実証には時間を十分にかけての調査が必要ということですね。ある意味では誤読も一つの読者の方向性だとは思われますが、その場合、そのように読みたい、あるいはそのようなものを求めて行くという傾向になり勝ちで、とかく資料の扱いがおろそかになってしまうのです。その点も含めて実証という点に関しては、慎重に事を進めていく必要があると痛感します。

関口　私はいつも思うのですが、実証とは回り道の謂《いい》でもあるのです。芥川研究では芥川のテクストだけを追っていたのでは見えないことが、周辺作家の検討から浮かび上がるということがしばしばあります。その意味でわたしは豊島与志雄や松岡譲や成瀬正一、それに作家にはなりませんでしたが、芥川の周辺にいた恒藤恭や長崎太郎や藤岡蔵六などを調べたことが、ここに来て実に役立っているのです。蘆花の「謀叛論」演説も芥川に聴いたという資料が見出せないからこそ、周辺の人々の日記探索へと進んだのです。周縁から中心へという考えは、きわめて大事だと思います。これら芥川周辺の人々を調べなかったら、わたしの芥川研究は、多分瘠せたものとなったでしょう。

それから、実証というのは単なる事実の割符合わせでも、資料の羅列でもありません。文学研究における実証とは、テクストや資料を通し、想像力を働かせて仮説を打ち出すことでもあるのです。仮説は研究のための新たな地平を拓きます。一方、書き手の想像力は、テクストや資料によって修正され、仮説は次第に対象化されていくのです。ですから想像力を駆使してのテクストの読みによって打ち出された仮説をしっかり論証していくことが、研究には大事なのですね。

■――作品の読みの進展

関口　さて、ここでいよいよ安藤さんの芥川論について伺うことになります。今回の博士論文では、絵画の問題や開化、都市、映画と言ったようなキーワードを用い、今まで注目されなかった作品への関心を示して文学の越境の問題、他ジャンルとの相関、作家というテクスト、ポートレートの問題などに焦点を当てられましたね。そのあたりをお話し下さい。

安藤　私が特にこだわったのは、やはり一九二〇年代という時代を主とする芥川のテクスト群を、どのようなコードから読むのかというところでした。芥川の作品は非常に面白いのだけれども、今まで読まれて来た方向性とは異なる立場から捉え直したいというところから始めています。

一九二〇年代という時代は、明治から一九三〇年までの裕《はざま》であって、ある種の価値転換期とも言われています。吉見俊哉氏が成田龍一氏との対談の中で、「近代国家の教育システムを通過して、その先に近代の臨界点のようなものを見据えていたという点」に、大正以降の知識人との差異があるという指摘をしています。この時代に一つの世代的な交代があった、知のパラダイム・チェンジがあったとすれば、そういった問題性の中で、文学ひとりが孤立しているわけではないですから、異なるジャンル領域との相関から、今まで見えてこなかった問題系列が見えてくるのではないかということで絵画、開化、都市、映画、芸術家というキーワードを章立てにして考察をしています。

「絵画と芥川」に関して考えてみると、芥川は小学校から中学にかけてなかなか上手な水彩画を残していますが、その一つに「鶏」を描いたものがあります。この一枚の絵は、ただ才能があるというレベルの問題ではなくて、その当時水絵と呼ばれていた水彩画が流行していたという事実があって、さらに水彩画が日本に入ってきた時に、何を素材にしたのかという約束事にも関連してきます。実際には非常に身近なもので、鶏をはじめ地面に近いモチーフが選ばれていたと言われています。その後は、絵画の展覧会という身振りが誕生してきますし、絵を見るレッスンというのも旺盛に行われてくる、そのように絵画の時代と共に芥川の活動もまた歩を進めて行くことを考えると、「沼地」や自画像と言われる「保吉の手帳から」などにも時代的な問題が満載していることに気付きます。

「開化」も同様ですが、開化期ものというのは、後代が前代をどう把握しているのかという視点も導入しますから、二重のシステムを明らかにしてくれる要素があります。ロティの「江戸の舞踏会」の最大の特徴であるエキゾティシズムとオリエンタリズムを捨象したところに成立し得た「舞踏会」や、ジャポニスム流行の中で西欧で数を増やした日本庭園と日本で衰退していく街道文化の一つとしての「庭」、明治初期の立身出世と幸福な家庭像を示しつつ小説発表当時の貞操観を露わにする「お富の貞操」など、時代の中に解き放つことで、今までは透明で見えてこなかった問題を取り上げることが可能なのではと、論を進めました。

ですから、その中では、今まではあまりメジャーとされてこなかった保吉ものの「一夕話」や「お時宜」「少年」、活動写真を引用している「片恋」や「影」といった作品を取り上げる機会にもなりました。

関口　そうですね。芥川というと、とかく「羅生門」や「地獄変」「奉教人の死」「藪の中」、晩年になると「玄鶴山房」や「河童」などの話題性のある作品に研究が集中しがちでしたけれども、安藤さんの今度の博士論文では、これまであまり注目されなかった作品へ検討の筆を伸ばし、それによって新たな発見をもたらしているという感じがしきりにします。そういうところで安藤さんの作品の読みも深まっているように思いました。テクストは読み手とのかかわりで伸び縮みするよき例だと考えますが、……

安藤　深まっていればいいのですけれども、今までの間隙を縫うという形で終わっていないことを望むばかりです。保吉ものの一つ「お時宜」は、横須賀線小説として読むことができるのではないか、他にも「蜜柑」「舞踏会」で横須賀線が登場しています。当時の鎌倉、横須賀のトポスと鉄道の中でも特権的であった横須賀線という汽車を使用しつつ、「お時宜」では、サラリーマンの通勤列車として機能させているのです。「寒さ」もそうですが、このテクストでは、汽車と時刻表がクローズアップされ、それは近代人を縛る身体的リズムともなっている、その時刻表的身体誕生の小説として読むことが可能ではないかと考えています。漱石世代の汽車小説とは明らかに異なってきていますし、非常に現代性もあると思うのです。

関口　そうすると、いわゆるメジャーな作品と、これまで注目されなかった作品との研究を、バランスよく配置することによって、研究が深まるということになりますね。

■――その知的空間

関口　今度の本誌『国文学解釈と鑑賞』別冊では、「芥川龍之介の知的空間」として、文体・表現、東と西、文明、仏教、キリスト教、日本古典、中国文学、ヨーロッパ文学、詩歌、評論、アフォリズム、本文批評、江戸趣味、回覧雑誌、絵画、音楽、演劇・映画、モダニズム、児童文学、書物の装幀、芥川山脈と並べていますが、今回の安藤さんの博士論文でも、このかなりの部分を消化していますが、「知的空間」ということで感じることが何かありますか。

安藤　「知的空間」という表現は、作家芥川や芥川により書かれた作品だけでなく、それを書く研究者の「知」をも問題にするという点で、非常に面白いものを喚起させます。「知」とは、時代的な認識パターンですから、こんにちの問題でもあります。もちろん、先ほど申し上げたように、一九二〇年代性の問題とも大きくかかわります。今回の特集の見出しは、一見、今までの芥川事典類の項目・キーワード集と被るのですが、研究自体のコードが非常に大きく変わって来ている今、それぞれの意味するところも大きく変わってきていると思います。芥川研究の側からの一方的なまなざしではなくて、絵画なら絵画、音楽なら音楽、演劇なら演劇プロパーの方から芥川の営為を見ていくという方法をとることによって、恐らく今まで見過ごされてきたところが大きくクローズアップされて来るのではないでしょうか。

関口　そうですね。例えば、音楽を一つ取っても、龍之介は西洋音楽の鋭い鑑賞者でもあったわけですが、同時に江戸趣味の持ち主として一中節などに高い関心を示していました。一中節について言いますと、実は芥川は一中節の作詞をしていたのです。今年の二月二十六日には東京の紀尾井小ホールで、都一中さんが芥川の作詞した「恋路の八景」を三味線で演奏し、都鳳中さんらが浄瑠璃を担当する、私が芥川と江戸趣味について講演し、一中さんと対談するという催しもありました。芥川は音楽ばかりか、多芸多趣味、意外と思われるほどさまざまなことに興味を示した作家です。

安藤　そうです。そして自らの興味だけではなくてそれをかなり文学の中に取り入れることに巧みだったわけですから、その引用関係、相関を考えていくのはたいへん魅力的な仕事だと思っています。

■――絵画の時代

関口　安藤さんの芥川論の中心を成すと思われる絵画の時代の問題について伺います。例の産經新聞社主催の「もうひとりの芥川龍之介」展では、W・ブレーク、G・モロー、A・ビアズリー、O・ルドン、E・ドラクロアなどを、芥川の言及した画家として採り上げました。それに彼は中国や日本の絵画にも強い関心を示していますね。芥川はまさに絵画の時代を生きた作家だったのですが、創作とのかかわりはどのようなものと考えますか。

安藤　絵画と言ってもいろいろな見方ができると思います。まず一つは、芥川の時代、一〇年代から二〇年代にかけては、まず西洋、ヨーロッパ、イギリスの世紀末芸術、ラファエロ前派、あるいはビアズリーに代表される、『明星』や『スバル』系で紹介があった美術から、印象派、後期印象派を中心とする図版の多い雑誌『白樺』系への移行、さらにその後、日本の美術、古美術などが海外で非常に高い値で買われて行くのに対して、西洋の印象派、後期印象派の絵画が割合安く手に入るということでかなりの資産家たちがオリジナルの絵を買い、それが日本に持って来られ、当時の人びとも実物を見る機会に恵まれてくるという時代にありました。

二つ目は美術館が出来上がって来る時代という視点です。絵画の展覧会という新しい空間が誕生した時代、一高時代を中心に芥川の書簡には、展覧会に行ってこんな絵を見た、それがどうであった、どういう流れを持って人びとに受けていたかということが非常に細かく書かれている。これはまさに展覧会の身振りと言えるようなもので、ちょうどこのころ展覧会と同時に「鑑賞者というものがどうあるべきか」という絵を見るレッスンが行われ始めた時代なのだろうと思います。

三つ目に、日本独特と言われる自画像の流行と小説の関係です。「沼地」がよい例になりますが、あの作品が成立するのは、展覧会というトポスと、画家と絵の自明の関係性が信じられていなくては成り立たない。絵画を見ていくことは、今、私たちは絵画を観る、音楽を聴く、あるいは演劇を観るということを当たり前のように受け入れていますが、絵画が最初に展覧された博覧会の時代などには、そのような見方が有り得なかったわけですから、まさに「現代に生きる」私たちに組み込まれてしまったシステムを恐らく見返してくれる経緯になるだろうと思います。

関口　絵画の時代ということですが、これは芥川ばかりでなく、芥川の親友であった井川恭にしても、長崎太郎、さらに成瀬正一などはみな絵が好きでした。芥川もビアズリーの絵はかなり買っていましたけれども、成瀬正一は『ビアズリー全集』をわざわざ取り寄せています。私の『評伝成瀬正一』（日本エディタースクール出版部、一九九四・八）に書いたことですが、成瀬はとにかく絵が好きで、後年実業家の松方幸次郎がフランスその他で盛んに絵を買いまくりますが、その時、目利きとなったのは成瀬です。そこで松方コレクションの陰の生みの親だとされるのが、成瀬正一なんです。芥川も含めて当時の青年たちは、非常に絵を好んでいた。長崎太郎は後年ニューヨーク時代に、W・ブレイクの絵や詩集を買いまくり、ブレイク・コレクターと言われるまでになるのです。そこに安藤さんが言われたように彼ら鑑賞者の誕生があった。井川恭をはじめ、自ら絵を描く人もいて、水彩画を盛んに描いた。一高時代の仲間では、他に理科の森田浩一なんかも描いている。芥川はどちらかと言うと鑑賞者です、もちろん、さきほど言われたように、中学時代にはなかなか見事な絵を描いています。そして彼らが印象派、後期印象派に特にひかれていたわけでしょうか。

安藤　そうですね。芥川は原善一郎とも交友がありました。善一郎はのちに購入したセザンヌの〈サント・

ヴィクトワール山とシャトー・ノワール〉と〈静物〉を自室に飾っていたと言われています。原善一郎の父三渓（富太郎）は、横山大観や下村観山らの運動を支援したり、善一郎の意思もあってか小学校の同窓であった牛田鶏村ら若手のパトロンにもなっています。芥川が展覧会で評価した画家たちです。芥川のアドバイスがあったのかとも想像されますが、当時の一高生たちの嗜好でもあり、時代的な嗜好でもあったのだと思います。横浜の三渓園をはじめとして松方幸次郎や大原孫三郎、福島繁次郎らのコレクションも、『白樺』啓蒙の中にあったのではないかと思います。

これは時代的なものももちろんありますが、ゴッホとセザンヌに対する言及が生涯を通じて非常に多くなっています。永井隆則氏が、セザンヌの日本での受容の様を研究されていますが、そのような中に芥川の言説を位置づけてみるのも重要ではないでしょうか。

その他にも、例えば、私などは「開化の良人」が絵画をめぐっては非常に面白いテクストだと考えています。あれは開化期を時代背景として要請していますから、ちょうど近代の始原というか絵画をめぐるそれこそ知の発動を問題にするわけです。小説中には三種の絵が出てきますが、一つが銅板画、一つが油絵、一つが浮世絵という異なるジャンルのものを持ってくる。しかもそこに描かれているものが、銅板画は「築地居留地」、浮世絵は月岡芳年が描いた役者絵、肖像画はナポレオンの肖像画とそれに関わる五姓田芳梅によって描かれた妻の肖像画です。この三種三様は恐らく、それこそ絵画流入時の、絵画が日本にどうやって入って来たかをよく示すジャンルではないかと思います。五姓田という画家ですが、この名は五姓田義松という実在の画家を髣髴とさせます。父親が五姓田芳柳という横浜で外国人相手に描いていた画家で、ワーグマンの絵に触発され、自分の息子を弟子入りさせ、フランス留学もさせています。義松は日本人ではじめてフランスのサロンで入賞した画家でもあり、日本でも御幸に参加したり、皇后の肖像画を描いたりと、近代絵画には多大な功績がある人物なのですが、そういった名前が「開化の良人」では、ふっと出てくるのです。そして肖像画というものは、もちろん西洋由来ですが、西洋ではナポレオンの肖像画を一つのメルクマールにして肖像画自体が衰退していき、写真に取って変わって行くという流れがありますが、そのナポレオンの肖像画が、日本では初めての肖像画として大変なブームを呼んだわけです。ここにはある捩じれた文化流入の様が見えるのではないかと思います。「開化の良人」は、恋愛概念成立以前の〈絶対的な愛〉の不可能性をモチーフとしていますが、その背景にはこの絵画ジャンルというものも見逃せないと考えています。

絵画と文学に関しては、芥川と同世代の佐藤春夫が二科展に出品していたりなど、当時の文化的土壌に深く食い込む問題なのではないでしょうか。

関口　芥川らの一年先輩に矢代幸雄という人がいます。この方は後に世界的な美術評論家になりましたが、この人なども含めて、同世代的な絵画への関心が当時はあったのですね。中島国彦さんが「二つの感性」ということばを使って、矢代と芥川を並べて論じていますが、今後はそういうようなやり方で、芥川の絵画への関心をいろいろな画家、あるいは同時代人と比較しながら考えていくのも大事だと思いますね。

■――映画の世紀

関口　次に映画の世紀についてうかがいます。安藤さんは「少年」「片恋」「影」「誘惑」「浅草公園」などから映画・幻燈・観客、さらにはシナリオの問題を論文では考えておられますが、もう少し詳しくお話しいただけませんか。

安藤　大正期の映画と文学というと、谷崎潤一郎や佐藤春夫、やや遅れて川端康成や横光利一などの名が挙がりますが、映画誕生から百十数年、芥川の誕生と映画の誕生は重なっています。ほぼ時を同じくして日本にも入って来て、寄席で幻燈などの延長として出し物になっていた時代を経て、映画専門館の設立があり、活動写真から映画という名称変更が起こります。この流れの中に同世代の作家たちの表現を辿ることが可能なわけです。

「少年」や「追憶」など、幻燈という装置を文学に取り入れているということが芥川文学のひとつの特徴ですが、同じ世代では宮沢賢治や萩原朔太郎がやはり同じく幻燈を幻想世界への通路として使うことに長《た》けていて、絵画と同様に同世代の表現の問題として捉えてみることもできると思います。

また、先ほども挙げた「片恋」や「影」は、映画の時代を抜きにしては面白くも何ともないテクストになってしまいます。当時非常に流行《はや》り、上映禁止にもなった話題性のある「ジゴマ」や「名金」をテクストに入れ込んでいるのが、「片恋」です。しかも流行《はや》りものという形で引用するだけでなく、それを否定して行くわけです。フランスの喜劇俳優に惚れてしまった一人の少女を主人公にしていますが、それはある意味でとても未熟な映画の見方なのかもしれません。ただ当時、民衆娯楽の観点から映画というものを見据えていた権田保之助という存在もありました。権田の『民衆娯楽論』を片側に置いてみますと、この「片恋」というテクストは、ありえたかもしれないもう一つの映画論を可能にするという側面も出てくるのではないでしょうか。現実には映画論は「映像性こそが映画の命である」という研究が主流になってしまったのですが、映画論がもしかしたら取るべきであった民衆娯楽からのアプローチという可能性を見せてくれるのではないか。芥川の「片恋」では、その可能性を存分に見せているという点において、見逃せないテクストとして存在し始めるわけです。

あるいは活動写真が映画として変換される時に、映画が最も必要としたものが、ドッペルゲンガーや影といった文学が今までテーマにして来た要素でした。それらを映画に取り入れることで芸術性を立ち上げたと言われています。そうすると、芥川の「影」がまさに今度は映像性を主題にしてくるテクストであることに気付きます。映画が辿った道筋と、芥川の小説とがちょうど同じ流れの中に辿れ、それぞれの可能性を見せてくるという読み方もできるかと思います。

関口　「誘惑」と「浅草公園」には、ともに「或シナリオ」の副題がついていますが、近年はこの二つのシナリオから「歯車」へという方向で、芥川の創作上の歩みを見る論も出てきました。そこに見られる映画表現に学んだ二重写しの技法は、最晩年の小説にも及ぶわけですから、この辺りの検討は大事ですね。とにかく、映画時代というキーワードを用いると、新しい見方が出来ます。「影」などは分身というような問題、視点からも読まれますが、映像の問題として捉えるのは非常に面白いし、とにかく一九二〇年代の世界的なシナリオブームが芥川にも及んでいることは確かです。芥川は時代に敏感な作家でしたから、その作品には常に時代を反映させることになるのですね。芥川が映画の手法を小説に応用するに当たって、影響を受けた映画はいろいろ考えられますが、整理するとどうなりますか。

安藤　一九一〇年代半ばの「プラーグの大学生」や「カリガリ博士」といったドイツ映画は、その後の日本映画に随分と影響がありましたし、谷崎潤一郎など同時代文学者たちにも支持されています。ただ芥川に関しては、それ以上にその後のフランス映画、具体的には「キーン」や「巴里の女性」といった映画が重要だと考えています。

一九二〇年代後半、芥川が谷崎と行った「「小説の筋」論争」は、中川成美氏によって書く主体のモダニティの問題として把握し直されましたけれども、この論争に先だって映画雑誌において、映画には筋、ストーリー以上に大切な要素があると主張する映画人と、筋こそ命とする文学者との間で筋論争が行われていました。そのきっかけとなったのが、「キーン」や「巴里の女性」だったのです。映画の時代という切り口で芥川の作品群をたどると、見事にその時代の映画の問題が反映されていると思います。三島譲氏が先鞭をつけられていますが、一九二〇年代後半の、モダニズムやシュールレアリズムの運動と連動した世界的なシナリオブームの中に、芥川の二つのシナリオも一旦解き放ってみる必要があるのではないでしょうか。

■――時代と表現

関口　映画の技法と小説、――時代と表現の関係というのは、芥川研究にとってきわめて大事なことですが、これまではどちらかというと言及されることが少なく、研究はおろそかにされてきました。

ところで、「時代と表現」というキーワードからは、中国視察旅行における芥川の表現、それから関東大震災における芥川の表現とか、いろいろ考えねばならないことがあります。これは検閲と関わる問題です。中国視察旅行における表現などは、長年マイナスイメージで捉えられ、考えられてきました。私の『特派員芥川龍之介』（毎日新聞社、一九九七・二）以後に、やっと研究ははじまったといってよいほどなのです。そこで同時代映画と芥川の表現も、これからの重要なテーマとなりそうです。それにしても、「時代と表現」というような言葉で芥川を捉えようとすると、いろいろの問題が浮上しますね。

安藤　まさに「時代と表現」は、〈ジャーナリスト兼詩人〉ということなのだと思います。これは文学テクストそのものが持つ可能性なのだと思いますが、どちらに偏っても面白くないものになるでしょう。ジャーナリストという言葉に関しては、恐らく当時は基本的にはそれほどいい意味では使われていなかったのかもしれませんが、室伏高信の『反乱の社会学』には、「イエスの時のように、孔子の時のように、ソクラテス、仏陀のように、今日は偉大なジャーナリズムが必要である」という一節があります。これは芥川の「西方の人」におけるクリストの捉え方と同じなわけです。室伏という社会主義思想を中心にやっていた人物の言説と重なってくるあたりには、少し興味があります。

■――「西方の人」「続西方の人」への眼

関口　室伏高信の『反乱の社会学』は、確か昭和の初めの頃の著作ですね（注、初版一九二九・一一、田舎社刊行）。「この時代を見よ」というキャッチフレーズで、「時代は一つの預言者を、一つの国民的天才を」求めていると言いました。偉大なジャーナリスト待望論です。確かに室伏高信のような捉え方で、ジャーナリズムを考えるということが今まであまりなかったような気もしますが、ちょっと浅い。芥川の場合は、より本格的です。彼は時代認識感覚に抜群なものがありました。つまりジャーナリストの感覚に非常に恵まれ、さらには詩人ということばで表現される真理を見抜く目を持っていました。それゆえに二十一世紀の今日まで、彼の作品は残ったのです。芥川は、自らを〈ジャーナリスト兼詩人〉と「文芸的な、余りに文芸的な」で言っていますが、新時代のチャンピオンになるという彼の憧れの対象が、この〈ジャーナリスト兼詩人〉でした。そう彼が願い、真理を求めて、激動の時代の中で闘ったからこそ、現代にもそのテクストは生きているのです。彼がそういうような高らかな志望を持たなかったならば、平凡な作家に終わってしまったでしょう。そのことを徹底的に書いているのが、「西方の人」「続西方の人」です。

また、芥川とキリスト教の問題、同時代青年とキリスト教の問題なども、今後はもっと研究されなくてはなりません。新資料の出現は、追い風になるでしょう。明治から大正にかけての青年のキリスト教体験は、文学史の上でも見過ごすことはできないのです。私は今年の六月に『芥川龍之介の素顔』という書物をＥＤＩから出し、二つの「西方の人」にかかわる論文を収めました。「芥川龍之介における終末意識」と「エマヲの旅人の心」です。

私は芥川晩年のキリスト教体験は、本物だったと思うのです。彼は聖書を通し、「まざまざとわたしに呼びかけているクリストの姿」（「続西方の人」１）を感じ、「わたしのクリスト」を書いたのです。また、「西方の人」の冒頭に「この人を見よ」の章を置き、「クリストは今日のわたしには行路の人のやうに見ることは出来ない」と書き、キリストに親近感を寄せていた芥川は、「クリストの一生」に真剣なまなざしを注ぎ、「続西方の人」を自死前夜に書き上げるのですから、その意味は実に大きいのです。こういう芥川を聖書の誤読だとして断罪することで終わっていた貧しい芥川論を乗り越え、「我々の心を燃え上がらせるクリストを求めずにはゐられない」と言い放った芥川の意味を、問い続ける必要があるのです。

安藤　芥川文学の魅力とは、まさに時代を見抜く鋭さと精緻を極めた文体にあると思います。特に「エマヲの旅人たちのやうに」という、あの「続西方の人」の最後の一節は魅力的です。「エマヲの旅人」は、聖書の中でもイエスの死後に弟子たちが逢いたいと冀っている時に、時間や空間を超越して懐かしいものに出会うという非常に意味深い体験の場になるわけですから、そういったものを感じさせる象徴的な一句ではないかと思います。

■――世界の中の芥川文学

関口　この辺で、世界の中の芥川文学のことに話を転じたいと思います。内外の芥川研究の高まり、時代と芥川評価の変遷なども考えますと、今日ほど芥川文学が世界で評価され、そして研究されている時代というのは、これまでなかったように思います。日本国内では長い間、芥川は否定の時代が続き、それが冷戦後、ようやく芥川を肯定し、評価する時代へと向かってきましたが、海外の芥川龍之介研究も、そういう日本の研究の動向も踏まえ、影響を受けながら進展していきます。翻訳も増えています。

東京赤坂のアーク森ビル二十階にある国際交流基金図書館に行きますと、世界四十カ国語を優に超える芥川作品の翻訳書を見出すことができます。私はこの図書館が紀尾井町にあった時代から利用していますが、行く度に翻訳書が増えているのに気付いていました。一番多いのはもちろん英訳です。それからフランス語、スペイン語、ロシア語、ヨーロッパ諸国語などですね。それが近年は中国語、それに韓国語の翻訳がびっくりするほど増えています。ベトナム語やタイ語などの翻訳もあります。

今度私の編集でこの秋に、――ちょうどこの特集号が出るころになるでしょうか。『芥川龍之介新辞典』という、やや大きな芥川の辞典が出ます。横組みで、記事にはエピソード項目も加えましたので、読める辞典になるはずです。巻末には嶌田明子さんが詳しい翻訳目録を付けてくれましたが、それを見ますと、海外における芥川研究の位相が浮かんできます。

安藤　そうですね。嶌田さんのお仕事は、たいへん時間も労力も使ったもので、労作だと思っていますし、いろいろ教えていただくこともありました。例えば、グルジア、アルメニア、エストニアと言った国々でも翻訳があったり、エスペラント語にも訳されているというのは、驚きでした。世界的な認知は、やはり映画『羅生門』の影響が大きかったとも言われています。ただ中国やロシアでは全集などが出るほどだということですから、今後ますます研究が成されていくというビジョンも見えてきます。

現代は国際文学しかありえないというボーダレスの時代になってきていますが、一方で、多様性をキーワードに多文化研究の流れがあり、その中で、芥川研究も盛んになっていると聞きます。例えば、ボルヘスが英訳の選集の端書の中で、芥川の小説群が「東洋化された西洋と西洋化された日本の交差に位置する重要なものだ」ということを書いていますし、アーロン・ジエローが「芥川と映画」という論を書いたりと、日本では見過ごされてきた視点から開かれていく芥川というものがあるように感じます。

関口　安藤さんもご覧になったと思いますが、一九九五（平成七）年に日本で公開された香港・日本合作映画『南京の基督』（『南京的基督』）、これは芥川文学の国際化をよく語るものではないでしょうか。區丁平《トニーオウ》監督は愛と性、生と死、信仰と理性といった人間存在にまつわる諸問題をこの映画に託しました。それが世界の人々の関心を惹くものであったのです。私はこの映画の日本公開に際して、プログラムに一文を書くという仕事もありましたので、試写会も含めて何度も見ました。こうした映画が生まれること自体、芥川文学の世界性、国際性を示しているように思いますが、いかがですか。

安藤　私事ですが、私は香港にしばらくいたことがあるので、「あの国でなぜこの映画が」というのが最初に疑問に思ったところです。芥川役というか、主役の俳優梁家輝《レオン・ガーフェイ》は非常に人気の高い俳優でした。逆にヒロインの宋金花を演じたのが、日本の女優富田靖子で、配役に関しても興味深い反転をさせています。香港は興行成績が悪いと即刻打ちきりになりますが、『南京の基督』というテクストと芥川の人生を重ねたような、なかなか不思議な映画が作られたこと自体、非常に驚異だと思います。

関口　あの映画の女性脚本家陳韻文《ジョイス・チャン》は、熱心な芥川ファンだそうです。なぜ芥川が香港人の興味を惹いたのかは、簡単には言えませんが、世界における芥川評価という点で言いますと、それはやはり虚構を最大限に生かしての小説作りにあったとしてよいのでしょう。当時の日本の文学の中では、これは珍しかったわけです。そしてまた同時に、その作品には矛盾、不条理、非現実、悪魔性、更にはキリスト教の問題などが盛られています。それが先の見えない不安な時代を生きる人びとの関心とも重なるのではないでしょうか。

安藤　やはり問題意識というと、さきほどのジャーナリストという部分にも関わってくると思います。芥川自身が、「一人の作家なり、一篇の作品なりは、一時代の外に生きることはできない」と言っていますけれど、そのことによって、かえって時代を超えているのかもしれません。あるいは小説のギミック（文学的仕掛け）と言う方もいます。巽孝之氏は、「奉教人の死」を例に、少年だと思っていた人物が実は女性であったという大きな種明かしをすることによって、つまり、性別の変換が世界観を変えるきっかけになっていく方法に、芥川文学の特徴を見ておられ、そういった点は恐らく日本国内よりも世界的な文脈においてこそ真価が判明する場合が多いと述べられています。

「藪の中」は、黒沢明の『羅生門』で一躍メジャーになりましたが、その後も「アイアン・メイズ」や「ミスティ」などで引用されていますし、G・ジュネットも『物語のディスクール』で、『羅生門』の名を出しています。もともとはO・ヘンリーやA・ピアスの作品を下敷きにしたと言われている「藪の中」の方がメジャーになってしまっているという現象も面白く思います。

関口　世界文学的要素が、もともと芥川テクストにはあったのですね。それと最後の作品「西方の人」「続西方の人」でキリストを扱い、その枕元に『舊新約聖書』が置かれていたということが大事です。韓国でいま芥川文学に非常に高い関心が集中しているというのは、一つはキリスト教との関係で注目されているのです。韓国は現在東アジアでは稀なキリスト教国ですから……。そうそう、神の問題、罪の問題、キリスト教の問題というのは、ヨーロッパ文学や世界文学では避けて通ることはできない問題ですね。それが世界で評価される理由でもあるのではないかと思います。

■――新時代の芥川龍之介

関口　それから時代洞察の鋭さというか、歴史認識の問題もありますね。今年（二〇〇三年）の六月七日、私の勤務校文教大学で日本社会文学会が開かれましたが、その時のテーマは「時代の変革期に於ける文学者の歴史認識」ということでした。

私は「芥川龍之介の歴史認識」というタイトルの基調講演をさせていただきましたが、現在、中国や韓国から日本の政治家たちに、否、日本人全体に、歴史認識の問題が問われています。特に小泉首相の靖国参拝とか、あるいは「新しい教科書をつくる会」の発行した教科書が、歴史をねじまげているのではないか、日本人の歴史認識はなっていないのではないかというわけですが、そうした時に、芥川龍之介を持ってくると、意外とそこに先見性が見出せるのです。ですから、韓国の研究者の中には、「日本と韓国が歴史認識でこじれる時、私はいつも芥川に解決の可能性をたくしたくなる」（仁川大学校教授曺紗玉《チョサオク》『毎日新聞』二〇〇二・八・三〇、「ひと」欄）という見解を持つ人もいるのです。

確かに芥川には時代を見抜く力がありました。例えば、さっき話題にしましたが、一九二一（大正一〇）年の彼の中国視察旅行は、これまでとかくマイナス評価されがちでした。芥川は激動する中国の政治や社会に目を向けようとしなかったとか、困難な状況にあった中国民衆への理解も見られないという論文が支配的だったのです。当時の検閲制度というきびしい現実を棚に上げ、芥川は現実を見ていない、中国人を蔑視しているとまで言う研究者もいました。書き手の目線を離れたところでのテクストの断罪は、空しいものです。私は芥川の生きた時代にそのテクストを置き、書き手の目線にそってテクストを取り上げるようにしています。それが芥川評価の新しい視点だと信じています。

安藤　日本社会文学会の試みは、私も聴衆として参加しまして、大変面白かったです。先生が「芥川の社会認識は非常に鋭いものがあった」という発表をされましたが、二人の若手のコメンテーターの方の反応がありました。一人は「将軍」という小説は、ただ表面的に読む限りでは逆に差別化をしてしまうという恐れはないだろうか、そういった批判意識を持つことも大事ではないか」と述べておられ、もう一人は「将軍」は、まさにカウンタープロパガンダとして機能できるだろう、つまりどうやって戦争が浸透していくのかということを明らかにして呉れるテクストである」という読みをされていました。これはまったく両極端の評価ですから、三者の意見が共有され得るテクストという自体に、先見性、社会性があると思いました。

それから、文学者の歴史認識を問うことは、評者の歴史認識が問われることだとの関口先生のご指摘がありました。テクストは読者の歴史認識が問い直される場だということを強く感じた点で、大変面白かったです。最近、大学生と「桃太郎」を読む機会があったのですが、読後感として、今回の「イラクとアメリカの戦争を思い出す」というものが多く出されました。一読しただけの若い読者たちが、「桃太郎」に現代の問題、批判精神を読み取っているということ自体が、テクストの社会性・予言性というものを見せてくれていると思います。

関口　そうですね。章炳麟のことばに触発されて生まれた「桃太郎」一作にしてもそうですが、芥川のテクストには、かなり予言的力に満ちたものがあります。すぐれた文学者というのは、漱石にしても鷗外にしても、みな予言者の側面を持つのですが、芥川もまさにそうであり、小説ばかりか評論、エッセイの類にも見逃し得ないものがあります。「侏儒の言葉」なども、今後は再評価されて行かなければなりません。

それから講演原稿に「明日の道徳」というのがありますが、ここでは「日本人の批判的精神の欠乏」を問題としており、彼の時代を見る力がいかに強かったかが窺えます。二十一世紀という新時代に芥川龍之介が読み直されているのは、そうした予言的洞察力の強さにあるといってよいでしょう。

安藤　「テクストは読者の能力に比例する」などと言いますが、こちら側の認識を常に問い糾していくということで、芥川の文学は多く読まれてきているのだと思います。

関口　そうなんです。芥川のテクストは、さまざまな内容を持っており、その起爆力は並々ではありませんね。研究は日進月歩です。新進の安藤さんとは、今後も芥川研究を共に進めていきたいと考えています。ここまで有益な、内容の濃い対談ができたことに感謝します。では、そろそろ予定の時間も迫りましたので、この辺で終えることにします。

安藤　ありがとうございました。

［二〇〇三年六月二十一日　於新宿中村屋］

二　世界にはばたく芥川文学

関口安義
宮坂　覺

■――はじめに

関口　芥川龍之介は一九二七（昭和二）年七月二十四日に亡くなりましたので、今年は没後八十年に当たります。今回は、そのことを覚えての対談です。

　芥川はここ十年余、内外で、その営為が見直されているとの感がしきりです。日本では二〇〇三（平成一五）年以降の高等学校国語教科書『国語総合』に「羅生門」が一斉に採用され、この国の十五、六歳の少年少女に大きな影響を与えるようになりました。また、海外では芥川作品の翻訳が相次ぎ、世界四十か国以上に芥川の翻訳はあるのですね。翻訳数は恐らく六〇〇を越えるでしょう。そうした中で内外で研究方法が深まり、注釈や注解の作業も進み、芥川再発見の時代を迎えているのです。

　そこできょうは、芥川研究に大きな業績をお持ちのフェリス女学院大学の宮坂覺《さとる》さんをお迎えし、芥川文学の国際化や、世界文学の可能性としての芥川作品について、共に考え、注釈とか注解の問題にまで話を持っていきたいと思います。

　宮坂さんには、ご自身が監修された『芥川龍之介作品論集成』（全七巻）の別巻に、『芥川文学の周辺』（翰林書房、二〇〇一・三）という労作（編集）があります。ここには「外国における芥川龍之介研究」の項があり、アメリカ・イギリス・イタリア・ロシア・韓国・中国などの芥川研究の状況が示されています。宮坂さんは研究者として早くから国際作家芥川を想定しており、それが昨年九月創立された「国際芥川龍之介学会」へと進むのです。宮坂さんはその初代会長になられたわけですが、のちほど、その学会のことも話題にしましよう。

今回の対談では、「世界にはばたく芥川文学」をメインテーマに話し合うことになりますが、芥川再発見が現在日本のみならず、世界各国で同時進行のかたちで進められていることを明らかにできればと思うのです。お手許にきょうの対談のプロット案を箇条書きしておきましたが、その順序に従って進行します。最初にここ十年ほどの芥川研究の状況を私の方から簡単に整理してみます。

■――芥川研究の現在

関口　芥川龍之介に関する研究文献は、今日《こんにち》五〇〇〇を軽く越えます。今から三十五年ほど前の雑誌『國文学』臨時増刊号「芥川龍之介の手帖」（一九七二・一二）に、私は「芥川龍之介研究史―問題と展望―」という文章を書いていますけれども、そこでは「伝記・追憶・時評などを含めた芥川文献の数は、おおよそ二千」としています。するとこの三十五年間で倍以上の芥川文献が生産されていることになるのです。特に冷戦後の十年間が多いのに気付きます。芥川研究を題名とした単行本に限っても、一二〇編ほどを数えます。これは大変な数ですね。なぜ冷戦後芥川研究が活発化したのでしょうか。私の考えを述べてみます。

一九八九年「ベルリンの壁」が壊されたのにはじまる東欧諸国の民主化、ソビエト連邦の崩壊は、冷戦の終了を意味し、ポスト冷戦時代を迎えました。冷戦構造の解体は、人々の関心が国を越えてイデオロギーの制約を離れ、人間の内面の問題に向わせました。芥川再発見の事象は、このことと深い関連があるように思うのです。

私は一九九〇年代から本腰を入れて芥川研究にとりかかりました。私の芥川関係の本が次々にまとまり、刊行されるのは、冷戦の終了と軌《き》を一《いつ》にしているのです。それは芥川文学が、海外でも受け入れられるようになった時代とも重なります。

これまで、とかく時代や社会に無関心の厭世家の芸術至上主義者と見られてきた芥川龍之介を、社会や人生の諸問題に誠実にかかわった、闘う作家として捉え直してみました。昭和期の芥川研究は、否定論が圧倒的でした。芥川は小手先の芸で仕事をした作家であり、時代や社会に翻弄され、折からのプロレタリア文学の勃興の前に滅んだというわけです。それをポジティヴな作家として再発見していくわけですが、これは何も私一人ではありません。多くの若手研究家の姿勢でもあるのです。こうしたまとめ方でよいでしょうか。

宮坂　関口さんがおっしゃった、近年の芥川研究のこれだけ大きな果実というのは、他の作家に比べ飛びぬけていると思いますね。関口さんは今、否定論という言い方をされましたけれど、私がちょうど芥川研究を始めた今から三十数年前、一般の読者に流通していたのは、かなり神話化された陰鬱な大正の鬼才という芥川像だったと思いますね。また当時の芥川評価というのは拵えものの作家、素晴らしく精巧だけれども近寄ってみるとやっぱりそれは作り物、拵えもの、どこに人間としての血が、倫理が流れているんだろうか、というようなものだった気がします。その当時、私が非常に共鳴したのは研究者ではなく中村真一郎とか福田恆存でした。それは芥川のやわらかさとか優しさを前面に出した芥川論でした。研究者も例外なく芥川神話から自由ではなかったと思います。その頃から見ると、今は隔世の感があります。

今のお話を私なりに補足すると、伝記研究の充実、文学展、読者論、文芸批評理論の流入などがあります。まず、八〇年代から伝記研究が比較的しっかりし、私も多少寄与したことになるかもしれません。明治書院の事典にはじまり、詳細な年譜（岩波版芥川全集二四巻所収）も成立しつつあり、芥川の実像（時代など周辺身辺を背景に）の復元作業も大きいと思います。神話に風穴が開き人間芥川というか、身体の温《ぬく》もりをもった芥川という捉《とら》え方ができるようになったことですね。また、この頃から研究の地平ではなく、私もいくつか関係しましたが、文学館などが主催した芥川展も看過できません。その際立ったのが山梨県立文学館、神奈川近代文学館など、各地で開催された生誕百年展などですが、それもまた神話化された芥川像の解体に緩やかに寄与していると考えています。

たとえば、昨年開催された鎌倉文学館の芥川展は、鎌倉時代にスポットを当てたものです。「ボクは文ちゃんがお菓子なら頭から食べてしまいたい」などの文面が見える塚本文宛のラブレターが公開され、ネット上や中高生に大いに話題になりました。また、歿後八〇年の今年は、仙台文学館において芥川展が開催されています。研究ももちろんですけれど、文学館の企画で一般の読者たちも次第に芥川神話から自由になりつつあることは注目すべきでしょう。その意味で各地の文学館の活動は、大いに評価したいと思いますね。さらに言えば、前述の二つと矛盾するようですが、読者論や文芸批評の方法理論の流入ですね。神話から自由なテクストの多様な読みは、芥川文学の面目躍如を齎《もたら》したと考えます。今の私の仕事も、伝記研究の果実と読者論や文芸批評理論の流入の裏打ちがあってのことと認識しています。

関口　芥川の神話化というのは、昭和の戦前期はもとよりのことなんですが、戦後の冷戦時代まで、ずっと続いたわけです。昭和の戦後期は研究も深まり、宮坂さんが今おっしゃったように、テクストの入念な〈読み〉や文献研究や書誌の研究も深まりました。しかし、基調は陰鬱な厭世作家です。それが芥川神話であったわけです。海外での芥川評価も同様でした。芥川の外国語訳の口絵を見ても、その写真の多くは葬儀の時のもの、左手をあごに置いて、髪の毛はぼうぼう、相手をぐっと睨《にら》む、そういう陰鬱な姿の写真が多かったわけです。教科書もそうでした。

けれども、近年は変わりつつあります。「羅生門」を教科書に載せるのならできるだけそれに相応《ふさわ》しい、「羅生門」執筆当時の若き日の写真を載せるということになってきました。それでも現在二十種類ある『国語総合』の教科書のうち、若々しい写真を用いているのは十二種類、まだ昔の暗い陰鬱な写真のままのものが八種類もあるわけです。

要するに、陰鬱な厭世作家というイメージは日本ばかりでなくて、海外の芥川研究も同様でした。いま芥川文学に熱い目が注がれている中国などは、芥川をまったく受け入れない国でした。特に戦後は文化大革命が終了するまでの約四十年間は、翻訳すら叶いませんでした。芥川は揺れ動く時代に無関心な、貧しい人民に無縁なブルジョア作家として遇されてきたのです。その背後には作品をイデオロギーの言説で論じるという傾向があったわけです。

しかし、芥川は人間の内面の問題に眼をとめ、弱い貧しい人間に光を当てた作家でした。最近刊行されました東郷克美さんの『佇立する芥川龍之介』（双文社出版、二〇〇六・一二）のことばを借りますと、「孤立する弱者や敗残者に目を注いだ」作家なのです。また、彼は常に時代に強い関心を示したジャーナリストの側面をもった作家だったのですね。冷戦の終了は、こうした芥川像の形成に力を与えてくれた感があります。私は求められるままに多くの芥川論をこの視点で論じて来ました。昨年刊行しました『よみがえる芥川龍之介』（NHK出版、二〇〇六・六）は、その一つの帰結であったと思います。

宮坂　強固な芥川神話が崩れなかったのは彼の死後、宮本顕治をはじめとする言説が非常に強くて、そこからなかなか解放されなかったということもあったかもしれません。また、松本清張などが、芥川文学には青年時代は麻疹《はしか》のように取り憑《つ》かれるが、それは青年の文学であってそれ以上ではない、青年を卒業すると芥川文学も卒業という意味のことを言っていますが、その類の言説も芥川神話を下支えしていたと思います。確かに、最後の方でちょっと触れようと思っていますが、やっぱり芥川というのは大正に殉じた作家という感じがするんですね。どうしてかというと、芥川は昭和が明けて丸七ヶ月後（昭和元年は十二月二五日からで、芥川は翌年七月二四日に逝っていますから）に亡くなったものですから、そこが神話化を増幅していくわけです。大正期というのは、日本が明治後期以降だんだん自信を持ち始め、独自の文化を作り上げ花開いていく。そしてそれは、関東大震災なども経て、昭和にかけて散っていく。その大正という時代のイメージが、芥川に被せられたということがあったんじゃないでしょうか。それが昭和、平成という時代になって、大正がもう一度見直される時、また芥川の実体も浮かび上がってくる、近年の芥川の見直しの中にこんな視点もあるように思います。

私も一九八二年に芥川の研究史（一冊の講座『芥川龍之介』有精堂）を書きましたが、確かその当時本格的な芥川研究書は一〇冊はなかったですね。また書き下ろし論文集などは一冊だったように記憶しています。それが今では、例えば関口さんの『よみがえる芥川龍之介』に参考文献として挙げられているのは、数え間違いがなければ一一二冊あります。これをよく見ていくと、七〇年代あたりから少しずつ増えはじめ、八〇年代後半から九〇年代にかけては、半数以上が集中していることがわかります。芥川の再評価というまとめ方はあまりしたくないんですが、芥川文学の見方が変容し、堰を切ったように一気に芥川への関心が新しくなりつつあることを物語っています。

先ほど関口さんがおっしゃったように、芥川には確かにまだまだ厭世的で陰鬱という暗いイメージはあります。高校あたりでは、教科書で取り上げられ芥川作品を読んできていますが、学生たちに聞いてみると、潑剌とした、向上心に満ちた青年のイメージは芥川にはとてもない。厭世的で暗い感じがすると言うのです。学校教育での芥川のイメージの構築がこれからどのように変わるかは確かなことはいえませんが、今はまだ芥川の実像が流通されていないのかなあという感じはします。あと十年たったらずいぶん変わるんじゃないかと思いますけれど。……

関口　そうです。あと十年待たねばならないでしょう。芥川再発見ははじまっているとはいえ、新しい芥川像の普及には十年はかかりますね。けれども、実証に基づく芥川像の変容は、教育の世界にも必ず根付くと信じています。

■――英訳『「羅生門」ほか17編』の出現

関口　ところで、近年の世界の変化には驚くべきものがありますね。それに伴って文学研究も変わってきました。昭和時代を支配した政治と文学、体制と反体制といった二項対立による文学観は無力化し、文学をことばの芸術としてはむろんのこと、人間の生きる問題として考えるようになりました。政治優先の時代は、法律や制度が絶対的ですね。しかし、いかに理想とされる社会や体制が出現しても、悩みがまったくなくなることはないのです。人間にまつわるさまざまな問題は、依然残るわけで、そこに文学の存在する余地が、再確認されるわけですね。

漱石や芥川が、あるいは村上春樹が現在日本という地理的空間、さらには日本語という言語空間を越えて世界各地の人びとによって読み直される、再発見されるのもこうした文学の持つ力にあるのでしょう。村上春樹の世界各国での受け入れは、それなりの理由もあると思うわけです。

昨年は村上春樹の当たり年で、ノーベル文学賞こそ逸しましたけれども、チェコのフランツ・カフカ賞とアイルランドのフランク・オコナー賞という国際的な文学賞をダブル受賞しましたね。アメリカのハーバード大学におられるジェイ・ルービンさんは村上春樹の英訳者として著名で、近年 *Haruki Murakami and the Music of Words* という研究書すら二〇〇二年にロンドンのハーヴィル出版から出しています。最近それが日本語に翻訳され（『ハルキ・ムラカミと言葉の音楽』畔柳和代訳、新潮社、二〇〇六・九）ていますけれども、中味の濃いものです。

ここでなぜ村上春樹とその訳者ルービンさんのことを話題にしたかと言いますと、このジェイ・ルービンさんが、昨年三月イギリスの大手出版社ペンギン社から *Rashōmon and Seventeen Other Stories*『「羅生門」ほか17編』という芥川龍之介テクストの新しい訳を、村上春樹の序文つきでお出しになったからです。ペンギン社というのは、イギリスのほかにアメリカ・カナダ・オーストラリア・ニュージーランドなどにも系列会社があり、この本は判型や表紙絵を変えて、それぞれ刊行されるのです。わたしはイギリス版と昨年秋に出たアメリカ版を持っています。現在英訳による芥川小説は、これが一番新しく、しかもペンギン・クラシックス・シリーズという誰もが手にとることのできる安価なペーパー・バックとして出たわけですから、その影響は大変なものです。しかも、序文は村上春樹です。宮坂さんは早い時期にこの英訳版をお読みになったそうですが、村上春樹の序文を含めてのご感想はいかがですか。

宮坂　たしか、日本文学がペンギン・クラシックス・シリーズに収められたのは、『源氏物語』に次いでこの *Rashōmon and Seventeen Other Stories* が二冊目だと聞いていますが、芥川がこのシリーズに入ったということは画期的なことだと捉えています。最初に訳者であるルービンさんの文章を読んだのは、昨年四月二六日づけの『朝日新聞』の「虚構創造の現代性評価」という見出しの文章です。エキゾチシズムとほど遠いとし、「芥川はモダニストであるだけでなくポストモダンを開拓する作家ではないかと感じるほどに、芥川文学に刺激的なユーモアと自意識過剰なほどの技法的実験を発見した」という言説が印象に残っています。もし、芥川文学が日本文学のひとつとして、これから新たなかたちで世界へ出ていくとすれば、ルービンさんの発言は私には大変納得ゆくものでしたね。というのも、誤解を恐れずに言えば、日本のノーベル賞作家である川端康成にしても大江さんにしても――まあ大江さんはちょっと違うかもしれませんけど――国外から見ると日本くささというか、エキゾチシズム、ジャポニズムの問題がどこかにこびりついていたように思います。ですから世界における芥川文学の新しい時代を今後迎えるとすれば、芥川の文学はエキゾチシズム、ジャポニズムとは無縁なんだというルービンさんの切り口は、非常に大きな説得力をもつだろうと思っています。

芥川文学は、もうすでにカフカの名前も出ましたが、カフカやボルヘスとかの不条理性を表現する作家としての視点で評価されてはきたとは思います。国際的にはその始原に黒澤明の映画『羅生門』の影響がありますね。

私は一九九八年から一年間ロンドン大学に客員研究員として滞在しましたが、「羅生門」を講義したことがあります。ある学生は、黒沢『羅生門』と「羅生門」を完全に混同しておりました。少なくとも多くの学生の芥川のイメージは黒澤明の『羅生門』から自由ではない。むしろ、その影響はかなり大きい印象を持ちました。そうするとそこにあるのは、原作の「藪の中」は不条理性が、担保され通底している（その傾向はアジアでも近年まであったことは否定できません）。……それにしても黒澤映画と芥川のイメージは諸外国では結構結びついています。が、実際にいろんな形で芥川文学をこれから……再評価というのではなくて、読み直しが加速されると私は捉えたいのですが……読み直しが加速するとすれば、やはり不条理性が評価されるでしよう。芥川文学は、日本文学というブランドを外してもなおかつ、人間の不条理性というものを書いたメッセージ性をもったテクストとして、充分な評価に耐えられる文学だということです。

関口　そうですね。不条理性という視点は、世界文学入りする条件の一つです。そうすると、「首が落ちた話」や「葱」のような知名度の低いものにも、今後は光が当てられることになるでしょう。

一昨年一〇月、東京でジェイ・ルービンさんとお会いし、いろいろな話をしました。ルービンさんは、これまで英語圏で考えられていた以上に愉快で想像力に富んだ芥川を紹介したんだ、と言うのですね。「馬の脚」も今回はじめて英訳されました。これまでは翻訳不可能とされてきたテクストです。よくぞやったとの感があります。これからは英訳からの刺激で、テクストを読み直すことにもなるのでしょう。

この訳書を企画した編集者というのは、サイモン・ウィンダーというペンギン社の編集者です。彼は読み巧者で芥川の新訳を出す時代が来ているのを見抜いていたのです。そう、さっき宮坂さんもおっしゃった、『朝日新聞』に載りましたルービンさんの文章では、「なんと時代が変わったことか！」というような言葉を使っていますね。確かに「芥川はポストモダンを開拓する作家」「刺激的なユーモアと自意識過剰なほどの技法的実験」で知られますけれども、新世紀に受けるとは訳者自身は当初は予想もしなかったと言っています。

村上春樹の序文について、宮坂さんは詳しく紹介をしたこともあるのですが、どうでしょうか。

宮坂　彼の序文は、もとは多分原稿用紙に換算すると優に四〇枚を超えるだろうと思います。つまり破格です。私はまだ試訳でしか読んでいませんし、また英語がそれほど正確に読めているわけではないですが（近刊にこの序文は収められると仄聞しております）、この序文は反響を呼ぶと考えられます。彼自身の文章は、昨秋、鎌倉文学館で行われた文学展の図録に、彼が掲載を快く認めてくれ一部掲載させていただきました。村上は「まず何よりも流れがいい。文章が淀むことなく、するすると生き物のように流れていく。言葉の選び方が、直感的に自然で、しかも美しい。芥川は若くして外国語にも漢文にも精通した教養人であったから、現代の作家には使い切れないような優雅典麗な言葉をどこからともなく持ってきて、それを自由自在に配置し、いかようにも動かすことができる。『才筆』という表現がいちばん近いかもしれない」と言っています。

もちろんルービンさんと村上さんの関係はあったと思いますけれど、私は村上春樹が芥川について丁寧に書いていることにまず驚きました。

小説家と短編作家の違いはあっても、その出発においてモダニズムに傾いたこと、さらに私小説と対峙する観点に共通性を見出しています。まず「ふーん」と思ったのは、先の引用もその一部ですが、日本語の扱い方がすごくいいと述べていることです。これは短編作家としての芥川が躍如としているところだと思いますが、とにかく日本語に対するものがすごくいいという評価をしている。それと文体と文学のセンスが非常に優れているとも言っています。村上はまた面白いことを言っていて、天賦の才能に恵まれた見事なテクニックをもったピアニストに準《なぞら》えている。指の方が先にいって心が追いつく、さらに進む心に指がついてゆく状態と芥川文学を説明し、芥川文学の魅力を指摘している。さらに、芥川は、「心は日本、技術は西欧」という折衷主義、二つの文化制度の寄せ集めの危険性を十分認識し、文学創造をしたともいっています。翻っていえば、国際作家芥川として認知されるとしたら、芥川が二つの文化制度の融合に危険性を認識していたことがポジティブに働くでしょう。

また、芥川を論じる時にはいつも出てくる話ですが、日本の古典的なるものとヨーロッパ的な近代性をうまく融合させていると評価されますね。が、二つの文化制度の安易な融合ではないですね。考えて見れば、本来、古典というのは時代、世代あるいは国境を超えて生き延びていくものですから、その根っこにはやはり人間が存在しなくてはならないのは自明のことです。すなわち、昨今のグローバルに耐えられるもの、すなわち、言語や国境や文化制度などを越えた原資が流れているんじゃないか。だとしたら芥川が文学を通して、異文化の中に眠っている何かに共鳴していくんじゃないか。となると、これから芥川の翻訳が出たりして、英語圏で芥川文学が広がった時に、相当な光を発揮するのではないかと思います。そのことを村上春樹が指摘しています。

関口　村上春樹の序文は読み応えがありますね。――芥川の生き方、書き方を実にしっかりと論じているということでしょうか。そう、これはかなりの日数を費やした仕事のようですね。宮坂さんが今言われたように、村上春樹は芥川独特の虚構の世界とか文体とか、それから、英語と中国文学の教育を受けたものの強みということも言っていたのではないでしょうか。それは近代と前近代のぶつかりあいで、古典という借り物の器の中で、虚構を生かす、物語形式を用いながら近代主義を物語化するという方法です。

■――研究方法の変化

関口　新しい英訳本芥川が出現するという状況下、芥川を研究する方法も変化してきました。世界の文学研究、ひいては日本の文学研究を長年支配していましたテクスト論を越えて、新しい研究方法が見られるようになりました。さまざまなコード、情報を援用して作品を〈読む〉というのは、新世紀の文学研究の特色です。文学研究は言説研究であると同時に、テクストの背景の研究、―思想史・精神史・文化史・社会史の研究でもあるのです。

宮坂さんの教え子であられる安藤公美さんが昨年出されました著作『芥川龍之介 絵画・開化・都市・映画』（翰林書房、二〇〇六・三）は、そういう意味での新世紀の文学研究の条件を備えていますね。何かご意見がありますか。

宮坂　ボードレールが文学とは最も夾雑物の入った芸術なんだと言っていますね。その意味において、従来の日本の文学研究はやはり、文学という枠の中だけでやってきた感があります。もちろん私も若い時代そうでした。そこにテクスト論のようなものが入ってきて、大きな揺さぶりがかけられたことによって、いろいろと多彩なものが視野に入ってくるようになった。まさに、ボードレールが言う文学が最も夾雑物の入った芸術だということをもう一回考え直す機会となりました。関口さんがおっしゃったような多方面からの文学研究に、いろいろな可能性が見いだせるという感じがします。その意味で、手前味噌のようで気になりますが、一九九二年の生誕百年に関口さんと編集した『もうひとりの芥川龍之介』展は、意味があったと思います。あの文学展は、芥川文学の芸術的周縁にスポットを置いたもの、たとえば書画、演劇、音楽、ヨーロッパ芸術、異国・南蛮趣味、イエスなどですが、研究の領域を広げたものになったと思いますね。図録を見ると、既に国際的研究への関心もありますね。芥川研究史のエポックメイキングになったと考えています。

その編集協力者であった安藤さんの仕事は、「もうひとりの芥川龍之介」展の果実の範疇にあるとおもいます。これからどう評価されるかということに興味がありますが、少なくとも、私自身ひとつの方向性としては非常に面白いと評価しています。

関口　私は前々からテクストというのは一旦作家の手を離れると自立するという側面と、一方でテクストは書き手（作者）の現実の転位であるという二つの側面があると考えてきました。以前はテクストの読みを作家の現実に還元することばかりが作品の〈読み〉とされました。また、テクスト論では作家を消してしまい、書き手の現実の転位という側面が忘れられました。それではトータルな研究は出来ませんね。芥川と同時代作家に豊島与志雄がいますが、わたしは豊島与志雄の評伝を書いていて、自己を語らぬ作家豊島は、小説の中に実によく自己を語っている、豊島与志雄自身自分の創作はどのようなものでも、自分の現実と強く結びついているとも言っているのですね。テクスト論全盛期にそれに溺れずに済んだのも、実は豊島与志雄研究のお陰なのです。また、テクストを〈読む〉とは、哲学・宗教・思想・絵画・映画・音楽・歴史など隣接諸科学との交流が必要との考えも持つようになりました。要は作品には総合的評価が必要だということです。

この辺の所はのちほど「芥川研究の学際化」のところで、しっかり話し合いたいと思いますが、……宮坂さんは芥川論をめぐるテクスト論とその後の研究の変化をどうお考えになりますか。

宮坂　芥川の場合、先ほど出た神話というものが多少機能したのかもしれませんけれど、作家は死んだというかたちのなかで、その尻尾は完全に切れなかったのはひょっとすると、関口さんが今おっしゃったようなことに繋がっていくのかも知れません。

私は、まず最初に制度化された、あるいは神話化された芥川ではなく、生きた芥川という、「芥川って一体どうなんだろう」という素朴なところから出発し、伝記研究のようなことから始めました。

その果実が先に触れた岩波の芥川全集第24巻収録の年譜です。そういうところから、一人の人間がある時代を歩きながら、何を考えたか、そして同時にその時代の読者が何を考えたか、そして読者はテクストとどうぶつかり、ぶつかったものはその後の人生や時代に対して、どう逆発信をしていったかというのに興味がありました。

ですから、別に私自身はテクスト論を大上段に構えてやったことはないんですが、結果的に見ると影響は結構あったと思います。しかし加藤典洋ではないけれど、果たして日本文学が西洋的なテクスト論だけで出来るものだろうか、という気持ちは常にありました。それはなぜかというと、やはり日本文学には、作家と読者が凭れあいながら――虫食いという言い方をしたことがありますが、テクストを補塡しあいながら、また新たなテクストを作っていくという側面があるのではないかと思ったからです。

もっと言うと、リリシズムが通底する日本文学の私小説的伝統は、直截的に「私」を語ることに真実、あるいは真理があるという傾向からは、完全には切り離せない、完全に自由にはなれない。作品には作家がでる、芥川の作品には作家芥川が出ている。すると読者たちは、神話化された芥川をテクストの中にまた補充しながら読んできたと思います。芥川作品が芥川神話の影響から自由にならない限り、芥川の読みは閉じられてしまう。ですから、テクスト論が、一旦作家を遠景化したことは、日本文学研究に大きな収穫をもたらしたと考えています。が、作家の影を視野に入れないのも先の虫食いの観点からすると無理でしょうが。

■――ヨーロッパ・アメリカから東アジアへ

関口　ところで、世界の芥川研究は、いま東アジアできわめて盛んです。かつてはヨーロッパ、ロシア、アメリカで芥川研究は盛んでした。翻訳も英語とロシア語が圧倒的でドイツ語・スペイン語などが続いたようです。三十年以上前のこととなりますが、吉田精一さん、武田勝彦さん、鶴田欣也さんの編著で、『芥川文学―海外の評価―』（早稲田大学出版部、一九七二・六）という本が出ています。この本の主要な書き手は、アメリカ人ですね。中国・韓国の研究者は一人もいません。ところが今や芥川研究の中心は、生国《しょうこく》日本を除くと中国と韓国です。これは大変な変化です。

芥川文学の世界各国への普及は、日本語教育とも連動した現象なのです。第二次世界大戦後しばらくは、特に日本とアメリカとの関係が深まり、戦争中に軍隊の日本語学校で特訓を受け、戦後本格的に研究をはじめるサイデンステッカーさんやドナルド・キーンさんなどにひきずられて日本文学、そして芥川を研究する学者がアメリカで多数出ました。

一方、東アジア諸国は、戦争中の日本への反発、レジスタンスから日本語や日本文学は長い間省みられませんでした。それがまず韓国で、軍事政権の朴政権時代の一九七〇年代前半に日本に追いつけ、追い越せの号令で、全国の国立大学、それに私立大学にも日本語・日本文学科が生まれました。もっともソウル国立大学校や私学の雄である延世大学校とか梨花女子大学校などは、未だにプライドが許さないところからか、日本文学の講座はありません。しかし、韓国では日本語熱は高く、中学・高校でも日本語教育は推進されています。今や韓国は、日本語学習熱世界一の国になりました。中国は少し遅れて文化大革命後、日中平和友好条約が成立する一九七八年以降、日本語学習熱が高まります。そして芥川短篇集とか作品集とか銘打ったものが何度も出ています。そのおおまかなところは、昨年刊行された黒古一夫監修、康東元《カンドウンウエン》著『日本近・現代文学の中国語訳総覧』（勉誠出版、二〇〇六・一）を見るとよくわかります。そうした下地があって山東文芸出版社から全五巻の『芥川龍之介全集』が二〇〇五年の三月に出ました。

なお、新世紀を迎えた中国では芥川の『支那游記』（中国語訳『中国游記』）への関心が高く、訳者の異なる二つの『中国游記』が出現しました。しかもその評価は、驚くほど高いのです。紀行文『支那游記』を貴重な「歴史的価値」ある文献として位置づけているのです。

それから韓国にしても中国にしても、日本語学習の教材に高等教育では、芥川テクストが用いられます。そのことが芥川研究と深くかかわるのです。日本語の教科書の教材で「羅生門」を学び、芥川文学の魅力に囚われ、大学院で芥川をさらに学ぶという学生が出て来ているのです。わたしは都留文科大学に勤務していた時、北京日本学研究センターの学生を国際交流基金からの依頼で、半年指導したことがありますが、優秀な学生でした。

宮坂さんの大学は博士課程まで整った大学院がありますので、これまで多くの韓国や中国の学生を受け入れ、指導なさったのではないでしょうか。

宮坂　そうですね、私が外に芥川研究の目を向けたのは、結果的には彼らとの出会いがあったからだと思います。その原点は、私事で恐縮ですが、一人の韓国人研究者との出会いです。

今からもうすでに一五年も前でしょうか、日本に留学中の曺紗玉さんの指導を引き受けていた頃と重なりますが、韓国から黄石崇さんを特別研究員として引き受けたことから始まります。黄さんは、韓国における芥川研究のパイオニアの一人で（一九七八年、韓国で初めて芥川龍之介研究での修士の学位を取得した二人のうちの一人）、研究者として将来を嘱望されていた方でした。生きていたら、おそらく韓国における日本近代文学研究の主導者になっていたと思います。結局、彼は留学して二ヶ月くらいで病で倒れ、思い半ばにして逝ってしまったのです。彼が帰国を余儀なくされ、最後に会った時、パジャマの上着を上げ、腹部の膨れた患部に私の手を持っていって、無念な気持を伝えたのが忘れられません（後で聞いた話ですが、留学前に病状はかなり悪化していて周囲の強い反対も押し切って、芥川研究のため留学したとのことでした）。それから、思い半ばで倒れた彼の無念な思いをどうにかしたいという思いが澱《おり》のようにいつも私の中にあって、海外の研究、あるいは研究者に目が離せなくなったということがあります。以後、韓国の研究者、院生、北京日本学研究センターや清華大学の大学院生を引き受けたりしています。

この黄さんが、韓国の芥川研究での修士の学位取得第一号ですが、修士の学位取得者は百名はいるでしょう。さらに、課程博士が十数名も出ています。たまたまでですけれども、曺紗玉さん、河泰厚さん、金孝順さん、金貞淑さんなど半数近くが何らかの形で関係のあった方たちで、黄さんに思いを馳せれば感慨深いものがあります。今も、数人が芥川で学位申請論文を準備しています。

■――「国際芥川龍之介学会」の設立と今後

関口　ああ、そうですか。感動的な話ですね。黄石崇さんは、本当に残念でしたね。でも、彼の遺志を継ぐ研究者が次々と出て来ているのは驚きです。

さて、昨年九月に宮坂さんがイニシアチブをお取りになって韓国ソウルの延世大学校で国際芥川龍之介学会の創立大会がもたれました。そこで宮坂さんにこの学会について詳しくお話し願いましょう。なお、本特集の「研究情報」に創立大会の模様を嶌田明子さんが書いて下さるはずですので、ここでは大会の講演でなさった「なぜ、国際学会か」の部分を、かいつまんでお話願えればと思いますが、……

宮坂　先ほどの話に繋《つな》がって行くんですが、なぜ国際学会かというと、ちょっと視点を変えると、学問の学際化・国際化ということがありますよね。それから高等教育、学問研究のグローバル化という流れの中で、一九九九年にボロニア宣言がありました。あるいは二〇〇五年のユネスコのOECDのガイドラインが遠景にはあります。確かにこれらは、理系の学問には近く感じられても、文系はなかなかそうはいかないところがあります。結局個別の国で、個別の文化研究をしていた嫌いもありますね。しかし、これも関口さんがおっしゃった冷戦後の果実なのかもしれませんけれども、徐々に……そういうものがポスト冷戦によっての文化のフラット化、グローバル化の果実のようなものが背景にあり国際的な学会が必然性を帯びてきたというのが真実のところです。そしてまた、先ほどの個人的な体験の問題があったと思います。

で、先ほどカフカとかボルヘスの名前を出しましたけれども、やっぱり芥川の文学とはポストモダンというか、不条理の文学というかたちで言えば、世界文学に充分に伍していけると思います。ただし、これもロンドンで体験したことですけれど、イギリスでは残念ながら黒澤明の映画の方が主で、芥川文学というと「えっ?」という感じでした。私としては非常に期待を裏切られたんですが、それはイギリスにおいては短編作家というものの限界があるからと思われます（フランスやイタリアでは芥川文学の評価は高いものがありました）。先ほどの村上春樹も、芥川は短編作家で自分は小説家だけれども、という但し書きを言っているのによく表れているような気がします。

しかし現在のような流れのなかで、芥川文学が徐々に多くの人たちの目にとまるようになった時、芥川は日本固有の文学ではなく、国籍を問わずひとつの新しいメッセージを持った作家の出現——そういう意味では「再評価」とか「よみがえる」ではなく、まさに「はばたく」ですかね、今日のテーマじゃないですけども。そこに繋がる確かな手ごたえを感じます。

学会設立の思いは、十数年前からのものでしたが、やはりペンギン・クラシックス・シリーズからルービンさんの訳が出たこと、それから中国でも全集が出たこと、これも誘因になっていることは事実ですね。

国際学会の参加国は、本来ならば世界に向けてということなんですが、第一回は、とりあえずは韓国・中国・日本で、全体で十数名の発表がありましたでしょうか。一日目が延世大学校、それから二日目が仁川大学校で、会場を二校に分けて開催しました。何故創立大会を韓国のソウルや仁川でやったかというのは、利き足が世界にあると考えていただければ幸いです。そして、今年度は、中国の寧波大学校で九月に開催予定です。三年目は日本を考えていますが、あるいはアメリカ、ヨーロッパでできればとも思っています。……大体そんな状況です。

関口　今後は世界各国の研究者を結集させるお考えですね。

宮坂　いやあ、結集というよりも、情報を共有し、刺激し合いながら芥川文学の検証を行いたいですね。

関口　研究を共有し、刺激し合い、共に考えるという姿勢はほんとうに大事ですね。

■——芥川文学の国際化

関口　芥川龍之介研究は、もはや日本だけのものではありません。世界文学としての芥川文学とその研究のありようが模索される時代に入ったのです。とかくこれまで芥川を含め、日本文学は特異であり、その研究は外国人には無理だとの考えさえありました。しかし、近年は違います。日本文学研究の国際化は、もう当然のことなのです。古典の方が先行していますね。フェリス女学院大学もその面では実績がおありのようですが、ちょっと紹介してもらえませんか。

宮坂　二〇〇二年度から毎年ですから、今、五回目になるでしょうか、日本文学国際会議を開催しております。外国の研究者を招待し日本文学について研究発表してもらうんですが、古典から近代まで、いくつかテーマを掲げながらやっております。第一回の会議の基調講演に平岡敏夫さんをお呼びしたのですが、近刊の『もうひとりの芥川龍之介』にも、触れられています。

関口　もう三年ちょっと前になりますが、そう、二〇〇三（平成一五）年十二月に大阪大学で開かれた全国大学国語国文学会で刺激的シンポジウムがありました。テーマは「海外における源氏物語の世界　翻訳と研究」でしたが、『源氏物語』の翻訳の問題や享受の問題が明らかにされ、興味深いものでした。芥川研究は『源氏物語』研究などと異なり、これまで海外の研究にとかく鈍感でしたけれども、今後はそうした閉鎖性を打破する必要がありますね。その意味で国際芥川龍之介学会を育てていきましょう。

わたくし個人としましても近年アメリカのジェイ・ルービンさん、韓国の曺紗玉さん、河泰厚さん、崔官さん、中国の秦剛さん、陳生保さんらから学ぶことが多く、それらは近年のわたしの仕事である芥川テクストの「金将軍」「馬の脚」『支那游記』などの読みの再発見に繋がっています。

あえて言わせて頂きますと、研究の国際化に無関心な方は、過去に多少の実績をお持ちでも、今後は研究者として遅れをとりますね。近代文学の研究者は、目覚めた古典研究者に学ぶべきなのです。

宮坂　厳しいな（笑）。と言うか、……難しいですね。これは最初に国際ということに目を向けた時の、私自身の反省なんですが……自分は日本文学のしかも芥川の研究者で、第一次資料や研究資料や情報を持っている。だからそれらの情報を何かのかたちで提供し協力したい、外国の研究者のお役に立ちたいという思い違いの感情がどこかにあったと思うんです（もちろんすべてを否定するものではありませんが）。

しかし、今はそう考えてはいません。芥川文学を真ん中に置き、ひとりの研究者としてさまざまな研究者から刺激を受け自らの研究を研鑽し、ひいては芥川文学をともに検証するということです。もし、耐えられれば、芥川文学が、世界文学に「はばたく」ものがあるということでしょうか。少なくとも、そこに集まる研究者から教えて頂くものが多々あって、刺激され文学研究者として考えさせられるものがあります。だからそれが国際的か無関心かというような境界線を持ってはいません。いい研究はいい研究として、刺激は沢山得たいと思います。そんな学会に育っていけばと思っています。

関口　そう、その姿勢が大事なのです。海外の研究者とは同じ資格で学び合うのです。研究を共有するということは、そういうことなのです。「教えてあげる」「お役に立ちたい」では、、ダメなのです。海外の研究者を見下してはいけません。同じレベルで考え、学び、互いに刺激し合って研究を前進させるのです。

■――芥川研究の学際化

関口　芥川研究の国際化で、だいぶ時間をとりましたが、国際化と同時に進展させなければならないのは、研究の学際化です。最初にちょっと紹介しました安藤公美さんの芥川論も当時の文化に目を配った一種の学際研究ですけれども、近年、芥川研究の中堅、そして若い世代から本格的な学際研究による芥川論が書かれはじめました。そのお一人は九州大学の松本常彦さんです。

松本さんは「歴史ははたして物語か、歴史観の再検討―リッケルトの影・序」（『國文學』一九九六・四）や「同時代史の中の芥川―芥川龍之介と「歴史」の問題―」（浅野洋他編『芥川龍之介を学ぶ人のために』世界思想社、二〇〇〇・三）などで、芥川と歴史・哲学とのかかわりにメスを入れています。これらの論で問題とするリッケルトやヘルマン・コーエンやルドルフ・シュタムラーは、新カント派とされる学派であり、芥川の小説に少なからぬ影響ありとの仮説は、芥川研究の一面を拓くものなのです。

実はわたしも芥川と新カント派のかかわりを強く意識しています。わたしの場合は後年哲学者の出隆《いでたかし》から「一高の三羽烏」と芥川との親しいかかわりを指摘された恒藤恭と藤岡蔵六の評伝を近年まとめて気付いたのです。

わたしの『恒藤恭とその時代』（日本エディタースクール出版部、二〇〇二・五）は、一九九〇年代に『都留文科大学研究紀要』に連載したものです。恒藤恭と新カント派とのかかわりに、かなり筆を割きました。また前々から調査を重ねてきました藤岡蔵六のことは、『悲運の哲学者 評伝藤岡蔵六』（イー・ディー・アイ、二〇〇四・七）としてまとめましたが、そこでは藤岡のコーエンの『コーエン純粋認識の論理学』の訳述をめぐっての和辻哲郎との応酬なども詳しく書き込みました。そういう仕事を通し、リッケルトやコーエンやシュタムラーが恒藤・藤岡の親しい友人だった芥川にも影を宿しているのは間違いないと思うようになったのです。芥川は恒藤恭の、後に『批判的法律哲学の研究』（内外出版、一九二一・一〇）に収まる論文を、雑誌発表時からよく読んでいたのです。

芥川の小説だけをターゲットとし、周辺を省みない研究では、同時代青年に影響を与えた新カント派のことなど浮上しませんね。社会主義に目覚めた当時の知的青年が新理想主義の哲学に魅せられたのは、実は当然のことなのです。ですから、新カント派と芥川とのかかわりの研究は、これからの大きな課題です。この辺をどうお考えですか。

宮坂　新カント派については、今何も言う準備がないのですが……。少なくとも、この問題は今後検証されてゆく、あるいはされなければならないと考えます。関口さんが言うように、作品の周縁に目を向け、もう一度作品に戻って見ることが、作品評価にどんなにか大切であるかは、何度か経験していることです。芥川研究の読み直しを長年やってきて、周縁研究、文化研究、歴史研究が作品の読みを反転させてしまうことも何度か経験しています。

伝記研究もしてきたわけですけれど、当たり前のことですが、作家も時代の中で生きてきているわけですから、絶対化してはいけませんが一つの資料として作家、作品の時代や文化を綴り直してみることは必要だと考えています。

先ほどちょっと言った大正の問題というのが、最近、私の中で一番浮上してきていることですね。私は芥川の伝記研究の中で、芥川の身体の復元を目指して長い間かけて芥川詳細年譜を作り上げてきました（もちろん今も持続していますが）。当然ですが、彼の周辺には家族や友人たちがおり、あるいは歴史や社会が、大正文化があります。すなわち大正という時代状況の照り返しがあるわけです。作家は死んだのではなく、作家は作品の中に生きています。さらに厄介なことに作家が意識しないことも流れています。まさに夾雑物が混入された芸術だからこそ学際的検証は不可欠でしょう。そのことが、作品、テクストの更なる豊かさを顕在化してくれると考えます。芥川文学の身体を復元しようとすれば、芥川の身体の復元も必要となり、それをなそうとすると大正期の歴史文化状況の学際的検証も必須となりますね。

それから、ぜひ実現したいと思うことがあります。関口さんも伝記研究的な仕事を多くしていますが、そういう仕事のネットワーク、たとえば他の作家の研究者とのネットワークの構築です。いずれはもっと大きく、社会とか何とかも視野の中にありますけれど、とりあえず文壇のネットワークですね。ですから関口さんが今までずっとやってきた、芥川周辺の友人・知人たちのネットワークを掘り起こしていく仕事には非常に勇気が得られると思っております。

これを拡大して、近代の研究者たちがそれぞれの作家を持ち寄ってくる。そしてその次には学問の境界を越えて、時代の情報を共有する、そういうネットワーク作りを将来できればなあと。いわゆるＰＣ化というか、今のこの状況を見ればそれも夢ではなかろうと思っています。

関口　そう、研究の共有化というのは、大事なことですね。それから新カント派をはじめとする思想家の影響を、芥川研究に意欲的に取り組んでおられるもう一人の方を紹介しましょう。昨年立教大学から芥川研究で学位をお取りになった藤井貴志さんです。藤井さんにはすでに『日本近代文学』や『日本文学』、また

『立教大学日本文学』にご研究を発表されていますけれども、哲学や美学への目配りはよく、芥川の不安を世界的共時性の中に置いて解こうとしています。この方法は、これまでの対象とするテクストの言説研究に限定された、閉じた作品論の限界を打ち破るところがあります。

芥川テクストを歴史学や哲学の成果を踏まえて考えようとするわけです。藤井さんのご研究が一本になりますと、芥川研究に大きな進展をもたらすでしょう。わたしはこの方とはお会いしたこともないのですが、論文を読みますと、これからの芥川研究の前衛をうかがわせるものがあります。

■――新資料の出現

関口　では次へ進みましょう。相変わらず資料発掘は続いています。芥川研究が活性化したのは、一九八〇年代後半に神田の三茶書房主人の岩森亀一さんのコレクションが出現し、山梨県立文学館におさまり、片割れのものが藤沢市文書館に収まって以降のことですけれども、その後も資料の発掘は続きます。近年の収穫として第一に挙げたいのは、芥川周辺の人々の日記が次々と現れ、公開、さらには復刻される気運が訪れたことです。

わたしがかかわったものは、成瀬正一・井川恭・長崎太郎・松岡譲らの日記ですが、成瀬正一の日記は高松市の菊池寛記念館に収まり、現在石岡久子さんの手で翻刻作業が続いています。発表誌は『香川大学国文研究』で昨年九月刊行の31号で十回目の連載を終えていますが、年一回の紀要ですので、完成までには、まだしばらくかかりそうです。

井川恭の日記は、一高時代のものが『向陵記―恒藤恭　一高時代の日記―』として大阪市立大学から二〇〇三（平成一五）年三月に刊行されました。「向陵記」と題された一高時代の日記八冊の翻刻です。この日記は芥川との交流をはじめ、例の蘆花の「謀叛論」演説などを詳しく記しており、芥川研究の重要資料と言えましょう。翻刻作業を推進したのは大阪市立大学の史学科教授の広川禎秀さんを中心とした日本史学専攻の大学院生です。詳細な注もつけていますが、学際研究の成果が反映されているといってよいと思います。長崎太郎や松岡譲の日記は、いまだ翻刻には至りませんが、これもそれなりに貴重です。部分的紹介は可能です。

芥川の主治医下島勲《いさおし》の「下島日記」も出現し、山崎光夫さんが『藪の中の家　芥川自死の謎を解く』（文藝春秋、一九九七・六）で紹介しています。ほかに福生《ふっさ》市の郷土資料室が「森田浩一日記」を二〇〇一（平成一三）年一月に影印復刻しています。森田は芥川らと同じ一九一〇（明治四三）年九月の一高入学で、芥川をめぐる人々の記述も見られます。蘆花の演説が一高生に及ぼした影響をうかがえる記録もあって目を離すことができません。

未発表書簡は相変わらず出ていますね。今年からはじまった岩波の24巻本芥川全集の、第二次刊行の書簡の巻に収められるめぼしいものは、二〇〇〇（平成一二）年に東京の八木書店が公開した徳田秋聲宛の芥川の謝罪の手紙七通、それに昨年、高崎の土屋文明記念文学館で公開された詩人の多田不二宛の寄贈本への謝礼の手紙などでしょうか。新書簡の出現は、この十年で百通は越します。

宮坂　書簡は新しいものはまだ見ていませんけれども、少し面白いものが出るかなあと思っています。私は、関口さんのお仕事で、大変びっくりしたことがあるんです。長崎太郎の研究なんですけど、芥川が教会に通った形跡があって、それについて長崎次郎の未亡人と手紙のやりとりをした時に、今からもう二〇年、いや三〇年になるでしょうか、市ヶ谷教会ではなかろうかという推測をしたままで放っていたんです。確か関口さんの長崎太郎の書簡か日記でしたか、そこからほぼ市ヶ谷教会と考えていいというようなことをおっしゃっていましたね。

こんなふうに、研究上今後相当な影響力を持つと思われることでも、まだまだ明らかになっていないことがあります。それがこうした周縁の研究によって、徐々に明らかにされていくというのは、関口さんのいくつかの日記の発掘の大きな成果だと考えていますけれども、いかがでしょうか。

関口　そう、長崎太郎の通った教会、受洗した教会は、市ヶ谷教会です。ただ芥川の場合はひとつに限定できず、複数の教会になるわけです。

宮坂　そうですか。本郷弓町教会なども可能性がありますね。

関口　芥川が確実に出席した教会は、恒藤恭や長崎太郎や藤岡蔵六が入居していた日独学館のシュレーデルの東郷坂教会です。そのことは恒藤恭の『向陵記』に出て来ます。それにいま言われた本郷教会（弓町）です。矢内原忠雄や藤岡蔵六の日記にも書き留められている海老名弾正が牧師としていた教会ですね。いずれしっかり実証するつもりです。

他の資料では、東京都立両国高等学校（旧府立三中）に関東大震災で焼失したとされていた芥川の学年の学籍簿が保存されていたこと、これは美談めきますが、事務員と用務員が猛火をかいくぐり、大川端に持ち出したというのですね。

それから庄司達也さんが発掘紹介した芥川の大学時代の講義ノートもあります。大塚保治の美学の授業のノートです。芥川の二人の父（実父新原敏三、養父芥川道章）関係の新資料も庄司達也さんの手で発掘され、両家が決して貧しい家ではなかったことも明らかにされつつあります。これまでは「大導寺信輔の半生」など、虚構としてのテクストを作家の実人生に重ねて作品論を、あるいは作家論を構築する傾向がしばしばありましたが、新資料はそう言う芥川論を否定します。とにかく、研究を進展させるのに新資料の発掘は、必須の条件ですね。

宮坂　まさにその通りです。作品から作家像に単純に還元するという仕方は、過去のものになりつつありますね。

資料という観点から見れば、山梨文学館にある草稿類の研究がまだまだ進んでいるとは思えません。その新資料をこれからどううまく活用して研究していくかというのが、問題だろうと思いますね。これは芥川研究の大きな課題だと思います。

■――比較という視点

関口　先へ進みましょう。文学の国際化に伴い、以前より比較文学（comparative literature）の側面に光が当てられるようになりました。文学を比較・対照して考えるというのは、きわめて大事で、有効な手段です。さっき名をあげました藤井貴志さんが昨年『日本近代文学』第74集（日本近代文学会、二〇〇六・五）に寄せた「芥川龍之介とW・モリス『News from Nowhere』」などその代表格ですが、比較という方法を用いた芥川研究は、近年中国や韓国で盛んに行われています。中国では近年芥川ブームとともに「芥川龍之介と魯迅」「芥川龍之介と中国文学」「芥川と漢文学」、あるいは「芥川龍之介と『聊斎志異』」などのタイトルでの論文が続出し、韓国でも「李箱《イサン》と芥川龍之介」「金東仁《キムドンイン》と芥川龍之介」など、自国の作家との比較研究が盛んです。イラクではサデーグ・ヘダヤットとの比較です。今後は比較の視点はもっともっと生かされてよいでしょう。

宮坂　そうですね、ペンギン・クラシックス・シリーズに収められ、英語圏で芥川文学が多くの目に触れることになれば、比較研究も相当出てくると思いますね。比較文学では、実際に読んだか読まないかということと、ただ比較することによって相互の文学の新しい側面を発見するという二つの側面がありますが、広く読まれるようになると、思わぬ発見や評価が生まれると思います。非常にスリリングな分野だと思います。

今まではどうしても、芥川が読んだだろうか、芥川の何を見たんだろうかという視点が主流だったでしょう。例えば韓国における李箱の比較も、どうしても、留学していたこともあって、芥川とどの程度接触があったのかという方に興味が行きそうなんですが、もう少し、文学の中身を比較することによって、相互の文学の豊かさを引き出す可能性が大きく浮上するだろうと、見込んではおります。

関口　私の個人的関心からいわせて頂くと比較研究では、例えば府立三中の先輩河合榮治郎の「項羽論」と芥川の「義仲論」との比較、またこれまでまったくといってよいほど言及のない宮沢賢治と芥川龍之介との比較研究に関心をもちます。賢治と龍之介は同時代人です。一方は都会人、他方は地方人、共に人生と誠実に相渉った作家です。そして若くして亡くなりますが、おおくの成果を残した作家ですね。その比較研究に日本近代の精神史を読むと言うのは、私にとってとても興味ある関心事なのです。

■——注釈・注解

関口　芥川テクストへの注釈・注解は、一九五〇年代後半の筑摩書房版『芥川龍之介全集』が最初であり、その後一九九〇年代の岩波書店版『芥川龍之介全集』に付き、今回の第二次版で、誤植やその後の研究成果を枠内に収める中での微調整が行われました。注釈・注解はテクストの読み解き、あるいは鑑賞になくてはならないものですね。全集注解の意味は大変大きいと思います。宮坂さんもわたしも岩波の24巻全集では、それぞれ二巻を担当したわけですが、反省をも込めて何か一言おありでしょうか。

宮坂　そうですね、まさにまとめになると思いますけれど、注釈・注解はある意味で辞典と同じで、時代の研究が反映されていくものであり、常に停滞することはなかろうと思っています。

岩波全集の注釈・注解の中でも、ちょっと問題を感じるようなところがないわけじゃありません。もちろん私の仕事だって同じことです。ですから、注釈・注解というのは少しずつ辞典を作り上げるような気持ちで、研究成果を裏打ちしながらやっていくものだろうと思っています。だから今度の二次版全集でもう少しスペースが頂けたらよかったかなあという気がしないでもありませんでした。

関口　注釈では吉田精一氏がおやりになった『日本近代文学大系　芥川龍之介集』(角川書店、一九七〇・二)は、補注を含め的確で、今もって参考になるものがありますね。また、近年では羽鳥徹哉さんが監修され、成蹊大学の大学院の方々がおやりになった「「河童」注釈」が注目されます。これは一九九六(平成八)年三月から『成蹊人文研究』に連載され、今年完成しました。学問的にも信頼できる注釈で、全集注釈の欠を補ってあまりあるものがあります。研究の基礎としての注釈は、もっともっと大事にされねばなりません。漱石研究にくらべると、この分野では芥川の場合、遅れをとっていますね。が、やがては芥川龍之介全作品注釈叢書なども出て来ることでしょう。

それから芥川研究にどうしても必要だと思われるのは、単なる事典ではない『語彙辞典』です。わたしはいま『論叢児童文化』という同人誌に「賢治童話を読む」の連載をしていますが、毎回世話になるのは、原子朗著『新宮澤賢治語彙辞典』（東京書籍、一九九九・七）です。これは語彙辞典として一級のもので、賢治研究はこの辞典完成以後、急速な進展を見ます。宮坂さんとは以前『芥川龍之介語彙辞典』を共に作ろうと話し合い、いくつかの出版社にも打診したことがあります。その構想は消えたわけではないのですが、まだ機は熟していません。いずれ時が来たらやりましょう。『芥川龍之介語彙辞典』ができるなら海外の研究者にも福音となるはずです。

芥川文学の愛好者は多く、若くて優秀な研究者もこの十年、次々と誕生しています。芥川で学位をめざす人も多いようです。しかも外国文学を専攻する研究者に芥川を学ぼうとする方々が意外と多いのです。『新宮澤賢治語彙辞典』に匹敵する芥川語彙辞典の要望は強く、優秀な研究者を結集するなら、出来ないわけはありません。

宮坂　そうですね（笑）。これから作品の読みはもとより、自分の一方の仕事の芥川の年譜や全集索引もまだまだ改訂していこうと思っていますが、語彙辞典も、関口さんと一緒に実現したいと思っています。

■──世界文学の可能性

関口　さて、時間も大部経過しましたので、最後に世界文学としての芥川文学を確認しておきましょう。英訳『「羅生門」ほか17編』を出されたジェイ・ルービンさんは、「その作品は書かれた言語から剥ぎとられるという横暴を生き延びる。無比の創作手段であった日本語から切り離されても、芥川の思考とイメージ、その登場人物たちは生命を失うことがない」といっています。

この考えの背後にあるものは、日本語という言語空間を越えた虚構の力です。芥川はそのきびしい生活の諸事象を、大ひねりにひねって虚構の世界に表現したのですね。それが80年後、再評価・再発見されていると言えるのでしょう。

宮坂　まさにその通りです。私は昨年初めて、芥川文学における「多層性」という言葉を使い始めて、これからも使っていこうと思っているんです。いわゆる多重性とか二重性とかではなくて、あるレベルの読みの中で一定以上の多様な読みができるテクスト、彼の芸術とはそうではなかろうかと思っています。これから言語の違ういろんな国の人たちが芥川を読んで、もしも一定以上の評価があれば、それは「多層性」に耐えられたということだろうし、それから学際的な側面で補強されていくことによって、古典的な枠組みからこぼれ落ちなかったとすれば、それは芥川の文学評価の進化だろうと思います。そして今後、世界文学の中で、彼がどのように位置付けられるかということだと思います。現在のような国際的文化状況の中で、日本の中で取りこぼしていた読みが、世界文学の中でさまざま浮上してくることが期待されます。さらには、芥川神話から自由な読者がどのような読みを展開するかも楽しみでもあります。

いろいろな限界をいう人もいますが、やはり世界文学として通用すると思います。芥川は短編作家、小説家としてというより短編作家として、時代を通底するカリスマ的な稀有な才能を持っていた。それは言語や国を区切ってではなく、人間という尺度の中で、一定以上のメッセージを与えるのに充分な才能だろうという理解をしています。ですから今の関口さんのひとつの見解には、大いに同調するものです。

関口　日本ではまったく知名度がなく、まともな作品論一つない「金将軍」が、韓国で評価されるのは、出典が『壬辰録』という韓国の軍記物にあるという理由ばかりでなく、そこに芥川の歴史認識を認めるからです。また、中国で『支那游記』が『中国游記』の題で翻訳され、初版が一万部も印刷され、その「解説」で上海外国語大学の陳生保さんは、「85年前の半殖民地に置かれた中国の生の姿を記述している」と書き、そのドキュメントの側面を高く買うのです。

『支那游記』など、本当に長い間日本人には無視続けられました。過小評価も度を越していました。ところが、いまや中国の有識者に認められ、中国の書店には、訳者の異なる二つの『中国游記』が並んでいるのです（注、二〇一一年に陳豪訳が出、三冊となる）。

日本人には受け入れられなくても、海外で高く評価される芥川作品もあります。まさに預言者は故郷に入れられずですね。そういえばルービンさんは、「私はまた、日本の読者だけに好まれる小説が芥川のベストではない、と信じている」とまで言っています。――没後80年、芥川はようやく世界文学の仲間入りをしたという感じです。

宮坂　そうですね、先ほどもちょっと言いましたように、その辺りは関口さんと私とはちょっと温度差があるのかもしれません。私は「再評価」とか「よみがえる」でなく、また「はばたく」というよりも、「加速する」という言い方をしたいんですね。

ルービンさんの仕事だとか、中国での全集の刊行だとか、それからこの数年のうちに芥川事典が四冊も出たなんていう現象は、これはかつて日本の研究史上ないことだったと思いますね。そう考えるとやはり、今まで脈々と流れていた芥川に対するものが「加速していく」というふうに私は捉えたい気がします。これがあと一〇年後、二〇年後、どう評価されるかということも見ていきたいし、そのために私もできることをしたいなと感じています。

関口　そろそろまとめに入らなければなりませんが、芥川文学の世界進出には、日本語の世界への普及と読者反応理論（reader response theory）に負うところが大きいのです。芥川は長い間厭世家の芸術至上主義者のレッテルを貼られ、その作品は暗く陰鬱なものが多いと生国日本では考えられてきました。が、いまや、そうした評価を乗り越え、日本でも海外でも、芥川再発見の時代を迎えています。

芥川と同時代の多くの作家と、その作品が忘れ去られてしまっているのに、芥川の「羅生門」や「地獄変」をはじめとする小説は、世界文学の代表的なテクストとして普遍性を獲得し、人種と国境とを越え、広く読まれているのです。

きょうは宮坂覺さんとそうした現状をふまえ、「世界にはばたく芥川文学」を話し合いました。宮坂さんが会長となられた国際芥川龍之介学会は、今後芥川研究に大きな貢献をされるものと思います。では、きょうの対談は、この辺で打留にしましょう。長時間、ありがとうございました。

［二〇〇七年二月二十二日　於新宿中村屋］

コラム

芥川全集とのめぐりあい

わたしはこれまで多くの全集の世話になってきた。全集にはシリーズの文学全集と個人全集があるが、ここではもっぱら個人全集を話題にしたい。

個人全集があるとないとでは、研究上に大きな差が生じることはいうまでもない。わたしはこれまで全集のない人の評伝を、いくつも書いてきた。『評伝 豊島与志雄』（未来社、一九八七・一一）、『評伝松岡譲』（小沢書店、一九九一・一）、『評伝成瀬正一』（日本エディタースクール出版部、一九九四・八）、『恒藤恭とその時代』（同、二〇〇二・五）、『悲運の哲学者　評伝藤岡蔵六』（イー・ディー・アイ、二〇〇四・七）、それに『キューポラのある街　評伝早船ちよ』（新日本出版社、二〇〇六・三）などである。

これら個人全集のない人の研究の場合、自ら著作を集め、テクストを検討し、著作目録を作る必要がある。それに多くの個人全集には年譜や参考文献なども載っているが、全集がない場合、それらも作成しなければならない。それゆえ、厖大な時間と労力と資金が求められる。わたしの場合、豊島与志雄のケースは著作集があったからまだよいものの、他の個人全集のない人の研究においては、とにかく時間がかかる。松岡譲にしても成瀬正一にしても、早くから着手しながら、その評伝の完成したのは、ずっと後のこと、恒藤恭や藤岡蔵六の評伝の完成したのは、つい近年のことなのである。

若き日に、鈴かけ次郎のペンネームで多くの少年小説を書き、後年法哲学者として大成する恒藤恭のばあい、全集があったなら、もっと早く評伝は完成したはずだ。わたしは長い間著作の調査や年譜の作成に時間をかけなければならなかった。特に鈴かけ次郎の名による少年小説や、井川天籟の号で発表された俳句や詩や随筆の発掘に時間を要した。まったく同時期に一高に学んだ矢内原忠雄には、立派な『矢内原忠雄全集』全二十九巻（岩波書店、一九六二〜六五）がある。同じ思想家でも、恒藤恭研究が矢内原忠雄研究に比べて遅れたのは、全集の存在の有無によるところが大きい。

他方、生前から個人全集を持ち、没後さらに充実したものが出るという人もいる。が、一般的には生前の作家が関与せず、本文批評が徹底した形で出る作家没後の全集がよいとされよう。全集にも一級のものから三級のものまである。総じて過去に何度も刊行されている全集は版を重ねるに従い、遺漏は少なくなり、テクストそのものも安定する。『漱石全集』『鷗外全集』『芥川龍之介全集』『新校本宮澤賢治全集』などは、その代表である。

しかし、決定版はあり得ない。特に書簡など没後八十年たってもいくらでも出現するし、未収録作品を皆無にした全集などない。ともあれ、作家研究や作品研究も優れた全集があるとないとでは、研究成果はまったく異なる。

わたしと個人全集のかかわりは、高校時代にはじまる。友人に筑摩書房の〈現代日本文学全集〉の一冊、『芥川龍之介集』を勧められ、収録作の「地獄変」に感動して一冊全部を読み終えたところで、高校の図書館で戦前刊行の『芥川龍之介全集』にめぐりあったのである。没後すぐ出た全八巻の元版『芥川龍之介全集』ではなく、普及版『芥川龍之介全集』全十巻（岩波書店、一九三四・～三五）であった。芥川研究をするようになったのは、高校時代に芥川全集の存在を知り、その大半を読んだことによる。わたしは多くの近代作家の全集を書庫に架蔵しているが、一番多く利用しているのは、各種の『芥川龍之介全集』（岩波版、筑摩版、角川版など）であると言ってよいだろう。

わたしは芥川龍之介の研究で、近年の『よみがえる芥川龍之介』（NHK出版、二〇〇六・六）はじめ、十五冊ほどの芥川研究の本を出している。さらに次の著作も準備中だ。全集のない作家や思想家の研究と異なり、芥川研究で早い時期からコンスタントに研究をまとめられたのも、優れた個人全集があってのこと。どの全集も長短あり、完璧は期待できないものの、スタンダードな全集の存在は、この上もなくありがたいものなのである。

あとがき

本書は前著『世界文学としての芥川龍之介』（新日本出版社、二〇〇七・六）に続くわたしの芥川論集である。過去数年間、わたしは実によく芥川に関して発言したものである。その中から二十一編を取り上げ、七つの章に分けて配列した。各章には共通する章題を添えた。「弱者への眼」とか「切支丹宗徒への眼」とか「不条理への眼」といった章題は、便宜的なものながら二十一編を分類するには便利なものであった。分類することで、加筆の際にはそのことを意識することになったからである。

この分類は、くり返すがあくまで便宜的なものであり、そこに何か原理とか、共通点が強くあるとかいうものではない。作品群を分類し、表示するのに都合がよいからに過ぎない。このように配列すると判りやすいといった程度の利便性はあろう。なお、付として二つの対談を収録した。芥川研究の現状や問題点を浮き上がらせるのに、本文と呼応して訴えるものがあると思ったからである。収録を諒とされたお二人の芥川研究家、――宮坂覺氏と安藤公美さんに感謝したい。コラムもすべて過去五年間のものである。新聞・雑誌の要望に応えたものながら、ここに収録しなかったものも含めると、これまたかなりの量になる。

過去数年間、わたしを芥川論に強く駆ったのには、理由がいくつかあった。第一は、世界的な芥川への関心の高い時代を迎えたことにある。黒沢明監督の映画『羅生門』（一九五〇年、大映京都）が、第12回ヴェネツィア国際映画祭でグラン・プリを獲得した直後、海外では芥川テクストの翻訳が俄然盛んとなる。第一次芥川ブームであった。それから半世紀、世界には現在約四十か国に芥川の翻訳は広まっている。中国では芥川全集が刊行され、韓国でも全集のハングル化がはじまった。一作家の文学が世界文学になるには、翻訳がどの程度あるかによるとされる。東アジア諸国（韓国・中国・台湾など）での芥川への強い関心は尋常ではない。それは翻訳の広がりと共にある。今や第二の芥川ブームの到来である。こうした現象が芥川を見直す機会を与えてくれたのである。

第二は、ペンギン古典叢書《クラシックス・シリーズ》の『「羅生門」ほか17編』の訳者ジェイ・ルービン氏（当時ハーバード大学教授）との出会いがある。學燈社の『國文學』の編集長であられた牧野十寸穂さんの紹介で、東京目黒に滞在中のルービン氏にはじめてお会いしたのは、二〇〇五年の秋のことである。氏はすでに芥川テクストの新訳を仕上げ、その校正中であった。ゲラを頂いて帰宅したわたしは、ルービン氏のテクスト解釈に舌を捲いた。

ジェイ・ルービン氏は、村上春樹の英訳者として世界的に知られているが、芥川の翻訳にもすぐれた才を示す。しかも、新訳は「尾形了斎覚え書」「おぎん」「忠義」「葱」「馬の脚」など、これまで英訳されたことのなかったテクスト九編も含む。四部に分けた分類法も見事なものである。

ルービン氏は、少し前に「芥川は世界文学となりうるか？」（『新潮』二〇〇五・四）という一文を発表しており、わたしはそれを読んでいたので、氏の芥川文学に寄せる熱意を熟知していた。氏は芥川の翻訳は、「大いなる再発見の旅」だと言い、「無比の創作手段であった日本語から切り離されても、芥川の思考とイメージ、その登場人物たちは生命を失うことがない」と右の文章で述べている。さらに日本語による表現で、日本の読者だけに理解される小説では、世界文学になる資格はあり得ないが、芥川にはそうした壁を乗り越え、世界文学の作家となる条件があると言う。

ここにグローバル化時代、ポスト冷戦期の芥川受容の要因があるとわたしは見た。イデオロギーの眼鏡で芥川を見ない、日本語という枠を超え、「最終的に読者の心を満たすのは、人間という家族の一員であるがゆえに分かつことのできる経験の数々」(ルービン)こそが、芥川を「世界文学」の地位に就かせるとは、冷戦後の人々の関心が、人間の心の問題へと向かったこととも深くかかわる。

第三は、宮坂覺氏が主導して生まれた国際芥川龍之介学会の誕生がある。二〇〇六年韓国ソウルの延世大学校で第一回大会を開き、設立されたこの学会は、順調に発展を遂げ、昨年二〇一一年秋には、北京で第六回の大会を開いている。参加者は、東アジアの日本・中国・韓国・台湾の研究者が圧倒的に多い。が、数は少ないもののヨーロッパ、アメリカの研究者もいる。わたしは前々から韓国・中国の研究者とは、資料の交換やシンポジウムなどの出席を通し、交流があったものの、国際学会の誕生は嬉しいことであった。研究を共有し、翻訳や享受の問題を共に考えるというのは、大事なことで、海外の研究には無関心ではいられない。

これらに一九八〇年代から九〇年代はじめにかけての、世界における日本語・日本文学熱も関わる。一九八〇年代後半から、わたしはしばしば外国で日本文学を語る機会に恵まれた。アメリカや中国・韓国・ニュージーランドの大学での講義では、芥川文学を共に考えた。これらの国々での日本語熱は、当時はすさまじいものがあった。それは日本の経済の発展と正比例しており、高等教育(大学・大学院)では、日本語の学習に芥川のテクスト、例えば、「羅生門」や「蜘蛛の糸」が、教材として扱われることもしばしばであった。二〇〇四(平成一六)年には、ヨーロッパの三つの大学、——パリ第七大学とミュンヘン大学(ルードヴィヒ・マクシミリアン大学)とデュッセルドルフ大学(ハインリッヒ・ハイネ大学)を訪問したが、事は同様であった。海外の日本語を専修する大学生は、日本語の教科書を通し、芥川龍之介を学び、新鮮な感想を懐くのである。

ほかにも芥川に関わる新資料の出現、おびただしい新書簡の発見、それに一高時代に親しく交わった級友たちの日記の発掘がはじまり、刺激を受けることが多かった。これらはわたし自身が進めてきたことだ。それによってわたしは『評伝 成瀬正一』をはじめ、『恒藤恭とその時代』『悲運の哲学者 評伝藤岡蔵六』『評伝長崎太郎』などをまとめた。本書収録の論文にも、その余波は及んでいるはずである。芥川テクストに新カント派の影響を読むのも、その紹介者である恒藤恭や藤岡蔵六の評伝を書いたからこそなのである。

本書は前述のように、『世界文学としての芥川龍之介』に次ぐものである。前著では、「義仲論」「忠義」「或日の大石内蔵之助」「戯作三昧」「首が落ちた話」「地獄変」「馬の脚」『支那游記』の八つのテクストを扱った。併せ読んでいただけるなら幸いである。また、本書収録論文を書くのと並行して、わたしは同人誌の季刊『論叢児童文化』に、「賢治童話を読む」を連載している。〈龍之介と賢治〉という同時代人でありながら、都会と地方というトポスのちがい、さらに生い立ち・資質・学歴の違いがありながら、そのテクストを比較・対照することで見えてくるものは、近代日本の良心的知識人の姿である。芥川を広い視点で取り上げるにも、わたしには賢治研究は、欠かせないのである。

発表誌は多岐にわたるが、同人誌『芥川龍之介研究年誌』には、少しふれておこう。同人はわたしのほか、呼びかけに応えてくれた東京地方在住の芥川研究家、——安藤公美・伊藤一郎・神田由美子・篠崎美生子・嶌田明子・庄司達也・高橋龍夫・西山康一・溝部優美子の面々である。二〇〇七（平成一九）年に創刊号を出し、昨年二〇一一年（平成二三）年に第五号を終刊号として出した。最初から五年間という期限付きの雑誌であった。創刊号が出た時、『毎日新聞』のあるコラム欄は本誌を取り上げ、「あたらしい研究誌も、世界的な「再評価・再発見」の動きに、日本も負けられないと触発を受けた表れ」と書いてくれた。この雑誌に発表された論考は、いずれ各人の単著に収録されていくものも多いことだろう。本書の成立には、今や中堅研究者となった彼らの刺激もあったことを記し、各自の今後の新しい歩みに期待したいものである。

題名を『芥川龍之介新論』としたことは、これまでの芥川論とは視点や立場を大いに異にする点を強調したかったからである。それは巻頭の「奇怪な再会」論一編をとっても理解してもらえるのではないかと思う。〈冬の時代〉と言われた時期に創作を発表することは、検閲との闘いでもあった。絶えず公権力（官憲）の介入による取締り（検閲）をはばかり、創作に従事した書き手の苦渋な立場の確認、周辺の人々の日記をはじめとする多くの新資料の活用、そして世界文学としての位置づけなどが、〈新論〉の名を辱めないならば幸いである。なお、さまざまの雑誌・紀要に発表したものを一巻にまとめたため、多少のダブリがあることに校正段階で気づいた。できるだけチェックしたが、完璧には至っていない。ご寛容を乞いたい。

刊行に際しては、以前わたしの編集で、構想一年、完成までに足かけ六年を要した『芥川龍之介新辞典』の刊行元の翰林書房にお願いした。横組み、見開き主体で、脚注付きという難事の辞典編集をこなしてくれた翰林書房の声価は、近年とみに高まっている。今回も、コラムと厖大な索引付きの書物の編集に、細心の注意を払って当たられた、書房編集部の今井肇・静江両氏に心から感謝したい。

二〇一二年三月一日

関口安義

初出一覧

第Ⅰ章　弱者への眼
一　奇怪な再会　『国文学解釈と鑑賞』第75巻2号、二〇一〇年二月一日
二　おぎん　『芥川龍之介研究年誌』第5号、二〇一一年七月三〇日
三　報恩記　『近代文学研究』（日本文学協会）第26号、二〇〇九年四月一日

第Ⅱ章　切支丹宗徒への眼
一　尾形了斎覚え書　『芥川龍之介研究年誌』第2号、二〇〇八年三月三〇日
二　奉教人の死　『芥川龍之介研究年誌』第4号、二〇一〇年九月三〇日
三　南京の基督　『芥川龍之介研究年誌』第3号、二〇〇九年三月三〇日

第Ⅲ章　不条理への眼
一　母　『社会文学』第35号、二〇一二年二月二五日
二　悠々荘　『近代文学研究』（日本文学協会）第27号、二〇一〇年四月一日
三　歯　車　『都留文科大学研究紀要』第71集、二〇一〇年三月二〇日

第Ⅳ章　怪異・異形への眼

一　妖　婆　『都留文科大学研究紀要』第72集、二〇一〇年一〇月二〇日

二　魔　術　書き下ろし

三　河　童　『都留文科大学研究紀要』第70集、二〇〇九年一〇月二〇日

第Ⅴ章　友人への眼

一　一高の三羽烏　『資料と研究』（山梨県立文学館）第14集、二〇〇九年三月三一日

二　山本喜誉司　『望星』（東海教育研究所）第38巻8号、二〇〇七年八月一日

三　松岡　譲　『Ｐｅｎａｃ』（長岡ペンクラブ）第32号、二〇〇七年九月二〇日

第Ⅵ章　社会への眼

一　「謀叛論」の余熱　『大阪市立大学史紀要』第3号、二〇一〇年一〇月三〇日

二　「将軍」の実像　『国文学解釈と鑑賞』第72巻9号、二〇〇七年九月一日

三　中国と朝鮮　『社会文学』第29号、二〇〇九年二月一七日

第Ⅶ章　時代への眼

一　芥川と明治　『明治文芸館Ⅴ』（上田博編）嵯峨野書院、二〇〇五年一〇月一〇日

二　再見『支那游記』　『芥川龍之介研究』第2号、二〇〇八年八月一日

三　テクストの補完　『文学・語学』第一九八号、二〇一〇年一一月三〇日

付

対談　現代への眼

一　現代に生きる芥川龍之介　『国文学解釈と鑑賞』別冊、二〇〇四年一月一日

二　世界にはばたく芥川文学　『国文学解釈と鑑賞』第72巻9号、二〇〇七年九月一日

コラム・現代に挑発する芥川龍之介　オペラシアターこんにゃく座公演パンフレットおぺら小屋86『そしてみんなうそをついた』二〇〇八年九月一一日

・永遠の求道者　キリスト新聞　二〇〇七年六月二三日

・龍之介の直筆遺書発見　読売新聞　二〇〇八年七月二二日

・海外における芥川文学の翻訳　『国文学解釈と鑑賞』第72巻9号、二〇〇七年九月一日

・青年劇場「藪の中から龍之介」を観る　しんぶん赤旗　二〇〇八年九月一七日

・蘆花「謀叛論」から百年　東京新聞（夕刊）　二〇一一年一月二〇日

・中国で高まる芥川人気　朝日新聞　二〇〇七年五月一二日

・芥川全集とのめぐりあい　図書新聞　二〇〇八年一一月一五日

「殺尽倭奴方罷休《わどもころしつくしてまさにひきうせん》」(落書き)　431, 472
わびすけ椿　206

欧 文

Anarchismus(エルツバッハ)　407
Ancient Sorceries(ブラックウッド)　221, 227, 248, 252, 258, 486
Cogwheels(「歯車」)　177
Daimon(悪)　204
Haruki Murakami and the Music of Words(ジェイ・ルービン)　533
KARL MARX BIOGRAPHICAL MEMOIRS(リープクネヒト)　168, 408
Odious truth　128
『Penac』(長岡ペンクラブ)　371, 382
Polikouchka(トルストイ)　195
Rasyōmon and Seventeen Other Stories　314, 380, 390, 410, 438, 479, 480
reader response theory 読者反応理論　501
Tales of the Jazz Age(フィッツジェラルド)　307, 489
The empty house, and other ghost stories (ブラックウッド)　252
The Curious Case of BENJAMIN BUTTON(フィッツジェラルド)　306, 487, 488, 489
The Monk(ルイズ)　90
THE NEW TESTAMENT(オックスフォード大学出版部刊)　101, 103, 135, 330, 394, 395

レ

冷戦後　380, 481, 522
冷戦構造　414
冷戦構造の解体　528
冷戦構造の終結　501
冷戦構造の崩壊　477
冷戦後のアジア諸国　113
冷戦後の果実　542
冷戦後の十年間　528
冷戦後の世界の歩み　408
冷戦後の内外の芥川研究　168
冷戦後の日本文学研究　87, 175
冷戦後の人々の関心　561
冷戦の終了　389, 479, 528
歴史　538
歴史研究　546
歴史小説　77
〈歴史〉小説　348
「歴史小説家としての芥川龍之介」(稲垣達郎)　86
歴史的価値　428
歴史認識　9, 11, 187, 338, 348, 381, 409, 418, 420, 422, 435, 437, 463, 464, 474, 496, 502, 524, 525
歴史の粉飾　435
「歴史ははたして物語か、歴史観の再検討―リッケルトの影・序」(松本常彦)　351, 494, 545
『歴史文学論』(岩上順一)　110
「『れげんだ・おうれあ』」(内田魯庵)　108
列国の中国侵略　64
『レ・ミゼラブル』(ユーゴー・豊島与志雄訳)　245, 247
煉瓦通り　455

ロ

労咳　48
老人介護問題　462
老人問題　451
老人問題の先駆的作品　451
老大国の現実　472
「老年」　451, 454
臘梅　450
蘆花演説　400, 401, 440 →「謀叛論」
蘆花演説にふれた日記　441
蘆花事件　334
「蘆花事件」(河上丈太郎)　335, 350, 397, 410, 441
『蘆花徳冨健次郎 第三部』(中野好夫)　399
蘆花の演説　333, 335, 397, 399, 402, 408, 440, 441, 549 →「謀叛論」
「蘆花の演説」(松岡譲)　335, 350, 399, 410
蘆花の演説の波紋　335
蘆花の悲痛な思い　440
蘆花の「謀叛論」演説　334, 403, 404
蘆花の問題提起　334
「蘆花「謀叛論」から百年」(関口安義)　395, 440
鹿鳴館の舞踏会　460
廬山(中国)　26, 65
ロシア　424, 522
ロシア革命　168, 408
ロシア近代小説　243
ロシア語　539
「路上」　236, 237, 247, 248, 250, 366
ロスト・ジェネレーションの代弁者　306, 488
羅馬加特力教　116, 122
『論叢児童文化』(雑誌)　553, 562
ロンドン(イギリス)　458

ワ

『若き日の恒藤恭』(山崎時彦)　323, 349
「わが子等に」　215
『わが龍之介像』(佐藤春夫)　212
『和漢三才図絵』(寺島良安)　287
「忘れられない本」(井上靖)　368
早稲田南町(東京)　369
私《わたくし》小説　276, 503
私小説と対峙する観点　536
「私の友だち及び友情観」(久米正雄)　349
「私の眼に映つる現代作家の作品　無駄な努力が多い」(田山花袋)　151

吉原遊郭　190
四人の母　503
「世之助の話」　419
与兵衛鮨（鮨屋）　227
『読売新聞』　344
『よみがえる芥川龍之介』（関口安義）　412, 531, 532, 557
〈読み〉の再編　101
読本　450
読める辞典　522
『萬朝報』（新聞）　402
ヨーロッパ近代社会のモラル　40
ヨーロッパ近代文学　484
ヨーロッパ芸術　538
ヨーロッパ思想　289
ヨーロッパ世紀末思想　200
ヨーロッパ世紀末文化　263
ヨーロッパ的合理精神　41
ヨーロッパ的な近代性　536
ヨーロッパでの研修　406
ヨーロッパ文学　482, 513, 524
延世《よんせい》大学校　438, 540, 542, 543, 561

ラ

「ラ　ヴィ　プロフォンド」（メーテルリンク）　244
洛陽（中国）　26, 65
「羅生門」　9, 67, 72, 104, 135, 175, 184, 214, 229, 276, 334, 335, 348, 352, 368, 380, 384, 403, 471, 476, 481, 482, 486, 492, 499, 503, 512, 527, 530, 534, 541, 555, 561
『羅生門』（単行本）　72, 91, 370
『羅生門』（中国語訳）　88, 315, 316, 495
『羅生門』（ハングル版）　316
『羅生門』（映画）　87, 478, 479, 484, 495, 522, 524, 534, 559
「羅生門」世代　9
『羅生門』の出版記念会　239
『「羅生門」ほか17編』（ジェイ・ルービン訳）　9, 135, 177, 314, 390, 429, 553, 560
「ラスクノ『法律学方法論』ノ解説」（恒藤恭）　492, 494
ラファエロ前派　514
ランプ　455, 456

リ

リオ（リオデジャネイロ・ブラジル）　200
陸軍一等主計　21
陸軍中央幼年学校　247
理性　131, 256
理性と信仰　300
「理性の彼方の愛を求めて—いま、なぜ芥川龍之介なのか—」（関口安義）　113
「理性の彼方へ—「南京の基督」「神々の微笑」—」（関口安義）　114, 133
理想主義　339, 392, 405, 409
理想主義が挫折する時代　460
理想主義者　345, 492
理想主義の哲学　288, 492
立教大学　547
『立教大学日本文学』（雑誌）　548
立身出世　62, 445, 512
立命館大学　409
流言　337
龍谷寺（盛岡）　508
柳絮　148
〈龍之介と賢治〉　562
寮　355
両国　189, 190, 227, 365
両国駅　448
両国駅周辺　448
両国停車場　16, 229, 254
両国の花火　459
両国橋　16, 448, 449
寮生活　326, 393
旅順総攻撃　415
隣接諸科学との交流　538

ル

「ルカによる福音書」（『新約聖書』）　106, 136
呂宋《ルソン》　53, 57

山梨県立文学館　102, 168, 214, 418, 505, 529, 548, 550
『山本喜誉司評伝』(斉藤広志他編)　354, 363, 364
『夜来の花』　130, 348, 460
槍ヶ岳(長野・岐阜両県境)　282
「槍ヶ岳紀行」　282
「槍ヶ嶽紀行」　282
「槍ヶ岳に登つた記」　282

ユ

「遺言状」(松岡譲)　375, 377
〈夕暮れ〉伝統　114
夕暮れの文学　114
『夕暮れの文学』(平岡敏夫)　133, 212
『〈夕暮れ〉の文学史』(平岡敏夫)　133, 212
『遊仙窟』(張文成)　484
『雄弁』(雑誌)　245
悠々荘　161, 162, 164, 169, 172
「悠々荘」　156, 160, 161, 166, 170, 172
「「悠々荘」の意味」(竹内真)　166, 173
悠々荘のベル　166
有楽町(東京)　205, 206, 208, 209
幽霊　255
「誘惑―或シナリオ―」　172, 517, 518
愉快で想像力に富んだ芥川　535
湯河原(神奈川県)　157, 159
湯河原温泉　157, 446
『ユートピア通り』(ウィリアム・モリス)　487
ユネスコの OECD のガイドライン　542
『指輪と本』(ブラウニング)　485
「揺れ地蔵」(松岡譲)　366

ヨ

養家　272
妖怪　11, 67, 219, 242, 256, 262, 485
「妖怪・怪異」(辻吉祥)　27
妖怪趣味　224
妖怪談好み　224
妖怪文学　236, 238
姚家巷(南京)　116-118, 121
養家の人々　108
揚州　26, 65
揚子江(長江)　148
「妖婆」　15, 20, 219, 220, 225, 237, 238, 241, 242, 244, 245, 247, 248, 250, 251, 258, 366, 485, 486
「妖婆」前篇　236
「妖婆続篇」　240, 241
「妖婆」(乾英治郎)　252
「妖婆」(由候為訳)　220
楊梅瘡(梅毒)　119, 122, 124, 125, 129
「妖婆」再発見の季節　251
「妖婆」再評価　220
「妖婆」再評価・再発見の視点　221, 241
「妖婆」というテクスト　229, 233
「妖婆」の原稿　250
「妖婆」の材源　221
「妖婆」の舞台　228, 486
「妖婆」の翻訳　219
「「妖婆」論―芥川龍之介の幻想文学への第一章―」(宮坂覺)　220, 251
「養父、道章・「中流・下層」という虚と実―「芥川龍之介と二人の父、二つの家」論のために」(庄司達也)　253
楊柳　148
豫園(中国・上海)　472
予言的洞察力　526
予言の書　297
横網町(東京)　229, 448
横須賀(神奈川県)　365, 512
横須賀線　512
横須賀線小説　512
横須賀の海軍機関学校　72, 131, 181, 237, 245-247, 257, 372, 486
横浜　164, 516
横文字　456
よしず張りの水泳場　449
「義仲論」　44, 562
吉野(奈良県)　354
吉原の池(東京)　189, 190
吉原の遊女　452

明治憲法(大日本帝国憲法)　22
「明治(小品)」　457
「明治(小品)②」　457
明治人の江戸趣味　451
明治政府の反動性　446
『明治大正文学の分析』(笹淵友一)　109
明治という過去帳　461
明治という時代　445, 447, 454-456, 460
明治という時代からの脱却　464
明治という時代からの離脱　463
明治という時代の可能性　445
明治という時代のブラック・ホール　446
明治二十年代の本所両国　448
明治の国家主義　414
明治の象徴　461
明治の「東京」　449
明治の猥雑さ　459
明治法律学校　206
『名匠伝』(ヴァザーリ)　376
目覚めた中国の知識人　403
『メリメェの書簡集』　197, 200

モ

『もうひとりの芥川龍之介』(平岡敏夫)　465, 544
「もう一人の芥川龍之介展」(産經新聞社)　499, 500, 514, 538
「毛利先生」　44, 366
木造の両国橋　449
木浦《モクポ》(朝鮮)　362
木曜会　344, 369
門司(福岡県)　424
文字や数の早期教育　450
モダニズム　513, 519, 536
モデル小説　437, 461, 474
「本是山中人」(フォーラム)　503
元版全集　241
元町(東京)　486
「モナ・リザ」(絵画・レオナルド・ダ・ヴィンチ)　376
「モナ・リザ」(小説・松岡譲)　375, 377
「モナ・リザ」解釈　376
「モナ・リザ」物語　376
『物語のディスクール』(ジュネット)　524
モノクロ時代の映画　478
モハメット教　303
「桃太郎」　335, 336, 384, 403, 425, 426, 436, 467, 473, 526
盛岡(岩手県)　508
『森田浩一とその時代～日記を通して見えてくるもの～』(福生市郷土資料室)　325
「森田浩一日記」(福生市郷土資料室)　549

ヤ

八百万の神々　42
八木書店　549
薬研堀(東京)　16, 229
「保吉の手帳から」　512
保吉もの　512
靖国参拝　525
安田(財閥)　189
ヤスヤナポリヤナ(ロシア)　399
野性の美しさ　483
耶蘇教徒　117
八街騒動　385
矢内原忠雄研究　556
『矢内原忠雄全集』　325, 556
矢内原日記　325
谷中の墓地　461
柳(楊柳)　148
柳橋　451
「藪の中」　51, 58, 65, 67, 68, 155, 384, 415, 478, 483, 484, 512, 524, 534
「藪の中から龍之介」(作・篠原久美子、上演台本・演出原田一樹)　384
「『藪の中』における〈現実の分身化〉―西洋文学との比較による新しい読み―」(渡邉正彦)　493
『藪の中の家　芥川自死の謎を解く』(山崎光夫)　504-506, 549
「藪の中」のオペラ化　384
病　477
山口県玖珂郡美和町　503
山梨県　405

383
松岡譲の回想記　397
松岡譲の再発見　381
松ヶ岡(藤沢)　157
松方コレクション陰の生みの親　515
松坂町(東京)　486
松林　204, 205
マドリッド(スペイン)　200
魔法　260
魔法体験　260
マラツカ(マレーシア)　52
マリア像　123
マルクス主義　405
マルクス主義の哲学思想　403
マルクス理論　407
丸善(書店)　196
まるちり(殉教)　97
マールブルク学派(新カント学派の一)
343, 347, 492
『満韓漫遊』(夏目漱石，中国語訳)　470
マント事件　393
「万年筆」(松岡譲)　366

ミ

「蜜柑」　512
未完成原稿　482
「みさ」の祈り　51
ミサの祈り　53
水煙管　124
水責め　36
Mysterious な話　75
『三田文学』(雑誌)　91
三井(財閥)　268
『三つの宝』　272
「三つのなぜ」　160
「蜜蜂」(アナトール・フランス)　487
三菱合資会社　362
三菱直営農場　362
『都新聞』　328
都新聞社　391
都新聞社の記者見習い　327, 391
ミュンヘン大学(ルードヴィヒ・マクシミリアン大学)　561
『明星』(雑誌)　514
「妙な話」　15, 20
ミルクホール　327
弥勒寺橋(東京)　16, 17, 19, 25, 26, 229
「民衆娯楽論」(権田保之助)　518
『民主文学』(雑誌)　426, 468
民族・人種・宗教の対立　389
民友社　445

ム

務安半島(朝鮮)　362
昔話の常套手段　30
無試験検定　327, 391
「狢」　224
矛盾　67, 484, 523
無政府主義者　167, 441, 446
謀叛　396, 441, 447
謀叛人　440, 441, 447
「謀叛」の声　447
謀叛の精神　333-335, 339, 402, 403
謀叛の精神に立つ社会主義　403
「謀叛論」(徳冨蘆花)　324, 326, 333-335, 338, 385, 390, 395-397, 399-402, 409, 440, 441, 447, 510, 548
「謀叛論」演説　403, 440
「謀叛論」演説会場　401
「謀叛論」研究　400
「謀叛論」研究家　397
「「謀叛論」聴講の思出一節」(浅原丈平)
397, 410
「謀叛論……徳冨健次郎氏」(井川恭)　324, 401
「「謀叛論」の回想」(浅原丈平)　397, 410
「謀叛論」の余熱　403
村上春樹の英訳者　560

メ

「名金」(映画)　518
明治　459, 460
明治開化期　458
明治憲法　418, 431

379
坊主軍鶏(飲食店)　229
法蔵館(出版社)　379
忙中落筆の弊　245, 247, 248
法哲学　338, 346, 347, 403, 405
法哲学者　339
奉天(瀋陽・中国)　424, 432
砲兵工廠　223
「砲兵中尉」(松岡譲)　366, 370, 381
方法的模索　248
亡命者　424
法理学(法哲学)　347
法理学(法哲学)の研究　405
『法律哲学』(ラスク)　347
『法律哲学』(ラスク・恒藤恭訳)　343, 492
補完の関係　477
補完の材料　307
「北支時代の山本氏」(宮地勝彦)　362, 364
「僕の友だち二三人」　172
「僕は」　172, 180
北寮　319
北寮グループ　320
北寮四番　320, 329, 391
ポストモダンを開拓する作家　534
ポスト冷戦　389, 528, 542
ポスト冷戦期　67, 112, 113
ポスト冷戦期の芥川受容　561
ポスト冷戦期の芥川評価　112
細川家(肥後細川著)　48, 49
「菩提蛮」の話　89
穂高山(長野県)　280, 281, 285
「螢草」(久米正雄)　372
「没後80年記念特別展　人間・芥川龍之介」
(仙台文学館)　135
保定(中国)　467
ポリャリス出版社(ロシア)　10, 315
ボロニア宣言　542
「〈滅び〉への道―「歯車」―」(関口安義)
175
本から現実を測定する人間　482
本郷(東京)　327, 440
本郷五丁目　373
本郷弥生町　323, 391
本郷(弓町)教会　332, 341, 550
香港　276, 523
香港・日本合作映画　523
本所(東京)　221, 223, 254, 486
本所区相生町　3543, 61
本所区小泉町　16, 26, 190, 223, 228, 354,
365, 448, 449
本所区横網町　16
本所小学校　354
本所の七不思議　223, 224, 254
「本所両国」　172, 224, 460
本所・両国界隈　448
「ポンチュー伯の娘」(作者不詳)　485
盆提灯　226
「本年度の作家、書物、雑誌」　249
本能の愛　102, 103
本文批評　513, 557
翻訳　539
翻訳技術の向上　479
翻訳という装置　479
翻訳不可能と考えられたテクスト　479
ぼんやりした不安　406, 408, 409, 491

マ

『毎日新聞』　525, 562
毎日新聞社　426, 467
『毎日年鑑　大正九年版』　253
阿媽港《マカオ》　53
『枕草紙』(清少納言)　358
「正宗、芥川、吉田、菊池、広津、五氏の作
品」(伊藤貴麿)　151, 155
「魔術」　224, 242, 258, 259, 261, 263, 266,
269, 271, 272
「魔術」(武藤清吾)　271, 273
「「魔術」はなにを語るか」(遠藤祐)　273
松　35, 37, 38, 157
松井町(東京)　16, 17, 25, 26, 229, 486
松江(島根県)　321, 322, 390, 394
松岡日記　369
「「松岡の寝顔」の意味」(鷺只雄)　374
『松岡　譲　三篇』(関口安義編)　371, 381,

文壇　152, 245, 378
文壇の登龍門　370
文鳥　148, 149, 150
文明　513
文明開化　455
文明開化期　455
文禄(年号)　90, 92
文禄・慶長の役　433

ヘ

平安時代末期　478
平凡社　368
平和運動　339
平和憲法擁護　395
平和への提言　339
平和問題談話会　409
「僻見」　163, 201
北京(中国)　26, 65, 362, 418, 419, 432, 467, 561
北京大学　418, 429, 469
北京中国世界語出版社　112
北京日本学研究センター　113, 429, 541
ベトナム　381
ベルリンの壁　528
ベルリンの壁の開放　389
ベルリンの壁の崩壊　501
ペンギン・クラシックス・シリーズ(ペンギン古典叢書)　10, 117, 219, 314, 380, 390, 479, 485, 533, 543, 551, 560
ペンギン社　10, 67, 219, 314, 380, 390, 480, 533, 535
「ペンギン鳥の島」(アナトール・フランス) 487
ペンギン・ブックス　480
ペンギン・ブックスの芥川本　480
『ベンジャミン・バトン　数奇な人生』(フィッツジェラルド)　307, 488, 490
『ベンジャミン・バトン　数奇な人生』(フィッツジェラルド・都甲孝治訳)　494
『ベンジャミン・バトン　数奇な人生』(フィッツジェラルド・永山篤一訳)　494
「ベンジャミン・バトン　数奇な人生」(映画) 487
変態心理者　239
弁論部主催の特別演説会　440
「弁論部部史」(矢内原忠雄)　350, 399

ホ

貿易船　53
「報恩記」　47, 51, 57, 58, 61, 64, 65
『報恩記』(単行本)　58, 72
「『報恩記』—「報恩」の構図の「欠落」部分について—」(大高知児)　65
報恩講　59
報恩説話　47
報恩という徳目　59
『法学論叢』(雑誌)　343, 492
「奉教人の死」　87-90, 100, 101, 104, 105, 107, 108, 136, 226, 368, 372, 379, 384, 487, 512, 524
「「奉教人の死」—「この国のうら若い女」のイメージ」(平岡敏夫)　109
「『奉教人の死』出典考」(上田哲)　90, 109
「『奉教人の死』と『黄金伝説』」(柊源一) 90, 109
「「奉教人の死」と「おぎん」—芥川切支丹物に関する一考察—」(佐藤泰正)　46, 110
「「奉教人の死」の比較文学的研究」(安田保雄)　89, 108
「「奉教人の死」を読む—〈女〉への帰還の物語—」(三嶋譲)　110
奉教人の受難　41, 43
封建時代の庶民感情　59
封建制度　57, 59, 61
封建制度の下での恩返し　63
封建道徳　49
封建倫理　63
「法城を護る人々(短篇)」(松岡譲)　371
『法城を護る人々』上巻(松岡譲)　377, 382
『法城を護る人々』中巻(松岡譲)　382
『法城を護る人々』下巻(松岡譲)　382
『法城を護る人々』(松岡譲)　366, 368, 378,

『婦人公論』(雑誌)　187
「婦人の力と産児制限」(サンガー，マルガレット)　289
伏せ字　22, 335, 336, 338, 415, 418, 431, 463, 474
「二つの絵　芥川龍之介自殺の真相」(小穴隆一)　241
『二つの絵　芥川龍之介の回想』(小穴隆一)　209, 213
「二つの感性」(中島国彦)　517
「二つの手紙」　224, 263
「二つの途」(豊島与志雄)　244
『二つの途』(単行本)(豊島与志雄)　244
「二人の将軍　芥川龍之介の歴史認識」(関口安義)　433, 435, 439
二人の父　503
復活　31, 84, 85
復刊『敦煌物語』(松岡譲)　383
仏教　30, 47, 59, 123, 303, 513
福生市郷土資料室　325, 508, 549
舞踏会　460
「舞踏会」　460, 512
船成金　190
踏絵　80
不眠　158
不眠症　160
「ふゆくさ」(土屋文明)　163
「「ふゆくさ」読後」　163
冬の時代　335, 440, 563
フライブルク大学(ドイツ)　341, 342
「プラーグの大学生」(映画)　519
ブラジル　363
『ブラックウッド傑作集』(紀田順一郎訳)　252
フランク・オコナー賞　533
フランス　459
フランスのサロン　516
フランツ・カフカ賞　533
府立三中(現、東京都立両国高等学校)　26, 148, 246, 252, 256, 282, 326, 334, 353-355, 358, 360, 391, 550, 551
府立三中における登山熱　282
プリンストン大学(アメリカ)　488
ブルジョア作家　531
ブレイク・コレクター　515
ブロッカ虫　363
プロレタリア文学　168, 169, 404, 407, 463, 529
フロレンス(フィレンツェ、イタリア)　375
文学革命　418
『文学季刊』(中国の雑誌)　176
文学研究における実証　510
文学者の歴史認識　525, 526
「文学好きの家庭から」　328, 350, 450
『文学　その内なる神』(佐藤泰正)　110, 212
文学展　529, 538
『文学と革命』(トロツキー)　168
文学と宗教　81
文学の越境　501
文学の国際化　550
『文学の三十年』(宇野浩二)　159, 173
文化研究　546
文化史　492, 501, 537
文化主義　348
文化大革命　112, 176, 276, 315, 429, 495, 530, 540
文化大革命時代　466
文教大学　524
文教大学・北京大学日語学教十五周年記念集会　469
「文芸雑談」　172
『文藝春秋』(雑誌)　178, 187
「文芸的な、余りに文芸的な」　168, 299, 520
文芸的なボヘミアニズム　320
『文芸東西南北』(木村毅)　89
文芸批評の方法理論　530
文芸批評理論の流入　529
『文章世界』(雑誌)　71, 152, 371, 383
分身　244, 519
文体　513, 537
文体と文学のセンス　536

美的百姓　397
「人の好い公家悪」　244
雛　456
「雛」　455
「「雛」草稿」　457
雛人形　455, 456
『日の出界』(回覧雑誌)　506
批判精神　9, 526
『批判的法律哲学の研究』(恒藤恭)　343, 348, 351, 492, 494, 546
批判の対象　66
日比谷(東京)　188
批評する語り手　91, 144
被服廠跡　189, 190
ヒペリオン出版社(ロシア)　10
百年に一度の経済危機　297
百本杭　228, 449
ヒューマニズム　82
ヒューマニズムの精神　338
表現　513
表現技巧　482
表現・出版の自由　419
表現の自由　278, 294, 418, 419, 467
表現の自由の問題　467
兵庫県神埼郡砥堀村(現、姫路市)　344
『評釈現代文学芥川龍之介』(安田保雄)　89, 108
『評伝豊島与志雄』(関口安義)　253, 322, 349, 556
『評伝長崎太郎』(関口安義)　562
『評伝成瀬正一』(関口安義)　322, 349, 515, 556, 562
『評伝松岡譲』(関口安義)　320, 322, 349, 369, 377, 381, 382, 556
評論　513
「ひよつとこ」　288
ひよどり　157
平壌《ピョンヤン》　21, 432, 433
平松ます子の名誉回復　209

フ

『ファウスト　悲劇』(ゲーテ)　223
『ファウスト』(森林太郎訳)　223
不安　477, 478, 482, 484, 491
ファンタジー　23, 126, 129, 132
『フィクションの修辞学』(米本光一・服部典之・渡辺克昭訳)　155
フィッツジェラルドの小説　489
「風変わりな作品二点に就て」　88, 90, 93
フェミニスト芥川　472
フェリス女学院大学　499, 527, 544
フェリス女学院大学大学院　499
『フォーラム本是山中人　父の故郷で語ろう／芥川龍之介の人と文学』(美和町教育委員会)　503
不可解な書評　344
武漢(中国)　65
福音　118
『福岡県立大学紀要』　465
「河豚和尚」(松岡譲)　366
「復讐」(アンリ・ド・レニエ、森鷗外訳)　89
伏線　24, 30, 54, 96, 105, 130, 145, 146, 197, 200, 203, 234, 305, 457
伏線がらみの章　143
不敬事件　446
釜山《プサン》(韓国)　424, 432, 433, 464
藤岡事件　343, 346
「藤岡事件とその周辺」(出隆)　346, 392, 410
「藤岡蔵六氏のコーエン訳述について」(和辻哲郎)　344
藤沢市文書館　214, 505, 506, 548
『藤沢市文書館紀要』　506
富士見の渡し(東京)　449
不条理　11, 67, 151, 153, 154, 169, 176, 186, 210, 477, 478, 482, 484, 523
不条理性　534, 535
不条理性を表現する作家　534
不条理な人生　164, 172, 180
不条理な心理　147
不条理の世界　154
不条理の文学　542
婦人運動　222

婆娑羅大神　230, 232
婆娑羅の神　231, 235
『破船』(久米正雄)　372
馬賊の横行する時代　362
パソコン時代　296
「跋」(小穴隆一)　272
発禁　371
「薄幸の哲学者……藤岡蔵六さんを偲ぶ」(野田弥三郎)　341, 350
「ハッサン・カンの妖術」(谷崎潤一郎)　242, 259-263, 271
発売禁止　154, 294, 295, 419, 431, 432, 433
伴天連　51, 53, 54, 56, 64, 76, 83-85, 91-95, 97, 98, 105
バーデン学派(新カント派の一)　343, 347, 492, 493
「鼻」　44, 104, 348, 368-370, 471, 476, 482, 486, 492
『鼻』(単行本)　72
「話」らしい話のない小説　193
「華ひらいた鵠沼文化展—東屋・劉生・龍之介」(展示会)　506
『英《はなぶさ》草子《ぞうし》』(都賀庭鐘)　90
「母」　26, 42, 64, 139, 144, 151-154, 415, 425, 436
母の宗教　122, 123
パブリック・ガアドン(中国・上海)　472
流行児《はやりっこ》　372
はらいそ(天国)　34, 38, 39, 92, 97
婆羅門の秘法　259
パリ　424
パリ第七大学　561
磔　29
「巴里の女性」(映画)　519
『パリの神秘』(シュー)　222
『ハルキ・ムラカミと言葉の音楽』(ジェイ・ルービン、畔柳和代訳)　533
榛名山(群馬県)　321
「春の夜」　160, 172
はるれや(ハルレヤ)　79, 83, 84
はれるや(ハレルヤ)　79
「手巾」　42, 152, 288, 344, 366, 370, 384
反「殺戮」　420
「半自叙伝」(菊池寛)　319, 349
「晩春売文日記」　509
半植民地　496
藩制度　440
反戦　420
反戦思想　426
反戦小説　336, 366, 408, 420-422, 437, 461, 463, 474
反戦小説「桃太郎」　426, 468
反戦、反「殺戮」　437, 474
反動　463
反動の歴史　446, 461
反日の現実　472
『反乱の社会学』(室伏高信)　520

ヒ

『ビアズリー全集』　515
火炙り　29, 30, 35, 41
火あぶりの刑　28
『悲運の哲学者 評伝藤岡蔵六』(関口安義)　346, 351, 392, 410, 546, 556, 562
比較文学　67, 493, 550, 551
『比較文学研究芥川龍之介』(冨田仁編)　109
東アジア　539
東アジア諸国　540
東と西　513
東と西の問題　42
東両国　227, 233
「日暮れからはじまる物語」(平岡敏夫)　194
非現実　523
肥後細川藩　48
美術館　514
『美酒と革嚢　第一書房長谷川巳之吉』(長谷川郁夫)　377, 383
『微笑』(豊島与志雄)　245
「非常線」(豊島与志雄)　245, 247
「翡翠記」(井川恭)　342
火責め　36
非戦論　396

『日本文学アルバム 6 芥川龍之介』(葛巻義敏編)173
日本文学研究　389
日本文学研究の国際化　544
日本文学研究の趨勢　477
日本文学の私小説的伝統　539
日本文学報国会　375
日本兵の不祥事　496
『日本耶蘇会刊行書志《ママ》』(アーネスト・マソン・サトウ)　89
日本耶蘇会出版　90
日本耶蘇会出版の諸書　92
日本郵船ニューヨーク支店　323
日本陸軍　25
ニュージーランド　561
二律相関　81
二律背反　205
二律背反の時代　463
二律背反の悲劇　447
俄狂言　420
人間芥川　529
人間社会の不条理性　288
人間性の試問　267, 268, 272
人間の戯画　298
人間の心の弱さ　44
人間の弱さ　40, 43, 82
「ニンフの歌」(鈴かけ次郎)　328
寧波大学(中国)　427, 543

ヌ

「沼地」　512, 515

ネ

「葱」　535, 560
根来寺(和歌山県)　53
『鼠の王様』(椿八郎)　212
ネット上の情報　479
「年譜」(宮坂覺編)　162, 173

ノ

ノーベル文学賞　533

ハ

俳諧の点者　452
拝火教　303
梅毒　125, 126, 128
排日運動　418
排日の文字　430, 472
排日の落書き　418, 431, 472, 496
排日・反日のねばり強い抵抗　430, 471
バイブル・クラス　330
「「敗北」の文学―芥川龍之介氏の文学について」(宮本顕治)　413, 423, 505
敗北の文学から闘いの文学へ　504
ハーヴァード大学(アメリカ)　490, 533, 560
ハーヴィル出版(イギリス)　533
産児制限《パースコントロール》の主張　289
端唄本　453
破壊する力　122
「萩原朔太郎君」　172, 180
白隠和尚の逸話　89
白日夢の時空世界　285
白日夢の世界　284
白線帽　356
爆発物取締罰則違反　396
博文館　324, 433, 434
「歯車」　158, 169, 172, 175-178, 182, 184, 190-193, 196, 197, 201, 203, 207, 209-211, 224, 292, 299, 311, 366, 368, 384, 518
『歯車』(寺横武夫)　212
「歯車」執筆中の芥川　206
「歯車」執筆の背景　179, 185
「「歯車」小考」(河泰厚)　177
「『歯車』―〈ソドムの夜〉の彷徨―」(宮坂覺)　212
「「歯車」と眼科医」(椿八郎)　192, 21
「歯車」の真原稿　192
「「歯車」―〈滅び〉への道の記録―」(関口安義)　211
「「歯車」論―芥川文学の基底をなすもの」(佐藤泰正)　212
派遣社員　297

365
新原家(龍之介生家)　167, 186, 198
仁王小学校(盛岡)　508
二科展　517
二項対立　204
二項対立の描き方　30
ニコライ堂　223, 303
西川家(龍之介の姉ヒサの嫁ぎ先)　181, 183, 185
西川豊の鉄道自殺事件　184
西宮(兵庫県)　507
二十一世紀の経済危機　297
二重写しの技法　518
「二週間の勉強で一高の入学試験を通過した僕の経験」(井川恭)　327, 349, 391
二十世紀の小説　484
二重の語り　227, 233, 240
「二先生」(鈴かけ次郎)　328
日中平和友好条約　540
日独学館　323, 332, 341, 391, 392, 550
日曜学校　332
日露戦争　22, 361, 396, 415, 420, 422, 445
日韓国交正常化　175
日記の発掘　400
日章旗　21
日清講和条約　16, 21
日清戦争　16, 20-23, 25, 420, 445
日清戦争と文学の問題　16
日清戦争の勝利　21
日清戦争を背景とした小説　22
日中戦争前夜　397
日中平和友好条約　176
二之橋　229, 486
日本アルプス　282
日本海　436
日本共産党委員長　323
日本基督教会安芸教会　331
日本基督教会市ヶ谷教会　331
『日本近・現代文学の中国語訳総覧』(黒古一夫監修・康東元著)　111, 133, 176, 211, 315, 467, 475, 540
日本近代の精神史　551
『日本近代文学』(「雑誌」)　547, 551
日本近代文学館　135, 192, 214, 252, 330, 395, 434, 486, 505, 506
日本近代文学史　277
『日本近代文学大系　芥川龍之介集』(吉田精一編)　552
日本軍閥　461
日本語学習　276
日本語学習熱世界一の国　540
日本語学習の教材　541
日本語教育　540
日本古典　483, 486, 513
日本語という言語空間　67, 368, 381, 479, 481, 533, 553
日本語という言語的空間　10
日本語独特の表現　33
日本語特有の駄洒落　154
日本語の教科書　561
日本語の教材　175
日本語の世界への普及　555
日本語のテクスト　67
『日本山水論』(小島烏水)　282, 313, 487
日本社会文学会　524, 525
日本人の歴史認識　525
日本聖公会の重鎮　331
日本聖公会松江基督教会　103, 330, 394
日本政府のファシズム的政策　447
日本男児　421
『日本短篇小説集』(上)(高汝鴻)　112
日本庭園　512
日本帝国主義の中国侵略　429, 470
日本的観念　41
日本という地理的空間　10, 67, 501
日本の古典　482, 484, 491, 536
日本の新聞社　424
日本の中国侵略　20
日本のノーベル賞作家　534
日本の美意識　38
日本橋(東京)　223, 226, 231, 235
日本美人　141
日本仏教　379
『日本文学』(雑誌)　547

『特派員 芥川龍之介 中国でなにを視たのか』(関口安義) 153, 155, 412, 425, 426, 428, 438, 468, 469, 475, 520
特派員体験 436
特別保護住民 286, 291
独立運動 433
吐血の病 62, 63
土気トンネル(千葉県) 181
登山とロマンチシズム 282
都市 511
「杜子春」 272, 368, 384, 484
閉じた作品論 501, 548
都市と田園 366
ドストエフスキー全集 199
ドッペルゲンガー 518
富山大学 434
「豊島与志雄著作目録」(関口安義編) 245, 253
トラジツク・コメデイアンの世界 50
「虎の話」 435
「「虎の話」の出典」(関口安義) 435, 439
トレランス(耐薬性) 158
敦煌(中国) 368
『敦煌』(井上靖) 368, 382
『敦煌物語』(松岡譲) 368, 375, 381, 382

ナ

中海《なかうみ》(島根県) 321
長岡(新潟県) 365-367
長岡市立中央図書館 367, 381, 382
長岡中学校(現、新潟県立長岡高等学校) 365
長岡藩 373
長岡ペンクラブ 367, 371, 382
長崎 29, 30, 90-92, 95, 96, 249
長崎県立長崎病院 248
「長崎日記」 332
長崎耶蘇会 88
長崎旅行 163, 248, 271
中西屋旅館(湯河原) 157
「なぜ、国際学会か」(宮坂覺) 542
なたら(降誕祭) 32, 33
なたらの夜 28
「夏のファンタジア」(鈴かけ次郎) 328
夏の夜の怪談 232
ナポレオンの肖像画 216, 517
涙の谷 31, 136, 340
「成瀬日記」 326, 369, 508
「成瀬正一日記」(石岡久子編) 349
成瀬正一の日記 325
南京(中国) 26, 65, 111, 112, 114-116, 467
「南京希望街」(谷崎潤一郎) 115
『南京的基督』(映画) 87, 113, 523
「南京的基督」(秦剛訳) 133
「南京的基督」(羅嘉訳) 111, 132
「南京の基督」 20, 23, 85, 87, 111, 113-115, 122, 125, 127, 128, 132, 136, 260, 315, 368, 429, 470
「「南京の基督」新攷―芥川龍之介と志賀直哉―」(鷺只雄) 133
「「南京の基督」に潜むもの」(三好行雄) 45, 133
「南京の基督」の最も新しい訳 112
「「南京の基督」論―〈物語〉と語り手―」(五島慶一) 133
「「南京の基督」論―奇蹟物語を夢見ているのは誰か」(蔦田明子) 134
「「南京の基督」論―二通の芥川書簡をめぐって―」(笠井秋生) 134
「南京のマグダラのマリア」(曺紗玉) 121, 133
南京物語 129
『南蛮記』(新村出) 74, 86, 89
南蛮寺 52, 57
「『南蛮寺』幻想」(平岡敏夫) 86
南蛮趣味 538
南北差・国民格差の問題 389
南寮 319
南寮グループ 320
南寮十番 326
南寮八番 320

ニ

新潟県古志郡石坂村(現、長岡市村松町)

電子辞書　479
天主　34
天主の教え　28, 30, 34
天主のおん教　36, 37
天上天下唯我独尊　30
天津（中国）　26, 65, 424, 432, 467
『伝説の朝鮮』（三輪環）　433-435, 464, 465
天地創造　305
天敵　363
『天の池』（芥川作品集・ノジェミヨン訳）
316
天皇暗殺容疑　446
天皇暗殺容疑の判決　333
天皇恩赦　440
天皇親筆の署名　446
天皇制国家　390
天皇制絶対主義　295
天皇絶対視　390
天平山白雲寺（中国・蘇州）　418, 431, 472
展覧会　514, 515
展覧禁止　294, 295

ト

ドイツ語　539
ドイツロマン派　250
ドイツ浪漫派　251
『東亜之光』（雑誌）　347
東欧諸国の民主化　528
東海道線　193, 194, 203
東京　16, 17, 23, 164, 221-223, 365, 366, 390,
449
『東京朝日新聞』　182, 377, 378, 396
東京倶楽部　341
東京高商　397
東京市京橋区入船町　228
東京下町　25, 228, 229, 366, 486
東京下町の怪談　486
東京女学館　206
『東京新聞（夕刊）』　395
東京大学　363, 429
東京帝国大学農科大学園芸科　362
東京帝国大学の学生　367
東京帝国大学文科大学　75, 257, 341, 347
東京帝国大学文科大学哲学科　344, 347,
392
東京都立両国高等学校　550
『東京日日新聞』　182
東京の夜　223
東京府立第三中学校　353
東郷坂教会（東京）　332, 550
統合失調症　26, 309
東西ドイツ統一　389
東山農事会社　363
透視　256
同志社大学　403, 404
同志社大学法学部　338
『同志社論叢』（雑誌）　343, 492
「同時代史の中の芥川―芥川龍之介と「歴史」
の問題―」（松本常彦）　494, 545
同時代知識人共有の不安　408
『透視と念写』（福来友吉）　273
謄写版印刷　367
「同情」（松岡譲）　366
同性愛　357
同性愛の世界　357
東禅寺（東京芝高輪町）　206
「道祖問答」　72
東大哲学研究室　345
洞庭湖（中国）　26, 65
塔の峰（多武峰、奈良県）　354
『童馬漫語』（斎藤茂吉）　248-251
銅版画　516
『東方雑誌』（雑誌）　176
東北帝国大学　392
東北帝国大学法文学部　343, 345, 346
同盟罷工　222
東洋の平和　21
遠山病院（盛岡）　508
都会の憂愁　141
徳川幕府　29, 455
読者反応理論（reader response theory）
555
読者論　529, 530
特派員　44, 153, 154, 403, 424, 471

「著作外国語訳目録」(嶌田明子)　176, 211, 314
著作目録　556
猪牙舟《ちよきぶね》　459
『佇立する芥川龍之介』(東郷克美)　531
青島《チンタオ》　363
鎮魂帰神　207
『沈黙』(遠藤周作)　80, 81, 86, 123

ツ

「追憶」　26, 167, 224, 407, 411, 450, 460, 517
『追憶録』(リープクネヒト)　462
『追想 芥川龍之介』(芥川文述・中野妙子記)　160, 173, 180, 206, 211, 509, 510
通俗小説　241, 484
津軽家の太鼓　223
「月明かりの道」(ビアス)　485
「築地居留地」(銅版画)　516
築地の小町園　181
造り変へる力　122
辻車(人力車)　233
土屋文明記念文学館　549
恒藤記念室(大阪市立大学)　324, 400 → 大阪市立大学恒藤記念室
恒藤恭関係の日記をはじめとする新資料　66
恒藤恭研究　322, 556
「恒藤恭先生のご逝去を悼む」(天野和夫)　411
恒藤恭と新カント派とのかかわり　546
『恒藤恭とその時代』(関口安義)　103, 110, 322, 349, 405, 411, 546, 556, 562
恒藤恭の回想記　324
恒藤恭のシュタムラー研究　492
恒藤恭の闘い　409
罪　196, 477
罪意識　390
『罪と罰』(ドストエフスキー)　199
「罪の彼方へ」(松岡譲)　370
梅雨の季節　141
「鶴の恩がえし」(民話)　47

テ

定遠(中国軍艦)　21
帝劇　188
『鄭孝胥日記』全五巻(中華書局)　426, 468
帝国火災保険会社　182
帝国軍人　21, 25, 415
帝国主義　26
帝国主義日本の一将軍　474
帝国主義日本の戯画　336, 403, 437
帝国ホテル(東京)　198, 205-210
帝国陸軍　422
泥烏須　76, 80
でうす(デウス)　33, 73, 92, 96
泥烏須如来　76
大邱《テグ》(韓国)　432, 433
本文批判《テクストクリテツク》　91→本文批評
テクストに執着した読み　502
テクストの解釈　183
テクストの社会性　526
テクストの多様な読み　530
テクストの補完　294
テクスト論　501, 537-539
テクストを〈読む〉　538
出口王仁三郎　207
「手帳」　300, 506
哲学　538
『哲学雑誌』(雑誌)　347, 492
徹底的自然主義　152, 153
テーマ小説　51
テモテ教会(東京・現存)　332
デュッセルドルフ大学(ハインリッヒ・ハイネ大学)　561
『田園の英雄』(松岡譲)　366, 382
『伝記芥川龍之介』(進藤純孝)　334, 350
伝記研究　503, 539, 546
伝記研究の充実　529
伝記研究の成果　502
「点鬼簿」　160, 169, 197, 314, 461, 480
典拠探し　88, 89
天国　119
天使　34

470
「忠義」　10, 72, 104, 314, 403, 480, 560, 562
中国　139, 140, 176, 187, 276, 381, 390, 429, 430, 438, 466, 479, 495, 522, 530, 540, 551, 560, 561
中国現代小説　484
中国語　87
中国古典　484
中国語版芥川全集　480 →『芥川龍之介全集』全5巻(中国・山東文芸出版社)
中国山東省　21
中国視察　415
中国視察の旅　153, 424, 426, 427, 468, 489
中国視察旅行　22, 42, 67, 153, 154, 157, 413, 414, 417, 425, 433, 436, 467, 519, 520, 525
中国視察旅行後の作品　433
中国視察旅行の成果　437
「中国―『支那游記』と一九二一年上海・北京との不等号」(白井啓介)　140, 155
中国女性の心意気　472
中国人と犬は入るべからず　472
中国人の心　431
中国人の反日運動　472
中国人捕虜の非人道的扱い　422
中国人民の反日運動　418
中国での芥川評価　430
中国での『支那游記』再発見の動き　469
中国での『支那游記』評価　428
中国での「歯車」の翻訳　176
中国特派員　15, 51, 64, 336, 380, 432, 436, 437, 473, 478
中国特派員体験　385, 437, 438, 474
「中国における芥川龍之介―同時代の視点から―」(單援朝)　475
中国の芥川受容　495
中国のグローバル化時代　470
中国の現実　431
中国文学　513
中国蔑視　430
中国への出向社員　141
中国返還を目前にした香港　113
中国訪問前夜の仕事　15
『中国漫遊記』(徳富蘇峰・中国語訳)　470
中国民衆　471
中国や日本の絵画　514
『中国游記』　10, 316, 413, 427, 429, 469, 540, 554
『中国游記』(秦剛訳)　315, 495, 422, 429, 436, 438, 470
『中国游記』(陳生保・張青平訳)　315, 422, 427, 429, 438, 470, 495
『中国游記』(陳豪訳)　315, 422, 438, 470
『中国游記』に対する評価　428
『中国游記』の訳者　496
中国旅行　28, 461 → 中国視察旅行
註釈・注解　552
「偸盗」　335, 384, 403
中庸の精神　204
中庸の世界　204, 205
中寮　319
中寮三番　75, 319, 320, 326, 329, 391
中流下層階級　247
正定《チュンテン》(中国)　362
聴覚に訴える表現　147
「澄江堂雑詠」　450
「澄江堂雑記」　408, 418
「長江游記」　418
長沙(中国)　26, 65, 418, 431, 472
銚子(千葉県)　355
超自然的存在　483
超自然的な現象　222
銚子の海　355
朝鮮　26, 432, 433, 434, 436, 438, 464, 473
朝鮮人　337
朝鮮人虐殺への抗議　463
朝鮮人大虐殺　336, 337
朝鮮人への迫害現場　404
朝鮮にかかわる本　434
朝鮮の英雄　433
朝鮮の旅　433
朝鮮の独立　21
朝鮮半島　65, 424
朝鮮土産　434
腸チフス　84, 85

大修館書店　339, 340
大正　227
大正期の歴史文化状況の学際的検証　547
大正・昭和の出版文化史　377
『大正大震災大火災』(大日本雄弁会講談社編)　188, 190, 212
大正デモクラシー　404
大正天皇　180
大正天皇の大喪の恩典　182
大正という時代状況　547
大正という時代のイメージ　531
大正の東京　240
「大正八年度の文芸界」　253
「大正八年六月の文壇」　245
大正文学研究会　430, 439
大審院の特別公判　402
「大震雑記」　190
「大震前後」　188
体制と反体制　501, 532
『大調和』(雑誌)　178
「大導寺信輔の半生」　280, 460, 550
大東出版社　379
第二次芥川ブーム　479, 560
第二次世界大戦　24, 176, 324, 325, 335, 368, 397, 429, 431, 447, 466, 478, 540
第二次世界大戦後の平和運動　440
大日本帝国憲法　390, 431
大日本雄弁会講談社　212
大名屋敷　448
大雄閣(出版社)　379
大連(中国)　21
台湾　21, 276, 380
台湾征伐　354
高岡高専　324
高崎(群馬県)　549
「高瀬舟」(森鷗外)　58
高松(香川県)　325, 508, 548
「竹の里歌」(正岡子規)　201
竹見屋(画材店)　326
駄洒落　33
竪川(東京)　228, 230, 231, 486
竪川河岸　228
狸の莫迦囃子　223, 224, 254
「たね子の憂鬱」　172
『種蒔く人』(雑誌)　415
「煙草と悪魔」　122, 486
田端　180, 207, 209, 365
田端の芥川家　127, 159, 179, 180, 186, 188, 210
田端の芥川家の書斎　385
多摩川　326
為にする批評　344
堕落　39, 44, 45
短編作家　554

チ

「近頃の感想」(河合榮治郎)　350, 397, 465
「近頃の幽霊」　225, 258
筑摩書房　416, 552, 557
知識人の精神史　131
知性と怪異　241
知性の闘い　409
「父」　288, 366
「父帰る」(菊池寛)　40
『父と子』(藤岡蔵六)　74, 75, 86, 321, 340, 349
父の宗教　122
秩父(埼玉県)　446
秩父事件　446
秩父盆地　449
知的空間　513
千歳町(東京)　486
千鳥城(松江)　322
「幾段不恭敬的話《チードワンブークンチダホア》」(巴金)　468, 475
知のパラダイム・チェンジ　511
地方都市　366
茶屋酒の味　452
『中央公論』(雑誌)　28, 42, 51, 58, 78, 111, 139, 179, 219, 370, 373, 455
注解という作業　275
『中学世界』(雑誌)　322, 328, 391
「中学入学　桃色のローマンス」(鈴かけ次郎)　328
中華書局(中国の出版社)　426, 436, 468,

全国大学国語国文学会　544
戦後の平和運動　441
戦時特需　140
全集注解の意味　552
「『全集未収録・書誌未記載新資料』花袋の談話及び随想三点とその考察」(渡邉正彦)　151, 155
戦勝国日本　16
戦争　20, 416, 422
戦争の犠牲者　24
戦争批判　463
仙台(宮城県)　74
「全体的な体現を　芥川龍之介氏」(南部修太郎)　20
仙台文学館　135, 530
全知の位置　96
「ぜんちよ」(異教徒)　92
セントポール(アメリカ・ミネソタ州)　488
腺病質の芸術至上主義者　135, 476, 482, 502
全面講和　409
千里眼　224, 232, 256
千里眼事件　256
千里眼問題　248, 252, 256
占領軍　23, 24
全寮制　319
洗礼　30

ソ

『双影　芥川龍之介と夫比呂志』(芥川瑠璃子)　212
総合的なコードからのアプローチ　503
総合的評価　538
総合評価論　501, 502
創作技術　9
創作技法　381
「創作月旦(3)「苦の世界」と「妖婆」」(佐藤春夫)　238, 240
創作のエネルギー　153
創作の試み　108, 241, 250, 486
創作方法上の問題　422
「創世記」(『旧約聖書』)　31, 40, 189, 287, 305, 313
漱石研究　552
漱石山房　320, 369, 370, 375
漱石世代　513
『漱石全集』　111, 495, 557
『漱石先生』(松岡譲)　370, 382
『漱石の印税帖』(松岡譲)　370, 383
早天祈禱会　331
早発性痴呆　309
ソウル(韓国)　432, 433, 543
ソウル国立大学校　540
「続西方の人」　136, 172, 205, 311, 316, 380, 521, 524
束縛　67
「そしてみんなうそをついた」(台本・作曲林光、演出大石哲史)　67, 384
蘇州(中国)　26, 65, 418, 431, 467, 472
『蘇生』(豊島与志雄)　245
ソドム(『旧約聖書』に出てくる町)　189, 190, 193, 197, 198
ソドムの夜　187-189, 192, 193, 199
ソビエト連邦の崩壊　528
ソ連邦の解体　389

タ

第一高等学校　327, 355, 365, 396, 447
『第一高等学校一覧 自明治四十二年／至明治四十三年』(売捌所丸善株式会社)　319
第一高等学校第一大教場(講堂)　333, 440
第一高等学校第一部乙類　327, 355, 391
第一高等学校入学志願者募集の公告　327
第一次芥川ブーム　479, 560
第一次世界大戦　22, 140, 190, 207, 288, 342, 347, 404, 420, 424, 488, 492
第一書房　377, 378
大映京都　478, 559
「大火災記」(『大正大震災大火災』収録)　188
大逆事件　396, 401, 402, 440, 446, 447
大逆事件百年　395
大逆事件への反応　402

スタンフォード大学(アメリカ)　276
「捨子」　20
『スバル』(雑誌)　514
「西班牙犬の家」(佐藤春夫)　242
スペイン語　539
「すぺりおれす」(長老衆)　92
隅田川(東京)　16, 189, 190

セ

成育の地　486
精華大学(中国)　541
生活教の使徒信条　304
征韓の役　464
世紀末芸術　514
『成蹊人文研究』　275, 552
成蹊大学大学院近代文学研究会　493
清光寺(山梨県北杜市)　405
青酸カリ　504, 505
政治と文学　501, 532
聖書　44, 177, 189, 190, 242, 287, 288, 330, 332, 395, 521
『聖書』　103, 135, 136, 379, 380, 394
聖書研究会　103, 394
聖書の神　190
精神史　537
『聖人伝』(斯定筌)　90, 108
生存への問いかけ　303
生誕百年展　529
「生と死との記録」(豊島与志雄)　247, 257
「青年芥川の面影」(恒藤恭)　329, 350, 393, 410
青年劇場　384
青年劇場の芥川劇　384
「青白端渓」(松岡譲)　370, 381
性風俗の乱れ　496
〈静物〉(セザンヌ)　516
「西方の人」　44, 136, 172, 205, 309, 311, 316, 380, 520, 521, 524
「聖マリナ」(斯定筌)　90
西洋音楽　513
西洋館　161, 162, 167, 169
西洋館の別荘　164
西洋思想　40
西洋の世紀末思想　198
西洋文化　458
西洋文学　198, 481
セオソフイスト　258
世界的芥川ブーム　481
世界的現象としての〈不安〉　491
世界的なシナリオブーム　519
世界的不安現象　311
世界における日本語・日本文学熱　561
世界にはばたく芥川文学　528, 555
「世界にはばたく芥川龍之介」(対談、関口安義・宮坂覺)　135
世界の芥川研究　539
世界文学　67, 88, 177, 381, 467, 477, 524, 535, 542, 554, 555, 560, 561
世界文学的要素　177, 524
世界文学という視点　11
世界文学としての芥川文学　553
『世界文学としての芥川龍之介』(関口安義)　389, 409, 426, 438, 439, 468, 475, 559, 562
世界文学としての位置づけ　563
世界文学としての「河童」　274
世界文学の可能性　527
世界文学の条件　482
世界文学の代表的なテクスト　555
世界平和への運動　334
世界平和への提言　395, 409
石油ランプ　270
浙江省(中国)　428
浙江文芸出版社(中国)　316, 495
刹那の感動　99
絶筆　136
「ゼラール中尉」(菊池寛)　50
善悪不二の立場　25
全学集会　334, 401, 402
閃輝暗点　192, 194
「一九二〇年代ソ連の文学論争と日本文学」(志田昇)　174
一九二〇年代の内務省の検閲　471
先見性　482
「宣言一つ」(有島武郎)　415

清国北洋艦隊　21
震災　162, 164
宍道湖（松江）　321, 322
宍道湖の夕映え見ごろ時間　322
「新時代」意識　462
『新思潮』（第三次）　163, 242, 243, 257, 260, 369
『新思潮』（第四次）　78, 367, 369, 370, 373, 381, 457
『新思潮』（第一四次の二）　367, 382
『新思潮』時代　40, 163
「深沙大王」（泉鏡花）　242
信州　405
真宗教界の腐敗・堕落　378
「新秋文壇雑感」（中村星湖）　153, 155
新宿（東京）　355, 365, 392
新宿中村屋　526, 555
新宿の家　75
新定院（禅宗の寺・静岡県安倍郡不二見村）256
『新小説』　283-285, 370, 375
新書簡の発見　562
新資料の活用　563
新資料の出現　477, 482, 562
壬辰・丁酉の倭乱　433
『壬辰録』　433, 434, 554
新世紀の世界的芥川ブーム　480
新世紀の文学研究の条件　537
神聖な愚人　32, 73, 85, 114, 131
『新青年』（雑誌）　505
『人生の同伴者』（遠藤周作・佐藤泰正）81, 86
人生の〈不安〉　490
人生の不条理　151
人生の傍観者　184
真相さがし　68
真相は藪の中だ　67
神智学　258
新中国建国　112
『新潮』（雑誌）　73, 238, 240, 244, 248, 249, 282, 424, 460, 509
新潮社　413
『新潮日本文学アルバム芥川龍之介』（関口安義編）　193, 208, 212, 408, 411
新富座（歌舞伎劇場・東京）　459
神秘　75, 219, 224, 242, 260, 477, 485
神秘思想家　244
神秘主義　242, 244, 256
神秘な世界　222
神秘の世界　244
神秘の領域　242
神風連　460
新文化運動　418
新聞紙法　22, 467
『新宮澤賢治語彙辞典』（原子朗）　553
『新約聖書』　101, 103, 107, 118, 136
『新約聖書』体験　107
人力車　259, 455
人力に及ばないもの　150, 154
新理想主義　342
新理想主義の哲学　342, 343, 347, 405, 492, 546
新理知派　59
侵略者桃太郎　426, 468
神霊　260
心霊　258, 263
心霊科学研究会　257
心霊学　225, 258, 263, 306
心霊研究　257
秦淮（南京）　121
「秦淮の夜」（谷崎潤一郎）　115
神話化された芥川　539
神話化された陰鬱な大正の鬼才　529

ス

水郷の町　321
『水虎攻略』（黙釣道人）　287, 487
『水滸伝』（施耐庵）　484
睡眠薬　158, 160, 202, 504, 505
睡眠薬自殺説　504
数奇屋橋（東京）　188
救いへの願い　104
朱雀大路（京都）　483
「雀報恩の事」（『宇治拾遺物語』）　47

384, 403, 408, 412-414, 417-420, 422, 425, 431, 436, 437, 461, 463, 473, 474, 525
「「将軍」解説」(海老井英次)　414, 423
「将軍」(島田昭男)　414, 423
『将軍』(代表的名作選集37)　413
「将軍」再発見　418, 437
「「将軍」論　反戦小説の視点の導入」(関口安義)　22, 27, 403, 411, 439, 475
「「将軍」論」(松本常彦)　423
松岡山本覚寺(長岡)　365
『嘗試集　坿去国集』(胡適)　418
「椒図志異」　75, 224, 255, 283
「小説「河童」の内在的意味」(上田真)　276, 312
小説技法　153
『小説集―「疑惑」他』(上海訳文出版社)　176
小説における時間処理　270
小説の時間　453
小説の中の幽霊　258
「「小説の筋《プロット》」論争」　260, 519
省線電車　194
肖像画　516
象徴主義　244
浄土真宗　379
浄土真宗大谷派(東本願寺派)　365
湘南地方　164
「少年」　223, 254, 512, 517
少年小説　328, 329
『少年世界』(雑誌)　224, 255
娼婦　21, 23
章炳麟　336
商務印書館　112
『松陽新報』(新聞)　321
昭和　180
昭和期の芥川研究　529
『昭和史発掘２』(松本清張)　212
昭和初頭の文学史的事件　406
昭和動乱の思想的底流　406
昭和文学の重い課題　275
書画　538
書簡体の語り　77
書簡体の物語　77
初期プロレタリア小説　404
初期プロレタリア文学　336, 403, 425
植民地　432
植民地下の朝鮮　432
女権論者　459
『諸国物語』(森鷗外訳)　77
『ジョスラン』(ラマルティーヌ)　89
『女性』(雑誌)　188
序破急構成　32, 36, 142
序破急構成の結び　151
序・破・急の三部構成　145
書物の装幀　513
ジョンズ・ホプキンス大学(アメリカ・メリーランド州)　326
『白樺』(雑誌)　331, 514, 516
白樺の作家　324
『シルヴェストル・ボナールの罪』(アナトール・フランス、小泉八雲訳)　89
知る権利　419, 431
白襷隊　415, 416, 422
新カント派　288, 341, 342, 343, 346-348, 392, 405, 409, 492, 545-547, 562
新カント派受容　346, 492
新カント派と芥川　546
新カント派の紹介　348
新カント派の哲学　492, 493
新カント派の哲学思想　403
新カント派の人々　405
新技巧派　59
「神曲」(ダンテ)　177
「蜃気楼」　172, 187
シンクレティズム　122, 123
「新芸術家の眼に映じた支那の印象」　315, 429, 470
『新芸術と新人』(江口渙)　134
神経衰弱　158, 167, 170, 191
新現実派　59
信仰　43, 73, 124
新興宗教　305
『新校本宮澤賢治全集』　557
清国海軍　21

弱者　11, 24, 25, 28, 57, 297
弱者の立場　23, 59, 60
弱者の悲劇　26
「弱者の変容・弱者の土壌」(松本常彦)　45
弱者への共感　41
弱者への眼　16, 28, 64
『釈尊の生涯』(松岡譲)　379
邪宗門の宗徒　76
写真　517
「沙石集」(無住道暁)　224
〈ジャーナリスト兼詩人〉　520, 521
ジャーナリスト魂　396
娑婆苦　66, 167, 289, 303, 305, 408, 477, 483, 504
シャマニズム　258
ジャール(睡眠薬)　158, 504
『ジャン・クリストフ』(ロマン・ロラン)　44
『ジャン・クリストフ』(ロマン・ロラン、豊島与志雄訳)　247
上海　26, 65, 140-142, 147-149, 151, 214, 336, 363, 403, 415, 424, 426, 436, 467, 468, 472, 473
上海外国語大学　554
上海開明書店　112
上海特有の旅館　139-141, 147, 153
「上海の芥川龍之介―共産党代表者李人傑との接触―」(單援朝)　468, 475
上海の競馬　117, 125
上海の賃貸住宅　145
上海バンド　140
上海文化学社　112
「上海游記」　26, 278, 282, 415, 430-432, 471, 472
「十一月の文壇―創作及び其他―」(広津和郎)　383
周縁から中心へ　510
周縁研究　546
「十月の文壇」(斬馬生)　383
『週刊朝日』　213
宗教　303, 538
宗教改革　378
宗教小説　379
『宗教戦士』(松岡譲)　379
宗教的感動　100, 101
宗教と文学の問題　108
宗教の問題　176, 303
十字架　31-33, 44, 76, 81, 117, 119-121, 200, 380
十字架上のキリスト　106
自由主義　414
自由大学　404, 405
自由大学運動　405
自由党　446
自由民権運動　446
従来の芥川像　482
儒教　47, 59
「侏儒の言葉」　197, 256, 526
『侏儒の言葉』(単行本)　131, 134, 180, 181, 300, 307
「酒虫」　484
出版一代論　378
出版産業　296
出版条例　22
出版法　22, 467
首尾照応　203, 204
受容理論　221
聚楽第　57
「じゆりあの・吉助」　32, 85, 132, 379
シュールレアリズム　519
純一の愛　102, 104, 107
「俊寛」　64, 155, 415
「俊寛」(菊池寛)　152, 153
殉教　32, 43, 101
殉教者の心理　379
殉教者の物語　108
殉死　414
『春服』　58, 139, 146
上意討ち　48
生涯学習　404
傷寒の病(腸チフス)　80, 84
「上京」(鈴かけ次郎)　328
「将軍」　22, 64, 155, 278, 279, 335, 336, 338,

中で」(秦剛)　133
「ジゴマ」(映画)　518
『自殺学』(高田義一郎)　505
『時事新報』　58
死して生きる　409
「死して生きる途」(恒藤恭)　338, 409
静岡　357
静岡県安倍郡不二見村(現、静岡市)　252, 256
自然主義　152, 251, 260, 276, 277
自然主義作家　153, 154
「施洗信徒名簿」(日本聖公会松江基督教会)　330, 394
思想　538
『思想』(雑誌)　345
思想史　492, 501, 537
時代性　482
時代と表現　278, 279, 519, 520
時代の嵐　395
時代の可能性　445
時代を見抜く眼　482
実証　510
執筆エネルギー　210
失楽園神話　40
失恋事件　104, 105, 136, 322, 379
児童文学　104, 226, 241, 242, 272, 368, 372, 484, 513
「使徒行伝」(『新約聖書』)　136
品川の妓楼　224
支那の軍閥　362
信濃自由大学　404
「信濃の上高地」　282
支那服　362
『支那游記』　10, 22, 154, 214, 278, 279, 413, 417, 418, 425-427, 429, 431, 432, 436, 438, 466-471, 473, 474, 484, 495, 496, 544, 554, 562
「『支那游記』—日本へのまなざし」(秦剛)　439
『支那游記』の重要性　467
『支那游記』評価　429
『支那游記』(中国語訳『中国游記』)への関心　540
「『支那游記』論—新たな評価軸をめぐって」(関口安義)　439
「死に至る狂気と絶望—芥川龍之介の「歯車」を中心に—」(曺紗玉)　177
新義州《シニジュ》　432
「死にたまふ母」(斎藤茂吉)　249
「芝居漫談」　187
芝区下高輪町(東京)　206
芝区新銭座町(東京)　186
芝区南佐久間町(東京)　181
四福音書　136, 380
「詩篇」(『旧約聖書』)　136
「詩篇」84篇　340
資本家の象徴　295
資本主義　389
資本主義という制度　298
『資本論』(カール・マルクス)　403
島根県立第一中学校(現、島根県立松江北高等学校)　103, 324, 332, 391, 394
島原の乱　47, 48
「下島日記」(下島勲)　504, 549
下関(山口県)　16, 424, 432
下屋敷　448
「指紋」(佐藤春夫)　242, 237
社会意識　418
社会史　501, 537
社会思想　168, 403, 407
社会主義　167, 168, 347, 396, 403, 407, 408, 546
社会主義思想　520
社会主義者　295, 337, 396, 402
社会主義者や無政府主義者に対する弾圧事件　396
社会主義制度　66
社会主義の信条　167
社会主義の文献　168
社会認識　338
社会への眼　338
釈迦の教え　34
『赤光』(斎藤茂吉)　163, 173, 200-202, 249, 253

催眠　258
催眠剤　158, 202, 262, 263, 270, 271
『西遊記』(呉承恩)　450
サウダーデ墓地(ブラジル・カンピーナス)　364
『坂の上の雲』(司馬遼太郎)　447, 463, 465
相模湾(神奈川県南部の入江)　159, 164
さがらめんと(キリシタン用語，サクラメント)　31
先の見えない不安な時代　524
「作品解説『トロツコ・一塊の土』」(三好行雄)　65
作品研究　557
『作品論　芥川龍之介』(海老井英次・宮坂覺編)　133
『作品論の試み』(三好行雄)　109
サクラメント　31
サークル的文壇　344
笹の雪(豆腐料理、江戸下谷根岸の名物)　354
作家研究　557
作家の死　502
作家の想像力　294
『作家・松岡譲への旅』(中野信吉)　381, 383
殺戮を喜ぶ気色　417
「殺戮を喜ぶ」人間　437
差別と野蛮な諷刺　471
「さまよへる猶太人」　486
サマルカンド(中央アジア最古の都市)　200
「寒さ」　512
『沙羅の花』　272
三・一独立運動　434
三溪園(横浜)　516
産經新聞社　499, 504, 514
参考文献　556
産児制限　288, 291
「不可忘了三七二十一条《きんしちにじふいちでふをぼうれうすべからず》」　431, 472
「山椒大夫」(森鷗外)　78
「三四郎」(夏目漱石)　248
三茶書房(東京・神田)　505, 548
『サンデー毎日』　156
〈サント・ヴィクトワール山とシャトー・ノワール〉(セザンヌ)　515
山東文芸出版社(中国)　10, 88, 111, 132, 315, 381, 427, 469, 540
『山島民譚集』(柳田國男)　283, 287, 313, 487
三之橋(東京)　229, 486
サンパウロ　363
サンパウロ人文科学研究所　364
讃美歌　331
『山陽新報』　151

シ

寺院制度への厳しい批判の書　379
シェイクスピア　480
詩歌　513
『自覚に於ける直観と反省』(西田幾多郎)　342, 351, 492, 494
私窩子(私娼)　116, 121, 125
自画像　515
『自画像』(雑誌)　244
「四月号から　芥川龍之介作『報恩記』(中央公論)」(十一谷義三郎)　65
色彩語　196
自虐と嫌悪　279
自警団　336, 337, 404, 463
自警団員　404
自警団体験記　404
自警団の野蛮な行為　404
自警団批判　336, 404
自警団への痛烈な批判　337
『繁《しげしげ》野《や》話《わ》』(都賀庭鐘)　90
「死後」　241
自己教育　405
地獄　38, 81, 203
時刻表　512, 513
「地獄変」　44, 100, 101, 104, 177, 184, 196, 197, 214, 226, 274, 276, 293, 344, 368, 372, 384, 403, 483, 512, 555, 557, 562
「〈自己〉、そして〈他者〉表象としての「南京のキリスト」―同時代コンテクストの

國學院大學　320
国技館　448
国技館(旧)　223, 228, 486
『国語総合』　9, 135, 352, 380, 481, 482, 499, 503, 527
国際芥川龍之介学会　438, 528, 544, 555, 561
国際芥川龍之介学会のシンポジウム　427
国際芥川龍之介学会の創立大会　542
国際学会の誕生　561
国際交流基金　10, 88, 315, 541
国際交流基金図書館　479, 522
国際作家芥川　527, 536
国際的文化状況　554
国際法　338, 346, 403
国際問題　440
国体精神　390
母《こ》忘《くちをわするる》国《な》恥《かれ》　430, 472
国道十四号線(京葉道路)　448
『國文學』(雑誌)　560
『國文学』臨時増刊号「芥川龍之介の手帖」　528
『国文学解釈と鑑賞』(雑誌)　135, 499, 507
『国文学解釈と鑑賞別冊芥川龍之介　その知的空間』(関口安義編)　155, 513
国民教材　482
『国民新聞』　445
国立国会図書館　327, 434
ゴシツク式の怪談　258
個人主義　38, 556, 557
湖心亭(上海・豫園)　472
「湖水と彼等」(豊島与志雄)　242, 244
『胡適の日記』　418
「古千屋」　224
国家権力　338
国境を越えたテクスト　114
『〈こっくりさん〉と〈千里眼〉日本近代と心霊学』(一柳廣孝)　220, 251, 256, 273
古典の世界　484
孤独　478, 482
『孤独より勝る大きい力がどこにあろうか』(ハングル版芥川著作集)　316
ことばの芸術　532
湖南人民出版社　87
「湖南の扇」　26, 315, 425, 429, 436, 438, 470, 472, 473
『この人を見よ　芥川龍之介と聖書』(関口安義)　45, 86, 114, 133
コーヒー園の経営　363
コーヒー栽培の害虫　363
懺悔《こひさん》　83
コーヒーとの出会い　363
甲武信岳(甲斐・武蔵・信濃3国の境にある山)　449
小町園(鎌倉の料亭)　180
駒場(東京)　214, 395, 434
駒場公園　330
ゴモラ(旧約聖書に出てくる町)　189
御用部屋坊主　450
『コリアーズ(Colliers Magazine)』(雑誌)　307, 489
「コリント信徒への手紙二」　44
コリント風の円柱　304
ゴルゴタ(エルサレム近くの丘)　171
ころび(棄教)　76, 77, 80-82
ころびの痛み　81, 82
〈ころび〉の苦悩　80
「蠱惑」(豊島与志雄)　243, 244
金剛山(大阪府と奈良県にまたがる)　354
「今昔物語鑑賞」　483
『今昔物語集』(編著未詳)　67, 483, 484, 485
紺珠十篇　457
「こんたつ」(念珠)　92
こんにゃく座(劇団)　68, 384
「金比羅利生記」(曲亭馬琴)　450

サ

西域　368
在外研究　405
在外研修　345
「最近の創作を読む 六」(南部修太郎)　127
材源研究　493
「西郷隆盛」　348, 492
『西東詩集』(ゲーテ)　171

「賢治童話を読む」(関口安義)　553, 562
『賢治童話を読む』(関口安義・単行本)
134
『源氏物語』(紫式部)　533, 544
「虔十公園林」(宮沢賢治)　114, 130, 131
懸賞文芸評論　413
言説研究　501, 537
幻想　219, 224, 242, 485
幻想空間を主題とする小説　242
『幻想文学　伝統と近代』(村松定孝編)
251
現代中国での芥川享受　111
『現代に於ける理想主義の哲学』(西田幾多郎)
343, 351, 492, 494
現代に挑戦する芥川　68
現代の「娑婆苦」　484→娑婆苦
『現代のバイブル／芥川龍之介「河童」注解』
(羽鳥徹哉・布川純子監修)　275, 289,
312, 487, 493
現代の〈不安〉　491
現代を覆う〈不安〉　491
幻燈　21, 22, 517, 518
元和(年号)　29, 30
現物主義　500
玄文社(出版社)　377
憲法擁護　334, 339, 409
県立長崎病院　163
言論弾圧　419
言論弾圧への批判　431
言論統制　154, 467, 471, 482
言論の自由　397, 418, 431
言論の自由の問題　22
言論の保証　463

コ

小石川区上富坂　323, 391
小石川の植物園　332
「恋路の八景」　514
「御一新」意識　454
小岩井農場　362
黄海(中国と朝鮮半島とに挟まれた海洋)
21
後期印象派　514, 515
皇国史観への批判　464
口語訳平家物語　92
『広辞苑』(新村出編)　479
皇室に対する陰謀　402
『黄雀風』　91
杭州(中国)　26, 65, 89, 467
「好色」　151
降誕祭　33
講談社学術文庫　368
高知県安芸郡安芸町(現、安芸市)　331,
391
高知県立第三中学校(現、高知県立安芸高等
学校)　331, 391
江東小学校(現、両国小学校)　354
甲南高等学校(現、甲南大学)　346, 392
「江南游記」　26, 417, 418, 431, 432, 472
抗日・反日感情　64
神戸衛生院　324, 331
耕牧舎(芥川龍之介生家の牛乳販売業の屋号)
167, 198, 365, 407
高慢な普遍的ボス将軍　422
紅毛人　83
高野(和歌山県)　354
高野の御寺の精進料理　354
高麗大学校(韓国)　433
公立大学の困難な時代　324
「向陵記」(井川恭)　324, 325, 332, 333, 342,
400-402, 409, 441
『向陵記―恒藤恭　一高時代の日記―』(大阪
市立大学)　324, 325, 332, 400, 411, 441,
508, 548, 550
『向陵誌』(第一高等学校寄宿寮)　350, 399
「黄粱夢」(沈既済)　484
『紅楼夢』(曹雪芹)　430
『コーエン純粋認識の論理学』(藤岡蔵六)　342,
343, 346, 348, 350, 411, 492, 494, 546
「コーエンの思惟内容産出説と其批評」(藤岡
蔵六)　348, 492, 494
郡山(福島県)　507
「黒衣聖母」　15
『黒衣聖母』(日夏耿之介)　378

久米正雄の失恋小説　378
「蜘蛛の糸」　104, 175, 214, 226, 272, 276, 368, 372, 384, 561
『蜘蛛の糸』(チョヤンウク訳)　316
暗い陰鬱な作家　482
くるす　77, 80, 82, 83
『グレート・ギャツビー』(『華麗なるギャツビー』(フィッツジェラルド)　306, 488
黒澤映画と芥川のイメージ　534
黒沢映画『羅生門』　478 →『羅生門』(映画)
グローバル化時代　67, 561
グローバル化時代の芥川研究　114
「グローバル時代の芥川研究」(講演・関口安義)　469
軍国主義　397
軍事基地反対　409
「群集」(豊島与志雄)　244
「勲章を貰ふ話」(菊池寛)　50
軍神　412, 413
軍神の偶像破壊　437
軍隊の日本語学校　540

ケ

慶應義塾大学　247
京漢線(中国の鉄道)　362
警視庁　188, 337
芸術家　511
芸術家小説　101
芸術至上　66
芸術至上の精神　9
「芸術その他」　248, 249, 250, 335
芸術的感動　101
芸術と宗教の問題　100
「芸術と人生「奉教人の死」芥川龍之介」(三好行雄)　109
芸術の為の芸術　292
慶長(年号)　90, 92
『京本通俗小説』(宋・元代の口語小説集)　89, 108
「ゲエテ」(星野愼一)　174
劇団キンダースペース　384
劇団劇作家(演劇集団)　384
激動期の中国　407
激動の時代　447
激動の昭和　172, 366
華厳の滝　505
「戯作三昧」　44, 100, 101, 344, 562
『戯作三昧他六篇』　272
「袈裟と盛遠」　58, 104
開城(朝鮮)　432
結核　164, 207
『月下の一群』(堀口大學)　378
『月刊長岡文芸』(雑誌)　367, 382
ゲーテ　172
権威主義　461
検閲　22, 154, 278, 279, 371, 419, 422, 426, 431, 463, 467, 471, 472, 520, 563
検閲制度　154, 278, 279, 295, 337, 418, 431, 432, 441, 466, 467, 471, 473, 525
検閲との闘い　563
『検閲と文学　1920年代の攻防』(紅野謙介)　23, 27, 471, 475
検閲と文学とのかかわり　23
検閲・発禁を恐れての自主規制　432
検閲への配慮　432
検閲問題　294, 295
玄界灘(福岡県)　25, 282
幻覚　158
「玄鶴山房」　169, 172, 179, 180, 186, 187, 292, 366, 368, 451, 462, 512
「玄鶴山房」(「一」「二」)　172
「玄関とも三間の「イの四号」」(鵠沼)　160
研究社　479
『研究社新英和大辞典　第五版』(研究社)　479, 493
研究の学際化　545, 547
研究の国際化　428, 544
原罪　40, 288, 408
賢治研究者　79
賢治神聖化　79
現実の芥川　482
現実の転位　170, 200, 210, 292, 301, 305, 462, 484, 502, 538

虚の世界　60, 61
吉良邸跡　228, 448, 486
霧　282
切支丹　30, 33, 83
切支丹宗徒　79
きりしたん宗門(切支丹宗門)　62, 76, 83
切支丹宗門の邪法　84
切支丹資料　486
切支丹大名　57
切支丹文献　88
吉利支丹文書　79
切支丹もの　52, 58, 87, 112, 122, 316, 379, 487
「切支丹物における日本的感性―「おぎん」をめぐって―」(影山恒男)　46
切支丹ものの主人公　44
「きりしとほろ上人伝」　85, 92, 132, 136
ギリシャ神話(希蠟神話)　177, 196, 359
キリスト教(基督教)　40, 42-44, 57, 67, 85, 122, 123, 125, 135, 303, 326, 332, 341, 379, 395, 446, 513, 524
キリスト教禁令下のキリシタン信者　123
キリスト教国　524
キリスト教と仏教の混交語　73
キリスト教の問題　523, 524
『キリスト教文学研究』(雑誌)　134, 499
キリスト教への弾圧　29
キリスト信仰　38
キリストの愛　103
基督もの　136
「キーン」(映画)　519
「銀河鉄道の夜」(宮沢賢治)　79
銀座(東京)　188, 196, 197, 223, 267
「金将軍」　433-436, 438, 463, 464, 473, 544, 554
「金将軍」と朝鮮との関わり」(崔官)　433
「金将軍」の出典　433, 434
『近世日本国民史　豊臣氏時代朝鮮役上・中下巻』　434
近代国家の教育システム　511
〈近代日本人中国游記〉シリーズ　470
近代日本の知識人の精神史　377
近代日本の悲劇　447
近代日本の良心的知識人の姿　562
『近代日本文藝読本』　507
近代の歴史小説　77
『近代文学鑑賞講座⑪芥川龍之介』(吉田精一編)　108, 350
欽定訳　394
欽定訳聖書の改訳　135
『金瓶梅』(作者未詳)　484

ク

『グァリヴァの旅行記』(スウィフト)　186, 278
寓意小説　276
偶像破壊　412
偶像破壊小説　414
「空白の一点」(鈴かけ次郎)　328
「九月の雑誌から（十六）」(葛西善蔵)　153, 155
鵠沼(藤沢市)　156, 157, 159, 160, 180, 203, 506
『鵠沼』(雑誌)　509
『鵠沼・東屋旅館物語』(高三啓輔)　160, 173
鵠沼海岸　156, 159, 163, 164, 172, 179, 191, 377, 378
鵠沼海岸駅　157
「鵠沼雑記」　158, 161, 224
「鵠沼日記」　158
鵠沼を語る会　506
草双紙　450
「草迷宮」(泉鏡花)　242
『草迷宮』(泉鏡花・単行本)　242
「葛巻文庫」　506
「葛巻文庫の芥川龍之介自筆資料」の目録　506
「沓掛にて―芥川君の事―」(志賀直哉)　98, 109
「首が落ちた話」　22, 484, 535, 562
熊川村(現、福生市)　326
久米正雄記念館(郡山)　507
「久米正雄と私」(松岡譲)　349

環日本海文学　436
「環日本海」文学としての『支那游記』と「金将軍」　435
「「環日本海文学」の可能性」(成田龍一)　439
カンピーナス(ブラジル)　363, 364
漢文学　481, 482
『官報』　327, 341, 347, 349
翰林書房　563

キ

「気鋭の人新進の人　恒藤恭」　329, 350, 393, 410
消えずの行灯　223
紀尾井小ホール　514
紀尾井町　522
奇怪小説　15
「奇怪な再会」　15-18, 20, 224, 229, 366, 563
「奇怪な再会」の語り手　23
棄教　28, 30, 35-41, 43, 45, 82
棄教への道　35
菊池寛記念館(高松)　325, 506, 508, 548
「菊池の芸術」　50
記号化　438, 474
汽車小説　513
奇蹟　73
奇蹟へのまなざし　84
奇蹟物語　125, 129
季節大学　405
北宇和郡岩淵村(現、愛媛県津島町)　341
希望街(南京)　115
「金応瑞」の話　434, 435
金東仁と芥川龍之介　551
『客室係から見た帝国ホテルの昭和史』(竹谷年子)　208, 213
逆説の多い詩的宗教　44
旧家　450
『九官鳥』(松岡譲)　377
「窮死」(国木田独歩)　304
九州大学　434, 545
『舊新約聖書』　102, 136, 524
旧制高校生　325
旧制武蔵高校　323
旧制山口高校　324
旧全集の索引づくり　500
『旧約聖書』　31, 40, 189, 305, 313, 340, 395
『旧友芥川龍之介』(恒藤恭)　174, 321, 349, 411, 454, 465
『キューポラのある街　評伝早船ちよ』(関口安義)　556
『教育学術界』(雑誌)　328, 329
教育勅語　337, 390
教育勅語奉読式　446
「教育と宗教の衝突」論争　446
「鏡花全集について」　242
狂言回し　25
共産主義　167, 389, 408
『共産党宣言』(マルクス、エンゲルス)　403
教師と物書きの二股稼業　72
『兄弟』(回覧雑誌)　367
京大学生課　323
京大寄宿舎　391
京大事件(瀧川事件)　334, 338, 395, 408, 409, 441
京都　57, 365
京都近衛町　391
京都市立美術大学(現、京都市立芸術大学)　320, 323, 324, 391
京都帝国大学　328
京都帝国大学大学院　338
京都帝国大学法科大学(法学部)　323, 391, 404
京都府相楽郡加茂町(現、木津川市加茂町)　323
京橋区入船町(東京)　365
享保(年号)　49
強烈な創作エネルギー　179
虚構　523
「虚構創造の現代性評価」(ジェイ・ルービン)　534
虚構の真実性　381
虚構の世界　553
虚構の力　553

「「河童」から「西方の人」へ―芥川晩年の思想について―」(関口安義)　274,311
「『河童』―〈個〉の抗い―」(石原千秋)　275,312
「河童」(『新小説』)　283-285
「河童」研究史　275
「「河童」註釈」　552
河童の絵　284
河童の国の恋愛　293
「河童」の世界　277
「河童」のライトモチーフ　288
河童橋　281,285
「河童」批評　311
「「河童」論―翻訳されない狂気としての―」(松本常彦)　275,312
「河童」を読み解くキーワード　282
「「河童」を読む」(関口安義)　203,213
カッフェ　197
カトリック　121
カトリック信者　118,119
神奈川近代文学館　529
峨眉山　272
歌舞伎　450
河北大学(中国)　467
鎌倉　73,365,512
鎌倉小町園　181
鎌倉文学館　530,535
鎌倉文学館の芥川展　530
神　477,482
「神神の微笑」　38,42,64,122,155,316,415,495
上高地　281,282
「上高地―荒荒しき〈野生〉のトポス」(伊藤一郎)　281,312
上高地の温泉宿　280,281,285,290
「〈神〉と〈神々〉芥川龍之介における神」(関口安義)　45
神と神々の問題　42
神の審判　205
神の問題　524
『神の罠　浅野和三郎、近代知性の悲劇』(松本健一)　257,273
カムフラージュ言説　432
カムフラージュ小説　23
亀岡(京都府)　207
『ガリヴァー旅行記』(スウィフト)　286,294,487
「カリガリ博士」(映画)　519
カリキュラム改訂　481
カリスマの死　505
軽井沢(長野県)　168
「軽井沢にて」　187
カルカツタ(インド)　259-261
「カルメン」(メリメ)　485
カルモチン(睡眠薬)　158
「彼」　172,180
「彼　第二」　172,180
「枯野抄」　104,344,372
「彼は生きたかったのだ」(三浦綾子)　110
河上肇事件　338,408
寛永(年代)　29,30
官憲　419
官憲の介入　415
官憲の力　419
漢口(中国)　26
韓国　175,177,276,380,381,390,433,479,524,540,551,560,561
韓国語　87
韓国語版(ハングル版)『芥川龍之介全集』480
関西大学年史室　347
含羞の作家　108
鑑賞者の誕生　515
簡体字　428
神田神保町(東京)　408
神田祭り　452
邯鄲の夢　270
関東大震災　157,164,168,187-189,200,207,325,336,385,404,463,519,531,550
関東平野　449
カントの観念論哲学　347
「カントの『純粋理性批判』に現はれたる時間論」(藤岡蔵六)　347
環日本海　435

（全国大学国語国文学会2003年冬季大会シンポジウムテーマ）　544
海外の研究者　545
開化期　516
開化期もの　458, 512
改革開放　112, 113, 470
開化人　456
絵画と芥川　511
絵画と文学　517
「開化の殺人」　104, 366, 458
絵画の時代　512, 514, 515
絵画の時代を生きた作家　514
絵画の展覧会　514
「開化の良人」　454, 459, 516, 517
「貝殻」　172
懐疑主義　132
懐疑主義者　289
怪奇小説　16, 17, 20
階級文芸　167
海軍機関学校　250→横須賀の海軍機関学校
「解説」（宮坂覺）　312
「〈解説〉真宗教団論―『法城を護る人々』の提起するもの―」（真継伸彦）　379
『改造』　187, 289, 335, 413, 415, 418, 431
改造社　168, 289
「回想の久米・菊池」（松岡讓）　383
怪談　75
街道文化　512
介入する語り手　91, 99
『傀儡師』　91, 245, 271, 419, 458
回覧雑誌　367, 513
『香川大学国文研究』　325, 508, 548
我鬼窟　127
書き損じの下書き　482
夏季大学（芥川の出席した北巨摩郡教育会主催の季節大学）　405
書き手の自由侵害　419
下級兵士　461
下級兵士の悩み　422
下級兵卒　415
学位請求論文　363
学際研究の成果　548
学際的検証　547
學燈社（出版社）　560
革命　390
学問研究のグローバル化　542
隠れ切支丹（隠れキリシタン）　45, 123
「影」　15, 20, 224, 263, 512, 517-519
過激思想取締法案　408
『影燈籠』　272, 348
『影燈籠　芥川家の人々』（芥川瑠璃子）　212
加古川（兵庫県）　509
火災保険　182, 184
火災保険制度　298
笠置山（京都府）　354
粕谷（東京・世田谷）　397, 399
仮説　510
家族制度　292, 294, 299
花袋の芥川観　153
頑なな実証主義　500
「片恋」　512, 517, 518
片葉の葦　223
片葉の葭　254
語り手　25, 26, 30, 39-42, 44, 49, 93, 98, 99, 105, 141-143, 149, 221, 222, 227, 287, 455
語り手による物語　42
語り手の意識　131
語り手の介入　144
語り手の批評のことば　34
語り手の批評の眼　21
語り手の評言　149
語り手の眼　416
語り手の物語への介入　93
学校教育での芥川のイメージ　532
「学校友だち―わが交友録―」　74, 86, 339, 350
活動写真　240, 512, 517, 518
河童　203, 282-285
「河童」　131, 169, 172, 186, 187, 202, 210, 224, 274-278, 280, 285, 287-292, 299, 300, 303, 307, 310, 335, 368, 487-490, 512
「河童」（相川弘文）　312
「河童（改造）」（吉田泰司）　313

「閻魔堂」(菊池寛)　506

オ

老い　477
おいてき堀　223, 254
『鷗外全集』　557
鷗外の表現技巧　78
王朝もの　484, 486
大川(隅田川)　223, 228, 449, 452, 486 → 隅田川
「大川の水」　228, 366, 449
大川の水のにおい　449
大川の夜間遊覧船　459
大川端　448, 449, 486, 550
大阪市立大学　322, 324, 339, 409, 508
大阪市立大学学術情報総合センター　400
大阪市立大学大学院　400
大阪市立大学大学史資料室　441, 508
大阪市立大学恒藤記念室　102, 347 → 恒藤記念室
大阪聖三一教会　331
大阪大学　544
『大阪毎日新聞』　15, 236, 249, 425, 432, 435
大阪毎日新聞社　15, 237, 372, 486, 507
大阪毎日新聞社入社第一作　237
大阪毎日新聞社の海外特派員　26, 116, 187, 362, 424
大阪毎日新聞社の特派員　28, 65, 139, 214, 347, 375, 403, 413, 415, 427, 463, 468, 496
大地震　337
大橋川(松江)　321
大村書店　343, 347, 492
大本教　207, 257
大本教教団の本拠地　207
大森(東京)　259, 261, 263, 270
「尾形了斎覚え書」　10, 71-75, 78, 79, 81, 82, 314, 344, 480, 486, 560
「尾形了斎覚え書」(佐藤泰正)　86
「尾形了斎覚え書」のストーリー　83
「尾形了斎覚え書」の文体　79
オカルトの世界　236
「興津弥五右衛門の遺書」(森鷗外)　78
「おぎん」　28, 32, 36, 42, 44, 81, 82, 86, 136, 314, 480, 560
奥秩父　449
御蔵橋　16, 229
送り提灯　223
「お時宜」　512
小田急江ノ島線　157
御竹蔵(お竹倉・御竹倉)　16, 224, 228, 254, 486
織田信長　57
落葉なき椎　223
オックスフォード大学出版部　101, 135, 394
「お富の貞操」　512
「鬼ごつこ」　172, 180
「おひろ」(斎藤茂吉)　249
オペラシアターこんにゃく座(劇団)　67
『思出の記』(徳冨蘆花)　445, 447
阿蘭陀書房　370
折れた梯子　307, 309
恩返し　47, 49, 54, 57, 60, 62, 64
恩返しというテーマ　53
恩返し物語　51
音楽　326, 513, 538
恩賜の時計　362
「恩を返す話」(菊池寛)　47, 49-51, 59, 64
『恩を返す話』(単行本・菊池寛)　50

カ

怪異　23, 75, 242, 254-256, 258, 262, 484
怪異趣味　23
怪異小説　485
「怪異と神経―芥川龍之介「妖婆」の位相」(一柳廣孝)　220, 252
怪異もの　251
開化　459-461, 511, 512
絵画　326, 511, 513, 538
海外通信欄　424
海外特派員　425
「海外における芥川文学の翻訳」(関口安義)　413
「海外における源氏物語の世界　翻訳と研究」

「嘘と真」(豊島与志雄)　244
歌沢の師匠　452
歌沢節　452
「美しき村」　385
蕪湖《ウーフー》(中国)　26, 65, 141, 143, 148, 150, 415
「馬の脚」　10, 26, 33, 224, 314, 335, 425, 436, 438, 473, 474, 480, 535, 544, 560, 562
厩橋(東京)　16, 21, 229
「海の花」(井川天籟)　328, 350
右翼迎合的時代　398
浦上(長崎)　29, 30
宇和島(愛媛県)　74
宇和島中学校　355 → 愛媛県立宇和島中学校
「運」　71, 72, 344
「運命の道」(オー・ヘンリー)　485

エ

映画　511, 513, 517, 518, 538
映画時代というキーワード　518
映画専門館　517
映画と文学　517
映画の時代　519
映画の世紀　517
「永久に不愉快な二重生活」　237
英語　539
英語という世界語　480
英語と中国文学の教育を受けたものの強み　537
英字新聞　141
映像イメージ　476
映像を通しての芥川像　352
永代橋(東京)　189
英文聖書　330, 394
英米文学の幽霊　258
英訳による芥川小説　533
英訳本芥川　537
「英雄の器」　484
英雄の非人間性　464
えけれしや(寺院)　91, 92
エゴイズム　43, 104, 108, 477, 478, 482
エゴイズムのない愛　103, 104
回向院(東京・両国)　228, 229, 448, 486
エコロジー重視　363
エスペラント語　522
江知勝(すき焼屋、東京・湯島、現存)　357
エデンの園　40, 287
江戸　451
江戸時代前期　29
江戸趣味　450, 451, 455, 513
江戸東京博物館(東京・両国)　448
江戸の医学校(東京帝国大学医科大学の前身)　74
「江戸の舞踏会」(ロティ)　512
江戸文化の伝統　448
江戸・明治趣味　454
エバの子孫　40
愛媛県北宇和郡岩淵村(現、津島町)　74, 392
愛媛県立宇和島中学校(現、愛媛県立宇和島東高等学校)　74, 341, 392
エマヲの旅びと　136, 521
「エマヲの旅人の心」(関口安義)　521
『エレフォン』(サミュエル・バトラー)　487
「エレミヤ書」(旧約聖書)　189
エロース　101, 105, 107, 108
エロースからアガペーへの物語　101
エロースの愛　106
エロースの世界　105
絵を見るレッスン　515
延吉延辺人民出版社　112
演劇　513, 538
演劇改良　418
『演劇新潮』(雑誌)　187
『燕山楚水』(内藤湖南)　470
槐　148
厭世家の芸術至上主義者　528, 555
厭世家の書斎人　476
演奏禁止　295
円高のメリット　424
円本時代　503
円本ブーム　295, 296

「悪戯《いたずら》四人書生」(鈴かけ次郎)　328
イタリア美術見学　323
一衣帯水　438
「一月の文壇」(中村孤月)　71, 85, 344, 383
市ヶ谷教会　332, 549
一高　40, 72, 75, 242, 246, 256, 327, 335, 341, 342, 344, 366, 397, 505
一高寄宿寮　319
一高基督教青年会　331
一高時代　74, 75, 190, 255, 283, 320, 324, 328, 332, 341, 372, 390, 514, 562
一高時代の芥川　224
一高時代の井川恭　393
一高時代の親友　167, 256
一高時代の同級生　163, 507
一高生　516
一高卒業記念旅行　321
一高第一大教場　397, 399, 401
一高入試　355
一高の演説草稿(徳冨蘆花)　397
一高の級友　255
一高の三羽烏　75, 319, 339, 346, 360, 410, 507, 546
一高の制帽　356
一高の弁論部　396, 397
一高の寮　329
一高無試験検定トップ合格　320, 323
一条戻り橋　53, 55, 60
「一途の道」(宇野浩二)　213
一之橋(一の橋)　227, 229, 231, 486
「一枚板の机上—十月の創作其他」(田山花袋)　152, 155, 383
一夜の恋愛の物語　460
一夕話　512
一中節　452, 454, 513
一中節の順講　451, 452, 454
イデオロギーの対立　389
『出隆自伝』　341, 349
犬　18, 26
犬嫌い　18
「犬与日奴不得題壁」　431, 472
犬の描き方　18
梨花女子大学校(韓国)　540
「芋粥」　44, 104, 152, 153, 344, 368, 370, 482, 486
伊予(現、愛媛県)　74-76
伊予国宇和郡　74, 76
伊留満(いるまん)　83, 95
「いるまん」衆(法兄弟)　92
岩崎(財閥)　189, 268
岩手県高等学校教育研究会国語部会　508
『岩波キリスト教辞典』(大貫隆他編)　395, 410
岩波書店　215, 224, 552
岩波新書　274
岩波全集の註釈・注解　552
岩波の芥川全集の年譜　539
岩森亀一コレクション芥川資料　168, 506
陰鬱極マル力作　462
陰鬱な厭世作家　530
印刷革命　296
印象派　514, 515
印象派の画家　157
印象批判　500
仁川《インチヨン》(韓国)　543
仁川大学校　543
印度の独立　259, 260
淫売とキリスト教　118
いんへるの(地獄)　28, 30, 39, 43, 82
引用　294
引用の物語　261

ウ

ヴイクトリア月経帯　165
上田(長野県)　404
ヴェネツィア国際映画祭　87, 478, 559
ヴェロナール(睡眠薬)　158, 504
ウガンダ峰　363
「ウガンダ峰の研究」(山本喜誉司)　363
浮世絵　516
右傾化時代　409
牛込(東京)　354
宇治市木幡御蔵山　324
『宇治拾遺物語』(編著未詳)　47, 484

アーク森ビル　522
アクロポリス(ギリシャ)　171
赤穂四十七士の討ち入り　448
「浅草公園―或シナリオ―」　172, 517, 528
浅草仲店　190
浅草橋　189
『朝日新聞』　534, 535
「浅間の上」(一中節)　452
『アジア開銀総裁日記』(藤岡眞佐夫)　340, 350
アジア開発銀行　340
足尾騒動　396
悪しき実証主義　402
梓川(長野県)　281, 282, 285
「明日の道徳」　526
東屋旅館　159, 160, 163
あそびの愛　102, 103
新しい芥川像　532
新しい教科書をつくる会　525
新しい信仰(思想)　38
アダリン(睡眠薬)　158
「アッシャー家の崩壊」(ポオ)　165, 220
後追い自殺　504
『アナトオル・フランスの対話集』　197
「兄のことに就いて／付芥川龍之介の終焉のこと」(葛巻左登子)　506
あにま(霊魂)　32, 33
「兄を殺した弟」(松岡譲)　336, 371, 381
姉一家の事件の後始末　190
「あの頃の自分の事」　366, 373, 492, 494
「「あの頃の自分の事」論―「松岡の寝顔」の意味するもの」(鷺只雄)　383
アフォリズム　513
油絵　516
鴉片　20
阿片問題　496
天草(熊本県)　90, 92
天草の騒動　48
雨　263, 267, 270
廈門(中国)　57
荒川　449
新たな芥川像　154
アラビアの薔薇　171
アラビア夜話　262
『アララギ』(雑誌)　201
「或阿呆の一生」　132, 159, 171, 177, 191, 196, 300, 311
「或旧友へ送る手記」　406, 490
「或自警団員の言葉」　336, 337, 350, 404
「或社会主義者」　172, 180
アルス児童文庫　192
「或日の大石内蔵之助」　104, 448, 562
「ある鞭、その他」　85, 379
「ある物」(菊池寛)　152, 153
アレルヤ(あれるうや)　79
アロナアル(睡眠薬)　158
「暗中問答」　210, 300, 308
「按摩の笛」(豊島与志雄)　244
「暗夜行路」(志賀直哉)　201, 202, 299

イ

家　63, 477
イエスの生涯　136
威海衛(中国)　16, 17, 21, 23
威海衛の妓館　20
威海衛の娼館　18, 24
井川一家とキリスト教　103
井川恭とキリスト教　330
井川日記　324, 331-333, 397, 400, 401, 508, 548
井川日記の出現　400
〈いき〉の美意識　451
異形　254, 255
異教徒　105
イゴイズムを離れた愛　360
遺稿　159, 161, 175, 179, 180, 210
異国　538
遺産相続　298
李箱《イサン》と芥川龍之介　551
石河岸　231, 232, 234
石川近代文学館　250
「縊死人」(豊島与志雄)　244
出雲崎(新潟)　377
イスラエル　189

168, 174, 175, 189, 205, 209, 211, 274, 312, 406, 407, 411, 415, 423, 508
「芥川龍之介と W・モリス『News from Nowfere』」(藤井貴志)　551
芥川龍之介と中国文化　551
『芥川龍之介と中島敦』(鷺只雄)　133, 383
芥川龍之介と明治　445
「芥川龍之介と養父道章―所謂「自伝的作品」の読解のために (一)」(庄司達也)　253
芥川龍之介と『聊斎志異』　551
芥川龍之介と魯迅　551
「芥川龍之介「南京の基督」論―宋金花の〈祈り〉における宗教性」(足立直子)　134
「芥川龍之介における終末意識」(関口安義)　521
芥川龍之介における明治　460
「芥川龍之介における「明治」」(平岡敏夫)　465
『芥川龍之介の遺書』(曹紗玉)　313
『芥川龍之介の思い出』(佐野花子・山田芳子)　509
『芥川龍之介の基督教思想』(河泰厚)　86, 88, 113, 133
「芥川龍之介の「金将軍」と朝鮮との関わり」(崔官)　439
「芥川龍之介の「月光の女」について」(葛巻左登子)　509
『芥川龍之介の研究』(竹内真)　173
「芥川龍之介のことなど」(恒藤恭)　403, 411
「芥川龍之介の死」(松本清張)　212
『芥川龍之介の素顔』(関口安義)　521
『芥川龍之介の世界』(駒尺喜美)　173, 212
『芥川龍之介の父』(森啓祐)　364
「芥川龍之介の追憶」(萩原朔太郎)　411
『芥川龍之介の手紙』(関口安義)　339, 340
「芥川龍之介の手紙　敬愛する友恒藤恭へ」(山梨県立文学館企画展)　102
『芥川龍之介の手紙　敬愛する友恒藤恭へ』(山梨県立文学館図録)　110
『芥川龍之介の読書遍歴　壮烈な読書のクロノロジー』(志保田務・山田忠彦・赤瀬雅子編著)　494, 494
「芥川龍之介の本朝聖人伝―「奉教人の死」と「じゆりあの吉助」(笹淵友一)　109
「芥川龍之介の桃太郎観」(関口安義)　426, 468
「芥川龍之介の槍ヶ岳登山」(伊藤一郎)　282
「芥川龍之介の槍ヶ岳登山と河童橋」(伊藤一郎)　281, 312
芥川龍之介の歴史認識　435
『芥川龍之介の歴史認識』(関口安義)　168, 174, 412, 447, 464, 465
「芥川龍之介「歯車」試論」(金明珠)　177
『芥川龍之介〈不安〉の諸相と美学イデオロギー』(藤井貴志)　351, 477, 493
芥川龍之介文庫　135, 214, 252, 330, 395, 506
『芥川龍之介文庫目録』(日本近代文学館)　434, 491, 494
「芥川龍之介「報恩記」」(嶌田明子)　64, 65
「芥川龍之介「奉教人の死」試論―付、その典拠の補足 The Monk など―」(渡邊正彦)　109
「芥川龍之介「魔術」論―物語の構成をめぐって」(張宜樺)　271, 273
『芥川龍之介未定稿集』(葛巻義敏編)　211
「芥川龍之介「妖婆」について―同時代作家との関連を視座として―」(小林和子)　221, 252
「芥川龍之介「妖婆」の方法―材源とその意味について―」(井上諭一)　220, 252, 273, 486, 493
「芥川龍之介論」(伊福部隆輝)　413, 423
『芥川龍之介論』(三好行雄)　133
「芥川龍之介を憶ふ」(佐藤春夫)　492, 212
「アグニの神」　15, 241
悪魔　11, 29, 32, 33, 37, 39, 42-45, 67, 82, 482
悪魔性　523
「悪魔の美酒」(ホフマン)　220

義）　528
『芥川龍之介研究資料集成・第１巻』（関口安義編）　238, 252
『芥川龍之介研究資料集成・第７巻』（関口安義編）　241
『芥川龍之介研究年誌』（雑誌）　562
「芥川龍之介研究文献目録」（乾英治郎）　481
『芥川龍之介語彙辞典』（計画中）　553
「芥川龍之介作「金将軍」の出典について」（西岡健治）　433, 439, 465
『芥川龍之介作品研究』（笠井秋生）　134
『芥川龍之介作品集』（楼括夷・呂元明など訳）　112, 176
『芥川龍之介作品集』全四巻（ロシア・ポリャリス出版社）　10, 315
『芥川龍之介作品選集 西方の人』（河泰厚）　88
『芥川龍之介作品論集成』全６巻，別巻１（宮坂覺監修）　527
『芥川龍之介作品論集成第３巻・西方の人』（石割透編）　109, 110
『芥川龍之介作品論集成別巻・芥川文学の周辺』（宮坂覺編）　314
『芥川龍之介雑記帖』（内田百閒）　253
『芥川龍之介　実像と虚像』（関口安義）　110, 211
『芥川龍之介事典』（菊地弘・久保田芳太郎・関口安義編）　464, 465
「芥川龍之介氏と吉原」（川端康成）　190, 212
『芥川龍之介集』（新潮社）　272
『芥川龍之介集』（筑摩書房）　557
『芥川龍之介集』（魯迅・章克標など訳）　112
『芥川龍之介小説集』（湯逸鶴訳）　112
『芥川龍之介 抒情の美学』（平岡敏夫）　109
『芥川龍之介資料集』（山梨県立文学館）　506
『芥川龍之介新辞典』（関口安義編）　133, 211, 252, 314, 522, 563
芥川龍之介生誕百年　209
『芥川龍之介全作品事典』（関口安義・庄司達也編）　274, 312
『芥川龍之介選集』（ロシア・ヒペリオン出版社）　10, 315
『芥川龍之介全集』（岩波書店）　91, 244, 287, 354, 392, 503, 552, 557
『芥川龍之介全集』全５巻（中国・山東文芸出版社）　10, 67, 88, 111, 135, 177, 219, 251, 315, 381, 427, 469, 495
『芥川龍之介全集』（筑摩書房）　416, 552, 540
『芥川龍之介全集』（ハングル版，J&C 出版社）　135, 316, 410
『芥川龍之介―その精神構造を中心に―』（駒尺喜美）　173
『芥川龍之介　その文学の、地下水を探る』（佐藤嗣男）　411
『芥川龍之介　闘いの生涯』（関口安義）　248, 412, 426, 438, 467, 468
『芥川龍之介 旅とふるさと』（『解釈と鑑賞』別冊、関口安義編）　507
『芥川龍之介短篇集』（ジェイ・ルービン編、村上春樹序）　10, 211, 213, 390, 410, 481
『芥川龍之介短編小説集』（聶双武訳）　112, 315
「芥川龍之介《中国游記》導読」（陳生保）　315, 428, 469, 496
『芥川龍之介中短篇小説集』（楼适夷など訳）　315, 495
『芥川龍之介と英文学』（柴田多賀治）　493
『芥川龍之介とキリスト教』（曺紗玉）　113, 133
芥川龍之介独特の諧謔や皮肉　279
『芥川龍之介と児童文学』（関口安義）　266, 273
「芥川龍之介と『聖書』―初期〈基督もの〉をめぐって―」（関口安義）　110
「芥川龍之介と世界文学」（ジェイ・ルービン）　177
『芥川龍之介とその時代』（関口安義）　86,

芥川の懐疑主義　150
芥川の怪奇小説　258
芥川の河童研究　287
芥川の切支丹ものの特質　82
芥川の検閲制度との闘いの証　474
「芥川の原稿と『兄弟』誌」(松岡譲)　367
「芥川の事ども」(菊池寛)　66, 320, 349, 411
「芥川のことども」(松岡譲)　73, 86
芥川の再発見　532
芥川の自筆新資料　9
芥川の社会主義意識　462
芥川の社会主義思想　404
芥川の社会主義理解　403
芥川の社会性　414
芥川の周縁的な魅力　500
芥川の新カント派受容　348→新カント派
芥川の人生の総決算　211
芥川の神話化　530
芥川の世界観　407
芥川の先見性　113, 488, 496
芥川の大学時代の講義ノート　550
芥川の中国特派員経験　436
芥川の中国への眼　430→中国旅行
芥川のテクストの優秀性　478
芥川の伝記研究　547
芥川の読書歴　491
芥川の反戦意識　438, 474
芥川の不安　548
芥川のポートレート　502
芥川の明治意識　461
芥川の養家　247
芥川の妖怪好み　15
芥川の歴史認識　437, 463, 554
「芥川は世界文学となりうるか？」(ジェイ・ルービン、君野隆久訳)　86, 481, 560
芥川晩年のキリスト教体験　521
芥川晩年の思想　300
芥川評価の新しい視点　525
芥川フキの教育　450→芥川フキ
『芥川文学―海外の評価―』(吉田精一・武田勝彦・鶴田欣也編)　540
芥川文学における「多層性」　553
「芥川文学における日清戦争―「奇怪な再会」を中心に―」(管美燕)　27
芥川文学の芸術的周縁　538
芥川文学の国際化　523, 527
『芥川文学の周辺』(宮坂覺編)　527
芥川文学の世界進出　555
芥川文学の世界性、国際性　523
『芥川文学の達成と模索―「芋粥」から「六の宮の姫君」まで―』(髙橋博史)　134
芥川文学翻訳情報　314
「芥川への書簡」(井川恭)　102
「芥川「奉教人の死」の出典考」(上田哲)　90, 109
芥川問題　389
「芥川『妖婆』の原稿出現―そのエピグラフについて―」(中村真一郎)　250, 253
『芥川龍之介』(宇野浩二)　159
『芥川龍之介［普及版］』(宇野浩二)　173, 411
『芥川龍之介』(片岡良一)　45, 313
『芥川龍之介』(関口安義)　274, 312
『芥川龍之介』(吉田精一)　65, 85, 167, 173, 241, 253, 313, 413, 423, 430, 439, 475
『芥川龍之介』(雑誌)　509
「芥川龍之介―ある知的エリートの滅び」(村上春樹)　213
「芥川龍之介「馬の脚」論」(関口安義)　45
『芥川龍之介　永遠の求道者』(関口安義)　435, 439
「芥川龍之介「おぎん」の位置」(井上洋子)　32
『芥川龍之介　絵画・開化・都市・映画』(安藤公美)　537
「芥川龍之介『河童』」(久保志乃ぶ)　275, 312
『芥川龍之介経典小説』(方洪床訳)　112
『芥川龍之介研究』(菊地弘・久保田芳太郎・関口安義編)　274, 275, 311
『芥川龍之介研究』(大正文学研究会編)　430, 439
『芥川龍之介研究』(雑誌)第3号　27
「芥川龍之介研究史―問題と展望―」(関口安

事 項 索 引

ア

愛　447, 482
相生町　486
愛子夫人の日記　397
愛の奇蹟　85
アウエルバツハの窖　222, 223
青白きインテリ　502
青山学院女子短期大学　499
青山脳病院　191
青山の墓地　195
『赤い鳥』(雑誌)　272
赤城山(群馬県)　321
「赤城の山つゝじ」(井川恭)　321
赤坂(東京)　522
「赤頭巾」(松岡譲)　366
「暁」　102, 136, 367
赤旗事件　396
アガペー(アガペエ)　43, 101, 105, 107, 108
『アガペーとエロース』(岸千年・大内弘助訳)　110
『アガペーとエロース』(ニーグレン)　101
アガペーの愛　104, 106, 108
アガペーの行為　106
秋田村(現、山梨県北杜市)　405
『秋の歌』(ヴェルレーヌ)　359
『秋の日本』(ピエール・ロティ)　460
芥川宛井川書簡　103
芥川アンソロジー　9, 10
芥川関係資料　481
芥川旧蔵書(現、山梨県立文学館蔵)　168, 408, 418, 486
「芥川教官の思ひ出」(内田百閒)　253
「芥川君の作品」(江口渙)　72, 85, 131, 134
芥川家　450, 454
芥川家の養子　26, 449
芥川研究史のエポックメイキング　538
芥川研究の学際化　538
芥川研究の国際化　545
芥川研究の進展　479
芥川再発見　380, 464, 528, 532
芥川再発見の時代　10, 527, 555
芥川最晩年の創作活動　186
「芥川作品各国翻訳状況一覧」(嶌田明子)　314
芥川作品の翻訳　175, 527
芥川作品の翻訳書　522
芥川山脈　513
芥川周辺の人々の日記　482
芥川詳細年譜　547
芥川小説の材源研究　486
芥川書簡　185
芥川資料コレクション　505
芥川神話　529-531, 539, 554
芥川神話の打破　135
芥川生誕百年　499
芥川生誕百年展覧会　504
芥川全集のハングル化　67, 381
芥川中期の佳作　114
芥川テクスト　524
芥川テクストの翻訳書　479
「芥川と映画」(アーロン・ジェロー)　523
芥川と江戸趣味　514
芥川と関東大震災　404
芥川と漢文学　551
芥川とキリスト教　521
芥川独特の虚構の世界　537
芥川と久米正雄の最初の漱石山房訪問日　504
芥川と時代性　500
芥川と社会主義　167
芥川と新カント派　494, 546
芥川と帝国ホテル　208→帝国ホテル
芥川と明治　447

森戸辰男　398

ヤ

ヤウス　221
矢代幸雄　517
安田保雄　89, 108
耶蘇基督　124
矢内原忠雄　325, 326, 331-335, 350, 394, 398, 399, 401, 440, 441, 550, 556
柳田國男　224, 283, 313, 487
山崎光夫　504-506, 549
山田忠彦　491, 494
山本五十江　362
山本喜誉司　340, 353-360, 362-364
山本有三　163, 391, 399

ユ

由候為《ユーホーウエイ》　220

ヨ

ヨハネ　29
葉笛　176
養父母(芥川道章・儔)　22, 223, 254, 292, 340, 425, 454
横光利一　140, 517
横山大観　516
与謝野晶子　188
吉井勇　358
吉田絃二郎　151
吉田松陰　333
吉田精一　58, 59, 64, 65, 71, 85, 89, 108, 167, 173, 241, 242, 253, 290, 301, 313, 413, 423, 430, 439, 466, 475, 540, 552
吉田泰司　310, 311, 313
吉田弥生　340, 360, 361, 508
吉波康　382
吉見俊哉　511
吉行淳之介　382
依田誠　224, 255, 355
米本光一　155

ラ

ラスク, エミール　343, 347, 405, 492, 493
ラマルティーヌ　89
ランボー, アンチュール　359

リ

リッケルト, ヘインリッヒ　348, 493, 545, 546
リープクネヒト, ウィルヘルム　168, 408
呂元明　112, 176
李人傑　403, 407, 426, 467, 468

ル

ルイズ　90
ルドン　514
ルービン, ジェイ　9, 10, 73, 86, 135, 177, 314, 380, 390, 410, 429, 438, 479-481, 533-536, 543, 544, 553, 555, 560, 561
羅嘉《ルオチア》　132

ロ

ロラン, ロマン　44
楼适夷《ロウクイイー》　88

ワ

ワグネル　304
ワーグマン, チャールス　516
和田繁二郎　464
渡辺克昭　155
渡辺庫輔　158
渡邉正彦　90, 109, 151, 155, 485, 493
和辻哲郎　343-345, 369, 546
王紅艶　428

欧 文

Algernon Black-Wood　225
Anders Theodor Samuel Nygren　110
Geoffrey Bownas　276
John McVittie　276
Libknecht　462

仏陀　309, 310, 520
文ちゃん　361 → 塚本文

ヘ

ペーター，ウォルター　376
ヘダヤット，サデーグ　551
ベルグソン　393
ヘンリー，オー　485, 524

ホ

ポオ，エドガー・アラン　165, 220, 222, 224, 485
ポオルブルジエ　50
ボードレール　537
ホフマン，エルンスト　220, 222, 224, 485
ボルヘス，ジョージ・ルイス　523, 534, 542
黄石崇《ホアンシチョン》　541
星野慎一　171, 174
堀口大學　378
堀竜一　133

マ

マグダラのマリア　121, 124
マルクス　288, 407
牧野十寸穂　560
正岡子規　201
正宗白鳥　151
松岡譲　72, 73, 78, 86, 320, 322, 325, 334, 335, 341, 343, 349, 350, 365-373, 375-383, 391, 393, 399-402, 410, 441, 507, 508, 510, 548, 549, 556
松方幸次郎　515, 516
真継伸彦　379
松本健一　257, 273
松本清張　192, 212, 531
松本常彦　28, 45, 275, 312, 348, 351, 417, 423, 493, 494, 503, 545
まりあ　30, 38, 51, 56, 62, 64

ミ

三浦綾子　100, 110
三嶋譲　101, 110, 287, 519
水沢不二夫　506
溝部優美子　562
三谷隆信　331, 394
御船千鶴子　256
宮川一夫　478
都一中　514
都鳳中　514
宮坂覺　133, 135, 162, 173, 196, 212, 220, 224, 235, 251, 275, 276, 312, 314, 438, 499, 500, 503, 527, 555, 559, 561
宮沢賢治　79, 114, 130, 131, 517, 551
宮沢虎雄　257, 258
宮下大吉　446
宮地勝彦　362, 364
宮本顕治　413, 414, 423, 531
三好行雄　38, 45, 58, 65, 90, 100, 101, 109, 127, 129, 133
三輪環　433, 434, 464, 465

ム

武藤清吾　271, 273
村井弦斎　77
村上浪六　77
村上春樹　9, 10, 112, 211, 213, 314, 315, 390, 410, 479, 480, 488, 533, 535-537, 543
室賀文武　136, 198
室伏高信　520

メ

メーテルリンク　244
メリメ　200, 485

モ

モナ・リザ　375, 376
モリス，ウィリアム　68, 487
モロー　514
黙釣道人　287, 487
森鷗外(森林太郎)　58, 73, 77-79, 89, 188, 223, 484, 526
森啓祐　357, 364, 503
森田浩一　325, 326, 400, 441, 507, 508, 515, 549

乃木希典　412, 414, 417, 422, 436, 437, 461, 463, 473, 474
野田弥三郎　341, 350
野々口豊(豊子)　181

ハ

パウロ　44
バトラー，サミュエル　487
バルザック　128
バルト，ロラン　502
ハーン，ラフカディオ(小泉八雲)　67
萩原朔太郎　407, 411, 517
巴金　426, 466, 468, 475, 495
橋本文雄　406
長谷川郁夫　377, 383
長谷川巳之吉　377, 378
服部典之　155
河《ハ》泰《テ》厚《フ》　80, 86, 88, 113, 122, 133, 177, 542, 544
羽鳥徹哉　275, 276, 306, 311, 312, 487, 493, 552
林光　68, 384
原三渓(富太郎)　516
原子朗　553
原善一郎　515, 516
原田一樹　384, 385
半田知雄　364

ヒ

ビアス，アンブロース　68, 258, 485, 524
ビアズリー　514, 515
ヒラリオ　376
柊源一　90, 109
久板卯之助　167, 407
秀しげ子　271, 294, 313, 425
日夏耿之介　378
平岡敏夫　74, 86, 90, 109, 114, 133, 194, 212, 458, 465, 503, 544
平松こう　206, 207
平松定彦　206, 209, 213
平松園子　206
平松たよ子　206
平松利彦　206
平松豊彦　206
平松英彦　206, 207
平松福三郎　206-208
平松ます子　205, 206, 207, 209, 210, 213, 214, 508
平松泰彦　206
平松義彦　206
広川禎秀　325, 400, 548
広瀬雄　26, 355
広津和郎　151, 383

フ

フィッツジェラルド，フランシス・スコット　306, 487-490, 494
ブース，ウェイン　155
ブラウニング，ロバート　67, 485
ブラックウッド，アルジャーノン　221, 223, 225, 227, 248, 252, 258, 486
プラトン　101
フランス，アナトール　89, 128, 200, 487
フリース，ジャコブ・フリードリッヒ　343
ブレーク，ウィリアム　391, 514, 515
方《フアン》洪《ホン》床《チユアン》　112
深田直太郎　331
布川純子　275, 312, 493
福島繁次郎　516
福田恆存　529
福来友吉　252, 256, 262, 273
藤井貴志　348, 351, 477, 493, 547, 548, 551
藤岡元甫　74
藤岡春叢　74, 341
藤岡蔵六　74-76, 86, 136, 255, 256, 288, 319-323, 325, 331, 332, 339, 340, 342-350, 356, 360, 391, 392, 394, 405, 411, 492-494, 510, 546, 550, 556, 562
藤岡眞佐夫　340, 341, 350
藤岡和賀夫　340
藤沢清造　185
富《ふ》士山《じたかし》　160, 506
藤森成吉　331, 394
淵定　406

寺横武夫　197, 212

ト

ドストエフスキー　177, 371
ドラクロア　514
トルストイ　128, 195, 304
トロツキー　168, 408
東郷克美　531
遠山美知　508
徳田秋聲　507, 549
徳冨愛子　397, 440
徳富蘇峰（猪一郎）　434, 470
徳冨蘆花（健次郎）　324, 326, 333, 335, 338, 385, 390, 395-402, 409, 440, 445, 447, 510, 548
都甲幸治　488, 494
區丁平《トニー・オウ》　87, 523
冨田仁　109
富田靖子　523
豊島邦　257
豊島堯　257, 258
豊島与志雄　163, 242, 243-247, 257, 258, 484, 510, 538, 556
豊臣秀次　57
豊臣秀吉　57

ナ

ナイト，オリバー・ヘンリー　103, 330, 332, 394
内藤湖南　470
永井隆則　516
中井英夫　382
長尾郁子　256
中川成美　519
長崎次郎　331, 549
長崎太郎　320-325, 331, 332, 341, 391, 393, 394, 400, 507, 508, 510, 515, 548-550
長崎陽吉　323, 324
中島国彦　517
中西秀男　23
中野信吉　381, 383
中野妙子　173, 180, 211, 509, 510
中野好夫　399, 410
中村孤月　71, 72, 85, 344, 383
中村真一郎　250, 251, 253, 529
中村星湖　153, 155
永山篤一　488, 494
夏目漱石　77, 248, 315, 320, 344, 369, 370, 462, 470, 484, 501, 526, 533
夏目筆子　320, 369, 372, 393
成田龍一　435, 439, 511
成瀬正一　322, 323, 325, 326, 332, 334, 335, 369, 391, 400-402, 441, 507, 510, 515, 548, 556
南条勝代　159
南部修太郎　20, 127-129, 185, 236-238, 240, 241

ニ

ニーグレン，アンダース　101, 106, 108
ニーチェ　278, 304
新原得二　186
新原敏三　186, 491, 503, 550
新原ハツ（ソメ）　461
新原フク　461→芥川フク
聶双武《ニエシュウウエン》　112
西岡健治　433-435, 439, 465
西川晃　184, 292
西川ヒサ　159, 181, 183-186, 292, 313
西川英次郎　355, 401, 441
西川豊　181, 182, 184, 185, 292, 298, 313
西川瑠璃子　183, 184, 292 → 芥川瑠璃子
西田幾多郎　338, 342, 343, 351, 393, 409, 492, 494
西村貞吉　148
西山康一　562
新渡戸稲造　401, 441
仁保亀松　346, 347

ネ

鼠小僧次郎吉　448

ノ

ノヴァーリス　250

新村出　86, 89

ス

スウィフト，ジョナサン　278, 286, 487
ストリンドベリ(ストリンドベルク)　177, 196, 304
菅忠雄　72, 240
杉浦誉四郎　27
鈴かけ次郎(井川恭のペンネーム)　322, 328, 329, 556
薄田淳介(泣菫)　187, 507
鈴木悌一　364
鈴木三重吉　369
鈴木与蔵　364
斯定筌《スタインシエン》　90
孫宗光　429, 469

セ

セザンヌ　515, 516
ぜすす(イエス)　31, 33, 38

ソ

ソクラテス　520
ソログーブ　243

タ

ダンテ　177
湯逸鶴　112
高田義一郎　505
高野敬禄　179
高橋龍夫　503, 562
高橋博史　130, 134
高三啓輔　160, 173
瀧井孝作　187
滝沢馬琴　44, 100
滝田樗陰　455, 457
竹内真　166, 169, 173
武田勝彦　540
竹谷年子　208, 213
多田不二　549
巽孝之　524
伊達秀宗　74
田中耕太郎　398
谷崎潤一郎　115, 130, 236, 242, 244, 259-261, 271, 517, 519
田村徳治　347
田山花袋　151-155, 344, 383
單援朝　426, 468, 471, 475

チ

崔官《チエクワン》　433, 434, 439, 544
陳生保《チエンションバオ》　315, 422, 427-429, 438, 469, 470, 495, 496, 544, 554
陳豪《チエンハオ》　422, 438, 470, 554
陳韻文《チエンジョイス》　523
張青平　315, 422, 427-429, 438, 469, 470, 495
張宜樺　271, 273
曹紗玉　113, 121, 133, 177, 307, 308, 313, 410, 525, 541, 542, 544

ツ

宗再新《ツオンツアイシン》　177
塚本寿々　361
塚本文　361, 530→芥川文
塚本八洲　159, 361
月岡芳年　516
辻吉祥　22, 27
土田杏村　404, 405
土屋文明　162, 163, 391
恒藤恭　66, 135, 167, 174, 288, 319, 321-325, 328-331, 333-335, 338-340, 343, 346-351, 390, 391, 394-396, 403-408, 410, 411, 440, 441, 454, 465, 492-494, 510, 546, 550, 556, 562 → 井川恭
恒藤武二　321, 324
恒藤敏彦　324, 400
恒藤まさ(雅)　346
椿八郎　192, 212
鶴田欣也　540

テ

鄭孝胥　426, 467, 468
鄭心南　111

紅野謙介　23, 471, 475
郡虎彦　324, 331
小島烏水　282, 312, 487
児島喜久雄　344
小島巌　276
小島政二郎　88, 272
五姓田芳柳　516
五姓田義松　516
胡適　403, 407, 418, 419
五島慶一　122, 133
小西行長　464
小林和子　221, 252
駒尺喜美　166, 167, 173, 212
権田保之助　518

サ

ザイツェフ　243
サイデンステッカー，エドワード・ジョージ　540
サテュロス　359
サトウ，アーネスト・マソン　89
サンガー，マルガレット　289
細《さい》木《き》香《こう》以《い》　450
斉藤広志　354, 364
斎藤茂吉　157, 160, 163, 173, 179, 185-187, 191, 200, 201, 208, 248-251, 253, 278, 286
斎藤理一郎　205, 206, 208-210, 508
鷺只雄　122, 127, 133, 374, 383
佐々木惣一　323
佐々木雅發　205, 213
佐佐木茂索　158, 160, 179, 185, 186, 191, 250, 415
笹淵友一　90, 109
佐藤運平　103, 330, 394
佐藤嗣男　402, 411
佐藤春夫　185, 192, 212, 221, 236, 238-242, 299, 378, 517
佐藤泰正　42, 43, 46, 77, 81, 86, 106, 110, 198, 212
佐野慶造　509
佐野花子　509
佐野文夫　320, 322, 323, 332, 391, 393
三溝又三　401
さん・じよあん・ばちすた(バプテスマのヨハネ)　29
山東京伝　448
斬馬生(匿名批評家)　383

シ

ジェロー，アーロン　523
シュー，ウージェーヌ　222
シュタムラー，ルドルフ　343, 347, 405, 492, 493, 545, 546
ジュネット　524
シュレーデル，エミール　332, 550
ショウ，ジョージ・バーナード　407
ジョコンダ夫人(モナ・リザ)　376
ジンメル　347
沈端先　176
塩尻清市　276
志賀直哉　98, 109, 201, 299
茂森唯士　168
志田昇　168, 174
篠崎美生子　562
篠原久美子　384, 385
柴田多賀治　487, 493
司馬遼太郎　447, 463, 465
志保田務　491, 494
島田昭男　414, 423
嶌田明子　64, 65, 129, 134, 176, 211, 314, 522, 542, 562
下島勲　187, 504, 549
下村観山　516
釈迦　30
十一谷義三郎　58, 65
蔣介石　362
章克標　112
庄司達也　247, 253, 311, 503, 550, 562
章炳麟　403, 407, 426, 436, 467, 468, 473, 526
白井啓介　140, 155
秦剛　112, 114, 133, 315, 422, 429, 436, 438, 439, 470, 495, 544
進藤純孝　334, 350

片岡良一　38, 45, 304, 313
片山広子　157
加藤典洋　539
加能作次郎　371, 383
夏丏尊《かめんそん》　428, 471
鴨長明　188
蒲原《カモハラ》春夫　187
河合榮治郎　334, 350, 398, 410, 440, 447, 465, 551
河合武夫　364
河上丈太郎　335, 350, 398, 410, 440, 441
河上肇　403
川端康成　190, 212, 517, 534
神崎清　399
神田由美子　562
康東元《カンドウンウエン》　111, 133, 176, 211, 315, 467, 475, 540
管野スガ(すが)　396, 402
管美燕　22

キ

キツプリング　258
キリスト(クリスト)　44, 123, 124, 129, 130, 136, 171, 310, 367, 524 → イエス
キーン，ドナルド　540
菊池寛　40, 47, 49, 50, 59, 64, 66, 151-153, 163, 236, 244, 248, 271, 319, 320, 326, 329, 334, 341, 349, 367, 369, 375, 383, 391, 393, 399, 401, 407, 411, 441, 487, 506, 507
菊地弘　274, 311, 465
木佐木幸輔　257
岸千年　110
木曾義仲　44
紀田順一郎　252
君野隆久　86, 481
金貞淑　542
金孝順　542
金東仁　551
金明珠　177
木村毅　89
基督　117-119, 121, 125, 199, 309 → キリスト

ク

九鬼周三　344
葛巻さと子(左登子)　183, 184, 292, 506, 509
葛巻義定　159, 183, 292
葛巻義敏　159, 173, 179, 183, 184, 192, 211, 214, 224, 255, 292, 506
国木田独歩　304
国富信一　26
久保志乃ぶ　275, 312
久保田芳太郎　274, 311, 465
久米正雄　50, 73, 88, 163, 244, 320, 334, 341, 349, 367, 369, 372, 374, 375, 383, 391, 393, 399, 401, 441, 507
倉石武四郎　89, 108, 109
栗生武生　347
黒岩浩美　289
黒古一夫　111, 133, 211, 315, 467, 475, 540
黒沢明　87, 478, 534, 543, 559
黒須康之介　246, 257, 258
畔柳和代　177, 481
畔柳都太郎　399
桑木厳翼　346

ケ

ゲーテ　171, 172, 222
桂月香　464

コ

コーエン，ヘルマン　342, 343, 345, 347, 492, 545, 546
ゴオグ(ゴッホ)　156, 157
ゴーギャン　304
ゴーゴリ　278
ゴッホ　44, 278, 516
ゴーティエ，テオフィール　376
小泉純一郎　525
小泉八雲　89
孔子　520
上瀧嵬　361
幸田露伴　77-79
幸徳秋水　333, 335, 396, 397, 402, 440, 446

李箱《イサン》　551
石岡久子　325, 349, 508, 548
石田幹之助　320, 334, 391, 401
石田三治　331
石原千秋　275, 312
石原登　322
石割透　109, 110
泉鏡花　237, 238, 240, 242
市川団十郎　450
一柳廣孝　220, 251, 252, 256, 263, 273
出隆　319, 339, 343, 345, 346, 349, 392, 410, 546
伊藤一郎　281, 282, 285, 312, 562
伊藤貴麿　151, 153, 155, 185
稲垣達郎　78, 86
乾英治郎　221, 252, 481
犬丸徹三　208
井上哲次郎　347
井上靖　368, 382
井上諭一　220, 223, 248, 252, 258, 273, 486, 493
井上洋子　32, 33, 45
伊福部隆輝　413, 423
岩上順一　100, 110
岩元禎　391
岩森亀一　408, 505, 548

ウ

ヴァザーリ　376
ヴィレマー, マリアンネ・フォン　171
ウィンダー, サイモン　480, 481, 535
ヴェルレーヌ　359
ヴオルテエル　131
魏 大海《ウエイダアハイ》　251, 410, 495
上田哲　90, 109
上田敏　378
上田真　276, 312
鵜飼禅超　256
宇治紫山　454
牛田鶏村　516
呉 樹 文《ウーシュウエン》　176
内田百閒　246, 253
内田魯庵　88, 100, 108
内村鑑三　198, 446
宇野浩二　159, 165, 168, 173, 185, 210, 213, 407, 411

エ

エバ(イヴ)　32, 40, 82, 287→えわ
エルツバッハ　407
江口渙　72, 78, 85, 131, 134, 239, 348
えす・きりすと　52 → イエス
海老井英次　133, 414, 423, 503
海老名弾正　332, 341, 550
えわ(エバ)　31, 39, 40, 42, 43, 82
遠藤周作　80, 81, 86, 123
遠藤祐　272, 273

オ

小穴隆一　23, 157, 160, 180, 186, 209, 213, 241, 272, 284
大石哲史　384
大内弘助　110
大内兵衛　409
大江健三郎　534
大高知児　61, 65
大塚保治　348, 550
大貫隆　410
大橋一章　383
大原孫三郎　516
沖本常吉　503
尾崎豊　504
小沢碧童　23
尾上菊五郎　450

カ

カフカ　534, 542
カント, エマヌエル　347, 393
高慧勤《カオホエチン》　251, 410, 495
高汝鴻《カオ ル ホン》　112
影山恒男　43, 46
加古祐二郎　406
笠井秋生　127, 134
葛西善蔵　153, 155

索　　引

・本索引は，人名索引と事項索引の２部からなる．
・配列は，人名索引は電話帳方式，事項索引は50音順，表音仮名づかいによった．数字は該当ページを示す．
・韓国人名は現地よみで，中国人名は魯迅《ろじん》・章炳麟《しょうへいりん》など慣例の呼び名はそのままとし，他は妥当と思われる現地よみを採用した．
・同一人名の改名・ペンネームなどについては，適宜（　）や→をほどこした．
・作品名は「　」で現し，単行本・新聞・雑誌は『　』で示した．
・芥川龍之介以外の著作には，（　）内に著者名を記入した．

人　名　索　引

ア

アダム　31, 40, 287
アポロ　359
相川弘文　276, 312
艾蓮《アイリエン》　88
青柳達雄　426
赤木桁平　369
赤瀬雅子　491, 494
秋月致　331
芥川多加志　184
芥川耿子　214
芥川道章　26, 159, 181, 184, 214, 362, 450, 503, 550
芥川儔　159, 181, 184, 283, 450, 503
芥川比呂志　181, 183, 184, 214
芥川フキ　22, 132, 159, 181, 184, 223, 247, 254, 283, 292, 340, 425, 450, 454, 503
芥川フク　26, 449, 503→新原フク
芥川文　159, 160, 173, 179-181, 206, 207, 211, 214, 215, 509, 510→塚本文
芥川フユ　503
芥川也寸志　159, 179, 180, 184
芥川瑠璃子　181, 212, 214 → 西川瑠璃子
浅野三千三　252, 256
浅野和三郎　257
浅原丈平　398, 410
足立直子　132, 134
あぽろの君　358, 359
天野和夫　409, 411
天野貞祐　344
荒井しげ　373
有島武郎　415, 504
安藤公美　499, 526, 537, 538, 545, 559, 562

イ

イエス　31, 101, 118, 129, 379, 520 → キリスト
イーザー　221
井伊直弼　333
井川恭　75, 101-107, 255, 256, 320, 321, 322, 326-330, 332-334, 341, 342, 353, 356, 360, 391-395, 398, 400-403, 507, 515, 548 → 恒藤恭
井川サダ　330, 394
井川シゲ　330, 331, 394
井川セイ　394
井川天籟（井川恭のペンネーム）　328, 349, 350, 556
井川ミヨ　394

【著者略歴】

関口安義（せきぐち・やすよし）

1935年埼玉県生まれ。早稲田大学大学院文学研究科博士課程修了。都留文科大学・文教大学教授を経て、現在文芸評論家・都留文科大学名誉教授。文学博士。中国・河北大学、アメリカ・オレゴン大学、ニュージーランド・ワイカト大学などで客員教授を務める。専門は日本近代文学。著書に『評伝豊島与志雄』（未来社）、『芥川龍之介』（岩波新書）、『「羅生門」を読む』（小沢書店）、『芥川龍之介とその時代』（筑摩書房）、『恒藤恭とその時代』（日本エディタースクール出版部）、『よみがえる芥川龍之介』（NHK出版）、『賢治童話を読む』（港の人）などがある。

芥川龍之介新論

発行日	2012年5月11日　初版第一刷
著者	関口安義
発行人	今井 肇
発行所	翰林書房
	〒101-0051 東京都千代田区神田神保町2-2
	電話 (03)6380-9601
	FAX (03)6380-9602
	http://www.kanrin.co.jp
	Eメール● Kanrin@nifty.com
装釘	林 佳恵
印刷・製本	シナノ

落丁・乱丁本はお取替えいたします

ISBN978-4-87737-335-1

芥川龍之介新辞典

関口安義◉編

A5判 832頁　定価1,2600円　ISBN978-4-87737-179-6

芥川龍之介という作家から
時代と社会が展望できる『新辞典』

関口安義編『芥川龍之介新辞典』は研究者でなくても一見の価値あり。先行の『芥川龍之介事典　増訂版』（明治書院）が千を超える小項目を誇ったのに対し、最新の研究成果を踏まえながら、「読んで楽しめる辞典」を目指したという。「作品・著書」「時代と社会」「軌跡」「ひと」など 9つの大項目から、例えば母校の「江東小学校」（現・両国小）を引くと、在学中のエピソードに始まり、「こうとう」「えひがし」という呼称の変遷まで、「へぇ〜」と感心するうんちくが披露される。

折々に挟み込まれたエピソード欄では、ヘビー・スモーカー、ラブレターなど、人柄をしのばせる話題を紹介。夫人となる女性への有名な恋文を引用して、「こう書かれては、靡かない方がおかしい」と、わざわざ注記している。（「読売新聞」2004 年 1 月 18 日）

「羅生門」の誕生

関口安義◉著

46判214頁　定価1,890円　ISBN978-4-87737-282-8

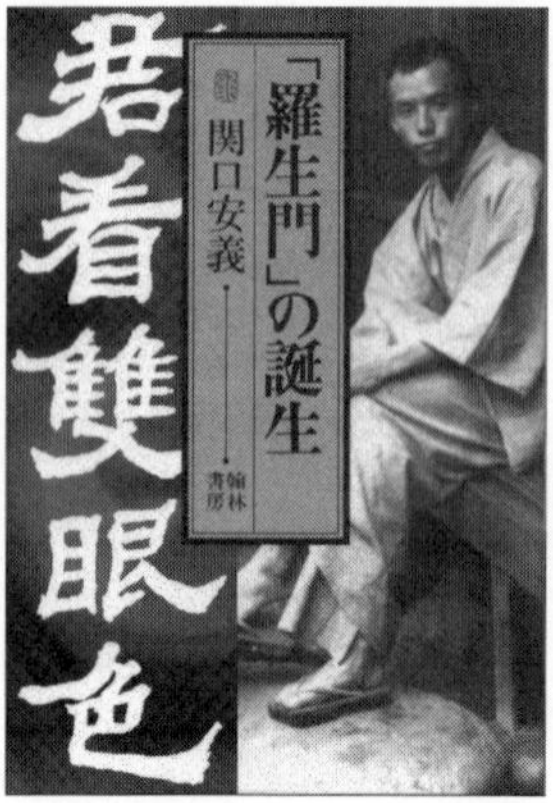

芥川、謀叛の文学精神
〈現実の転位〉としての短編小説

「羅生門」は、徳冨蘆花の「謀叛論」を媒介として、それまで秘めていたエネルギーが一気に爆発してなったものと言えようか。芥川は〈謀叛のすすめ〉を見事に形象化したのである。以後、芥川における謀叛の精神は、彼の多くの作品に水脈化してゆく。「忠義」「地獄変」「将軍」「桃太郎」「河童」、さらには随想「芸術その他」、紀行文『支那游記』にさえそれを見ることが出来る。そこには困難な状況と格闘する誠実な人間の営為がある。